沈伯俊三国书系

沈伯俊论三国（上卷）

沈伯俊——著

西南交通大学出版社
· 成都 ·

图书在版编目（CIP）数据

沈伯俊论三国：全2册/沈伯俊著. —成都：西
南交通大学出版社，2018.11
（沈伯俊三国书系）
ISBN 978-7-5643-6440-3

Ⅰ. ①沈… Ⅱ. ①沈… Ⅲ. ①《三国演义》研究
Ⅳ. ①I207.413

中国版本图书馆 CIP 数据核字（2018）第 216659 号

沈伯俊三国书系

Shen Bojun Lun Sanguo
沈伯俊论三国
（上、下卷）

沈伯俊　著

出 版 人　阳　晓
责任编辑　左凌涛
助理编辑　何　俊
封面设计　成都力术堂文化

总印张　39.25　　总字数　585千

成品尺寸　170 mm × 240 mm

版次　2018年11月第1版

印次　2018年11月第1次

印刷　成都市金雅迪彩色印刷有限公司

书号　ISBN 978-7-5643-6440-3

出版发行　西南交通大学出版社

网址　http://www.xnjdcbs.com

地址　四川省成都市二环路北一段111号
西南交通大学创新大厦21楼

邮政编码　610031

发行部电话　028-87600564　　028-87600533

套价（上、下卷）　138.00元

ISBN 978-7-5643-6440-3

9 787564 364403 >

序

大凡为别人著作作序，最常见者为对该著作思想性、科学性、学术价值做总的评价。我为伯俊先生此书作序则是例外。一则当我为此书作序时，伯俊先生已经作古。俗话说"盖棺论定"，此时应当借此序对作者从人品到学问做一比较全面中肯的评价。二则因为伯俊先生生前把我引为知己。我和伯俊先生相识十八年，记得有一次，他当着我的面对他的学生说，有一个成语你们应当知道，"白头如新，倾盖如故"，在解释完成语意思后，又补充说："我和满仓的关系，就属于倾盖如故。"作为知己，我想为此书作序的内容，既应该评价本书，也应该评价作者本人。

我想用五个字评价本书及作者：诚、真、恒、才、勤。伯俊书房自命名为"诚恒斋"，因此，"诚""恒"是我对伯俊先生自我评价的认可，后三个字是我对其人品学问的补充。

伯俊先生之诚，首先是待人之诚。2000 年的一次三国学术会上，我与伯俊先生第一次见面。当时他将其大作《三国漫话》送给我，出于初见的礼貌，我除了表示感谢之外，还表示希望经常互相进行学术上的切磋交流。他当即表示赞同，并风趣地说："常联系，多交流，我可是认真的呦！"果然，从此以后我们之间的联系就通过电子邮件、互赠书籍、共同出席学术会议、一起参加学术活动、同时接受电视采访、赋诗唱和等多种形式进行着，并且越来越密切。伯俊先生去世后，他的朋友、学生纷纷撰文回忆和悼念。其中他的日本学生伊藤晋太郎这样写道：

在成都时，我每周到沈老师家请教一次。老师儿子跟我同岁，所以老师将我看为家人，甚至视为第二个"儿子"。有时也觉得他太担心我。一天，我们一起骑车去市中心，他对我说了好几次"看前面！"我们在一起时，他往往问我："有没有什么困难？"冬天，他常常提醒我多穿衣服。

上述两件小事，足以反映出伯俊先生待人之诚。

在汉语词汇中，真与诚如影随形。伯俊先生待人之诚，也是其"真"的一面。除此之外，我要着重说的是他在学术上对"真"的追求。例如在诸葛亮研究方面，曾出现过这样的现象：有些人并未经过认真研究，便对重大问题轻下断语；有些人缺乏对古人的"同情之理解"，脱离特定的历史背景，随意抛出种种似是而非的观点；有些人为了"吸引眼球"，为了耸人听闻，不惜曲解史实，厚诬前贤。轻下断语者如对"三顾茅庐"史实的看法，有人说，"三顾茅庐"的逻辑结论"实在令人难以接受"，因为诸葛亮是一定要出山的，而刘备则是他最愿意选择的明主；与刘备相比，诸葛亮的选择余地更小，甚至别无选择。因此，他不可能在隆中坐等"三顾"。也有人利用裴松之注引《魏略》的一条材料，证明诸葛亮拜访刘备在先，刘备三顾茅庐在后。还有人说："论治国，诸葛亮绝对一流；论军事，诸葛亮绝对不是一流。"厚诬前贤者如"借刀杀人"论，把荆州的丢失、关羽麦城身亡，归咎为"诸葛亮借刀杀关羽"，说什么关羽、诸葛亮之间不仅有争夺权力的暗斗，更重要的是他们对蜀汉争夺天下的政治与外交主张截然不同。联吴抗魏是诸葛亮外交战略的核心，成为其一以贯之、至死不渝的外交政策。但关羽却丝毫不能理解诸葛亮的良苦用心，在联吴抗魏的大政方针上处处与诸葛亮作对。由此足见，关羽的所作所为完全破坏了诸葛亮《隆中对》的战略，于是诸葛亮便假借吴人之手，除掉关羽。这些说法，或出于现身高价出场费商业活动的"明星学者"，或出于在媒体上风靡一时的"专家学者"。对这些不严肃、不真实、不科学的观点，伯俊先生在《为诸葛亮析疑辩诬》一文中据理力争，据实辩驳，表现出严肃学者的学术良心和追求真实的态度。

为求历史真实，伯俊先生不惧向知名大导演的作品发出质疑。2008年，吴宇森导演的电影《赤壁》上映之后，赞美声此起彼伏，吴宇森自己也称，这是一部具有"世界水平的电影"，是根据史书《三国志》改编的，是一部纠正《三国演义》对历史人物的"歪曲"，恢复其本来面目的历史正剧。电影宣传海报也以"英雄重聚，史诗归来"相标榜。对此，伯俊先生撰写了《三问电影〈赤壁〉》一文，指出："一部真正优秀的电影，一部希望'具有世界水平的电影'，绝非仅仅是一种视觉享受；它必须具备丰厚的文化内涵、深刻的人文精神、强大的心灵震撼力。"而电影《赤壁》远没有达到这种境界。文中伯俊先生用了大量无可辩驳的事实，指出电影《赤壁》与其说是根据史书《三国志》改编，倒不如说是以《三国演义》为基础的故事新编；由于吴宇森对汉末三国历史的理解比较肤浅，又过多地受制于商业利益，在实际的拍摄过程中，他常常偏离自己的初衷，使整部电影未能成为具有足够思想深度的历史正剧，却在相当大的程度上成了一部主题模糊、意识平庸的娱乐传奇。"诗史"没有归来，却成为一道票房收入可观、投资方喜笑颜开的商业盛宴。这些评论，毫无疑问揭示了所评对象最真实的一面。

关于伯俊先生之"恒"。刊载于《廉政周刊》上一篇介绍文章中，有一句话说伯俊先生"这辈子就献给《三国》了"，非常形象生动地体现了"恒"字。从1981年进入四川省社会科学院，伯俊先生就与三国研究结下不解之缘，整整37年，始终在这片学术土地上耕耘，并取得了丰硕的成果。有人做了这样的统计，伯俊先生一生，出版与三国研究有关的著作20余部，学术论文、随笔、札记、鉴赏文章300余篇。其中最具特色、最富创新意义、最有生命力的，是以《校理本三国演义》为代表的几种《三国》整理本，这些整理本，被学界同行称为"沈本《三国》"。这些成就的取得，绝非一朝一夕之功，是伯俊先生持之以恒不懈研究所取得的成果，是伯俊先生毕生心血的结晶。

伯俊先生又是一个才华横溢的学者。他校古本自成一家，编词典详而周密，论要旨入木三分，评人物鞭辟入里，吟古诗中规中矩，赋新词热情奔放，赏文艺见解独到，吹笛萧婉转动听。无论做什么事情，都充溢着一股才气。

一篇缅怀伯俊先生的文章，是这样描述他的勤奋的："靠在书房的椅子上睡了三个小时，醒来时凌晨一点""梦醒时分，又该回到《三国演义》的世界里了"。这就是说，白天忙一天，晚上十点睡觉，凌晨一点又醒来工作。我相信这是真实的描述。因为在诸葛亮研究中心揭牌仪式的前一天，我作为被聘请的学术委员来到成都，看到他为第二天的仪式一直忙碌到很晚。第二天见到我，告诉我昨天熬了一个通宵，以完成计划中白天来不及做的任务。这种情况在我们多次学术活动相遇时发生，因此，我觉得这是伯俊先生工作的常态。我也常常劝他注意身体，不要熬夜，他总是说:"习惯了。"

摆在我们面前的这部《沈伯俊论三国》,是一部对三国的历史文化从各个层面进行探讨的著作,有对《三国演义》诸多疑点进行考辨的,有评价《三国演义》思想艺术的,有对《三国演义》人物形象进行分析的,有对《三国演义》研究状况进行综述的。我相信,读者从中不仅能受到思想的启迪,汲取知识的养分,也可以感受到作者的学识、才华和品质。

梁满仓

2018 年 9 月 25 日于北京南城寓所

目 录

源流探析

《三国志》与《三国演义》关系三论

　　史书《三国志》与小说《三国演义》的关系，历来为《三国演义》研究者所重视。叙述《三国演义》成书过程的论著，虽每每都会涉及这一关系，但大多浅尝辄止，语焉不详，其间不乏含糊之论。本文在立足于对资料的全面把握，深入进行实证性研究的基础上，主要提出三点见解。

一、《三国志》是《三国演义》最重要的史料来源

　　对《三国演义》成书有直接影响的史书，主要有《三国志》（包括裴松之注）、《后汉书》《资治通鉴》《通鉴纲目》。其中，《通鉴纲目》的材料基本上来自《资治通鉴》，其突出特点主要是在思想倾向和编纂体例上自成一家，并对《三国演义》产生影响，因此这里暂且不列入比较范围。那么，在其余三书中，究竟哪一部在史料的提供方面对《三国演义》的作用最大呢？要回答这一问题，必须对《三国演义》的情节进行实事求是地考察。需要说明的是，既然是考察《三国演义》情节的史料来源，那些基本出于虚构甚至纯然虚构的情节自然不在此列。试看以下诸例。

　　通过上述具体情节的对照分析，可以清楚地看出：在这些史书中，《三国志》（包括裴注）乃是《三国演义》最重要的史料来源。

　　值得注意的是，就为小说《三国演义》提供史料而言，陈寿的《三国志》本文往往不及裴松之的注。这是因为，裴松之作注，不同于一般的侧重训诂、名物、典章的典籍注释，而是"务在周悉，上搜旧闻，傍掠遗逸"①，尽可能地"求全"，以发挥补阙、备异等多种作用。因此，他采用的史料中，有相当部分是陈寿没有看到的（包括在陈寿身后出现

---

　　① （刘宋）裴松之：《上〈三国志注〉表》。

《三国演义》情节	《三国志》（含裴注）	《后汉书》	《资治通鉴》	结论
第1回：张飞鞭督邮	《魏书·武帝纪》注引《曹瞒传》记载此事。	未涉此事。	未及此事。	依据《三国志》（含裴注，下同）。
第2回：怒鞭督邮	《蜀书·先主传》记武，裴注引《典略》所记更详。	未涉此事。	未及此事。	依据《三国志》而移花接木，将督邮者由刘备改为张飞。
第4回：董卓废少帝，立献帝	所宣废立策文，见《三国志·董卓传》裴注引《献帝起居注》。	《后汉书》之《灵帝纪》《献帝纪》均不载此策，《董卓传》叙及此策，仅引一句。	据《后汉书·董卓传》。	依据《三国志》。
第4回：捉放曹	《魏书·武帝纪》及裴注引王沈《魏书》《世语》。	未涉此事。	据《三国志·武帝纪》郭颁《世语》及裴注引《杂记》杀吕伯奢，未及杀人事。	依据《三国志》。
第6回：孙坚得玉玺	《吴书·孙破虏传》裴注引韦昭《吴书》："（孙）坚入洛，扫除汉宗庙，祠以太牢。坚军城南甄官井上，旦有五色气，举军惊怪，莫敢汲。坚令人入井，探得汉传国玺，文曰'受命于天，既寿永昌'，方圆四寸，上纽交五龙，上一角缺。初，黄门张让等作乱，劫天子出奔，掌玺者投于井中。"	《后汉书·袁术传》注引韦昭《吴书》："（孙）坚入洛，扫除汉宗庙，祠以太牢，天子北诸河上，六玺不自随，掌军北屯中。城南甄官署有井，孙坚军城南，甄官署有井，每日使人，其夜有五色气从井中出，使人入井，得汉传国玺，既承文昌。"	卷六十，初平二年："（孙）坚……乃扫除宗庙，祠南阳宗庙，得传国玺于坚阳城南甄官井中。"	依据《三国志》。

续表

《三国演义》情节	《三国志》（含表注）	《后汉书》	《资治通鉴》	结论
第9~10回：犯长安	第10回写李傕、郭汜等索要官爵，与《三国志》几乎全同。其中张济为骠骑将军，平阳侯，《三国志》误，《演义》随之而误。	《后汉书·董卓传》："傕又迁车骑将军，开府，领司隶校尉，假节。汜后将军，稠右将军，张济为镇东将军，并封列侯。"《献帝纪》同。	《通鉴》叙述官职写成《后汉书》，但张济职写为骠骑将军。然而同册兴平二年又云："六月'庚午'。"镇东将军张济自陕至七月"丙黄，以张济为骠骑将军，开三府如三公。"前后自相矛盾，前记误。	依据《三国志》。
第13回：李傕、郭汜大交兵	《演义》写李傕"用车二乘，一乘载天子，一乘载伏皇后，使贾诩、左灵监押车驾"。系据《三国志·董卓传》裴注引《献帝起居注》："傕使兄子三乘迎天子。……以车三乘，迎天子。……于是天子一乘，贵人伏氏一乘，贾诩、左灵一乘，其余皆步从。"	《后汉书·董卓传》："傕……即使兄子三乘迎天子。……以车三乘，迎天子，皇后，左灵。"	据《后汉书》。	依据《三国志》。
第17回：借头欺众	《魏书·武帝纪》裴注引《曹瞒传》："常（尝）讨贼，廪谷不足，私谓主者曰：'如何？'主者曰：'可以小斛以足之。'太祖曰：'善。'后军中言大祖欺众，大祖谓主者曰：'特当借君死以厌众，不然事不解。'乃斩之，取首题徇曰：'行小斛，盗官谷，斩之军门。'"	未涉此事。	未及此事。	依据《三国志》而有所增饰。

续表

《三国演义》情节	《三国志》（含裴注）	《后汉书》	《资治通鉴》	结论
第17回：割须弃袍	《魏书·武帝纪》注引《曹瞒传》："常（尝）出军，行经麦中，令'士卒无败麦，犯者死。骑士皆下马，付麦以相持'。于是太祖马腾入麦之义，罚不加于尊。'制法而自犯之，何以帅下？然孤为军帅，不可自杀，请自刑。'因援剑割发以置地。"	未涉此事。	未及此事。	依据《三国志》而所增饰。
第18回：拔矢啖睛	《魏书·吕布传》："建安三年，布复叛为术，遣高顺攻刘备，破之。太祖遣夏侯惇将兵救备，为顺所败，"《夏侯惇传》："惇从征吕布，为流矢所中，伤左目。"注引《魏略》："军中号惇为盲夏侯。"	《后汉书·袁术传》："建安三年，布复从袁术，遣（高）顺攻刘备，破之。太祖遣将军夏侯惇等所败。"	建安三年："吕布复与袁术通，遣其中郎将高顺、北地太守雁门张辽攻刘备，曹操遣将军夏侯惇救之，为顺等所败。"	依据《三国志》而略有增饰。
第19回：白门楼斩吕布	《魏书·吕布传》："布与其麾下登白门楼。兵围急，乃下降。遂生缚布，布曰：'缚太急，小缓之。'太祖曰：'缚虎不得不急也。'布请曰：'明公所患不过于布，今已服矣，天下不足忧。明公将步，令布将骑，则天下不足定也。'太祖有疑色。刘备进曰：'明公不见布之事丁建阳及董太师乎！'太祖颔之。布因指备曰：'是儿最叵信者。'于是缢杀布。"	《后汉书·吕布传》："布与麾下登白门楼。兵围之急，令左右取其首自降。左右不忍，乃下降。操见布曰：'何以言之？'布曰：'今已往，天下定矣。'操曰：'今布服矣。明公之所患不过于布，步，卿为上客，我为降房，绳缚我不亦太迫乎？'操笑曰：'缚虎不得不急。'布曰：'不可。'明公不见布事丁建阳、董卓乎？'操默然。布又曰：'大耳儿最叵信！'……布遂缢杀之，传首许市。"	据《后汉书·吕布传》。	依据《三国志》而所增饰。

续表

《三国演义》情节	《三国志》（含裴注）	《后汉书》	《资治通鉴》	结论
第20回：许田打围，关羽欲诛曹操	《三国志·蜀书·关羽传》裴注引《蜀记》："初，刘备在许，与曹公共猎。猎中，众散，羽劝备杀曹公，备不从。"裴松之曰："羽若果有此劝而备不肯从者，将以曹公腹心未瘓，事繁有宿构，非造次所行；曹虽可杀，身必不免，故以计而止。"	未涉此事。	未及此事。	依据《三国志》而有所增饰。
第23回：裸衣骂曹	未及此事。	《后汉书·祢衡传》："（孔）融既爱衡才，数称述于曹操。操欲见之，而衡素相轻疾，自称狂病，不肯往，而数有恣言。操怀忿，而以其才名，不欲杀之。闻衡善击鼓，乃召为鼓史，因大会宾客，阅试音节。……衡……裸身而立，徐取岑牟、单绞而著之……衡乃着布单衣、疏巾，手持三尺梲杖，坐大营门，以杖捶地大骂。……操怒，谓融曰：'祢衡竖子，孤杀之犹雀鼠耳。顾此人素有虚名，远近将谓孤不能容之，今送与刘表，视当何如。'于是遣人骑送之。"		依据《后汉书》而有所增饰。

续表

《三国演义》情节	《三国志》（含裴注）	《后汉书》	《资治通鉴》	结论
第29回：孙策之死	《三国志·吴书·孙讨逆传》："先是，策杀（许）贡，贡客亡匿江边。策单骑出，卒与客遇，客击伤策……表注引《江表传》："策性好猎，将步骑数出。策驱驰逐麂，所乘马精骏，从骑绝不能及。初，吴郡太守许贡上表于汉帝曰：'孙策骁雄，与项籍相似，宜加贵宠，召还京邑。若被诏不还，当使作乱。若放于外，必作世患。'策即今吴会，遣客潜民间，欲为贡报仇……策问：'尔等何人？'答云：'是韩当兵，在此射鹿耳。'策曰：'当兵吾皆识之，未尝见汝等。'因举弓射客，应弦而倒。余二人怖急，便举弓射策，中颊。后骑寻至，皆刺杀之。"	未涉此事。	卷六十三，建安五年："初，策杀吴郡太守许贡，贡奴客潜民间，欲为贡报仇。策性好猎，数出驱驰，所乘马精骏，卒遇贡客三人，射策中颊……策创甚……（据《三国志·吴书·孙讨逆传》裴注引《江表传》）"	依《三国志》。
第34回：马跃檀溪	《三国志·蜀书·先主传》注引郭颁《世语》。	未涉此事。	未及此事。	依《三国志》。

的），也有相当部分是陈寿虽然看到却不采用的。这些史料，表现了史实的丰富性、生动性和多样性，其中包含不少的小说因素。例如，关于曹操杀吕伯奢全家一事，《三国志·魏书·武帝纪》正文不着一字，裴注却连引王沉《魏书》、郭颁《世语》、孙盛《杂记》的三条材料，从不同角度记叙此事，生动地表现了曹操的性格和事发时的心态。罗贯中着重采用后面两条材料，进行艺术描写，并做了两点强化：一是将史料中并不在家而没有被杀的吕伯奢，写成为款待曹操而出门沽酒，归途中也被曹操杀害；二是将史料中曹操杀人后"凄怆曰：'宁我负人，毋人负我！'"强化为"宁教我负天下人，休教天下人负我！"大大凸显了曹操知而故杀的不义色彩和强词夺理的蛮横行径，从而有力地揭示了曹操极端利己主义的本质。类似情况，还有很多。因此，我们肯定《三国志》"是《三国演义》最重要的史料来源"时，不应将其都归功于陈寿；在很多时候，裴松之注起了更多的作用。

二、《三国志》并未为《三国演义》提供叙事结构框架

尽管《三国志》（包括裴注）为《三国演义》提供了最基本的史料，但作为一部纪传体的史书，它以人物传记为主，重在记叙各种有代表性的人物的生平业绩，而表现历史的总体面貌和各个局部的互动关系则非其所长，同一事件往往分散记载于多篇纪传中，其前因后果往往不够明晰，有时甚至互相抵牾。因此，它也不可能为小说《三国演义》提供一个比较完整的叙事框架。承担这一任务的，主要是编年体史书《资治通鉴》。

试以《三国演义》中最精彩的情节单元"赤壁大战"为例。《三国志》有关赤壁大战的记载显得很零乱，有关材料分散于《魏书·武帝纪》，《蜀书》之《先主传》《诸葛亮传》，《吴书》之《吴主传》《周瑜传》《鲁肃传》《黄盖传》等不同人物的《纪》《传》中，不仅头绪不够清晰，而且某些关键之处还彼此矛盾。先看《魏书·武帝纪》：

（建安十三年）秋七月，公南征刘表。……十二月……公自江陵征（刘）备，至巴丘……公至赤壁，与备战，不利。于是大疫，吏士多死者，乃引军还。

　　据此记载，曹操在赤壁大战中的主要对手是刘备；虽然初战"不利"，但主要还是因为遇到大疫，"吏士多死者"，才主动地"引军还"，根本看不到遭火攻而惨败的迹象。裴注引《山阳公载记》云：

　　公船舰为（刘）备所烧，引军从华容道步归，遇泥泞，道不通，天又大风，悉使羸兵负草填之，骑乃得过。羸兵为人马所蹈藉，陷泥中，死者甚众。

　　这里写明了曹操因被火烧战船而战败，描写了曹军败退途中的狼狈状况；而发动火攻的，则是刘备方面，根本看不到东吴方面的作用。

　　然而，《蜀书·先主传》所记，与之有明显差异：

　　先主遣诸葛亮自结于孙权，权遣周瑜、程普等水军数万，与先主并力，与曹公战于赤壁，大破之，焚其舟船。先主与吴军水陆并进，追到南郡。时又疾疫，北军多死，曹公引归。

　　这里写明了是孙刘联军共同大破曹军，焚其舟船，曹军遇疾疫只不过是其败退的次要原因；但是，孙刘两家，谁主谁次，却不清楚。《蜀书·诸葛亮传》着重写了诸葛亮说服孙权联刘抗曹的过程，然后交代结果："（孙）权大悦，即遣周瑜、程普、鲁肃等水军三万，随亮诣先主，并力拒曹公。曹公败于赤壁，引军归邺。"其中完全没有提到火攻，也没说孙刘两家，谁主谁次，不清楚的地方还是不清楚。

　　再看《吴书·周瑜传》，所记则又有区别：

　　（孙）权遂遣瑜及程普等与（刘）备并力逆曹公，遇于赤壁。时曹公军众已有疾病，初一交战，公军败退，引次江北。瑜等在南岸。瑜部将黄盖曰："今寇众我寡，难与持久。然观操军船舰首尾相接，可烧而走也。"乃取蒙冲斗舰数十艘，实以薪草，膏油灌其中，裹以帷幕，上建牙旗，先书报曹公，欺以欲降。又预备走舸，各系大船后，因引次俱前。曹公军吏士皆延颈观望，指言盖降。盖放诸船，同时发火。时风盛猛，悉延烧岸上营落。顷之，烟炎张天，人马烧溺死者甚众，军遂败退，还保南郡。备与瑜等复共追。

裴注引《江表传》曰：

至战日，（黄）盖先取轻利舰十舫，载燥荻枯柴积其中，灌以鱼膏，赤幔覆之，建旌旗龙幡於舰上。时东南风急，因以十舰最著前，中江举帆，盖举火白诸校，使众兵齐声大叫曰："降焉！"操军人皆出营立观。去北军二里馀，同时发火，火烈风猛，往船如箭，飞埃绝烂，烧尽北船，延及岸边营柴。（周）瑜等率轻锐寻继其后，雷鼓大进，北军大坏，曹公退走。

可以说，对火烧赤壁的情景，《江表传》的叙述更为具体生动。这些记载，突出了吴军在孙刘联盟中的主导地位，突出了"火攻"的关键作用。

由此可见，仅凭《三国志》（包括裴注）的记载，人们很难全面把握赤壁之战的始末、以及决定胜负的根本因素和主导力量，这些零散的史料确实无法构成小说的叙事框架。而《资治通鉴》则充分发挥编年体史书的优势，对这些史料加以排比、辨析和整理，第一次写出了一场首尾完整、因果分明的赤壁大战，战役的各个环节清晰地呈现在人们面前：曹操南征—刘琮不战而降—刘备败走夏口—诸葛亮出使江东，智激孙权—孙权决计抗曹—曹军初战不利—黄盖献火攻之计—黄盖诈降，火烧赤壁，曹军惨败—曹操败走华容道。这一情节完整的历史记载，为《三国演义》写赤壁大战提供了基本的叙事框架。《演义》中的赤壁大战，从起因、决策、定计、决战到结局，总体轮廓与《资治通鉴》大致同构；尽管《演义》虚构了"舌战群儒""智激周瑜""蒋干盗书""草船借箭""苦肉计""阚泽密献诈降书""庞统巧授连环计""横槊赋诗""借东风"等一系列精彩情节，但那主要是为了塑造人物形象，增加情节波澜，并没有改变整个战役的基本格局和发展进程。

同样，考察《三国演义》中的其他重要的情节单元，如诸侯联军讨伐董卓、官渡之战、刘备取益州、吕蒙袭取荆州、夷陵之战、孔明北伐等，其叙事结构框架，主要也是由《资治通鉴》提供的（某些以虚构为主的情节，如"孟德献刀""三英战吕布""过五关斩六将""七擒孟获"等，不属这里讨论的范围）。甚至可以说，《演义》全书的叙事结构，从天下大乱到三分鼎立，再到三分归晋，主要框架都是参照《资治通鉴》

的。另外，《通鉴纲目》也起了重要的提示作用。

对于《资治通鉴》在为《三国演义》提供叙事结构框架方面的作用，一些学者曾经有所论述，其中较有代表性的论文，可举关四平的《从历史到小说的关键一环——论〈资治通鉴〉在三国题材演化史上的地位与作用》为例①，读者可以参阅。

三、不宜说《三国演义》是"演"《三国志》之"义"

由于《三国志》（包括裴注）为《三国演义》提供了最基本的史料，嘉靖元年（1522）本《三国志通俗演义》等部分明代《三国》版本又有"晋平阳侯（相）陈寿史传，后学罗本贯中编次"的题署，有的学者便说：《三国演义》是"演"《三国志》之"义"。我认为，这一说法是不确切的。

首先，从成书过程来看。《三国演义》固然以史书《三国志》（包括裴注）为主要的史料来源，但同时也大量承袭了民间三国故事和三国戏的内容；就褒贬倾向、主线设置、叙事时空处理等方面而言，后者的影响实际上更大。尽管罗贯中原作书名可能包含"三国志"三字，但这只是表明了作家（甚至可能是书坊老板）对陈寿的敬重和借助史书以提高小说地位的愿望，绝不意味着小说是在亦步亦趋地演绎史书《三国志》。一个有力的证据是：元代刊刻的讲史话本《三国志平话》，书名虽有"三国志"三字，却完全不是根据史书《三国志》敷衍，而是讲述"说话"艺人心目中的三国故事，其中许多情节根本不受史实约束，全据民间传说大胆虚构，如刘关张同往太行山落草，孔明出使江南时杀死曹使，庞统说江南四郡反刘备，曹操劝汉献帝让位与曹丕等，都毫无史实依据，显然出自下层市民想象。《三国演义》吸纳了《三国志平话》的故事框架和褒贬倾向，而摒弃了它的浅陋与粗糙。综观整部小说，是在史传文学与通俗文艺这两大系统长期互相影响、互相渗透的双向建构的基础上，通过作家天才的创造，才成就了这部煌煌巨著。

---

① 关四平：《从历史到小说的关键一环——论〈资治通鉴〉在三国题材演化史上的地位与作用》，载《北方论丛》2001 年第 6 期。

　　其次，从思想内涵来看。史书《三国志》之"义"是什么？陈寿本人没有说。综观全书，可以说，陈寿撰写《三国志》，秉持的乃是传统的史学观："记事""存史"，为的是"鉴往知来"。那么，作为小说的《三国演义》呢？1999年，我曾经指出："《三国演义》是一部中国封建社会百科全书式的作品，具有极其博大而深厚的思想内涵。罗贯中以三国历史为题材，融汇自己的切身经历，进行了深刻的历史反思。……总之，《三国演义》犹如一个巨大的多棱镜，闪射着多方面的思想光彩，给不同时代、不同阶层的人们以历史的教益和人生的启示""《三国演义》丰厚的思想内涵，主要表现在四个方面。① 对国家统一的向往。……这是《三国演义》的政治理想，也是其人民性的突出表现。……② 对政治和政治家的选择。……'尊刘贬曹'的思想倾向，早在宋代就已成为有关三国的各种文艺作品的基调，罗贯中只是顺应广大民众的意愿，继承了这种倾向……'尊刘贬曹'主要反映了广大民众按照'抚我则后，虐我则仇'的标准对封建政治和封建政治家的选择，具有历史的合理性……③ 对历史经验的总结。……突出强调了争取人心、延揽人才、重视谋略这三大要素的极端重要性。④ 对理想道德的追求。……在这里，他打起了'忠义'的旗号，把它作为臧否人物、评判是非的主要道德标准。……就主导方面而言，它反映了中华民族传统的价值观、道德观中积极的一面，值得后人批判地吸收。"① 可以说，《三国演义》站在特定的历史高度，博采传统文化的多种养分，融会宋元以来的社会心理和道德观念，"演"的是中华民族精神、中华民族文化之"义"，而不仅仅是史书《三国志》之"义"。

　　再次，从艺术成就来看。我曾经指出：尽管罗贯中十分重视抓住历史运动的基本轨迹，再现史实的基本框架和发展趋势，"然而，在具体编

---

① 见拙著《罗贯中和〈三国演义〉》，第22-27页，春风文艺出版社1999年1月第1版。2011年，笔者又发表《〈三国演义〉思想内涵新论》一文（载《明清小说研究》2011年第4期，本书上卷亦有收录），对自己的观点加以补充，提出："《三国演义》丰厚的思想内涵，主要表现在五个方面：① 对国家统一的强烈向往；② 对政治人物的评判选择；③ 对历史经验的深刻总结；④ 对中华智慧的多彩展现；⑤ 对理想道德的不懈追求。"

织情节，塑造人物时，罗贯中却主要继承了民间通俗文艺的传统，大胆发挥浪漫主义想象，大量进行艺术虚构，运用夸张手法，表现出浓重的浪漫情调和传奇色彩。"这种粗看好像与历史'相似'，细看则处处有艺术虚构、时时与史实相出入的情况，在整部作品中比比皆是。这种虚实结合，亦实亦虚的创作方法，乃是《三国演义》的基本创作方法，是其最重要的艺术特征。"①这种创作方法和美学风格，与史学著作有着根本的区别，更不能说是"演"《三国志》之"义"。

一些学者过于强调《三国演义》对《三国志》的承袭关系乃至依傍关系，强调《三国演义》是"演"《三国志》之"义"，因而主张小说书名不能叫《三国演义》，必须叫《三国志演义》。诚然，《三国志演义》与《三国演义》这两个书名的含义并不完全相等，但它们都不是罗贯中原作的名称，而是在小说流传的过程中出现的。前者见于明代周弘祖的《古今书刻》，相沿已久；后者则见于毛宗岗的《读三国志法》，三百多年来更是深入人心：它们各自从一定角度反映了小说《三国》的特点，作为书名都是"合法"的。

其实，中国古典小说研究的两位杰出先驱鲁迅先生和胡适先生，对于小说《三国》的书名，都是秉持开通的态度。鲁迅在谈到《三国》一书时，有时称之为《三国志演义》（见其所著《中国小说史略》第十四篇），有时又称之为《三国演义》（见其所著《中国小说的历史的变迁》第四讲）。特别是在《中国小说的历史的变迁》第四讲中，鲁迅评述此书，接连八次使用《三国演义》这个书名；而在展开评述之前，又用了一次《三国志演义》这个书名。由此可见，在他的心目中，这两个名称都可以使用，并无高低之分，更无正误之分，要不要那个"志"字，并非关键问题。胡适的做法更有意思：其《〈三国志演义〉序》一文②，标题称《三国志演义》；而在正文中，总共二十三次提到书名，其中只有两次称《三国志演义》，却有二十一次称《三国演义》，占了绝大部分。同一篇文章中，

---

① 参见拙著《罗贯中和〈三国演义〉》，第 64-65 页。
② 胡适：《〈三国志演义〉序》，收入《胡适文存》二集卷四；亦载于《胡适古典文学研究论集》下册，上海古籍出版社 1988 年 8 月第 1 版，第 735-743 页。

两个书名混用，胡适却浑然不觉，并不认为有什么问题，这就进一步证明这两个名称均可使用，不必强分轩轾。

　　总之，我们既要充分重视《三国志》对《三国演义》的影响，又不应过分夸大这种影响。只有这样，才能对《三国演义》的成书过程及其思想和艺术成就做出科学的、实事求是的评价。

　　（原载《福州大学学报》2003 年第 3 期，有修订）

世纪课题：关于《三国演义》的成书年代

二十世纪八十年代以来，《三国演义》的研究取得了长足进展，研究的广度和深度都超过了历史上的任何一个时期。然而，一些重要而又基本的问题，至今尚未解决。其中《三国演义》的成书年代问题，就是这样的一个"世纪课题"。

一

明清两代，尽管《三国演义》流传甚广，影响极大，但人们对它的成书年代并未做过认真的研究。一些学者在他们的笔记杂著中提到《三国演义》的作者罗贯中时，往往根据传闻，或称其为"南宋时人"（如明代嘉靖年间田汝成的《西湖游览志余》。清代雷琳等的《渔矶漫钞》则转贩其说），或称其为"元人"（如明代万历年间胡应麟的《少室山房笔丛》），或称其为"洪武初人"（如清初周亮工的《因树屋书影》），或笼统地称其为"明人"（如明代嘉靖年间高儒的《百川书志》）。明代嘉靖、万历间王圻的《续文献通考》卷一百七十七《经籍考·传记类》在记载《水浒传》作者时，将罗贯中写成"罗贯""字本中"，且未言其时代，实则重复了田汝成的记载，只是抄录有所脱误而已。对作者生活年代的记载尚且如此歧异，又怎能判定作品的成书年代？

二十世纪初，鲁迅先生在广泛占有材料的基础上，开创了具有科学意义的中国古代小说研究。在 1923 年至 1924 年出版的杰作《中国小说史略》第十四篇中，鲁迅综合明清人的记载，说罗贯中"盖元明间人（约 1330—1400）"。而在 1924 年所写的讲稿《中国小说的历史的变迁》中，他又一次写道："罗贯中名本，钱塘人，大约生活在元末明初。"既然罗贯中生活在元末明初，其作品《三国演义》当然也应该产生于这一时期。这就是《三国演义》"成书于元末明初"说的来历。

1931 年，郑振铎、马廉、赵万里三位先生在宁波访书，发现了明代天一阁蓝格抄本《录鬼簿续编》，其中有这样一段："罗贯中，太原人，号湖海散人。与人寡合。乐府隐语，极为清新。与余为忘年交，遭时多故，各天一方。至正甲辰复会，别来又六十余年，竟不知其所终。"这是迄今人们见到的有关罗贯中的记载中最为完整的一条，作者又自称是罗贯中的"忘年交"，因而弥足珍贵。"至正甲辰"即元惠宗（元顺帝）至正二十四年（1364），距元朝覆灭（1368）仅四年。《录鬼簿续编》的作者在此年与罗贯中"复会"，后来又活了六十余年，那么罗贯中至少也应活到明初，由此可见，罗贯中确实是元末明初人。这一记载，正与鲁迅的论断相合。因此，这一资料一经披露，立即受到古典小说、戏曲研究者的高度重视。鲁迅 1935 年 1 月为《小说旧闻钞》写的《再版前言》中，就特别郑重地写道："自《续录鬼簿》出，则罗贯中之谜，为昔所聚讼者，遂亦冰解，此岂前人凭心逞臆之所能至哉！"从此，"成书于元末明初"说得到学术界的公认，成为数十年来权威的说法。

二

不过，"元末明初"毕竟是一个笼统的时限，是在资料不足的情况下给出的一个模糊的时间定位。"元末"至少可以包含二三十年，"明初"也长达数十年，将二者合在一起，实在是一种不得已的做法。二十世纪八十年代以来，随着《三国演义》研究的发展，一些学者不再满足于"元末明初"的笼统提法，对《演义》的成书年代问题做了进一步的探讨，提出了五种有代表性的观点。

1. "成书于宋代乃至以前"说。持此观点者主要是周邨。他在《〈三国演义〉非明清小说》一文（载《群众论丛》1980 年第 3 期）中，就江夏汤宾尹校正的《全像通俗三国志传》提出了三条论据：① 该书在《玉泉山关公显圣》一节中有"迄至圣朝，赠号义勇武安王"一句，而关羽封赠义勇武安王是在北宋宣和五年（1123），因而此句"只能是宋人说三分的口吻"。② 该书"记有相当多的关索生平活动及其业绩",而"关索其人其事,辗转说唱流传时代,应早在北宋初,也可能更早于北宋初年,在唐五代间。而这也可能是《三国演义》成书远及的时代"。③ 该书的地理释义共 14 条,计 17 处,其中 15 处可以推断为宋人记宋代地名;其中虽有 2 处是明初的地名,但这可能是后来传抄、传刻过程中加上的。此说完全忽视了《三国演义》吸取元代《三国志平话》和元杂剧三国戏内容的明显事实,也完全脱离了中国古代小说发展的历史状况,难以成立,因而至今无人赞同。

2."成书于元代中后期"说。持此说者以章培恒、袁世硕为代表。章培恒在《三国志通俗演义》排印本《前言》(上海古籍出版社 1980 年 4 月第 1 版)第三部分,根据书中小字注中提到的"今地名"进行了考证,指出:"这些注中所说的'今时'何地,除了偶有误用宋代地名者外,都系元代地名。"尤其值得注意的是,元文宗天历二年(1329),曾将建康改为集庆,江陵改为中兴,潭州改为天临;"然而,在《三国志通俗演义》中却仍然把建康、江陵、潭州作为'今地名',而不把集庆、中兴、天临作为'今地名',这是否可以理解为该书写作时还没有集庆、中兴、天临这样的'今地名'呢?"文章由此认为:"《三国志通俗演义》似当写于元文宗天历二年(1329)之前",其时,罗贯中当在三十岁以上。袁世硕在《明嘉靖刊本〈三国志通俗演义〉乃元人罗贯中原作》一文(载《东岳论丛》1980 年第 3 期)中认为,《三国志通俗演义》成书于元代中后期,约为十四世纪二十年代到四十年代。其主要论据是:① 书中共引用 330 余首诗来品评人物,收束情节,这"与宋元间的平话是很近似的"。书中所引诗词,"不署姓名的泛称,多用'后人''史官','唐贤'一词用了一次,'宋贤' 词用过十多次,却不见'元贤'一类字眼。这可以视为元人的口吻,表明作者为元人。"而署名作者基本上是唐宋人,也表明《演义》作者为元人。② 书中小字注所提到的"今地名",除了几个笔误之外,"其余的可以说是全与元代之行政区名称相符"。其中,江陵、建康、潭州均为元天历二年(1329)以前的旧地名。"据此,有理由将作注的时间断为这年之前。如果考虑到人们在一段时间里仍习惯于用旧地名,那么将作注时间往后推几年、十几年,是可以的……所以,我们可以将作注的时间断为元代的中后期，约为十四世纪的二十年代到四十年代。"而书中的注绝大多数出自作者之手，因此，《三国志通俗演义》即应成书于这一时期。

3."成书于元末"说。陈铁民在《〈三国演义〉成书年代考》（载《文学遗产增刊十五辑》，中华书局 1983 年 9 月第 1 版）中认为：嘉靖本《三国志通俗演义》无疑是今存最早、最接近原著面貌的刻本，利用其注释来考证《三国演义》的成书年代是可靠的。根据嘉靖本注释中有评论和异文校记，以及有不少错误等情况判断，这些注释不大可能为罗贯中自作，而是《演义》的抄阅者和刊刻者零星写下，逐步积累起来的，其中有的作于元末，有的作于明初。既然有的注释作于元末，那么《演义》的成书年代自然也应在元末；即使根据一些作于明代洪武初年的注释，也可推知《演义》成书应在元末，因为只有在《演义》写成并流传之后，才有可能出现《演义》的注释。周兆新在《〈三国志演义〉成书于何时》（载其主编之《三国演义丛考》一书，北京大学出版社 1995 年 7 月第 1版）中指出：联辉堂本《三国志传》中有"圣朝封赠（关羽）为义勇武安王"一语，汤宾尹本《三国志传》亦有相似语句，两本在提到"圣朝"之前，均曾提到"宋朝"，二者对举，可见"圣朝"不可能指宋朝；而明初洪武至永乐年间均无封赠关羽之事，可见"圣朝"也不可能指明朝。这样，它只能指元朝。元文宗天历元年（1328）曾加封关羽为"显灵义勇武安英济王"，结合《录鬼簿续编》的记载，《演义》当成书于元代后期。

4."成书于明初"说。持此说者较多，如欧阳健在《试论〈三国志通俗演义〉的成书年代》一文（载《三国演义研究集》，四川省社会科学院出版社 1983 年 12 月第 1 版）中认为：周楞伽、王利器先生根据元代理学家赵偕的《赵宝峰先生集》卷首的《门人祭宝峰先生文》等材料，认为罗贯中即门人名单中的罗本，这是可信的，按照门人之间"序齿"的通例，可以推算罗贯中的生年约在 1315—1318 年，卒年约在 1385—1388 年；再根据对《三国志通俗演义》小字注中所谓"今地名"的分析，可以判断：《三国志通俗演义》可能是罗贯中于明初开笔，其第十二卷的写作时间不早于洪武三年（1370），全书初稿的完成当在 1371 年之后。其时，罗贯中在五十五岁左右，其知识和阅历都足以胜任《演义》的写作。任昭坤在《从兵器辨〈三国志通俗演义〉的成书年代》（载《贵州文史丛刊》1986年第1期）中认为：《三国志通俗演义》里叙述描写的火器，绝大多数在明初才创制，或才有那个名称，这证明《通俗演义》成书于明初。《通俗演义》描述的火器，使用者都是孔明，可见在作者心目中，只有孔明那样智慧过人的人才能创制使用先进火器，这说明作者所处时代是以冷兵器为主的，这也与明初的兵器实际状况相吻合。

5."成书于明中叶"说。张国光在《〈三国志通俗演义〉成书于明中叶辨》（载《社会科学研究》1983年第4期，亦收入《三国演义研究集》）中认为：《三国志通俗演义》是以《三国志平话》为基础的，现存的《三国志平话》刊于元代至治年间（1321—1323），代表了当时讲史话本的最高水平，然而篇幅只有约8万字，文笔相当粗糙、简陋；而《三国志通俗演义》篇幅约80万字，是《平话》的十倍，其描写手法已接近成熟，因此，其诞生不能不远在《平话》之后。嘉靖本《三国志通俗演义》是第一个成熟的《三国演义》版本，它不是元末明初人罗贯中的作品，而是明代中后期的书商为了抬高其声价而托名罗贯中的，为此书作序的庸愚子（蒋大器）很可能就是它的作者。张志合的《从〈花关索传〉和〈义勇辞金〉杂剧看〈三国志通俗演义〉的成书年代》（载《河南大学学报》1990年第5期）认为，从文学史发展的情况来看，在元末明初那样的文学氛围中，尚无可能产生出像《三国志通俗演义》和《水浒传》这样大部头的杰作。他根据明代成化年间刊行的说唱词话《花关索传》和明代前期著名剧作家朱有燉的杂剧《义勇辞金》均看不到《三国志通俗演义》的影响这一现象，认为《通俗演义》的成书年代应在明代中叶。李伟实的《〈三国志通俗演义〉成书于明中叶弘治初年》（载《吉林社会科学》1995年第4期）也认为《三国志通俗演义》成书于明代中叶。

面对上述诸说，我曾于九十年代初撰文提出，要确定《三国演义》的成书年代，必须具备以下三个条件。第一，对作者的生平及其创作经历有比较清晰的了解。尽管一些学者对罗贯中是否元代理学家赵宝峰的门人罗本、罗贯中与张士诚的关系、罗贯中与施耐庵的关系等问题作了积极的探考，但因资料不足，见解歧异，尚难遽尔断定《演义》成书的确切年代。第二，确认作品的原本或者最接近原本的版本。上述诸说，大部分把嘉靖元年（1522）本《三国志通俗演义》视为最接近原本面貌的版本，甚至径直把它当作原本，在此基础上立论。然而，近年来的研究表明，嘉靖元年本乃是一个加工较多的整理本，而明代诸本《三国志传》才更接近罗贯中原作的面貌。这样，以往论述的可靠性就不得不打一个相当大的折扣。第三，对作品（包括注文）进行全面而细致的研究。有的学者通过对书中小字注所提到的"今地名"来考证《演义》的成书年代，这不失为一种有益的尝试。但是，这里有两点值得注意：其一，必须证明小字注均出自作者之手，否则，其价值就要大打折扣（按：上文引述的陈铁民观点已经指出：这些注释不大可能为罗贯中自作，而是《演义》的抄阅者和刊刻者零星写下，逐步积累起来的，其中有的作于元末，有的作于明初。王长友在《武汉师院学报》1983 年第 2 期发表时《嘉靖本〈三国志通俗演义〉小字注是作者手笔吗？》一文中，认为嘉靖元年本的小字注并非作者本人手笔，"作注时该书已流传较久并得到推崇""作注者不但不是作者本人，也不是作者同时代的人"。）；其二，对小字注的考察，应当与对作品各个方面的研究结合起来，才能获得可靠的结论，而以前对此所作的努力还很不够。结合以上各种因素，目前比较稳妥的说法仍然是：《演义》成书于元末明初，而成于明初的可能性更大一些（《〈校理本三国演义〉前言》，江苏古籍出版社 1992 年 2 月第 1 版；亦收入《〈三国演义〉与中国文化》论文集，巴蜀书社 1991 年 9 月第 1 版）。

三

今天，在世纪交替之际，回顾有关《三国演义》成书年代问题的研究发展历程，我们至少可以得出以下三点看法。

第一，对《三国演义》成书年代的研究，决非可有可无，而是一项具有重要学术价值的基础研究工作。长期以来，各种文学史、小说史著作虽然沿用了"成书于元末明初"的说法，但大都在明代部分设置《三国演义》专章，实际上把《三国演义》视为明代作品。如果能证明它成书于元末（或元代中后期），那就必须把它列入元代文学史的范畴，那么，以往对《三国演义》的各种分析，都应当重新加以审视，许多方面的认识不得不作出修改。这难道不是一个非常重大的问题吗？欧美学者研究莎士比亚生平、著作已经三百多年，成果车载斗量，研究的程度已经非常精细，而新的成果仍层出不穷；像《三国演义》这样对中华民族的精神生活和民族性格产生过深远影响的伟大作品，我们中国学者难道不应该搞清楚它的具体成书年代吗？当然，对于这样一个专门化的问题，一般从事思想内涵、艺术成就研究的学者可以不去深究，尽可依据通行的文本进行探讨；但是，对于一门系统的学问而言，这个问题却是迟早都要解决，不能永远模糊下去。因此，少数有志者对这个枯燥而艰难的课题上下求索、辛勤探寻，是完全必要的，也是值得尊重的，应当予以鼓励和支持。

第二，数十年来，特别是八十年代以来，对《三国演义》成书年代的研究，已经取得了相当大的进展。上面谈到的五种观点，除了"成书于宋代乃至以前"说显然难以成立之外，其余四说，各有所据，各有一批赞同者。尽管目前还没有哪一说得到绝大多数学者的公认，暂时还是诸说并存；但比之过去，人们的认识已经大大深化，盲目性已经大大减少；通过各种观点的阐述、争鸣和彼此辩驳，为进一步的深入研究打下了坚实的基础。今后，逐步形成一个多数学者都能接受的观点是很有希望的。

第三，要真正解决《三国演义》的成书年代问题，在基本事实的认定、新材料的发掘、研究方法的选择等方面，还需要付出更多、更踏实、更细致的努力。例如，《赵宝峰先生集》卷首的《门人祭宝峰先生文》所列门人名单中的"罗本"，究竟是否是《三国演义》的作者罗贯中？一些学者认为是；但已有学者根据《宋元学案》卷九十三《静明宝峰学案》中"罗本"名下的一条按语，指出这位"罗本"字"彦直"，与《三国演义》的作者罗本贯中并非一人。对这种基本事实的认定，就应该而且可以通过讨论尽快达成一致，而不宜让不同的意见长期自说自话，互不相干，令人无所适从。又如，上文提到的确定作品的原本或者最接近原本的版本问题，目前就存在较大的分歧：一批学者（包括我自己）认为，嘉靖元年本乃是一个经过较多修改加工，同时又颇有错讹脱漏的版本，诸本《三国志传》的祖本才更接近罗贯中原作的面貌；但仍有一些学者

认为嘉靖元年本才是最接近原本的版本。这就需要通过严谨的考证和心
平气和的争鸣来寻求解决。再如，对于《录鬼簿续编》那条关于罗贯中
的记载，人们一直视为最可靠、最权威的材料，这不仅因为材料出自"忘
年交"的回忆，非常难得，而且因为所记的罗贯中与《三国演义》的作
者姓、字相同，时代也吻合。但是，人们似乎回避了一个问题：这里所
记的是戏曲作家罗贯中，其中并无一字说到他写作小说之事。那么，这
位罗贯中是否一定就是《三国演义》的作者罗贯中呢？有人解释说，《录
鬼簿续编》的作者初识罗贯中和至正甲辰与之"复会"时，罗氏还没有
写小说，故《续编》没有涉及这一方面；罗氏是在那以后才开始写作《三
国演义》的。这种分析，应该说是合情合理的，也符合大多数人的心理
预期；但这毕竟还是一种推测，从科学研究的要求来看，我们还需要寻
找更直接的证据。当然，反过来说，在没有充分理由的情况下，否定那
条记载的可靠性，也是难以服人的。问题的关键仍然是：尊重事实，用坚
实的证据说话！

　　事实上，在我九十年代初撰写那篇文章以后八九年来，有心的学者
一直在坚持不懈地努力发掘材料，考辨史实。比如，杜贵晨不久以前发
表《〈三国志通俗演义〉成书及今本改定年代小考》（载《中华文化论坛》
1999 年第 2 期），为"成书于元代中后期"说提供了新的论据。他认为，
从《三国志平话》的刊刻情况，可以表明《三国演义》成书的上限是至
治三年（1323）。他又发现，明初瞿佑的《归田诗话》卷下《吊白门》则
在引述南宋陈刚中的《白门诗》和元末明初张思廉的《缚虎行》时，有
"布骂曰：'此大耳儿叵奈不记辕门射戟时也'"一语，而张思廉的《南飞
鸟》诗中则有"白门东楼追赤兔"一句，二者既非来自《三国志》《后汉
书》等史籍，又非来自《三国志平话》，而是出自《三国志通俗演义》。
再参酌章培恒、袁世硕二先生的意见，他认为《演义》成书的下限是元
文宗天历二年（1329）之前。由此得出结论："《三国志通俗演义》成书
于元英宗至治三年（1323）至元文宗天历二年（1329）之间，即泰定三
年（1326）前后。"我不完全同意他的论述，但他引用的瞿佑有关《吊白
门》的资料，却是首次使用，很有价值，理应引起学界同仁的注意。这
说明，在新资料的收集和发掘上，我们是大有可为的。

由于问题本身的复杂性，也由于以往人们对诸多现象认识的歧异性，在今后的研究中，我们应当更加自觉地发扬严谨诚朴的优良学风，坚持在真理面前人人平等的学术原则，弘扬实事求是的理性精神。既要勇于开拓创新，又要扎扎实实地理清头绪；既要珍惜自己艰苦探索的成果，又要尊重他人的一得之见；既要敢于坚持真理，又要勇于修正错误。总之，以弘扬民族优秀传统文化的高度责任感，虚怀若谷，互相尊重，友好切磋，取长补短。我相信，在师友们的共同努力下，《三国演义》的成书年代这个"世纪课题"，一定能够得到圆满的解决！

（原载《中华文化论坛》2000 年第 2 期；中国人民大学《复印报刊资料·中国古代近代文学研究》2000 年第 9 期全文转载）

关于罗贯中的籍贯问题

在中国文学史上，伟大作家罗贯中的名字是家喻户晓的。然而，长期以来，对罗贯中的研究却一直是古典文学研究中的一个薄弱环节。别的不说，光是他的籍贯问题就是一个——

久悬不决的疑案

明清两代，有关罗贯中生平的记载寥寥可数，而对其籍贯的说法却彼此抵牾。概括起来，主要有四种说法。

1. 太原人，即今山西太原人。主要见于明无名氏《录鬼簿续编》："罗贯中，太原人。"

2. 东原人，即今山东东平人。庸愚子《三国志通俗演义序》称"东原罗贯中"，《三国演义》的多种明刻本亦署名"东原罗贯中"。

3. 杭人，钱塘人，越人，即今浙江杭州人。如郎瑛《七修类稿》称为"杭人罗本贯中"，田汝成《西湖游览志余》称为"钱塘罗贯中本"，周亮工《因树屋书影》称为"越人罗贯中"。

4. 庐陵人，即今江西吉安人。中华人民共和国成立以来，特别是近几年来，学术界对这个问题的看法逐渐集中为两种意见。

一是"东原"说。此说以刘知渐、王利器二先生为代表。刘知渐先生指出："嘉靖本《三国志通俗演义》卷首，有一篇'庸愚子'（蒋大器）在弘治甲寅（1494）年所作的序文中称罗贯中为东原人。这个刻本很早，刻工又很精整，致误的可能性较小。贾仲明是淄川人，自称与罗贯中'为忘年交'，那么，罗是东原人的可能性似乎更大一些。《录鬼簿续编》出于俗手所抄，'太'字有可能是'东'字草书之误。"（《重新评价〈三国演义〉》，载《社会科学研究》1982 年第 4 期）王利器先生认为，大多数明刻本《三国》都"认定罗贯中是元东原人"。"所谓杭人，亦即钱塘人，是新著户籍；《续编》以为太原人，'太原'当作'东原'，乃是罗贯中原籍，由于《录鬼簿》传抄者，少见东原，习知太原，故尔致误。"他又说："我之认定罗贯中必是东平人，还是从《水浒全传》中得到一些消息的。《水浒全传》有一个东平太守陈文昭，是这个话本中惟一精心描写的好官。东平既然是罗贯中的父母之邦，而陈文昭又是赵宝峰的门人，也即是罗贯中的同学，把这个好官陈文昭说成是东平太守，我看也是出于罗贯中精心安排的。"（《罗贯中与〈三国志通俗演义〉》上篇，载《社会科学研究》1983 年第 1 期）叶维四、冒炘的专著《三国演义创作论》（江苏人民出版社 1984 年 9 月版）、刁云展的论文《罗贯中的原籍在哪里》（载《三国演义学刊》第 2 辑，四川省社会科学院出版社 1986 年 8 月版）亦主"东原"说。

另一是"太原"说。这是自《录鬼簿续编》被发现五十余年来最流行的观点。其主要根据是：《录鬼簿续编》不仅有罗贯中是太原人的记载，而且其作者自称罗贯中"与余为忘年交，遭时多故，各天一方，至正甲辰复会"。中华人民共和国成立以来几部比较权威的文学史，如中国科学院文学研究所编写的《中国文学史》、游国恩等先生主编的《中国文学史》，均主"太原"说；北京大学中文系编写的《中国小说史》亦主"太原"说。不过，这几部著作都仅仅是摘取《录鬼簿续编》的记载，而没有作出任何阐释。近三年来，友人孟繁仁同志对罗贯中生平问题致力较多，先后发表《罗贯中试论》（载《三国演义论文集》），中州古籍出版社 1985 年 11 月版）和《〈录鬼簿续编〉与罗贯中种种》（载《三国演义学刊》第 2 辑）两篇论文，对"太原"说作了一些新的阐发。

我个人倾向于赞成"东原"说，但在目前的条件下，要完全定论尚有困难。原因很简单：现有的可资依据的材料实在太少，而权威的、无可辩驳的材料更是微乎其微。不过，为了有利于研究的深入，我愿先与持"太原"说的同志作一番商榷。首先需要辨别的是——

什么材料更为可信

持"太原"说的同志，一般都把《录鬼簿续编》的记载视为理所当然的"铁证"。在这方面，孟繁仁同志的论述具有代表性。他在《罗贯中试论》中说："自称与罗贯中为'忘年交'的元末明初人贾仲明，在《录鬼簿续编》中为我们留下了一条关于罗贯中情况的惟一的珍贵史料。"（按：繁仁同志在另一篇文章里又认为《录鬼簿续编》的作者不是贾仲明，我也认为贾仲明不是该书作者。）他还认为："说罗贯中是'东原人''杭州人''庐陵人'的几种记载，乃是出于《少室山房笔丛》《西湖游览志余》《七修类稿》等书，这些笔记丛书与正式的史传不同，并不讲究证据，只是根据'故老传闻'所记，并不具备确凿的史料价值。所以，要用后面这几种不同的题署说法，去否定《录鬼簿续编》记录的罗贯中为'太原人'的权威性的记载，纯属徒劳。"对于这种判断，我是不敢苟同的。

第一，《录鬼簿续编》的记载是"关于罗贯中情况的惟一的珍贵史料"吗？不能这样说。诚然，我们承认《续编》的作者与罗贯中是"忘年交"，他的记载值得充分重视。但是，还有比这更值得重视的珍贵史料，这就是罗贯中的作品本身。现存的《三国演义》明代刊本，大多署名"东原罗贯中"；罗贯中创作的另外几部小说，多数也署名"东原罗贯中"。谁也没有理由说这些署名"只是根据'故老传闻'所记"，恰恰相反，人们一般都认为这是罗贯中本人的题署，连繁仁同志也承认："罗贯中在自己晚年倾尽心力整理完成的几部小说中，题署'东原罗贯中'。"（《〈录鬼簿续编〉与罗贯中种种》）既然如此，那么请问：在作者自己的署名和"忘年交"的记载之间，究竟哪一种更权威，更可信？显然是前者。繁仁同志一面承认"东原罗贯中"是罗贯中本人的题署，另一面却又说罗贯中只是把东原"当成最后落籍之地"，而否定东原是罗贯中的原籍。这样，他就陷入了自相矛盾的境地。这是由于他先入为主地把《录鬼簿续编》关于罗贯中是"太原人"的记载看成是千真万确、不可移易的事实，而把作家本人的题署放在次要的、从属的地位。像这样颠倒了作家自记与他人追记的先后、主次关系，自然只好削足适履，曲为解说，以至造成逻辑上的淆乱。实际上，在文学史上，作家的同辈朋友也好，"忘年交"也好，误记其籍贯、生平的情况并非罕见。《录鬼簿续编》的作者是在青少年时代认识罗贯中的，从认识到"至正甲辰复会"，中间隔了若干年；而"复会"之后又过了"六十余年"，才来回忆罗贯中，误记其籍贯的可能性不是没有。而且，即使作者没有误记，后人也有可能误抄（说见后）。

第二，繁仁同志和其他持"太原"说的同志可能会说：《三国演义》的明刊本都是嘉靖壬午（元年，1522）以后刊刻的，而《录鬼簿续编》成于永乐末年至宣德初年之间，年代比《演义》诸刻本为早，因此，《续编》的记载更为可信。应该说，这种看法似是而非。一方面，《演义》现存的最早刻本是嘉靖元年本，并不意味着在此之前一定没有更早的刻本，更不意味着嘉靖元年本或其后的刻本的署名就不同于原作的署名（正如上文所述，事实上大家都承认这些刻本的署名是罗贯中本人所为）。另一方面，现存的《录鬼簿续编》只有天一阁旧藏的明代蓝格抄本一种，天一阁乃是明代范钦所建，而范钦是嘉靖进士，因此，《续编》抄本的年代肯定在嘉靖元年之后，也就是晚于嘉靖本《三国志通俗演义》，当然更晚于庸愚子写于弘治甲寅（1494）的《〈三国志通俗演义〉序》了。如果拿嘉靖元年精工刊刻的《三国志通俗演义》与嘉靖元年以后手抄的《录鬼簿续编》相比，哪一种更可信呢? 显然也是前者。

第三，繁仁同志不承认《录鬼簿续编》有误抄的可能性。其实，《续编》抄本确实颇有一些错字、脱字、衍文和颠倒之处。请看这样一些例子："汪元亨"条中，将"至正间"误抄为"至正门"；"杨景贤"条中，将"风波"误抄为"风破"；"李唐宾"条中，将"人物风流"误抄为"人物风物流"，衍出一"物"字；"魏士贤"条中，将"高邮州人"误抄为"高邮人州"，等等。既然误抄的现象不是个别的，那么，像王利器先生所分析的，由于传抄者"少见东原，习知太原，故尔致误"的可能性，或者由于其他原因而致误的可能性，也就不能完全排除。

综合上述各点，我认为，"东原"说比之"太原"说，是更为可信的。

当然，持"太原"说的同志的理由不止是上面提到的这些，为了充分交换意见，我们有必要继续商榷——

再辨几种说法

孟繁仁同志在《〈录鬼簿续编〉与罗贯中种种》一文中强调指出，罗贯中创作的几部作品"都在不同程度上与山西、太原有一些'瓜葛'"："《三国演义》塑造最为出色、最为成功的人物"关羽，是山西解州人；《隋唐两朝志传》中的重要人物李渊、李世民父子是从太原起兵，建立李唐王朝的；《残唐五代史演义传》中的重要人物李存孝是山西雁北人；《赵太祖龙虎风云会》中的赵匡胤，早年曾流落太原；《平妖传》中的文彦博，是山西介休人。他认为，"这种'瓜葛'，正与作家的'故土性'有密切的关系。"由于繁仁同志把"故土性"视为"太原"说的一个有力旁证，我们有必要对它作一番考察。

我认为，在创作活动中，"故土性"是存在的。在某些作家的创作中，从题材选择、环境设置、情节处理到审美趣味，都或多或少地表现出某种"故土性"。古今中外，这样的事例确实不少。但是，必须指出，这种现象只是在部分作家的部分创作中表现得明显一些。从总体上看，与时代氛围、社会思潮、现实矛盾对作家的影响和刺激相比，这种"故土性"所起的作用显然居于次要地位；对于许多作家来说，在他们的人生经历中，"故土性"对其创作的影响也比不上身世变故、浮沉荣辱的刺激。古代的许多作家，他们创作的名作都与"故土性"无涉。如关汉卿的名作《单刀会》，其主角关羽是山西解州人，而关汉卿本人却是大都（今北京）人；马致远的名作《汉宫秋》，其主角王昭君是秭归（今属湖北）人，而马致远本人却是大都人，又在浙江做过官；洪升的名作《长生殿》，其主角唐玄宗是陕甘人，杨贵妃是山西人，而洪升本人却是浙江钱塘（今杭州）人；孔尚任的名作《桃花扇》，其主角侯方域是河南商丘人，李香君是秦淮歌妓，而孔尚任本人却是山东曲阜人……这些作品的主人公与作者在籍贯上真是南北殊途，作家的创作冲动显然不能用"故土性"来解释。作家感兴趣的，是这些历史事件本身所蕴含的思想意义和认识价值，是主人公的经历和性格给予后人的种种启示，而不在乎他们的籍贯是什么。

同时应该指出，繁仁同志在论述罗贯中创作的"故土性"，用以证明罗贯中是太原人的时候，好些地方是不准确的。

——《三国演义》中的关羽固然是山西解州人，但众所周知，《演义》的真正主角是诸葛亮，"塑造最为出色、最为成功的人物"也是诸葛亮，而诸葛亮却是琅琊阳都（今山东沂南）人。

——《隋唐两朝志传》中的李渊、李世民父子固然是从太原起兵的，但他们的祖籍却是陇西成纪（今甘肃秦安），而他们建立李唐王朝的主要业绩则是在长安完成的。

——《残唐五代史演义传》中的李存孝也并非山西雁北人。《旧五代史》写道："李存孝，本姓安，名敬思。"注云："案《新唐书》，存孝，飞狐人。与欧阳史同，薛史阙载。"再查《辞海》：飞狐，"古县名，隋改广昌县置。因县北飞狐口得名。治所即今河北涞源县治。"这就是说，李存孝应是河北涞源人。

——《三遂平妖传》的主角应该是王则和胡永儿。王则是涿州（治今河北涿县）人，起义于贝州（治今河北清河西北），与山西无关；胡永儿是东京（今河南开封）人，同样与山西没有瓜葛。

——《赵太祖龙虎风云会》中的赵匡胤，虽说到过山西，但他却是涿州人（很巧，与王则同乡），其发迹之地也不在山西。

以上这些作品的主人公，没有一个是山西人。虽然作品的某些人物曾与山西有过一点"瓜葛"，但要以此来证明罗贯中是山西太原人，实在太缺乏说服力了。反过来看，这五部作品中有三部的主人公是河北人，其余两部中也有河北籍的重要人物（如《三国演义》中的刘备、张飞、赵云，《隋唐两朝志传》中的窦建德等），难道能够以此来猜测罗贯中是河北人吗？

在这样很不牢靠的论据的基础上，繁仁同志还提出了几种说法。

一是"从目前可知的情况分析"。所谓"目前可知的情况"是些什么？就是上面提到的关于罗贯中是"太原人"的说法以及关于罗氏著作"故土性"的推断。如前所述，这些情况或者尚难定论，或者本身就不准确，繁仁同志却由此作出进一步的大胆推断："罗贯中的青、少年时代是在故乡山西太原度过的。至少在成年以后，他才离开故乡，外出漫游。"这种推断，没有任何事实作依据，只能是主观臆测。即使假定"太原"说能够成立，从这个前提出发，要想得出"罗贯中的青、少年时代是在故乡山西太原度过的"这个结论，也还缺乏必然的衔接关系。一个作家，为什么不可以在原籍以外的地方度过自己的青少年时代呢？古今中外，这种事例简直不胜枚举。而繁仁同志又把这种主观臆测作为加强"太原"说的论据之一，这就在逻辑上陷入了循环论证的矛盾。

　　二是罗贯中"晚年落籍"东原的说法。繁仁同志说："从明代中叶刊行的不少罗氏所著小说都署名为'东原罗贯中'的情况看，这位历尽艰辛和风险、阅历丰富的伟大作家，最后并没有回到他的故乡太原，而是在当时的北方运河上的繁华码头之一的东原停留了下来。"罗贯中"把这里当成最后落籍之地的用意，却是非常明显的"。前面我们已经指出，既承认"东原罗贯中"是作家本人的题署，又否定东原是罗贯中的原籍，这在逻辑上是讲不通的。这里要问的是，说罗贯中晚年落籍于东原，又有什么根据呢？没有，仍然只是主观臆测。那么，罗贯中为什么不回到梦魂萦绕的原籍，却偏偏要落籍于东原呢？繁仁同志说："据我估计，罗氏最后决定在东原落籍，极有可能是他在这里或者附近不远的地方，遇到了罗氏一门的亲故，或者书香门第的好友，遇到了可以比较方便、安静地看书和写作的环境。"可惜，这毕竟只是"估计"，还是没有事实根据。

　　三是以传说为论据。据说："施耐庵故乡兴化白驹一带，流传着'罗贯中是太原东关厢人，是票号老板的儿子'的传说。"于是，繁仁同志就此又展开了大胆的推测："如果真是这样，罗氏在东原或附近一带早就开有商号、分店，他早在二三十年前南下时，就在这里停留居住过一段时间，或许他在那时就把家眷安排在那里，也未为可知。"大家知道，民间传说自有其特殊的审美价值，但在长期的流传过程中，其内容却因历代群众的加工、改铸和附会而发生不同程度的变异，往往与事物的原貌差距很大；还有许多传说则是完全没有史实的虚构。因此，民间传说一般不应成为考证历史人物生平的依据。至于从罗贯中是太原"票号老板的儿子"的传说，就臆想出"罗氏在东原或附近一带早就开有商号、分店"之类，更是难以站住脚的。

　　总之，上述几种说法都难以令人首肯。它们的共同特点是：都是在先入为主地肯定罗贯中是"太原人"的基础上派生出来的，而它们自身却并不那么肯定（如"故土性"），甚至根本没有事实根据（如后面三点），因此，它们都不足以成为"太原"说的论据。

下一步怎么办？

　　几十年来，人们在罗贯中的生平籍贯问题上徘徊得太久了。随着《三国演义》研究的迅速发展，大家热切地希望在这一点上有所突破，这种愿望是很自然的。因此，尽管我不同意繁仁同志的观点，但对他和其他一些热心于罗贯中研究的朋友所作的努力，我是抱有真诚的敬意。不过，求知的热忱必须与科学的态度和方法结合起来，必须冷静地分析我们已经占有的材料，确定我们继续探讨的起点，必须十分谨慎细致地进行我们的工作。

那么，下一步究竟怎么办呢？我认为，在现有条件下，可以着重考虑这样三个方面。

1. 注意《录鬼簿续编》有无别的抄本。如果幸而发现新的抄本，我们就可以判定其中的"太原"二字究竟是否误抄。这将直接帮助我们解决"东原"说与"太原"说的分歧。对此，需要海内外专家学者共同留心。

2. 注意有关罗贯中生平的新发现。现有的文字资料确实太少，而其中一些后人追记的"故老传闻"之辞又不可靠，我们多么渴望能够得到比较翔实的资料！应该看到，在封建时代，而且是在动乱的年代，像罗贯中这样的下层文人，是否有碑铭、谱牒、诗文书札或其他文字资料留存下来，实在很难说。但是，我们不妨抱着一线希望，继续留心搜寻。

3. 判定《三国志传》的成书年代。现存的诸种《三国志传》，大多题署"东原罗贯中"。过去，人们对它们不大重视。近年来，已经有一些学者认为《三国志传》的祖本早于嘉靖本《三国志通俗演义》。如果我们通过进一步的研究，确认《三国志传》确实是《三国演义》的祖本，并且判定它的成书年代，那么，它的题署"东原罗贯中"，与嘉靖本卷首庸愚子作于弘治甲寅的序中所说的"东原罗贯中"互相印证，就可以成为确定罗贯中籍贯的有力证据。

以上谈的，仅仅是个人的一点粗浅的看法，目的在于通过互相问难，与持"太原"说的朋友们互相启发，共同打开思路，共同解决某些疑点。尽管我个人倾向于"东原"说，但终究只是认为"东原"说比"太原"说更可信一些，还不能遽尔否定"太原"说。我衷心希望不同观点的同志按照实事求是的原则，共同努力。那么，不管最后的结论是什么，我都将十分高兴——因为我们的目标本来就是一致的呵！

（原载《海南大学学报》1987 年第 2 期。中国人民大学《复印报刊资料·中国古代近代文学研究》1987 年第 9 期转载。《明清小说研究信息》1987 年第 12 期刊登本文摘要。《中国文学研究年鉴》1988 卷介绍本文观点。）

附记

本文问世后，颇受学术界同行注意，除被有关刊物转载和权威的《中国文学研究年鉴》介绍之外，还被视为"东原"说的代表性论文之一。如《泰安师专学报》1997 年第 2 期刊载《关于罗贯中原籍"东平"说的研究和调查》一文（中国人民大学《复印报刊资料·中国古代近代文学研究》1997 年第 12 期转载），认为刘知渐先生、王利器先生和本人是"东原"说的代表。韩伟表的《罗贯中籍贯研究述评》（载《中华文化论坛》2001 年第 1 期）认为："沈文循次披绎，理罅辨缺，发明'太原'说诸多疑误，有较高的学术争鸣价值。故尔沈文一出，'东原'说与'太原'说遂成一时瑜亮。"

不过，受当时的学术视野的限制，文中也有个别提法不够准确。如说"现存的《三国演义》明代刊本，大多署名'东原罗贯中'""大多"二字便不确切。对此，已有学者指出。

为了真实地反映自己认识发展的轨迹，兹按原文排印，除改正个别错字外，不作任何更动。

《隋唐志传》非罗贯中所作

　　长期以来，学术界普遍认为，元末明初的伟大作家罗贯中除创作了《三国演义》之外，还完成了《隋唐两朝志传》《残唐五代史演义传》等小说（如鲁迅先生的《中国小说史略》、中国科学院文学研究所编写的《中国文学史》、游国恩等先生主编的《中国文学史》，近年来马积高、黄钧先生主编的《中国古代文学史》等，均如此记载）。我在以往的著述中亦沿袭这一说法。然而，自1996年以来，由于先后校点《隋唐两朝志传》和《残唐五代史演义传》（巴蜀书社出版），通过反复细读，我修正了自己的观点，认为二书皆非罗贯中所作。这里仅就前者加以考辨。

一

　　首先谈谈书名。今见此书的最早刻本为万历己未（四十七年，1619）金阊（今苏州）龚绍山刊本，卷首有署名"西蜀杨慎"的《隋唐史传序》，次为署名"三山林瀚"的《隋唐志传叙》，正文各卷卷端及大多数卷末题《镌杨升庵批点隋唐两朝史传》，唯第一卷卷末题《镌杨升庵批点隋唐两朝志传》，版心则题《隋唐志传》。按照传统著录方法，书名当作《隋唐两朝史传》；而据林瀚序及版心题名，则宜称《隋唐志传》。相比而言，《隋唐志传》这一书名更为通用。所以，在今后的研究中，似不应再称之为《隋唐两朝志传》。

　　中国古代小说研究界之所以普遍认为《隋唐志传》乃罗贯中所作，主要根据是：此书卷端题署为"东原贯中罗本编辑，西蜀升庵杨慎批评"，署名"林瀚"的序又称此书"实亦罗氏原本"。由于材料的难得和对罗贯中的尊崇，人们宁可相信其真，而不愿怀疑其伪，至多认为今存之本系林瀚据罗贯中原本改编而成，但仍大体保留了原本的面貌。加之过去受条件限制，相当多的研究者并未目睹此书，往往只是彼此相沿，人云亦云，遂使这一看法似乎牢不可破了。但是，科学研究毕竟不能被好恶感情左右，而必须坚持实事求是的原则；无论我们对罗贯中多么热爱，只要认真研究作品的实际，便不得不承认，此书确非罗贯中所作。

二

通观《隋唐志传》（简称《隋唐》），一个非常明显的事实是：书中许多情节、语句与《三国演义》雷同。例如：《隋唐》第四回写"大业八年……六月朔，黑气千余丈，飞入太极殿。秋七月，有虹光于玉堂，原函山岸，尽皆崩裂。种种不祥，非止一端。"与嘉靖元年（1522）刊本《三国志通俗演义》（以下简称"嘉靖本"）第一回写光和元年"六月朔，黑气十余丈，飞入温德殿中……"几乎一模一样；《隋唐》第五回写李密逃难，往父执游太和家投宿，游太和因家无美味，杀其妻以食李密，与嘉靖本第三十七回刘安杀其妻以食刘备相似；《隋唐》第七回写李密火烧裴仁基一节，与嘉靖本第七十八回诸葛亮火烧博望相似；《隋唐》第八回写郑颐说裴仁基归降李密，与嘉靖本第六回李肃说吕布相似；同回写李密求贤，与嘉靖本第二十回曹操求贤相似；《隋唐》第十三回写李世民攻武关，与嘉靖本第二百三十一回钟会攻南郑相似；同回写李世民攻中渭关，与嘉靖本钟会攻阳安关相似；《隋唐》第十四回写唐军逼近长乐宫，隋朝长乐宫留守吕广与其妻赵氏对语，与嘉靖本第二百三十四回马邈与其妻李氏对语相似；《隋唐》第十五回写高显道劝屈突通降唐，与嘉靖本第一百九十三回鄞祥（按：当作"靳详"）劝郝昭降蜀相似；《隋唐》第十六回写王世充斩项钊，与嘉靖本第一百三十八回曹洪斩任夔相似；同回写丘瑞向王世充请战，与嘉靖本同回张郃向曹洪请战相似；《隋唐》第二十回写宇文化及命部将董康弑少帝杨浩，与嘉靖本第七回董卓命李儒弑少帝相似（董康、李儒均"带武士十人，来杀少帝"）；《隋唐》第二十三至二十四回写窦建德至深泽攻魏刀儿，关寿杀魏刀儿，献城与窦建德，窦建德反命斩之，与嘉靖本第一百五回至一百六回写魏延杀韩玄，献长沙，孔明反欲斩之相似；《隋唐》第二十六回写宇文化及与李神通交战，与嘉靖本第一百六回写孙权与张辽交战相似；《隋唐》第三十二回写冯仲行向徐云请兵迎战李密，大败而回，谋士王良请斩之，"徐云以新娶其妹，不肯加刑"，与嘉靖本第十四回写蔡瑁迎战孙策大败，蒯良请斩之，"刘表以新娶其妹，不肯加刑"几乎没有区别；《隋唐》第三十五回写秦琼杀王玄恕先锋周武，与嘉靖本第一百八十三回赵云杀夏侯楙先锋韩德相似……这类情况，简直不胜枚举。

如此多的雷同之处，是否由于《隋唐》与《三国》出于同一作者之手，作者为图省事而重复搬用类似情节？是由于《隋唐》写作在前，《三国》袭用其情节，还是由于《三国》写作在前，《隋唐》加以抄袭？应当说，对于两书均为虚构的情节，确实难以径直判断谁先谁后。不过，既然二书均为历史演义小说，我们可以在其相似情节中，考查那些有史实依据的情节，即可判断谁为首创，谁为抄袭。例如，嘉靖本《三国志通俗演义》第一回写光和元年"六月朔，黑气十余丈，飞入温德殿中；秋七月，有虹见于玉堂。"来源于《后汉书·灵帝纪》及注引《东观记》；而《隋唐》第四回的类似情节，在《隋书·炀帝纪》中却找不到踪迹，显系抄袭《三国》，其中"黑气千余丈""千"系"十"之抄误，"有虹光于玉堂""光"系"见"之抄误。又如，嘉靖本第二百三十一回写钟会伐蜀，命许仪率军在前开道治路，攻南郑时，钟会马蹄被陷，几乎被蜀将所杀，于是怒而斩许仪，来源于《三国志·魏书·钟会传》；而《隋唐》第十三回写李世民攻武关的类似情节，在新旧《唐书》的《太宗纪》中均无踪影，显系抄袭《三国》。再如，嘉靖本第一百九十三回写郦详劝郝昭降蜀，来源于《三国志·魏书·明帝纪》注引《魏略》；而《隋唐》第十五回写高显道劝屈突通降唐的类似情节，在新旧《唐书》的《屈突通传》中却并无记载，显系抄袭《三国》。再如，嘉靖本第一百八十三回写诸葛亮首次北伐时，魏延献由子午谷奇袭长安之计，来源于《三国志·蜀书·魏延传》注引《魏略》；而《隋唐》第三十四回写李密由金墉城攻王世充，王伯当献由罗汉岭奇袭洛阳的类似情节，在《隋书》、新旧《唐书》的《李密传》中均无其事，亦系抄袭《三国》。反之，《隋唐》中来源于史实的情节被《三国》袭用的情况，我们却找不到一例。像这种来源于史实的情节，必须受基本史实的制约，史实不可重复，这类情节也就只宜用于特定题材的作品，而不能简单搬用于其他作品；即使其他作品想要借用这类情节，也应当改造化用，否则便是生硬的抄袭，便会出现这样那样的纰漏。这不像某些虚构的情节，特别是那些程式化的描写、咏赞，并不具备特别的规定性，不同的作品可以互相模仿，甚至反复搬用。由此可见，是《隋唐》抄袭了《三国》。那么，能否把这解释为同一作者写作在后的作品因袭了写作在前的作品呢？不能。作者自我因袭的情况确实存在，但那主要是因袭自己用熟了的或比较得意的写作手法、技巧、细节、语句，或人人可用的"套子"，而不会一而再、再而三地照抄取自特定史籍，用于特定作品的情节。只有那些拙劣的模仿者，才会不顾来自史实的情节的特殊性和情节的彼此关联，不顾抄袭造成的漏洞，一抄了事。因此，我们可以断定，《隋唐志传》成书至少是在嘉靖本《三国志通俗演义》刊刻之后，可能晚至隆庆、万历年间，绝非罗贯中所作。

　　早在 1976 年，澳大利亚华裔学者柳存仁先生在其名作《罗贯中讲史小说之真伪性质》①中就指出："《隋唐志传》在故事情节关目及用语方面，俱于《三国》倚赖甚深。"并举出《隋唐志传》与《三国》雷同的若干情节，说明："《隋唐志传》所言，其为纯从模拟《三国》而来，益可知矣。"但柳先生却认为，这种抄袭只是证明"《隋唐两朝志传》之撰写，当在《三国》之后"，却不能据此断定《三国》与《隋唐》并非出于同一作家之手。他的理由是：其一，两书之间有若干血缘性关系，《隋唐志传》的作者"异常熟悉于《三国》情节，而能取精用弘，源源不绝，不啻自其口出。"其二，今见之《隋唐志传》"当有一仿佛《三国志传》性质之旧本为之先驱"，不能仅据今本来判断是否罗贯中所作。因此，在文章的"结论"部分，柳先生认为《隋唐志传》仍可能为罗贯中的著作，"然现存本已经他人窜改"。柳先生的发现是富有启发意义的，但其结论则有未当之处。首先，《隋唐志传》的作者确实"异常熟悉于《三国》情节"，但他远远谈不上"取精用弘"，而是将《三国》情节当作"预制件"，东拉西扯，生硬搬用。

---

① 原载《香港中文大学中国文化研究所学报》第 8 卷第 1 期，收入柳存仁著《和风堂读书记》下册（香港龙门书店 1977 年），亦收入刘世德编《中国古代小说研究》（上海古籍出版社 1983 年）。

这种"熟悉",恰恰证明《隋唐志传》成书于《三国》已经广泛传播,搬用其情节已经不费力气的明代中后期。其次,今见之《隋唐志传》确有可能是由某一"旧本""窜改"而来。比如,在第八十九回之后来个"又第八十九回",不合写作通例,显然不会是原作者所为。又如,书末的长方木记云:"是集自隋公杨坚于陈高宗大建十三年(按:当作"陈宣帝太建十三年")辛丑岁受周主禅即帝位起";而实际上,正文并无杨坚受禅的情节,一开始便写杨广阴谋篡夺太子之位,很可能"旧本"原有杨坚受禅,被今本首卷的刻工删削(全书刻工当有数人),书坊主人不察,仍据原本写成木记,留下改动的痕迹。但是,无论这种"窜改"有多少删削,多少增补或改动,都无法改变此书的基本面貌,也无法改变其大量抄袭《三国》的事实。因此,即使是《隋唐志传》的"旧本",也不可能出于罗贯中之手,而只能是后人模仿之作。

由于《隋唐志传》大量地、机械地抄袭《三国演义》,因而常常露出破绽,造成某些窒碍不通、自相矛盾和荒唐可笑之处。例一:第五回写李密逃难,往其父结拜兄弟游太和家投宿,有"太和拜谢,谓密曰"一句,此处"拜谢"无所指,使全句难以理解。究其原因,这应是由于《隋唐》抄袭《三国》所致。嘉靖本第八回写到陈宫义释曹操,随操出走,同到吕伯奢家投宿,伯奢问:"贤侄如何到此?"曹操告知经过,并说:"今番不是陈县令,已粉骨碎身矣。"伯奢拜谢陈宫曰:"小侄若非使君,曹氏灭门矣。"《隋唐》的编写者照搬此节,仅小作改动,却忘了其中并无一个类似陈宫的角色,因而出现上述不通之句。例二:第七回写李密火烧裴仁基之后,"丽泉有诗为证",其中颈联"不智仁基夸勇力,故教李密有威风""不智""故教"二语不对,第七句"真涌惊破隋臣胆"不通。这也是抄袭《三国》而又粗枝大叶造成的问题。查嘉靖本第七十八回,写诸葛亮火烧博望后,"史官有诗曰"云云,其颈联是:"不致夏侯夸勇力,故教诸葛显威风""不致"与"故教"正好相对;第七句为"直须惊碎曹瞒胆",亦文从字顺。《隋唐》的编写者照抄此诗,因"智"与"致"音同而抄错,又因"真涌"与"直须"形近而抄错,造成不通。例三:第八回写李密求贤,裴仁基推荐秦琼,秦琼到后,对裴仁基说:"公之乡中,有一贤士,何不请来相助?"所荐乃程咬金。然而,裴仁基系河东闻喜（今山西闻喜东）人，程咬金则系济州东阿（今山东东阿西南）人，称他们为同乡，岂非笑话？问题又出在《隋唐》抄袭《三国》上。嘉靖本第二十回写曹操求贤，荀彧推荐程昱，程昱到后，对荀彧说："公之乡中，有一大贤，何不请来以助明公乎？"所荐乃郭嘉。按荀彧系颍川颍阴（今河南许昌）人，郭嘉系颍川阳翟（今河南禹县）人，二人同郡，可称同乡。《隋唐》不加思索地抄袭此节，却不查一查裴仁基、程咬金的籍贯，造成明显漏洞。例四：第十六回写秦琼与隋将丘瑞交战，丘瑞败退天渠寨，坚守不出，秦琼挑战不成，便每日饮酒，醉后便"坐于山前辱骂丘瑞"。李密派来打听的使者回报李密，"说叔宝饮酒，恐失军机"。李密却笑称这是秦琼赚丘瑞之计，并命程知节送酒到秦琼寨中助之。秦琼惹怒丘瑞，诱其下山劫寨，大败之，夺其天渠寨，派人报捷。"李密大喜，方知秦琼饮酒是计，只要赚丘瑞下山。"这与上文李密明知秦琼用计的叙述自相矛盾。这仍是抄袭《三国》出现的漏洞。嘉靖本第一百三十九回《瓦口张飞战张郃》写张郃败退宕渠寨，坚守不出，张飞挑战不成，便每日饮酒，醉后便"坐于山前辱骂张郃"。刘备使者回报，"说张飞饮酒，恐失军机"。刘备大惊，孔明却笑称这是张飞赚张郃之计，并命魏延送酒到张飞寨中助之。张飞激怒张郃，诱其下山劫寨，大败之，夺其寨栅，派人报捷。"玄德大喜，方知益德饮酒是计，只要诱张郃下山。"《隋唐》亦步亦趋地照抄此节，却没有给李密身边安排一个孔明式的人物，让李密一人同时发挥刘备、孔明两个角色的作用，导致自相矛盾。例五：仍是第十六回，写丘瑞连败，退守巩北关，设伏挑战，秦琼部将夏琦出战，丘瑞略战便退，夏琦追之，"丘瑞后面，刺杀夏琦于马下。"此句显然有毛病，而毛病来自《隋唐》对《三国》的抄袭。嘉靖本第一百三十九回写张郃败退瓦口关，设伏挑战，张飞部将雷铜出战，张郃略战便退，雷铜追之，张郃伏兵杀出，截断退路，"张郃复回，刺雷铜于马下。"《隋唐》抄袭此节，却因"后面"与"复回"形近而抄错，露出破绽。例六：上文已经谈到，《隋唐》第二十三至二十四回写关寿杀魏刀儿后，窦建德反欲斩之一节，系抄袭嘉靖本第一百五至一百六回魏延杀韩玄后，孔明反欲斩之一节。然而，《三国》虚构这一情节，是为了给后面的孔明"遗计斩魏延"埋下伏笔；而《隋唐》在抄袭这一节之前，明明已经叙述窦建德在深泽城外当众宣布："有能将刀儿绑下城者,官封极品,镇守其城。"这就造成了前后矛盾。这样一来,窦建德便成了一个出尔反尔,滥杀有功之臣的小人。例七:第三十五回写桓素向王玄恕献计,设伏包围秦琼,两军对阵时,桓素出战秦琼,"战不三合,遂便走入阵。"此处"遂"字显得拗口,与全句颇不协调,这又是《隋唐》抄袭《三国》所致。嘉靖本第一百八十三回写程武向夏侯楙献计,设伏包围赵云,次日,两军对阵,魏将潘遂出战赵云,"战不三合,遂拨马便走。"《隋唐》搬用这一情节,却未将此句中的"(潘)遂"相应改为"(桓)素",露出了抄袭的马脚。例八:第三十五回写王世充设计诱敌,命令部将徐成、林士浩:若李密军分前后赶来,"汝可分军两头:士浩引一半军去当后队,徐成引一半军去当前面。回军须要鏖战。"句中"回军"二字不通,这仍然来源于《隋唐》对《三国》的抄袭。嘉靖本第一百九十七回写诸葛亮设计诱敌,命令王平、张翼:若司马懿军分前后赶来,"却分兵两头:张翼引一军挡住后队,王平引一军截其前队。两军须要死战。"《隋唐》袭用此节,却将"两军"抄成"回军",留下了抄袭的痕迹。类似例证,还可举出许多。这表明,《隋唐志传》不仅不是罗贯中的作品,而且成书相当草率。

由于《隋唐志传》不加分析地抄袭《三国演义》,有时还导致作品在是非褒贬立场上的混乱。例如:裴仁基本非作品贬斥的人物,但第八回写郑颋向李密表示愿去说其归降时,竟照抄《三国》中李肃对吕布的评价,说裴仁基"勇而无谋,见利忘义",这就歪曲了裴仁基的形象。又如:第三十五至三十六回写王世充智败李密,完全模仿《三国》中《孔明智败司马懿》一节(嘉靖本第一百九十七回,《李卓吾先生批评三国志》第九十九回);但此处将为人阴狠狡诈的王世充比作诸葛亮,显然与作品其他地方对王世充的贬抑相矛盾。对诸葛亮极为尊崇,思想倾向鲜明的罗贯中无论如何是不会这样作的。

需要说明的是,上面将《隋唐志传》与嘉靖元年刊本《三国志通俗演义》进行对照分析,只是因为嘉靖元年本《三国志通俗演义》是今知最早的《三国》刊本,而且容易看到。实际上,《隋唐志传》究竟抄袭的是哪一种《三国》版本,还是一个尚待深入研究的问题。比如,上面举到的《隋唐》抄袭《三国》的第一例中,"原函山岸,尽皆崩裂"一语,

"原函"二字，嘉靖元年本《三国》作"五原"（来自《后汉书·灵帝纪》光和六年），而嘉靖二十七年（1548）叶逢春刊本《新刊通俗演义三国志史传》（简称"叶逢春本"）则作"原函"。由此可见，《隋唐》抄袭的不是嘉靖元年本，而是叶逢春本或由它派生的版本。这就是说，《隋唐志传》最早也只能出现在嘉靖二十七年以后的一段时间里。

另外，《隋唐志传》附录的《君臣姓氏》中，有关大臣籍贯、职官的错误极多。特别是《附录各部将官姓氏》，其中一些隶属关系错误简直莫名其妙。如将与瓦岗军毫无关系的杨玄感、张金称列为翟让部下，将唐文宗、唐武宗时的大宦官仇士良列为宇文化及部下，将唐玄宗时手握大权的杨国忠、高力士、唐肃宗时权倾天下的宦官李辅国列为唐玄宗即位以前便已被杀的武三思部下；尤为可笑者，将独孤盛列为赵行枢部下，实则独孤盛官任右屯卫将军，位在赵行枢之上（赵乃虎牙郎将），赵行枢与司马德戡等谋诛隋炀帝，独孤盛拒战而死，岂可算作赵行枢部下？这又告诉我们，《隋唐志传》的作者水平颇低，编纂时相当马虎。

孙楷第先生在《日本东京所见小说书目》中认为，《隋唐志传》"似与熊书同出于罗贯中《小秦王词话》（按："熊书"指熊大木所著《唐书志传》；《小秦王词话》当作《大唐秦王词话》，今存晚明诸圣邻改编本）……且即此书九十一回以前观之，其规模间架，亦犹是罗贯中词话之旧。……其增唐季事，当即万历间书贾所为。"孙先生称《隋唐志传》出自《大唐秦王词话》，根据不足；但认为全书成于万历年间，则是很有可能的。

三

既然《隋唐志传》成书于嘉靖二十七年（1548）以后乃至隆庆、万历年间，那么，署名林瀚的《隋唐志传叙》便可判断其真伪了。林瀚卒于正德十四年（1519），当然不可能在嘉靖二十七年以后参与《隋唐志传》的编写或改编，此序也就只能是后人托名之作了。孙楷第先生在《日本东京所见小说书目》中也早已指出："此杨慎评本《隋唐志传》号为林瀚编次者……所载瀚序，盖依托耳。"

至于署名杨慎的《隋唐史传序》，内容浮泛，见识平庸，不似出自升庵之手。我为此特地请教过杨慎研究专家王文才先生，他在所著《杨慎学谱》一书中指出，从杨慎的思想观点、语言风格以至字体等方面来看，此文决非其所作[①]。而所谓"杨慎批评"，更是观点陈腐，文字粗疏。两相对照，可见序和批评皆非杨慎所作，而是万历年间刊刻时书商或其雇佣的浅薄文人的手笔。

（原载《明清小说研究》1997年第4期）

---

① 我同意王文才先生的判断，唯刻本"杨序"手书字体与杨慎本人字体不同，倒不一定作为判定此序为伪托的理由（若序文为真，刻本字体也可能出自他人之手，而与原作者字体不同）。

《残唐五代史演义传》亦非罗贯中作品

1997 年，我写了《〈隋唐志传〉非罗贯中所作》一文[1]。文章开头即指出：

长期以来，学术界普遍认为，元末明初的伟大作家罗贯中除创作了《三国演义》之外，还完成了《隋唐两朝志传》《残唐五代史演义传》等小说。我在以往的著述中亦沿袭这一说法。然而，自 1996 年以来，由于先后校点《隋唐两朝志传》和《残唐五代史演义传》[2]，通过反复细读，我修正了自己的观点，认为二书皆非罗贯中所作。

那篇文章比较有力地证明了《隋唐志传》并非罗贯中所作。这里再就《残唐五代史演义传》作一考辨。

一

《残唐五代史演义传》（简称《残唐》），今存数种明代刊本，均为六十回，分卷有作八卷者，有作六卷者；作者题署均为"罗贯中"，评者有作"李贽"者，有作"汤显祖"者。其中复旦大学图书馆藏本、日本天理图书馆藏本为八卷六十回，首为长洲周之标《点校残唐五代史传叙》，次为总目，次为五代君主简介，再次为图像十二幅（每幅各有赞词一篇）。正文卷端题"镌李卓吾批点残唐五代史演义传卷×，贯中罗本编辑，卓吾

---

[1] 载《明清小说研究》1997 年第 4 期，收入本书上卷。

[2] 均收入《明代小说辑刊》第 3 辑第 1 册，巴蜀书社 1999 年 1 月第 1 版。

李贽批评"。正文半叶九行，行二十字。

对于本书作者为"罗贯中"的题署，长期以来学术界多数人予以肯定，多种文学史、小说史亦沿旧说，几成定论。然而，自二十世纪二十年代以来，郑振铎、赵景深等先生先后对此表示怀疑①；最近几年，高尔丰、曾良又分别撰文，力辨此书非罗贯中所作②。不过，坚持旧说者仍然不少。在 1996 年校点《残唐五代史演义传》的过程中，通过细读全书，我认为，此书确实并非罗贯中的作品。

首先，通观《残唐五代史演义传》，可以看到一个明显的事实：书中有许多情节、语句与《三国演义》雷同。例如：《残唐》第五回写唐僖宗逃离长安，"西祁州"节度使郑畋前来接驾，与《三国》第三回（毛本，下同）汉少帝出逃后返回洛阳，董卓前来接驾相似；第十一回写李克用部下众将比箭，与《三国》第五十六回曹操大宴铜雀台，众将比箭一节相似；同回写李存孝片刻生擒安休休、薛阿檀二将，"酒尚未寒"，与《三国》第五回关羽温酒斩华雄相似；第十二回写薛阿檀献计夺函谷，与《三国》第五十八回庞德献计夺长安相似；第二十七回写朱温与乐彦真交战，夜袭其西寨，混战中庞师古救出朱温，与《三国》第十一回曹操夜袭吕布军西寨，混战中典韦救出曹操相似；第二十九回写李存孝率十八骑夜

① 郑振铎在《中国小说提要·残唐五代史演义》中指出："此书……文辞很粗卓，乃学《三国演义》而未能者。"显然认为作者并非罗贯中（原载《时事新报·鉴赏周刊》第十四期，1925 年 9 月 7 日；收入《郑振铎古典文学论文集》，上海古籍出版社 1984 年 1 月第 1 版）。赵景深在《残唐五代史演传》一文中说："我疑心这部《五代残唐》是元人的著作。"又云："郑振铎……称此书'乃学《三国演义》而未能者'。这话很不错。"（写于 1935 年秋，收入《中国小说丛考》，齐鲁书社 1980 年 10 月第 1 版）

② 高尔丰在《〈残唐五代史演义传〉作者释疑》（载《明清小说研究》1992 年第 3、4 合期）中指出：《残唐》中有大量模仿、抄袭《三国》的情节和文字，二者"绝不是出自一人手笔。"《三国》为罗贯中所作已有定论，故尔《残唐》就绝非罗贯中的作品。"曾良在《〈残唐五代史演义传〉散论》（载《明清小说研究》1995 年第 4 期）中指出："现存《五代史平话》与《残唐》没有源流关系；《残唐》无疑大量因袭了《三国》《水浒》中的情节和文字；其作者也非罗贯中。"

袭王重荣寨，与《三国》第六十八回甘宁百骑劫魏营相似；同回写薛阿檀放箭救安休休，与《三国》第六十八回甘宁放箭救凌统相似；第三十回写李存孝病卧寨中，急欲出战，与《三国》第五十一回周瑜不顾伤痛，坚持出战相似；第三十四回写陈辉、朱朴谏阻唐昭宗迁都，与《三国》第六回杨彪等谏阻董卓迁都相似；第三十五回写王彦章迎接唐昭宗，又与《三国》第三回董卓迎接汉少帝相似；同回写朱温逼迫唐昭宗禅位，则与《三国》第八十回曹丕逼迫汉献帝"禅让"相似；第三十七回写王彦章攻北城中伏，与《三国》第五十一回周瑜攻江陵中伏相似；第四十六四十七回写永宁公主逃离洛阳，与《三国》第五十五回刘备、孙夫人逃离东吴相似；第四十八回写史建瑭之死，与《三国》第八十三回甘宁之死相似；第六十回写周世宗受惊得病，与《三国》第一百八回孙权受惊得病相似……如此多的雷同之处，究竟是由于《残唐》写作在前，《三国》搬用其情节，还是由于《三国》写作在前，《残唐》加以抄袭呢？应当说，对于两书均为虚构的情节，确实难以径直判断谁先谁后；然而，对于那些有史实依据的情节，我们却比较容易看出谁为首创，谁为抄袭。例如，《三国》第十一回写典韦在混战中救出曹操，来源于《三国志·魏书·典韦传》；而《残唐》第二十七回庞师古救出朱温一节，在《五代史》中却找不到踪迹，显然是《残唐》抄袭《三国》。又如，《三国》第五十一回写周瑜中箭后不顾伤痛，坚持出战，来源于《三国志·吴书·周瑜传》；而《残唐》第三十回李存孝病卧寨中，急欲出战一节，却不见于《五代史》，显然又是《残唐》抄袭《三国》。再如，《三国》第六十八回写甘宁百骑劫魏营，来源于《三国志·吴书·甘宁传》及注引《江表传》；而《残唐》第二十九回李存孝十八骑劫寨一节，却不见于史籍，显然仍是《残唐》抄袭《三国》。再如，《三国》第一百八回写孙权于太元元年秋八月初一日因大风受惊而得病，来源于《三国志·吴书·吴主传》；而《残唐》第六十回周世宗于显德六年"秋八月初一日"同样因大风受惊而得病，却毫无史实根据，显然还是《残唐》抄袭《三国》。相反的情况，我们却找不到一例。由此可见，《残唐》成书在《三国》之后，并大量抄袭了《三国》，绝非罗贯中所作（按：此处采用了高尔丰先生的观点，略有修正①）。

其次，从《三国演义》可以看出，罗贯中具有强烈的对国家统一的向往和深刻的民本思想，对制造分裂、祸国殃民者总是大加鞭笞；而《残唐五代史演义传》虽然在一定程度上反映了唐末五代广大民众的苦难生活，但却缺乏《三国》那样鲜明的思想倾向，甚至对石敬瑭这种卖国求荣、遭到千古唾骂的角色，也未予以严厉批判。这也表明，《残唐》并非罗贯中所作。

再次，《三国演义》写到历史上实有的重要人物的卒年，总是照录史书，如曹操、曹丕、刘备、诸葛亮、孙权等都是如此，这符合历史演义创作的基本原则。而《残唐五代史演义传》写到一些重要人物的卒年，却漫不经心，每每出错；更可笑的是，《旧五代史·唐书·武皇纪》明言李克用系因病而卒，"年五十三"，《残唐》却写成他因连连被王彦章打败而被气死，死时八十四岁，出入大得惊人。这也说明，《残唐》的作者对于历史演义小说的写作很不严谨，其人绝非罗贯中。

此外，《残唐五代史演义传》中还有多处模仿和抄袭《水浒传》，例如第三十回写李嗣源领兵出战高思继，"上首的是神机军师周德威""下首是跳涧虎樊达"，就明显来自《水浒》中的"神机军师朱武""跳涧虎陈达"。类似例证甚多。还有学者指出书中第十回称赞安敬思（即李存孝）打虎的《古风》，系抄袭万历年间刊刻的一百二十回本《水浒》。这更证明它成书甚晚，并非出自罗贯中之手。

1976 年，澳大利亚华裔学者柳存仁先生在其名作《罗贯中讲史小说之真伪性质》②中指出："《残唐五代》亦有模拟或承袭《三国》之处，一

---

① 高尔丰在《〈残唐五代史演义传〉作者释疑》中提出一个重要的观点："《三国》和《残唐》都是历史演义小说。历史演义小说的部分或者大部分情节必须来源于史实，必须有一定的历史依据。这就为准确地判断谁抄谁这个问题提供了极好的前提条件。我们可以取二书相同的情节和文字到史籍中去寻找依据，哪部书的情节与史实大致符合，那部书即是原著，而另一部则为模仿和抄袭。"

② 原载《香港中文大学中国文化研究所学报》第 8 卷第 1 期，收入柳存仁著《和风堂读书记》下册（香港龙门书店 1977 年），亦收入刘世德编《中国古代小说研究》（上海古籍出版社 1983 年）。

如《隋唐两朝志传》之所为。此类例证大约有二十处可举。"但在文章的"结论"部分，柳先生却又认为："《隋唐两朝志传》及《残唐五代演义传》亦可能为其（伯俊按：指罗贯中）著作，然现存本已经他人窜改。"我在《〈隋唐志传〉非罗贯中所作》一文中已经对柳先生的结论予以商榷，指出："无论这种'窜改'有多少删削，多少增补或改动，都无法改变此书的基本面貌，也无法改变其大量抄袭《三国》的事实。因此，即使是《隋唐志传》的'旧本'，也不可能出于罗贯中之手，而只能是后人模仿之作。"详细论述，读者可以参看。对于《残唐五代史演义传》而言，情况同样如此。

事实上，早在明末，可观道人在《新列国志叙》中就已指出："自罗贯中氏《三国志》一书，以国史演为通俗演义，汪洋百余回，为世所尚。嗣是效颦日众，因而有《夏书》《商书》《列国》《两汉》《唐书》《残唐》《南北宋》诸刻，其浩瀚几与正史分签并架，然悉出村学究杜撰……识者欲呕。"这里已经将《残唐》划入"效颦"之列，自然不可能是罗贯中的作品了。

万历己未（四十七年，公元 1619 年）刊刻的《隋唐两朝志传》第十二卷末有木记云："书起隋公杨坚，至（唐）僖宗乾符五年而止。继此者则有《残唐五代志传》，读者不可不并为涉猎。"由于《隋唐两朝志传》和《残唐五代史演义传》都有署名"丽泉"的诗，可知此处的《残唐五代志传》即《残唐五代史演义传》。这就为《残唐》成书于明代万历年间，而且是在《隋唐志传》之后提供了一个有力的证据[①]。

综上所述，我们可以论定：《残唐五代史演义传》不是罗贯中的作品，而是明代后期书商编纂的托名之作。

至于书中的所谓"李卓吾批评"，观点陈腐，见识低下，文字平庸，一望而知绝非出自李卓吾之手，而是书商企图假借李卓吾的大名以广销售的鱼目混珠之作。

在艺术上，《残唐五代史演义传》在民间长期以来"说五代史"的基

---

① 孙楷第先生在《日本东京所见小说书目》（人民文学出版社 1958 年 5月第 1 版）中指出："附丽泉诗之《残唐》，必与此附丽泉诗之万历己未刊本《隋唐两朝志传》时代相去不远，则可断言耳。"可参看。

础上敷演成书，并借鉴了《三国》《水浒》的成功经验，风格粗犷，叙事描写颇有生动之处；对李存孝、王彦章的描写虽然夸张过甚，但仍给人以较深印象。不过，书中情节时有芜杂、脱榫之处，结构很不匀称：全书以大部分篇幅叙写李克用集团的崛起、李克用父子与朱温集团的斗争和后梁的兴亡，仅以少量篇幅叙述唐、晋、汉、周的交替，其中汉、周两代总共仅占三回，比例严重失衡，显得虎头蛇尾。不过，尽管此书不是一部精心结撰之作，在体例上已不是严格的历史演义小说，但它在读者中却具有不小的影响，在中国小说史上仍然占有一定的地位。

附记

　　本文写于 1999 年 3 月，系在本人的《残唐五代史演义传》校点本《前言》(写于 1997 年 4 月，载《明代小说辑刊》第 3 辑第 1 册，巴蜀书社 1999 年 1 月第 1 版) 基础上扩充而成。文章写好不久，看到陈国军先生所撰《〈残唐五代史演义传〉非罗贯中所作》一文 (载《明清小说研究》1999 年第 1 期)，深感其资料翔实，考证精当，且有比较重要的发现，比拙文更有说服力，遂不将拙文送交发表。今收入本书，姑且用作一篇读书笔记，录下本人研究《三国》的一段经历。

《三国志宗僚》考辨

　　嘉靖元年（1522）本《三国志通俗演义》卷首，在《三国志通俗演义序》和《三国志通俗演义引》之后，目录之前，有一个《三国志宗僚》，是一份汉末三国人物的名单。明代的其他一些《三国》版本，也有一份与之基本相同的名单，而其位置、名目则不尽一致。如万历十九年（1591）周曰校刊本《三国志通俗演义》，其位置、名目皆与嘉靖元年本相同；万历、天启年间的《李卓吾先生批评三国志》（实为叶昼假托）置于《三国志演义序》和《读三国史答问》之后，仍题为《三国志宗僚》；万历二十年（1592）余氏双峰堂本《全像批评三国志传》置于目录之后，题为《按史鉴后汉三国志君臣姓氏》；汤宾尹本《三国志传》置于目录之前，题为《三国志传姓氏》；乔山堂本《三国志传》置于目录之后，题为《三国志传君臣姓氏》；朱鼎臣本《三国志史传》置于目录之后，题为《三国志姓氏》，等等。

　　长期以来，不少人把《三国志宗僚》视为《三国演义》的人物表，由此得出"《三国演义》写了 400 多个人物"的错误认识，并将这一错误认识写进多种文学史、小说史，以讹传讹，积非成是。为了有利于《三国演义》的研究与教学，对此实不可不辨。

一

　　首先必须指出：《三国志宗僚》决非小说《三国演义》的人物表。只要稍加对照检索，就可以看到如下十分明显的事实。

　　一方面，《三国志宗僚》中的一些人物，如蜀汉方面的杨戏、诸葛乔、陈祗、卫继、常播，曹魏方面的袁涣、张范、凉茂、国渊、徐奕、何夔、邢颙、鲍勋、司马芝、温恢、郑浑、仓慈、阎温，东吴方面的孙虑、孙霸、孙奋、士燮、贺齐、钟离牧、是仪、胡综等等，根本就没有在《三国演义》中出现。

另一方面，《三国演义》中的许多人物，也根本没有列入《三国志宗僚》，如蜀汉方面的陈式、张绍、邓良、张峻、费观、高翔、胡济，曹魏方面的陈骞、陈泰、邓敦、丁斐、董寻、郝昭、桓嘉、蒋干，东吴方面的乔国老、大乔、小乔、丁封、全端、全怿、沈莹、张布、张悌、赵咨，其他政治集团的何进、皇甫嵩、韩馥、张济、樊稠、韩暹、杨奉等等，都是如此。至于《三国演义》虚构的许多人物，如貂蝉、吴国太、郑文、李春香、带来洞主等等，当然更不可能列入《三国志宗僚》。

综观这两方面的事实，可以肯定，《三国志宗僚》与《三国演义》的人物表确实不是一码事。

《三国志宗僚》的这份人物名单，是从哪里来的呢？原来，它大致抄录自西晋陈寿所著史书《三国志》的目录（包括纪、传和附传）。将《三国志宗僚》与《三国志》目录加以对照，可以看到：凡是《三国志》目录中有的人物，不管是否在小说里出现，《三国志宗僚》中都有（仅有个别刊刻时遗漏，如蜀汉部分遗漏樊建、王嗣）；反之，《三国志》目录中没有的人物，除了少数例外，《三国志宗僚》里也没有。二者的主要区别有两点。其一，《三国志》是按魏、蜀、吴的顺序编排的，《三国志宗僚》则按蜀、魏、吴的顺序编排。其二，《三国志》的附传系于相关本传之后，这是史书的正体；《三国志宗僚》则将附传人物集中于各个部分之后，二者各有其方便之处。明白了《三国志宗僚》与《三国志》目录的对应关系，上面所说的两个方面的事实就豁然开朗了。同样，下列情况也就易于解释了。为什么《三国志宗僚》里没有糜夫人？是因为《三国志》没有为糜夫人立传（由于糜夫人早在长坂之战以前即已去世，加之糜芳投降东吴，对关羽之死负有一定责任，故刘备称帝后，没有追谥糜夫人）。为什么《三国志宗僚》里找不到司马懿、司马师、司马昭父子？因为他们是西晋王朝的创立者，记述其生平业绩的"纪"不在《三国志》中，而在后来修纂的《晋书》里。由此可见，《三国志宗僚》只不过是《三国志》目录的略为走形的翻版，根本不是小说《三国演义》的人物表，根据它来统计《三国演义》的人物数量，其结果当然不可能是正确的。

此外，根据我的统计，《三国志宗僚》所列人物共计 508 人。以往的学者并未仔细点数，只是约莫估计一下，便提出"400 多个人物"之说，即使是对《三国志宗僚》而言，也是不准确的。

由此可见，所谓"《三国演义》写了 400 多个人物"的说法，乃是粗枝大叶的产物，完全是错误的。

那么，《三国演义》究竟写了多少人物呢？我在《三国演义辞典》（巴蜀书社出版）的《人物》部分总共列出 1258 个辞条，除去 28 个互见条目（如"魏文帝""魏武帝""阿斗""后主""先主"等），实际介绍《演义》写到的人物 1230 个。这些人物，绝大多数都是有姓有名，总共大约 1000 人；少数没有姓名者，也与其他人物有明确的亲属关系（如"司马昭妻""董卓之母""徐庶之母"等）。这个数字，还不包括某些没有姓名的过场人物，如那位因敲诈勒索而被张飞鞭打的督邮，水镜庄上那位一见刘备便叫出其姓名的牧童，卧龙冈上那位不耐烦记一长串头衔的清雅小童，等等；至于一般的"使者""差役""军士""侍女"之类，更不计算在内。

因此，正确的说法是：《三国演义》总共写了 1200 多个人物，其中有姓有名的大约 1000 人，确实是古代小说中写人物最多的巨著。

二

《三国志宗僚》不仅不是小说《三国演义》的人物表，而且在撮录史书《三国志》的时候，还产生了不少错误。下面试列表举例说明。

《三国志》	《三国志宗僚》	错误原因
孙乾　字公祐	孙乾　字功祐	因"公""功"同音而误。
杨仪　字威公	杨仪　字公威	刊刻时字序颠倒。
郤正　字令先	郤正　字令光	因"先""光"形近而误。
黄权	董权	因"黄""董"形近而误。
王平　巴西宕渠人	王平　巴西岩渠人	因"宕""岩"形近而误。
赵戬	赵戯（戏）	因"戬""戯"形近而误。

续表

《三国志》	《三国志宗僚》	错误原因
射援	射受	因"援""受"形近而误。
王谋	王谌	因"谋""谌"形近而误。
程畿	陈几	因"程"与"陈""畿"与"几"音近而误。
赵累	赵景	因"累""景"形近而误。
华歆 平原高唐人	华歆 平原高堂人	因"唐""堂"同音而误。
郭嘉 颍川阳翟人	郭嘉 颍州阳翟人	因"川""州"形近而误。
刘晔 字子扬	刘晔 字子阳	因"扬""阳"同音形近而误。
李通 字文达	李通 字文远	因"达""远"形近而误。
田豫	田预	因"豫""预"同音形近而误。
程晓	孙晓	《三国志·程昱传》附"孙·（程）晓"，抄录刊刻者误解为"孙晓"。
孙资	刘资	《三国志·刘放传》附"孙资"，抄录刊刻者误解为"孙·刘资"。
孙观	臧观	《三国志·臧霸传》附"孙观"，抄录刊刻者误解为"孙·臧观"。
孙綝	孙琳	因"綝""琳"形近而误。
诸葛瑾	诸葛谨	因"瑾""谨"同音形近而误。

表中所列，并非《三国志宗僚》错误的全部。除了姓名、字号、籍贯错误之外，职官错误、人物关系错误也有一些。如孙乾官至秉忠将军，而《宗僚》误为"秉中将军"；刘封官至副军将军，而《宗僚》误为"副将军"。这些错误，大多数系因音近、形近而误，少数则或因阅读史书不细，或因理解史书有误所致。

三

上面的论述，说明了两个问题：第一，《三国志宗僚》并非小说《三国演义》的人物表，二者有许多错位，因此不能把《宗僚》作为统计《三国演义》人物数字的依据；第二，《三国志宗僚》本身存在许多"技术性错误"，需要加以校正。这里的第一个问题，绝不会是由小说作者造成的

——世界上哪有如此糊涂的作者，连自己作品的人物有哪些都不清楚的呢？杰出的作家罗贯中当然更不会这样。

　　由此我们可以得出这样的结论：《三国志宗僚》肯定不是罗贯中原作所有。

　　那么，这份《三国志宗僚》是从什么时候加在《三国演义》卷首的呢？我认为，是在《三国演义》成书以后，以抄本形式流传的过程中。从《三国演义》成书到刊刻印刷，时间长达一个半世纪。在这一百数十年的漫长岁月里，"士君子之好事者，争相誊录，以便观览"①。这个传抄的过程，就是《三国演义》逐步扩大其影响、提高其地位的过程。在史官文化占有举足轻重的地位的文化背景下，为了迎合尊崇史籍，"以史为鉴"的社会心理，进一步提高《三国演义》的地位，有"好事者"把史书《三国志》的纪传目录抄录下来，置于《演义》卷首，使其在形式上"亦庶几乎史"。这种做法，得到了其他传抄者的认同和仿效，也就自然而然地被后来的刊刻者所接受。今存的大约30种明代《三国》版本，大多数都有这样一份来自史书《三国志》的人物名单，就是这个道理。

　　让我们再作一点考察。在明代《三国》诸本里，在《三国志通俗演义》和《三国志传》这两大版本系统中，这份人物名单大同小异。"同"的方面，不仅绝大多数来自《三国志》的人物基本相同，而且个别不见于《三国志》的人物，如周仓，各本也都相同。"异"的方面，本文开头已经谈到各本名目的差异；而在内容上，《三国志通俗演义》系统和《三国志传》系统也有区别。比如，在双峰堂本《三国志传》卷首的《后汉三国志君臣姓氏》中，首先是"东汉二帝"（汉灵帝、汉献帝），然后才是蜀、魏、吴三国君臣姓氏；在蜀汉部分的"附传"里，有嘉靖元年本《三国志宗僚》所无的关索、王甫、诸葛尚、王志等人；其中关索在嘉靖本正文中根本没有，而仅出现于《三国志传》中，王志则出现于说唱词话《花关索传》里。由此，我们又可以得到这样几点认识。①《三国志宗僚》和其他《三国》版本中与之相似的人物名单，大致抄录自史书《三国志》目录，但也加上了个别小说中的人物。②有学者认为《三国演义》

---

① 庸愚子：《三国志通俗演义序》。

成书于明代中叶，已有一些学者对此予以辩驳。对《三国志宗僚》的考察证明，从罗贯中原作到嘉靖元年刊本之间，确实有一个相当长的抄本阶段，这就从另一个侧面表明"成书于明中叶"说难以成立。③ 由于嘉靖元年本《三国志通俗演义》是现存最早的《三国》刻本，过去一个长时期中，人们误以为它就是最接近罗贯中原作的版本，甚至就是罗氏原作，并以为《三国演义》只有由嘉靖元年本派生的一个版本系统。近一二十年来，国内外一些学者分别撰文，指出嘉靖本并非其他版本的祖本，而是一个经过较多修改加工的版本，诸本《三国志传》是自成体系的①。本文的考辨，进一步印证了这一见解。

归根到底，《三国志宗僚》并非小说《三国演义》的人物表，将它置于《三国演义》卷首，固然有历史的原因，但毕竟有牛头不对马嘴之嫌。所以，毛纶、毛宗岗父子评改《三国演义》时，毅然删去了其底本《李卓吾先生批评三国志》卷首的《三国志宗僚》。随着毛本《三国》逐步战胜其他版本，《三国志宗僚》也就成了历史的陈迹。

（原载《文学遗产》1999 年第 5 期）

---

① 参见拙作《八十年代以来〈三国〉研究综述》，收入《稗海新航——第三届大连明清小说国际会议论文集》（春风文艺出版社 1996 年 7 月第 1 版）。

论嘉靖壬午本《三国志通俗演义》

在中国小说史上，古典名著《三国演义》拥有六个第一：① 它问世已经六百多年，是学界公认的我国第一部成熟的长篇小说；② 它总共写了一千二百多个人物，其中有名有姓的大约一千余人，这在所有古典小说中位居第一；③ 根据它改编的文艺作品门类之广，数量之多，在所有小说中肯定第一；④ 与它有关的名胜古迹分布于全国二十多个省、市、自治区，总数多达数百处，其他作品简直无法望其项背，这又是第一；⑤ 与它有关的传说故事数量之多，流传之广，在古典文学名著中同样是第一；⑥ 论对中华民族的精神生活和民族性格的影响之广泛与深远，它无疑也是第一。它不仅在我国家喻户晓，而且在亚洲各国和其他地区广泛传播，在世界文学名著之林中也占有重要的地位。

由于《三国演义》深受社会各阶层的广泛欢迎，其传世版本数量之多，远远超过其他古代小说。不过，自清代康熙初期以来的三百多年间，流传最广，最为人熟知的版本，乃是毛纶、毛宗岗父子评改的《四大奇书第一种》（通称"毛本《三国》"）。其实，在现存的大约三十种明代版本中，有几种非常值得重视，其中，历来最受关注的便是现存最早的版本——嘉靖壬午（嘉靖元年，1522）刊本《三国志通俗演义》。

一

长期以来，学术界习惯于把嘉靖壬午本《三国志通俗演义》简称为"嘉靖本"。然而，今存的嘉靖年间刻本还有一种嘉靖二十七年（1548）建阳叶逢春刊本《三国志传》（简称"叶逢春本"），也可称为"嘉靖本"。为了更加严谨准确，便于区分，前者宜简称为"嘉靖壬午本"或"嘉靖元年本"。

嘉靖壬午本正文卷首题署为："晋平阳侯陈寿史传，后学罗本贯中编次。"这里的"晋平阳侯"并非陈寿的封爵，而是漏了一个字，当作"晋平阳侯相"，即平阳侯国的相（相当于县令）。这一题署，反映了《三国演义》作者罗贯中或传抄刊刻者对史书《三国志》作者陈寿的敬重和在"崇史"心理下抬高小说地位的愿望，并非说罗贯中真的就是直接依据史书《三国志》来"编次"小说《三国演义》。我曾经撰文指出：

> 对《三国演义》成书有直接影响的史书，主要有《三国志》（包括裴松之注）、《后汉书》《资治通鉴》《通鉴纲目》。……在这些史书中，《三国志》（包括裴注）乃是《三国演义》最重要的史料来源。

> 尽管《三国志》（包括裴注）为《三国演义》提供了最基本的史料，但作为一部纪传体的史书，它以人物传记为主，重在记叙各种有代表性的人物的生平业绩，而表现历史的总体面貌和各个局部的互动关系则非其所长，同一事件往往分散记于多篇纪传中，其前因后果往往不够明晰，有时甚至互相抵牾。因此，它没有也不可能为小说《三国演义》提供一个比较完整的叙事框架。承担这一任务的，主要是编年体史书《资治通鉴》。

> 《三国演义》固然以史书《三国志》为主要的史料来源，但同时也大量承袭了民间三国故事和三国戏的内容；就褒贬倾向、主线设置、叙事时空处理等方面而言，后者的影响可能更大。……综观整部小说，是在史传文学与通俗文艺这两大系统长期互相影响、互相渗透的双向建构的基础上，通过作家天才的创造，才成就了这部煌煌巨著。

> 可以说，《三国演义》站在特定的历史高度，博采传统文化的多种养分，融会宋元以来的社会心理和道德观念，"演"的是中华民族精神、中华民族文化之"义"，而不仅仅是史书《三国志》之"义"。[1]

1929 年，著名的前辈学者郑振铎先生发表《三国志演义的演化》一文[2]，认为："这一部嘉靖壬午本的《三国志通俗演义》也许竟是罗氏此

---

① 沈伯俊：《〈三国志〉与〈三国演义〉关系三论》，载《福州大学学报》2003 年第 3 期。

② 原载《小说月报》二十卷十号，先后收入郑氏论文集《中国文学研究》（作家出版社 1957 年出版）、《郑振铎文集》第五卷（人民文学出版社 1988 年出版）。

书的第一个刻本吧""这许多（明代）刊本必定是都出于一个来源，都是以嘉靖本为底本的。其与嘉靖本大不同的地方，大都仅在表面上及不关紧要处，而不在正文。"此说影响很大，成为此后数十年的主流观点，以致形成这样几点普遍的认识：① 嘉靖壬午本《三国志通俗演义》是最接近罗贯中原作的版本，或者就是罗氏原作；② 《三国演义》只有由嘉靖壬午本派生的一个版本系统；③ 在众多的《三国》版本中，最值得重视的只有嘉靖壬午本（一些人径直称之为"罗本"）和毛本《三国》两种。

从二十世纪六十年代起，日本著名学者小川环树博士、澳大利亚著名华裔学者柳存仁教授等先后对《三国》版本源流问题提出了重要的新见。八十年代以来，特别是 1987 年 1 月中国《三国演义》学会在昆明举行首届《三国演义》版本研讨会以来，中国学者对《三国》版本的整理和研究付出了很大的努力；国外一些学者也做了比较深入的研究。经过多年的努力，人们对《三国演义》版本的研究取得了明显的进展。对于嘉靖壬午本，形成了两种观点：一种观点坚持认为它是反映了《三国演义》原本面貌，或更接近原作面貌的版本；另一种观点则认为，尽管嘉靖壬午本是现存最早的《三国》版本，却是一个经过较多润饰和加工的整理本，它并非其他明代版本的来源，它与主要面向下层读者的《三国志传》乃是由罗贯中原作演变出来的并列的分支。这两种观点，目前仍在深入探讨之中[①]。

尽管认识有所不同，但有一点是肯定的：嘉靖壬午本《三国志通俗演义》是最值得重视的一种明代《三国》版本。

二

嘉靖壬午本《三国志通俗演义》全书二十四卷，每卷十段，共计二百四十段。这里所说的"段"，以往学术界习称为"则"；本书则依鲁迅《中国小说史略》之例，称为"回"。全书二百四十回，每两回相当于毛本《三国演义》的一回。

---

① 参见拙作《〈三国演义〉版本研究的新进展》，载《社会科学研究》2004年第 5 期。

与人们熟悉的毛本相比，嘉靖壬午本《三国志通俗演义》具有非常突出的特色。

1. 为研究《三国演义》的成书年代提供了重要依据。

长期以来，人们习称《三国演义》"成书于元末明初"，但"元末明初"毕竟是一个笼统的时限，是在资料不足的情况下给出的一个模糊的时间定位。"元末"至少可以包含二三十年，"明初"也长达数十年，将二者合在一起，实在是一种不得已的做法；而《演义》的具体成书年代，则是一个至今尚未完全解决的"世纪课题"。二十世纪八十年代以来，多位学者在探讨这一问题时，都不约而同地从嘉靖壬午本中寻找"内证"。概括言之，这主要包括以下三个方面。① 书中保留的若干元代语汇，在一定程度上体现了作品的时代特色。② 书中共引用 330 余首诗来品评人物，收束情节，这与宋元间的平话是很近似的。书中所引诗词，不署姓名的泛称，多用"后人""史官"。其中，"唐贤"一词用了一次，"宋贤"一词用过十多次，却不见"元贤"一类字眼。这可以视为元人的口吻，表明作者为元人。③ 书中小字注所提到的"今地名"，也可作为判断《演义》成书年代的依据。尽管学者们对嘉靖壬午本是否为最接近罗贯中原作的版本，书中小字注是否都出自作者本人之手，还持有不同意见，对这些内证的诠释也有所不同，但它们毕竟具有不可忽视的价值[①]。

2. 较好地保存了罗贯中本人的思想倾向。

众所周知，《三国演义》具有"尊刘贬曹"的倾向，有人还把这称为"封建正统思想"。事实上，"尊刘贬曹"的思想倾向，早在宋代就已成为有关三国的各种文艺作品的基调，罗贯中只是顺应广大民众的意愿，继承了这种倾向。它主要反映了广大民众按照"抚我则后，虐我则仇"的标准对封建政治和封建政治家的选择，具有历史的合理性。罗贯中在表现这种倾向时，并未简单化，而是以大开大阖的笔触，艺术化地展现了曹操在汉末群雄中脱颖而出，逐步战胜众多对手的豪迈历程，突出地表现了曹操过人的胆略和非凡的才能，又不时地揭露曹操奸诈的作风、残忍的性格和恶劣的情欲；而在曹操与刘备、诸葛亮的对比中，则更多地

---

① 参见本书前揭文《世纪课题：关于〈三国演义〉的成书年代》。

鞭笞和嘲笑其恶德劣行。这样，就兼顾到曹操性格的各个侧面，表现了一个杰出艺术家对历史的尊重，对人物性格丰富性的追求。在这方面，嘉靖壬午本比毛本做得更好。

其一，书中第一次写曹操出场就用了浓墨重彩，写得有声有色："为首闪出一个好英雄：身长七尺，细眼长髯。胆量过人，机谋出众；笑齐桓、晋文无匡扶之才，论赵高、王莽少纵横之策。用兵仿佛孙、吴，胸内熟谙韬略。"（第2回。下引此书，只注回次。）紧接着又介绍了许劭给予他"治世之能臣，乱世之奸雄"的评语和他初任洛阳北部尉即敢于棒责权贵的果毅行为。这就收到了先声夺人的效果，给读者留下了深刻的印象。试比较第1回中刘备的出场："时榜文到涿县张挂去，涿县楼桑村引出一个英雄。那人平生不甚乐读书，喜犬马，爱音乐，美衣服。少言语，礼下于人，喜怒不形于色。好交游天下豪杰，素有大志。"可以说，两者的形象都本于历史事实，而对曹操的描绘显然更为引人注目。

其二，在嘉靖壬午本《三国志通俗演义》塑造的几十个主要人物中，只有关羽被称为"关公"，曹操被称为"曹公"。这说明罗贯中尽管有"尊刘贬曹"的思想倾向，却仍然尽量忠实于历史，把曹操看作高人一筹的人物。

其三，罗贯中为了突出曹操的政治军事才干，除了根据史实描写曹操先后破李傕和郭汜、击袁术、杀吕布、破袁绍、征乌桓、降刘琮、败马超、收张鲁，逐步统一北方等重大事功以外，还虚构了一些故事情节。例如，虚构曹操借刀刺董卓的情节（第8回），以表现他的胆识和机敏；虚构曹操矫诏起兵，召集十八路兵马共讨董卓的情节（第9回），以表现他的慷慨不群，敢作敢为。这些情节，在《三国演义》有关曹操的篇幅中占了相当大的比重。

其四，嘉靖壬午本在写到曹操病死以后，引了后人的诗、论、赞共七段（第156回）。其中，前面四段都是对曹操大加褒奖的。第一段（"后史官有诗曰"）热烈赞颂了曹操芟刈群雄之功，起句便是："雄哉魏太祖，天下扫狼烟。"结句则是："豪杰同时起，谁人敢赠鞭？"简直把曹操的军功说成了天下第一。第二段（"史官拟《曹操行状》云"）则依据《三国志·武帝纪》注引《魏书》中对曹操的颂扬改写而成，全面地肯定了曹操的政治、军事、文学才能和执法严峻、生活节俭等品质。第三段即系陈寿在《三国志·武帝纪》中的评语，对曹操的评价也是很高的。第四段（"宋贤赞曹操功德诗曰"）指出曹操"虽秉权衡欺弱主，尚有礼义效周文。当时若使无公在，未必山河几处分。"对于曹操"挟天子以令诸侯"持明确的肯定态度。第六段（"唐太宗祭魏太祖曰"）说曹操"一将之智有余，万乘之才不足"，这虽说不上是怎样的褒，也说不上是怎样的贬。实际上，唐太宗认为曹操"挟天子以令诸侯"并不是什么过错（李渊李世民父子在隋末天下大乱时立代王杨侑为帝，同样也是"挟天子以令诸侯"），而是惋惜他就此止步，安于当周文王，不肯痛痛快快地取汉献帝而代之，所以说他"万乘之才不足"。只有第五段（"前贤又贬曹操诗曰"）和第七段（"宋邺郡太守晁尧臣登铜雀台，有诗叹曰"）才是贬抑曹操的。很明显，罗贯中把这七段有褒有贬、褒胜于贬的诗、论、赞放在一起，表现出一种比较客观的态度。

综上所述，我们完全可以说，嘉靖壬午本对于曹操的描写，总的是做到了把艺术真实建立在历史真实的基础之上。它写出了曹操性格的各个侧面，丰满生动，真实可信，某些细部比毛本正确：或更符合史实，或更合乎情理，或没有某些形误和缺漏。

毛本经过精雕细刻，总体艺术质量超过了明代版本，这是它成为三百余年来最流行的《三国》版本的根本原因。然而，毛本自身也存在一些不足之处。在某些局部，毛本误，嘉靖壬午本却不误。例如，毛本第 1 回说张飞"字翼德"，是一个流传很广的错误；据《三国志·蜀书·张飞传》，当作"字益德"，而嘉靖壬午本第 1 回正作"字益德"。又如，毛本第 24 回说董贵妃（当作"董贵人"）"乃董承之妹"，大误；据《后汉书·后纪》，董贵人乃董承之女。这是因为毛宗岗误解了《三国志·蜀书·先主传》中"献帝舅车骑将军董承"一语，以为"舅"即后世所谓"舅子"（妻子的兄弟）。其实，裴松之特地为此加了一句按语："董承，汉灵帝母董太后之侄，于献帝为丈人。盖古无丈人之名，故谓之舅也。"话说得非常明白：董承乃汉献帝的丈人（岳父）。这与《后汉书·后纪》关于董贵人系董承之女的记载完全一致。嘉靖壬午本第 47 回正作"乃董承亲女"。再如，毛本第 60 回诗赞张松，第二句是"清高体貌疏"。"体貌疏"意不通，系因"体""礼"二字之繁体形近而误。而嘉靖壬午本第119回作"清高礼貌疏"，就文从字顺，毫无问题。另如，毛本第82回写夷陵之战前期，孙权"封孙桓为左都督，朱然为右都督"，然后叙述"孙桓引二万五千军马，屯于宜都界口"，却未叙述朱然驻扎何处，造成明显的遗漏。嘉靖壬午本第164回则写道："朱然引二万五千水军，于大江之中结营；孙桓引二万五千马军，于宜都界口结营。"就叙述完整，针线细密。这些地方，均可根据嘉靖壬午本来校正毛本之误。

4. 附录文献也具有重要价值。

嘉靖壬午本正文前附有两篇重要文献：一是庸愚子（蒋大器）的《三国志通俗演义序》，一是修髯子（张尚德）的《三国志通俗演义引》，均为中国古代长篇小说特别是历史演义小说发展史上最早的理论批评篇章。

庸愚子的《序》，第一次对历史演义小说作了比较全面而精炼的论述：肯定了它"事纪其实，亦庶几乎史"的重要认识价值，指出了它"盖欲读诵者，人人得而知之……一开卷，千百载之事，豁然于心胸"的阅读优势，概括了它"文不甚深，言不甚俗"的语言特色和雅俗共赏的接受效果。这些观点，对后世影响很大，奠定了中国历史演义小说理论的基础。

修髯子的《引》，不仅概括了历史演义小说"欲天下之人，入耳而通其事，因事而悟其义，因义而兴乎感"的教化作用和艺术感染力，而且提出了"羽翼信史而不违"的观点，从而成为历史小说创作和评论中"羽翼信史"派的最初代表者之一。

在这两篇重要文献之后，还有一篇《三国志宗僚》，分别列出蜀、魏、吴的一批人物。长期以来，不少人把这篇《三国志宗僚》视为小说《三国演义》的人物表，由此得出"《三国演义》写了400多个人物"的错误认识，并将这一错误认识写进多种文学史、小说史，以讹传讹，积非成是。为此，我曾特撰《〈三国志宗僚〉考辨》一文①，明确指出：《三国志宗僚》决非小说《三国演义》的人物表，它大致抄录自陈寿所著史书《三国志》的目录（包括纪、传和附传），其中所列人物共计508人。因此，所谓"《三国演义》写了400多个人物"的说法，乃是粗枝大叶的产物，

---

① 原载《文学遗产》1999年第5期，收入拙著《三国演义新探》。

完全是错误的。《三国志宗僚》不仅不是小说《三国演义》的人物表，而且在撮录史书《三国志》的时候，还产生了不少错误。由此我们可以得出这样的结论：《三国志宗僚》肯定不是罗贯中原作所有。在《三国演义》不断传抄，逐步扩大影响的过程中，为了迎合尊崇史籍，"以史为鉴"的社会心理，进一步提高《三国演义》的地位，有"好事者"把史书《三国志》的纪传目录抄录下来，置于《演义》卷首，使其在形式上"亦庶几乎史"。这种做法，得到了其他传抄者的认同和仿效，也就自然而然地被后来的刊刻者所接受。今存的多种明代《三国》版本，都有这样一份来自史书《三国志》的人物名单，就是这个道理。

三

明清两代的所有《三国》版本，都存在大量的"技术性错误"，嘉靖壬午本《三国志通俗演义》也不例外。

所谓"技术性错误"，是指那些并非出自作者的创作意图，并非作品艺术虚构和艺术描写的需要，而纯粹由于作者知识的局限，由于作者一时笔误或者传抄、刊刻之误而造成的，属于技术范畴的错误。它们与那些由于作者的世界观、历史观和艺术观而产生的作品内容上的缺陷和艺术上的不足，完全是两码事。"技术性错误"可以分为五个大类：① 人物错误，包括人名错讹、人物字号错讹、人物身份错讹、人物关系错讹、人物彼此混淆等；② 地理错误，包括政区概念错误、大小地名混淆、误用后代地名、古今地名混用、方位错乱等；③ 职官错误，包括职官混称、随意杜撰、官爵文字错讹等；④ 历法错误，包括引用史书而错写日期、干支错误、杜撰历史上没有的日期等；⑤ 其他错误，包括历史人物年龄误差、名物描写前后矛盾等（详见笔者的嘉靖壬午本《三国志通俗演义》校注本的《校注说明》）。它们数量惊人，在嘉靖壬午本中，便多达一千余处。

自 1990 年以来，我曾经多次提出以下观点。《三国》各种版本中的"技术性错误"不是作者艺术构思的产物，不是组织情节、塑造人物所必须；相反，从本质上看，它们是违背作者本意的，甚至是被传抄者、刊

刻者、评点者加在作者头上的，是不应有的差错，不仅应该指出，而且
应该纠正。在小说早已登上大雅之堂，读者文化水准已经大大提高的今
天，人们阅读《三国演义》，不仅是为了获取审美的愉悦，而且是为了得
到知识的滋养和智慧的启迪。这样，书中随处可见的"技术性错误"，就
肯定会在一定程度上损害作品的认识价值和审美价值。同时，还要看到，
对《三国演义》的改编正日益兴旺，如果不纠正小说原著的"技术性错
误"，也会给改编工作造成种种漏洞，使电影、电视、连环画等艺术品种
在表现上遇到不应有的困难；在《三国演义》的外文翻译中，"技术性错
误"也会造成许多不应有的障碍。因此，从弘扬民族文化的高度看问题，
对《演义》中的"技术性错误"就是要认真校正。这是有功于罗贯中、
有益于广大读者的大好事。①

　　过去，嘉靖壬午本《三国志通俗演义》从未经过认真的校理。1980
年，上海古籍出版社出版了嘉靖壬午本的排印本，卷首有章培恒、马美
信先生撰写的《前言》，产生过相当大的影响。然而，此本正文则是民国
初期汪原放的标点本，既无校记，也无注释，还不能算是真正的整理本。
1993 年 5 月，花山文艺出版社出版了我校注的嘉靖壬午本《三国志通俗
演义》，出校记大约两千条，加注释将近两千条，可以说是嘉靖壬午本的
第一个系统的整理本，也是迄今唯一的整理本。此本曾经两次再版，受
到国内外同行的好评。

　　转眼又是十几年了，"花山本"早已售罄，而对嘉靖壬午本整理本的
需求仍相当旺盛。有鉴于此，在文汇出版社的大力支持下，我在"花山
本"的基础上，再次进行校注。在"校"的方面，参考了更多的明代版
本，特别是与以前无法看到、刊刻时间仅次于嘉靖壬午本的叶逢春本详
加对照，使得校改依据更加坚实有力；在此过程中，修订了部分校记，
并新增一些校记。在"注"的方面，我对全部注释逐条检查，修订了部
分注释，并新增少量注释，意在为读者提供更多的帮助。因此，这次的

---

　　① 参见拙作《重新校理〈三国演义〉的几个问题》（原载《社会科学研
　　　 究》1990 年第 6 期）、《再谈重新校理〈三国演义〉的几个问题》（原
　　　 载日本《中国古典小说研究》第二号，1996 年 7 月）。两文均收入拙
　　　 著《三国演义新探》，亦收入本书上卷。

校注本，整体质量又有所提高。

十八年来，我整理出版了多种《三国》版本，受到国内外学术界同行的高度评价和广大读者的欢迎。在我二十六年来研究《三国》的全部成果中，应该说耗费心血最多、学术价值最高的成果，便是对这些版本的整理。尽管我在传统的古籍整理方法的基础上，采取了尽可能稳妥的做法，积累了一些经验，但这毕竟是一项开拓性相当强的工作，不当之处难以完全避免。衷心希望学界同行和广大读者不吝赐教，以便今后做得更加完善。

2007 年 7 月　于锦里诚恒斋（原载《广东技术师范学院学报》2009 年第 1 期）

《李卓吾先生批评三国志》考论

　　在《三国志演义》版本演变史上，《李卓吾先生批评三国志》（简称"李卓吾评本《三国》"）是一种承先启后、独具特色的重要版本，不仅具有很高的学术研究价值，而且具有特别的阅读价值。

一

　　首先应当说明的是，《李卓吾先生批评三国志》并非出自大名鼎鼎的明代思想家李贽（号卓吾）之手，而是比李贽年代稍晚的明代小说评点家叶昼假托其名所为。这一判断，根据有四。

　　（一）在李贽本人的著述、书信及友人记载中，涉及他对小说的评点时，仅仅及于《水浒传》。如李贽的《焚书》卷三收入他的《忠义水浒传序》；《续焚书》卷一的《与焦弱侯》信明确写到："古今至人遗书抄写批点得甚多，惜不能尽寄去请教兄，不知兄何日可来此一披阅之。……《水浒传》批点得甚快活人，《西厢》《琵琶》涂抹改窜得更妙。"与李贽关系密切的"公安三袁"之一的袁中道在《游居柿录》中也记云："袁无涯来，以新刻卓吾批点《水浒传》见遗。予病中草草视之。记万历壬辰夏中①，李龙湖②方居武昌朱邸，予往访之，正命僧常志抄写此书，逐字批点。"至于评点《三国志演义》，本是一项大工程，其价值、规模和影响均不亚于评点《水浒传》；然而，李贽本人及其友人却从未提及，这正好说明李贽并未致力于此。

　　（二）《李卓吾先生批评三国志》中的某些评语，并不符合李贽本人

---

　　① 万历壬辰，即万历二十年（1592）。
　　② 李贽辞官后，曾居湖北麻城龙湖，自号"龙湖叟"。

的思想观点。这里随便拈出两点来看。

其一，李贽对封建社会流行的重男轻女思想给予了抨击：

谓人有男女则可，谓见有男女岂可乎?谓见有长短则可，谓男子之见尽长，女子之见尽短，又岂可乎?[1]

而《李卓吾先生批评三国志》却对妇女表现出相当轻视的态度。如第19回回末总评不加分别地把妇女视为坏事的根源：

从来听妇人之言者，再无不坏事者，不独一吕布也。凡听妇人之言者，请看吕布这样子，何如?

第34回回末总评又把妇女与小人相提并论：

但看蔡夫人及其弟蔡瑁，乃见妇人、小人得阴气偏多，偏与君子为难也。吁! 人亦徒为妇人，徒为小人耳，何妨于君子乎哉! 何妨于君子乎哉!

这类以偏概全之论，显然不合李贽的观点。

其二，李贽愤世嫉俗，卓立不群，论事评人观点鲜明，绝非玩世不恭。而《李卓吾先生批评三国志》却时有玩世之辞。如第80回回末总评云：

曹家戏文方完，刘家戏子又上场矣，真可发一大笑也。虽然，自开辟以来，哪一处不是戏场?那一人不是戏子?那一事不是戏文?并我今日批评《三国志》，亦是戏文内一出也，呵呵!

第86回回末总评又云：

未知和尚笑曰："此等议论，正吴人所谓屁香者也。"呜呼，今日读史之人，谁一人非屁香者乎?

如此不分好歹，游戏人生之辞，显然也不会出自李贽的笔下。

(三) 早在明末清初，与叶昼同时或稍晚的几位学者就明确指出，《李

---

[1]《焚书》卷二《答以女人学道为短见书》。

卓吾先生批评三国志》实际出自叶昼之手。如明末钱希言的《戏瑕》卷三《赝籍》条云：

　　比来盛行温陵①李贽书，则有梁溪人叶阳开名昼者，刻画摹仿，次第勒成，托于温陵之名以行。往袁小选中郎尝为予称李氏《藏书》《焚书》《初潭集》，批点《北西厢》四部，即中郎所见者，亦止此而已。数年前，温陵事败，当路命毁其集，吴中铵藏书版并废。近年始复大行。于是有李宏父②批点《水浒传》《三国志》《西游记》《红拂》《明珠》《玉合》数种传奇及《皇明英烈传》，并出叶手，何关于李。

　　《戏瑕》著于万历四十一年（1613），此时叶昼尚在人世，其记载应该说是可信的。

　　（四）在《李卓吾先生批评三国志》的评语中，叶昼一再公开打出自己的旗号。如第96回回末总评中有云：

　　一钝士问曰……梁溪叶仲子见其腐气可掬，故谑之曰……

　　第105回回末总评中有云：

　　子房、孔明公案，纷纷已久。近日梁溪仲子二语，不识有当于二公否，附记于此。仲子曰……

　　第117回回末总评中又云：

　　梁溪叶仲子谑曰："诸葛瞻三顾（按：指《演义》正文写诸葛瞻收到邓艾诱降书后一度狐疑未决，其子诸葛尚说他"有三顾之意"）不差也。昔日先公曾受先主三顾之恩，今日不得不答之耳。"一笑，一笑。

　　这与本回眉批"此所以答他昔日三顾之恩也，一笑"，意思完全相同，显然同出一手。

　　这些批语，为叶昼假托李卓吾之名评点《三国志演义》提供了最有

---

　　① 李贽原籍福建泉州别称温陵，故自号"温陵居士"。
　　② 李贽又号"宏居士"。

力的内证。

叶昼，明代万历、天启年间常州府无锡县（今江苏无锡，别称"梁溪"）人。有关他的文献记载很少，我们只知道其别称有叶阳开、叶文通，其中"阳开"与"昼"文义相应，应当是字；又自号锦翁、叶五叶、叶不夜、梁无知（意为"梁溪无人知之"）等；可能由于他排行老二，又自称叶仲子；大约死于天启五年（1625）或稍后。钱希言《戏瑕》云：

昼，落魄不羁人也。家故贫，素嗜酒，时从人贷饮，醒即著书，辄为人持金觯去，不责其值，即著《樗斋漫录》者也。近又辑《黑旋风集》行于世，以讽刺进贤，斯真滑稽之雄已。

明末清初的周亮工在《因树屋书影》卷一也记载道：

叶文通，名昼，无锡人。多读书，有才情，留心二氏学，故为诡异之行。迹其生平，多似何心隐。……文通自有《中庸颂》《法海雪》《悦客编》诸集。今所传者，独《悦客编》耳。

由此可见，叶昼是一个典型的封建末世失意文人。生当腐败动荡的晚明时期，虽然"多读书，有才情"，却功名无着，生活窘迫，使他牢骚满腹；晚明强劲的思想解放运动，社会上对"假道学"的普遍不满，加之本人贫而嗜酒，更使他形成了狂放不羁的性格。酒醉时长吟大笑，豪气勃发，醒来后却只有卖文糊口，以书抵债，不得不把自己的著作寄在李贽的名下，其悲愤而又无可奈何之慨不难想见，自嘲自解、玩世不恭的作风也就可以理解了。这一切，都不同程度地反映在他对《三国志演义》的评点之中。

必须强调指出，尽管《李卓吾先生批评三国志》实际出自叶昼之手，应当称之为"伪李卓吾评本"，或者干脆叫作"叶昼评本"；但它的版本价值、学术价值并不因此而逊色。事实上，叶昼堪称中国小说批评史上重要的一家，他评点的这个本子也已产生了重大的影响。只是为了行文的方便，我们下面姑且沿用"李卓吾评本"的名称。

二

《李卓吾先生批评三国志》依据的底本是什么？

多年来，学术界普遍以为"李卓吾评本"来源于嘉靖壬午（1522）刊刻的《三国志通俗演义》（简称"嘉靖壬午本"）。现在看来，这个看法是错误的。一个非常明显的事实是，"李卓吾评本"比嘉靖壬午本多出了一些内容。第一，增补了一些情节。如嘉靖壬午本卷三《孙策大战严白虎》回写孙策攻打会稽太守王朗，一语带过；"李卓吾评本"第十五回却具体描写了交战、围城、用计的过程，增加了 800 字。又如嘉靖壬午本卷二十一《孔明火烧木栅寨》回写司马懿在渭南奉诏，知东吴三路攻魏，于是坚守不出，下文便接写诸葛亮命蜀兵与魏人相杂种田，以为久计；"李卓吾评本"第一百五回却在此处插写魏主曹睿分兵三路迎击吴军，增加了 1400 字。第二，在诸葛亮南征部分出现了虚构的关羽第三子关索。第三，插入了几十首周静轩的诗。这些内容是不是"李卓吾评本"在嘉靖壬午本的基础上增补的呢？不是。因为它们先已出现于晚于嘉靖壬午本而早于"李卓吾评本"的某些明代版本，如万历十九年（1591）金陵周曰校刊本《新刊校正古本大字音释三国志通俗演义》（简称"周曰校本"）和夏振宇刊本《新刊校正古本大字音释三国志传通俗演义》（简称"夏振宇本"）。这就说明，"李卓吾评本"不是承袭嘉靖壬午本，而是以周曰校本或夏振宇本为底本的。至于周曰校本和夏振宇本是否来源于嘉靖壬午本，有关专家尚有不同见解，此处姑不论列。

那么，周曰校本和夏振宇本，究竟哪一种是"李卓吾评本"的真正底本呢？对此，目前有两种观点。

一种观点认为，周曰校本是"李卓吾评本"的底本。如友人王长友先生在《〈钟伯敬先生批评三国志〉探考》一文①中提出，"李卓吾评本"的正文来自周曰校本，甚至连错行之类的问题，二者也存在着递同关系。例如，周曰校本卷七《耿纪韦晃讨曹操》回有如下一段文字：

曹洪进兵，直抵下辨将近，先锋吴兰领军出哨隘口。马超至下辨，令吴兰为先锋；张飞守把巴西，令雷铜为先锋。两边皆未动兵。曹洪至下辨将近，先锋吴兰领军哨出，正与曹洪军相遇。

---

① 载《〈三国演义〉与中国文化》，巴蜀书社 1992 年 4 月第 1 版。

这里，"将近，先锋吴兰领军出哨"出现了两次，以至文意不通，实为错行造成的错误，即刻工误把下一行的文字刻入了上一行。而"李卓吾评本"在此处也有同样的错误。

又如，周曰校本共分十二卷，每十回为一卷，于每卷末都注明该卷所叙事件的起止时限。如第一卷末注云："起汉灵帝中平元年甲子岁，至汉献帝初平三年壬申岁，共首尾九年事实。""李卓吾评本"每十回末尾沿袭了这种文字。这也表明二者存在递承关系。

我自己也曾将周曰校本与"李卓吾评本"做过粗略的对勘，发现二者颇多相似之处：

第一，二者卷首目录除个别文字略有差异外，几乎完全相同。

第二，周曰校本比嘉靖壬午本多出的情节，"李卓吾评本"也都有。

第三，周曰校本插入的周静轩诗，"李卓吾评本"基本上照搬。如周曰校本《废汉君董卓弄权》回写尚书丁管怒斥董卓被杀后，引"静轩有诗叹曰"："董贼潜怀废立图，汉家宗社委丘墟。满朝臣宰皆囊括，惟有丁君是丈夫。""李卓吾评本"与此完全相同。又如周曰校本《曹孟德谋杀董卓》回写曹操因多疑杀死吕伯奢全家后，引"静轩有诗叹曰"："夜深喜识故人容，匹马来还寄旧踪。一念误将良善戮，方知曹操是奸雄。""李卓吾评本"又与此完全相同。

第四，周曰校本与"李卓吾评本"文字差异之处，往往可视为后者在前者基础上的修改。如周曰校本《曹操起兵伐董卓》回写关羽温酒斩华雄后，"史官有诗曰"：

威镇乾坤第一功，辕门画鼓响冬冬。
云长停盏施英武，酒未温时斩华雄。

"李卓吾评本"此处亦有诗，前两句相同；第三句，周曰校本作"施英武""李卓吾评本"改作"施英勇"，较为贴切；第四句，周曰校本作"酒未温时"，与上文描写不符，可能系笔误，"李卓吾评本"改作"酒尚温时"，正与上文合榫。

因此，"李卓吾评本"以周曰校本为底本的可能性是比较大的。

另一种观点认为，夏振宇本才是"李卓吾评本"的真正底本。日本青年学者上田望先生在《〈三国演义〉版本试论——关于通俗小说版本演变的考察》一文①中，对现存的《三国志演义》的绝大部分明代版本及几种主要清代版本做了比较全面的把握，将它们分为七"群"。他指出："从来认为夏振宇本为周曰校本翻版的观点其实完全不对。夏振宇本实质上是……保留着古老面貌的版本之一。据我看，李卓吾批评本和Ⅵ群的毛宗岗本恐怕都是由夏振宇本或与夏振宇本相同的我们尚未知的另外的版本发展而来的。"在论述中，他举了若干例子，比较各种版本的文字异同。这里引述两例，以比较周曰校本、夏振宇本、明末建阳吴观明刊本《李卓吾先生批评三国志》（简称"吴观明本"）、清初吴郡绿阴堂覆明刊本《李卓吾先生批评三国志》（简称"绿阴堂本"）的异同。

例一，《安喜张飞鞭督邮》中刘陶谏灵帝，反被下令斩首（着重号系笔者所加）：

〔周曰校本〕刘陶大叫……

〔夏振宇本〕刘陶大呼……

〔吴观明本〕刘陶大呼……

〔绿阴堂本〕刘陶大呼……

在这里，夏振宇本与吴观明本、绿阴堂本文字相同。

例二，《玄德风雪访孔明》中黄承彦所吟诗：

〔周曰校本〕……空中乱雪飘……白发银丝翁，岂惧皇天佑……

〔考证：古本作"盛感皇天佑"。〕

〔夏振宇本〕……长空雪乱飘……白发老衰翁，尽感皇天佑……

〔吴观明本〕……长空雪乱飘……白发老衰翁，盛感皇天佑……

〔绿阴堂本〕（与吴观明本同）

上田望认为，夏振宇本中"尽感皇天佑"的"尽"字，系因其与"盛"形近而误。如此，则夏振宇本与吴观明本、绿阴堂本此处文字又相同。

上述二例，对于证明"李卓吾评本"以夏振宇本为底本的观点来说，是相当有力的。不过，上田望在文中已经说明："夏振宇本正文里的各则

---

① 原载《东洋文化》第 71 号，1990 年 12 月。

目不是与嘉靖本一样的七字句，各则目的字数参差不齐。"在这方面，它与"李卓吾评本"是否一致，尚须核查。情节方面，也需全面考察。因此，要确立这一观点，还需要更充分的证据。

由于夏振宇本仅藏于日本蓬左文库，我又没有复印件可供详细比勘，对这个问题一时尚难作出肯定的结论。目前，我们只能暂且两说并存，待有条件时再作更深入、更全面的研究。

三

与其前或同时的其他明代《三国》版本相比，《李卓吾先生批评三国志》具有十分独特的风貌。

（一）第一次将《三国》由原来的二百四十回（通常称为"二百四十则"，不妥，嘉靖本就多次使用"且听下回分解""下回便见"的套语）合并为一百二十回，回目由单题变为双题。尽管这种合并还比较简率，各回回目只是由原来的上下两回拼合而成，大都参差不对；但这毕竟是《三国志演义》版本形式上的一大进步。从此，一百二十回的形式便为后来大多数版本所沿袭。清初毛纶、毛宗岗父子评改的《四大奇书第一种》（简称"毛本《三国》"），就是在此基础上整顿回目，进行艺术加工的。

（二）第一次为《三国》作了比较系统的批评。"李卓吾评本"之前的明代《三国》刊本，往往有小字夹注，有的在书名上还冠以"音释"的名目；但这些夹注只是对正文起解释、说明或补充作用，而不是表述评点者观点的批评。最早打出"批评"旗号的是万历二十年（1592）余象斗双峰堂刊本《新刻按鉴全像批评三国志传》（简称"余象斗本"）；不过，余象斗本的版式是上评、中图、下文，所谓"批评"只相当于眉批，文字较简单，大多针对《演义》的具体情节加以评说，较少发挥。而"李卓吾评本"不仅有较多眉批，而且各回均有回末总评，总字数多达数万。这样，"李卓吾评本"就具有了古代小说评点中最重要的两种手段，形成了比余象斗本完整得多的批评系统。这在《三国志演义》版本嬗变过程中又是一大开拓。

（三）更为引人注目的是，"李卓吾评本"在批评的内容上敢于标新立异，独树一帜。这突出反映在对《演义》人物形象的评价上。

关于曹操。自南宋以来，由于多种社会因素的作用，曹操越来越被视为反面人物，在通俗文艺作品中更被视为欺君杀后、犯上虐民的奸臣。"李卓吾评本"的评点者叶昼对于曹操也是贬斥的，多次斥责曹操"恶极矣，罪大矣，可恨矣，可杀矣"，称之为"老瞒"，骂之为"奸雄"。然而，叶昼对于一世豪雄的曹操并不一概骂倒，一笔抹煞；对于曹操识见过人、延揽人才、多谋善断等优点，他也屡屡加以称赏。如第四回回末总评云："'哭死董卓'之语，非有廿分识、廿分才、廿分胆，亦何敢旁若无人，开此大口也？孟德人豪哉！孟德人豪哉！"第五回回末总评称赞曹操支持关羽出战华雄云："若非孟德具眼，英雄遂无出头之期矣。即此一事，孟德何可及也！"第十四回回末总评又称赞曹操识才爱才云："老瞒每见人才，即思收拾，如徐晃等无一放过，只此便是伯王之本。视彼忌才而力为排摈者，谁为豪杰也？"第十八回写郭嘉将袁绍与曹操对比，认为绍有十败，操有十胜，对曹操的称赞可谓达于极致；而叶昼在眉批中却说："'十胜'非谀语也，乃老瞒实录也"；在回末总评中又说："尝欲为老瞒作一定案，不意郭生言之甚确也。"甚至曹操那句臭名远扬的、被后人严加批判的话："宁使我负天下人，休教天下人负我"，叶昼一方面指出："读史者至今，无不欲食其肉而寝其皮也"；另一方面又认为："此犹孟德之过人处也。试问天下人谁不有此心者，谁复能开此口乎？故吾以世人之心较之，犹取孟德也。"此言虽然偏激，但也表明叶昼敢于提出异于常人的见解。

关于诸葛亮。叶昼对于诸葛亮形象的主要方面是肯定的，如诸葛亮刚刚出山，叶昼就在第三十八回回末总评中赞许道："以天时属操，地利属权，人和属玄德，孔明之为百姓而出也，已可知矣。"第四十三回写诸葛亮舌战群儒，叶昼在回末总评中肯定道："孔明舌战，都是题目正大，所以压倒诸英。"对于诸葛亮的"神机妙算"，他在第四十九回回末总评中说："孔明不可及处，只是见得到，算得定耳。凡天下事，只要见得到，算得定，便是矣，别无他法也。"在六十七回回末总评中又说："大略三国事体，尽在孔明掌中，或迟或速，或行或止，无不如意，真是见定者不忙也。"也作了合理的解释和肯定。然而，叶昼对诸葛亮并不盲目颂扬，顶礼膜拜，更不无限拔高，视同神明；而是有褒有贬，时予批评。对于诸葛亮某些时候的尚权用诈，他一再指责；对于诸葛亮连年兴师动众，劳民伤财，他多有讥刺。特别是对诸葛亮劝杀刘封、谋诛魏延，更是严厉申斥，甚至破口大骂。在三国故事流传演变的漫长岁月里，特别是《三国志演义》成书以后，诸葛亮的形象越来越高大完美，越来越受人尊崇，还没有谁像叶昼这样发出如此刺耳的不谐和音。虽然，叶昼的某些看法过分偏颇，难于被人接受，但其中确实包含若干合理的见解，发前人所未发，值得重视。对此，好友黄霖兄、陈翔华兄都曾作过很好的分析。①

对于刘备、张飞等人物，叶昼的批评也常常独具只眼，出人意表，其中不乏具有启发意义的见解。

但是，叶昼的批评，也存在一些明显的缺点。这里略举其大要。

其一，缺乏严密的计划。通观全书，卷首没有"读法"之类的指导性文字，有的回末总评则没有统率全回。如第十一回回末总评仅一段："刘玄德不受徐州，是大奸雄手段，此所以终有蜀也。盖大贪必小廉，小廉之名既成，大贪之实亦随得也。奸雄举事，每每如此，非寻常人所能知也。"这段话对刘备第一次拒领徐州作了独特的评价，但对回目标举的两个内容——"刘玄德北海解围，吕温侯濮阳大战"——却不置一语，可见叶昼通盘考虑不够，往往是兴之所至，信笔挥洒。

其二，有时标准不一，有时自相矛盾。这与缺乏严密的计划是分不开的。

其三，其批评主要着眼于社会、政治、道德的评价，而较少致力于文学的批评。同样是叶昼评点的容与堂本《水浒传》，对小说的真实性，对人物的典型性、生动性有许多精彩的批语，对读者的艺术鉴赏很有启迪作用。而在《李卓吾先生批评三国志》中，有关人物形象描绘和性格塑造的分析就比较少，致使此书批评的艺术价值逊色于他对《水浒传》的批评。

其四，未能将批评与对小说正文中明显纰谬不当之处的修改结合起

① 见黄霖《李、毛两本诸葛亮形象比较论》，载《三国演义学刊》第 2 辑（四川省社会科学院出版社 1986 年 8 月第 1 版）；陈翔华《诸葛亮形象史研究》上编第九章，浙江古籍出版社 1990 年 12 月第 1 版。

来。如第五十六回写曹操大宴铜雀台，在武将较射之后，命文官各"进佳章，以纪一时之胜事"，随后便接写王朗、钟繇各献七言律诗一首。东汉三国时期，七言律诗尚未出现，此处描写显然与时代不合。对此，叶昼不仅未予修改，而且在王朗所献的七律上加眉批云："诗亦华□"（疑为"美"字），在钟繇所献的七律上加眉批云："不惟诗佳，想字亦好"；在回末总评中又写道："武人射箭，文士赋诗，此日可称一场好杂剧也。而作者之笔，亦能一一描画之。"正文既有瑕疵，批评也就难以有什么价值了。类似情况，书中还有一些。

当然，作为早期的小说批评，存在这些缺点也不奇怪。它们在全书毕竟居于次要地位，不足以掩盖叶昼对古代小说理论所作的重要贡献。

总的说来，"李卓吾评本"从形式到内容都独具特色，不仅在当时产生了很大影响，刻本甚多，而且成为后来一些重要刻本的版本基础。

——学术界早已公认，近三百年来最流行的毛本《三国》，正是以"李卓吾评本"为底本的。

——我在《〈李笠翁批阅三国志〉简论》一文①中，从书名、版式、回目、规格、文字五个方面进行对照比较，说明《李笠翁批阅三国志》（简称"李渔评本"）也是以"李卓吾评本"为底本。

——还有学者认为，《钟伯敬先生批评三国志》（简称"钟惺评本"）同样是以"李卓吾评本"为底本的。

综上所述，我们可以肯定地说："李卓吾评本"在《三国志演义》版本演变史上确实起到了启先承后的作用，占有非常突出的地位，与嘉靖壬午本、《三国志传》本、毛本并为最重要的《三国》版本。

（原载周兆新主编之《三国演义丛考》，北京大学出版社 1995 年 7 月第 1 版）

---

① 载《社会科学研究》1993 年第 5 期。

论毛本《三国演义》

《三国演义》是中国小说史上第一部成熟的长篇小说。六百多年来，它以博大深厚的思想内涵、丰富曲折的故事情节、栩栩如生的艺术形象而脍炙人口，对中华民族的精神生活和民族性格产生了极其深远的影响。

然而，自清初以来的三百余年中，亿万民众传阅、讲说和熟悉的，并非罗贯中的原作，而是《毛宗岗评改本三国演义》（简称"毛本《三国演义》"）。

奇怪的是，人们长期以来却对毛宗岗贬抑颇多。胡适称之为"平凡的陋儒"；后来的学者或夸大其封建思想较为浓重的一面而否定其积极方面，或将其贬为金圣叹的机械模仿者而忽视其独特贡献。直到最近十年，人们才开始比较全面地评价毛宗岗和毛本《三国演义》。

一

毛本《三国演义》虽然署名为"毛宗岗评改"，实际上却是毛纶、毛宗岗父子共同努力的结果。

毛纶，明末清初茂苑（即长洲，今江苏苏州）人，字德音，号声山。生年约在明万历四十年（1612）左右，享寿在六十岁以上，卒年不详。他学识弘富，颇有文名，与同县著名剧作家尤侗甚为友好；但命途多舛，未曾出仕，中年以后，又不幸双目失明（其号"声山"即因此而来）。他不甘沉沦，乃著书自娱，在康熙五年（1666）以前评点了《三国演义》《琵琶记》两部名著，隐然与评点《水浒传》《西厢记》的金圣叹抗衡。为此，尤侗在《第七才子书序》中感慨万端地写道："毛子以斐然之才，不得志于时，又不幸以目疾废，仅乃阖门著书，寓笔削于传奇之末，斯已穷矣！"

此后，他似乎再没有比较重要的作为，而在贫病交加中度过了余生。

毛纶评点《三国演义》的起因和经过，在他的《第七才子书琵琶记总论》中说得比较清楚：

> 昔罗贯中先生作《通俗三国志》一百二十卷，其记事之妙，不让史迁；却被村学究改坏，予甚惜之。前岁得读其原本，因为校正；复不揣愚陋，为之条分节解；而每卷之前，又各缀以总评数段。且许儿辈亦得参附末论，共赞其成。书既成，有白门快友见而称善，将取以付梓。不意忽遭背师之徒，欲窃冒此书为己有，遂致刻事中阁，殊为可恨。今特先以《琵琶》呈教，其《三国》一书，容当嗣出。

这段话告诉我们：毛纶评点《三国演义》，首先是出于对"被村学究改坏"的某些版本（主要是叶昼伪托的《李卓吾先生批评三国志》）的不满；他所做的工作，一是"校正"文字，二是"条分节解"，即加上若干夹批，三是"每卷之前，又各缀以总评数段"；然而，由于某个"背师之徒"欲窃冒此书为己有，毛纶的评本未能出版。对此，毛纶感到痛心疾首，只得把全部希望寄托在其子毛宗岗身上。

毛宗岗，字序始，号孑庵。友人陈翔华兄据蒋祖芬《娄关蒋氏本支录·祖范》存录之毛宗岗跋语，推算他生于明崇祯五年（1632），清康熙四十八年（1709）春尚在世，时年七十八岁，卒年自当在此以后。[1]与父亲一样，他虽有文名，仍为一介寒儒，与《隋唐演义》的编撰者褚人获（1635—?）友情深笃，交往甚密。在毛纶评改《三国演义》之时，他全力协助，不仅认真为之笔录，而且积极"参附末论，共赞其成"；以后，他又倾注大量心血，继续为之校订、加工并最后定稿。因此，尽管毛本《三国演义》出自毛氏父子之手，而后人多归功于毛宗岗。

今知毛本《三国演义》的最早刻本为康熙十八年（1679）醉耕堂精刻本，这很可能即是毛本的第一个刻本。其时毛宗岗四十余岁，接近"知天命"之年，正是思想和学问都很成熟的时候。可是，在此后漫长的三

---

[1] 见陈翔华著《诸葛亮形象史研究》第300页注，浙江古籍出版社1990年12月第1版。

十年里，他却没有做出什么可观的业绩，我们仅从褚人获《坚瓠补集》卷五的《焚书自遣》中得知，康熙庚辰（1700）夏日，六十九岁的他因邻人失火而遭池鱼之殃，房屋烧毁，藏书俱成灰烬。寒士遭灾，犹如雪上加霜，此后的岁月更加难熬。曾经高唱"青山依旧在，几度夕阳红"[①]的他，竟在贫困中终老，令人为之叹息！

尽管毛纶、毛宗岗父子困顿终生，但是，他们评改的《三国演义》却战胜了以往的一切旧本，成为三百多年来惟一流行的版本，为他们带来了巨大的、不可磨灭的声誉。

二

在长期的广泛流传过程中，毛本《三国演义》多次刊刻，书名也屡有变化，主要有《四大奇书第一种》《第一才子书》《贯华堂第一才子书》《绣像金批第一才子书》《三国志演义》《三国演义》等。

《四大奇书第一种》（或作《古本三国志四大奇书第一种》）乃是毛本《三国演义》的本名。康熙十八年的醉耕堂精刊毛本，书名即为《四大奇书第一种》。早在明末，《三国演义》《水浒传》《西游记》《金瓶梅》这四部长篇小说名著就被称为"四大奇书"，毛氏如此命名自己的评改本，自然是顺理成章之事。

《第一才子书》本来是指李渔（笠翁）评阅的《绘像三国志第一才子书》。李渔评本略晚于毛本，内容、版式都与毛本有所不同。但因毛本卷首的《读三国志法》已明确宣称："吾谓才子书之目，宜以《三国演义》为第一。"而李渔的评语又往往袭用毛本夹评，创见不多，人们便将《第一才子书》之名"借"给了毛本。由于这个名称特别响亮，而且符合毛氏本意，而原来使用它的李渔评本反而不为一般读者所知，因此，《第一才子书》便成为毛本《三国演义》最常用的书名。

所谓《贯华堂第一才子书》《绣像金批第一才子书》，其中的"贯华堂"借指金圣叹（金圣叹自称其评改之《水浒》为"贯华堂所藏古本"），"金批"指所谓"金圣叹批评"，都来源于通行的毛本《三国》卷首那篇

① 毛本《三国演义》卷首之《临江仙》词。

署名"金人瑞圣叹氏"的《序》。由于金圣叹在小说界的赫赫名声，加之这篇《序》确实抓住了《三国演义》的某些特点，因而长期以来颇有影响，瞒过了许多读者，从而给毛本《三国》增添了"圣叹外书""贯华堂第一才子书"等名目。近年来，已有一些学者指出此《序》绝非金圣叹所作，友人黄霖兄的考辨尤为有力，提出了如下四点证据。①第一，金圣叹以《庄子》《离骚》《史记》《杜诗》《水浒传》《西厢记》为"六才子书"，而从未称《三国演义》为"第一才子书"；相反，他对《三国》评价不高。而此《序》却说："而今而后，知'第一才子书'之目，又果在《三国》也。"显系伪托圣叹之名。第二，毛纶父子评点《三国》是从康熙三年（1664）开始的；在此两年之前，金圣叹已经成了清朝统治者的刀下之鬼，他怎么可能起死回生，"忽于友人案头见毛子所评《三国志》之稿"？第三，此《序》落款称"时顺治岁次甲申"，也露出了伪托的马脚。顺治甲申即顺治元年（1644），亦即明崇祯十七年，此时，清兵刚刚入关，金圣叹所居的苏州尚未属清，他绝不会不署"崇祯十七年"，而用清人年号。第四，康熙十八年刊刻的《四大奇书第一种》前并无此《序》，而有李渔的序，序中写道："《水浒》之奇，圣叹尝批之矣，而《三国》之评独未之及。"由此可见，金圣叹确实未曾评点《三国》，毛本《三国》原本也没有金圣叹的序。至于这篇《序》的伪托者，有学者疑为毛宗岗本人。从上述第四点来看，作伪者决非毛宗岗，而系稍后的书商。

至于《三国志演义》《三国演义》两个书名，前者早见于明代周弘祖的《古今书刻》，相沿已久；后者则见于毛宗岗本人的《读三国志法》，亦已深入人心。有学者曾辨析二者之不同，主张不用《三国演义》之名。诚然，《三国志演义》与《三国演义》的含义不完全相等，而且前者的使用时间要早得多；但是，两个书名都所来有自，都从一定角度反映了《三国》的特点，因此，作为毛本的书名，它们都是"合法"的。

---

① 见黄霖《有关毛本〈三国演义〉的若干问题》文，载《三国演义研究集》，四川省社会科学院出版社 1983 年 12 月第 1 版。

三

毛氏父子评改《三国演义》的指导思想包含多种思想成分。《读三国志法》一开始就提出：

> 读《三国志》者，当知有正统、闰运、僭国之别。正统者何?蜀汉是也。僭国者何?吴、魏是也。闰运者何?晋是也。魏之不得为正统者，何也?论地则以中原为主，论理则以刘氏为主，论地不若论理。故以正统予魏者，司马光《通鉴》之误也;以正统予蜀者，紫阳纲目之所以为正也。

这表明，毛氏父子确是从正统思想出发来评改《三国演义》的。这种正统思想，既包括南宋朱熹以来的以"论理"为特征的封建正统观，也包括民间传统的以善恶仁暴为取舍标准的蜀汉正统观，还可能包含某种程度的反清悼明情绪。凡此，都增强了《演义》"尊刘抑曹"的思想倾向。同时，在判断是非、褒贬人物时，毛氏父子又常常以儒家民本思想为依据。

与以往的版本相比较，毛氏父子对《三国演义》的评改主要包括六个方面。

（一）修订文辞

这是毛氏父子致力最多的一个方面。他们对《演义》的文字进行了精琢细磨的加工和润饰，删去了若干繁冗复沓乃至龃龉不通之处，使全书语言更加规范、简练、流畅。试以第一回写到的灵帝诏问群臣为例，将明嘉靖壬午（1522）刊本《三国志通俗演义》（简称"嘉靖壬午本"）与毛本的有关文字加以对照。

嘉靖壬午本	毛　本
种种不祥，非止一端，于是灵帝忧惧，遂下诏，召光禄大夫杨赐等诣金商门，问以灾异之由及消复之术。赐对曰……（以下大致抄录《后汉书·杨赐传》所录"书对"，共200字）议郎蔡邕亦对，其略曰……（以下大致抄录《后汉书·蔡邕传》所录"书对"，共212字）帝览奏而叹息，因起更衣。	种种不祥，非止一端。帝下诏问群臣以灾异之由。议郎蔡邕上疏，以为霓堕鸡化，乃妇寺干政之所致，言颇切直。帝览奏叹息，因起更衣。

　　毛本删去杨赐的"书对"，仅转述蔡邕"书对"中关键的一句，一下子减省四百余字，叙语干净利落，"颇觉直捷痛快"（毛本《凡例》之一）。不过，在某些地方，毛本也有修改不当之处，有损于原书语言的时代特色和人物语言的个性特征。

　　（二）修改情节

　　毛氏父子根据自己的思想倾向和审美观点，对《演义》的情节作了某些修改。鲁迅先生将此概括为："一曰改，如旧本第百五十九回《废献帝曹丕篡汉》本言曹后助兄斥献帝，毛本则云助汉而斥丕。二曰增，如第百六十七回《先主夜走白帝城》本不涉孙夫人，毛本则云'夫人在吴闻猇亭兵败，讹传先主死于军中，遂驱车至江边，望西遥哭，投江而死'。三曰削，如第二百五回《孔明火烧木栅寨》本有孔明烧司马懿于上方谷时，欲并烧魏延，第二百三十四回《诸葛瞻大战邓艾》有艾贻书劝降，瞻览毕狐疑，其子尚诘责之，乃决死战，而毛本皆无有。"①

　　这些修改，有的使作品情节更加合理；有的使人物性格更加统一；还有的则增强了人物形象的生动性和作品情节的趣味性，"如关公秉烛达旦，管宁割席分坐，曹操分香卖履，于禁陵庙见画，以至武侯夫人之才，康成侍儿之慧，邓艾凤兮之对，钟会不汗之答，杜预《左传》之癖"（《凡例》之三），等等。不过，也有少数修改有损于人物性格的丰富性，或造成个别情节不合历史真实。

　　（三）整顿回目

　　《演义》原为二百四十回（通称"二百四十则"，不妥），伪"李卓吾评本"将其合并为一百二十回，各回回目则由原来的上下两回拼合而成，大都"参差不对"。在此基础上，毛氏父子对全书回目作了加工，每回均以七字或八字的对偶句为题，文字比较考究，确实起到了"快阅者之目"（《凡例》之五）的作用。

---

　　①《中国小说史略》第十四篇《元明传来之讲史》（上）。

（四）削除论赞

旧本《三国演义》夹有较多论、赞、评，显得累赘繁琐，毛氏父子往往加以削除。如嘉靖壬午本卷二十《孔明秋风五丈原》回写到诸葛亮逝世时，接连引用陈寿评、杨戏赞、朱黻论、张南轩赞、李兴碑文、尹直赞，连篇累牍，拖沓臃肿，反而冲淡了这一情节悲壮苍凉的艺术氛围。毛氏父子均予删除，正符合读者的阅读心理。

（五）改换诗文

旧本《三国演义》写人记事，每每引录诗文，有的重三叠四，有的风格卑弱，有的体例与时代不合。对此，毛氏父子大刀阔斧地改换和删削。如嘉靖壬午本卷十六《玉泉山关公显圣》回写到关羽父子之死时，原有五首诗赞；毛氏全予删除，另换五律、七律各一首。同回写到乡民在玉泉山建庙祭祀关羽时，原有《记》《传》《赞》各一首，共一千余字；毛氏一概不要，另引对联一副："赤面秉赤心，骑赤兔追风，驰驱时无忘赤帝；青灯观青史，仗青龙偃月，隐微处不愧青天。"寥寥三十四字，警策凝炼，堪称以少胜多。

（六）重作批评

这是毛氏父子评改《三国演义》中致力最多的另一个方面。他们殚精竭虑，探幽发微，对全书作了详细的批评，字数多达二十几万。如此详尽的批评，反映了毛氏父子的历史观、伦理观和文学观，在《三国演义》的研究史上可谓前无古人，后启来者，产生了很大的影响。

毛氏父子的评改，使《三国演义》的面貌发生了相当大的变化，其总体艺术质量有了明显的提高，毛本《三国》实际上成了《三国演义》的最终"定本"。因此，在一定意义上可以说，毛氏父子也参加了《三国演义》的创作。

四

从小说理论批评的角度来看，毛氏父子（主要是毛宗岗）受到了金圣叹的深刻影响，而在金圣叹所忽视的历史小说领域进行了前所未有的探索，提出了一系列重要见解。

（一）充分肯定了历史小说的社会功能和艺术价值

毛宗岗认为，《三国演义》"作者之意，自宦官、妖术而外，尤重在严诛乱臣贼子，以自附于《春秋》之义，故书中多录讨贼之忠，纪弑君之恶。……虽曰演义，直可继麟经而无愧耳"他再三强调："《三国》一书，乃文章之最妙者""读《三国》一书，诚胜读稗官万万耳。""读《三国》胜读《西游记》""读《三国》胜读《水浒传》""吾谓才子书之目，宜以《三国演义》为第一。"（《读三国志法》）他把《三国演义》与封建社会中被奉为"经书"的《春秋》相提并论，对《演义》的社会价值的概括并不确切；把《演义》的艺术价值置于《水浒传》《西游记》之上，亦不无偏颇之处。但这些看法，却有助于提高历史小说的地位。

（二）阐述了历史小说与历史事实的关系

一方面，毛宗岗强调了历史小说对于历史事实的依赖性，指出《三国演义》之所以是"文章之最妙者"，首先是因为"古事所传，天然有此等波澜，天然有此等层折，以成绝世妙文"。（《读三国志法》）"天然有此等妙事，以助成此等妙文"。（第六十三回回评）说明历史小说必须受基本史实的制约。另一方面，他并不反对合理的艺术虚构，对成功的虚构还大加赞许。如第三十九回所写的火烧博望一节，历史上本为刘备之事，《演义》却虚构成诸葛亮的初出茅庐第一功；对此，毛宗岗不仅不以为病，而且极力称赞作品描写之曲折多端，认为："若只一味直写，则竟依《纲目》例大书曰'诸葛亮破曹兵于博望'一句可了，又何劳作演义者撰此一篇哉！"同样，对于"温酒斩华雄""三战吕布""连环计""过五关斩六将""群英会""蒋干盗书""草船借箭""华容放曹""三气周瑜""空城计"等脍炙人口的虚构情节，毛氏也都啧啧称赞，而不管它们是否符合具体的史实。由此可见，毛宗岗虽然未就艺术虚构的价值和规律作出深入的理论概括，但他对历史题材与艺术虚构的关系的认识基本上是正确的。

（三）深入分析了《三国演义》塑造人物形象的艺术辩证法

毛宗岗认为"古史甚多，而人独贪看《三国志》者"，就在于《三国演义》成功地塑造了一大批生动鲜明的艺术形象。其中，既有诸葛亮、关羽、曹操这样的"三奇""三绝"，即具有高度艺术概括力的典型形象，也有刘备、张飞、赵云、徐庶、庞统、周瑜、鲁肃、陆逊、郭嘉、许褚、司马懿等具有鲜明性格特色的人物。他通过细致的分析，总结了《演义》突出人物性格特征的主要方法。一是"用衬"，即在性格对比中刻画人物。他说："文有正衬反衬。写鲁肃老实，以衬孔明之乖巧，是反衬也；写周瑜乖巧，以衬孔明之加倍乖巧，是正衬也。譬如写国色者，以丑女形之而美，不若以美女形之而觉其更美；写虎将者，以懦夫形之而勇，不若以勇夫形之而觉其更勇。读此可悟文章相衬之法。"（第四十五回回评）二是在性格冲突中刻画人物。如在分析曹操与关羽的关系时，毛宗岗写道："曹操一生奸伪，如鬼如蜮，忽然遇着堂堂正正、凛凛烈烈、皎若青天、明若白日之一人，亦自有'珠玉在前，觉吾形秽'之愧，遂不觉爱之敬之，不忍杀之。此非曹操之仁有以容纳关公，乃关公之义有以折服曹操耳。虽然，吾奇关公，亦奇曹操。以豪杰折服豪杰不奇，以豪杰折服奸雄则奇；以豪杰敬爱豪杰不奇，以奸雄敬爱豪杰则奇。夫豪杰而至折服奸雄，则是豪杰中有数之豪杰；奸雄而能敬爱豪杰，则是奸雄中有数之奸雄也。"（第二十六回回评）三是化静为动，层层渲染，使读者逐步加深对人物的印象。如针对《演义》第三回通过董卓、李儒的眼光来描写吕布形象，毛宗岗在夹评中逐层批道："先从李儒眼中虚画一吕布。此处先写戟""又从董卓眼中虚画一吕布。前只写戟，此处添写马""又双从董卓、李儒眼中实写一吕布。"然后小结云："看他先写状貌，次写姓名，次写妆束，先写戟，次写马，次写冠带袍甲：都作数层出落，妙。"如此分析，确实揭示了作者刻画人物的妙处。四是隐而愈现，即通过对周围环境及相关人物的描写，来突出主要人物。如在评析刘备前两次造访茅庐而不遇诸葛亮的情节时，毛宗岗写道："此回极写孔明，而篇中却无孔明。盖善写妙人者，不于有处写，正于无处写。写其人如闲云野鹤之不可定，而其人始远；写其人如威凤祥麟之不可睹，而其人始尊。且孔明虽未得一遇，而见孔明之居则极其幽秀，见孔明之童则极其古淡，见孔明之友则极其高超，见孔明之弟则极其旷逸，见孔明之丈人则极其清韵，见孔明之题咏则极其俊妙：不待接席言欢，而孔明之为孔明，于此领略过半矣。"（第三十七回回评）

（四）精辟剖析了《三国演义》的艺术结构

毛宗岗这样概括《三国演义》的总体艺术构思和结构特色："叙三国，不自三国始也，三国必有所自始，则始之以汉帝。叙三国，不自三国终也，三国必有所自终，则终之以晋国""《三国》一书，总起总结之中，又有六起六结。其叙献帝，则以董卓废立为一起，以曹丕篡夺为一结；其叙西蜀，则以成都称帝为一起，而以绵竹出降为一结；其叙刘、关、张三人，则以桃园结义为一起，而以白帝托孤为一结；其叙诸葛亮，则以三顾草庐为一起，而以六出祁山为一结；其叙魏国，则以黄初改元为一起，而以司马受禅为一结；其叙东吴，则以孙坚匿玺为一起，而以孙皓衔璧为一结。凡此数段文字，联络交互于其间，或此方起而彼已结，或此未结而彼又起。读之不见其断续之迹，而按之则自有章法之可知也。"（《读三国志法》）这正抓住了《三国演义》的情节主线，突出了《演义》结构宏大而又精密的优势。

（五）总结了《三国演义》所运用的种种艺术手法

在《读三国志法》中，毛宗岗指出《三国演义》"有追本穷源之妙""有巧收幻结之妙""有以宾衬主之妙""有同树异枝、同枝异叶、同叶异花、同花异果之妙""有星移斗转、雨覆风翻之妙""有横云断岭、横桥锁溪之妙""有将雪见霰、将雨闻雷之妙""有浪后波纹、雨后霡霂之妙""有寒冰破热、凉风扫尘之妙""有笙箫夹鼓、琴瑟间钟之妙""有隔年下种、先时伏着之妙""有添丝补锦、移针匀绣之妙""有近山浓抹、远树轻描之妙""有奇峰对插、锦屏对峙之妙"。这十几种"妙处"，主要是关于叙事方法的。毛宗岗总结这些艺术手法，有的显然受到金圣叹有关《水浒》艺术特色的论述的启示，有的则出自他本人的创见。正是继承前人与独抒己见的结合，使毛宗岗关于《三国演义》艺术手法的论述呈现出比较详尽而有条理的形态。

总的说来，毛宗岗在小说理论上的独创性和系统性虽然不及金圣叹，但是，他评改《三国演义》的影响之大，却几乎可与金圣叹对《水浒传》的评改相提并论；他对古代小说理论的发展，特别是古代历史小说理论的形成，作出了杰出的贡献。因此，他不愧为继金圣叹之后的又一个古代小说理论大家，在中国文学批评史上占有重要的地位。

（原载《海南大学学报》1991 年第 3 期；中国人民大学《复印报刊资料·中国古代近代文学研究》1991 年第 12 期转载；《中国文学年鉴》1991—1992 卷介绍了本文观点）

重新校理《三国演义》的几个问题

近十年来，《三国演义》研究取得了长足的进步，其成就为海内外学术界所关注。相对而言，《三国演义》版本的整理环节却还比较薄弱。随着研究的深入，我们对此应该给予充分的重视，力求取得较大的突破。

一、《三国演义》版本整理的现状

现存的《三国演义》版本颇多，重要的有明嘉靖壬午（1522）刊本《三国志通俗演义》（简称"嘉靖壬午本"），明万历至崇祯年间刊刻的诸种《三国志传》（简称"志传本"），明万历、天启年间刊刻的伪《李卓吾先生批评三国志》（简称"伪李评本"），清初刊本《李笠翁批阅三国志》（简称"李渔评本"），清初毛纶、毛宗岗父子评改的《三国志演义》（简称"毛本"）等。就版本形态的演变而言，这些版本主要有三个系统：一是"嘉靖壬午本"系统，二是"志传本"系统，三是"毛本"系统。

"嘉靖壬午本"是现存最早的《三国演义》版本，具有十分重要的研究价值，一直为学术界所重视；但因其艺术质量稍逊于"毛本"，长期以来流传不广。解放以后，人民文学出版社于 1974 年影印出版"嘉靖壬午本"，上海古籍出版社于 1980 年出版标点排印本，为研究和教学提供了很大的便利，也为广大读者提供了一个有用的读本。不过，"嘉靖壬午本"中问题甚多，对它的整理工作实际上还未开始。

"志传本"刊刻时间比"嘉靖壬午本"晚了七八十年乃至上百年，文字比"嘉靖壬午本"更为质直，因而长期以来备受冷落，也不被学术界重视。近年来，有学者提出"志传本"的祖本早于"嘉靖壬午本"，更接近于罗贯中原本的面貌；但对它的研究尚在起步阶段，整理工作还谈不上。

"毛本"自清代康熙年间问世以后，凭借其艺术质量上的优势，很快战胜了以往的各种版本，成为三百年来最为流行的版本。因此，建国以来对《三国演义》的历次整理工作，均以"毛本"为底本。

1953 年，作家出版社以"毛本"为底本，并参考《三国志》《资治通鉴》等书，第一次整理出版了《三国演义》。1954 年，人民文学出版社以此为基础，重加整理，参照"嘉靖壬午本"和有关史籍，订正了其中若干错误，并附上"《三国演义》地图"，于次年出版。1973 年，人民文学出版社借改版（横排，简体字）之机，再一次对全书作了校订，解决了过去正文中存疑的个别问题，订正了一些人名、地名，修改了旧注，并新增大约一百五十条注释。这三次整理，凝结了一批专家学者的辛勤劳动，使这个版本（简称"整理本"）的质量逐步提高，成为三十多年来通行不衰的版本，受到广大读者的欢迎，也常为教学和专业研究者所取资，其功实不可没。

1986 年，四川文艺出版社出版了吴小林同志校注，陈迩冬先生审订的《新校注本三国演义》（简称"新校注本"）。它仍以"毛本"为底本，在"整理本"的基础上，作了进一步的校勘，改正了若干错误，新增大量注释，更加便于一般读者阅读，对专业研究工作者也颇有可资参考之处。在《三国演义》的整理史上，它也是一个有价值的版本。

然而，由于古代小说的整理是一项极其复杂的工作，过去尚无成套的经验；由于学者们对整理的标准和尺度尚有不同理解；也由于以往的研究水平限制了人们对问题的思考，加上其他原因，尽管《三国演义》已经几度整理，其中仍然存在着很多"技术性错误"。

我所说的"技术性错误"，是指那些并非出自作者的创作意图，并非作品艺术虚构和艺术描写的需要，而纯粹由于作者知识的局限，由于作者一时笔误或者传抄、刊刻之误而造成的，属于技术范畴的错误。它们与那些由于作者的世界观、历史观和艺术观而产生的作品内容上的缺陷和艺术上的不足，完全是两码事。综观《三国演义》全书，"技术性错误"可以分为以下五类。

（一）人物错误

主要包括四种情况。

（1）人名错讹。如第 5 回写陈留孝廉卫弘资助曹操起兵讨伐董卓，据《三国志·魏书·武帝纪》注引郭颁《世语》，"卫弘"应作"卫兹"；第 65 回写刘备任用刘璋旧部庞义、吕义，据《三国志·蜀书》有关传记，"庞义"当作"庞羲"，"吕义"当作"吕乂"；第 81 回写刘备伐吴，命傅彤为中军护尉，据《三国志·蜀书·杨戏传》附《季汉辅臣赞》，"傅彤"当作"傅肜"，等等。

（2）人物字号错讹。如张飞本字"益德"，《演义》却误为"翼德"（第 1 回）；刘晔本字"子扬"，《演义》却误为"子阳"（第 10 回）；夏侯楙本字"子林"，《演义》却误为"子休"（第 91 回），等等。

（3）人物身份错误。如董卓进京前任并州牧，封斄乡侯，《演义》却误为"鳌乡侯、西凉刺史"（第 3 回）；丁原曾任并州刺史，后入京为执金吾，《演义》却误为"荆州刺史"（第 3 回）；杨阜在魏明帝时任少府，《演义》却误为"少傅"（第 105 回），等等。

（4）人物关系错讹。如曹德本系曹操之弟（《三国志·魏书·武帝纪》注引郭颁《世语》），而《演义》误为曹嵩之弟（第 10 回）；魏国燕王曹宇本系曹操之子（《三国志·魏书·武文世王公传》），而《演义》误为魏文帝曹丕之子（第 106 回）；董贵人（《演义》作"董贵妃"）本系董承之女（《后汉书·伏皇后纪》），而《演义》误为董承之妹（第 24 回），等等。

上述种种现象，对塑造人物形象毫无作用，却造成了不必要的错误，理应改正。

（二）地理错误

这是《三国演义》全部"技术性错误"中最突出的一个方面。对此，我已写了《再谈〈三国演义〉的地理错误》一文（载《海南大学学报》1990 年第 4 期），作了比较系统的分析。这里不再详细论述，只列出地理错误的八种类型，以见其大概。

（1）政区概念错误。如"沛国谯郡人"（第 1 回），应为"沛国谯人"（东汉时王国与郡地位相当，不相统辖）；"九郡四十二州"（第 34 回），应为"九郡四十二县"（郡下辖县），等等。

（2）大小地名混淆。如"兖州，濮阳已失"（第 11 回），应为"濮阳已失"（濮阳仅为兖州辖境之一县，不能与兖州并列）；"操引军赶至南阳城下"（第 17 回），应为"赶至穰城下"（南阳系郡名，而非具体城名），等等。

（3）误用后代地名。如"河东解良人"（第 1 回），应为"河东解人"（"解良"即"解梁"，系金代地名）；"玄德、关、张三人往代州"（第 2 回），应为"往代郡"（"代州"系隋代地名），等等。

（4）古今地名混用。如"玄德除授定州中山府安喜县尉"（第 2 回），应为"冀州中山国安喜县"（"定州"为北魏地名，"中山府"为北宋地名，二者实为一地，"安喜"则系汉代县名）；"路经德州平原县"（第 5 回），应为"路经青州平原县"（"德州"系隋代地名，"平原县"则为汉代地名，属青州平原郡），等等。

（5）方位错乱。如耒阳本在江陵东南一千里，《演义》却写成"东北一百三十里"（第 57 回）；益州本在汉中之南，《演义》却写张鲁以为"西可以吞益州"（第 64 回），等等。

（6）地名误植。指作品本该用甲地名，却误用了乙地名。如第 19 回写曹操往徐州攻吕布，"路近萧关"，应为"路近萧县"；第 26 回写袁绍"令退军武阳"，应为"退军阳武"，等等。

（7）地名混位。指甲、乙两地本不相干，却被硬拉在一起，弄得牛头不对马嘴。如"山阳巨鹿人"（第 5 回），山阳属兖州，巨鹿则属冀州，应为"山阳巨野人"；"泰山华阴人"（第 11 回），泰山与华阴两地相距数千里，应为"泰山华人"（"华"指华县，属泰山郡），等等。

（8）纯粹的地名错讹。如"高堂"应为"高唐"，"西阆中巴"应为"巴西阆中"，"赤坡"应为"赤阪"，等等。

上述种种地理错误，对情节描写毫无好处，却常常令人困惑，也应改正。

（三）职官错误

这个问题比较复杂，这里主要指以下三种情况。

（1）职官混称。如第 1 回写刘焉为"幽州太守"，应为"幽州刺史"（州长官应为刺史或牧，郡长官才是太守，历史上的刘焉未任幽州刺史）；

第 6 回写刘岱为"兖州太守"，应为"兖州刺史"；第 21 回写"封徐璆为高陵太守"，应为"高陵令"（高陵系县，其长官为令），等等。

（2）随意杜撰。如第 10 回写曹操"以（荀攸）为行军教授"，当时无此官职，据《三国志·魏书·荀攸传》，应为"以为军师"；第 56 回写曹操"封华歆为大理少卿"，当时亦无此官职，据《三国志·魏书·华歆传》，应为"拜华歆为议郎"，等等。

（3）官爵文字错讹。如第 5 回写袁绍为"祁乡侯"，据《三国志·魏书·袁绍传》，应为"邟乡侯"；第 14 回写曹操"封刘备为征东将军"，据《三国志·蜀书·先主传》，应为"拜刘备为镇东将军"；第 16 回有"奉军都尉王则"，据《三国志·魏书·吕布传》注引《英雄记》，应为"奉车都尉"；第 18 回写李通"乃镇威中郎将"，据《三国志·魏书·李通传》，应为"振威中郎将"；第 59 回写张鲁为"镇南中郎将"，据《三国志·魏书·张鲁传》，应为"镇民中郎将"，等等。

（四）历法错误

（1）引用史实而乱写日期。如第 1 回写"建宁二年四月望日"，殿角狂风骤起，大蛇蟠于帝座，查《后汉书·灵帝纪》，应为"建宁二年四月癸巳"（即四月廿二）；同回写"光和元年……六月朔，黑气十余丈，飞入温德殿中"，据《后汉书·灵帝纪》，应为"光和元年六月丁丑"（即六月廿九），等等。

（2）干支错误。如第 45 回写诸葛亮与刘备相约"以十一月二十甲子日后为期"，而据《二十史朔闰表》，建安十三年十一月二十并非甲子日，而系壬申日；同样，第 49 回写十一月二十二日为丙寅日也错了，应为甲戌日。类似错误，书中还有。

（3）杜撰历史上没有的日期。如第 40 回写曹操决计南征，"选定建安十三年秋七月丙午日出师"，而据《二十史朔闰表》，建安十三年七月并无丙午日，只有丙辰、丙寅、丙子日；第 81 回写刘备伐吴，"择定章武元年七月丙寅日出师"，而据《二十史朔闰表》，此月无丙寅日，只有丙子、丙戌、丙申日，等等。

（五）其他错误

除了上述四类错误，书中还有一些"技术性错误"，这里略举两种：

（1）人物年龄误差。如第 1 回写刘备"年已二十八岁矣"，而据《三国志·蜀书·先主传》推算，应为"年已二十四岁矣"；第 59 回写韩遂自称"四十岁矣"，而据《三国志·魏书·武帝纪》注引《典略》推算，韩遂此时已年近七十；第 72 回写杨修被杀，"年三十四岁"，而据《后汉书·杨震传》附《杨修传》注引《续汉书》，应为"四十五岁"，等等。

（2）名物描写前后矛盾。如第 32 回写"徐晃一刀斩汪昭于马下"，而在《演义》中，徐晃一直是用大斧的；第 65 回写马岱"挺枪跃马，直取张飞"，而在书中其他地方，马岱所用兵器却是刀。像这类疏误，都是完全应当避免的。

上述种种错误，皆取自人民文学出版社"整理本"，总数至少在 700 处以上。这个数字是相当惊人的。在吴小林同志整理的"新校注本"中，这些错误也只有很少一部分得到了校正。由此可见，对《三国演义》的整理远未达到尽如人意的程度，还有大量工作要做。

二、从弘扬民族文化的高度看重新校理

作为中国古代长篇小说中罕见的杰作，《三国演义》问世六百多年来，对中华民族的精神文化生活产生了深远的影响，已经成为公认的中国古典文学基本典籍之一，成为中国传统文化精华的重要组成部分。随着中华文化越来越广泛地向海外传播，它也被公认为世界文学名著之一。今天，《三国演义》不仅在国内家喻户晓，而且在世界各地也拥有广大的读者群。可以肯定，在未来的岁月里，无论是我们的子孙后代、海外华人，还是国外汉学家以及其他对中国感兴趣的朋友，凡是想学习中国古典文学，研究中国传统文化，了解中国封建社会的人，都将把《三国演义》当作必读书。

然而，上面的分析告诉我们：现有的《三国演义》版本确实还存在着不可忽视的毛病，难以充分适应国内外广大读者的需要。为了更好地

继承这一份珍贵的优秀文学遗产，弘扬民族文化，必须对它重新校理。

所谓"重新校理"，是说在传统的标点、分段、校勘异文等古籍整理方法的基础上，着重在"理"字上下功夫；也就是说，针对《三国演义》作为历史演义小说的特殊性质，充分吸收《三国演义》研究的成果，尽可能校正书中的"技术性错误"。其目的，是要为国内外广大读者提供一个较好的读本，并为专业研究工作者提供有益的参考。

在这里，有必要对几种有代表性的看法进行一番讨论。

（一）"文学就是文学，可以不受历史的约束。你所说的'技术性错误'，根本不是什么问题。"

首先应当强调的是，我和绝大多数文学研究者一样，认为文学和历史是两个不同的范畴，文学家有权对历史事件和人物作出自己的审美判断，有权（而且必须）进行适当的艺术虚构；不应当时时处处用历史来规范文学，使文学成为历史的附庸。然而，这绝不是说，文学家在创作中完全可以随心所欲，不受任何制约。在描写历史上实有的人物、地点、事件时，不管作者如何进行艺术虚构，都不能不受基本史实的制约，不能任意颠倒事物的内在逻辑和彼此联系，更不能随意改变历史的总体轮廓和根本走向。这是历史小说创作的一个重要原则。《三国演义》的基本属性是文学作品，但作为历史演义小说，它又只能在史实的基础上驰骋艺术想象。杰出的作家罗贯中正是这样做的。

其次，作家的艺术虚构与书中的"技术性错误"，性质完全不同，不能混为一谈。为了组织情节，塑造人物，作者常常运用多种方法进行艺术虚构；通观全书，绝大部分情节都不同程度地带有虚构的成分，有些甚至全属虚构。这在艺术上是允许的，而且在多数情况下是成功的；即使个别地方失误，也是作者艺术构思所致，他人可以评说，却不能更改。而那些"技术性错误"却不是作者艺术构思的产物，不是组织情节、塑造人物所必须；相反，从本质上看，它们是违背作者本意的，甚至是被传抄者、刊刻者、评点者加在作者头上的，是不应有的差错，不仅应该指出，而且应该纠正。

（二）"《三国演义》是小说，对其中的'技术性错误'不必那么认真。"

诚然，在封建社会里，通俗小说长期被视为不能登大雅之堂的"小道"。统治者的轻视，小说作者地位的低下和条件的限制，以及民间文学创作随意性的影响，使得作者因受对待一些知识性、技术性的问题往往不那么认真；同时，由于这种轻视态度的影响，古代小说的著作权特别不受尊重，在传抄、刊刻的过程中，经手人不但不能认真对待其中的"技术性错误"，而且常常随意增删改动，又添加了更多的错误；过去通俗小说的接受者多数是下层平民，他们主要是"听"故事，无暇辨别其中的种种"技术性错误"；不少文人也看小说，则是为了猎奇和消遣，他们也不会认真看待其中的"技术性错误"。可是，近代以来，小说早已取得与诗文平起平坐的地位，成为文学研究的对象。尤其是在小说受到空前重视的今天，人们阅读《三国演义》，不仅是为了获取审美的愉悦，而且是为了得到知识的增长和智慧的启迪。这样，书中随处可见的"技术性错误"，就不能不在一定程度上损害作品的认识价值和审美价值。同时，还要看到，对《三国演义》的改编正日益兴旺，如果不纠正小说原著的"技术性错误"，也会给改编工作造成种种漏洞，使电影、电视、连环画等艺术品种在表现上遇到不应有的困难。因此，从弘扬民族文化的高度看问题，对《演义》中的"技术性错误"就是要认真校正。

（三）"重新校理《三国演义》，恐有妄改古代作品之嫌。"

对于古代作品，我们历来主张用历史唯物主义的观点去对待，不能把今人的观点强加给古人，不能随便改动作品本身。不过，这与我们所说的"重新校理"并不矛盾。首先，"重新校理"主要是校正《演义》中的"技术性错误"，根本不改变作者的艺术构思，也不改变任何情节和人物形象，自然说不上什么"妄改"。其次，对"技术性错误"的校正均应以史实或作品本身的描写为依据，理由充足，绝非"妄改"。再次，在校理中，我们可以用适当的方法，把原文完整地保存下来，既便于覆按，又可与校正的文字加以对照比较，这与单凭一己之意的"妄改"也是完全不同的。

当年，毛纶、毛宗岗父子评改《三国演义》时，整顿回目，修正文辞，删除论赞，增删琐事，改换诗文，其改动可谓大矣；但是，"毛本"经受了三百多年漫长岁月的考验，得到了一代又一代读者的首肯，并未被加上"妄改"的恶谥。今天，我们的态度比毛氏谨慎得多，方法比毛氏严密得多，在学术上是完全可以站住脚的。

总之，重新校理《三国演义》是有功于罗贯中，有益于读者的好事，也是弘扬民族文化的具体行动，学术界应该给予大力支持。

三、重新校理的原则和方法

重新校理《三国演义》是一项尝试性的、十分复杂的工作。为了取得较好的效果，确立正确的原则和方法是非常重要的。这里根据自己的研究心得，提出几点初步的想法，谨向学术界师友和国内外同行请教。

（一）恰当考虑版本问题

重新校理的主要目的，是给国内外广大读者提供一个较好的读本，消除其中易滋淆乱之处；这样做，对专业研究工作者当然也有相当大的参考价值，但这毕竟还是第二位的。因此，对于现存的《三国演义》版本，应当根据其研究价值、阅读价值的不同来决定不同的整理方法，在出版条件有限的情况下，更应该如此。

"志传本"具有重要的研究价值，对于考索《三国演义》的成书年代、原始面貌、版本嬗变尤不可少；但对一般读者来说，它却没有多大的阅读价值。因此，可以针对专业研究工作者的需要，予以影印或标点排印，文字一律不作更动，尽量保持其原貌，而不必作全面的整理。

"嘉靖壬午本"和"毛本"不仅有重要的研究价值，而且有较高的阅读价值，应当进行系统的整理。鉴于二者在文字上已有明显的区别，必须分别予以校理。作为第一步，可以首先重新校理艺术质量最高，流传最广，已有一定整理基础的"毛本"。

（二）充分尊重作者的艺术构思

重新校理只是为了消除那些偶然的、不应发生的、与作者创作意图无关的"技术性错误"，只是一种技术上的校正，而不是代替作者进行思想上的取舍和艺术上的修改。所以，必须严格保持作品原有的思想倾向和艺术风貌，循着作者原有的思路和作品自身的情节发展过程，进行谨慎、细致的处理。这就要求整理者反复熟读《三国演义》，对其情节内容烂熟于心，并仔细研读有关史籍，准确地把握《演义》中艺术虚构与史实的关系，找出那些"技术性错误"，从而做到胸有全局，处置得当。

（三）凡作者有意虚构之处，一律不作改动

（1）人物。书中虚构的人物，如貂蝉、吴国太等，各有其艺术作用，不存在改动的问题。对某些人物的身份，作者有意作了调整，如甘夫人原系刘备之妾，位在麋夫人之下，而书中径称其为"夫人"，且列于麋夫人之前。凡此，均仍其旧。

（2）情节。书中情节，多含虚构成分，有的纯系虚构。不论其思想倾向和艺术得失如何，均尊重作者原意，不作改动。

（3）职官。书中某些职官，虽不准确甚至错误，但已深入人心。如曹操建安元年（196）迎汉献帝都许后，以司空行车骑将军，建安十三年（208）始为丞相，而书中一直称之为"丞相"；诸葛亮出山后始为军师中郎将，刘备定益州后升为军师将军，而书中一直称为"军师"。为便读者，姑不改动。对于书中创置的一些官名，如"五虎大将""水军大都督""平北大都督"等，因习称已久，也只加注说明，不予改动。

（4）名物。书中所写兵器、服饰等，多有与史不合者，亦仍其旧。

（四）校正"技术性错误"的方法

这是整个校理工作的重心，也是最为繁难之处。对于校出的"技术性错误"，可以采取以下三种处理方法。

（1）直接改动原文，并加脚注列出原文，说明其错误之处和改动的依据。这种方法，校正了原文中的"技术性错误"，使读者直接看到正确的正文，对读者最为方便。同时，以脚注的形式保留了原文，在学术上也是十分严谨的。读者若有兴趣，可以逐条覆按，专家学者也完全可以放心。

（2）对原文错讹之处不作改动，而加脚注指出其错误所在，提出校正的意见。这种方法，完整地保留了原文的面貌，同时又指出了其中的错误，学术上自然不存在问题，专家学者很容易接受。但对一般读者来说，读到的作品正文仍然包含着种种错误，必须一一对照脚注方可明白，比之第一种办法，显得稍微麻烦一点。

（3）对原文错讹之处不作改动，而在书末列出正误对照表，系统地校正书中的"技术性错误"。这种方法丝毫不改变正文的面貌，同时又把书中的错误集中加以校正，使人一目了然，堪称最谨慎的一种方法，专家学者大概也最容易接受。但对一般读者来说，非得查看正误对照表才能弄清那些"技术性错误"，比之第二种方法也许更不方便。

以上几种方法，实质上是相通的。我相信，经过一番艰苦细致的努力，完全可以校理出一种较好的版本。这不仅在学术上是一个重要贡献，而且会受到广大读者的欢迎。

最后，必须着重指出：古代小说数量既多，品种亦繁，情况千差万别，不可一概而论。本文所论，都是针对《三国演义》这部具体作品而言的。对于比较严格的历史演义小说的整理，这些意见可能有较多的参考价值；至于其他类型的小说，那又是另外一回事了。

（原载《社会科学研究》1990 年第 6 期；中国人民大学《复印报刊资料·中国古代近代文学研究》1991 年第 2 期转载；《社会科学报》《文摘报》《文汇报》《东方时报》《工人日报》等介绍本文观点）

再谈重新校理《三国演义》的几个问题

1990 年，我撰写了《重新校理〈三国演义〉的几个问题》一文（载《社会科学研究》1990 第 6 期），《社会科学报》介绍了此文的主要观点，《文汇报》《文摘报》《东方时报》《工人日报》《齐鲁晚报》等纷纷予以转载，中国人民大学《复印报刊资料·中国古代近代文学研究》1991 年第 2 期又全文转载，引起了广泛关注。此文写作时，我正在进行重新校理《三国演义》的探索实践。此后，我接连出版了四种《三国》整理本，它们是：

《校理本三国演义》　江苏古籍出版社 1992 年 2 月第 1 版；

毛本《三国演义》整理本　中州古籍出版社 1992 年 8 月第 1 版；

嘉靖本《三国志通俗演义》整理本　花山文艺出版社 1993 年 5 月第 1 版；

《李卓吾先生批评三国志》整理本　巴蜀书社 1993 年 11 月第 1 版。

这四种《三国》整理本，都校正了原本中的大量"技术性错误"，得到了国内外学术界同行的高度评价，并受到广大读者的欢迎，被称为"沈本《三国》""迄今最好的《三国》整理本"。其中《校理本三国演义》1995 年初已是第五次印刷。

此外，我又于 1995 年出版了《三国演义》评点本（山西古籍出版社），其中也校正了原木的大量"技术性错误"。

几年来，我对"重新校理《三国演义》"有了更进一步的认识。这里就几个关键性的问题，再作申论。

一、《三国》中的"技术性错误"概况

明、清两代的各种《三国》版本，都存在大量的"技术性错误"。现

代的各种《三国》标点整理本，有的对底本中的"技术性错误"毫不触及，以讹传讹；有的虽然有所校正，但由于种种原因，错误仍然很多。所谓"技术性错误"，是指那些并非出自作者的创作意图，并非作品艺术虚构和艺术描写的需要，而纯粹由于作者知识的局限，由于作者一时笔误或者传抄、刊刻之误而造成的，属于技术范畴的错误。它们与那些由于作者的世界观、历史观和艺术观而产生的作品内容上的缺陷和艺术上的不足，完全是两码事。我整理的几种《三国》版本，最主要的特点就是以很大力量指出和校正底本中的"技术性错误"。

综观各种《三国》版本，"技术性错误"的类型基本相似。兹以流传最广的毛本《三国演义》为例，"技术性错误"可以分为五个大类。

（一）人物错误

主要包括五种情况。

1. 人名错讹。如第 5 回写陈留孝廉卫弘资助曹操起兵讨伐董卓，据《三国志·魏书·武帝纪》注引郭颁《世语》，"卫弘"当作"卫兹"；第 65 回写刘备任用刘璋旧部庞义，据《三国志·蜀书·刘二牧传》，"庞义"当作"庞羲"，等等。

2. 人物字号错讹。如张飞本字"益德"，《演义》却误为"翼德"（第 1 回）；刘晔本字"子扬"，《演义》却误为"子阳"（第 10 回），等等。

3. 人物身份错讹。如丁原曾任并州刺史，后入京为执金吾，《演义》却误为"荆州刺史"（第 3 回）；杨阜在魏明帝时任少府，《演义》却误为"少傅"（第 105 回），等等。

4. 人物关系错讹。如董贵人本系董承之女（《后汉书·伏皇后纪》），《演义》却误为董承之妹（第 24 回）；魏国燕王曹宇本系曹操之子（《三国志·魏书·武文世王公传》），《演义》却误为魏文帝曹丕之子（第 106 回），等等。

5. 人物彼此混淆。如初平三年（192）被青州黄巾军击杀的兖州刺史刘岱，与建安四年（199）被曹操派往徐州攻刘备的刘岱本系两人，《演义》却混为一谈（第 22 回）；曾经赏识曹操的东汉太尉桥玄，与江东二乔之父乔公（即"乔国老"），籍贯、生活年代均不同，《演义》又混淆不清（第 48 回）。

（二）地理错误

主要有八种类型。

1. 政区概念错误。如"沛国谯郡人"（第 1 回），当作"沛国谯县人"（东汉时王国与郡地位相当，不相统辖）；"九郡四十二州"（第 34 回），当作"九郡四十二县"（东汉末年地方政区为州——郡——县三级，郡下辖县），等等。

2. 大小地名混淆。如"兖州、濮阳已失"（第 11 回），当作"兖州诸郡县已失"（濮阳仅为兖州之一县，二者不应并列）；"操引军赶至南阳城下"（第 17 回），当作"赶至穰城下"（南阳系郡名，而非具体城名，穰城系其所辖之一县），等等。

3. 误用后代地名。如"河东解良人"（第 1 回），当作"河东解（县）人"（"解良"即"解梁"，系金代地名）；"玄德、关、张三人往代州"（第 2 回），当作"往代郡"（"代州"系隋代地名），等等。

4. 古今地名混用。如"定州中山府安喜县"（第 2 回），当作"冀州中山国安喜县"（"定州"系北魏地名，"中山府"系北宋地名，二者实为一地，"安喜"则系汉代县名）；"德州平原县"（第 5 回），当作"青州平原县"（"德州"系隋代地名，"平原县"则系汉代地名），等等。

5. 方位错乱。如耒阳本在江陵东南约一千里，《演义》却写成"东北一百三十里"（第 57 回）；益州本在汉中之南，《演义》却写张鲁以为"西可以吞益州"（第 64 回），等等。

6. 地名误植。指作品本该用甲地名，却误用了乙地名。如第 19 回写曹操往徐州攻吕布，"路近萧关"，当作"路近萧县"（萧关在今宁夏固原东南，距徐州极远，萧县则在今安徽萧县西北，正为许都到徐州必经之地），等等。

7. 地名混位。指甲、乙两地本不相干，却被硬拉在一起，弄得牛头不对马嘴。如第 5 回写李典为"山阳巨鹿人"，大误（山阳郡属兖州，巨鹿郡则属冀州），当作"山阳巨野人"；第 11 回写臧霸为"泰山华阴人"，亦误（泰山郡在今山东，华阴县则在今陕西，二者相距数千里），当作"泰山华（县）人"，等等。

8. 地名文字错讹。如"高堂"当作"高唐"（第2回），"西阆中巴"当作"巴西阆中"（第60回），"赤坡"当作"赤阪"（第99回），等等。

（三）职官错误

这个问题比较复杂，这里主要指以下三种情况。

1. 职官混称。如第1回写刘焉为"幽州太守"，当作"幽州刺史"（东汉末年州长官为刺史或牧，郡长官才是太守，历史上的刘焉未任幽州刺史）；第6回写刘岱为"兖州太守"，当作"兖州刺史"（第5回正作"兖州刺史"），等等。

2. 随意杜撰。如第10回写曹操以荀攸为"行军教授"，汉末三国无此官职，据《三国志·魏书·荀攸传》，当作"军师"；第56回写曹操以华歆为"大理少卿"，当时亦无此官职，据《三国志·魏书·华歆传》，当作"议郎"，等等。

3. 官爵文字错讹。如第14回写曹操拜刘备为"征东将军"，据《三国志·蜀书·先主传》，当作"镇东将军"（因"征""镇"音近而误）；第16回有"奉军都尉王则"，据《三国志·魏书·吕布传》注引《英雄记》，当作"奉车都尉王则"（因"军""车"形近而误），等等。

（四）历法错误

1. 引用史书而错写日期。如第1回写"建宁二年四月望日"，殿角狂风骤起，大蛇蟠于帝座，查《后汉书·灵帝纪》，当作"建宁二年四月癸巳"（"望日"即农历每月十五，此年四月癸巳则为四月廿二）；同回写"光和元年……六月朔"，黑气十余丈，飞入温德殿中，据《后汉书·灵帝纪》，当作"光和元年六月丁丑"（"朔"即农历每月初一，此年六月丁丑则为六月廿九），等等。

2. 干支错误。如第45回写诸葛亮与刘备相约："以十一月二十甲子日后为期"，而据《二十史朔闰表》推算，建安十三年十一月二十并非甲子日，而系壬申日；同样，第49回写此年十一月二十二日为丙寅日亦误，当作甲戌日。类似错误，书中还有。

3. 杜撰历史上没有的日期。如第40回写曹操决计南征，"选定建安十三年秋七月丙午日出师"，而据《二十史朔闰表》推算，建安十三年七月并无丙午日，只有丙辰、丙寅、丙子日；第 81 回写刘备伐吴，"择定章武元年七月丙寅日出师"，而据《二十史朔闰表》推算，此月并无丙寅日，只有丙子、丙戌、丙申日，等等。

（五）其他错误

1. 历史人物年龄误差。如第 1 回写刘备"年已二十八岁矣"，而据《三国志·蜀书·先主传》推算，当作"年已二十四岁矣"；第 59 回写韩遂自称"四十岁矣"，而据《三国志·魏书·武帝纪》注引《典略》推算，韩遂此时已年近七十，等等。

2. 名物描写前后矛盾。如第 32 回写"徐晃一刀斩汪昭于马下"，而在《演义》中，徐晃一直是用大刀的；第 65 回写马岱"挺枪跃马，直取张飞"，而在书中其他地方，马岱所用兵器却是刀，等等。

上述种种错误，总数多达七八百处，这个数字是非常惊人的。

二、"技术性错误"的由来

《三国演义》中如此大量的"技术性错误"，究竟是怎么产生的？综观各种《三国》版本，我认为主要有三个方面的原因。

（一）成书过程之误

作为典型的"世代累积型"长篇小说，《三国》中的相当大一部分"技术性错误"产生于它的成书过程之中。对此，郑铁生先生作过很好的分析：

《三国演义》从酝酿到成书长达一千多年，而且参与创造者众多，层次各异。特别是三国素材的史传文学系统与俗文学系统在交叉、融合和演进的过程中，形成了题材成分的多元性和艺术描写的不平衡性。这其中就包含着由于对历史演义小说如何处理与历史真实的关系，其真实的成分究竟要达到一个什么标准的认识不同，而长期聚讼不已。这样，就不可避免地带来当时不以为意，而今天看来却是错误的东西。[①]

---

① 郑铁生：《功在当代，泽被后世——评沈伯俊〈三国演义〉校理本》，载《明清小说研究》1993 年增刊。

我在《再谈〈三国演义〉的地理错误》一文中，谈到"政区概念错误"时，就曾作过这样的论述：

东汉三国时期，基本的地方行政区划为州——郡——县三级；另有王国，相当于郡；侯国，相当于县。东汉全国分为十三州；三国共有十七州，其中魏、吴各置荆州、扬州，实际只有十五州。降至隋代，鉴于南北朝时州郡设置过多，乃废郡为州，将地方行政区划改为州——县两级或者郡——县两级，于是州、郡地位相等。唐代基本行政区划仍为州（一度改为郡）——县两级，后又形成道——州、府——县三级行政区划，州与府地位平行。到了宋代，地方行政区划为路——府、州、军、监——县三级，府与州地位仍平行。这些变化，都在宋、元以来的"说话"艺人和小说作者头脑中留下了印象，使他们常常缠杂不清，发生许多概念错误。①

作为《三国演义》的写定者，罗贯中相当熟悉《三国志》《后汉书》《资治通鉴》等史籍，并以此为参照系，在汲取三国题材的俗文学作品的养料的同时，对其故事作了大幅度的改造和重铸。对于在他以前已经出现甚至习以为常的大量知识性错误，他删除了许多，改正了许多；但仍有不少错误，由于自身知识和写作条件的限制，未能被发现和辨识，因而被他沿袭下来，写入《三国演义》之中。如果把《三国演义》与其重要取材对象《三国志平话》稍加对照，这两种情况都表现得十分明显。一方面，《平话》中比比皆是的知识性错误（人名、地名、职官等等），很大一部分被《演义》所摒弃；另一方面，《平话》中的某些错误，仍被照搬进了《演义》。例如：《平话》卷上的"德州平原县"，乃"青州平原县"之误，但嘉靖壬午本《三国志通俗演义》（简称"嘉靖壬午本"）第9回、《李卓吾先生批评三国志》（简称"李卓吾评本"）第5回、毛本第5回都沿袭不改；《平话》卷上的"徐州太守陶谦"，乃"徐州刺史陶谦"之误，但嘉靖壬午本第19回、"李卓吾评本"第10回、毛本第10回也都同样错误；《平话》卷中的"吉平"，乃"吉本"之误，但嘉靖壬午本第46回、"李卓吾评本"第23回、毛本第23回仍然照抄照误。像这类

----

① 载《海南大学学报》1990年第4期。

来源于成书过程的错误，并非罗贯中有意为之，而是过去错误的遗存，实为地地道道的"技术性错误"。

（二）作者本人之误

《三国演义》中的一部分"技术性错误"，显然出自罗贯中本人。这大致包括三种情况。

1. 由于自身知识的局限。作为一个通俗文学作家，又身逢由天下大乱到改朝换代之世，罗贯中虽然具有很高的创作才能，却不大可能长时间地安心读书，潜心创作；同时，他也很难有条件到处进行实地考察，更不可能有各种工具书和地图可供随时翻检。因此，他在知识上存在某些局限是毫不奇怪的，这就必然导致某些"技术性错误"的产生。在《三国演义》有关荆州的情节中，这一点表现得特别突出。

在历史上，东汉荆州原辖七郡：南阳郡、南郡、江夏郡、零陵郡、桂阳郡、武陵郡、长沙郡。东汉末年，从南阳郡、南郡分出一部分县，设置襄阳、章陵二郡，于是荆州共辖九郡，这就是后世称"荆襄九郡"的来历。不过，因整个地盘实际未变，而且章陵设置时间很短，《后汉书·郡国志》仍记荆州辖七郡。赤壁之战后，曹、刘、孙三家共分荆州：曹操占据南阳郡和南郡、江夏郡的一部分，刘备占据长江以南的零陵、桂阳、武陵、长沙四郡，孙权则占据南郡、江夏郡的另一部分。建安十五年（210），周瑜死后，孙权纳鲁肃之议，把自己所据部分"借"给刘备，于是刘备领有荆州绝大部分地盘。建安十九年（214），刘备定益州；次年，孙权索还荆州，双方以湘水为界，江夏、长沙、桂阳三郡属孙权，南郡、武陵、零陵三郡属刘备（由关羽镇守）。建安二十四年（219），孙权遣吕蒙袭取南郡等地，关羽被擒杀，从此，荆州绝大部分地盘归于孙权，刘备仅有益州之地。需要特别说明的是：荆州治所原在汉寿（今湖南汉寿县北）；刘表为荆州刺史后，移治襄阳（今湖北襄樊）；刘备领荆州牧，驻公安（今湖北公安西北），"借荆州"后，又移治江陵（今属湖北）；关羽镇守荆州，仍以江陵为驻所。从"借荆州"起，江陵既是荆州治所，又是南郡治所。

罗贯中围绕荆州的争夺，编织了一系列生动奇妙的情节，使之成为全书最脍炙人口的部分，荆州也成为全书最引人注目的地名。然而，与荆州有关的地理错误也最为碍眼：前面分析的几种地理错误，在这里差不多都有表现；特别是由于他对荆州治所究竟在何处模糊不清，并常常把荆州辖区与荆州治所混为一谈，因而造成比较严重的淆乱。这在一定程度上损害了作品的艺术价值。例如，书中每每提到"荆州城"，意指"荆州州城"，即"荆州治所"或"荆州州府所在地"。在赤壁大战之前，所谓"荆州城"实指襄阳；而在赤壁大战之后，所谓"荆州城"实指江陵；此外，并无单独的"荆州城"。罗贯中不明于此，误以为有单独的"荆州城"，并老是把荆州、南郡、江陵这三个地理概念混淆不清，使得有关描写差错颇多，往往自相矛盾。第 34 回写蔡瑁趁"襄阳会"之机谋害刘备，事先对刘表说"请主公一行"，似乎刘表不在襄阳；刘备逃回新野后，"即令孙乾赍书至荆州"告诉刘表。其实，这里的"荆州"（"荆州城"）就是襄阳，身为荆州牧的刘表就在此处。第 40 回写刘表死后，蔡瑁立刘琮为主，"命治中邓义、别驾刘先守荆州；蔡夫人自与刘琮前赴襄阳驻扎……就葬刘表之枢于襄阳城东汉阳之原。"其实，这里的"荆州"（"荆州城"）乃是江陵（第 42 回写曹操兵至江陵，邓义、刘先率军民出城投降，即为明证），蔡夫人、刘琮本来就随刘表驻襄阳，怎么又"前赴襄阳"？从哪里"前赴襄阳"？这是因为作者把刘表的荆州治所襄阳与后来刘备的荆州治所江陵搅作一团，以致叙述混乱。第 51 回写诸葛亮命赵云乘隙袭取南郡（这里指南郡治所江陵），又分别命张飞袭取"荆州"，关羽袭取襄阳。其实，这里的"荆州"（"荆州城"）就是江陵，作者却把它视为江陵以外的另一地方，导致文意含混。第 75 回写吕蒙袭取荆州时，也出现了明显的错误。史实是：吕蒙逆长江而上，奇袭关羽设置的"江边屯候"（沿江侦视警戒的部队）之后，直趋公安，招降守将士仁（《演义》误为"傅士仁"）；随即又进逼荆州治所江陵，麋芳亦降（麋芳以南郡太守身份驻守江陵）。而《演义》却写成吕蒙巧夺烽火台后，首先袭取"荆州"，然后到公安招降士仁，再由士仁往南郡说降麋芳。那么，这个"荆州"在哪儿？它与公安、江陵的方位关系如何？作者根本无法回答。读者只要一对照地图，马上就会感到这一部分描写被搅成了一笔糊涂账。这并非罗贯中有意进行艺术虚构，而是因知识局限而产生的"技术性错误"。

2. 由于引述史书有误。这又可分两种情况：一种是对史书产生误解，另一种是抄错、抄漏史书中的某些字、词、句。例如：毛本第 15 回写袁术长史名"杨大将"，据《三国志·吴书·孙讨逆传》："（袁）术死，长史杨弘、大将张勋等……"可见袁术长史本名"杨弘"。这样一个非常次要的过场人物，罗贯中并非有意改变其名，而是因漏看《孙讨逆传》中的"弘"字，且断句不当，遂误为"杨大将"。第 33 回写曹操分兵进攻幽州，袁熙、袁尚星夜投奔辽西乌桓（嘉靖壬午本、李卓吾评本作"乌丸"），"幽州刺史乌桓触"决定背袁向曹。据《三国志·魏书·袁绍传》："（袁）熙、（袁）尚为其将焦触、张南所攻，奔辽西乌丸。触自号幽州刺史，驱率诸郡太守令长，背袁向曹。"此处"触"即焦触。作者断句为"熙、尚……奔辽西，乌丸触自号幽州刺史"，遂将焦触误为"乌丸触"（"乌桓触"）。上面提到的第 59 回韩遂自称"四十岁矣"，系因作者误解《三国志·魏书·武帝纪》中"公（按：指曹操）与（韩）遂父同岁孝廉"一语，以为既然曹操与韩遂之父同时举孝廉，则韩遂自然比曹操年轻（曹操是年五十七岁）。其实，汉代举孝廉与明清举进士有一点类似：同时被举者并不一定年龄相近，而往往相差几岁甚至几十岁。曹操是二十岁举孝廉，可谓少年得志；韩遂之父则是暮年被举，比曹操大几十岁；因此，韩遂并不比曹操年轻，而是比之年长。第 69 回写曹操"遂定侯爵六等十八级，关中侯爵十七级……又置关内外侯十六级……五大夫十五级"。据《三国志·魏书·武帝纪》，建安二十五年（215）"冬十月，始置名号侯至五大夫，与旧列侯、关内侯凡六等"。裴松之注引王沈《魏书》云："置名号侯爵十八级，关中侯爵十七级……又置关内外侯（伯俊按："内"字衍）十六级……五大夫十五级……与旧列侯、关内侯凡六等。"《演义》作者引述史书有缺，漏掉"名号侯"，以致原文不通。第 92 回写魏延向诸葛亮献从子午谷奇袭长安之策，分析道："夏侯楙若闻某骤至，必然弃城望横门邸阁而走。某却从东方而来，丞相可大驱士马，自斜谷而进。"据《三国志·蜀书·魏延传》注引《魏略》："（夏侯）楙闻延奄至，必乘船逃走……横门邸阁与散民之谷足周食也。比东方相合聚，尚二十许日，而公从斜谷来，必足以达。"作者理解史书有误，因而写出"望横门邸阁而走"这样的不通之句（横门系长安西北之门，邸阁为粮库）和"某却从东方而来"这样的含混之句（《三国志》本意指："等魏军在东方集聚，尚需二十多天"）。第 107 回写司马懿发动政变，桓范劝曹爽奉魏主曹芳到许昌，调外兵讨伐司马懿，并说："大司马之印，某将在此。"此句明显不合情理，因为当时无人任大司马；即使有，其印也不会由桓范掌管。查《三国志·魏书·曹爽传》注引《魏略》，原文为："大司农印章在我身"（桓范时任大司农，凭印章可以调发粮草）。作者抄错一字，因而致误。第 120 回写晋军伐吴，面对吴国在长江设置的铁索铁锥，"遂造大筏数十方。"查《晋书·王濬传》云："乃作大筏数十，方百余步。"《演义》作者抄录不全，导致文意残缺。这类问题，还有一些。这与艺术虚构、艺术描写无关，不是作者有意所为，而是一时不察而造成的"技术性错误"。

　　3. 由于考虑不周或一时粗心而致误。例如：第 36 回说诸葛亮之父"字子贡"，查《三国志·蜀书·诸葛亮传》，当作"字君贡"，作者因"君子"连文而将"君贡"误为"子贡"。第 48 回写曹操横槊赋诗时说："昔日乔公与吾至契，吾知其二女皆有国色。后不料为孙策、周瑜所娶。"其实，与曹操交厚者乃桥玄（109—184），字公祖，睢阳（今河南商丘南）人，曾任太尉，第 1 回已写到；而乔公（本作"桥公"，《演义》中的乔国老）乃庐江皖县（今安徽潜山）人，年代比桥玄晚几十年。作者将二者混为一谈，因而致误。稍加推算就可知道，桥玄比曹操年长四十六岁，如有女儿，至少与曹操年龄相当，甚至可能比曹操大若干岁，赤壁大战时（208），已是五六十岁的老太婆；而此时江东二乔尚为二三十岁的少妇，正是美最成熟的时候。将她们混为一谈，岂不是大笑话！这当然不是罗贯中的本意。第 58 回写曹洪失守潼关，曹操对徐晃说："（曹）洪年幼躁暴"。曹洪自随曹操讨董卓（第 5 回已写到），至此时已经二十一年，其年龄至少已是四十岁左右，显然不应称其"年幼"。作者未加推算，信手写来，造成不应有的错误。第 75 回写孙权与吕蒙商议袭取荆州之事，吕蒙说："今（曹）操远在河北。"此处"河北"意指"黄河以北"，而上文明言曹操在许都，许都却在黄河以南，显然自相矛盾。原来，吕蒙这句话出自《三国志·吴书·吕蒙传》，系吕蒙接替鲁肃之前几年所说，原文为："今操远在河北，新破诸袁，抚集幽、冀，未暇东顾。"其时曹操在邺城（河北）。《演义》为了情节的需要，将此话用在后面，这在艺术上是可以的，但必须使上下文合榫。嘉靖壬午本照抄原文，弄得牛头不对马嘴（吕蒙袭取荆州距曹操"新破诸袁，抚集幽、冀"已有十余年）；"李卓吾评本"仅仅将"诸袁"改作"二袁"，同样牛头不对马嘴；毛本删去了"新破诸袁，抚集幽、冀"，看似解决了这个矛盾，却忽视了写曹操在许都的上文，仍是一个"技术性错误"。第 92 回有赞赵云诗曰："年登七十建奇功"。赵云年龄小于刘、关、张，若刘备不死，此时应为虚岁六十八，故赵云应为六十岁左右。作者为了突出赵云的老当益壮，不假思索，结果顾此失彼，又成"技术性错误"。第 118 回写刘禅"遣私署侍中张绍、驸马都尉邓良同谯周赍玉玺来雒城请降"，此句出自《三国志·蜀书·后主传》中刘禅送给邓艾的求降书，其中"私署"一词意为"私自任命"，系刘禅自认不合法的卑词，《演义》作者未加推敲，在叙事中照抄此词，与其"拥刘"的立场矛盾，也是无心之失，属于不该发生的"技术性错误"。此外，书中相当一部分人物、地理、职官等方面的"技术性错误"，也可能属于这一类型。

（三）传抄、刊刻之误

《三国演义》成书以后，长期以抄本形式流传。今存最早的刻本是嘉靖壬午本，刻于嘉靖壬午（即嘉靖元年，1522），距《演义》成书已差不多一百五十年。在这漫长的时间里，动手修改者想必不止一二人，加之众多的抄手态度不一，水平不一，是否认真校对也很难说，传抄之误肯定不可避免，刻本已不可能保持罗贯中原作的面貌。在最早的刻本出现后，一方面，抄本继续辗转流传；另一方面，新的刻本层出不穷。各种各样的刻本，往往又带上刻印者加工的痕迹，造成新的错误。即使是态度最认真、评改最精细、最受好评的毛本，也同样是如此。毛本纠正了其祖本中的一些"技术性错误"（这里不涉及艺术上的加工修改），但仍保留了大部分"技术性错误"。例如：第 13 回写徐晃首次出场，说他是"河东杨郡人"。其实，东汉并无"杨郡"，只有杨县（今山西洪洞东南），属河东郡；《三国志·徐晃传》明言徐晃是"河东杨（县）人也"。但因嘉靖壬午本和毛本的底本"李卓吾评本"均误为"河东杨郡人"，毛本也相沿不改。第 67 回写孙权欲先取皖城，后攻合肥，有"皖城太守朱光"

一语。其实，皖城仅为庐江郡之一县，"皖城太守"误；第 61 回末及本回上文亦已明言朱光是"庐江太守"。但因嘉靖壬午本和"李卓吾评本"都错了，毛本也跟着错了。尤其典型的是，第 60 回诗赞张松，第二句是"清高体貌疏"。"体貌疏"意不通，查嘉靖壬午本第 119 回，原作"清高礼貌疏"。由于"李卓吾评本"误为"体貌疏"（因"体""礼"二字之繁体形近而误），毛本未及细辨，也就跟着错了。有时，毛本发现了底本中的"技术性错误"，但却未能解决，有时甚至还造成新的错误。例如：《演义》写曹操杀害董贵妃（据《后汉书·后纪》，当作"董贵人"），嘉靖壬午本、"李卓吾评本"都说明董贵人"乃董承亲女"，与史实吻合；毛本却说她"乃董承之妹"（第 24 回），大误。这是因为毛宗岗误解了《三国志·蜀书·先主传》中"献帝舅车骑将军董承"一语，以为"舅"即后世所谓"舅子"（妻子的兄弟）。其实，裴松之特地为此加了一句按语："董承，汉灵帝母董太后之侄，于献帝为丈人。盖古无丈人之名，故谓之舅也。"话说得非常明白：董承乃汉献帝的丈人（岳父）。这与《后汉书·后纪》关于董贵人系董承之女的记载完全一致。毛宗岗自以为是，反倒错了。第 82 回写刘备伐吴，孙权命孙桓、朱然为左右都督，率领五万水陆军队抵御；接着写"孙桓引二万五千军马，屯于宜都界口"，而对朱然和另外二万五千军队却没有交代，与上下文脱榫。对照嘉靖壬午本第 164 回，原来是这样："朱然引二万五千水军，于大江之中结营；孙桓引二万五千马军，宜都界口下寨。"这既紧承上文，又与下文朱然听知孙桓损兵折将，打算救援相照应。"李卓吾评本"与此相同。毛本漏掉前一分句，导致文意缺损，不能不算一个"技术性错误"。传抄之误加上刊刻之误，在全书的"技术性错误"中占了很大一部分。

上面所作的种种分析，是为了从总体上把握"技术性错误"的来源，使我们对问题的认识更加系统而深入。至于许多具体的"技术性错误"，已经难以分清究竟是来自成书过程之误，还是来自作者本人之误，抑或是来自传抄、刊刻之误。如"别郡司马"当作"别部司马"（第 2 回），"范康"当作"苑康"（第 6 回），"李别"当作"李利"（第 10 回），"然后移兵向江东"当作"……向江汉"（第 23 回），"审荣大开西门"当作"大开东门"（第 32 回），"苍梧太守吴臣"当作"苍梧太守吴巨"（第 42 回），

"（刘）馥子刘熙"当作"馥子刘靖"（第 48 回），"（孟）达字子庆"当作
"达字子度"（第 60 回），"加刘封为副将军"当作"……副军将军"（第
76 回），"傅彤"当作"傅肜"（第 81 回），"范疆"当作"范强"（第 81
回），"据三江虎视天下"当作"据三州虎视天下"（第 82 回），等等，都
很难辨明到底是罗贯中本人写错了，还是在传抄、刊刻的过程中弄错了。
事实上，我们没有必要逐个弄清"技术性错误"的来源，而只需确认它
们是"技术性错误"，明白错在何处，证明它们确为不应有的错误，问题
就好办了。

三、重新校理《三国演义》的重要意义

面对《三国演义》中如此大量的"技术性错误"，我经过长期的深入
思考和认真准备，旗帜鲜明地提出了"重新校理《三国演义》"的主张。
在《重新校理〈三国演义〉的几个问题》一文中，我特地写了"从弘扬
民族文化的高度看重新校理"这一部分，其中有这样几段话：

《三国演义》问世六百多年来，对中华民族的精神文化生活产生了
深远的影响，已经成为公认的中国古典文学基本典籍之一，成为中国传
统文化精华的重要组成部分。随着中华文化越来越广泛地向海外传播，
它也被公认为世界文学名著之一。今天，《三国演义》不仅在国内家喻户
晓，而且在世界各地也拥有广大的读者群。可以肯定，在未来的岁月里，
无论是我们的子孙后代、海外华人，还是国外汉学家以及其他对中国感
兴趣的朋友，凡是想学习中国古典文学，研究中国传统文化，了解中国
封建社会的人，都将把《三国演义》当作必读书。

然而，上面的分析告诉我们：现有的《三国演义》版本确实还存在
着不可忽视的毛病，难以充分适应国内外广大读者的需要。为了更好地
继承这一份珍贵的优秀文学遗产，弘扬民族文化，必须对它重新校理。

所谓"重新校理"，是说在传统的标点、分段、校勘异文等古籍整理
方法的基础上，着重在"理"字上下功夫；也就是说，针对《三国演义》
作为历史演义小说的特殊性质，充分吸收《三国演义》研究的成果，尽
可能校正书中的"技术性错误"。其目的，是要为国内外广大读者提供一

个较好的读本，并为专业研究工作者提供有益的参考。

今天，人们阅读《三国演义》，不仅是为了获取审美的愉悦，而且是为了得到知识的增长和智慧的启迪。这样，书中随处可见的"技术性错误"，就不能不在一定程度上损害作品的认识价值和审美价值。同时，还要看到，对《三国演义》的改编正日益兴旺，如果不纠正小说原著的"技术性错误"，也会给改编工作造成种种漏洞，使电影、电视、连环画等艺术品种在表现上遇到不应有的困难。因此，从弘扬民族文化的高度看问题，对《演义》中的"技术性错误"就是要认真校正。

总之，重新校理《三国演义》是有功于罗贯中、有益于读者的好事，也是弘扬民族文化的具体行动。

在我的几种《三国》整理本的《前言》中，我也反复阐述了这一观点。今天，我对此更加坚定不移。

几年来，我关于重新校理《三国演义》的主张，得到了国内外学术界同行的普遍支持；我的几种《三国》整理本，也受到高度评价，被称为"沈本《三国演义》""迄今为止最好的《三国演义》版本""《三国演义》版本史上的新里程碑""《三国演义》研究的重大成果"。著名学者陈辽认为："沈本《三国演义》是迄今为止《三国演义》版本中真实性、学术性、科学性最强的一个本子。"①著名学者丘振声指出："沈本辨伪匡误，嘉惠读者，功在千秋。"②著名老专家朱一玄写道："版本研究，是整个研究工作的基础。几种《三国》整理本陆续问世，无疑是把《三国演义》研究推到了一个新阶段。"青年学者关四平强调："沈伯俊在《三国演义》研究空前兴盛之时做此前无古人的校理工作，适逢其时，十分必要""沈伯俊的校理工作，从学术理论角度考察，也是完全站得住脚的，经得起反复推敲和时间检验。"③著名学者俞汝捷郑重表示："今后我再引用《三

---

① 陈辽：《真实性·学术性·科学性——评沈伯俊〈三国演义〉校理本》，载《社会科学研究》1992 年第 6 期。
② 丘振声：《辨伪匡误，功在千秋——评沈伯俊〈三国演义〉校理本》，载《明清小说研究》1993 年第 3 期。
③ 关四平：《〈三国演义〉版本史上的新里程碑——评沈伯俊对〈三国演义〉的校理》，载《学术交流》1993 年第 3 期。

国演义》时，当采用《校理本三国演义》。"日本著名学者、《三国演义》日文版翻译者立间祥介教授也表示：沈本《三国演义》的"注释也很周到，远远超过了迄今为止的诸种注释。今后我也打算参考您的注释，重新修改一下日文版《三国演义》"。同时，我的主张也得到广大读者的理解和支持。

不过，至今仍有一些人对重新校理《三国演义》心存疑虑，有的人甚至认为重新校理是"用历史衡量文学"。这主要是由于三个不了解：一是对《三国演义》中的"技术性错误"的性质和来源缺乏了解，二是对我和其他学者有关重新校理的理论阐述缺乏了解，三是对重新校理的原则和方法缺乏了解。对此，除了上面的论述之外，我想再强调几点。

第一，所谓"用历史衡量文学"，如果是指文艺批评的标准，那么，"历史的标准"本来就是文艺批评的重要标准之一，应当坚持；如果是指用具体史实来约束艺术虚构，那么，这种提法本身就含混不清，需要加以辨析。诚然，文学和历史是两个不同的范畴，文学家有权对历史事件和人物作出自己的审美判断，有权（而且必须）进行适当的艺术虚构；不应当时时处处用历史来规范文学，使文学成为历史的附庸。然而，这绝不是说，文学家在创作中完全可以随心所欲，不受任何制约。在描写历史上实有的人物、地点、事件时，不管作者如何进行艺术虚构，都不能不受基本史实的制约，不能任意颠倒事物的内在逻辑和彼此联系，更不能随意改变历史的总体轮廓和根本走向。这是历史小说创作的一个重要原则。《三国演义》的基本属性是文学作品，但作为历史演义小说，它又只能在史实的基础上驰骋艺术想象。杰出的作家罗贯中正是这样做的。

第二，作家的艺术虚构与书中的"技术性错误"，性质完全不同，不能混为一谈。为了组织情节，塑造人物，作者常常运用多种方法进行艺术虚构；通观《三国》全书，绝大部分情节都不同程度地带有虚构的成分，有些甚至全属虚构。这在艺术上是允许的，而且在多数情况下是成功的；即使个别地方不成功乃至失败，也是作者艺术构思所致，他人可以评说，却无权更改。而那些"技术性错误"却不是作者艺术构思的产物，不是组织情节、塑造人物所必须；相反，从本质上看，它们是违背作者本意的，甚至是被传抄者、刊刻者、评点者造成的，是不应有的差错，不仅应该指出，而且应该纠正。

第三，"重新校理"主要是校正《演义》中的"技术性错误"。首先，根本不改变作者的艺术构思，也不改变任何情节和人物形象。其次，对"技术性错误"的校正均以作品所采用的史籍或作品本身的描写为依据，绝非"妄改"。再次，在校理中，可以用适当的方法把原文完整地保存下来，既便于覆按，又可与校正的文字对照比较，这与单凭一己之意的"妄改"也是完全不同的。

四、重新校理的原则和方法

自毛本《三国演义》问世后，三百多年来，还没有人对《三国》版本作过全面、细致的整理，更没有人对其中的"技术性错误"作过彻底的清理。可以说，重新校理《三国演义》是一种非常艰巨的、新的开拓。在吸取前人经验的基础上，探索恰当的校理原则和方法是尤其重要的。

（一）确立正确的校理原则

1. 明确工作的目标和范围。上文所引的《重新校理〈三国演义〉的几个问题》中的几段话，已经作了说明。这样，就从宏观上严格分清了"艺术虚构"与"技术性错误"这两个不同的学术概念，把校理重点集中于校正"技术性错误"上，从而在理论上牢牢站稳了脚跟。

2. 充分尊重作者的艺术构思。重新校理只是为了消除那些不应发生的、与作者创作意图无关的"技术性错误"，只是一种技术上的校正，而不是代替作者进行思想上的取舍和艺术上的修改。因此，必须严格遵循作者原有的思路和作品自身的情节发展过程，予以谨慎、细致的处理。凡作者有意虚构之处，一律不作改动。这包括以下四个方面。

（1）人物。书中虚构的人物，如貂蝉、吴国太等，各有其艺术作用，不存在校正的问题。对某些人物的身份，作者有意作了调整，这不属"技术性错误"，亦不列入校理范围。

（2）情节。书中情节，多含虚构成分，有的纯系虚构，不论其思想倾向和艺术得失如何，均尊重作者原意，不作改动。

（3）职官。书中某些职官，虽不准确，但事出有因，且已深入人心，姑不改动，而只加注说明。

（4）名物。书中所写兵器、服饰等，多有与史不合者，亦仍其旧。

3.《三国》的不同版本应当分别校理，以便阅读和研究。除了我已经校理的嘉靖本、"李卓吾评本"、毛本这几种最重要的版本以外，钟惺评本、李渔评本等版本也值得校理。至于某些罕见的版本，某些具有重要研究价值而阅读价值不高的版本，则可予以影印或标点排印，文字一律不作改动，而不必进行全面校理。

（二）采用科学的校理方法

1. 如何校正书中的"技术性错误"，这是整个校理工作的重心，也是最为繁难之处。我认为可以采取如下三种方法。

（1）对原文错讹之处不作改动，而在书末列出正误对照表，系统地校正书中的"技术性错误"。这种方法，丝毫不改变正文的面貌，同时又把书中的错误集中加以校正，使人一目了然，堪称最谨慎的一种方法，专家学者也最容易接受。但对一般读者来说，非得查看正误对照表，才能弄清那些"技术性错误"，显得不太方便。我为江苏古籍出版社整理的《校理本三国演义》，采用的就是这种方法，学者们对此十分赞赏。

（2）对原文错讹之处不作改动，而加脚注指出其错误所在，提出校正的意见。这种方法，完整地保留了原文的面貌，同时又指出了其中的错误，学术上自然不存在问题，专家学者也很容易接受。但对一般读者来说，读到的作品正文仍然包含着种种错误，必须一一对照脚注方可明白，也比较麻烦。

（3）直接改动有误的原文，并加脚注列出原文，说明其错误所在和改动的依据。这种方法，直接校正了原文中的"技术性错误"，使读者看到的是正确的正文，对读者最为方便。同时，以脚注的形式保留了原文，在学术上也是十分严谨的。读者若有兴趣，可以逐条覆按，专家学者也完全可以放心。我后来校理毛本《三国演义》、嘉靖本《三国志通俗演义》和《李卓吾先生批评三国志》，以及评点《三国演义》时，就采用了这种方法。

（2）在加注释时，注意针对读者的需要，着重注释那些读者不知道或似是而非的地方，给读者提供新知。如《校理本三国演义》第 6 回注"荥阳"云："荥阳：县名。属司隶州河南尹。治所在今河南荥阳东北。按：荥阳在洛阳以东，董卓西迁长安，不应经过荥阳。历史上曹操曾与徐荣战于荥阳，但未追击董卓。《演义》将二事揉合。"又如第 120 回写到西晋灭吴，君臣皆贺，骠骑将军孙秀却"向南而哭"，读者可能会不理解，我就在此处注云："孙秀：孙策幼弟孙匡之孙。曾任吴国前将军、夏口督。建衡二年（270）投奔晋国。"这样读者就明白了：原来孙秀尚有故国之思。对此，许多同行颇为赞许。丘振声先生评道："沈本的注释，深入浅出，释中有辨，为读者深入理解作品的意蕴，更好地进行艺术欣赏，提供了极大的方便。沈注是校理的一个组成部分。在很多情况下，两者互为表里，互相补充。"

重新校理《三国演义》，首先要以深入的研究为前提，泛泛的阅读，表层的接触，是不可能发现问题的。同时，还必须发扬严谨的学风和过细的精神，一丝不苟，细心检照，勤奋刻苦，勇于拼搏。为了进一步弘扬民族优秀传统文化，我愿与师友们共勉共进！

（原载日本《中国古典小说研究》第二号，1996 年 7 月）

思想艺术

向往国家统一，歌颂"忠义"英雄
——论《三国演义》的主题

　　打倒"四人帮"以来，特别是 1983 年 4 月举行的首届《三国演义》学术讨论会以来，沉寂已久的《三国演义》研究日趋活跃，百家争鸣，新见迭出，蔚为大观。其中，关于主题的争论便是一个十分引人注目的热门话题。迄今为止，人们对《三国演义》主题的提法已达十二种以上（包括"文化大革命"以前提出的观点）。

　　于是，从 1984 年起，一些同志对主题研究提出了怀疑和否定：有的认为探讨主题就是"主题先行"，有的认为对主题的讨论毫无意义，有的甚至认为主题根本就不存在。这样一来，凡欲深入研究《三国演义》乃至其他古典小说名著的人，都不能不认真思考——

究竟怎样看待主题研究

　　在文人学士中，偶尔心血来潮的游戏笔墨之作确实是存在的，完全否认这一点就不是历史唯物主义的态度。但是，任何一个严肃的作家，当他呕心沥血地进行创作的时候，都不可能毫无目的、毫无选择地拼凑素材，驱遣文字，都必定要对他所表现的社会生活作出自己的判断，必定要表达某种思想和主张。像《三国演义》《水浒传》《红楼梦》这样凝聚了作家多年乃至毕生精力的伟大作品更是如此，而这些判断、思想和主张又总有一个统摄全局的中心，这这就是我们所说的主题思想。南朝刘勰云"意授于思，言授于意"（《文心雕龙·神思》）；唐代杜牧云"凡为文以意为主"（《答庄充书》）；明末清初王夫之云"无论诗歌与长行文字，俱以意为主"《姜斋诗话》）；（清代李渔云"古人作文一篇，定有一篇之主脑"(《闲情偶寄》)。他们虽然没有用"主题"这个词,但实际上都强调了主题的提纲挈领作用。在无产阶级领袖人物中,领导文艺工作时间最长、与文艺工作者联系最密切、对文艺创作接触最多的周恩来同志曾经明确指出:"作品总有个主题思想,解决个什么问题。"(《在音乐舞蹈座谈会上的讲话》)中外许多著名作家都介绍过自己在创作中提炼主题,表现主题的经验。因此,那种认为主题根本不存在的观点是不正确的。

有的同志质询道:"思想有哲学、宗教、政治观点、伦理道德观念等各种具体形式,所谓'主题思想'究竟指的是哪一种具体的思想呢?"我认为,这个问题本身就提得含混不清。诚然,思想有多种具体形式,一部作品也可以反映多方面的思想;但就一部特定的作品而言,居于中心的思想却只有一种。至于哪一种思想居于中心地位,则既要受题材的制约,也要受作者世界观的指导。正因为这样,主题思想是因具体作品而异的,不会千篇一律。同样是莎士比亚的剧作,《仲夏夜之梦》和《威尼斯商人》的主题会是一样吗?《哈姆雷特》和《奥赛罗》的主题又怎么会雷同?同样是写梁山一百单八将的故事,施耐庵、罗贯中的《水浒传》和俞万春的《荡寇志》也决不会有相同的主题。显然,离开了具体的作品来预先规定主题"究竟指的是哪一种具体的思想",那是谁也无能为力的。

当一部作品定型以后,作为科学研究的对象,人们完全可以从不同的角度、不同的方面对它进行条分缕析的解剖;而对于不同的研究者来说,无论先从哪一方面着手,都是可以的,并不需要遵循固定的顺序。在《三国演义》研究中,有的同志首先注意到人物形象,当然可以;有的同志首先对它的战争描写产生兴趣,也未尝不可;同样,首先研究它的作者、成书年代、版本源流或者艺术手法、结构特点等,也都是可以的。既然如此,一些同志首先探讨它的主题,又有什么不可以呢?这种探讨同创作中的"主题先行"完全是两码事。

我们之所以重视主题研究,是因为对一部杰出的作品来说,其激动人心,历久不衰的魅力,虽然取决于许多因素,但主要地却是来自它的丰富而深刻的思想内容。就《三国演义》而言,论情节的曲折离奇,它不及后来的公案小说;论对厮杀场面和人物武艺的描写,它也比不上新旧武侠小说。但是，它却经受了漫长的六百年历史的考验，一直为广大人民群众喜闻乐见，在文学史上占有比公案小说、武侠小说重要得多的地位。其根本原因，就在于它通过丰富的故事情节和鲜明的人物形象，表现出博大深厚的思想内容。在这里，主题思想是起了关键作用的。

　　必须强调指出，我们重视主题研究，只是为了更好地把握作者的创作意图，更深刻地理解作品的思想内容；决不是说主题就是作品的一切，主题研究就可以代替对其他问题的研究，更不是说只要有了好的主题，作品就一定会成功。创作是一种极为复杂的精神劳动，影响作品成败的因素很多，人物、情节、语言、结构等都很重要。在真正的艺术家笔下，这些要素总是水乳交融的。唐弢同志说得好："主题需要从题材产生，但又反过来使题材趋于完整；好比灵魂需要依附于肉体，但又反过来指导肉体，使肉体成为一个有机的生命一样。一篇作品内容丰富，而主题思想不明确，这就好像是没有灵魂的行尸走肉；如果主题思想有，读起来却干巴巴，毫无生趣，那又可能变做没有血肉的游魂落魄。两者都要不得。"（《理乱麻》，载作家出版社 1962 年版《创作漫谈》）因此，文学研究也是一种复杂的精神劳动；对作品必须进行多侧面、多层次的考察，进行综合分析，才能全面地把握它，揭示它成功的奥秘。

　　事实是最有说服力的。综观几年来的《三国演义》研究，我们可以看到这样几点。

　　第一，根据我的粗略统计，从 1977 年到 1984 年底，全国各级报刊发表的《三国演义》研究文章共约三百篇左右，其中专论主题者不过二十篇左右，仅占总数的十五分之一，可见学术界同行们并没有一窝蜂地围绕主题问题兜圈子。

　　第二，对《三国演义》主题进行过探讨的同志并没有在这一点上止步不前，他们同时又认真地研究了作品的人物形象、艺术特色以及毛评的得失等问题，从而不断地开拓着研究的领域。

　　第三，目前提出的各种观点，并不是以往各种意见的简单重复，而是在新的基础上所作的更深入的开掘。同时，这些观点并不是彼此对立、互不相容的，而是各有侧重，互相补充的。它们为更加全面、更加准确地概括《三国演义》的主题提供了基础。

第四，更重要的是，对主题的探讨和争论不仅没有妨碍对整个《三国演义》的研究，而且激发了更多的人们的研究热情，开拓了人们的思维空间，促使人们注意改进研究的方法，提高思维的缜密性，这对研究的进一步深入是很有好处的。

当然，应该看到，与《红楼梦》研究、《水浒传》研究相比，《三国演义》研究起步较晚，基础较薄，力量也较弱，要想在短时间内对诸如主题这样的重大问题取得一致，实在不大容易。同时，还应该承认，在过去有关主题的探讨中，确实也有不足之处：有的同志对"主题思想"这一概念的理解不同，从而导致归纳主题的方法不同；有的同志则有偏执一端的倾向。这就是下面要谈到的——

对现有各说的评价

在讨论这个问题的时候，首先必须确定两个前提。

其一，统一概念。什么是主题？就是"文艺作品通过描绘现实生活和塑造艺术形象所表现出来的中心思想。是作品内容的主体和核心。是文艺家经过对现实生活的观察、体验、分析、研究，经过对题材的提炼而得出的思想结晶，也是文艺家对现实生活的认识、评价和理想的表现"（《辞海·文学分册》第 11—12 页）。简言之，主题乃是作者通过作品内容所表达的看法和主张。因此，我们对主题的概括既要提挈作品的全局，又要反映作者的思想。明确这一点非常重要，如果概念不同，大家在讨论中只能是盲人摸象，各执一词，或者是南辕北辙，标准不一。过去，不少同志是从自己阅读作品的某种感受，或者说，是从作品的某种客观效果来分析作品的主题的，这种方法未必可靠。道理很清楚：形象大于思想，乃是作品的普遍现象。同一部作品，在不同时代、不同阶级、不同经历、不同性格的读者心中所唤起的感受，往往是大相径庭的。人们可以阐发自己各不相同的感受，却不应该把这些感受都称为"主题"。否则，问题只会被搞得五花八门，永远也无法得到统一。

其二，既然《三国演义》的主题乃是作者罗贯中通过作品所表达的观念和主张，那么，归纳主题的依据就应该是学术界公认为最接近罗贯中原作的嘉靖壬午本《三国志通俗演义》（简称"嘉靖壬午本"），而不是经过毛宗岗评改的《三国演义》（简称"毛本"）。如果依据的本子不同，也难免方枘圆凿，格格不入。

有了上述两个前提，我们在主题研究中所持的标准就比较统一，意见也就比较容易趋于一致了。

现在，让我们来看看几年来有关《三国演义》主题的各种观点吧（参见拙作《〈三国演义〉研究中若干问题讨论综述》，载《文史知识》1984年第 7 期）。

"歌颂理想英雄"说。这种观点认为，《三国演义》歌颂了"明君"的典型刘备、"贤相"的典型诸葛亮，"对其他仁厚、智勇、忠义之士，也竭力进行了歌颂。这些歌颂，构成了《三国演义》的基本内容。"它抓住了《三国演义》塑造人物的基本原则，因而抓住了其思想内容的主要方面，值得我们充分重视。遗憾的是，学术界对这一观点至今注意不够。同时也要指出，持此观点的同志对它的阐发还欠深入，对《三国演义》艺术地加以再现的从汉末致乱到三国归晋这一情节主线也未涉及，这不能不说是这种观点的明显的不足之处。

"赞美智慧"说。此说论者认为："《三国演义》的主题思想应该阐述为：通过三国时期各军事政治集团之间斗争的描写，揭示了正义的力量只有运用智慧才能战胜邪恶的道理。"这种观点抓住了《三国演义》思想内容的一个重要方面；但是，这一方面还不能说是全书的主题思想，用这一观点还无法统帅黄巾起义、鞭打督邮、董卓之乱、袁绍磐河战公孙、孙坚跨江击刘表、李傕郭汜犯长安、孙策大战太史慈、关羽千里走单骑、陆逊火烧连营等一系列重要情节，也无法说明曹操灭袁绍、败马超等重要战役的胜利（它们显然不能称为"正义战胜邪恶"），更无法解释蜀汉灭亡，三国归晋的结局。所以，此说有其片面之处。

"天下归一"说。此说认为，《三国演义》"通过汉末致乱、农民起义、诸侯割据、三国鼎立、西晋统一等一系列曲折复杂的历史事件的描绘，表现了汉末至西晋统一这一段历史的真实面貌，表现了'合久必分，分久必合''治中生乱，乱归于治'的历史辩证法，表现了'天下归一'是当时历史发展的必然趋势"。它抓住了《三国演义》的情节主线，揭示了罗贯中通过一系列曲折复杂的历史事件所表现出来的向往"天下归一"的思想，因而触及到《演义》主题思想的核心，比较引人注目。它的不足之处是，对于作者在人物塑造这个重要方面所表现的观点和倾向未能充分注意。因此，用它无法解释：为什么积极进行统一战争的曹操却往往遭到作者的鞭挞？如果让这种观点与"歌颂理想英雄"说互相结合，互相补充，那就比较全面了。

有的同志提出的"分合"说（"合久必分，分久必合"），其基本内涵与"天下归一"说一致，却不及"天下归一"说准确。这是因为：第一，此说立论的基础是毛本《三国演义》开头的第一句"话说天下大势，分久必合，合久必分"，而嘉靖壬午本《三国志通俗演义》却根本没有这句话；第二，《演义》虽然表现了东汉末年由"合"到"分"的过程，但这种"分"并不反映作者的愿望，恰恰相反，作者对这一段"分"的历史是痛心疾首的。作者倾注笔墨重点描写的，倒是由"分"到"合"的过程，也就是"天下归一"的过程。所以，这种观点与其表述为"分合"说，毋宁表述为"天下归一"说。

"讴歌封建贤才"说。此说认为：《三国演义》的主题不在于宣扬封建正统思想，也不在于鼓吹'王道''仁政'，而是要为真正的封建贤才呐喊，歌唱。整部《三国演义》就是一曲封建贤才的热情颂歌。"它从《三国演义》的真正主角是诸葛亮这一认识出发，论述颇见新意，能给人以一定的启发。但从本质上看，它与"歌颂理想英雄"说是相通的，却比后者的思想容量更小一些。所以，此说也不足以概括全书的主题。

"悲剧"说。此说论述相当精彩，在首届《三国演义》学术讨论会上曾经引起热烈的争鸣。应当承认，罗贯中确实是把曹操和刘备作为一组对立的形象，作为"奸臣"与"仁君"的典型代表来刻画的，表现了"拥刘贬曹"的思想倾向。但是，把魏胜蜀败视为全书的结局是不准确的，因为蜀亡后仅仅两年，魏就亡于晋，应该说全书结于三家归晋。同时，由蜀亡于魏的史实得出这样的结论："对封建政治生活起支配作用的力量，不是正义，而是邪恶；不是道德，而是权诈。……《三国演义》所描写的不仅是蜀汉集团的悲剧，而且也是我们民族的悲剧。"这却是此说论者的主观感受（尽管这种感受有其深刻之处），而不是罗贯中本人所要表现的主题思想。罗贯中虽然为蜀汉的灭亡而惋惜，但对率兵灭蜀的魏国大将邓艾却热情地赋诗赞美：

当年邓艾袭西川，曾把阴平石径穿。
越岭雄兵齐贯索，临岩大将自披毡。
五丁破路应难及，三国论功合让先。
汉祚将终须换主，真饶山向上摩天！

而且在写到邓艾死后，又云："史官因邓艾盖世之功，乃有庙赞诗一首曰：'……功成自被害，魂绕汉江云。'"（《三国志通俗演义》卷二十四，《凿山岭邓艾袭川》则及《姜维一计害三贤》则）悼惜之情，溢于言表。这哪里像在描写"邪恶"战胜"正义"的悲剧呢？因此，用"悲剧"说来概括《演义》的主题也是不恰当的。

"仁政"说。此说认为，《三国演义》的"尊刘抑曹"倾向，反映了挣扎在封建制度残酷压迫之下的人民对仁政的歌颂和向往，对暴政的批判和鞭挞。它抓住了《三国演义》思想内容的一个侧面，但却忽略了这样一个基本事实：《演义》虽然在一定程度上反映了封建统治阶级与人民群众的矛盾和斗争，表现了对暴政的鞭挞和对"仁政"的向往；但全书描写的重点却是统治阶级内部各个政治集团之间的矛盾和斗争，是他们斗智斗勇，竭力图王兴霸，以便由自己来统一天下的复杂过程。所以，"仁政"说也无法概括全书的主题。

"追慕圣君贤相鱼水相谐"说。此说认为，《三国演义》"通过三国时代尖锐复杂的矛盾斗争的描写，以及各种典型形象的塑造，表现了作者对圣君贤相风云际遇，鱼水相谐的政治理想的思慕和追求"，论述比较深入。不过，与"歌颂理想英雄"说一样，这种提法也忽视了"天下归一"这个情节主线，其容量仍嫌太小，不足以概括《演义》的主题。

"宣扬用兵之道"说。此说认为："《三国演义》的主题思想就是：作品通过三国兴亡过程中形形色色的战争描绘，着重揭示了战争胜败的关键在于指挥者能否灵活运用'兵不厌诈'的军事思想。"它抓住了《三国演义》擅长描写战争的突出特点，立论颇为新颖，论述也比较细致。但是，必须看到，《演义》中大量的战争描写，并不单纯着眼于宣扬"兵不厌诈"的军事思想，主要还是着眼于由天下大乱、群雄并起到三国鼎立，再到西晋统一这个历史巨变的发展趋势，着眼于塑造为国家重新统一而竭忠尽智的一大批英雄豪杰。所以，此说虽然给人以新的启示，但称之为《演义》的主题则不足以服人。

通过上面的分析比较，我自己对《演义》主题的概括已经伸手可及了，这就是——

向往国家统一，歌颂"忠义"英雄

我们中华民族有着极其伟大的聚合力，维护国家统一，渴望和平安定，是我们民族一贯的政治目标，是一个牢不可破的优良传统。几千年来，由于种种原因，我们民族曾经屡次被强行"分"开，饱受分裂战乱之苦。但是，每遭受一次分裂，人民总是以惊人的毅力和巨大的牺牲，清除了分裂的祸患，医治了战争的创伤，促成重新统一的实现。在那"出门无所见，白骨蔽平原"的汉末大动乱时期，以及罗贯中生活了大半辈子的扰攘不安的元代末年，广大人民对国家安定统一的向往更是特别强烈。罗贯中敏锐地把握了时代的脉搏，通过对三国时期历史的艺术再现，鲜明地表现出统一是大势所趋，人心所向。这是《三国演义》的政治理想，也是它的人民性的突出表现。

实现统一的大业需要一大批才智忠勇之士，三国时代正是一个英雄辈出的时代，而小说的主要使命又是塑造鲜明生动的人物形象。这诸多因素交汇作用，使罗贯中不可能冷冰冰、干巴巴地复述那个由乱到治、由分到合的历史过程，而是怀着极大的热忱，以一支绚丽多彩的巨笔，精心塑造了一大批栩栩如生的人物形象。在这里，他打起了"忠义"的旗帜，把它作为臧否人物、评判是非的主要道德标准。当然，作为封建时代的文人，罗贯中的"忠义"观不可能越出封建思想的藩篱：他的所谓"忠"，就是要一心不贰地为封建王朝奔走效劳，肝脑涂地，有时甚至只是为某一集团的领袖卖命捐躯；他的所谓"义"，则以"忠"为前提，是"忠"这种政治品格在人际关系的外化，而又往往以个人恩怨为转移。这种"忠义"观有着严重的缺陷。但是，我们又必须看到，作家的思想也确实融合了人民群众的观念和感情，如对汉族王朝的深沉依恋，对忠于事业、鞠躬尽瘁的精神的热烈颂扬，对平等互助的人际关系的真切向往，对残民以逞的邪恶势力的愤怒斥责……这种犬牙交错的状况，使得《三国演义》呈现出复杂的思想面貌，也使得它几百年来一直处于一种微妙而特殊的地位：统治阶级企图利用它，人民群众也从中提取自己的斗争武器。自然，今天的人们还可以给"忠义"赋予新的意义。

就这样，向往国家统一的政治理想——这构成了《三国演义》的经线；歌颂"忠义"英雄的道德标准——这构成了《三国演义》的纬线。二者纵横交错，形成《三国演义》思想内容的两大坐标轴。罗贯中以这两大坐标轴为中心，把历史的与道德的评价融合在一起：凡是有利于国家统一和进步的，他就肯定，就推许；凡是符合他的"忠义"观的，他就赞美，就歌颂。反之，则予以贬斥和否定。于是，在这个巨大的坐标系统中，全书的主要情节被有机地编织起来，各个人物的功过高下也都历历可见。十分明显，用这两大坐标轴来概括《三国演义》的主题，既兼有"天下归一"说和"歌颂理想英雄"说的长处，又避免了它们各自的弱点；这样的主题，既反映了历史发展的方向，又表现了中华民族品评人物时"尚德"的历史传统，在思想内容上达到了难能可贵的高度和深度。

用我们这里提出的"向往统一，歌颂忠义"说来观照全书，作者对自己笔下的各类政治集团的态度都可以得到合理的解释，许多看似矛盾的现象也就不难理解了。

第一类集团是作者满腔热情加以歌颂的，刘备集团可以算是典型。这个集团一开始就提出"上报国家，下安黎庶"的口号，以匡扶汉室相标榜，在曹丕代汉以后又以继承汉室的正统自居。他们从来没有忘记恢复汉家的一统天下（这里的"汉"具有双重含义：一则指历史上的汉朝，二则指宋元时期广大人民心目中的汉族政权），尽管由于历史条件的限制，他们的目标没能实现，但他们对益州的治理，对南方的平定，毕竟也为统一做出了贡献。而那种对兴复汉室的不屈不挠、不懈不怠的追求，不能不被具有民族思想的人民群众以及进步作家罗贯中所追慕。另一方面，这个集团的领袖刘备的"仁"、军师诸葛亮的"忠"、大将关羽等人的"义"，也都符合罗贯中的道德观，深为他所崇敬。这两方面的原因，使得罗贯中把刘备集团理想化，从而表现出尊刘的倾向。

除了刘备集团之外，孙坚、孙策父子胸怀大志，颇有荡平天下之气概；孙权的进取精神虽然不及乃父乃兄，但他联刘抗曹，待机而进，治理江南，也是争取重新统一这场角逐中的佼佼者。因此，罗贯中对孙氏父子每每加以赞许，而不是像毛宗岗在《读三国志法》中所说的那样，把孙氏的吴国与曹氏的魏国都列为"僭国"，同样加以贬斥。对忠于孙氏父子的谋臣武将如周瑜、鲁肃、陆逊、程普、黄盖、甘宁、周泰、徐盛、丁奉等人，罗贯中也都持肯定的态度；只有吕蒙、潘璋二人，因为擒杀了"义"的化身关羽，才被施以贬斥性的描写。

第二类集团是作者不遗余力加以鞭挞的，其中最突出的是董卓集团和袁术集团。董卓"常有不仁之心"，杀太后，鸩少帝，败坏朝纲，残害百姓，以至"两朝帝主遭魔障，四海生灵尽倒悬"，造成天下大乱，实为不忠不义的元凶巨恶，罗贯中对他自然是痛加贬斥。董卓余孽李傕、郭汜之流，也是一伙狐群狗党，混世魔王，为天下所不容，也为罗贯中所嘲骂。袁术狂妄自大，轻薄无能，急于过皇帝瘾，却既无统一天下的本领，又不顾百姓死活，忠义两亏，同样为罗贯中所不齿。

第三类集团是作者褒贬互见的。例如，刘表虽然拥有荆州九郡，本是用武之地，却划境自保，不图进取；刘璋虽为天府益州之主，却暗弱无能，坐以待毙：他们都是作者嘲笑的对象。但就个人品质而言，刘表不因蔡氏之谗言而加害刘备，尚有长厚之风；刘璋在刘备兵临城下之际，不愿牺牲百姓的生命去冒险死战，不失仁义之心，作者对此则是首肯的。至于忠于他们的文士武将，如伊籍、黄权、李恢、王累、秦宓等，都被罗贯中作为忠义之士而加以肯定。

比之刘表、刘璋来，罗贯中对袁绍集团的态度是更有代表性的。他肯定了袁绍在诛灭宦官、讨伐董卓等斗争中的积极作用，但又一再讥笑他外宽内忌、赏罚不明、好谋无断、色厉内荏，不是统一天下的雄主。在写到袁绍吐血而死时，罗贯中引诗云：

羊质虎皮功莫说，凤毛鸡胆事难成。

又诗曰：

气欲吞天志不高，有谋无断岂英豪。

图王霸业浑如梦，枉害伤心吐血劳！

但是，对忠于袁绍的田丰、沮授、审配等人，罗贯中不仅没有贬斥，而且视为忠义之士，对他们的死表示了深深的惋惜。在这里，历史评价和道德评判都起了作用。

不过，最能体现罗贯中的创作主旨和褒贬标准的，还是他对曹操集团的态度。

众所周知，《三国演义》具有贬曹的倾向，这是因为曹操作为奸雄的典型，"名为汉相，实为汉贼"，其所作所为每每违背"忠义"的道德观。对此，罗贯中的憎恶之情，充满字里行间。但是，曹操毕竟是统一了北方并为全国统一奠定了基础的杰出人物，对这一巨大的历史功绩，罗贯中并没有随意贬低。《演义》写曹操擒吕布、扫袁术、灭袁绍、击乌桓、败马超等重大战役，都突出了他非凡的胆略和智谋。当写到曹操去世之时，罗贯中引用后人的四诗三文，既肯定了曹操的历史功绩，又鞭笞了他的恶德劣行。前一方面如"史官有诗曰"：

雄哉魏太祖，天下扫狼烟。
动静皆存智，高低善用贤。
长驱百万众，亲注《十三篇》。
豪杰同时起，谁人敢赠鞭？

后一方面则有"前贤"的"贬曹操诗"：

杀人虚堕泪，对客强追欢。
遇酒时时饮，兵书夜夜观。
秉圭升玉辇，带剑上金銮。
历数奸雄者，谁如曹阿瞒？

至于忠心耿耿为曹操运筹帷幄的谋士郭嘉、贾诩、程昱、刘晔等人，以及追随他东征西讨的武将张辽、徐晃、典韦、许褚等人，罗贯中不仅没有把他们看作助纣为虐的帮凶爪牙，而且视为忠义之士、一时之杰，发自内心地予以赞美。有的人可能会感到这种现象难以理解，其实，从

"向往统一，歌颂忠义"的观点来看，这倒一点也不奇怪。

罗贯中不愧为杰出的现实主义作家。他既没有把历史道德化而抹煞某些人物的历史功绩，又没有忘记文学艺术宣扬真善美、鞭挞假恶丑的使命，把人物一一放上道德的天平。尽管他的认识摆不脱历史的局限，这样的创作态度却使他笔下的主要人物既有厚重的历史感，又有深刻的美学意义，这正是《三国演义》为后代的多种历史演义小说难以企及的根本原因。

让我们再看一看罗贯中对魏、蜀、吴灭亡的描写吧！当蜀汉后主刘禅向邓艾投降时，《演义》写道："成都之人，皆以香花而迎。"这里没有亡国的深哀巨恸，有的却是对统一事业的衷心拥护。当司马炎接受魏主曹奂禅让时，《演义》又写道："此时魏亡，人民安堵，秋毫无犯。"在人民心目中，国君姓什么是无关紧要的，国家的统一与安宁却是至为重要的。当吴国最后灭亡时，情景同样是"吴人安堵"。尽管西晋统一只是短暂的，但这种统一比起国家四分五裂的状况来，却是一个巨大的进步。因此罗贯中欣喜地写道："自此三国归于晋帝司马炎，为一统之基矣。"至此，无数英雄豪杰演出的一幕幕威武雄壮的活剧，终于迎来了重新统一的结局，小说的主题也得到了完美的体现。

附记

本文原载《宁夏社会科学》1986年第1期，但第一部分被删。今据收入本人与段启明、陈周昌合著之《中国古典小说新论集》（西南师范大学出版社1987年11月第1版）的原文排印，内容、文字未作任何改动。

文中称嘉靖元年（1522）本《三国志通俗演义》为"最接近罗贯中原作"的版本，此系当年的认识。现在本人认为《三国志传》的祖本更接近罗贯中的原作（详见本人整理的《校理本三国演义·前言》，江苏古籍出版社1992年2月第1版）。为存原貌，一仍其旧。

《三国演义》思想内涵新论

　　位居明代"四大奇书"之首的古典文学名著《三国演义》，问世数百年来，以其博大精深的思想内涵，千姿百态的人物形象，雄奇瑰丽的艺术成就，一直吸引着亿万读者的阅读和研究兴趣，家喻户晓，长盛不衰。

　　然而，长期以来，对《三国演义》的思想内涵，存在不少争议；特别是近年来，一些学者、文化人在其论著和演讲中，随意评说《三国演义》，这其中包含若干误解乃至曲解，在一定程度上误导了读者和听众。

　　为此，笔者在长期研究的基础上，对《三国演义》的思想内涵作出一些新的阐释，希望有助于这部名著的传播和研究。

　　为什么要郑重其事地探讨《三国演义》的思想内涵？这是因为，对一部杰出的作品来说，其激动人心，历久不衰的魅力，虽然取决于许多因素，但主要地却是来自它的丰富而深刻的思想内涵。就《三国演义》而言，论情节的曲折离奇，它不及后来的公案小说；论对厮杀场面和人物武艺的描写，它也比不上新旧武侠小说。但是，它却经受了漫长的六百年历史的考验，一直为广大人民群众喜闻乐见，在文学史上占有比公案小说、武侠小说重要得多的地位。其根本原因，就在于它通过丰富的故事情节和鲜明的人物形象，表现出博大深厚的思想内涵。

　　二十年前，我曾经写道："《三国演义》是一部中国封建社会百科全书式的作品，具有极其博大而深厚的思想意蕴和文化内涵，犹如一个巨大的多棱镜，闪射着多方面的思想光彩，给不同时代、不同阶层的人们以历史的教益和人生的启示。"[1]

---

　　[1] 沈伯俊：《三国演义》校理本《前言》，江苏古籍出版社 1992 年 2 月
　　　　第 1 版（写于 1990 年）。

当今一些人认为，《三国演义》的主要精髓是谋略。我认为，这种看法是片面的。

诚然，《三国演义》给人印象最深的一个方面，就是擅长战争描写。全书以黄巾起义开端，以西晋灭吴收尾，反映了从汉末失政到三分归晋这一百年间的全部战争生活，描写了这一时期的所有重要战役和许多著名战斗，大大小小，数以百计。接连不断的战争描写，构成了小说的主要内容，占了全书的大部分篇幅。而在战争描写中，作者信奉"知彼知己，百战不殆"的军事规律，崇尚"斗智优于斗力"的思想，总是把注意力放在对制胜之道的寻绎上。因此，虽写战争，却不见满篇打斗；相反，书中随处可见智慧的碰撞、谋略的较量，而战场厮杀则往往只用粗笔勾勒。可以说，千变万化的谋略确实是全书精华的重要部分。

然而，谋略并非《三国演义》的主要精髓，更非书中精华的全部。

在中国传统文化思想体系中，"道"是最高层次的东西。"道"有多义，首先是指自然和社会的根本规律，在政治上通常指正义的事业，所谓"得道多助，失道寡助"是也。因此，它也是处事为人的基本原则。谋略则属于"术"，是第二层次的东西，是为"道"服务的，必须受"道"的指导和制约。作为一位杰出的进步作家，罗贯中认为，符合正义原则，有利于国家统一、民生安定的谋略才是值得肯定和赞美的，而不义之徒害国残民的谋略只能叫做阴谋诡计。因此，只有代表作者理想的诸葛亮才被塑造为妙计无穷的谋略大师、中华民族智慧的化身。综观全书，罗贯中从未放弃道义的旗帜，从未不加分析地肯定一切谋略；对于那些野心家、阴谋家的各种阴谋权术，他总是加以揭露和批判；对于那些愚而自用者耍的小聪明，他往往加以嘲笑。可以说，《三国演义》写谋略，具有鲜明的道德倾向，而以民本思想为准绳。后人如何看待和借鉴《三国演义》写到的谋略，则取决于自己的政治立场、道德原则和人生态度。如果有人读过《三国演义》却喜欢搞小动作，那是他自己心术不正，与罗贯中无关；恰恰相反，那正是罗贯中反对和批判的。有人谈什么"厚黑学"，也硬往《三国演义》上扯，更是毫无道理的。

那么，《三国演义》的主要精髓究竟是什么？我认为，《三国演义》丰厚的思想内涵，主要表现在五个方面。

（一）对国家统一的强烈向往。

《三国演义》的思想精华，居于首位的就是对国家统一的向往，这是《三国演义》思想价值中最核心最重要的部分。我们这个民族为什么能够历经磨难而不倒？为什么在四大文明古国中是唯一的一个种族不曾灭亡、文明没有中断的国家？一个根本的原因是，从周朝起，我们就逐步形成了向往国家统一，追求安定太平的共同民族心理。这种共同心理，是中华民族最伟大的聚合力，是一个牢不可破的优良传统。维护国家的统一与安定，是我们民族一贯的政治目标。春秋战国以来的两千多年间，由于种种原因，我们民族曾经屡次被"分"开，饱受分裂战乱之苦。但是，每遭受一次分裂，人民总是以惊人的毅力和巨大的牺牲，清除了分裂的祸患，医治了战争的创伤，促成重新统一的实现。在那"出门无所见，白骨蔽平原"的汉末大动乱时期，以及罗贯中生活了大半辈子的元代末年，广大人民对国家安定统一的向往更是特别强烈。罗贯中敏锐地把握了时代的脉搏，通过对汉末三国时期历史的艺术再现，鲜明地表达了广大人民追求国家统一的强烈愿望。在小说中，当天下大乱以后，那个时代的英雄们想的是什么？怎么做？我认为就是以曹刘孙三方为代表的英雄们，顺应时代的潮流和民众的愿望，力图发挥自己的聪明才智，去重新实现国家的统一。三方争天下，争的是什么？争的是重新统一的主导权，而不是单纯的斗智、斗心眼。这是《三国演义》的政治理想，也是其人民性的突出表现。

（二）对封建政治人物的评判选择

人们常常谈到《三国演义》"尊刘贬曹"的思想倾向，有人还把这称为"封建正统思想"，指责《演义》"贬低"或者"丑化"了曹操形象。其实，"尊刘贬曹"的思想倾向，早在宋代就已成为有关三国的各种文艺作品的基调。北宋大文豪苏轼的《东坡志林》有这样一条记载："王彭尝云：'涂巷中小儿薄劣，其家所厌苦，辄与钱，令聚坐听说古话，至说三国事，闻刘玄德败，颦蹙有出涕者，闻曹操败，即喜唱快。以是知君子小人之泽，百世不斩。'"这说明在"说三国事"中已经形成"尊刘贬曹"

的思想倾向，并得到广大群众，包括儿童的共鸣。在元杂剧的三国戏中，以诸葛亮、关羽、张飞、刘备等刘蜀方面人物为主角的剧目占了一半以上；即使是写其他人物的，也普遍表现出"尊刘贬曹"的思想倾向。罗贯中只是顺应广大民众的意愿，继承了这种倾向。

罗贯中之所以"尊刘"，并非简单地因为刘备姓刘（刘表、刘璋也是汉室宗亲，而且家世比刘备显赫得多，却每每遭到贬抑和嘲笑；汉桓帝、汉灵帝这两个姓刘的皇帝，更是作者鞭挞的对象），而是由于刘备一生作为，基本符合古人对"明君"的最重要的两点期待：一是仁德爱民，有济世情怀；二是尊贤礼士，有知人之明。

首先，作品多方表现了刘备的宽仁爱民，深得人心。《演义》第1回，写刘关张桃园结义，其誓词便赫然标出"上报国家，下安黎庶"八个大字。这既是他们的政治目标，又是他们高高举起的一面道德旗帜。从此，宽仁爱民，深得人心就成了刘备区别于其他政治集团领袖的显著标志。他第一次担任官职——安喜县尉，便"与民秋毫无犯，民皆感化"。督邮索贿不成，欲陷害他，百姓纷纷为之苦告。（第2回）此后他任平原相，已被誉为"仁义素著，能救人危急"（太史慈语，见第11回）。陶谦临终，以徐州相让，刘备固辞，徐州百姓"拥挤府前哭拜曰：'刘使君若不领此州，我等皆不能安生矣！'"（第12回）曹操擒杀吕布，离开徐州时，"百姓焚香遮道，请留刘使君为牧。"（第20回）这表明他占据徐州的时间虽不长，却已深得民心。在他又一次遭到严重挫折，不得不到荆州投奔刘表，受命屯驻新野时，他仍以安民为务，因此"军民皆喜，政治一新。"（第34回）新野百姓欣然讴歌道："新野牧，刘皇叔；自到此，民丰足。"（第35回）

当曹操亲率大军南征荆州，刘琮不战而降之时，刘备被迫向襄阳撤退，新野、樊城"两县之民，齐声大呼曰：'我等虽死，亦愿随使君！'即日号泣而行。"（第41回）就这样，在建安十三年（208）秋天的江汉大地上，刘备带领十余万军民，扶老携幼，上演了"携民南行"的悲壮一幕。如此撤退，显然有违于"兵贵神速"的军事原则，对保存实力、避免曹军追击十分不利。故众将皆曰："今拥民众数万，日行十余里，似此几时得至江陵？倘曹兵到，如何迎敌？不如暂弃百姓，先行为上。"刘备明知此言有理，却泣而拒之曰："举大事者必以人为本。今人归我，奈何弃之？"行至当阳，果然被曹操亲自率领的精兵赶上。这一仗，刘备在军事上一败涂地，而在道义上却赢得了极大的胜利。这种生死关头的选择，决非一般乱世英雄的惺惺作态所能比拟。从此，刘备的"仁德爱民"更加深入人心，并成为他迥别于其他创业之君的最大的政治优势。

其次，作品竭力渲染了刘备的敬贤爱士，知人善任。其中，他对徐庶、诸葛亮、庞统的敬重和信任，都超越史书记载，写得十分生动感人；尤其是对他不辞辛苦，三顾茅庐的求贤佳话，对他与诸葛亮的鱼水关系的描写，更是具有典范意义。

总之，宽仁爱民和敬贤爱士这两大品格的充分表现，使《三国演义》中的刘备形象摆脱了以往三国题材通俗文艺中刘备形象的草莽气息，成了古代文学作品中前所未有的"明君"范型。①

另一方面，罗贯中尊重历史，博采史料，以许劭称曹操为"治世之能臣，乱世之奸雄"的评语为基调，塑造了一个高度个性化的、有血有肉的"奸雄"曹操，并未随意"贬低"，更未故意"丑化"。这里所说的"奸雄"，是指曹操既是远见卓识、才智过人、具有强烈功业心的英雄，又具有极端自私、奸诈残忍的性格特征。

在小说中，曹操第一次出场，就写得有声有色：

见一彪人马，尽行打红旗，当头来到，截住去路。为首闪出一个好英雄：身长七尺，细眼长髯；胆量过人，机谋出众，笑齐桓、晋文无匡扶之才，论赵高、王莽少纵横之策；用兵仿佛孙、吴，胸内熟谙韬略。（嘉靖元年本《三国志通俗演义》第 2 回。毛本第 1 回作："忽见一彪军马，尽打红旗，当头来到，截住去路。为首闪出一将：身长七尺，细眼长髯。"以下引文，凡未注明版本者，均引自毛本。）

对比一下小说对刘备出场的描写：

时榜文到涿县张挂去，涿县楼桑村引出一个英雄。那人平生不甚乐

---

① 参见沈伯俊《明君与枭雄——论刘备形象》一文，载《文学与文化》创刊号（2010 年第 1 期）。

读书，喜犬马，爱音乐，美衣服；少言语，礼下于人，喜怒不形于色；好交游天下豪杰，素有大志。（嘉靖元年本《三国志通俗演义》第 1 回。毛本第 1 回作："榜文行到涿县，引出涿县中一个英雄。那人不甚好读书；性宽和，寡言语，喜怒不形于色；素有大志，专好结交天下豪杰。"）

两相对照，曹操形象显然高出刘备一头，哪里说得上"丑化"呢？

罗贯中以大开大阖的笔触，艺术化地展现了曹操在汉末群雄中脱颖而出，逐步战胜众多对手的豪迈历程，对于曹操统一北方的巨大功绩，对他在讨董卓、擒吕布、扫袁术、灭袁绍、击乌桓等重大战役中所表现的非凡胆略和智谋，罗贯中都作了肯定性的描写，并没有随意贬低。

同时，罗贯中又不断地揭露曹操奸诈的作风、残忍的性格和恶劣的情欲，批判曹操丑恶的一面。为报父仇而攻打徐州，竟下令"但得城池，将城中百姓，尽行屠戮"（第 10 回）；接受张绣投降后，得意忘形，居然霸占了张绣的婶娘邹氏（第 16 回）；对于忠于汉室，反对自己的大臣，毫不留情地挥起屠刀，杀了一批又一批，包括怀孕已经五个月的董贵妃和伏皇后全家（第 24 回、66 回、69 回）；甚至辅佐他最得力的首席谋士荀彧，仅仅因为不赞成他封魏公，便被逼服毒而亡（第 61 回）；至于"借头欺众""梦中杀人"等阴谋诡计，更是花样百出，令人怵目惊心……这种种残忍狡诈的行为，怎能不使人反感和憎恶？

由此可见，"尊刘贬曹"主要反映了广大民众按照"抚我则后，虐我则仇"（《尚书·泰誓下》）的标准，对封建政治和封建政治家的评判和选择，具有历史的合理性。

当今一些人对曹操不仅不反感，而且表示喜欢，称道其"坦率"。诚然，曹操有他坦率的一面，如公开宣称："设使国家无有孤，不知当几人称帝，几人称王。"确是事实。然而，曹操不坦率不老实、忌才害贤的一面更是事实。鲁迅先生在其名篇《魏晋风度及文章与药及酒之关系》中曾经写道："曹操是一个很有本事的人，至少是一个英雄。"但后面又说："倘若曹操在世，我们可以问他，当初求才时就说不忠不孝也不要紧，为何又以不孝之名杀人呢？然而事实上纵使曹操再生，也没人敢问他，我们倘若去问他，恐怕他把我们也杀了！"是的，曹操就是这样的典型：机智与奸诈杂糅，豪爽与残忍并存；时而厚遇英雄，时而摧残人才；杀人时心如铁石，杀人后又常常挤出几滴眼泪以示懊悔……火烧赤壁前夕他横槊赋诗，扬州刺史刘馥仅仅说了一句他认为是"败兴"的话，便被他一槊刺死，全不顾刘馥乃是方面大员，功绩显著（第 48 回）；为封魏公而逼死头号谋士荀彧，竟将其多年主持日常政务、尽心辅佐的赫赫功勋一笔勾销（第 61 回）；以惑乱军心的罪名杀死杨修，也忘了其忠心追随之力（第 72 回）……杀了刘馥，他"懊恨不已"，下令"以三公厚礼葬之"；逼死荀彧，他又是"甚懊悔，命厚葬之"；杀了杨修，他又下令"将修尸收回厚葬"……昨天蛮横无理地杀人，今天又假惺惺地予以厚葬，这种翻手为云、覆手为雨的手段，充分表现了曹操惊人的权术：做了亏心事却从不认错，企图以"厚葬"来抹掉自己手上的血迹，在自欺欺人中求得心灵的平静。请问，这能算"坦率"吗？今人与曹操相距将近一千八百年，不会有无辜被杀的威胁和含冤莫白的痛苦，可以轻飘飘地说几句不关痛痒的话。但如果设身处地想一想：有谁愿意被曹操冤枉杀害，再得一副好棺材？有谁愿意选择他作顶头上司，或者与他毫无顾忌地交朋友？[1]

（三）对历史经验的深刻总结

《三国演义》以很大篇幅描写了汉末三国变幻莫测的政治、军事、外交斗争，总结了各个集团成败兴衰的历史经验，突出强调了争取人心、延揽人才、重视谋略这三大要素的极端重要性。董卓集团败坏朝纲，残害百姓，荒淫腐朽，导致天下大乱，完全是一伙狐群狗党，混世魔王，作品便不遗余力地予以鞭挞。袁术狂妄自大，轻薄无能，既不注意延揽人才，又无明确的战略目标，更不顾百姓死活，却急于过皇帝瘾，大失人心，作品也予以严厉批判。袁绍虽然颇有雄心，其集团一度声势赫赫，实力雄厚，但由于袁绍胸无伟略，见事迟缓，坐失战机；不辨贤愚，用人不当，以致关键时刻内讧不已；心胸狭隘，文过饰非，甚至害贤掩过，

---

① 参见沈伯俊《重提旧案论曹操》一文，载《明清小说研究》2010 年第 4 期。

终于只能成为曹操的手下败将，无可挽回地走向灭亡。相比之下，刘备、曹操、孙权三大集团在这三方面各有所长。刘备历经磨难，却始终坚持"举大事必以人为本"的信念，深得民心；求贤若渴，"三顾茅庐"堪称千秋佳话；倾心信任诸葛亮，既有正确的战略方针，又有灵活多变的谋略战术。曹操虽然心术不正，却也十分注意争取人心，延揽人才，手下猛将如云，谋臣如雨；在战略战术上，他也高出同时诸雄。孙权手下也是人才济济，周瑜、鲁肃、吕蒙、陆逊四任统帅均为一时之杰，而且有着明确的战略目标。因此，在众多政治军事集团中，刘、曹、孙三大集团得以脱颖而出，形成三分鼎立的局面。①

（四）对中华智慧的多彩展现

上面已经阐明，把谋略视为《三国演义》的主要精髓，是一种片面的，甚至是浅薄的看法。实际上，数百年来，《三国演义》让人感到魅力无穷的一个重要方面，乃是积淀在其中的中华智慧，是这种智慧的多彩展现。可以说，《三国演义》就是中华民族优秀智慧的结晶，作为全书灵魂人物的诸葛亮，就是中华民族无比智慧的化身。

《三国演义》展现的中华智慧，大致可以分解为这样几个方面：

1．政治智慧。包括：

（1）善于把握天下大势，总揽全局，制定正确的战略方针。如荀彧的奉迎献帝之策，诸葛亮的《隆中对》，鲁肃的"江东对"。

（2）善于处理君臣关系，推心置腹，善始善终。如诸葛亮与刘备鱼水相谐的关系。

（3）善于治国，遗爱千秋。在《三国志·蜀书·诸葛亮传》末，陈寿评曰："诸葛亮之为相国也，抚百姓，示仪轨，约官职，从权制，开诚心，布公道；尽忠益时者虽雠必赏，犯法怠慢者虽亲必罚，服罪输情者虽重必释，游辞巧饰者虽轻必戮；善无微而不赏，恶无纤而不贬；庶事精练，物理其本，循名责实，虚伪不齿；终於邦域之内，咸畏而爱之，

---

① 参见孙一珍《试论〈三国志通俗演义〉的主题》，载《文学遗产》1985年第1期；齐裕焜《乱世英雄的颂歌》，载《三国演义论文集》（中州古籍出版社1985年11月第1版）。

刑政虽峻而无怨者，以其用心平而劝戒明也。可谓识治之良才，管、萧之亚匹矣。"裴注引袁子曰："（诸葛亮）行法严而国人悦服，用民尽其力而下不怨。及其兵出入如宾，行不寇，刍荛者不猎，如在国中。其用兵也，止如山，进退如风，兵出之日，天下震动，而人心不忧。亮死至今数十年，国人歌思，如周人之思召公也。"《演义》对此作了形象的再现。

（4）善于识才，后继有人。如诸葛亮选拔蒋琬、费祎、董允①；孙吴集团周瑜、鲁肃、吕蒙、陆逊四帅相继。

2. 军事智慧。以诸葛亮为代表。主要表现为：其一，知己知彼，百战不殆；其二，虚虚实实，兵不厌诈；其三，出奇制胜，用兵如神。

《孙子兵法》云："善出奇者，无穷如天地，不竭如江河。"（《兵势篇》）"兵无常势，水无常形，能因敌变化而取胜者，谓之神。"（《虚实篇》）诸葛亮正是体现这些军事原则的光辉典范。

需要特别指出的是，军事上的兵不厌诈，出奇制胜，是对敌方而言，与某些人感兴趣的权谋诡诈完全是两码事。自古以来，一些优秀的军事家，恰恰不会搞阴谋诡计，不屑于搞小动作，不会提防来自自己营垒的权术倾轧、明枪暗箭，往往成为野心家、阴谋家栽诬陷害、密谋策划的牺牲品。恰恰相反，某些小人，做正事不行，打仗一塌糊涂，搞阴谋诡计却是得心应手。让我们随便举两个例子。

战国时期著名军事家孙膑，曾与庞涓俱学兵法。庞涓自以为不如孙膑，当了魏国将军后，假意请孙膑去，却捏造罪名，残害孙膑，断其双足。后来孙膑逃到齐国，当了军师，指挥齐军，在桂陵之战和马陵之战中两次大败庞涓统率的魏军，迫使庞涓自杀。请看，论打仗，孙膑远远胜过庞涓，但他做梦也想不到老同学会害他，被庞涓的诡计弄成终身残疾。

南宋名将岳飞，在抗金斗争中屡建奇功，所向披靡，有"撼山易，撼岳家难"的美誉；却被奸相秦桧诬陷谋反，以"莫须有"的罪名杀害，年仅四十（虚岁）。

孙膑是用兵如神的军师，岳飞是战无不胜的统帅，却都被小人陷害，

---

① 参见沈伯俊《〈三国〉刘蜀后期人物三论》一文，载《上海大学学报》2006 年第 5 期。

成为阴谋诡计的牺牲品，令人叹息。由此可见，军事智慧与权谋诡诈绝不能相提并论。因此，我们要理直气壮地赞美和弘扬中华智慧，而要坚决否定毫无原则、唯利是图的权谋诡诈！

3．科技智慧。如华佗的麻沸散和外科术，诸葛亮的连弩和木牛流马。

4．人生智慧。这方面值得发掘的颇多。

例如司马徽："水镜"雅号，传播遐迩。曾有名言："儒生俗士，岂识时务？识时务者在乎俊杰。"又云："伏龙、凤雏，两人得一，可安天下。"他却终身不仕，甘当闲云野鹤。

又如管宁：年轻时不满华歆热衷利禄，与之割席分坐；魏文帝下诏以其为太中大夫，固辞不受；明帝即位，征他为光禄勋，仍不应命，白衣终身。

再如诸葛亮"淡泊明志，宁静致远"的格言，垂范千秋。

《三国演义》展现的中华智慧，真是绚丽多彩，熠熠生辉，博大深厚，沾溉后人。

（五）对理想道德的不懈追求

在艺术地再现汉末三国的历史，描绘形形色色的人物的时候，罗贯中不仅表现了对国家统一、清平政治的强烈向往，而且表现了对理想道德的不懈追求。在这里，他打起了"忠义"的旗号，把它作为臧否人物、评判是非的主要道德标准。通观全书，有许多讴歌理想道德的动人故事。为了忠于"桃园之义"，关羽不为曹操的优礼相待所动，毅然挂印封金，千里跋涉，寻访兄长；为了维护兄弟情义，刘备不顾一切地要为关羽报仇，甚至宁可抛弃万里江山；为了报答刘备的知遇之恩、托孤之重，诸葛亮殚精竭虑，南征北伐，鞠躬尽瘁、死而后已……

长期以来，对于"忠义"也有各种议论和批评，这里谈谈我的看法。忠是什么？其基本含义是对自己忠于所事，对他人忠于所托。你的本职工作是什么，你就干好什么；与他人相处就要忠于所托，这就是《论语》讲到的"吾日三省吾身"中的一省："为人谋而不忠乎？"经过长期的积淀、提炼和逐渐的抽象化之后，人们把它升华为对事业的忠，对理想的忠，进而再升华为对国家对民族的忠。那绝非是小忠。义是什么？按古汉语的基本含义，"义者宜也。"（《礼记·中庸》）适宜的事，正确的事，你做了，那就符合义。人们常常说"道义"，就是说做符合道的事情才是义。从宏观方面来说，有国家大义、民族大义；用在人际关系上，它追求的是平等互助、患难相扶，甚至是生死与共的理想人际关系。

当然，作为封建时代具有一定进步倾向的文人，罗贯中的"忠义"观不可能越出封建思想的藩篱，但也确实融合了人民群众的观念和感情。这种犬牙交错的状况，使得《三国演义》的"忠义"呈现出复杂的面貌；但就主导方面而言，它反映了中华民族传统的价值观、道德观中积极的一面，值得后人批判地吸收。

《三国演义》的思想内容如此丰厚，那么，它的主题是什么呢？我认为，可以用一句话来概括——向往国家统一，歌颂"忠义"英雄。[①]

综上所述，《三国演义》的思想内涵确实是博大深厚的。尽管其中也有一些消极成分，但其主导方面却是值得肯定的。在未来的岁月里，无论是我们的子孙后代、海外华人，还是国外汉学家以及其他对中国感兴趣的朋友，凡是想学习中国古典文学，研究中国传统文化，了解中国封建社会的人，仍将把它当作必读书。

（原载《明清小说研究》2011 年第 4 期）

---

① 参见前揭文《向往国家统一，歌颂"忠义"英雄"——论〈三国演义〉的主题》。

《三国演义》与政治智慧

　　《三国演义》是中国文学史上第一部成熟的长篇小说,问世数百年来,以其博大精深的思想内涵,千姿百态的人物形象,雄奇瑰丽的艺术成就,一直脍炙人口,长盛不衰。1990 年,我曾经用这样一段话概括它的文学史地位和文化价值:

　　作为中国古代长篇小说中罕见的杰作,《三国演义》问世六百多年来,对中华民族的精神文化生活产生了深远的影响,已经成为公认的中国古典文学基本典籍之一,成为中国传统文化精华的重要组成部分。随着中华文化越来越广泛地向海外传播,它也被公认为世界文学名著之一。今天,《三国演义》不仅在国内家喻户晓,而且在世界各地也拥有广大的读者群。可以肯定,在未来的岁月里,无论是我们的子孙后代、海外华人,还是国外汉学家以及其他对中国感兴趣的朋友,凡是想学习中国古典文学,研究中国传统文化,了解中国封建社会的人,都将把《三国演义》当作必读书。[①]

　　然而,长期以来,对《三国演义》的思想内涵,存在不少争议;特别是近年来,一些学者、文化人在其论著和各种讲坛中,随意评说《三国演义》,其中包含若干误解乃至曲解,在一定程度上误导了读者和听众。有鉴于此,我在长期研究的基础上,先后发表了《〈三国演义〉思想内涵三辨》《〈三国演义〉思想内涵新论》等论文[②],对《三国演义》的思想内

---

① 详见沈伯俊:《重新校理〈三国演义〉的几个问题》,原载《社会科学研究》1990 年第 6 期;收入拙著《三国演义新探》,四川人民出版社 2002 年 5 月第 1 版。

② 沈伯俊:《〈三国演义〉思想内涵三辨》,载《涪陵师范学院学报》2005 第 6 期;沈伯俊:《〈三国演义〉思想内涵新论》,载《明清小说研究》2011 年第 4 期。

涵作出一些新的阐释，希望有助于这部名著的传播和研究。

一、《三国演义》的主要精髓是什么？

当今一些人认为，《三国演义》的主要精髓是谋略。我认为，这种看法是片面的。

诚然，《三国演义》给人印象最深的一个方面，就是擅长战争描写。全书以黄巾起义开端，以西晋灭吴收尾，反映了从汉末失政到三分归晋这一百年间的全部战争生活，描写了这一时期的所有重要战役和许多著名战斗，大大小小，数以百计。接连不断的战争描写，构成了小说的主要内容，占了全书的大部分篇幅。而在战争描写中，作者信奉"知彼知己，百战不殆"的军事规律，崇尚"斗智优于斗力"的思想，总是把注意力放在对制胜之道的寻绎上。因此，虽写战争，却不见满篇打斗；相反，书中随处可见智慧的碰撞、谋略的较量，而战场厮杀则往往只用粗笔勾勒。可以说，千变万化的谋略确实是全书精华的重要部分。

然而，谋略并非《三国演义》的主要精髓，更非书中精华的全部。

必须强调指出：在中国传统文化思想体系中，"道"是最高层次的东西。"道"有多义，首先是指自然和社会的根本规律，通常指正义的事业，所谓"得道多助，失道寡助"是也。因此，它也是处事为人的基本原则。谋略则属于"术"，是第二层次的东西，是为"道"服务的，必须受"道"的指导和制约。作为一位杰出的进步作家，罗贯中认为，符合正义原则，有利于国家统一、民生安定的谋略才是值得肯定和赞美的，而不义之徒害国残民的谋略只能叫做阴谋诡计。因此，只有代表作者理想的诸葛亮才被塑造为妙计无穷的谋略大师、中华民族智慧的化身。综观全书，罗贯中从未放弃道义的旗帜，从未不加分析地肯定一切谋略；对于那些野心家、阴谋家的各种阴谋权术，他总是加以揭露和批判；对于那些愚而自用者耍的小聪明，他往往加以嘲笑。可以说，《三国演义》写谋略，具有鲜明的道德倾向，而以民本思想为准绳。后人如何看待和借鉴《三国演义》写到的谋略，则取决于自己的政治立场、道德原则和人生态度。如果有人读过《三国演义》却喜欢搞小动作，那是他自己心术不正，与罗贯中无关；恰恰相反，那正是罗贯中反对和批判的。

还要指出的是：谋略是用于对敌斗争的。在赤壁之战中，东吴老将黄盖用苦肉计，是为了瞒过曹操，以便实行诈降，火烧曹军，从而使孙刘联军赢得了这一关键战役的胜利，他自己也赢得了人们的赞誉。如果他找人把自己打一顿，然后声称身受重伤，拒绝出战，那就叫做欺骗主帅，畏缩不前，成了可耻的骗子、逃兵；如果他竟然诬陷是同僚故意打伤他的，那就更是成了卑鄙的小人。

一些人把《三国演义》的主要精髓归结为谋略，上文已经阐明，这是片面的；有的人又把作为中性词的"谋略"偷换为具有明显贬义的"权谋""权术"，这不仅是偷换概念，而且是歪曲原著，更是应予批评的。

那么，《三国演义》的主要精髓究竟是什么？在《〈三国演义〉思想内涵新论》一文中，我用了五句话加以概括。

其一，对国家统一的强烈向往。这是《三国演义》思想价值中最核心最重要的部分。天下大乱，群雄逐鹿，以曹操、刘备、孙权为代表的英雄们，顺应时代的潮流和民众的愿望，力图发挥自己的聪明才智，去重新实现国家的统一。三分鼎立，彼此相争，争的是重新统一的主导权。

其二，对政治人物的评判选择。《演义》之所以"尊刘"，是由于刘备一生作为，基本符合古人对"明君"的最重要的两点期待：一是爱民，二是敬贤。《三国演义》对曹操有褒有贬，贬的是曹操的虐民和害贤。由此可见，"尊刘贬曹"主要反映了广大人民众按照"抚我则后，虐我则仇"的标准，对政治人物的评判和选择，具有历史的合理性。

其三，对历史经验的深刻总结。《三国演义》描写了汉末三国变幻莫测的政治、军事、外交斗争，总结了各个集团成败兴衰的历史经验，突出强调了争取人心、延揽人才、重视谋略这三大要素的极端重要性。

其四，对中华智慧的多彩展现。《三国演义》让人感到魅力无穷的一个重要方面，乃是积淀在其中的中华智慧，是这种智慧的多彩展现。可以说，《三国演义》就是中华民族优秀智慧的结晶，作为全书灵魂人物的诸葛亮，就是中华民族无比智慧的化身。

其五，对理想道德的不懈追求。《三国演义》在描绘形形色色的人物的时候，表现了对以"忠义"为代表的理想道德的不懈追求。就其主导方面而言，它反映了中华民族传统的价值观、道德观中积极的一面，值得后人批判地吸收。

这五句话，每一句都可以用一篇乃至多篇专题论文加以阐述。其中第四句"对中华智慧的多彩展现"，内容十分丰富。我们可以理直气壮地说：与其说《三国演义》是一部谋略之书，不如说它是一部智慧之书。

《三国演义》展现的中华智慧，大致可以分解为四个方面：政治智慧，军事智慧，科技智慧，人生智慧。下面，我们着重谈谈《三国演义》中的政治智慧。

二、《三国演义》中的政治智慧

对于《三国演义》中的政治智慧，可以进行多角度、多层次的发掘。这里提出笔者认为特别重要的六点。

（一）善于把握天下大势，总揽全局，制定正确的战略方针

能否综观天下，总揽全局，制定正确的战略方针，是衡量政治家水平高低，决定其成败兴衰的最重要的指标。曹刘孙三家之所以能在群雄并争中脱颖而出，一个关键的因素就是，三方都有一流的政治家，制定了正确的战略方针。

曹魏集团——荀彧的奉迎献帝之策。《演义》第 14 回对此有如下描写：兴平二年（195），控制朝政的李傕、郭汜彼此攻杀，长安大乱。汉献帝离开长安东归，途中被李、郭追击，大臣死伤惨重。建安元年（196），献帝回到洛阳后，只见宫室烧尽，街市荒芜，居民仅余数百家，无可为食，处境甚为狼狈。曹操闻知，聚谋士商议。首席谋士荀彧提出："昔晋文公纳周襄王，而诸侯服从；汉高祖为义帝发丧，而天下归心。今天子蒙尘，将军诚因此时首倡义兵，奉天子以从众望，不世之略也。若不早图，人将先我而为之矣。"曹操采纳荀彧之谋，从兖州起兵，前往洛阳保驾。献帝以曹操领司隶校尉，假节钺，录尚书事。曹操又纳董昭之计，迁献帝于许县，自任大将军，封武平侯。从此，朝廷大权尽归于曹操。曹操"挟天子以令诸侯"，在政治上取得主动地位。此事本于《三国志·魏

书·荀彧传》。《演义》没有写的是，在荀彧献此计之前，袁绍的重要谋士沮授曾经提出类似的建议。"沮授说绍云：'将军累叶辅弼，世济忠义。今朝廷播越，宗庙毁坏，观诸州郡外托义兵，内图相灭，未有存主恤民者。且今州城粗定，宜迎大驾，安宫邺都，挟天子而令诸侯，畜士马以讨不庭，谁能御之！'绍悦，将从之。郭图、淳于琼曰：'汉室陵迟，为日久矣，今欲兴之，不亦难乎！且今英雄据有州郡，众动万计，所谓秦失其鹿，先得者王。若迎天子以自近，动辄表闻，从之则权轻，违之则拒命，非计之善者也。'授曰：'今迎朝廷，至义也，又于时宜大计也，若不早图，必有先人者也。夫权不失机，功在速捷，将军其图之！'绍弗能用。"①等到曹操迎献帝至许县后，袁绍才感到后悔，但已悔之晚矣！在官渡之战这一关键性战役中，实力较弱的曹操之所以胜，实力强得多的袁绍之所以败，一个重要的原因就是，曹操宣称"奉天子以讨不臣"，在政治上占有了明显优势。

孙吴集团——鲁肃的"江东对"。《演义》第 29 回对此有如下描写：建安五年（200），年轻有为的孙策因遭袭击，伤重而死，孙权继领江东。周瑜向孙权郑重推荐鲁肃，孙权即命周瑜聘鲁肃来辅佐自己。一天，众官皆散，孙权留鲁肃共饮，至晚同榻抵足而卧。夜半，孙权问鲁肃："方今汉室倾危，四方纷扰；孤承父兄余业，思为桓、文之事，君将何以教我？"鲁肃曰："昔汉高祖欲尊事义帝而不获者，以项羽为害也。今之曹操可比项羽，将军何由得为桓、文乎？肃窃料汉室不可复兴，曹操不可卒除。为将军计，惟有鼎足江东，以观天下之衅。今乘北方多务，剿除黄祖，进伐刘表，竟长江所极而据守之；然后建号帝王，以图天下：此高祖之业也。"此事本于《三国志·吴书·鲁肃传》。鲁肃对天下大势的分析，极为精辟；他为孙权规划的"两步走"战略，成为孙吴始终遵循的建国方略。鲁肃这番精彩对策，学界称为"江东对"，它与诸葛亮的"隆中对"，可谓有异曲同工之妙。

刘蜀集团——诸葛亮的"隆中对"。《演义》第 38 回对此有如下描写：建安十二年（207），刘备三顾茅庐，向诸葛亮请教天下大事。诸葛亮指

---

① 见《三国志·魏书·袁绍传》注引《献帝传》。

出："自董卓造逆以来，天下豪杰并起。曹操势不及袁绍，而竟能克绍者，非惟天时，抑亦人谋也。今操已拥百万之众，挟天子以令诸侯，此诚不可与争锋。孙权据有江东，已历三世，国险而民附，此可用为援而不可图也。荆州北据汉沔，利尽南海，东连吴、会，西通巴、蜀，此用武之地，非其主不能守；是殆天所以资将军，将军岂有意乎？益州险塞，沃野千里，天府之国，高祖因之以成帝业；今刘璋暗弱，民殷国富，而不知存恤，智能之士，思得明君。将军既帝室之胄，信义著于四海，总揽英雄，思贤如渴，若跨有荆、益，保其岩阻，西和诸戎，南抚夷越，外结孙权，内修政理；待天下有变，则命一上将将荆州之兵以向宛、洛，将军身率益州之众以出秦川，百姓有不箪食壶浆以迎将军者乎？诚如是，则大业可成，汉室可兴矣。"这段话，几乎照抄《三国志·蜀书·诸葛亮传》，仅个别字句略有差异。这一精辟分析，高屋建瓴，为三分鼎立规划了蓝图，为刘备集团制定了最佳的战略方针。

尤其令人惊异的是，荀彧（163—212）提出奉迎献帝之策时，年仅34岁（虚岁，下同）；鲁肃（172—217）提出"江东对"时，年仅29岁；诸葛亮（181—234）提出"隆中对"时，年仅27岁！他们把握全局的深刻性，拟定战略的前瞻性，不能不使后人衷心佩服。

（二）善于协调君臣同僚，和衷共济。

在封建时代，一个政治家能否处理好君臣关系、同僚关系，具有十分重要的意义，往往直接影响其决策能否顺利实施，甚至决定其成败乃至存亡。在这方面，诸葛亮与刘备父子的关系堪称楷模。

诸葛亮与刘备——鱼水相谐，推心置腹；诸葛亮与刘禅——君臣相得，善始善终。

《演义》第39回写到，诸葛亮一出山，刘备就"以师礼待之"。关羽、张飞不悦，刘备解释道："吾得孔明，犹鱼之得水也。"此后，诸葛亮辅佐刘备十四年，刘备一直对他倾心信任，言听计从。直到刘备临终之时，还殷殷托孤于诸葛亮，慨然嘱咐道："君才十倍曹丕，必能安邦定国，终定大事。若嗣子可辅，则辅之；如其不才，君可自为成都之主。"（第85回）这段话，基本上照抄《三国志·蜀书·诸葛亮传》。后人对此或有猜疑乃至诛心之论，不过是妄相忖度而已。纵观数千年封建社会史，皇帝临终前委任顾命大臣者固不少见；然而，有几个皇帝愿意或者敢于像刘备那样托孤？当然，刘备并非鼓励诸葛亮取其子而代之，而是希望诸葛亮尽力辅之；但如此气度胸襟，仍罕有其匹，真可谓推心置腹，肝胆相照。陈寿在《三国志·蜀书·先主传》末对此作了公允的评价："及其举国托孤于诸葛亮，而心神无贰，诚君臣之至公，古今之盛轨也。"

刘备临终，留遗诏训诫太子刘禅："卿与丞相从事，事之如父。"刘禅即位后，谨遵父亲遗命，对诸葛亮极为敬重，充分信任，"凡一应朝廷选法、钱粮、词讼等事，皆听诸葛丞相裁处。"（第85回）此后的十二年间，尽管他早已成年，完全可以自作主张，却一直把军政大权都交给诸葛亮，十分放心。诸葛亮亲自南征，几度北伐，他总是予以支持，从不掣肘。如此放手让辅政大臣行使职权，不疑心，不捣乱，不横加干涉，在整个封建时代实不多见。当诸葛亮在五丈原病重时，他派尚书仆射李福前去探望，并咨询国家大计；诸葛亮推荐蒋琬、费祎为接班人，他又虚心采纳，先后任命蒋琬、费祎为执政大臣。当诸葛亮逝世的噩耗传来，"后主闻言，大哭曰：'天丧我也！'哭倒于龙床之上。"（第105回）诸葛亮的灵柩回到成都，"后主引文武官僚，尽皆挂孝，出城二十里迎接。后主放声大哭。"（同上）不仅如此，刘禅对诸葛亮始终追思不已。诸葛亮逝世九年之后，他又招其子诸葛瞻为驸马，后来还下诏为诸葛亮立庙于沔阳（今陕西勉县定军山前）。这证明他确实是真心诚意地崇敬诸葛亮。比之许多薄情寡义，功臣一死（甚至还没死）便翻脸不认人的最高统治者，这也是非常难得的。诸葛亮呢？也一直恪守"竭股肱之力，尽忠贞之节，继之以死"的诺言，始终是支撑蜀汉政局的擎天栋梁，可谓君臣相得，善始善终。

诸葛亮与同僚——开诚相见，公义相处。

董和，诸葛亮最看重的同僚，曾为刘璋的益州太守，后被刘备任命为掌军中郎将，与诸葛亮并署左将军大司马府事。他为人坦诚，办事勤勉，敢于直谏，深得诸葛亮称赞。"先主定蜀，征和为掌军中郎将，与军师将军诸葛亮并署左将军大司马府事，献可替否，共为欢交。""亮后为丞相，教与群下曰：'……董幼宰参署七年，事有不至，至于十反，来相启告。'"①

法正，刘备最重视的谋士。"诸葛亮与正，虽好尚不同，以公义相取。"②

裴松之在《三国志·蜀书·诸葛亮传》中引《袁子》云："及其受六尺之孤，摄一国之政，事凡庸之君，专权而不失礼，行君事而国人不疑，如此即以为君臣百姓之心欣戴之矣。"③

（三）善于治理，造福一方

《三国演义》是一部形象的百年战争史，描写政治家治国理政的篇幅不多；而在有限的叙述和描写中，仍可看到真正的政治家勤政爱民，造福一方的智慧。

例如，第 34 回写刘备依附刘表，驻扎新野，"玄德自到新野，军民皆喜，政治一新。"第 35 回又写新野之人歌曰："新野牧，刘皇叔；自到此，民丰足。"

又如，第 87 回写诸葛亮治理蜀汉的成效："却说诸葛丞相在于成都，事无大小，皆亲自从公决断。两川之民，忻乐太平，夜不闭户，路不拾遗。又幸连年大熟，老幼鼓腹讴歌，凡遇差徭，争先早办。因此军需器械应用之物，无不完备；米满仓廒，财盈府库。"这虽然带有夸张成分，却有坚实的历史依据。在《三国志·蜀书·诸葛亮传》末，陈寿就高度评价道："诸葛亮之为相国也，抚百姓，示仪轨，约官职，从权制，开诚心，布公道；尽忠益时者虽雠必赏，犯法怠慢者虽亲必罚，服罪输情者虽重必释，游辞巧饰者虽轻必戮；善无微而不赏，恶无纤而不贬；庶事精练，物理其本，循名责实，虚伪不齿；终於邦域之内，咸畏而爱之，刑政虽峻而无怨者，以其用心平而劝戒明也。可谓识治之良才，管、萧之亚匹矣。"当代史学大师范文澜先生也充分肯定诸葛亮："凡是封建剥削阶级可能做到的较好措施，他几乎都做，因之……他所治理的汉国，

---

①《三国志·蜀书·董和传》。

②《三国志·蜀书·法正传》。

③ 袁子，即袁准，西晋陈郡阳夏（今河南太康）人，以儒学知名，武帝泰始中，官至给事中。

在三国中却是最有条理的一国。"①

对于后世的政治家或一般官员而言，能否做到"为官一任，造福一方"，也是衡量其政治智慧的一个重要方面。

（四）善处得失，知所进退

一个政治人物，经常要面对升沉进退、得失荣辱。能否正确对待，乃是其政治智慧高低的又一个重要标尺。

有的人善处得失，知所进退，赢得人们的普遍敬重。例如赵云。在蜀汉集团中，赵云资格仅次于关羽、张飞，又有两次救护刘禅之功；但他从不居功自傲，从不争名夺利，尽管提拔的速度比黄忠、魏延等人都慢，他却毫不介意，对后来居上者也能友好相处。建兴六年（228），诸葛亮首次北伐，前锋马谡遭到街亭之败，赵云与邓芝率领的疑兵也在箕谷失利。在撤退时，由于赵云亲自断后，部伍不乱，"军资什物，略无所弃"。诸葛亮对此十分赞赏，要赏赐赵云所部将士。这时赵云毫无沾沾自喜之态，而是诚恳地说："三军无尺寸之功，某等俱各有罪；若反受赏，乃丞相赏罚不明也。且请寄库，候今冬赐与诸军未迟。"透过这番真挚感人的话语，其律己之严格，胸襟之开阔，均可洞然如见。对此，"孔明叹曰：'先帝在日，常称子龙之德。今果如此！'乃倍加钦敬。"（《演义》第96回）②

反之，也有人昧于荣利，轻浮躁进，甚至不择手段地谋取名位，往往自取其辱，身败名裂，成为反面典型。

例如李严。李严系蜀汉大臣，才干突出，蜀章武二年（222）任尚书令，负责处理日常政务；刘备白帝城托孤，李严与诸葛亮同受顾命，升任中都护，留镇永安（今重庆奉节），地位仅次于诸葛亮。诸葛亮北伐，他以都护督运粮草。李严身居如此高位，仍私心膨胀，汲汲于加官进爵。建兴九年（231），诸葛亮出兵祁山。他因军粮不济，命人向诸葛亮谎报

---

① 范文澜：《中国通史》，人民出版社2004年版，第二册，第268页。
② 参见拙文《论赵云》，原载《三国演义学刊》第2辑，四川省社会科学院出版社1986年8月第1版。入选《名家解读〈三国演义〉》，山东人民出版社1998年1月第1版。

军情，称吴国欲入寇蜀汉，使诸葛亮不得不迅即退兵；他却向后主奏称军粮足备，以掩己过。诸葛亮奏明后主，废其为平民，徙居梓潼。至此，原本可以成为一代名臣的李严，却落得身败名裂的可悲结局。

又如杨仪。杨仪精明强干，办事效率很高，深受诸葛亮赏识，以他为随军长史、绥军将军。建兴十二年（234），诸葛亮在五丈原病重，向他密授退军之计。诸葛亮死后，他依计率军撤退，顺利回到成都。但因他性格狭隘，诸葛亮没有推荐他代为执政，而以蒋琬为接班人。后主遵诸葛亮遗言，以蒋琬总统国事。杨仪自以为资历早于蒋琬，且恃功高而未得重赏，竟大发怨言，胡说什么："昔日丞相初亡，吾若将全师投魏，宁当寂寞如此耶！"可谓不知进退，丧心病狂。结果被废为民，徙汉嘉郡（治所在今四川名山县北），羞惭自刎而死。

安常守分，宠辱不惊，知所进退，智之大者！

（五）善于识才，后继有人

能否识才用才，培养一批又一批德才兼备的接班人，是关系到一个政权是否后继有人，长盛不衰的重大问题，政治家的智慧，在这一点上又是高低判然。

就刘蜀集团而言，诸葛亮的政治智慧，在识才用才、选拔和培养接班人方面，也堪称楷模，他选拔和重用的蒋琬、费祎、董允等接班人，都是德才兼备，不愧为栋梁之材。《华阳国志·刘后主志》赞许道："于时蜀人以诸葛亮、蒋（琬）、费（祎）及允为'四相'，一号'四英'。"[1]当代一些人常常谈到蜀汉人才不继，批评诸葛亮不善于培养人才。其实，正如《后出师表》所说，蜀汉人才，"皆数十年之内所纠合四方之精锐，非一州之所有"[2]，是从刘备开始创业起，经过长期积累而得，包括刘备由荆州带去的人才，益州原有的人才，以及从各地投奔去的人才。而在三国鼎立局面形成之后，各地人才的自由流动被打断；曹魏占据经济文化比较发达的中原地区，人才基础雄厚；孙吴幅员广阔，经济文化基础

---

① 对此，请参见拙文《〈三国〉刘蜀后期人物三论》一文，载《上海大学学报》2006 年第 5 期。

②《三国志·蜀书·诸葛亮传》注引《汉晋春秋》。

较好，人才来源也较多；蜀汉则僻居一隅，经济文化基础相对薄弱，人才来源较少。蜀汉人才不继的情况，完全可以理解，不应责怪诸葛亮。

就孙吴集团而言，周瑜、鲁肃、吕蒙、陆逊四任一流统帅前后相继，不仅是一时之盛，就是放在整个中国古代史，也十分罕见。这自然得益于孙权的识人之鉴、用人之明[①]。

（六）高风亮节，遗爱千秋

真正优秀的政治家，不仅勤政务实，建功立业，造福兆民；而且严以律己，率先垂范，以高风亮节遗爱千秋。可以说，建一时之功易，遗不世之爱难。岁月如流，人心如秤，历史是公正的，民心是永恒的。以满腔热忱做实事，不急功近利，不做表面文章，仰不愧天，俯不怍民，真正赢得民众的尊重、爱戴，乃至遗爱千秋，才是更高的智慧。在这方面，诸葛亮仍然是难以企及的不朽典范。

《三国演义》第 105 回，写诸葛亮逝世后，灵柩回到成都，"上至公卿大夫，下及山林百姓，男女老幼，无不痛哭。哀声震地。"这样的描写，应该说还是很不充分的。实际上，诸葛亮遗爱千秋，历代记载，绵延不绝。《三国志·蜀书·诸葛亮传》末，裴松之注引袁子曰："亮死至今数十年，国人歌思，如周人之思召公也。"（按：《诗·召南·甘棠》颂扬召公云："蔽芾甘棠，勿翦勿伐，召伯所茇。蔽芾甘棠，勿翦勿败，召伯所憩。……"）南朝梁殷芸所著《小说》云："桓宣武（按：指东晋大将桓温）征蜀，犹见诸葛亮时小吏，年百余岁。桓问：'诸葛丞相今与谁比？'意颇欲自矜。答曰：'葛公在时，亦不觉异；自葛公殁后，正不见其比。'"宋代大文豪苏轼诗云："武侯来西国，千年爱未衰。"在蜀汉疆域内的西南地区，各民族民众把许多美好的事物，如火把节、泼水节、种糯谷、住吊脚楼等，都归功于诸葛亮，世世代代，缅怀追忆。直到今天，诸葛亮已经成为古代优秀知识分子的崇高典范，成为中华民族忠贞品格和无比智慧的化身，成为中外人民共同景仰的不朽形象。这种令人惊异的历

---

① 参见拙文《性格复杂的孙权》，载拙著《沈伯俊说三国》，中华书局 2005 年 12 月第 1 版。

史文化现象，已经不仅仅是政治智慧所能概括的了。

　　《三国演义》中的政治智慧，犹如一座宝库，值得人们进一步发掘，为后人提供深刻的借鉴，无穷的启示。

　　（原载《四川省委省级机关党校学报》2012 年第 5 期）

《三国演义》与人生智慧

　　《三国演义》是中国文学史上第一部成熟的长篇小说,问世数百年来,以其博大精深的思想内涵,千姿百态的人物形象,雄奇瑰丽的艺术成就,一直脍炙人口,长盛不衰。1990年,我曾经用这样一段话概括它的文学史地位和文化价值:

　　作为中国古代长篇小说中罕见的杰作,《三国演义》问世六百多年来,对中华民族的精神文化生活产生了深远的影响,已经成为公认的中国古典文学基本典籍之一,成为中国传统文化精华的重要组成部分。随着中华文化越来越广泛地向海外传播,它也被公认为世界文学名著之一。今天,《三国演义》不仅在国内家喻户晓,而且在世界各地也拥有广大的读者群。可以肯定,在未来的岁月里,无论是我们的子孙后代、海外华人,还是国外汉学家以及其他对中国感兴趣的朋友,凡是想学习中国古典文学,研究中国传统文化,了解中国封建社会的人,都将把《三国演义》当作必读书。①

　　然而,长期以来,对《三国演义》的思想内涵,却存在不少争议;特别是近年来,一些学者、文化人在其论著和各种讲坛中,随意评说《三国演义》,其中包含若干误解乃至曲解,在一定程度上误导了读者和听众。有鉴于此,我在长期研究的基础上,先后发表了《〈三国演义〉思想内涵三辨》《〈三国演义〉思想内涵新论》等论文②,对《三国演义》的思想内涵作出一些新的阐释,希望有助于这部名著的传播和研究。

---

① 详见前揭文《重新校理〈三国演义〉的几个问题》,原载《社会科学研究》。
② 沈伯俊:《〈三国演义〉思想内涵三辨》,载《涪陵师范学院学报》2005年第6期;前揭文《〈三国演义〉思想内涵新论》

一、《三国演义》——智慧的结晶

　　当今比较流行的一种观点，认为《三国演义》的主要精髓是谋略，有的人又把作为中性词的"谋略"偷换为具有明显贬义的"权谋""权术"，这不仅是偷换概念，而且是歪曲经典，是错误的，有害的。对这种观点，我表示坚决反对。我认为，《三国演义》的主要精髓，可以用五句话来概括。

　　其一，对国家统一的强烈向往。这是《三国演义》思想价值中最核心最重要的部分，体现了从周朝以来逐步形成并不断强化的向往国家统一，追求安定太平的共同民族心理。天下大乱，群雄逐鹿，以曹操、刘备、孙权为代表的英雄们，顺应时代的潮流和民众的愿望，力图发挥自己的聪明才智，去重新实现国家的统一。三分鼎立，彼此相争，争的是重新统一的主导权。三分鼎立，实际上是迈向重新统一的一个过渡阶段。在三分鼎立的局面形成以后，三方都没有就此止步，而是力求达到全国的统一。因此，尽管曹操、刘备、孙权的出身、经历、性格、作风颇有不同，却都堪称那个时代的英雄。

　　其二，对政治人物的评判选择。《演义》之所以"尊刘"，是由于刘备一生作为，基本符合古人对"明君"的最重要的两点期待：一是爱民，二是敬贤。《演义》对曹操有褒有贬：褒的是曹操的雄才大略、功业建树，贬的是曹操的虐民和害贤。由此可见，"尊刘贬曹"主要反映了广大民众按照"抚我则后，虐我则仇"（《尚书·泰誓下》）的标准，对政治人物的评判和选择，具有历史的合理性。

　　这里要提请大家注意鲁迅先生对曹操的全面评价。鲁迅在其名篇《魏晋风度及文章与药及酒之关系》中曾经写道："曹操是一个很有本事的人，至少是一个英雄。"这句话经常被一些人引用，作为指责《三国演义》"丑化""贬低"了曹操形象的依据。然而，在同一篇文章的后面，鲁迅又说："倘若曹操在世，我们可以问他，当初求才时就说不忠不孝也不要紧，为何又以不孝之名杀人呢？然而事实上纵使曹操再生，也没人敢问他，我们倘若去问他，恐怕他把我们也杀了！"是的，曹操就是这样的典型：雄才与残忍兼具，机智与奸诈并存，豪爽与蛮横杂糅。时而厚遇英雄，时而摧残人才；杀人时心如铁石，杀人后又常常挤出几滴眼泪以示懊悔……

对这种性格复杂的人物，人们应该充分肯定其功业建树，也有权批评其恶德劣行，《三国演义》正是这样做的。

其三，对历史经验的深刻总结。《三国演义》描写了汉末三国变幻莫测的政治、军事、外交斗争，总结了各个集团成败兴衰的历史经验，突出强调了争取人心、延揽人才、重视谋略这三大要素的极端重要性。

其四，对中华智慧的多彩展现。《三国演义》让人感到魅力无穷的一个重要方面，乃是积淀在其中的中华智慧，是这种智慧的多彩展现。可以说，《三国演义》就是中华民族优秀智慧的结晶，作为全书灵魂人物的诸葛亮，就是中华民族无比智慧的化身。

其五，对理想道德的不懈追求。《三国演义》在描绘形形色色的人物的时候，表现了对以"忠义"为代表的理想道德的不懈追求。就其主导方面而言，它反映了中华民族传统的价值观、道德观中积极的一面，值得后人批判地吸收。

这五句话，每一句都可以用一篇乃至多篇专题论文加以阐述。其中第四句"对中华智慧的多彩展现"，内容十分丰富。我们可以理直气壮地说：与其说《三国演义》是一部谋略之书，不如说它是一部智慧之书。

《三国演义》展现的中华智慧，大致可以分解为四个方面：政治智慧，军事智慧，科技智慧，人生智慧。下面，着重论析《三国演义》中的人生智慧。

二、《三国演义》中的人生智慧

什么是人生智慧？就是人在成长的过程中，面对种种困惑、疑难、烦恼，能够正确认识，妥善处理的心智和能力。人生智慧，能够帮助我们处理好人与自然、与社会、与内心的关系，从而开阔胸襟，提升境界，完善自我，充分享受人生之乐，和谐之美。

当今的许多年轻人，很喜欢用一个词——"郁闷"。这样说，有时是一种调侃或玩笑，但确实有很多时候是真的郁闷。青年时代，本来是人生的黄金时代，是最美好的青春年华，为什么却有不少人动不动就郁闷呢？这里有多种原因：大量的是外在的、社会的原因；也有很多是内在的、自身的原因，其中一个非常重要的方面，就是人生智慧不足。从这个角度来看，《三国演义》堪称人生的启示录。

《三国演义》写的是天下大势、国家兴亡、英雄功业，很少涉及人们的日常生活、人与自然的关系，但在表现人与他人、与社会、与内心的关系等方面，仍有许多精彩的笔墨，能够帮助我们领悟人生的智慧。其中比较突出的，至少有以下几个方面。

（一）积极进取的人生目标

人生智慧，不是耍小聪明，不是圆滑混世，也不是消极避世；而首先是积极进取的人生目标。积极进取，则心态开朗，智慧之门大开；消沉混世，则郁闷缠身，心智难免受损。《三国演义》中的主要英雄，都是以积极进取的精神面对人生，突出体现在以下几点。

1. "上报国家，下安黎庶"的崇高理想。刘备虽然出身东汉远支皇族，家族却早已败落，只能以织席贩履为生，实为下层平民。中平元年（184）他登上政治舞台时，年仅 24 岁（虚岁，下同），相当于今天的大学毕业标准年龄。《三国演义》第 1 回写他第一次出场时，就说他"素有大志"。这个大志是什么？集中表现于他与关羽、张飞桃园结义时，所立下的誓言："同心协力，救困扶危；上报国家，下安黎庶。"其核心价值则是后面"上报国家，下安黎庶"八个字，也就是"报国安民"。正是这八个字，使得刘关张的结义具有了崇高的政治目标，使他们不仅与董卓集团那样害国残民的狐群狗党有着天渊之别，与袁术集团那样趁着乱世占山为王却不顾百姓死活的军阀判若云泥，也与形形色色以利相交的狭隘小集团不可同日而语。经过长期的艰苦奋斗，终于开创了蜀汉江山。如果他当初不问天下大事，只操心一天能卖几双草鞋，为草鞋价钱的涨跌而郁闷，怎么会成为一代英雄？如果没有这样的理想，他又怎能在艰难竭蹶之中屡仆屡起，终成大业？

2. 胸怀天下，博学深思的求学态度。诸葛亮生于乱世，4 岁时黄巾起义爆发，其家乡琅琊阳都（今山东沂南）正是青徐黄巾军力量强大，与官军反复较量之地；14 岁时，随叔父诸葛玄离开家乡，前往豫章（治所在今江西南昌）；15 岁时，又随叔父到荆州投奔刘表，在刘表开办的学校读了两年书。可以说，少年时代的诸葛亮没有受过系统的学校教育。17 岁时，诸葛亮隐居隆中，一边躬耕，一边自学，长达十年。在这漫长的十年中，他多次拜访庞德公、司马徽这样的名师，倾心结交崔州平、徐庶这样的好友，一边积学明志，增长才干，一边观察天下大势，思考治世方略。如果他耐不住寂寞，气浮心躁，见异思迁，跟风趋时，能够在隆中坚持十年之久吗？又怎能成为天下英才？

3. 自尊自信，自主创业的人格力量。这方面，孙策可算一个突出的典范。初平三年（192）正月，孙坚战死，不满 18 岁的孙策不得不暂时依附袁术。但他不甘久居人下，更不愿在袁术这种骄奢狂妄而志大才疏者的手下受窝囊气。兴平二年（195），年仅 21 岁的他摆脱袁术的羁绊，独自率兵渡江南下，短短三四年间就夺得丹阳、会稽、吴郡、豫章、庐陵等郡，占据江东大片地盘，为孙吴立国奠定了基础（见《三国演义》第 15 回）。孙策创业的过程，如同一支狂飙突进式的交响乐，令人倾倒于他那一往无前的英雄气概。

4. 敢当重任，不避艰险的英雄气概。在《三国演义》中，随处可见具有这种英雄气概的人物。孙权的第一任统帅周瑜，在曹操不战而得荆州、大兵压境、人心惶惶之际，精辟分析曹军弱点，主动请战，在赤壁之战中以少胜多，为三分鼎立奠定了基础。曹魏名将张辽镇守合肥，面对孙权率领的十万大军，毫不畏惧，奋勇出击，逍遥津一战，大获全胜（《演义》第 67 回）。刘蜀老将黄忠，老当益壮，一举击斩曹操大将夏侯渊（《演义》第 71 回）。其他如曹魏的徐晃、张郃，刘蜀的关羽、张飞、魏延，孙吴的甘宁、黄盖、陆逊，都是人们熟知的范例。

这样的人生态度，使他们的智慧大放光彩，写下了"武勇智术，瑰伟动人"（鲁迅：《中国小说史略》第十四篇）的时代篇章。

当代大学生，都是怀着壮志豪情走进大学的，都有报效祖国、服务社会的良好愿望。然而，经过一两年或两三年的学习后，由于种种原因，一些人的人生目标模糊了，积极进取的精神减弱了，这必然会导致眼界狭窄，胸襟狭隘，过分看重眼前利益，过分讲究实惠，热中趋时，盲目跟风。这样的精神境界，极易为一些琐碎小事而郁闷。对此，我们难道不应该警觉吗？

（二）博大宽厚的爱人之心

如何看待和处理自己与他人的关系，是有没有人生智慧的一个重要方面。

孔子曰："仁者安仁。"（《论语·里仁》）

孟子曰："仁者无敌。"（《孟子·梁惠王上》）又曰："仁者爱人，有礼者敬人。爱人者，人恒爱之；敬人者，人恒敬之。"（《孟子·离娄下》）

《三国演义》中的刘备，之所以能在乱世中崛起，固然有多种因素，而从为人角度言之，则"性宽和"（第1回）是他的一大特点，也是一大优势。作为"明君"，刘备一生作为，基本符合古人对"明君"的最重要的两点期待：一是"爱民"，即仁德济世；二是"爱才"，即尊贤礼士。前者集中体现于"携民渡江"：由樊城向南撤退时，随行民众十余万，日行十余里，随时可能被曹操大军追上。有人劝他暂弃百姓，速行保江陵，他却断然拒绝道："举大事者必以人为本。今人归我，奈何弃之！"（《演义》第41回）在此安危存亡之际，哪怕有生命危险也不愿抛弃百姓，在历代开国君主中实不多见。后者突出表现在"三顾茅庐"：早已被视为天下大英雄的他，满怀诚意，三顾茅庐，恭请年仅二十七岁（虚岁）、无名无位、尚未建立任何功业的诸葛亮出山辅佐，堪称千古佳话（《演义》第37—38回）。①《三国志·蜀书·先主传》说刘备"善下人"（善于尊重别人），就是说他有爱人之心，敬人之礼，自然赢得民众的拥戴和贤才的归心。

人与人相处，如果真诚地秉持爱人之心，敬人之礼，人际关系就会宽松、和谐得多，人们就能更多地感受到他人的善意，群体的温馨，从而增强生活的信心。这难道不是一种可贵的人生智慧吗？

（三）真诚坦荡的交友之道

笔者在年轻的时候就形成了这样的认识：人生有三大支柱，一是有自己热爱的事业，二是有几个知心的朋友，三是有一个稳定的家庭。有没有知心朋友，交什么样的朋友，是人生智慧的另一个重要方面。

---

① 详见拙文《明君与枭雄——论刘备形象》，载《文学与文化》创刊号（2010年第1期）。

孔子曰："益者三友……友直，友谅，友多闻，益矣。"（《论语·季氏》）《三国演义》写到的好友很多，特别值得称道的，主要有以下几种。

1．至友

一是彼此切磋、互相砥砺、共同成才。如诸葛亮与好友，特别是徐庶、崔州平的交往。

《三国志·蜀书·诸葛亮传》曰："亮躬耕陇亩……惟博陵崔州平、颖川徐庶元直与亮友善。"《三国演义》第 37 回也写到司马徽向刘备介绍云："孔明与博陵崔州平、颖川石广元、汝南孟公威与徐元直四人为密友。"在这四个好友中，诸葛亮与徐庶、崔州平情谊尤深。

徐庶。《三国志·蜀书·诸葛亮传》裴松之注引《魏略》云："庶先名福，本单家子。"此处的"单"读音为 dan（丹），"单家"意为"孤寒人家"，也就是说，不是豪门大姓。《三国演义》第 36 回说他"为因逃难，更名单福。"不知是作者误解了"单"字的含义，还是有意为之。徐庶"少好任侠击剑"，在逃难中才下决心"折节学问，始诣精舍……听习经业，义理精熟。遂与同郡石韬（按：字广元）相亲爱。初平中，中州兵起，乃与韬南客荆州，到，又与诸葛亮特相善。"刘备三顾茅庐，主要就是因为司马徽、徐庶的赞誉和推荐，《三国演义》第 36 回中的《元直走马荐诸葛》，写得颇为动人。

崔州平。据《三国志·蜀书·诸葛亮传》注引《崔氏谱》："州平，太尉烈子，钧之弟也。"崔烈（？—192），东汉涿郡安平（今属河北）人，曾被誉为"冀州名士"，历位郡守、九卿；灵帝时以五百万钱买得司徒官职，从此声誉一落千丈，连其子崔钧都为此感到羞愧，对他说："论者嫌其铜臭。"（《后汉书·崔骃传》附《崔烈传》）后迁太尉。初平三年（192）六月，董卓余党李傕、郭汜等攻入长安，时任城门校尉的崔烈因抵御乱兵被杀（《三国演义》第 9 回写到），总算是为东汉王朝尽忠而死。崔州平大概是深刻吸取了其父的教训，决心摆脱官场，恬淡隐居；即使是诸葛亮出山辅佐刘备，徐庶、石广元、孟公威归附曹操之后，他仍然高卧于山林。此后，史籍中没有留下他的一点痕迹，竟然不知所终。

诸葛亮对徐庶、崔州平正直耿介的人品非常佩服，多年以后还深情

地说："昔初交州平，屡闻得失；后交元直，勤见启诲。"（《诸葛亮集·又与群下教》）

二是一见如故，终身不渝。如周瑜与鲁肃。《演义》第 29 回写到周瑜任居巢长之时，听说鲁肃慷慨大度，胸怀韬略，曾率数百人前往拜访，并请鲁肃资助粮草。鲁肃家有两囷米，各三千斛，当即指一囷赠与周瑜，二人由此一见如故。①孙策遇刺而亡，孙权接掌江东后，周瑜立即向孙权大力举荐鲁肃，使之成为孙权的重要谋士。周瑜临终，又郑重推荐鲁肃继任，使之成为江东第二任统帅。如此情谊，足令后人称羡。

三是患难相扶，生死与共。如刘关张。

像这样的至友，一生中如果能有两三个，足矣！

2．诤友。能直言规劝的朋友。

真正的朋友，应该坚持原则，是非分明。看到对方有不当的言行，应该及时指出，直言规劝，这才是肺腑之交，才是真朋友；如果视而不见，装糊涂，甚至互相包庇，同恶相济，那就是狐朋狗友，假朋友。

如《三国演义》第 115 回写廖化谏姜维：蜀汉大将军姜维欲第八次伐魏，征求大将廖化意见。廖化资格比姜维老，此时任右车骑将军，地位略低于姜维；尽管他同样忠于蜀汉，却对形势有比较清醒的认识，规劝道："连年征伐，军民不宁；兼魏有邓艾，足智多谋，非等闲之辈：将军强欲行难为之事，此化所以未敢专也。"可惜姜维没有听从廖化的意见，强行伐魏，结果又一次损兵折将。

3．畏友。自己敬畏的朋友。

如管宁与华歆。《演义》第 66 回写到"割席分坐"的故事。华歆早年与邴原、管宁相友善，时人称三人为一龙：华歆为龙头，邴原为龙腹，管宁为龙尾。一日，管宁与华歆共种园蔬，锄地见金，宁挥锄不顾，歆拾而视之，然后掷下。又一日，管宁与华歆同坐观书，闻户外传呼之声，有贵人乘轩而过，宁端坐不动，歆弃书往观。宁自此鄙歆之为人，遂割席分坐，不复与之为友。②这两件事似乎都是小事，管宁却以小见大，毫

---

① 此事本于《三国志·吴书·鲁肃传》。
② 此事本于《世说新语·德行篇》。

不客气地批评华歆，甚至不惜与之断交，真是风骨凛然，可敬可佩。《演义》没有写的是，华歆并未因此怀恨管宁，而是终身佩服管宁，视之为畏友。曹丕代汉称帝后，以华歆为司徒，为三公之一；黄初四年（223），命公卿举荐品德高尚的君子，华歆立即举荐管宁。魏明帝即位，华歆转拜太尉，居三公之首，又上书称病，要求让位给管宁。[①]这种真心服膺畏友的胸襟，也值得肯定。

（四）知人知己的深刻眼光

是否有识人之能，自知之明，是有没有人生智慧的又一个重要方面。

司马徽："水镜"雅号，传播遐迩。《三国志·蜀书·诸葛亮传》注引《襄阳记》记其名言曰："儒生俗士，岂识时务？识时务者在乎俊杰。此间自有伏龙、凤雏。"《三国演义》第 35 回将此语提炼为更加精粹的另一句名言："伏龙、凤雏，两人得一，可安天下。"真可谓目光如炬，善于识人。而当刘备拜请他出山相助，同扶汉室时，他却推辞道："山野闲散之人，不堪世用。"终身不仕，甘当闲云野鹤。这更表现出高度的自知之明。

《三国演义》第 37 回写徐庶走马荐诸葛后，司马徽到新野见刘备，刘备向他了解诸葛亮。司马徽介绍道："孔明与博陵崔州平、颍川石广元、汝南孟公威与徐元直四人为密友。此四人务于精纯，惟孔明独观其大略。尝抱膝长吟，而指四人曰：'公等仕进，可至刺史、郡守。'众问孔明之志若何，孔明但笑而不答。每常自比管仲、乐毅，其才不可量也。"这段叙述，取材于《三国志·蜀书·诸葛亮传》的记载："亮躬耕陇亩……每自比于管仲、乐毅，时人莫之许也。惟博陵崔州平、颍川徐庶元直与亮友善，谓为信然。"裴松之注引《魏略》曰："亮……与颍川石广元、徐元直、汝南孟公威等俱游学……谓三人曰：'卿三人仕进，可至刺史郡守也。'"果然，徐庶后来被迫归附曹操，曹魏建国后，官至右中郎将、御史中丞（第四品）；石广元也在曹操占领荆州后归顺，历任郡守（第五品）、典农校尉（第六品）；孟公威同样归顺了曹操，曾任凉州刺史（第五品），

---

① 详见《三国志·魏书·华歆传》。

官至征东将军（第二品）。由此可见，徐庶、崔州平都慧眼识人，诸葛亮则更加了不起：他不仅对天下大势具有万世不及的英明预见，而且对自己和好友的人生道路也具有惊人的远见卓识。

年轻人大多胸怀壮志，向往成功，这是完全应该值得鼓励的。但在成长的过程中，能否知人知己，特别是正确地衡量自己，从而坚持脚踏实地，奋发努力，不攀比躁进，不怨天尤人，乃是人生智慧的一个重要标尺。

（五）谦和礼让的自守之德

在《三国演义》的亿万读者心目中，最令人喜爱的人物，除了诸葛亮之外，就要算赵云了。这是为什么呢？1986 年，我写过一篇《论赵云》[①]，对此作了多方面的探讨。其中指出，赵云具有一系列不同凡响的优秀品格，除了深明大义、忠直敢谏的政治品格，英勇无畏、威震敌胆的赫赫战功外，还特别谦虚谨慎："赵云在蜀汉集团中，资格仅次于关羽、张飞，又有两次救护刘禅之功；但他从不居功自傲，从不争名夺利，对后来居上者也能友好相处。这一点，又是'刚而自矜'的关羽、'性矜高'的魏延等人所不及的。建兴六年（228），诸葛亮一出祁山，遭到街亭之败，赵云与邓芝率领的疑兵也在箕谷失利。在撤退时，由于赵云亲自断后，部伍不乱，'军资什物，略无所弃'。诸葛亮对此十分赞赏，要赏赐赵云所部将士。这时赵云毫无沾沾自喜之态，而是诚恳地说：'军事无利，何为有赐？其物请悉入赤岸府库，须十月为冬赐。'透过这番真挚感人的话语，其律己之严格，胸襟之开阔，均可洞然如见。那些浅薄自负、自吹自擂之徒，岂能望其项背！"

今天的人们，能否做到既自尊自信，无所畏惧，又尊重他人，谦和礼让，是有没有人生智慧的另一个重要指标。

---

① 原载《三国演义学刊》第 2 辑（四川省社会科学院出版社 1986 年 8 月第 1 版），收入拙著《三国演义新探》（四川人民出版社 2002 年 5 月第 1 版）。

（六）淡泊宁静的生活态度

如何看待各种利益，如何控制物欲，是有没有人生智慧的又一个重要方面。

孔子曰："君子道者三：……仁者不忧，智者不惑，勇者不惧。"（《论语·宪问》）在社会大变动的年代，能够坚守这种君子之道者，实在难能可贵。

例如管宁。《演义》第66回写道：天下大乱后，"管宁避居辽东，常戴白帽，坐卧一楼，足不履地。"在辽东长达三十七年，一直居于山谷，不问世事，摒弃营利，深受辽东官民尊崇。曹丕称帝后，由于华歆的举荐，管宁由辽东回到家乡北海朱虚（今山东临朐东南），曹丕下诏以其为太中大夫，他固辞不受；明帝即位，征他为光禄勋（九卿之一），他仍不应命；华歆上表让位，他更是不予理睬①，真的做到了清静自守，白衣终身。

再如诸葛亮。"淡泊明志，宁静致远"的格言，垂范千秋。

淡泊宁静，人人皆知；能否真正做到，看淡一时得失，无论处境顺逆，都保持平和的心态，则时时在考验我们的人生智慧。

当今时代，人们普遍看重成功，追求成功，所谓"成功学"也大行其道。应该说，追求成功，本身没有什么错。但是，必须明确两点。第一，"成功"的标准是什么？许多人把身份、财富当作成功的标准，似乎有钱就是大哥，发财就是好汉，不问是非，不管善恶，甚至不择手段，这极易导致人生观、价值观的混乱，造成扭曲的人生，那就太可怕了。请牢记孔子的千古名言："不义而富且贵，于我如浮云。"（《论语·述而》）追求成功，必须胸怀正义，明辨是非，必须立足法治，清白干净！第二，在现实生活中，努力与收获常常不成比例，努力者不一定都是成功者，究竟成就如何，取决于主观、客观多种因素。我在《就〈三国演义〉与三国文化研究答学生问》一文中指出："在各个领域，都有很多无名英雄乃至悲剧人物，他们奋斗了一辈子，却没有取得满意的成果，没有获得足够的社会承认，甚至默默无闻。正因为这样，我历来对这些付出真诚努力的人们深怀敬意，坚决反对以成败论英雄，更反对凭身份、地位、

---

① 详见《三国志·魏书·管宁传》。

头衔论高低。"①对于一个正直的人来说，只要尽心尽力，便可问心无愧。这样，如果成功，固然可喜；即使不成功，也能坦然处之。人生的意义，不就是问心无愧吗？

《三国演义》中的人生智慧，确实值得后人借鉴。能否从中吸取养分，成为一个正直、坦荡、明智、高雅的人，则要看我们能否真诚领悟，认真践行了。

多年前，《参考消息》曾经在头版报道：日本一家著名的出版社组织全国性的《三国演义》知识竞赛，10 名获奖者可以到中国参观三国遗迹一次。第一名获奖者是一个中学女学生，她的获奖感言是："《三国演义》是人生的启示录。"与这位日本的女中学生相比，我们中国的年轻人应该站得更高，完全可以更好地把《三国演义》当作人生的启示录，从中吸取更多的人生智慧，健康快乐地成长，成为振兴中华的栋梁之材！

（原载《西华师范大学学报》2015 年第 1 期，2016 年 7 月修订）

---

① 载《内江师范学院学报》2016 年第 1 期。

现实精神·浪漫情调·传奇色彩
——论《三国演义》的创作方法

关于古典名著《三国演义》的创作方法，许多学界同仁可能认为早已不是一个新鲜题目，似乎不必再作探讨。实则不然，在这个问题上不仅分歧不少，而且误解、曲解颇多，确有深入研究之必要。

1996 年，在为李保均教授主编的《明清小说比较研究》一书撰写的第二章《明清历史演义小说比较研究》中，我曾经写道：

关于《三国演义》的创作方法，学者们提出了四种观点：基本上是现实主义的，主要是浪漫主义的，是现实主义与浪漫主义的结合，是古典主义的。笔者认为，在创作方法上，《三国演义》既不属于今天所说的现实主义，也不属于今天所说的浪漫主义，而是现实主义精神与浪漫情调、传奇色彩的结合。

综观全书，罗贯中紧紧抓住历史运动的基本轨迹，大致反映了从东汉灵帝即位（168 年）到西晋统一全国（280 年）这一历史时期的面貌，使作品具有厚重的历史感，表现出强烈的现实主义精神。这是人们普遍承认《三国演义》"艺术地再现了汉末三国历史"的根本原因。然而，在具体编织情节，塑造人物时，罗贯中却主要继承了民间通俗文艺的传统，大胆发挥浪漫主义想象，大量进行艺术虚构，运用夸张手法，表现出浓重的浪漫情调和传奇色彩。这种虚实结合，亦实亦虚的创作方法，乃是《三国演义》的基本创作方法，是其最重要的艺术特征。[1]

---

[1] 李保均主编《明清小说比较研究》，四川大学出版社 1996 年版，第 61 页。

在后来出版的《罗贯中和〈三国演义〉》一书中，我重申了这一观点。①
根据这些年来的所见所思，这里再作申论。

一、既是现实的，又是传奇的

二十世纪以来，中国学者研究中国问题，包括传统文化时，不得不
使用一套主要源于欧美或借自日本的语汇（术语、概念、范畴等）。这既
是学习和借鉴之必须，也是对外沟通、交流之必要。尽管许多中国学者
一直努力地发掘本民族的话语资源，弘扬其精华，开发其现代意义，也
只能与外来语汇互相借鉴，互相依存，共同承担语言的使用功能。事实
上，经过长期的使用和磨合，大量原本是外来的语汇已经融入现代中国
语言，成为中国学术、文化语汇的重要组成部分；如果完全离开这套语
汇，现代中国人几乎无法顺畅地思维和表达。不过，值得重视的是，在
使用外来语汇研究中国传统文化时，既要掌握其普适意义，又要注意其
中相当一部分与传统文化实际情况的某些区别乃至脱节，不能简单化、
形式化地生搬硬套。在运用"现实主义""浪漫主义"等概念研究中国古
代文学，特别是古代小说时，这一点就非常重要。

一般认为，作为一种文艺思潮，现实主义和浪漫主义成熟于十九世
纪的欧洲。然而，作为一种基本的创作态度、创作方法，现实主义精神
和浪漫主义精神很早就出现于不同国家、不同民族的文学创作中。就现
实主义而言，凡是力图真实地反映社会现实和历史生活的本来样式的作
品，均可视为具有现实主义精神；只是在不同时代、不同国家的文学艺
术中，人们观察和把握现实生活的能力、表现生活真实的广度和深度有
所不同罢了；而在不同的文艺样式中，现实主义的形态也有很大区别。
人们熟知的恩格斯的名言"除细节的真实外，还要真实地再现典型环境
中的典型人物"，应该是在资本主义生产方式已经取得统治地位的欧洲国
家，在现实主义文艺思潮成熟以后，对以塑造人物形象为主的小说，特
别是长篇小说的要求。就浪漫主义而言，凡是按照人们希望的样子来反

---

① 沈伯俊：《罗贯中和〈三国演义〉》，春风文艺出版社 1999 年版，第
63-64 页。

映生活，偏重主观，富于理想色彩的作品，均可视为具有浪漫主义精神；只是在不同的文艺样式、不同的具体作品中，浪漫精神、浪漫情调的浓烈程度不同罢了。从概念的角度来看，现实主义和浪漫主义各自具有鲜明的特征，不应混淆；但在极其丰富的创作实践中，它们却并非彼此完全绝缘，而常常互相交错，一体共生。一个现实主义作家，也会具有浪漫情调；一个浪漫主义作家，也会具有现实精神。李白是公认的伟大的浪漫主义诗人，其不朽名篇《蜀道难》《将进酒》《梦游天姥吟留别》等雄奇瑰丽，喷薄而出的浪漫精神激荡千古；而《宿五松山下荀媪家》《望鹦鹉洲悲祢衡》等则是充满现实情怀的佳作。杜甫是公认的伟大的现实主义诗人，其代表作《自京赴奉先县咏怀五百字》、"三吏""三别"等直面人生，深沉博大的现实主义精神辉耀百代；而《望岳》《饮中八仙歌》《闻官军收河南河北》等不也是洋溢着浪漫情调的名篇？如果忽视活生生的创作实践，满足于从概念到概念的理论推导，未免会胶柱鼓瑟，削足适履，表面看来雄辩滔滔，却难以透彻地理解千差万别的作家以及合理地解释千姿百态的文艺作品。

在中国文学发展史上，由于生存环境和民族性格的原因，现实主义长期居于主流地位；同时，中国文学很早便形成了"好奇"的审美心理，以"奇"为美，以"奇"为胜。在诗文等传统的正宗文学中，人们崇尚"奇思""奇文""奇字"，正如杜甫名句所说的："为人性僻耽佳句，语不惊人死不休。"（《江上值水如海势聊短述》）而在小说、戏曲等非正统文学中，人们更追求"奇事""奇人""奇情"。例如：晋代葛洪《神仙传自序》便指出该书具有"深妙奇异"的特点；南朝梁萧绮《拾遗记序》认为该书内容"殊怪必举，纪事存朴，爱广尚奇"；南宋洪迈《夷坚乙志序》云："人以予好奇尚异也，每得一说，千里寄声……凡甲乙二书，合为六百事，天下之怪怪奇奇尽萃于是矣。"宋末刘辰翁在《世说新语眉批》中，对《夙惠》篇中"何晏明惠"一则批曰："字形语势皆绘，奇事奇事。"元代邵元长《〈录鬼簿〉序》中作《湘妃曲》，赞扬钟嗣成的《录鬼簿》"示佳编古怪新奇"，实际上是赞扬书中涉及的大量元杂剧优秀作品"古怪新奇"。由此可见，以"奇"为美乃是古代众多作家艺术家自觉的艺术追求。

罗贯中创作史诗型巨著《三国演义》时，一方面以综观天下、悲悯苍生的博大胸怀，直面历史，努力寻绎汉末三国时期的治乱兴亡之道，表现出深刻的现实主义精神；另一方面，他又以"盖世必有非常之人，然后有非常之事；有非常之事，然后有非常之功"①的眼光，竭力突出和渲染那个时代的奇人、奇才、奇事、奇遇、奇谋、奇功，使作品洋溢着浓郁的传奇氛围，全书也就成为"既是现实的，又是传奇的"这样一部奇书。

　　既是现实的，又是传奇的，实际上是古代许多通俗文艺作品的普遍现象。让我们随便举两个大家熟知的例证吧。

　　例一，宋元话本《快嘴李翠莲记》。小说中的李翠莲，"年方二八，姿容出众，女红针指，书史百家，无所不通"，本来可以当一个好媳妇。只因她胸无城府，"口快如刀"，新婚三天便得罪了公公、婆婆、大伯、小姑等人，公婆以"久后必被败坏门风，玷辱上祖"为由休了她；回到家中，又被父母兄嫂埋怨，性格刚直的她干脆削发为尼。故事反映了封建礼教对青年妇女的束缚和压迫，表现了对这种封建妇道的反抗和批判，具有鲜明的现实主义精神；同时，作品描写李翠莲的心直口快，则多用夸张手法，写她开口便是一串又一串的顺口溜，出嫁时竟然骂媒人，打先生，训丈夫，又有些越出常理，表现出浓郁的传奇色彩。就整体而言，尽管这篇作品存在夸张过分、叙写简单等不足之处，人们仍然公认它是真实反映末元时期社会生活和市民意识的一篇佳作。

　　例二，关汉卿杂剧代表作《窦娥冤》。窦娥的父亲、穷秀才窦天章，因为借了蔡婆二十两银子，无力偿还，便将年仅七岁的窦娥抵债与蔡婆作童养媳；十七岁成亲后不久，丈夫病死，她青春守寡，与蔡婆相依为命；蔡婆讨债遇险，被泼皮张驴儿父子救下，张氏父子趁机逼迫蔡婆窦娥嫁给他们，企图霸占其家产；窦娥坚决不从，张驴儿欲毒死蔡婆，不料下了毒的汤却被其父误食而死，张驴儿乘机诬告窦娥毒死其父；窦娥惨遭杖刑，呼冤不止，但为不让蔡婆挨打，被迫屈招，竟被昏官判为死罪。窦娥的悲惨命运，深刻地反映了元代社会黑暗，官场腐败，良善受尽欺凌，邪恶横行无忌的现实，表现了极其强烈的现实主义精神。同时，

---

　　① 司马相如：《难蜀父老》，见《史记·司马相如列传》。

作品描写无辜被害的窦娥临刑前发出的三桩誓愿——血溅白练，六月飞雪，亢旱三年——竟全部实现，充分证明了她的冤屈，又是典型的传奇性情节，洋溢着绚丽的浪漫主义色彩。然而，这样的传奇情节、浪漫色彩，不仅没有损害作品的现实主义精神，而且以其惊天地、泣鬼神的控诉，尽情抒发了善良的人们有冤无处申的怨愤之气和由此激发的反抗情绪，强化了直击黑暗的批判力度。可以说，正是这样的传奇情节、浪漫色彩，增强了《窦娥冤》震撼人心的力量，使它达到难以企及的艺术高度，成为古典戏曲现实主义作品的杰出代表。

同样，尽管《三国演义》中有许多具有浪漫情调和传奇色彩的人物和情节，但主要是为了突出人物性格的某一侧面，表现事件的非同寻常，却没有改变主要人物形象与其历史原型的本质上的一致，没有改变主要事件的基本轮廓和最终结局。因此，《三国演义》中的浪漫情调、传奇色彩，看似随处可见，实则具有局部性、微观性，并未改变全书忠于历史的总体面貌。

既是现实的，又是传奇的，这就是《三国演义》的基本创作方法。

二、以传奇眼光看人物

鲁迅先生评价《三国演义》的人物塑造时，曾云："至于写人，亦颇有失，以致欲显刘备之长厚而似伪，状诸葛之多智而近妖。"[1]又云："描写过实。写好的人，简直一点坏处都没有；而写不好的人，又是一点好处都没有。"[2]此二语经常被引用，影响甚广，究竟应当如何理解？

我一直非常崇敬鲁迅先生；但对这两段话，我却不敢认同。从根本上讲，鲁迅先生是一个伟大的现实主义作家，既立足于中国社会现实，又受到俄国、日本等国现实主义文学的深刻影响。不过，平心而论，以产生于新的历史条件下的严格的现实主义标准来衡量问世于元明之际的古典小说《三国演义》，未免与小说的创作实际不太吻合。

上文已经阐明，在创作方法上，《三国演义》既不属于今天所说的现

---

① 鲁迅《中国小说史略》第十四篇《元明传来之讲史》（上）。
② 鲁迅《中国小说的历史的变迁》第四讲《宋人之"说话"及其影响》。

实主义，也不属于今天所说的浪漫主义，而是现实主义精神与浪漫情调、传奇色彩的结合。这就是说，十四世纪的杰出通俗小说作家罗贯中与二十世纪的伟大现实主义作家鲁迅，在小说观念、创作方法上有着相当大的不同。正因为如此，在中国古典小说名著中，鲁迅先生最欣赏的是创作方法比较接近近代现实主义的《儒林外史》和《红楼梦》。而罗贯中作为古代长篇小说的最早开拓者，在他所处的历史条件下，首先要继承通俗文艺的传统，并在继承中变革、创新。因此，他在人物塑造中既坚持现实主义精神，又表现出鲜明的褒贬倾向，赋予人物以某种程度的传奇色彩，既是必然的，也是完全可以理解的。

拿《三国演义》中的诸葛亮形象来说，我认为，综观全书，作品对诸葛亮形象的塑造是非常成功的。这里特别要强调这样几点：

第一，作品中的诸葛亮形象，集中体现了《三国演义》的创作方法，既实现了"与其历史原型本质上的一致"，又进行了充分的理想化，"表现出浓重的浪漫情调和传奇色彩"。这种浪漫情调和传奇色彩，不仅体现了罗贯中本人"好奇"的审美倾向，而且继承和发扬了中国古典小说"尚奇"的艺术传统。从这个角度来看，《三国演义》对诸葛亮的智慧和谋略的竭力渲染便是可以理解的了。

第二，《三国演义》对诸葛亮智谋的夸张和渲染，可谓由来有自。早在西晋末年，镇南将军刘弘至隆中，为诸葛亮故宅立碣表闾，命太傅掾李兴撰文，其中便写道：

英哉吾子，独含天灵。岂神之祇，岂人之精？何思之深，何德之清！……推子八阵，不在孙、吴；木牛之奇，则非般模。神弩之功，一何微妙！千井齐甃，又何秘要?！①

这里已经为诸葛亮的才干和谋略抹上了神秘的色彩。而且，裴松之还引用多条材料，对诸葛亮的谋略加以渲染。及至唐代，诸葛亮已被称为"智将"。到了宋代，大文豪苏轼作《诸葛武侯画像赞》，更是对诸葛亮的谋略大加颂扬：

---

① 见《三国志·蜀书·诸葛亮传》注引《蜀记》。

密如神鬼，疾若风雷；进不可当，退不可追；昼不可攻，夜不可袭；多不可敌，少不可欺。前后应会，左右指挥；移五行之性，变四时之令。人也？神也？仙也？吾不知之，真卧龙也！

"人也？神也？仙也"的赞叹，更加突出了诸葛亮的"神奇"。沿着这一思路，元代的《三国志平话》又进一步写道：

诸葛本是一神仙，自小学业，时至中年，无书不览，达天地之机，神鬼难度之志；呼风唤雨，撒豆成兵，挥剑成河。司马仲达曾道："来不可□，□不可守，困不可围，未知是人也，神也，仙也？"（卷中《三谒诸葛》）

这就完全把诸葛亮神化了。

罗贯中写作《三国演义》时，对《三国志平话》中的诸葛亮形象作了大幅度的改造，删除了"呼风唤雨，撒豆成兵，挥剑成河"之类的神异描写，使诸葛亮形象复归于"人"本位——当然，是一个本领非凡的、具有传奇色彩的杰出人物。书中对诸葛亮智谋的描写，大都有迹可循，奇而不违情理。

第三，应该承认，《三国演义》在表现诸葛亮的智谋时，确有少数败笔。一是作品的后半部分，个别情节违背情理，勉强捏合，夸张过甚。如第101回《出陇上诸葛装神》中写魏军"但见阴风习习，冷雾漫漫"，却无法赶上诸葛亮，并借司马懿之口称诸葛亮"能驱六丁六甲之神"，会"缩地"之法，便明显带有神异色彩。二是罗贯中出于对诸葛亮的热爱，有时对其失误之处也苦心回护，导致个别情节不合情理。如第105回"遗计斩魏延"，本来想表现诸葛亮料事如神，早有先见之明，却无法完全掩盖诸葛亮对待魏延的不当之处，结果欲益反损，反而使读者感到难以信服。[①]这种情节虽然不多，却有可能让人产生"近妖"的感觉。

第四，应该注意将《三国演义》与其衍生作品加以区别。几百年来，在《三国演义》广泛传播的过程中，人们不断地对其进行改编与再创作，

---

① 参见拙作《论魏延》，原载《三国演义论文集》（中州古籍出版社 1985 年11月第1版），亦收入本书下卷。

从而产生出大量的、各种门类的衍生作品。这些衍生作品，一方面大大增加了《演义》的传播渠道，扩大了它的社会影响；另一方面又对《演义》的人物形象和故事情节有所强化，有所发展，有所变异。例如：《三国演义》写诸葛亮的装束，初见刘备时是"头戴纶巾，身披鹤氅"（第 38回）；赤壁大战后南征四郡，也是"头戴纶巾，身披鹤氅，手执羽扇"（第52 回）；首次北伐，与王朗对阵，则是"纶巾羽扇，素衣皂绦"（第 93回）。这些描写，来源于东晋裴启所撰《语林》对诸葛亮衣着风度的记载："乘素舆，著葛巾，持白羽扇，指麾三军，众军皆随其进止。""鹤氅"亦为魏晋士大夫常用服饰，《世说新语》等书屡见不鲜。而在明清以来的某些"三国戏"和曲艺作品中，诸葛亮动辄穿上八卦衣，自称"贫道"，言谈举止的道教色彩越来越重，其计谋的神秘意味也有所强化。如果有人从这类作品中得到诸葛亮形象"近妖"的印象，那是不能记在《三国演义》的账上的。

总之，尽管《三国演义》对诸葛亮的描写存在少数不当之处，但只能算是白璧微瑕。从总体上来看，诸葛亮形象仍然是全书塑造得最为成功，最受人们喜爱的不朽艺术典型。

同样，对关羽、张飞、赵云、马超、黄忠、庞统、典韦、许褚、甘宁、周泰、华佗、管辂等诸多人物形象，在把握其性格基调的同时，对其不同凡响的武功、智谋、技艺，也都应该以传奇眼光视之。

三、以浪漫情调观情节

从发生学的角度来看，中国古代章回小说与西方小说有着根本的区别。西方小说很早就是作家文学，书面文学。尽管它们在内容和风格上不可避免地受制于各个时代，但因作品大多由作家个人写成，各个作家便有足够的条件在小说中展示自己的思想倾向和艺术主张，塑造不同性格的人物成为小说最重要的任务。而中国古代章回小说却直接来源于作为大众娱乐方式的"说话"艺术，它们面对的是阅读能力较差，多数只能"听"故事的大众，需要适应的是大众的欣赏习惯和审美趣味。因此，在古代章回小说特别是早期作品中，"讲故事"乃是第一位的任务，塑造人物则是在"讲故事"的过程中顺便完成。于是，故事的新奇、曲折、出人意表、扣人心弦便至关重要，而符合这些要求的故事情节，往往也就自然而然地具有了浪漫情调。了解这一点非常重要，它提示我们：对于《三国演义》中的许多情节，应当以浪漫情调观之。

在拙作《多一些辩证思维——古代小说作家生平研究刍议》[①]中，我曾经写道：

古代通俗小说作品，特别是那些以长期流传的通俗文艺题材为基础的所谓"世代累积型"作品，"讲故事"占有压倒性的地位，具体描写往往服从情节需要。其中的若干情节，为作品的雏形所有，其地理描写常常受制于原来的雏形。例如，《三国演义》第 27 回的"过五关斩六将"情节，描写关羽保着甘、糜二夫人，不辞艰辛，千里寻兄，故事基本出于虚构（历史上刘备此时正在许都南面的汝南郡，袭扰曹操后方，关羽自然应该由许都南下以归故主，距离不过三百里左右），这在小说艺术上是允许的；但故事中的地理方位却相当混乱。按照情理，关羽既然要到河北投奔刘备，那么，他离开许都之后，就应该向北，直趋延津（今河南延津西北）或者白马（今河南滑县东），渡过黄河，即可进入冀州境内。然而，罗贯中却让他首先通过东岭关（虚构的地名），接着突然折向西北，跋涉一千多里，走到洛阳，白白绕了一个大弯；然后折回东方，经过汜水关（即《演义》第 5 回写到的虎牢关）、荥阳，最后再到达滑州（应为白马），从那里过河。这样的路线，犹如一个大"之"字，让人物来回折腾，行程将近三千里。这些地理错误，固然与罗贯中历史地理知识不足有关，但主要还是受制于作品的雏形。由于元代《三国志平话》卷中有《关公千里独行》一节，元杂剧也有《关云长千里独行》，故事早已深入人心，罗贯中为了照顾读者的兴趣，把故事写得热闹一点，只好让关羽去兜一个大圈子，顾不得地理的明显错误了。

对这样的情节，如果不以浪漫情调观之，却拿着现代地图去批评罗贯中"写错了"，未免是脱离中国小说发展历程和民族特色的皮相之见。

---

① 载《南开学报》2005 年第 1 期。

　　在有关诸葛亮形象的一系列情节上，这一特点更加突出。《演义》抓住历史人物诸葛亮"智慧""忠贞"这两大品格，并加以理想化，把诸葛亮塑造为古代优秀知识分子的崇高典范，中华民族忠贞品格和无比智慧的化身；特别是把诸葛亮善于把握天下大势、善于总揽全局、制定正确的战略方针的政治智慧加以强化和补充，突出他的军事智慧，把他写成天下无敌的谋略大师。作品写诸葛亮火烧博望、火烧新野、草船借箭、安居平五路、七擒孟获、空城计等事，尽管颇多虚构，但要么早有野史传闻或《三国志平话》的相关情节作基础，要么是对史实的移植与重构；即使纯属虚构，也编排有度，大致符合情理。这样的智谋，虽有传奇色彩，却并非神怪故事；虽非常人可及，却符合人们对传奇英雄的期待。这与全书的浪漫情调和传奇色彩是一致的。如果离开"浪漫情调"这个特点，简单地以历史事实来对照，以日常生活逻辑来衡量，批评和贬低小说的艺术成就，必然会方枘圆凿，格格不入。试看下面两个例子。

　　例一，草船借箭。历史上并无诸葛亮用计"借箭"的史实。与这个故事略有瓜葛的记载见于《三国志·吴书·吴主传》注引《魏略》，说建安十八年（213）孙权与曹操相持于濡须，孙权乘大船去观察曹军营寨，曹操下令乱箭射之；船的一面受了许多箭，偏重将覆，孙权沉着应付，命令将船掉头，让另一面受箭，等"箭均船平，乃还"。这只是被动的"受箭"，而不是主动的"借箭"。在元代的《三国志平话》中，周瑜挂帅出兵后，与曹操在江上打话，曹军放箭，周瑜让船接满箭支而回。但这也只是随机应变的"接箭"，同样不是有计划的"借箭"。由此可见，"草船借箭"完全是《三国演义》的一段杰出创造。作者对事件的主角、时间、地点、原因、过程都进行了根本性的改造，把它纳入诸葛亮、周瑜、曹操三方"斗智"的范畴，从而写出了这一脍炙人口的篇章。①如果有人以《三国志》为据，替孙权鸣不平，指责罗贯中让诸葛亮抢了孙权的功劳；或者以《三国志平话》为据，替周瑜争功，只能说是背离小说逻辑的怪论，把一个波澜起伏的精彩情节弄得索然无味。

---

① 参见拙作《波谲云诡，神来之笔——〈草船借箭〉赏析》，载拙著《三国漫话》，四川人民出版社 2000 年版，第 188-192 页。

例二，空城计。历史上曾经流传有关诸葛亮使用"空城计"的传说。《三国志·蜀书·诸葛亮传》裴松之注就曾引用《蜀记》所载郭冲之言：

> 亮屯于阳平，遣魏延诸军并兵东下，亮惟留万人守城。晋宣帝（按：即司马懿）率二十万众拒亮，而与延军错道，径至前，当亮六十里所，侦候白宣帝说亮在城中兵少力弱。亮亦知宣帝垂至，已与相逼，欲前赴延军，相去又远，回迹反追，势不相及，将士失色，莫知其计。亮意气自若，敕军中皆卧旗息鼓，不得妄出庵幔，又令大开四城门，扫地却洒。宣帝常谓亮持重，而猥见势弱，疑其有伏兵，于是引军北趣山。……宣帝后知，深以为恨。

故事很有传奇色彩，但裴松之本人并不相信，他在驳难中指出：当诸葛亮屯兵汉中时，司马懿尚为魏国的荆州都督，镇守宛城（今河南南阳），根本不曾到汉中一带，直到曹真死后，他才与诸葛亮抗衡于关中。由此可见，郭冲所言并非史实。然而，罗贯中却看中了这个传说，把它纳入诸葛亮首次北伐的情节系列中，经过精心加工，创造出了一个撼人心魄的生动情节。"空城计"是《演义》中诸葛亮与司马懿之间第一次面对面的斗智斗谋，它为这两大军事家后来反复进行的变幻无常的较量定下了基调，给人留下了深刻的印象。[①]有人按照日常生活逻辑，提出：司马懿既然在兵力上占有绝对优势，为何不屯兵小小的西县城外，把诸葛亮紧紧包围起来，或者干脆冲进城去，看他诸葛亮怎么办？如果真是这样，让司马懿俘虏诸葛亮，小说还能写下去吗？那样岂不引会起读者的公愤？显然，这又是背离小说逻辑，只顾一厢情愿的遐想。

其实，任何一部成功的小说，都会构建起自己的艺术世界。在这个世界里，所有情节都将按照作者设计的艺术假定性和艺术逻辑去展开。只有循着这样的艺术假定性去看小说，才能领略作品的意趣，否则便会扞格难通。试想，如果离开契诃夫为《套中人》设定的艺术逻辑，读者怎能理解别里科夫的言行举止？如果离开《阿Q正传》的艺术假定性，

---

① 参见拙作《知己知彼，化险为夷——〈空城计〉赏析》，载拙著《三国漫话》，四川人民出版社2000年版，第260-264页。

人们又怎能领会鲁迅对"国民性"的深刻批判?现代经典小说是如此，古代经典小说当然也是如此。《水浒传》中"鲁智深倒拔垂杨柳""景阳冈武松打虎""小李广梁山射雁"等脍炙人口的情节，如果离开作品的艺术假定性，读者怎会击节叹赏？如果站在作品的艺术世界之外去评头论足，岂不要指责这也"不可能"，那也"非事实"？这样还算艺术鉴赏吗？！

　　总之，以浪漫情调观情节，就会感到《三国演义》充满奇思妙想，满目珠玑，熠熠生辉，令人读来兴会酣畅，从中得到美的享受、智的启迪。反之，如果简单而生硬地以历史事实来规范小说，以日常生活逻辑来否定那些浪漫情节，那就违背了基本的艺术规律，有意无意地导致一种倾向——以史实来颠覆《三国演义》。然而，六百多年来《三国演义》的传播史已经反复证明，这样做是行不通的。作为中华民族的艺术瑰宝，《三国演义》深受一代又一代读者的喜爱，它是颠覆不了的！

　　（原载《明清小说研究》2006 年第 3 期）

《三国演义》与明清其他历史演义小说的比较

在丰富多彩的明清小说中，历史演义小说是一个非常兴盛的分支。而在众多的历史演义小说中，《三国演义》无疑是最为成功的典范。将它与其他历史演义小说进行比较研究，是一个很有价值然而迄今很少有人致力的课题。这里仅作一点初步的探讨。

一

中国是一个历史极为悠久，史学传统极为发达的国家。在漫长的中华文明史上，史官文化一直占有举足轻重的地位，对民族文化形态和文化心理产生了极其深刻的影响。中国历史典籍之丰富，社会各阶层对历史的兴趣之强烈，都是举世闻名的。而由于"史氏所志，事详而文古，义微而旨深，非通儒夙学，展卷间，鲜不便思困睡。"①缺乏阅读能力的广大平民百姓，实际上接触的不是深奥难懂的正史，而是通俗化的历史故事和带有不同程度虚构成分的历史题材文艺作品，并通过它们去了解和认识历史。悠久而普遍的"历史情结"，文盲占绝大多数的接受条件，既为历史演义小说提供了强大的创作动力，也为它的广泛传播提供了肥沃的土壤。

《三国演义》是长期以来的三国题材创作的集大成者。早在魏晋南北朝时期，有关三国的逸闻轶事和民间传说便不断滋生。从唐代起，三国时期成为人们最感兴趣的一段历史，三国故事则成为通俗文艺重要的创作素材。宋元两代，三国题材创作有了更大的发展。戏曲方面，宋、金

① 见嘉靖壬午（1522）修髯子（张尚德）所撰《〈三国志通俗演义〉引》，载嘉靖元年（1522）本《三国志通俗演义》卷首。

的"院本"、元代的杂剧，都有相当丰富的三国戏；而在"说话"艺术中，宋代即已形成"说三分"的专门科目，出现了著名的"说三分"专家，元代更出现了汇集"说三分"成果的长篇讲史话本《三国志平话》。在此基础上，元末明初杰出的作家罗贯中依据史书《三国志》（包括裴松之注）、《后汉书》提供的历史框架和大量史料，参照《资治通鉴》的编年体形式，对三国题材通俗文艺作品加以吸收改造，并充分发挥自己的艺术天才，精思妙裁，创作出这部雄视百代的巨作。它不仅是中国文学史上第一部成熟的长篇小说，而且是第一部完整的历史演义小说。从此，历史演义这一体裁确立了自己的正式名目和文体规范，其开创之功，可谓伟焉。

　　《三国演义》成书以后，受到社会的普遍欢迎：不但"士君子之好事者，争相誊录，以便观览"①；而且下层文人和普通市民也纷纷阅读和讲说，口耳相传。正如清初著名作家李渔所称赞的："《演义》一书之奇，足以使学士读之而快，委巷不学之人读之而亦快；英雄豪杰读之而快，凡夫俗子读之而亦快。"②加之戏曲和曲艺竞相取资，更使《三国演义》的故事和人物深入民间，传遍九州。这种巨大的成功，适应了社会的文化需求，造就了广泛的爱好者，吸引了众多的继起者，并被书商们视为赢利的"热门"，从而有力地推动了历史演义小说的创作。于是，从明代中期直到清代末年，历史演义小说不断问世，仅今存的便有数十部之多。这些历史演义小说，题材遍及中国历史的各个时代。若按其内容的时代顺序排比，主要有以下作品。

　　反映上古至周武王灭商历史的小说，有《盘古至唐虞传》《有夏志传》《有商志传》《开辟衍绎通俗志传》等。

　　反映周代历史的小说，有《春秋列国志传》（简称《列国志传》）、《孙庞斗志演义》（简称《孙庞演义》）、《后七国志乐田演义》（简称《乐田演义》）、《新列国志》（即《东周列国志》）等。

　　反映两汉历史的小说，有《全汉志传》《两汉开国中兴传志》《西汉

---

①　见弘治甲寅（1494）庸愚子（蒋大器）所撰《〈三国志通俗演义〉序》，载嘉靖元年本《三国志通俗演义》卷首。

②　见李渔为毛本《三国演义》所写的《序》，载康熙醉耕堂刊本《四大奇书第一种》卷首。

演义》《东汉演义传》《东汉演义评》等。

《三国演义》的续书，有《三国志后传》《后三国石珠演义》等。

反映两晋南北朝历史的小说，有《东西两晋志传》《东西两晋演义》《北史演义》《南史演义》等。

反映隋唐历史的小说，有《隋唐志传》《大隋志传》《唐书志传通俗演义》《隋炀帝艳史》《隋史遗文》《隋唐演义》等。

反映五代历史的小说，有《残唐五代史演义传》。

反映宋代历史的小说，有《南北两宋志传》《大宋中兴通俗演义》等。

反映元代历史的小说，有《青史演义》。

反映明代历史的小说，有《英烈传》《续英烈传》《梼杌闲评》《辽海丹忠录》等。

真是洋洋洒洒，蔚为大观。正如可观道人在《新列国志叙》中所概括的："自罗贯中氏《三国志》一书，以国史演为通俗演义，汪洋百余回，为世所尚。嗣是效颦日众，因而有《夏书》《商书》《列国》《两汉》《唐书》《残唐》《南北宋》诸刻，其浩瀚几与正史分签并架。"

事实非常明显：如此多的历史演义小说，不管其成书过程如何，都自觉或不自觉地受到了《三国演义》的影响。

二

综观《三国演义》和明清其他历史演义小说，我们可以看到这样一些共同的创作规律。

第一，以史为经。从艺术渊源来看，历史演义小说与宋代"说话"艺术中的"讲史"一门有着密切的血缘关系。"讲史"的内容是"讲说前代书史文传兴废争战之事"[1]。但"讲史"艺人主要是从史传中撷取故事的由头，讲说中的随意性很大。从《三国演义》开始，历史演义小说增强了"史"的意识，减少了"讲史"对待重大历史事件的随意性。绝大多数历史演义小说，均以历史的演变发展为主线，参照正史、野史及各种笔记杂传，或叙述一朝一代的得失盛衰，或讲说朝代之间的兴亡更迭。

---

[1]（南宋）耐得翁：《都城纪胜·瓦舍众伎》条。

其中，叙述宋代以前历史者，往往不同程度地参考了司马光的《资治通鉴》（简称《通鉴》）和朱熹的《资治通鉴纲目》（简称《通鉴纲目》）；叙述宋元历史者，明显受到《宋史》《三朝北盟会编》《元史》《蒙古秘史》等史书的影响；明人叙明朝历史、清人叙清代历史者，亦取材于当时的公私记载。应该说，这反映了历史演义小说的质的规定性。尽管各部演义小说的作者对历史的认识有深有浅，对"史"与"文"关系的把握千差万别，但都力求再现某一段历史，使其作品的主要内容与史实的基本轨迹能够大体一致。像《隋史遗文》那样以乱世英雄的成长史、发迹史为主线的作品，已经是历史演义的变体，而近乎英雄传奇了。

第二，以儒家思想为准绳。众多历史演义小说，在叙述情节，描写人物时，基本上贯穿了儒家的历史观和人生观，以之作为评判是与非、忠与奸、明君与昏主、贤臣与佞臣的标准。由于儒家思想自西汉以来一直是居于主导地位的思想学说，早已深深植根于社会各阶层的心理结构之中，历史演义的作者们以之作为思想规范和是非标准是非常自然的。当然，儒家思想本身就包含多种成分，多种层次，其中既有许多体现中华文化精华的优良传统，也有不少消极的东西；而且，孔子创立的以"仁"为思想核心、以"义"为价值标准的原始儒学，与经过改造的两汉儒学、经过变异的宋明理学也有很大区别。不过，在绝大多数历史演义小说里，起主导作用的主要是儒家思想的积极方面，包括向往国家统一的政治理想，肯定明君贤臣的贤人政治观，关心民生疾苦的民本思想，歌颂公正无私、舍己为人、不畏强暴、刚正不阿等美德的伦理观。这里，广大民众的爱憎感情常常起着重要的作用。同时，由于宋元以来儒、释、道三教合流的思潮的影响，许多作品中又有佛教、道教的色彩。

第三，亦实亦虚。在情节的处理上，《三国演义》就是"据正史，采小说，证文辞，通好尚……陈叙百年，该括万事。"①做到了虚实结合。其他历史演义小说一般也都能在总体框架大致符合史实的基础上，不同程度地进行艺术虚构，做到有实有虚，虚实结合。不过，由于作者对待虚实关系的观点不同，编织虚构情节的本领各异，进行艺术虚构的基础

---

① （明）高儒：《百川书志》。

也不一样，各部作品在这一方面差异甚大，因而艺术成就也相差甚远。

第四，因事见人。历史演义小说重在叙述天下兴亡，王朝盛衰，似乎叙事居于首要地位。但在实际上，叙事与写人是不可分割的，在叙述故事、编织情节的过程中，同样也就描写了各种各样的人物。罗贯中写作《三国演义》时，决不满足于单纯叙述三国形成和演变的过程，而是将很大力气放在塑造三国群雄，特别是刘蜀集团英雄的形象上，以至这些英雄的精彩故事大大超过了对历史概貌的勾勒，其艺术形象给读者留下了深刻的印象。其他历史演义小说也不同程度地注意了因事见人的问题，其中许多人物被塑造得相当鲜明生动。不过，由于创作意图、艺术积累、作者才华等因素的差异，不同作品在这方面也是高下悬殊。

三

尽管历史演义小说具有若干共性；然而，在众多的明清历史演义小说中，只有《三国演义》堪称震古烁今的第一流佳作，其他诸书则思想艺术水准参差不齐，大多属于二、三流作品，有的甚至不入流。认真分析造成如此巨大差距的原因，具有十分重要的意义。

（一）创作思想的高低

一部作品能否取得成功，其基本前提是作者创作思想的高低。尽管罗贯中没有留下任何创作宣言式的文字，但从《三国演义》中，我们可以看到其创作思想具有三个突出的特点。其一，鲜明的创作意图。罗贯中创作《三国》，既非泛泛地发思古之幽情，也非一味好奇，更非粗制滥造以牟利，而是为了进行深刻的历史反思、总结治乱兴衰的历史经验，反映广大民众对国家统一和政治清平的强烈向往。这样的创作意图，为《演义》带来了大江东去的气势。其二，先进的史识。在决定对于各个政治集团的爱憎褒贬时，罗贯中的基本标准是儒家民本思想；对于东汉为何衰亡，三国鼎立的局面为何形成，三分为何归晋，他并不简单地归因于"天命"，而是看重人心、人才、谋略这三大要素的决定性作用；虽然书中也使用了"天数茫茫不可逃"之类的词句，但这不是要将胜利者美化为"真命天子"，而是对历史规律难以把握的深沉慨叹。比较高明的史识，为作品赋予了比较清醒的批判意识和较高的思想层次。其三，开放而宏通的创作心态。罗贯中身处旧的统治秩序已经分崩离析，新的统治秩序尚未完全形成，更来不及严密控制人们思想的易代之际，其创作心态较少受到束缚，而表现为开放、宏通，具有较强的独立意识。对于儒学，他不是诚惶诚恐地顶礼膜拜，而是通过诸葛亮"舌战群儒"的辩论，将儒者分为"君子之儒"和"小人之儒"，着重取其民本思想、功业意识、贤人政治观等积极方面。这种开放而独立的创作心态，使作品舒卷自如，洋溢着一股豪迈之气，达到了一种庄严而崇高的境界。

相比而言，在明清其他历史演义小说中，冯梦龙写作《新列国志》（即《东周列国志》），也有总结历史经验之意，但其反思历史的自觉精神和强烈爱憎，已不及罗贯中；齐东野人写作《隋炀帝艳史》，斥责隋炀帝"一十三年富贵，换了百千万载臭名"，但全书过多地铺写隋炀帝的风流佚事，总结隋朝灭亡教训的深度，显然无法与罗贯中相提并论；其余诸书，有的仅仅是为了将史书通俗化，有的是为了宣扬天命观念和因果报应思想，有的是为了抒发一时的感慨，有的则纯粹是为了赚钱牟利，其创作思想或过于浅薄，或流于粗俗，更是远远低于罗贯中，因而不可能写出真正优秀的作品。同时，明清两代，封建专制主义的君权恶性膨胀，在意识形态领域占据统治地位的理学，或明或暗地束缚着绝大多数小说作者的思想，牵制着他们的创作心态，使他们往往缺乏俯瞰历史的雄伟气魄和独立自信的批判精神，这就在总体上影响了历史演义小说的成就。

（二）思想内涵的丰赡

作者的创作思想与作品的思想内涵虽有联系，但并非一回事：前者是作者用以指导创作，企图贯注于作品的思想；后者则是作品本身的情节和人物所体现的内涵。有了高层次的创作思想，不一定能写出内涵丰富的作品；而一部优秀的作品，其思想内涵往往比作者的创作思想丰富得多。对于作品本身而言，其成功与否，首先取决于其思想内涵是否广阔而丰腴，能否给人以深刻的历史教益和人生启示；如果作品内容单调，思想贫瘠，就不可能打动人，感染人，更不可能成为上乘之作。

《三国演义》的思想内涵是极其博大而深厚的。因此，我们说它"犹如一个巨大的多棱镜，闪射着多方面的思想光彩，给不同时代、不同阶层的人们以历史的教益和人生的启示。"①直到今天，各个年龄层次的人们仍然对《三国演义》兴味无穷，一个重要的原因就是它那丰富而深刻的思想内涵仍然保持着强大的吸引力，在新的历史条件下不断给人以心灵的养分。政治家可以从中借鉴治国之理，军事家可以从中领悟用兵之道，企业家可以从中提取竞争之法，一般人也可从中吸取人生智慧。这种与时俱新的思想内涵，正是第一流作品强大生命力的关键所在。

相比而言，在明清其他历史演义小说中，《新列国志》(《东周列国志》)、《隋炀帝艳史》《隋史遗文》等作品的思想内涵也各有值得称道之处。它们或歌颂明君贤臣，鞭挞暴君佞臣；或抒发怀才不遇的愤懑，希望社会识才爱才，或颂扬敢于反抗的草莽英雄，表彰舍己为人、保国爱民的豪杰志士，表现出鲜明的进步色彩，颇能感动读者。但是，在思想内涵的广度和深度上，它们都明显不及《三国演义》：论对明君贤臣的歌颂，它们远远没有达到《三国演义》歌颂刘蜀集团的强度，也缺乏比较独立的批判意识；论对政治军事斗争复杂性的描写，它们又远远没有达到《三国演义》的深度。因此，作品的力度也就明显逊于《三国演义》。至于其余诸书，那就差得更远了。

（三）情节艺术的成败

除了思想内涵是丰腴还是贫瘠之外，决定作品成就高低的另一个重要因素是：是否有丰富而生动的故事情节。在这方面，明清其他历史演义小说与《三国演义》也有明显的差距。

1. 在对虚实关系的处理上，《三国演义》善于将现实主义精神与大胆而丰富的虚构情节相结合。罗贯中紧紧抓住历史运动的基本轨迹，大致反映了从东汉灵帝即位（168 年）到西晋统一全国（280 年）这一历史时期的面貌，使作品具有厚重的历史感，表现出强烈的现实主义精神。

---

① 详见笔者为《校理本三国演义》所写的《前言》，江苏古籍出版社 1992
年 2 月第 1 版。

但在具体编织情节时，罗贯中却充分发挥浪漫主义想象，运用多种方法进行艺术虚构，做到虚实结合、水乳交融。书中情节，大都不同程度地带有虚构成分，而且越是精彩的情节，其虚构成分越多，有的甚至纯属虚构。而明清其他历史演义小说，有的一味强调"羽翼信史"，不敢大胆虚构，结果作品成了史书的附庸，质木无文，淡乎寡味；有的则过分强调"传奇贵幻"，随意虚构，结果作品似乎"好看"了，但却与史实相距甚远，甚至毫无史实依据，已经算不上历史演义小说。相比而言，《新列国志》（《东周列国志》）对虚实关系处理得稍微好一点，但也只是在史实的叙述中有所"增添"和"润色"，真正的艺术虚构并不多，书中不乏精彩的片断，但总的看来，比之《三国演义》尚有较大差距。

2.《三国演义》不仅善于编织情节，而且善于组织情节单元，通过情节单元来集中铺写重大事件，构成全书的主干。书中的"董卓之乱""联军讨董""三让徐州""过五关斩六将""官渡之战""三顾茅庐""赤壁大战""三气周瑜""夺取益州""关羽之死""夷陵之战""七擒孟获""六出祁山""八伐中原""三分归晋"等情节单元，每一个都是虚实结合，曲折多变，每一个都具有相当大的分量。它们前后相承，使全书主次分明，轻重得当，波澜起伏，给读者很深的印象，成为一种较好的结构形式。而明清其他历史演义小说中，虽然偶尔也有比较有分量的情节单元（如《新列国志》中的"管仲相齐""晋文公称霸""伍子胥逃吴伐楚"等），但它们大都只是把事件相对集中，远不如《三国》中的情节单元那样丰富生动，更未形成全书结构的主干，因而所起的作用也就弱了许多。

3.《三国演义》中的情节和情节单元，绝大多数都是精心结撰，巧妙安排，故事性很强。如"鞭打督邮""孟德献刀""捉放曹""温酒斩华雄""连环计""煮酒论英雄""斩颜良诛文丑""单骑救阿斗""威镇长坂桥""舌战群儒""蒋干盗书""草船借箭""苦肉计""借东风""横槊赋诗""火烧赤壁""华容放曹""割须弃袍""义释严颜""单刀赴会""刮骨疗毒""失街亭""空城计""遗恨五丈原"，等等，都是脍炙人口的名篇。大量的精彩情节，使全书满目珠玑，读来兴会酣畅。而在明清其他历史演义小说中，虽然也有不少生动的情节（如《隋史遗文》中的"秦琼卖马""秦琼认姑""程咬金劫银杠"等），但大多数作品的情节构成不够平衡，能够给人深刻印象的生动篇章只是较少的一部分，全书的艺术感染力也就不能不打折扣。

（四）人物形象的得失

能否塑造鲜明生动的艺术形象，是决定历史演义小说成就高低的又一个重要因素。在这方面，明清其他历史演义小说与《三国演义》同样也有较大的差距。

《三国演义》在人物形象的塑造上取得了很高的成就。全书总共写了一千二百多个人物，其中有名有姓的将近一千人，堪称古代小说中写人物最多的巨著。其中，形象生动、性格鲜明、家喻户晓的人物就有几十个，而曹操、诸葛亮、关羽等形象更是文学史上公认的典型。这些人物形象，既以历史上的同名人物为原型，又比原来的历史人物更丰满，更生动，更具概括意义。比如，历史人物诸葛亮，确实是三国时期杰出的政治家和优秀的军事家，不仅在当时极被敬重，而且在后世深受推许。不过，客观地说，历史人物诸葛亮的文治武功是相当有限的，就历史功绩、历史地位而言，数千年中国史上超过诸葛亮的政治家、军事家至少可以举出几十个；然而，由于《三国演义》在民间通俗文艺的基础上的成功塑造，诸葛亮艺术形象已经大大高于其历史原型，成为古代优秀知识分子的崇高典范，成为中华民族忠贞品格和无比智慧的化身，成为中外人民共同景仰的不朽形象。我们简直无法想象，如果没有诸葛亮、关羽、曹操等艺术典型，没有那几十个家喻户晓的重要人物，《三国演义》还会有什么看头！正是因为有了这些光彩照人的艺术形象，才使得《三国演义》当之无愧地立足于世界名著之林。

在明清其他历史演义小说中，也有许多为人熟知的艺术形象，其中一些形象还相当生动，如《孙庞演义》中的孙膑、庞涓，《新列国志》中的管仲、齐桓公、宋襄公、伍子胥，《唐书志传通俗演义》中的尉迟恭，《隋炀帝艳史》中的隋炀帝，《隋史遗文》中的秦琼、程咬金、单雄信等等。不过，它们塑造这些人物时，存在着两个明显的缺点：其一，尽管这些人物形象各有特点，但由于作者用力不够，人物往往刻画得不太丰满，不太深刻。其二，由于作者思想境界不够高，其所歌颂的英雄豪杰往往是崇高气质不足，而较多市井庸俗气息，其所鞭挞的反面人物，则往往易带小丑色彩，而对其丑恶灵魂却揭露不够。因此，这些人物虽然为人津津乐道，却难以成为具有高度美学价值的艺术典型。

（五）创造精神的强弱

历史演义小说的写作，或起步于前人的积累，或出自作者一己的构思。无论哪一种情况，要想取得真正的成功，都有赖于作者的创造性劳动。在这一方面，《三国演义》与明清其他历史演义小说又是强弱判然。

人们经常说，《三国演义》属于"世代累积型作品"。若就题材来源而言，这样说是不错的。但是，只要将《三国演义》与其雏型《三国志平话》稍加对照，我们就可充分看到，罗贯中在写作《三国演义》时，决不仅仅是把《平话》的8万字扩充成了大约50万字（按明代早期版本，不分段，无标点），而是对原有的故事和人物作了全面的、根本性的改造，在思想和艺术上都有了质的飞跃，从而创造出一部全新的杰作。例如，《平话》卷上的《王允献董卓貂蝉》一节，写貂蝉与吕布本是夫妻，因战乱失散；王允先请董卓赴宴，表示愿将貂蝉献上；然后请吕布赴宴，让貂蝉与其夫妻相认，并答应送貂蝉与吕布团聚；数日后，王允将貂蝉送入太师府，董卓将貂蝉霸为己有；吕布大怒，乘董卓酒醉，将其杀死。这样的情节弊病甚大：第一，王允明知貂蝉与吕布是夫妻，并已让二人当堂相认，却还要把貂蝉献给董卓，未免显得太下作；第二，貂蝉在与吕布夫妻相认后，居然还毫无怨尤地被送给董卓为妾，实在不近情理；第三，吕布为夺回被霸占的妻子，愤而杀死董卓，这是理所应当，丝毫看不出见利忘义的本质；第四，按照这种人物关系，貂蝉在董卓与吕布之间没有什么回旋的余地，装痴撒娇已无可能，离间二人关系也无必要。总之，按照这种人物关系展开描写，不仅降低了王允的形象，模糊了吕布的性格，使貂蝉形象缺乏美感，而且使整个情节缺少戏剧性发展的内在机制。罗贯中对人物关系作了创造性的改造，改成吕布与貂蝉本不相识，一下子就使人物关系合理了。于是，王允设置"连环计"只使人感到其老谋深算，意在报国；董卓与吕布为争夺貂蝉而反目，不仅符合二人的性格，而且与历史事实取得了逻辑上的一致；貂蝉不再是只求夫妻团圆的一般女子，而成了怀有崇高使命的巾帼奇杰，虽然忍辱负重，却获得了在董、吕之间纵横捭阖的心理自由；整个情节也因此而波澜起伏，艺术虚构与史实再现水乳交融，成为一个十分成功的典型情节。至于在《平话》中毫无踪迹，完全由罗贯中独自创造的情节，也不胜枚举。由此可见，罗贯中具有无与伦比的创造精神。

相比而言，明清其他历史演义小说的创造精神则普遍要弱得多，从立意构思、情节编织、人物塑造到具体艺术手法，它们往往有意无意地模仿甚至抄袭《三国演义》，致使许多地方给人以似曾相识之感。例如，题署"徐文长先生批评增补"的《绣像隋唐演义》，其中许多情节就明显抄袭《三国演义》。如《裴仁基兵败石子河》一节，显然抄袭《三国》中"火烧博望"一节；《武氏杀王后萧妃》一节，显然抄袭《三国》中董卓命李儒杀害何太后、汉少帝一节；《李孝逸兵败敬业》一节，显然抄袭《三国》中"火烧新野"一节；对李敬业败逃情景的描写，显然抄袭《三国》中"曹操败走华容道"一节……读者看到如此多的模仿、抄袭情节，不能不倒胃口，而作品也就很难说得上有什么艺术成就了。即使像《新列国志》《隋炀帝艳史》《隋史遗文》这样较好的作品，作者的创造精神和创造才能都不及罗贯中，作品的艺术成就自然也要低一两个等级。

总而言之，《三国演义》既为后来的历史演义小说树立了光辉的艺术典范，又是它们难以逾越的艺术高峰。除了上面分析的几种原因之外，历史演义小说创作模式本身的局限可能也是一个重要因素。如何继承其成功经验，如何实现新的超越，乃是历史给后人提出的重大课题。

（原载《明清小说研究》1999 年第 2 期，中国人民大学《复印报刊资料·中国古代近代文学研究》1999 年第 11 期全文转载）

国士情怀与好汉气概

——《三国》《水浒》比较研究之一

在中国古代长篇小说经典作品中，《三国演义》《水浒传》堪称并峙的双峰。自明代以来，人们便常常将二者相提并论；现当代的各种《中国文学史》《中国小说史》，更是习惯于并称二者。

不过，如果认真加以研究，便可发现，这两大长篇小说经典，其实存在一系列重大区别。然而，令人惊异的是，长期以来，人们虽然注意到这两大长篇小说经典在题材类型上的不同，将其分别标举为"历史演义"和"英雄传奇"的开创之作；但对二者的一系列区别，却很少进行深入系统的比较研究。

2007 年 12 月下旬，我应上海《解放日报》报业集团邀请，担任第十三届"文化讲坛"演讲嘉宾，与马瑞芳教授、周思源教授、钱文忠教授共论"四大名著的中华文脉"。我演讲的题目是：《〈三国演义〉："说大事"的影响力》。我在演讲中提出："在四大名著中，《三国演义》独具一格。与《水浒传》相比，《水浒》凸显的是敢作敢当的好汉气概，《三国》展示的则是志在天下的国士情怀。"①

什么是"国士"？国士，指一国中才能最杰出的人物。如楚汉相争时期，萧何向刘邦力荐韩信曰："诸将易得耳。至如信者，国士无双。王必欲长王汉中，无所事信；必欲争天下，非信无所与计事者。"②突出的是世所罕见，志在天下。

什么是"好汉"？好汉，意谓好男儿。如《旧唐书·狄仁杰传》："初，则

---

① 沈伯俊：《〈三国演义〉："说大事"的影响力》，载《激荡：文化讲坛实录 4》，上海：上海三联书店，2009 年。

② 司马迁：《史记》卷 92《淮阴侯列传》，北京：中华书局，1982 年，第 8 册，第 2611 页。

天尝问仁杰曰：'朕要一好汉任使，有乎？'"①强调的是无所畏惧，敢作敢当。

可以说，《三国》《水浒》这两大名著，塑造的都是封建时代下层民众心目中的英雄人物。二者最突出的区别就是：《三国》英雄侧重突出国士情怀，《水浒》英雄则侧重张扬好汉气概。这种区别，主要表现在以下三个方面。

一、奋斗目标：志在天下与快意人生

《三国演义》写的是天下大乱、四海鼎沸的分裂时代，志士仁人们如何重整社稷，复归统一。《水浒传》写的则是天下将乱、民不聊生的王朝末世，英雄好汉们如何反抗压迫，寻找出路。他们的奋斗目标，有着非常明显的区别。

《三国演义》主要塑造的英雄群体是刘蜀集团。若将他们与《水浒》英雄相比，从领袖人物到谋士将领，其人生理想、奋斗目标都迥然有别。

先看领袖人物。为了便于对比，兹列表如下。

刘蜀领袖（刘备）	梁山领袖（晁盖、宋江、卢俊义）
刘备： 　尽管自称汉景帝之子中山靖王刘胜后裔，但经过 300 余年的改朝换代和世事沧桑，刘备的家境早已衰败，已经沦为下层平民，以织席贩履为生。然而，刘备却不甘沉沦，素有大志。 　刘备首次出场，看见招兵榜文，不禁慨然长叹。经张飞询问，乃曰："我本汉室宗亲，姓刘，名备。今闻黄巾倡乱，有志欲破贼安民，恨力不能，故长叹耳。"②	晁盖： 　作为本乡富户、保正，晁盖初次出场，便是得知梁中书要送十万贯"生辰纲"给奸臣蔡京，愤然表示："此等不义之财，取之何碍！"③而夺取生辰纲的目的，只是"得一套富贵"，并无明确的政治目标。 　上了梁山，成为山寨之主后，晁盖要求："各人务要竭力同心，共聚大义。"但聚义的目标，除了"准备迎敌官军"外，主要是共享富贵安乐，尚无更高的追求。（第20回） 　大闹江州，救回宋江后，梁山实力大增，晁盖仍未提出更高的政治目标。（第41回）

---

① 刘昫：《旧唐书》卷 89《狄仁杰传》，上海：上海古籍出版社、上海书店《二十五史》缩印本，第 5 册，第 3824 页。

② 沈伯俊：《校理本三国演义》第 1 回，南京：江苏古籍出版社，1992年，第 3-4 页。下引《三国》，均据此本，只括注回次。

③ 李灵年、陈敏杰：《水浒传》（新校注本）第 14 回），南京：江苏古籍出版社，1989 年，第 150 页。下引《水浒》，均据此本，只括注回次。

刘蜀领袖（刘备）	梁山领袖（晁盖、宋江、卢俊义）
刘关张桃园结义，誓词曰："念刘备、关羽、张飞，虽然异姓，既结为兄弟，则同心协力，救困扶危；上报国家，下安黎庶。"（第1回） 　　刘备到许都后，为防曹操加害，以种菜为韬晦之计，却暗中与接受献帝衣带诏的董承相结，谋诛曹操，以求"复安社稷"。（第20-21回） 　　三顾茅庐，初见诸葛亮，刘备便坦陈心迹曰："汉室倾颓，奸臣窃命，备不量力，欲伸大义于天下，而智术浅短，迄无所就。惟先生开其愚而拯其厄，实为万幸！"（第38回） 　　得到庞统辅佐后，刘备喜曰："昔司马德操言：'伏龙、凤雏，两人得一，可安天下。'今吾二人皆得，汉室可兴矣。"（第57回） 　　夺取汉中后，刘备称汉中王，上奏献帝，表示："敢不尽力输诚，奖励六师，率齐群义，应天顺时，以宁社稷。"（第73回） 　　曹丕篡汉后，刘备称帝，祭告天地曰："备畏天明命，又惧高、光之业，将坠于地，谨择吉日，登坛告祭，受皇帝玺绶，抚临四方。惟神飨祚汉家，永绥历服！"（第80回） 　　总之，刘备奋斗一生，历尽艰辛，始终志在天下，追求"兴复汉室"的根本目标。因此，刘备形象成为古代小说中罕见的明君形象。	三打祝家庄后，梁山实力进一步壮大，众多头领，分工明确，"山寨体统，甚是齐整"，晁盖却仍未提出更高的政治目标。（第51回） 　　总之，晁盖作为梁山事业的开创者，虽有抵抗官军的勇气，却一直满足于与众兄弟"大块吃肉，大碗喝酒，大秤分金银"的快意人生，并未提出长远的奋斗目标。 宋江： 　　作为《水浒》的中心人物，梁山的主要领袖，宋江直到第18回才正式出场。家庭大富，身为郓城县押司的他，从无造反之意，对晁盖劫取生辰纲之举也视为"迷天之罪"；只是出于兄弟义气，才冒险通风报信，使晁盖等逃过一劫。这是宋江干的第一件大事，也是他赢得梁山英雄敬重的关键行动。（第18回） 　　宋江杀死阎婆惜，刺配江州，被吴用、花荣等人接上梁山，却坚拒造反，硬要去做囚犯。（第36回） 　　浔阳楼上，宋江酒醉而题反诗，声称"他时若遂凌云志，敢笑黄巢不丈夫。"因此被判死刑。被救上梁山后，他不得不造反，坐了第二把交椅，但却没有提出明确的政治目标。（第41回） 　　晁盖死后，宋江成为山寨之主，马上把聚义厅改为忠义堂，期待朝廷招安之意已露端倪。（第60回） 　　梁山泊大聚义后，宋江率众盟誓："但愿共存忠义于心，同著功勋于国，替天行道，保境安民。"提出了"替天行道，保境安民"的行动纲领。而在不久之后的菊花会上，宋江作《满江红》词，高唱："望天王降诏早招安，心方足。"终于正式宣布了"接受招安，报效朝廷"的目标。（第71回）

续表

刘蜀领袖（刘备）	梁山领袖（晁盖、宋江、卢俊义）
	此后，宋江的全部作为，都是围绕"接受招安，报效朝廷"的目标，哪怕一再遭受打压，弟兄死伤惨重，始终委曲求全。最后被奸臣毒死，仍表白："宁可朝廷负我，我忠心不负朝廷。"（第100回） 卢俊义： 身为大名府的大财主，他从无造反之意，还一度口出狂言，要捉拿梁山好汉，上京请赏。被捉上梁山后，宋江再三劝他入伙，情愿让位，他一口回绝："宁死实难听从。"（第61—62回） 在蒙冤被判死刑，好不容易才被救上梁山后，卢俊义不得不参与造反，还坐上了第二把交椅；但他从未提出任何政治主张，一直忠实追随宋江，接受招安，却仍不被奸臣放过，最后成了冤死之鬼。（第100回）

其次，比较刘蜀集团与梁山的主要谋士。

刘备的头号谋士诸葛亮，初见刘备，便提出名震千古的《隆中对》，精辟地分析了天下大势，为刘备制定了先跨有荆益，形成三分，待时机成熟，再两路北伐的"两步走"战略，力争实现最终目标："诚如是，则大业可成，汉室可兴矣。"正如罗贯中评价的："孔明未出茅庐，已知三分天下，真万古之人不及也！"（第38回）①此后，诸葛亮一直为兴复汉室的目标而竭忠尽智，顺利实现跨有荆益、三分鼎立的第一步战略目标。白帝托孤之际，刘备相信他"必能安邦定国，终定大事"，他则毅然表示："臣安敢不竭股肱之力，尽忠贞之节，继之以死乎！"（第85回）此后，他殚精竭虑，辅佐后主，治理蜀汉，平定南中（第87-91回）。北伐之前，上《出师表》，誓言："今南方已定，甲兵已足，当奖帅三军，北定中原，庶竭驽钝，攘除奸凶，兴复汉室，还于旧都。"（第91回）直至五丈原病重，他还叹息道："吾本欲竭忠尽力，恢复中原，重兴汉室；奈天意如此，

---

① 参见沈伯俊：《诸葛亮形象三辩》第一部分"《隆中对》究竟对不对"，《明清小说研究》2007年第2期。亦收入本书下卷。

吾旦夕将死。"在生命的最后一刻，他仍精心布置自己死后的军事调度，向奉后主之命赶来问安的尚书仆射李福交代后事，最后一次巡视军营，在病榻上亲自书写遗表上达后主，又对杨仪授予保证蜀军安全撤退的计策；弥留之际，还推荐蒋琬、费祎为继任的执政大臣（第104回）。为了实现兴复汉室的政治理想，他真的做到了"鞠躬尽瘁，死而后已"，不愧为一代贤相，国士楷模。

刘备的第二号谋士庞统，尚未出场，便已享有"伏龙、凤雏，两人得一，可安天下"的盛名（司马徽语，见第35回），不仅让刘备心向往之，也让读者充满期待。他在赤壁之战中首次露面，便以其盛名赢得曹操"亲自出帐迎入"的礼遇；又凭借精通兵法，"高谈雄辩，应答如流"的才干，使得"操深敬服，殷勤相待"；从而不露痕迹地"巧授连环计"，使曹操心甘情愿地"即时传令，唤军中铁匠，连夜打造连环大钉，锁住船只"，为火烧赤壁的成功准备了重要条件（第47回）。周瑜逝世后，他归顺刘备，任军师中郎将，"与孔明共赞方略"（第57回）。在益州牧刘璋遣法正迎刘备入蜀之际，他力劝刘备抓住机遇，趁势夺取益州（第60回）。随后辅佐刘备入蜀，并进献上中下三策，指挥刘备军袭取白水，进据涪城，攻打雒城；可惜天不佑才，在"落凤坡"中埋伏被乱箭射死（第62-63回）。需要指出的是，庞统在"落凤坡"中伏而死乃是《三国演义》的虚构；而据《三国志·蜀书·庞统传》，历史上的庞统是在指挥攻打雒城时中流矢而死的，属于意外，此后不久，刘备就攻破雒城，进围成都，迫使刘璋出降。《演义》这样虚构，是有意将庞统之死提前，让诸葛亮提前入蜀，以突出诸葛亮的形象。实际上，刘备夺得益州，实现跨有荆益的第一步战略目标，庞统才是头号功臣。他也不愧为胸怀天下，精通韬略的一流国士。

刘备的另一重要谋士法正，原为刘璋部属，因见刘璋闇弱，乃归心刘备，积极辅助刘备夺取益州。他目光远大，足智多谋，深得刘备倚重。刘备夺取益州后，自领益州牧，以他为蜀郡太守①，其地位仅次于诸葛亮

---

① 《演义》此处表述不够完整。据《三国志·蜀书·法正传》："以正为蜀郡太守、扬武将军，外统都畿，内为谋主。"

（第 65 回）。在张飞击败张郃、黄忠击败夏侯德之后，他建议刘备抓住有利时机，亲征汉中，"既定汉中，然后练兵积粟，观衅伺隙，进可讨贼，退可自守。"刘备欣然采纳，亲自率军出征（第 70 回）。汉中之役，他辅助黄忠，击斩曹操大将夏侯渊，取得了关键性的战果（第 71 回）。刘备夺得汉中后，不仅有力地巩固了益州（汉中本系益州之一郡），而且使刘蜀势力直逼长安和整个关中地区，成为刘蜀北伐的前进基地。刘备因此而进位汉中王，以法正为尚书令，负责处理日常政务①（第 73 回），其在刘蜀集团中的重要性进一步增强。刘备称帝仅仅三个月后，便不听群臣劝阻，亲率大军讨伐东吴，此时法正已卒，诸葛亮遗憾地说："法孝直若在，必能制主上东行也。"（第 81 回）由此可见法正在刘备心目中的分量，他当然堪称一流国士了。

那么，梁山的主要谋士如何呢？

梁山的头号谋士乃军师吴用，一直深受晁盖、宋江敬重，对他言听计从，在梁山泊占有举足轻重的地位。他首次出场，便积极支持晁盖劫取生辰纲的打算，亲自出面说动阮氏三兄弟入伙，并精心设计，来了个"智取"（第 14—16 回），不愧"智多星"的绰号。上梁山后，他察言观色，因势利导，支持林冲火并王伦，使晁盖成为山寨之主，他也成为梁山军师，执掌兵权（第 19—20 回）。从此，他始终忠心耿耿地辅佐晁盖、宋江，无论是招揽四方英雄，还是协调内部关系，他都从容不迫，安排妥帖；无论是调兵遣将，还是布阵厮杀，他都谋定而动，妙计迭出。为了梁山集团的发展壮大，他总揽山寨事务，分工设职，把梁山建设得井井有条，日益兴旺。他为梁山做出了非常重要的贡献，因而在众好汉中享有很高的威望。然而，他那令人眼花缭乱的奇谋妙计，保卫和巩固梁山的种种努力，基本上停留在微观的、战术的层面：支持晁盖智取生辰纲，是夺取不义之财，谋求富贵；说动阮氏三雄，追求的是"大家图个

---

① 东汉无丞相，三公为百官之首，日常政务则由尚书台处理，其长官为尚书令。直到建安十三年（208）六月，曹操才罢三公，自任丞相。黄初元年（220），曹魏建立，又不设丞相，恢复东汉制度。章武元年（221），刘备称帝，以诸葛亮为丞相，总揽国政；刘巴为尚书令（法正已于 220 年卒），负责处理日常政务；诸葛亮卒后，不再置丞相。

一世快活"；初上梁山执掌兵权后，虽然"准备迎敌官军"，却限于自保；梁山壮大后，尽管多次出兵，却大多为了救人，或惩罚与梁山作对的地方豪强（如祝家庄、曾头市），或抵御打上门来的官军，事毕便退回梁山，从未想过攻州夺县，扩大疆域。梁山大聚义后，实力达到鼎盛，宋江提出"接受招安，报效朝廷"的目标，吴用并不反对。当朝廷第一次命太尉陈宗善来梁山招安时，宋江甚喜，吴用却提醒他："论吴某的意，这番必然招安不成；纵使招安，也看得俺们如草芥。等这厮引将大军来到，教他着些毒手，杀得他人亡马倒，梦里也怕；那时方受招安，才有些气度。"（第75回）这不是反对招安，只是自重身价，要让招安来得风光一些。此后的两赢童贯，三败高俅，都是为了显示梁山的实力，让朝廷不要小看梁山，从而体面地接受招安。总之，吴用从来没有为梁山制定完整的发展战略，他只能是梁山好汉中最足智多谋的一个，却不是志在天下的国士。

梁山的另一个军师公孙胜，从参与智取生辰纲到上梁山，成为与吴用并列的军师，"同掌兵权"，在梁山好汉中地位很高。但他除了会呼风唤雨、腾云驾雾，在某些场合能够发挥重要作用外，却很少履行军师的施谋用计、调兵遣将的职责，更没有为梁山制定发展战略。说到底，他只是一个参与造反的高级道士，却不是眼观天下的国士。

再次，比较刘蜀集团与梁山的主要将领。

刘蜀集团的主要将领，如关羽、张飞、赵云等，长期忠实追随刘备，从"上报国家，下安黎庶"起步，到力图兴复汉室，平定天下，复归统一，千难万险而不悔，粉身碎骨而不惧，都当得起"国士"的称号。

梁山好汉呢？从公认为最具有反抗精神的鲁智深、武松、阮氏三雄、李逵等人来看，他们一身本事，一腔热血，胸襟坦荡，嫉恶如仇，敢于反抗邪恶势力，勇于为弱者伸张正义，不愧为响当当的英雄好汉。然而，鲁智深从拳打仗势欺人的"镇关西"（第3回），到营救无辜被害的林冲（第8回），为的是打抱不平；从落草二龙山（第17回），到上梁山，为的则是寻求容身之处；根本想不到王霸之业。武松斗杀西门庆（第26回），是为冤死的兄长报仇；醉打蒋门神（第29回），是报答施恩对自己的关照；血溅鸳鸯楼（第31回），则是向陷害自己的官僚恶霸复仇；虽有正义色彩，却并不都是为匡扶正义。阮氏三雄反抗社会不公的意识较强，但主要向往的是"论秤分金银，异样穿绸锦，成瓮吃酒，大块吃肉"的快活（第 15 回）。李逵多次喊出"杀上东京，夺了鸟位"的惊世之言，却从来没有得到其他好汉的响应，更谈不上付诸实施。他们的共同特点是：仇恨社会黑暗，向往"不怕天，不怕地，不怕官司"的自由，梦想没有贪官污吏的清平世界，渴求"四海之内皆兄弟"的人际关系。对于奸臣把持的朝廷，他们不相信；对于招安，他们有怀疑；然而，他们还是跟着宋江接受了招安。因此，他们都只能算是敢作敢当，追求快意人生的好汉。

总之，《三国》英雄是令人景仰的，《水浒》英雄也是令人敬佩的；但在价值取向、奋斗目标上，他们确有明显的不同。

二、行为模式：治国理民与仗义疏财

《三国》英雄志在天下，因而始终重视战略规划的设计，重视争取人心，网罗人才，重视扩大疆域，完善治理。刘备初任安喜县尉，时间短暂，却"与民秋毫无犯"，收到了"民皆感化"的成效（第 2 回）。后来依附刘表，屯驻新野，又是"军民皆喜，政治一新"（第 34 回）。新野民众称颂道："新野牧，刘皇叔；自到此，民丰足。"（第 35 回）平定益州后，刘备领益州牧，即分派众官，各司其职，"杀牛宰马，大饷士卒；开仓赈济百姓，军民大悦。"又"使诸葛军师定拟治国条例"（第 65 回），很快改变了刘璋统治时期法令不彰的状况。刘备逝世后，诸葛亮辅佐后主，治理巴蜀，"事无大小，皆亲自从公决断。两川之民，忻乐太平，夜不闭户，路不拾遗。又幸连年大熟，老幼鼓腹讴歌，凡遇差徭，争先早办。因此军需器械应用之物，无不完备，米满仓廒，财盈府库。"（第 87 回）诸葛亮治国理民的成就，使得蜀汉国力充实，足以与强大的曹魏抗衡，为进一步发展蜀汉提供了可能。

梁山好汉中，虽然有人说出过"兀自要和大宋皇帝做个对头"的豪言壮语（第 39 回），作者在大聚义的赞语中也有"休言啸聚山林，真可图王伯业"的言词（第 71 回），好汉们确实也曾多次对抗官军；但其整

体思维，还是占山为王，"只反贪官，不反皇帝"，并无建立政权，甚至
夺取天下的雄心。即使在梁山的鼎盛时期，好汉们仍然习惯于拦截上任
路过的官员，打劫害民的大户；即使打下过若干州县，也从不占据，只
是收拾金银财帛粮米，尽数运回梁山（第 69 回）；有时也"一分给散居
民"（第 70 回）。他们喜爱和崇敬的行为模式是"仗义疏财"。由此，我
们才能理解，为什么"面黑身矮"，武艺平平，谋略也不出众的宋江，在
江湖上会有那么大的名气，以至号称"及时雨"，无数桀骜不驯的好汉，
一闻其名便肃然起敬，一见其面便倒身下拜，就是因为他仗义疏财，"济
人贫苦，周人之急，扶人之困"（第 18 回）；加之曾经冒险为晁盖通风报
信，有恩于众，因此，他一上梁山，便顺理成章地成为领袖，得到大家
心悦诚服的拥戴。

三、聚集方式：以道相从与逼上梁山

在聚集方式上，《三国》英雄与梁山好汉也有明显区别。对于前者，
我称之为"以道相从"；对于后者，则是大家熟知的"逼上梁山"。

刘备、关羽、张飞，尽管家世不同，却为了"上报国家，下安黎庶"
的目标聚到一起，桃园结义之后，便同甘共苦，生死相依。而在眼界开
阔、实力增强之后，又将目标升华为兴复汉室，平定天下。他们牢不可
破的精神纽带，便是报国安民之"道"。诸葛亮在刘备"三顾"之后，慨
然应允出山辅佐，是因为刘备"欲伸大义于天下"，这是刘备、诸葛亮心
灵的遇合，理想的选择。①诸葛亮最终为蜀汉献出了全部智慧和心血，做
到了"鞠躬尽瘁、死而后已"。这里当然有报答刘备知遇之恩的心愿，但
决非不问是非地片面忠于刘备父子，其中更有兴复汉室，拯救黎庶，重
新统一全国的宏图大志。②赵云初见刘备，"玄德甚相敬爱，便有不舍之
心。"（第 7 回）是"从仁政所在"的理念使二者心灵相通。后来赵云离

---

① 参见沈伯俊：《为诸葛亮析疑辩诬》，《成都大学学报》2007 年第 6 期。
② 参见沈伯俊：《诸葛亮形象三辩》第二部分"诸葛亮是'愚忠'吗？"，
　成都武侯祠博物馆编：《诸葛亮与三国文化》（三），成都：四川科学
　技术出版社，2009 年。

开公孙瓒，四处寻觅，终于投到刘备麾下。正如赵云自己所说："云奔走四方，择主而事，未有如使君者。今得相随，大称平生。虽肝脑涂地，无恨矣。"（第28回）

梁山好汉，流品混杂，上梁山的原因、目的多种多样。其中一部分是主动投奔梁山，相当多的却是"逼上梁山"。"逼"的方式，也是五花八门。非常典型的是林冲被逼，人所共知，更典型的则是梁山几个领袖的逼上梁山。例如：晁盖被逼，宋江被逼，卢俊义被逼，上文已经述及，这里不再重复。而像秦明、李应、徐宁等人的被逼，简直有些匪夷所思，当代读者颇难理解。

综上所述，《三国》英雄与《水浒》好汉，粗看似乎颇多类似，细辨则大不相同。造成这种重大区别的根本原因，一是题材本身的制约，二是创作思想的歧异。限于篇幅，这里仅初步提出观点，深入的阐释，则有待于另一篇论文了。

（原载《暨南学报》2015年第4期）

研究综述

新的进展　新的突破

——新时期《三国演义》研究述评

在明清几大古典小说名著中，《三国演义》成书最早，《三国》研究的历史也最悠久。仅从现存最早的弘治甲寅（1494）庸愚子所撰《〈三国志通俗演义〉序》，到撰写本文的 1999 年，③"五四"前后至二十世纪二十年代；④ 二十世纪三十至四十年代；⑤ 二十世纪五十至七十年代；⑥ 二十世纪八十至九十年代。这里仅就第六阶段，即通常所说的新时期的研究情况，略作述评。限于条件，论述的内容将以中国大陆的研究情况为主，适当兼及台港澳地区和国外的研究成果。

一、研究发展的基本轨迹

二十年来，《三国演义》研究取得了长足进步，成为古代文学界公认的发展健康，成就突出的领域之一。其主要标志有三。

其一，学术成果大量涌现。据初步统计，1980 年以来，中国大陆已经公开出版《三国演义》研究专著、专书将近 90 部，相当于过去三十年总数的十六倍；发表研究文章大约 1500 篇，相当于过去三十年总数的十倍。其中包括一批水平较高，影响较大的成果。

其二，学术会议接连举行。二十年来，总共举行了 12 次全国性的《三国演义》学术讨论会，3 次专题研讨会，2 次国际研讨会。这些会议，有效地推动了研究的发展。

其三，学术团体纷纷成立。继 1984 年 4 月中国《三国演义》学会成立之后，一些省、市、县级学会也陆续成立，有的地方还建立了专门研究机构。它们是《三国演义》研究事业不断发展的主要动力。

二十年来，《三国演义》研究的广度和深度都大大超过了以往任何历史时期，在一系列问题上提出了许多新的见解，取得了若干新的突破。其中，最为引人注目的有下列问题。

二、新的进展，新的突破

（一）关于罗贯中的籍贯

明代以来，关于罗贯中的籍贯有东原、太原、钱塘、庐陵诸说。一部分明代《三国》刊本及《隋唐两朝志传》等题署"东原罗贯中"，加上其他一些文字记载，是为"东原"说的主要依据。1931年，郑振铎等人发现天一阁收藏的《录鬼簿续编》，其中有"罗贯中，太原人"一语，许多人便以此为"铁证"，认为罗贯中是今山西太原人。从此，罗贯中的籍贯便集中为"东原""太原"两说。中华人民共和国成立以来，几部比较权威的文学史、小说史均主"太原"说。近二十年来，有关专家围绕两说进行学术争鸣，发表了一系列有影响的论文。

关于"东原"说。刘知渐在《重新评价〈三国演义〉》一文（载《社会科学研究》1982年第4期）中认为：嘉靖壬午（嘉靖元年，1522）本《三国志通俗演义》①卷首的庸愚子（蒋大器）《三国志通俗演义序》称罗贯中为东原人。这个刻本很精整，致误的可能性较小，因此，罗贯中是东原人的可能性似乎更大一些。《录鬼簿续编》出于俗手所抄，"太"字有可能是"东"字草书之误。王利器在《罗贯中与〈三国志通俗演义〉》（载《社会科学研究》1983年第1、2期）中认为：东原乃是罗贯中原籍。《录鬼簿续编》作"太原人"，系因其传抄者少见东原，习知太原，故尔致误。东原即汉东平郡，治所在今山东省东平县东。这不仅可以从大多数明刻本"认定罗贯中是元东原人"找到根据，而且可以从罗贯中在《水浒全传》中把东平太守陈文昭处理为全书唯一精心描写的好官这一点看

---

① 作者补注：过去习称此本为"嘉靖本"，不确。叶逢春本《新刊通俗演义三国志史传》刊刻于嘉靖二十七年（1548），亦可称为"嘉靖本"。为严谨计，此本应简称为"嘉靖壬午本"或"嘉靖元年本"。下文多次出现的"嘉靖本"，实际皆指"嘉靖壬午本"。

出端倪，因为元代慈溪县令陈文昭与罗贯中同为理学家赵偕（赵宝峰）门人，且有政声，故罗贯中借其名为自己故乡东平的太守。刁云展在《罗贯中的原籍在哪里》（载《三国演义学刊》第 2 辑，四川省社会科学院出版社 1986 年 8 月第 1 版）中认为：《三国演义》最早的几种版本大都署名"东原罗贯中"，罗贯中创作的其他小说《隋唐两朝志传》、《三遂平妖传》和一百十五回本《水浒传》，也都署名"东原罗贯中"，"这是作者本人题署，应当相信。"反之，其他记载则可能弄错。

关于"太原"说。李修生在《论罗贯中》（载《山西师院学报》1981 年第 1 期）中认为：罗贯中原籍太原，他的祖先可能是随宋王朝南迁至杭州的，故又称杭州人。孟繁仁在《〈录鬼簿续编〉与罗贯中种种》（载《三国演义学刊》第 2 辑）中认为：《录鬼簿续编》的作者既是罗贯中的"忘年交"，他关于罗贯中的记载就应该是最权威、最可信的。罗贯中创作的小说、戏曲，在选材上都与山西、太原有一些瓜葛：《三国演义》塑造最为出色，最为成功的人物关羽，是山西解州人；《隋唐两朝志传》中的重要人物李渊父子，是从太原起兵而夺取天下的；《残唐五代史演义传》中的重要人物李存孝，是山西雁北人；《赵太祖龙虎风云会》中的赵匡胤，未发迹时曾流落太原；《平妖传》中的文彦博，是山西介休人。这种"瓜葛"，正与作家的"故土性"有密切关系。元代在晋阳（太原）有一个罗氏家族，罗贯中很可能属于这个家族。刘世德在《罗贯中籍贯考辨》（载《文学遗产》1992 年第 2 期）中提出：《水浒传》、《三国志通俗演义》中有三处属于古东平范围内的地理错误（"梁山泊的方位"、"武松的籍贯"、"寿阳的错位"），由此可见，罗贯中非东平人。

面对两说之争，沈伯俊在《关于罗贯中的籍贯问题》（载《海南大学学报》1987 年第 2 期）中提出：尽管个人倾向于"东原"说，但终究只是认为"东原"说比"太原"说可靠一些，还不能遽尔否定"太原"说。要想真正解决问题，可以着重从三个方面努力：（1）注意《录鬼簿续编》有无别的抄本。如果幸尔发现新的抄本，就可以判定其中的"太原"二字究竟是否误抄。（2）注意有关罗贯中生平的新发现。（3）确认《三国志传》是《三国演义》的祖本，并判定其成书年代，那么，其题署"东原罗贯中"与庸愚子《三国志通俗演义序》中所说的"东原罗贯中"互相印证，就可以成为确定罗贯中籍贯的有力证据。

到了 1994 年，刘颖独辟蹊径，在《罗贯中的籍贯——太原即东原解》（载《齐鲁学刊》1994 年增刊）中指出：历史上有过三个太原郡，两个太原县，分别在今天的山西、宁夏、山东。《录鬼簿续编》所说的"太原"，很可能是指东晋、刘宋时期设置的"东太原"，即山东太原，与"东原"实为一地。东太原这一建制早已废置，但因《录鬼簿续编》的作者有用古地名、地方别名等生僻地名的习好，书中总共著录戏曲作家 71 人，记载籍贯者有 50 人，其中就有 35 人用了古地名、地方别名，因此，作者对罗贯中的籍贯也用了生僻地名。此处的"太原"，与《水浒传》、《三国志传》上题署"东原"都是对的，只是分别用了两个生僻的古地名。这一论述，提供了一个具有启发意义的思路。随后，杨海中的《罗贯中的籍贯应为山东太原》（载《东岳论丛》1995 年第 4 期）、杜贵晨的《罗贯中籍贯"东原"说辨论》（载《齐鲁学刊》1995 年第 5 期）进一步论述了"太原"应指"东太原"，亦即"东原"。这样，就为"东原"说与"太原"说打通了联系，朝着问题的解决大大前进了一步。

（二）关于《三国演义》的成书年代

长期以来，学术界公认《三国演义》成书于元末明初。二十世纪八十年代以来，一些学者不满足于"元末明初"的笼统提法，对《演义》的成书年代问题作了进一步的探讨，提出了五种有代表性的观点。

（1）"成书于宋代乃至以前"说。持此观点者主要是周邨。他在《〈三国演义〉非明清小说》一文（载《群众论丛》1980 年第 3 期）中，就江夏汤宾尹校正的《全像通俗三国志传》提出了三条论据。① 该书在《玉泉山关公显圣》一节中有"迄至圣朝，赠号义勇武安王"一句，而关羽封赠义勇武安王是在北宋宣和五年（1123），因而此句"只能是宋人说三分的口吻"。② 该书"记有相当多的关索生平活动及其业绩"，而"关索其人其事，辗转说唱流传时代，应早在北宋初，也可能更早于北宋初年，在唐五代间。而这也可能是《三国演义》成书远及的时代"。③ 该书的地理释义共 14 条，计 17 处，其中 15 处可以推断为宋人记宋代地名；其中也有 2 处是明初的地名，但这可能是传抄、传刻过程中后来加上的。此说完全忽视了《三国演义》吸取元代《三国志平话》和元杂剧三国戏内容的明显事实，难以成立，因而至今无人赞同。

（2）"成书于元代中后期"说。持此说者以章培恒、袁世硕为代表。章培恒在《〈三国志通俗演义〉前言》（上海古籍出版社1980年4月第1版）第三部分，根据书中小字注中提到的"今地名"进行考证，指出："这些注中所说的'今时'何地，除了偶有误用宋代地名者外，都系元代地名。"尤其值得注意的是，元文宗天历二年（1329），曾将建康改为集庆，江陵改为中兴，潭州改为天临；"然而，在《三国志通俗演义》中却仍然把建康、江陵、潭州作为'今地名'，而不把集庆、中兴、天临作为'今地名'，这是否可以理解为该书写作时还没有集庆、中兴、天临这样的'今地名'呢？"文章由此认为："《三国志通俗演义》似当写于元文宗天历二年（1329）之前"，其时，罗贯中当在三十岁以上。袁世硕在《明嘉靖刊本〈三国志通俗演义〉乃元人罗贯中原作》一文（载《东岳论丛》1980年第3期）中认为，《三国志通俗演义》成书于元代中后期，约为十四世纪二十年代到四十年代。其主要论据有二。①书中共引用330余首诗来品评人物，收束情节，这"与宋元间的平话是很近似的"。书中所引诗词，"不署姓名的泛称，多用'后人''史官'，'唐贤'一词用了一次，'宋贤'一词用过十多次，却不见'元贤'一类字眼。这可以视为元人的口吻，表明作者为元人。"而署名作者基本上是唐宋人，也表明《演义》作者为元人。②书中小字注所提到的"今地名"，除了几个笔误之外，"其余的可以说是全与元代之行政区名称相符"。其中，江陵、建康、潭州均为元天历二年（1329）以前的旧地名。"据此，有理由将作注的时间断为这年之前。如果考虑到人们在一段时间里仍习惯于用旧地名，那么将作注时间往后推几年、十几年，是可以的……所以，我们可以将作注的时间断为元代的中后期，约为十四世纪的二十年代到四十年代。"而书中的注绝大多数出自作者之手，因此，《三国志通俗演义》即应成书于这一时期。

（3）"成书于元末"说。陈铁民在《〈三国演义〉成书年代考》（载《文学遗产增刊十五辑》，中华书局1983年9月第1版）中认为：嘉靖本《三国志通俗演义》无疑是今存最早、最接近原著面貌的刻本，利用其注释来考证《三国演义》的成书年代是可靠的。根据嘉靖本注释中有评论和异文校记，以及有不少错误等情况判断，这些注释不大可能为罗贯中自作，而是《演义》的抄阅者和刊刻者零星写下，逐步积累起来的，其中有的作于元末，有的作于明初。既然有的注释作于元末，那么《演义》的成书年代自然也应在元末；即使根据一些作于明代洪武初年的注释，也可推知《演义》成书应在元末，因为只有在《演义》写成并流传之后，才有可能出现《演义》的注释。周兆新在《〈三国志演义〉成书于何时》（载其主编之《三国演义丛考》一书，北京大学出版社 1995 年 7 月第 1 版）中指出：联辉堂本《三国志传》中有"圣朝封赠（关羽）为义勇武安王"一语，汤宾尹本《三国志传》亦有相似语句，两本在提到"圣朝"之前，均曾提到"宋朝"，二者对举，可见"圣朝"不可能指宋朝；而明初洪武至永乐年间均无封赠关羽之事，可见"圣朝"也不可能指明朝。这样，它只能指元朝。元文宗天历元年（1328）曾加封关羽为"显灵义勇武安英济王"，结合《录鬼簿续编》的记载，《演义》当成书于元代后期。

（4）"成书于明初"说。持此说者较多，如欧阳健在《试论〈三国志通俗演义〉的成书年代》一文（载《三国演义研究集》，四川省社会科学院出版社 1983 年 12 月第 1 版）中认为：周楞伽、王利器先生根据元代理学家赵偕的《赵宝峰先生集》卷首的《门人祭宝峰先生文》等材料，认为罗贯中即门人名单中的罗本，这是可信的，按照门人之间"序齿"的通例，可以推算罗贯中的生年约在 1315—1318 年，卒年约在 1385—1388 年，再根据对《三国志通俗演义》中小字注所谓"今地名"的分析，可以判断：《三国志通俗演义》可能是罗贯中于明初开笔，其第十二卷的写作时间不早于洪武三年（1370），全书初稿的完成当在 1371 年之后。其时，罗贯中在五十五岁左右，其知识和阅历都足以胜任《演义》的写作。任昭坤在《从兵器辨〈三国志通俗演义〉的成书年代》（载《贵州文史丛刊》1986 年第 1 期）中认为：《三国志通俗演义》里叙述描写的火器，绝大多数在明初才创制，或才有那个名称，这证明《通俗演义》成书于明初。《通俗演义》描述的火器，使用者都是孔明，可见在作者心目中，只有孔明那样智慧过人的人才能创制使用先进火器，这说明作者所处时代是以冷兵器为主的，这也与明初的兵器实际状况相吻合。

（5）"成书于明中叶"说。张国光在《〈三国志通俗演义〉成书于明中叶辨》（载《社会科学研究》1983 年第 4 期，亦收入《三国演义研究集》）中认为：《三国志通俗演义》是以《三国志平话》为基础的，现存的《三国志平话》刊于元代至治年间（1321—1323），代表了当时讲史话本的最高水平，然而篇幅只有约 8 万字，文笔相当粗糙、简陋；而《三国志通俗演义》篇幅约 80 万字，是《平话》的十倍，其描写手法已接近成熟，因此，其诞生不能不远在《平话》之后。嘉靖本《三国志通俗演义》是第一个成熟的《三国演义》版本，它不是元末明初人罗贯中的作品，而是明代中后期的书商为了抬高其声价而托名罗贯中的，为此书作序的庸愚子（蒋大器）很可能就是它的作者。近年来，张志合的《从〈花关索传〉和〈义勇辞金〉杂剧看〈三国志通俗演义〉的成书年代》（载《河南大学学报》1990 年第 5 期），李伟实的《〈三国志通俗演义〉成书于明中叶弘治初年》（载《吉林社会科学》1995 年第 4 期）也认为《三国志通俗演义》成书于明代中叶。

　　面对上述诸说，沈伯俊提出：要确定《三国演义》的成书年代，必须具备三个条件。第一，对作者的生平及其创作经历有比较清晰的了解。尽管一些学者对罗贯中是否元代理学家赵宝峰的门人罗本、罗贯中与张士诚的关系、罗贯中与施耐庵的关系等问题作了积极的探考，但因资料不足，见解歧异，尚难遽尔断定《演义》成书的确切年代。第二，确认作品的原本或者最接近原本的版本。上述诸说，大部分把嘉靖元年本《三国志通俗演义》视为最接近原本面貌的版本，甚至径直把它当作原本，在此基础上立论。然而，近年来的研究表明，嘉靖元年本乃是一个加工较多的整理本，而明代诸本《三国志传》才更接近罗贯中原作的面貌（详下）。这样，以往论述的可靠性就不得不打一个相当大的折扣。第三，对作品（包括注文）进行全面而细致的研究。有的学者通过对书中小字注所提到的"今地名"来考证《演义》的成书年代，这不失为一种有益的尝试。但是，这里有两点值得注意。其一，必须证明小字注均出自作者之手，否则，其价值就要大打折扣（按：陈铁民已经指出小字注并非出自罗贯中之手；王长友在《武汉师院学报》1983 年第 2 期发表《嘉靖本〈三国志通俗演义〉小字注是作者手笔吗？》一文，认为嘉靖元年本的小字注并非作者本人手笔，"作注时该书已流传较久并得到推崇""作注者不但不是作者本人，也不是作者同时代的人。"张志合在《湖北大学学报》1994 年第 6 期发表《〈三国演义〉中的小字注非一人一时所加》一文，也指出"罗贯中决不可能就是嘉靖本的原作者，当然也决不会是其小注的作者"。这些小字注也不是出自某一时某一人之手，而是伴随着《三国演义》的成书和流传过程而存在的）。其二，对小字注的考察，应当与对作品各个方面的研究结合起来，才能获得可靠的结论，而以前对此所作的努力还很不够。结合以上各种因素，目前比较稳妥的说法仍然是：《演义》成书于元末明初，而成于明初的可能性更大一些（《〈校理本三国演义〉前言》，江苏古籍出版社 1992 年 2 月第 1 版）。

应当说，直到今天，我们尚未充分具备上述三个条件。因此，尽管人们对《三国演义》的成书年代问题的认识比之过去大有进步，但要真正形成令绝大多数学者信服的结论，仍有待于更加深入、更加细致、更加系统的研究。

（三）关于《三国演义》版本的整理与研究

《三国演义》版本甚多，仅现存的明代刊本就有大约 30 种，清代刊本 70 余种。各种版本数量之多，关系之复杂，都堪称古代小说之最。过去一个长时期中，人们对此缺乏认真细致的研究，误以为《三国》的版本问题比较简单，形成这样几点普遍的误解：① 嘉靖壬午本《三国志通俗演义》是最接近罗贯中原作的版本，或者就是罗氏原作；②《三国演义》只有由嘉靖本派生的一个版本系统；③ 在众多的《三国》版本中，最值得重视的只有嘉靖本（一些人称之为"罗本"）和毛纶、毛宗岗父子评改本（简称"毛本"）两种。正因为如此，从中华人民共和国成立到 1980 年以前，中国大陆只出版了嘉靖本的影印本和以毛本为基础的整理本；各种文学史、小说史论述《三国演义》时，一般都主要针对毛本，附带提及嘉靖本，而对其他版本几乎不屑一提。

1968 年，日本著名学者小川环树博士指出：明代万历以后出版的若干《三国》版本，包含嘉靖本完全没有的有关关索的情节，可见它们并非都是出自嘉靖本（《中国小说史研究》，岩波书店出版）。1976 年，澳大利亚华裔著名学者柳存仁教授发表《罗贯中讲史小说之真伪性质》一文

（原载《香港中文大学中国文化研究所学报》第 8 卷第 1 期，收入刘世德编《中国古代小说研究》一书，上海古籍出版社 1983 年 5 月第 1 版），对《三国》版本源流问题提出了重要的新见。80 年代以来，中国学者对《三国》版本的整理与研究付出了很大的努力；国外一些学者，如澳大利亚学者马兰安（Anne E. Mclaren），日本学者金文京、上田望、中川谕、英国学者魏安（A ndrew West）等也作了比较深入的研究。经过多年的努力，人们在以下方面取得了明显的进展。

1．关于版本的整理

二十年来，《三国》版本的整理出版形成了前所未有的繁荣景象。按照出版形式，可以分为影印、排印两大类别。

第一大类：影印本。就笔者所见，比较系统地影印《三国》版本者主要有四家。

其一，台湾天一出版社影印的《明清善本小说丛刊》，其中的"《三国演义》专辑"共收书 8 种，除最后两种系统书外，包括以下 6 种：①《新刻校正古本大字音释三国志通俗演义》，万历十九年（1591）金陵周曰校刊本（简称"周曰校本"）；②《新刻京本校正演义按鉴全像三国志传评林》，明万历间余象斗刊本（简称"评林本"）；③《新镌京本校正通俗演义按鉴三国志传》，万历三十三年（1605）郑氏联辉堂三垣馆刊本（简称"联辉堂本"）；④《重刻京本通俗演义按鉴三国志演义》，杨春元校，万历三十八年（1610）书林杨闽斋刊本（简称"杨春元本"）；⑤《李卓吾先生批评三国志》，清初吴郡绿荫堂覆明刊本（简称"绿荫堂本"）；⑥《第一才子书》，清三槐堂刊本（简称"三槐堂本"）。

其二，中华全国图书馆文献缩微复制中心影印的《三国志演义古版丛刊》，其第一辑包括以下 5 种：①《新刻按鉴全像批评三国志传》，万历二十年（1592）余氏双峰堂刊本（简称"双峰堂本"）；②《新刻汤学士校正古本按鉴演义全像通俗三国志传》，江夏汤宾尹校正，明万历间刊本（简称"汤宾尹本"）；③《新镌全像大字通俗演义三国志传》，明万历间刘龙田乔山堂刊本（简称"乔山堂本"）；④《新刻音释旁训评林演义三国志传》，明朱鼎臣辑（简称"朱鼎臣本"）；⑤《新刻按鉴演义京本三国英雄志传》，清宝华楼刊本（简称"宝华楼本"）。

其三，中华书局影印的《古本小说丛刊》，包括以下 6 种（按《丛刊》编辑顺序）：①《新锲京本校正通俗演义按鉴全像三国志传》，万历三十九年（1611）郑世容刊本（简称"郑世容本"）；②《三国志传》，万历年间乔山堂刘龙田刊本；③《三国志传》，万历三十三年（1605）联辉堂郑少垣刊本；④《三国志传评林》，万历年间余象斗刊本；⑤《三国志传》，万历二十年（1592）双峰堂刊本；⑥《鼎峙三国志传》，明藜光堂刘荣吾刊本（简称"藜光堂本"）。此外，《丛刊》还收入了以下 3 种与《三国演义》关系密切的书：①《三分事略》，元至元三十一年（1294）建安书堂刊本；②《三国因》，醉月山人编次，清代刊本；③《花关索传》，说唱词话，明成代十四年（1478）永顺书堂刊本。

其四，上海古籍出版社影印的《古本小说集成》，包括以下 2 种：①嘉靖元年本《三国志通俗演义》；②《二刻英雄谱》，全称《精镌合刻三国水浒全传》，明崇祯末年雄飞馆刊本，二十卷，每页上层为《水浒》，下层为《三国》，《三国》为"李卓吾评本"。《集成》还收入了以下 3 种与《三国演义》密切相关的书：①《三分事略》，元刻本；②《三国志平话》，元刻本；③《三国志后传》，西蜀酉阳野史编次，万历乙酉（三十七年，1609）序刻本。

此外，还有一些出版社影印了某些《三国》版本，如北京大学出版社影印的《钟伯敬先生批评三国志》，浙江人民出版社、中国书店分别影印的《增像全图三国演义》，等等。

第二大类：排印本。由于众多出版社竞相出版，《三国》的各种排印本纷纷问世。在难以计数的排印本中，相当一部分并未经过认真整理，缺乏学术价值。不过，确有一些排印本贯注了整理者的研究心得，在底本选择、整理原则、整理方法、整理质量等方面各具特色，具有较高的学术价值。其中值得注意的有以下几类。

（1）底本具有较高价值者。除了毛本《三国》已有多种标点本、校注本之外，若干重要版本都已有了标点本或校注本。如嘉靖元年本《三国志通俗演义》（有汪原放标点本，上海古籍出版社 1980 年 4 月第 1 版；沈伯俊校注本，花山文艺出版社 1993 年 5 月第 1 版）、周曰校本（有刘敬圻、关四平点校本，北方文艺出版社 1994 年 6 月第 1 版）、《李卓吾先生批评三国志》（有宋效永、奚泉民整理本，黄山书社 1991 年 4 月第 1 版；沈伯俊校理、李烨注释本，巴蜀书社 1993 年 11 月第 1 版）、《钟伯敬先生批评三国志》（有李灵年、王长友校点本，安徽文艺出版社 1994 年 10 月第 1 版）、《李笠翁批阅三国志》（有萧欣桥点校本，浙江古籍出版社出版），等等。

（2）在整理原则、整理方法上有所开拓者。如沈伯俊自九十年代初以来，先后出版了《校理本三国演义》（江苏古籍出版社 1992 年 2 月第 1 版）、毛本《三国》整理本（中州古籍出版社 1992 年 8 月第 1 版）、嘉靖元年本《三国志通俗演义》整理本、《李卓吾先生批评三国志》整理本，即以很大力量校正底本中的大量"技术性错误"（指那些并非出自作者的创作意图，并非作品艺术虚构和艺术描写的需要，而纯粹由于作者一时笔误或者传抄、刊刻之误而造成的，属于技术范畴的错误），得到学术界同行的高度评价。

（3）系统梳理《三国》的虚实关系者。如盛巽昌的《三国演义》补正本（上海画报出版社 1995 年 6 月第 1 版），于毛本《三国》各回之后附列札记，共 700 余条，对《三国》的虚实问题作了比较全面的补正。所谓"补"，一是说明《演义》中若干人物、名物、情节的渊源来由，二是补充《演义》没有写到的若干史实掌故；所谓"正"，即是以史之实，证文之虚。此本别具一格，给读者以丰富的知识。

（4）对《三国》进行重新评点者。已经问世的有三种：李国文评点本（漓江出版社 1994 年 8 月第 1 版），沈伯俊评点本（山西古籍出版社 1995 年 4 月第 1 版），丘振声回评本（广西人民出版社 1995 年 5 月第 1 版）。评点者或为著名作家，或为《三国》专家，各具功底，各有所长，为《三国》评点带来了新的风貌，新的见解。

2．关于版本的研究

首先，关于版本演变的源流关系。

在现存的明代《三国》版本中，数量最多的是万历至天启年间的诸本《三国志传》。过去，由于上述对《三国》版本关系的误解，人们将其视为"俗本"而不予重视。对此，柳存仁在《罗贯中讲史小说之真伪性质》中首先提出异议，认为："《三国志传》之刻本，今日所得见者虽为万历甚至天启年间所刊刻，时间固远在嘉靖壬午本《三国志通俗演义》之后，然其所根据之本（不论其祖本为一种或多种），固有可能在嘉靖壬午以前。"由此，他勾勒了《三国》版本演变的基本线索：大约在至治本《三国志平话》刊刻之后四十年左右，罗贯中有可能撰写《三国志传》，其后为其他各本《三国志传》所宗。在此之后，始有《三国志通俗演义》出世。近十几年来，中外学者作了进一步的探索，提出了一系列值得重视的见解。如澳大利亚学者马兰安认为：《三国》的最早版本比后期的各种版本包含了更多的民间口头传说和较少的正史资料，其中吸收了民间流传的关索或花关索故事，而嘉靖本的编者则因关索系传说人物而删除了这些故事。由此看来，《三国》版本演化的顺序是由"志传"本到"演义"本（《〈花关索说唱词话〉与〈三国志演义〉版本演变探索》，原载 1985 年欧洲《通报》（*Toung Pao*），中文译本收入周兆新主编的《三国演义丛考》，北京大学出版社 1995 年 7 月第 1 版）。日本学者金文京认为：根据虚构的关羽之子关索的出现情况，建安诸本《三国志传》可以分为四个种类：一是"花关索"系统的本子，二是"关索"系统的本子（二十卷本），三是另一部分"关索"系统的本子（十二卷·百二十回本），四是"花关索·关索"系统的本子。建安诸本保存着古本的面貌，是没有问题的。当然，嘉靖本也有按近原来面貌的地方。建安诸本与嘉靖本的关系是来自同一源头的同系统版本的异本关系，二者在文辞、内容上的差异，是在抄本阶段产生的。"关索故事的有无是《三国志演义》各本之内容上的最大差异，罗贯中原本究竟有没有这个故事乃是一个大问题，至少从现存的版本来考察，围绕这个全然虚构的人物展开的一串故事，在全书中显得很特别，而且前后故事还有矛盾之处，所以很有可能是后来插入进去的。"（《〈三国志演义〉版本试探——以建安诸本为中心》，原载《集刊东洋学》第 61 号，1989 年 5 月出版；中文译本收入《三国演义丛考》）。另一位日本学者中川谕分析了嘉靖本、周曰校本、吴观明本《李卓吾先生批评三国志》、毛本、余象斗双峰堂本等五种《三国》版本，指出："嘉靖本中没有，而以周曰校本为始出现在吴观明本、毛宗岗本的故事，包含关索故事在内，至少可以指出十一个。"这些插入的故事，是基于《资治通鉴》系统的通俗历史书。他认为：尽管嘉靖本是现存最早的《三国》版本，但决非最优秀的版本，也不是最接近罗贯中原作的版本；《三国志传》是与嘉靖本并列的版本，在某些方面保留了比嘉靖本更古的形态；毛本《三国》形成的大致轨迹是：原本——《三国志通俗演义》抄本——周曰校本——《李卓吾先生批评三国志》（吴观明本）——毛本（《〈三国志演义〉版本研究——毛宗岗本的成书过程》，原载《集刊东洋学》第 61 号，中文译本收入《三国演义丛考》）。再一位日本学者上田望比较系统地考察了现存的《三国》版本，将其分为七群：一是嘉靖元年本；二是《三国志传通俗演义》系列版本，包括周曰校本、夏振宇本；三是《李卓吾先生批评三国志》《钟伯敬先生批评三国志》《李笠翁批阅三国志》等 120 回本；四是包含关索故事的《三国志传》诸本；五是包含花关索故事的《三国志传》诸本；六是雄飞馆本《三国水浒全传》；七是毛宗岗本。"上述分类均以周静轩诗、关索故事、花关索故事、章回等为标准。正文本身也有不少细微差别。"众多版本可以分为两大系统——以文人为对象的《三国志通俗演义》系统（二十四卷本系统）和面向大众读者的《三国志传》诸本（二十卷本系统）。嘉靖本以外的版本都不是从嘉靖本分化出来的。二十四卷本系统中的夏振宇本是与二十卷本在有些地方文字相同，保留着古老面貌的版本之一，"李卓吾评本"和毛本都是由它或与它相同的版本发展而来的（《〈三国志演义〉版本试论——关于通俗小说版本演变的考察》，原载《东洋文化》第 71 号，1990 年 12 月；中文译本收入《三国演义丛考》）。中国学者方面，张颖、陈速认为：《三国演义》的现存版本，按正文内容可分为三大系统：一是《三国志通俗演义》系统，嘉靖本、周曰校本、夏振宇本属之；二是《三国志传》系统，余氏双峰堂本、朱鼎臣本、乔山堂本、联辉堂本、雄飞馆《英雄谱》本属之；三是《三国志演义》系统，毛宗岗本属之。《三国志传》不仅是《三国演义》最早的版本，而且是毛本所依之真正"古本"（《有关〈三国演义〉成书年代和版本演变问题的几点异议》，载《明清小说研究》第 5 辑，中国文联出版公司 1987 年 6 月第 1 版）。陈翔华在《诸葛亮形象史研究》一书（浙江古籍出版社 1990 年 12 月第 1 版）中将嘉靖元年本与诸本《三国志传》

比较，指出：① 诸本《三国志传》节目字数参差不齐，而嘉靖本节目则整齐划一，均为七字句式；② 诸本《三国志传》保存较多民间传说，有的刻本还详细记载不见于史籍的关索故事，而嘉靖本则无之。③《三国志传》的文字颇粗略，而嘉靖本已加修饰，较为增胜。由此可见，嘉靖本是一个修饰得更多的加工整理本。周兆新在《三国演义考评》一书（北京大学出版社 1990 年 12 月第 1 版）中对几种明代版本作了比较细致的考证，指出：①"嘉靖本尽管刊印的时代较早，但它仍然是一个明人修订本，不能代表罗贯中原作的面貌。"那种把嘉靖本说成"罗氏原作"的观点难以成立，倒是《三国志传》可能更接近罗贯中的原作。②《三国志传》与嘉靖本"乃是由罗贯中原作演变出来的并列的分支"。说嘉靖本是其余各种明版《演义》来源的观点值得重新考虑。沈伯俊在《校理本三国演义》的《前言》中指出：①《三国演义》的各种明刊本并非"都是以嘉靖本为底本"，诸本《三国志传》是自成体系的。② 从版本演变的角度来看，志传本的祖本比较接近罗贯中的原作，甚至可能就是罗氏原作（当然，不同的志传本的刻印者可能都有所改动）；而嘉靖本则是一个经过较多修改加工，同时又颇有错讹脱漏的版本。因此，我们不仅应该在以往的基础上，进一步加强对嘉靖本和毛本的研究，而且应该充分重视对《三国志传》的研究，特别要注意对各本《三国志传》之间的比较，对志传本与嘉靖本的比较。

不久以前，英国学者魏安出版了《三国演义版本考》一书（上海古籍出版社 1996 年 6 月第 1 版），对现存的《三国》版本进行了迄今为止最全面、最细致的研究。她先后查考了 26 种不同的非毛评本版本，包括绝大多数学者以前无法看到或未予注意的两种：一是上海图书馆所藏残页，其刊行年代很可能早于其他任何现存版本；二是西班牙爱思哥利亚（Escorial）修道院图书馆所藏嘉靖二十七年（1548）叶逢春本，其版心书名作《三国志传》，卷端书名有《新刊通俗演义三国史传》《重刊三国志通俗演义》等数种，全书 10 卷（每卷 24 则），每半叶正文上面有图像 1 幅。怎样确定各种版本之间的关系？魏安提出了一种新的方法——通过"串句脱文"来比较。她指出："在一本书流传的过程中经常会发生一种很特殊的抄写错误，那就是如果在几行之内再次出现相同的（或略同的）

词（或词组），抄写者在抄写的时候很容易抄到第一次出现的词（或词组），然后在原文里看错地方，而从相同的词（或词组）第二次出现的地方继续抄下去，结果是新抄的本子里脱漏一段文字。因为抄写者是读串了句子，这种抄写错误可以名为"串句脱文"（英文叫做 homoeoteleuton）""因为串句脱文既容易辨认且多出现，所以是很适合作为确定版本关系的证据""原则上可以判断，假如甲本在一个地方有串句脱文，而乙本不脱文，那么乙本不可能出于甲本，但甲本有可能出于乙本或者乙本的一个祖本；也可以判断，假如几种版本都有同一处串句脱文，它们必定都出于一个共同的祖本。"她在各本《三国演义》里总共找出了 154 个串句脱文例子。在此基础上，她将现存的《三国》版本分为 AB、CD 两大系统，认为《三国演义》版本的基本演化关系是这样：元末明初，罗贯中写成原本《三国演义》；经过一段时间的流传，罗氏原本演化为现存各种版本的共同祖本——"元祖本"，其特色是正文分为 10 卷，每卷首记录该卷的年代起讫，卷一首有总歌，有许多夹注，但是没有任何关于（花）关索的情节，也没有周静轩的咏史诗；元祖本分化为 AB 系统的祖本和 CD 系统的祖本，分别在明中叶刊行，ＡＢ系统均为官本或江南本，其读者多来自士大夫阶层，CD 系统均为闽本，其读者多来自小市民阶层；ＡＢ系统祖本的主要变化是：正文改分为 12 卷，每卷后记录该卷的年代起讫，卷一首的总歌被去掉，正文中增入引自《资治通鉴纲目集览》等史书的注释及论赞，等等；CD 系统祖本的主要变化是正文中增入周静轩诗 72 首；由 CD 系统分出的 C1 分支，正文改分为 20 卷，增入花关索故事；D 支，正文改分为 20 卷，增入关索故事；AB 系统中的 B 支，逐步演化出夏振宇本、周曰校本、李卓吾评本、毛本，等等。魏安对版本的掌握相当全面，其研究方法具有创新意义，比较科学，因而其论述具有很强的说服力。当然，魏安的研究也有可议之处，尽管她取得了明显突破，但其结论是否完全正确，尚需作进一步的考察。

其次，对若干重要版本的研究。

①关于周曰校本。中川谕指出它比之嘉靖本至少多出十一个故事，是《李卓吾先生批评三国志》（吴观明本）的祖本（同上文）。王长友也曾撰文，指出周曰校本比之嘉靖本有十大增文，是"李卓吾评本"的祖本。

② 关于《李卓吾先生批评三国志》。黄霖的《有关毛本〈三国演义〉的几个问题》（载《三国演义研究集》，四川省社会科学院出版社 1983 年 12 月第 1 版）、陈翔华的《诸葛亮形象史研究》、沈伯俊的《李卓吾先生批评三国志》整理本《前言》（巴蜀书社 1993 年 11 月第 1 版）等，均明确指出此本实际出自明末小说评点家叶昼之手。关于它的祖本，除中川谕、王长友持"周曰校本"之说外，上田望认为出自夏振宇本（同上文）。

③ 关于《钟伯敬先生批评三国志》。王长友对其底本、补叶、刊刻等问题作了认真探讨，认为此本所署"钟惺批评，陈仁锡校阅"，目前虽不足以证其实，但在没有确凿证据证明其为伪托之前，不妨姑且信其所署（《〈钟伯敬先生批评三国志〉探考》，载《〈三国演义〉与中国文化》，巴蜀书社 1991 年 9 月第 1 版）。黄霖则认为：此本批评不可能出自钟惺之手，也不可能是其门人或真正仰慕者的手笔，而只能是由那些与他无甚关系而借其名来牟利的书商和文人。所谓"陈仁锡校阅"亦属伪托（《关于〈三国〉钟惺与李渔评本两题》，载日本《中国古典小说研究》第一号，1995 年 6 月）。

④ 关于《李笠翁批阅三国志》。此本评语是否为李渔手笔，以往人们多未怀疑。黄强则通过考证，指出："这个评点本不可能出于李渔的手笔，这篇序也非李渔所写。"第一，李渔不具备完成这部评点本的时间。第二，醉耕堂刻本《四大奇书第一种》序言表明，李渔不会再继毛氏父子之后批阅《三国演义》。第三，"李评本"评语绝大多数皆出于毛评本，李渔决不会如此抄袭他人。第四，"李评本"不同于毛批的少量批语也非李渔所批。"如果说这部批点本在《三国演义》版本方面有什么特别之处的话，那就是它明确体现了毛宗岗'吾谓才子书之目，宜以《三国演义》为第一'的意图，将'第一才子书'作为《三国演义》的书名，导致以后的毛评本皆袭用这一名称。"（《〈李笠翁批阅三国志〉质疑》，载《晋阳学刊》1993 年第 5 期）黄霖也指出：此本评语并非出自李渔之手，而是在李渔去世后，由书商在承袭"李卓吾评本"和毛本评语的基础上稍加选择、点窜而成（同上文）。

（四）关于《三国演义》的主题

作为一部作品思想内涵的核心，《三国演义》的主题历来受到人们的重视。而由于其内涵极其丰富，人们对主题的概括又往往呈现出多义性。

"文革"以前，学术界对《三国》的主题的见解，可以归纳为四种主要观点：①"正统"说；②"'拥刘反曹'反映人民愿望"说；③"忠义"说；④"反映三国兴亡"说（详见沈伯俊：《建国以来〈三国演义〉研究综述》，载《社会科学研究》1982 年第 4 期；并收入《三国演义研究集》，四川省社会科学院出版社 1983 年 12 月出版）。

"文革"结束以后，《三国》研究逐渐开始复苏。1979 年，杨毓龙发表《谈〈三国演义〉的主题思想》一文（载《江西师范学院学报》1979 年第 3 期），提出"歌颂理想英雄"说（参见《三国演义辞典》第 693 页，巴蜀书社 1989 年 6 月第 1 版）。

到了 80 年代，随着《三国演义》研究日趋活跃，主题问题成为争论最为热烈的问题之一。有关主题的讨论主要表现在三个方面。

1．关于《三国》主题的多种概括

自 1980 年起，学者们对《三国》的主题从不同角度进行探讨，先后提出了十几种有代表性的观点。

（1）"赞美智慧"说。（朱世滋：《试论〈三国演义〉的主题》，载《丹东师专学报》1980 年第 2 期，参见《三国演义辞典》第 693—694 页）

（2）"天下归一"说。（王志武：《试论〈三国演义〉的主要思想意义》，载《西北大学学报》1980 年第 3 期，参见《三国演义辞典》第 694 页）

与"天下归一"说相近的是"分合"说。阐述此说的主要文章有李厚基、林骅的《三国演义简说》（上海古籍出版社 1984 年 6 月第 1 版），胡邦炜的《从"合久必分"到"分久必合"》（载《三国演义研究集》）等。

（3）"讴歌封建贤才"说。（赵庆元：《封建贤才的热情颂歌》，载《安徽师大学报》1981 年第 3 期，参见《三国演义辞典》第 694 页）

（4）"悲剧"说。（黄钧：《我们民族的雄伟的历史悲剧》，载《社会科学研究》1983 年第 4 期，并收入《三国演义研究集》，参见《三国演义辞典》第 695 页）

（5）"总结争夺政权经验"说。（鲁德才：《论〈三国演义〉的情节提炼对人物刻画的意义》，载《社会科学研究》1983年第4期；孙一珍：《试论〈三国志通俗演义〉的主题》，载《文学遗产》1985年第1期。参见《三国演义辞典》第657页）

（6）"追慕圣君贤相鱼水相谐"说。（曹学伟：《试论〈三国演义〉的主题》，载《三国演义研究集》，参见《三国演义辞典》第695页）

（7）"宣扬用兵之道"说。（任昭坤：《〈三国演义〉的主题应从军事角度认识》，载《三国演义研究集》，参见《三国演义辞典》第696页）

（8）"人才学教科书"说。（于朝贵：《一部形象生动的人才学教科书》，载《三国演义学刊》第1辑，四川省社会科学院出版社1985年7月出版；参见《三国演义辞典》第696页）

（9）"向往国家统一，歌颂'忠义'英雄"说。（沈伯俊：《向往国家统一，歌颂'忠义'英雄》，载《天府新论》1985年第6期；并收入《中国古典小说新论集》，西南师范大学出版社1987年11月第1版；参见《三国演义辞典》第697页）

（10）"总结历史经验"说。（胡世厚：《论〈三国演义〉的主题》，载《三国演义论文集》，中州古籍出版社1985年11月出版；参见《三国演义辞典》第697页）

（11）"乱世英雄颂歌"说。（齐裕焜：《乱世英雄的颂歌》，载《三国演义论文集》，中州古籍出版社；参见《三国演义辞典》第698页）

2．关于主题研究的必要性与合理性

由于对主题的概括一时众说纷纭，有学者对此表示了怀疑和否定，认为主题根本就不存在，对主题的研究毫无意义。对这类观点，沈伯俊撰文予以辨驳，肯定了主题研究的必要性及其学术价值（详见沈伯俊：《向往国家统一，歌颂"忠义"英雄——论〈三国演义〉的主题》，出处同上；《〈三国演义〉研究综述》，载《明清小说研究年鉴》，中国文联出版公司1989年6月第1版）。

3．关于主题的观念和研究主题的方法

为了正确认识主题研究中诸说并存的现象，推进主题研究的健康发展，就必须建立合理的主题观念，寻求恰当的研究方法。沈伯俊认为："主题乃是作者通过作品内容所表达的看法和主张。因此，我们对主题的概括既要提挈作品的全局，又要反映作者的思想""同一部作品，在不同时代、不同阶级、不同经历、不同性格的读者心中所唤起的感受，往往是大相径庭的。人们可以阐发自己各不相同的感受，却不应该把这些感受都称为'主题'。"（参见沈伯俊同上二文）欧阳健则认为："主题这个概念也应该看作是一个模糊概念，它既可以指作家想告诉人们什么，也可以指作品实际上提供了什么，还可以指读者从中领悟到了什么，以及这三者的统一""主题探究的模糊性就相应地造成了主题研究成果的相对性""从这个意义说，对于《三国演义》主题的说法的五花八门，正标志着研究的深入。这个过程永远不会完结。"（《有关〈三国演义〉研究的两个问题的思考》，载《明清小说研究》第 2 辑，中国文联出版公司 1985年 12 月出版）杨凌芬认为主题概念"有两个分支：创作理论中的主题和鉴赏理论中的主题。"因此，她主张"建立鉴赏论中的主题概念"。所谓"鉴赏论中的主题"，"就是研究者通过作品的形象体系和故事情节掌握的作品的中心思想。"（《建立鉴赏论中的主题概念》，载《明清小说研究》第 5 辑，中国文联出版公司 1987 年 6 月出版）这些观点，对研究者均有一定参考价值。

　　进入 90 年代，对《三国演义》思想内涵的研究有所深入，但对主题问题的探讨却不够活跃，专题论文较少。其原因主要有二：其一，对主题的观念和研究主题的方法还有分歧。其二，80 年代已经提出多种观点，要想超越它们，提出新的有说服力的观点，并非易事。尽如此，仍有一些学者发表了自己对《三国》主题的见解。例如潘承玉的《纷纷世事无穷尽，天数茫茫不可逃》（载《晋阳学刊》1994 年第 1 期）、秦玉明的《天道循环：〈三国演义〉的思想核心》（载《攀枝花大学学报》1996 年第 1期）。不过，由于他们对以往的《三国》研究，特别是主题研究的了解不够全面，其见解也有片面之处。看来，要想在主题研究上取得新的较大的进展，尚需作出进一步的深入努力。

（五）关于《三国演义》的人物形象

《三国演义》总共写了一千二百多个人物，其中有名有姓的大约一千人，堪称古代小说中写人物最多的巨著。其中，形象生动、性格鲜明、家喻户晓的人物就有几十个，而曹操、诸葛亮、关羽等形象更是文学史上公认的典型。80 年代以来，《三国》人物形象研究取得了显著成绩，主要表现在以下几个方面。

（1）研究范围明显扩大。对过去很少论及的人物和群体形象，出现了一批专题论文（参见《三国演义辞典》第 664—665 页）。

（2）研究的深度、角度、方法都大大拓展，新见迭出。80 年代，对曹操、诸葛亮、关羽、刘备、赵云、魏延、孙权、周瑜等形象，都发表了一批有影响的论文，如刘敬圻、黄钧、陈翔华、丘振声、黄霖、欧阳健、沈伯俊、刘上生、朱伟明、关四平、许建中等均有佳作（参见拙作《〈三国演义〉研究综述》，载《明清小说研究年鉴》1986 卷；《三国演义辞典》第 664—665 页）。

90 年代，人物形象研究中有代表性的主要论文如下。

① 关于曹操：沈伯俊的《曹操析》（载 1992 年 5 月 28 日《社会科学报》，亦见其所著《三国漫谈》一书），刘上生的《曹操形象的成功奥秘》（载《古典文学知识》1994 年第 6 期）。

② 关于诸葛亮：刘上生的《论诸葛亮形象的才智系统及其民族文化意蕴》（载《〈三国演义〉与中国文化》，巴蜀书社 1991 年 9 月出版），曹学伟的《道教与诸葛亮的形象塑造》（同上书），欧阳代发的《论蜀汉和诸葛亮的悲剧》（同上书），黄钧的《欲与天公试比高——诸葛亮形象史外部研究浅议》（载《〈三国演义〉与荆州》，中州古籍出版社 1993 年 9 月出版），王齐洲的《论诸葛亮形象的文化意义》（同上书）。

③ 关于关羽：叶松林的《义士·圣人·大神——〈三国演义〉中关羽形象的文化透视》（载《〈三国演义〉与中国文化》一书），黄海鹏的《天日心如镜，儒雅更知文——论〈三国演义〉中关羽的形象》（载《〈三国演义〉与荆州》一书），石麟的《崇高者的悲剧与悲剧性的崇高——关云长散论》（同上书），朱伟明的《关公形象及其文化意义》（同上书）。

3．对人物形象塑造理论进行了深入的探讨，集中表现为《三国》人物是否"类型化典型"的争论。代表性的论文有：傅继馥的《类型化艺术典型的光辉范本》（分别载《三国演义研究集》及《社会科学战线》1983年第 4 期），石昌渝的《论〈三国志演义〉人物形象的非类型化》（载《三国演义学刊》第 1 辑），张锦池的《论〈三国志通俗演义〉的创作原则和人物描写》（载《明清小说研究》1993 年第 1 期）。

（六）关于《三国演义》的创作方法与艺术成就

二十年来，对这一问题讨论热烈，成果甚丰。主要表现在三个方面。

1．关于《三国演义》的创作方法。学者们提出了五种观点

（1）认为《演义》的创作方法基本上是现实主义的。这是相当一部分学者的看法。

（2）认为《演义》的创作方法主要是浪漫主义的。80 年代代表性的论文有刘知渐的《〈三国演义〉新论》（载其所著《〈三国演义〉新论》一书，重庆出版社 1985 年 6 月第 1 版）。

（3）认为《演义》的创作方法是现实主义与浪漫主义的结合。80 年代代表性的论文有吴小林的《试论〈三国演义〉的艺术特色》（载《三国演义论文集》，中州古籍出版社 1985 年 11 月出版）。

（4）认为《演义》的创作方法是古典主义的。这种观点出现于 90 年代，代表性的论文有黄钧的《〈三国演义〉和中国的古典主义》（载《〈三国演义〉与中国文化》，巴蜀书社），张锦池的《论〈三国志通俗演义〉的创作原则和人物描写》等。

（5）认为《演义》的创作方法既不属于今天所说的现实主义，也不属于今天所说的浪漫主义，而是现实主义精神与浪漫情调、传奇色彩的结合。代表性论述有沈伯俊的《中国章回小说的开山之作——〈三国演义〉》（李保均主编之《明清小说比较研究》第二章第一节，四川大学出版社 1996 年 10 月第 1 版）。

2．关于《三国演义》的虚实关系

这与上一问题密切相关，一直是讨论的热点之一。80 年代代表性的

论文有：何满子的《历史小说在事实与虚构之间的摆动》（载 1984 年 3 月 20 日《光明日报》；收入其所著《汲古说林》一书，重庆出版社 1987 年 11 月第 1 版），傅隆基的《〈三国志通俗演义〉"基本符合史实"吗？》（载 1984 年 4 月 17 日《光明日报》），曲沐的《〈三国演义〉"虚""实"之我见》（载 1984 年 5 月 15 日《光明日报》），刘绍智的《〈三国演义〉的反历史主义》（载《三国演义学刊》第 1 辑），宁希元的《从宋元讲史说到〈三国演义〉中的虚实关系》（载《三国演义论文集》，中州古籍出版社），熊笃的《〈三国演义〉并非"七实三虚"》（载《三国演义学刊》第 2 辑，四川省社会科学院出版社 1986 年 8 月出版）（上述论文可参见《三国演义辞典》第 665—667 页）。90 年代较好的论文有钟扬的《"七实三虚"，还是"三实七虚"》（载《安庆师院社会科学学报》1991 年第 3 期）、郑铁生的《〈三国演义〉成书过程意象整合的虚实关系》（载《海南大学学报》1992 年第 2 期，亦见其所著《〈三国演义〉艺术欣赏》第一章第一节，中国国际广播出版社 1992 年 7 月第 1 版）。

3．关于《三国演义》的艺术特色和成就

（1）《三国演义》的总体艺术风格。80 年代有代表性的论文，可见丘振声的《〈三国演义〉的阳刚美》（载《三国演义学刊》第 1 辑）。90 年代代表性的论文，有吴志达的《刚柔兼济之美——〈三国演义〉中所体现的最高美学境界》（载《〈三国演义〉与荆州》一书）、沈伯俊的《中国章回小说的开山之作——〈三国演义〉》等。

（2）《三国演义》的情节艺术。80 年代代表性的论文有鲁德才的《〈三国演义〉的情节提炼》（载《古典文学论丛》第 2 辑，陕西人民出版社 1982 年 12 月第 1 版）、吴小林的《《试论〈三国演义〉的艺术特色》等。90 年代代表性的论文有傅隆基的《〈三国志通俗演义〉的叙事艺术浅探》（载《〈三国演义〉与中国文化》论文集）、沈伯俊的《中国章回小说的开山之作——〈三国演义〉》等。

（3）《三国演义》的战争描写艺术。80 年代代表性的论文有陈辽的《论"全景军事文学"〈三国演义〉》（载《三国演义研究集》）、冒炘、叶胥的《〈三国演义〉的战争描写》（《徐州师范学院学报》1983 年第 2 期，亦见其所著《三国演义创作论》第二章第八节）、郑云波的《论〈三国演义〉中的战争个性及其美学意义》（载《三国演义学刊》第 1 辑）、常林炎的《向〈三国演义〉借鉴写战争的艺术经验》（载《三国演义学刊》第 2 辑）等。90 年代代表性的论述有郑铁生的《三国演义艺术欣赏》第六章、沈伯俊的《中国章回小说的开山之作——〈三国演义〉》等。

（4）《三国演义》的性格艺术。八十年代代表性的论文有剑锋（霍雨佳）的《塑造典型美的辩证法》（载《中州学刊》1984 年第 4 期；亦收入《三国演义论文集》，中州古籍出版社）、杜景华的《论〈三国演义〉人物性格强化的特点》（载《三国演义学刊》第 1 辑）、宋常立的《〈三国演义〉人物心理表现特征及其构成原因》（载《三国演义学刊》第 2 辑）、艾斐的《论〈三国演义〉在典型塑造上的开拓与局限》（载《辽宁大学学报》1987 年第 3 期）等。九十年代代表性的论述有黄钧的《论〈三国演义〉的人物塑造》（载《文学遗产》1991 年第 1 期）、关四平的《论〈三国演义〉的"多层展现"人物性格表现法》（载《求是学刊》1991 年第 4 期）、郑铁生的《三国演义艺术欣赏》第五章等。

（5）《三国演义》的结构艺术。80 年代代表性的论文有冒炘、叶胥的《〈三国演义〉的结构艺术》（载《柳泉》1982 年第 3 期；亦收入其所著《三国演义创作论》）、吴小林的《试论〈三国志演义〉的艺术特色》、夏炜的《略论〈三国演义〉的整体结构特色》（载《中州学刊》1984 年第 4 期，亦收入《三国演义论文集》）等。90 年代代表性的论述有霍雨佳的《三国演义美学价值》（中州古籍出版社 1991 年 5 月第 1 版；后改名《〈三国〉美的欣赏》，由中国经济出版社再版）、郑铁生的《三国演义艺术欣赏》第四章等。

（七）关于毛宗岗父子和毛评《三国》

二十年来，在这个问题上取得了一系列进展和突破。主要体现在三个方面。

1. 关于毛氏父子的生平

黄霖的《有关毛本〈三国演义〉的几个问题》（载《三国演义研究集》）、

陈翔华的《诸葛亮形象史研究》（浙江古籍出版社 1990 年 12 月第 1 版），分别考察了毛纶、毛宗岗父子的生平。特别是陈翔华，考证出毛宗岗生年当在崇祯五年（1632），卒年当在康熙四十八年（1709）春后或次年（1710）之后。

2. 关于毛氏父子评改《三国演义》的得失

80 年代大致有三种意见。① 认为改得成功。如剑锋（霍雨佳）的《评毛纶、毛宗岗修订的〈三国演义〉》（载《海南师专学报》1981 年第 2 期）。② 认为改得不好。如傅隆基的《毛本〈三国演义〉与嘉靖本〈三国志通俗演义〉的比较研究》（载《华中工学院学报》社会科学版 1981 年第 1 期）、宁希元的《毛本〈三国演义〉指谬》（载《社会科学研究》1983 年第 4 期）。③ 认为功过相兼，得失参半。如刘敬圻的《〈三国演义〉嘉靖本和毛本校读札记》（载《求是学刊》1981 年第 1—2 期）、陈周昌的《毛宗岗评改〈三国演义〉的得失》（载《社会科学研究》1982 年第 4 期，亦收入《中国古典小说新论集》）（参见《三国演义辞典》第 669—672 页）。90 年代，学术界比较普遍的看法是：毛氏父子评改《三国演义》，成绩是主要的，但也存在缺陷和不足。代表性的论文是沈伯俊的《论毛本〈三国演义〉》（载《海南大学学报》1991 年第 3 期；亦见沈伯俊的毛本《三国演义》整理本《前言》，中州古籍出版社 1992 年 8 月第 1 版）。霍雨佳在其专著《〈三国演义〉美学价值》（即《〈三国〉美的欣赏》）中，进一步对毛评作了全面的肯定。

3. 关于毛宗岗的小说理论

（1）毛宗岗小说理论的特点和成就。80 年代的主要观点，可参见沈伯俊《近五年〈三国演义〉研究综述》《〈三国演义〉研究综述》（载《明清小说研究年鉴》），以及《中国古代小说理论研究》（华中工学院出版社1985 年 6 月第 1 版）、《三国演义学刊》第 2 辑。90 年代的研究，仍可参见沈伯俊的《论毛本〈三国演义〉》一文和霍雨佳的《〈三国演义〉美学价值》。

（2）毛宗岗在中国小说批评史上的地位。80 年代这方面成果甚多，可参看沈伯俊《近五年〈三国演义〉研究综述》《〈三国演义〉研究综述》

（载《明清小说研究年鉴》），以及《中国古代小说理论研究》（华中工学院出版社 1985 年 6 月第 1 版）、《三国演义学刊》第 2 辑、《三国演义辞典》第 671—672 页。90 年代的研究，仍可参见沈伯俊的《论毛本〈三国演义〉》一文和霍雨佳的《〈三国演义〉美学价值》。

（八）关于"三国文化"研究

自 80 年代后期开始，随着人们对《三国演义》进行多层次、多方位的研究，"三国文化"的命题自然而然地提了出来，研究成果日益丰富。讨论较多的主要有三个方面。

1. 关于"三国文化"的概念

对"三国文化"概念的探讨是从 90 年代开始的。沈伯俊指出，对"三国文化"可以作三个层次的理解和诠释。①历史学的"三国文化"观（或曰狭义的"三国文化"观），认为它就是历史上的三国时期的精神文化；②历史文化学的"三国文化"观（或曰扩展义的"三国文化"观），认为它就是三国时期的物质文明与精神文明的总和；③大文化的"三国文化"观（或曰广义的"三国文化"观），认为"三国文化"并不仅仅指、并不等同于"三国时期的文化"，而是指以三国时期的历史文化为源，以三国故事的传播演变为流，以《三国演义》及其诸多衍生现象为重要内容的综合性文化。一些学者提出的"诸葛亮文化""关羽文化""《三国演义》文化"，均可视为广义的"三国文化"的分支（《"三国文化"概念初探》，载《中华文化论坛》1994 年第 3 期）。

（1）关于"诸葛亮文化"。见胡世厚、卫绍生的《文化的积淀与再生——诸葛亮文化现象简论》（载《〈三国演义〉与荆州》一书）、谭良啸的《概论诸葛亮文化现象》（载《中华文化论坛》1995 年第 1 期）。

（2）关于"关羽文化"。见隗芾的《关羽文化简论》（载《〈三国演义〉与荆州》一书）。

（3）关于"《三国演义》文化"。见杨建文的《面对回归与跨越的抉择——"〈三国演义〉文化"论略》（载《〈三国演义〉与荆州》一书）。

2. 关于《三国演义》的文化内涵和价值

这方面论述颇多，从孟彦的《〈三国演义〉与中国文化学术讨论会综述》（载《〈三国演义〉与中国文化》一书）可见一斑。谭良啸的《卧龙辅霸——诸葛亮成功之谜》（四川人民出版社 1994 年 8 月第 1 版）、梅铮铮的《忠义春秋——关公崇拜与民族文化心理》（四川人民出版社 1994 年 8 月第 1 版），沈伯俊的《三国漫谈》（巴蜀书社 1995 年 2 月第 1 版），均为较有分量的著作。

3. 关于《三国演义》的应用研究

这是近年来人们致力甚多的一个领域，已经出版的专著，大约占二十年来《三国》研究专著、专书总数的将近一半。

所谓"应用研究"，就是超出纯文学的范畴，把《三国演义》当作中华民族古代智慧的结晶，当作人生的启示录，从应用科学的角度进行的研究。

"应用研究"的主要成果如下。

（1）日本：守屋洋的《〈三国志〉与人才学》（ＰＨＰ研究所 1981 年）、狩野直祯的《〈三国志〉的智慧》（讲谈社 1985 年）等。

（2）中国：80 年代的成果，如夏书章的《从"三国"故事谈现代管理》（湖南科学技术出版社 1987 年 8 月第 1 版）、黄新亚的《理想与现实的碰撞——从〈三国演义〉看中国古代人才观》（陕西人民出版社 1987 年 10 月第 1 版）、霍雨佳的《〈三国演义〉谋略新探》（海南人民出版社 1988 年 5 月第 1 版）、郭济兴、李世俊的《〈三国演义〉与经营谋略》（广西人民出版社 1988 年 6 月第 1 版）、李飞、周克西的《〈三国演义〉与经营管理》（北京体育学院出版社 1988 年 9 月第 1 版）等。

90 年代的成果，如谭洛非的《〈三国演义〉·谋略·领导艺术》（巴蜀书社 1991 年 8 月第 1 版）、胡世厚、卫绍生的《〈三国演义〉与人才学》（巴蜀书社 1993 年 6 月第 1 版）、霍雨佳的《〈三国演义〉与现代商战》（中国经济出版社 1991 年 7 月第 1 版）、《三国智谋精粹》（中国经济出版社 1993 年 1 月第 1 版）、《三国智愚百态》（中国经济出版社 1995 年 1 月第 1 版）、周俊的《〈三国演义〉与人才竞争》（南京大学出版社 1992 年 10

月第 1 版）、张立伟的《三国外交与现代公关》（四川人民出版社 1994 年 8 月第 1 版）、蔡茂友等的《〈三国演义〉与经商谋略》（民族出版社 1995 年 7 月第 1 版）、季新山的《〈三国演义〉与领导心理学》（沈阳出版社 1996 年 4 月第 1 版），等等，均为在认真研究基础上确有启发意义之作。

对"应用研究"，应当看到其开启人们思维的价值，不应简单地予以排斥和否定。恢宏的气度，开放的眼光，多维多向的视角，将使《三国演义》不断焕发出新的光彩。

三、对今后研究的展望

应当说，展望已经可以从对研究历史与现状的回顾之中看出端倪，而篇幅已不允许我再多作论述。这里只想强调四点。

（1）新的突破必须以版本研究的继续深化为基础。

（2）必须在研究的思路和方法上有所发展和创新。

（3）必须重视和加强对研究史的研究。

（4）必须大力加强国内外学术同行的交流与合作。

至于具体的阐述，读者若有兴趣，可以参考我的《面向新世纪的〈三国演义〉研究》一文（载《社会科学研究》1998 年第 4 期，亦收入拙著《三国演义新探》）。

（初稿写于 1996—1998 年，连载于《诸葛亮与三国文化》卷一至卷三；2000 年修订，收入拙著《三国演义新探》，四川人民出版社 2002 年版）

面向新世纪的《三国演义》研究

20 世纪 80 年代以来，《三国演义》研究取得了长足进展，成为古代小说研究领域成绩最为显著的分支之一。短短二十一年（1980—2000）间，中国大陆公开出版《三国演义》研究专著、专书（含论文集）大约 100 余部，相当于此前三十年的二十倍；发表研究文章 1600 余篇，相当于此前三十年的十倍之多。从总体上看，研究的广度和深度都大大超过了以往任何历史时期，在一系列问题上提出了许多新的见解，取得了若干新的突破。基本情况，可参见拙作《八十年代以来〈三国演义〉研究综述》一文（载《稗海新航——第三届大连明清小说国际会议论文集》，春风文艺出版社）。

在 21 世纪开始的时候，如何把握《三国演义》研究的发展方向，如何在新的世纪把研究提高到新的水平，这是值得每一个研究者认真思考的问题。这里就值得重视的几个问题略述己见，以就教于学术界同行。

一、新的突破必须以版本研究的深化为基础

读书必先明版本，这是学术研究的常识。要全面、系统地研究一部作品，弄清其版本源流乃是必不可少的基础。当然，由于人们研究的侧重不同，目的不同，版本知识的重要性在各个研究者的心目中也有所不同。像《三国演义》这样内涵丰富的典范性作品，如果仅就其某一方面进行一般性研究，似乎不一定需要系统的版本知识。例如，一般研究者面对通行的文本（通常是毛纶、毛宗岗父子评改本及其整理本），探讨其某一方面的思想意义，分析某一人物形象，论述某一艺术特色，鉴赏某一情节片断，完全可以直接就研究对象侃侃而谈，提出一些好的甚至精

彩的见解，似乎与版本源流的关系不大。然而，对于研究者整体而言，如果缺乏正确的版本知识，研究的科学性、准确性、完整性就会受到局限。举一个典型的例子：一些人常常用"合久必分，分久必合"这句话来概括《三国演义》的主题，分析罗贯中的思想；其实，这只是一种顺口的、省事的说法，虽然方便，却并不准确。首先，此说的基础是毛本《三国》开头的第一句："话说天下大势，分久必合，合久必分。"而明代的各种版本却根本没有这句话，不能随意用它来表述罗贯中的创作意图。其次，在罗贯中的心目中，"分"与"合"并不具有同等地位。尽管作品表现了东汉末年由"合"到"分"的过程，但这只是全书的发端，是对既定的客观史实的叙述；这种"分"并不反映作者的愿望，恰恰相反，作者对这一段"分"的历史是痛心疾首的。作者倾注笔墨重点描写的，倒是由"分"到"合"的艰难进程，是各路英雄豪杰为重新统一而艰苦奋斗的丰功伟绩。由此可见，如果要全面把握作品的思想内涵，就必须了解不同版本的区别；要从总体上提高研究的水平，就必须打好版本研究这个基础。

20 世纪 80 年代以前，人们对《三国演义》版本的研究是比较粗浅的。一些学者虽然知道《演义》的重要版本除了清代康熙年间以来流行的毛纶、毛宗岗评改本（简称"毛本"）之外，尚有明代的嘉靖壬午（元年，1522）刊本《三国志通俗演义》（简称"嘉靖壬午本"，过去习称"嘉靖本"）、万历十九年（1591）周曰校刊本《新刻校正古本大字音释三国志通俗演义》（简称"周曰校本"）、万历二十年（1592）余氏双峰堂刊本《新刻按鉴全像批评三国志传》（简称"双峰堂本"）、万历三十三年（1605）郑少垣联辉堂刊本《新镌京本校正通俗演义按鉴三国志传》（简称"联辉堂本"）、建阳吴观明刊本《李卓吾先生批评三国志》（简称"吴观明本"）等，但基本上都接受了郑振铎先生在其名作《三国志演义的演化》中的论断："这许多刊本必定是都出于一个来源，都是以嘉靖本为底本的。"①由此形成这样几点普遍的误解：① 嘉靖壬午本《三国志通俗演义》是最

---

① 原载《小说月报》二十卷十号（1929 年），先后收入郑氏《中国文学研究》（上）（作家出版社 1957 年第 1 版）及《郑振铎文集》第 5 卷（人民文学出版社 1988 年第 1 版）。

接近罗贯中原作的版本，或者就是罗氏原作；②《三国演义》只有由嘉靖壬午本派生的一个版本系统；③ 在众多的《三国》版本中，最值得重视的只有嘉靖壬午本和毛本。因此，在很长一个时期里，各种文学史、小说史论述《三国演义》时，一般都主要针对毛本，附带提及嘉靖壬午本，而对《三国志传》、"李卓吾评本"等其他明代刊本几乎不屑一提。这种状况，在相当程度上决定了《三国演义》研究的总体水平不高。

80 年代初期，人们开始重视对嘉靖壬午本的研究，或利用其中的小字注来考证《三国》的成书年代，或比较其与毛本之异同；不过，对《三国》版本源流的基本认识，仍大致与以前相同。因此，尽管这一时期初步打开了研究的局面，但尚未取得突破性的进展。从 80 年代中期起，特别是 1987 年 1 月中国《三国演义》学会举行《三国演义》版本讨论会以后，有关专家对《三国》版本的源流演变的认识大大深化，提出了一系列具有重要价值的新观点：①《三国演义》的各种明代刊本并非"都是以嘉靖本为底本"，诸本《三国志传》是自成体系的；② 从版本演变的角度来看，诸本《三国志传》的祖本比较接近罗贯中的原作，甚至有可能就是罗氏原作（当然，不同的志传本的刻印者可能都有所改动），而嘉靖壬午本则是一个经过较多修改加工，同时又颇有错讹脱漏的版本；③ 从版本形态的角度来看，《三国演义》的版本可以分为三个系统：一是《三国志传》系统，二是《三国志通俗演义》系统，三是毛本《三国志演义》系统。[①] 按照这些观点，既然嘉靖壬午本并非"最接近罗贯中原作的版本"，更不是"罗贯中原作"，那么，根据它和其中的小字注来考证《三国演义》的成书年代便是靠不住的（已有学者指出，嘉靖壬午本中的小字注不是或不完全是出自罗贯中之手）。这些见解，大大开拓了人们的视野，冲击了旧的思维模式，从而在一定程度上推动了整个《三国》研究的发展，

---

① 参见张颖、陈速：《有关〈三国演义〉成书年代和版本演变问题的几点异议》（载《明清小说研究》第 5 辑，中国文联出版公司 1987 年 6 月）；陈翔华：《诸葛亮形象史研究》（浙江古籍出版社 1990 年 12 月第 1 版）；周兆新：《三国演义考评》（北京大学出版社 1990 年 12 月第 1 版）；沈伯俊：《校理本三国演义·前言》（江苏古籍出版社 1992 年 2 月第 1 版）。

并在某些问题上有所突破。

不过，迄今为止，学术界对《三国》版本的研究仍然是不够深入、不够系统的。对于诸本《三国志传》，人们至今研究得不多；对于《三国志通俗演义》和《三国志传》两大版本系统内各本的递嬗关系，以及两大系统之间的互相吸收，人们已有的掌握还相当粗略；对于不同版本中一些内容的认识，还存在较大分歧，如一些版本中关于关索和花关索的情节，究竟是罗贯中原作就有的，还是在传抄刊刻中增加的，有关专家的看法就大相径庭。这些问题若不解决，直接影响到对《三国演义》的成书年代和罗贯中原作面貌这两大问题的研究；而这两大问题的研究，又直接关系到对一系列问题的定位。就拿《三国演义》的成书年代问题来说，尽管 80 年代以来出现了几种不同的观点，但受版本研究水平的局限，一时还难以定论，我们还不得不沿用"成书于元末明初"的说法。然而，"元末明初"毕竟是一个笼统的时间概念，"元末"和"明初"分属于两个时代，能否加以判定，直接牵涉到整个作品的时代定位。长期以来，各种文学史、小说史著作实际上都把《三国演义》列为明代作品；如果能证明它成书于元末（或元代后期），那就必须把它列入元代文学史的范畴，那么，以往对《三国演义》的各种分析，都应当重新加以审视，许多方面的认识不得不作出修改。这是一个非常重大的问题。因此，我们必须在现有的研究基础上，继续深化对版本的研究，以版本研究的突破来促进整个研究的突破。

二、必须在研究的思路和方法上有所创新

从宏观上看，《三国演义》研究在新世纪里要想取得新的进展，新的突破，就必须在研究的思路和方法上有所创新。这个问题非常复杂，这里只想提出三点。

1．在大文化的广阔背景下深入开拓

自 20 世纪 80 年代中后期开始，随着人们对《三国演义》进行多层次、多方位的观照，文学的研究日益拓展到文化的研究。这既是整整一个历史时期的"文化研究热"在《三国演义》研究中的反映，又是《三

国演义》研究自身向广度和深度进军的必然要求。

一部内容丰富、底蕴深厚的作品，不仅是一种文学现象，而且是一种文化现象。像《三国演义》这样对中华民族的精神生活和民族性格产生了深远影响的巨著，更是如此。从纯文学的角度来看，《三国演义》以其对小说体裁的历史性开拓、丰富多彩的故事情节、绚丽多姿的人物形象、宏大严密的总体结构、雄浑豪放的艺术风格，当之无愧地成为中国古代最优秀的长篇小说之一。同时，《三国演义》又是一部百科全书式的作品，积淀着极其丰富的文化内涵，具有多方面的文化意义。因此，对《三国演义》的研究，既可以从纯文学的角度进行，也可以从文化的角度进行。例如：对于《三国演义》的巨大影响，何满子先生超越纯文学的分析，从群众的历史感情的角度加以解释，认为："《三国演义》确是中国历史小说中第一部成功之作……但是，它之所以拥有这样深广的影响，却不能完全系之于小说自身的艺术能力，不能把三国故事如此广传，书中人物如此深入人心的功劳，一古脑儿记在罗贯中、毛宗岗的账上。"这里更重要的因素，是南朝以来要求理解历史的人民对于三国这一历史转折的关键时期的特别关注之情，还要加上各种文艺形式帮助传播之力。①这样的认识，比之仅仅从《演义》自身的艺术成就来找原因，显然更为全面和深刻。又如：80 年代中后期以来，在对《三国演义》的文学研究取得较大进展的同时，一些学者从人才学、谋略学、管理学、领导艺术等角度观照《三国演义》，出版了多部"应用研究"的著作，就是把《三国演义》当作中华民族古代智慧的结晶，当作人生的启示录来进行研究。这完全是可以的。当然，这种"应用研究"不是《三国》研究的主体，更不是《三国》研究的全部。在新的世纪里，我们更应在大文化的广阔背景下，对《三国演义》进行全方位的研究。这至少包含三个层面：一是对《演义》的文学特征和成就继续进行精深的探讨；二是将《演义》置于中华文化发展的长河中，深入发掘其文化内涵；三是全面总结《演义》对我们民族的精神生活和民族性格的广泛影响。这样，《三国演义》

---

① 何满子：《在评价〈三国演义〉的文学成就以前》，载《三国演义学刊》
第 1 辑，四川省社会科学院出版社 1985 年 7 月。

研究的天地将是无限宽广的。

2．积极运用新的研究方法

学术研究的历史证明，研究方法的更新具有重要的意义。研究方法问题不只是一般的工具问题，还有一个哲学上的方法论层次和认识论深度问题。从王国维到鲁迅，从郑振铎到 90 年代的研究者，古代小说研究的每一次历史性进步，都与研究方法的变革有关。二十一年来《三国演义》研究发展的历程，也证明了这一点。例如：对于诸葛亮形象，许多学者都作过精彩的论述，丘振声先生的论文《万古云霄一羽毛》、陈翔华先生的专著《诸葛亮形象史研究》便是其中很有影响的代表。①而黄钧先生则独辟蹊径，从母题学的角度进行探讨，指出诸葛亮作为一个悲剧英雄形象，他那知其不可而为之的奋斗精神，欲与天公试比高而终遭失败的悲剧结局，其实是我国的包括神话、传说、小说在内文学创作中的一个永恒的母题。诸葛亮从历史人物到艺术形象的演进过程，必然受到远古神话中悲剧英雄，特别是夸父所留下的"种族记忆"的影响和制约。"夸父、诸葛等英雄与自然、天命所开展的这一场极其庄严壮烈的竞赛，只能以薪尽火传的方式一代一代地延续下去。"②这样的论述，颇能给人新的启示。在新的世纪里，随着社会的全面进步，随着人们思想的进一步解放，新的文艺理论、新的研究方法将不断涌现。我们应当以开放的态度和求实的精神，认真鉴别，选择吸收，推动《三国演义》研究的继续深入。

3．勇于提出新的见解

学术研究的过程，是一个不断探索，不断追求真理的过程，永远需要突破陈说、提出新见的勇气——当然，提出新见必须是在事实的基础之上，必须是在踏踏实实地研究之后。二十一年来，许多研究者坚持"解

---

① 丘振声：《万古云霄一羽毛——诸葛亮艺术形象的生命力》，载《文学评论》1985 年第 1 期。陈翔华：《诸葛亮形象史研究》，浙江古籍出版社 1990 年 12 月第 1 版。

② 黄钧：《欲与天公试比高——诸葛亮形象史外部研究浅议》，载《〈三国演义〉与荆州》论文集，中州古籍出版社 1993 年 9 月

放思想，实事求是"的原则，勇于独立思考，或对陈说提出质疑，或对前人的观点予以发展，或提出新的观点，开辟新的研究领域，在一系列问题上取得了可喜的进展。例如：80 年代初，有学者根据欧洲叙事文学理论中"从类型化典型到性格化典型"的人物塑造规律，提出了《三国》人物是类型化典型的光辉范本"的观点①，产生了相当大的影响。对此，一些学者予以驳议，认为"类型化典型"的提法是不科学的。刘上生先生则进一步提出新的范畴，认为《三国》人物是特征化的艺术形象以至典型，代表了特征化艺术的高峰。②这就有利于研究的深入。在新的世纪里，我们应当更好地发扬勇于创新的精神，争取无愧于时代的新的成就。

三、必须重视和加强对研究史的研究

二十一年来，《三国演义》研究中思想深刻、观点新颖、具有独到见解的优秀论著固然不少，而题目陈旧、内容浮泛、缺乏新意的平平之作也相当多。一些文章，一望而知是"炒冷饭"的货色，作者既无卓异的见解，自然也就谈不上对他人的启示意义。类似情况，在其他领域的研究中也普遍存在。平庸之作之所以频频出现，原因当然很复杂：有的是由于思想水平不高，有的是由于学术功力不足，有的是由于治学态度不够严谨（或为了评职称而临时拼凑，或为了取得某次学术会议的入场券而草草应付，或对论题浅尝辄止率尔为文）；此外还有一个重要的原因，就是对研究的历史和现状缺乏了解。

任何一门学问，都有其创立和发展的过程，都是在逐步积累中不断丰富和完善的。只有充分掌握已有的研究成果，才谈得上发展和创新；只有站在前人的肩膀上，才能比前人看得更远。因此，研究任何一个课题，都应该首先把握其研究史，了解在自己着手之前，别人已经研究了

---

① 傅继馥：《〈三国〉人物是类型化典型的光辉范本》，载《社会科学战线》1983 年第 4 期，亦收入《三国演义研究集》（四川省社会科学院出版社 1983 年 12 月）。

② 刘上生：《中国古代小说艺术史》第 3 章，湖南师范大学出版社 1993 年 6 月第 1 版。

多少，研究到什么程度，有些什么观点，存在哪些问题，从而确定自己的研究起点，选取适当的研究角度，这是学术界公认的治学之道。如果对一个课题的研究史很不熟悉，甚至一无所知，仅凭一时的"读书有感"去仓促上阵，闭门造车，往往会陷入"盲人骑瞎马"的尴尬境地。

如果对研究史缺乏了解，在论题的选取上就会带有很大的盲目性和随意性，常常是什么"热"就研究什么，什么容易着手就抓住什么，极易形成人云亦云，"炒冷饭"的毛病。当然，这并不是说别人研究过的课题便不能再研究，只要在材料、观点、方法诸方面能够出新，老题目照样可以写出好文章；而且，一些重要的课题，人们还将一代又一代地研究下去。不过，在思想、艺术功底不足的情况下，论题的重复极易导致内容的重复。比如，在《三国》人物形象研究中，有关曹操、诸葛亮、关羽的论文已经很多，其中不乏富于启迪意义的佳作；如果一位研究者仅仅打算对他们的性格特色作一般性的分析，这样的文章便很难说有多少学术价值。反之，一些很有研究价值的论题，由于研究者不了解研究史，却长期处于被忽视的地位。例如，对于《三国演义》中对比手法的运用，诗赋谣谚的作用，数十年来仅有寥寥几篇专题论文；对于《三国演义》的语言特色，不少论著只是顺带涉及，而专门研究的论文却仅有一两篇，这不能不说是一个缺陷。

如果对研究史缺乏了解，在观点的提炼上往往会有较大的局限性，难免出现三种情况：一是起点可能偏低，二是思路可能偏窄，三是见解易与他人雷同。例如，对于《三国演义》"尊刘贬曹"的思想倾向，50年代在"左"的思想影响下，一些人简单化地斥之为"封建正统思想"。改革开放以来，经过重新讨论，许多学者已经指出：罗贯中之所以"尊刘"，并非简单地因为刘备姓刘（刘表、刘璋也是汉室宗亲，而且家世比刘备显赫得多，却每每遭到嘲笑；汉桓帝、汉灵帝这两个姓刘的皇帝，更是作者鞭挞的对象），而是由于刘备集团一开始就提出"上报国家，下安黎庶"的口号，为恢复汉家的一统天下而不懈努力，被宋元以来具有民族思想的广大群众所追慕；而这个集团的领袖刘备的"仁"、诸葛亮的"智"、关羽等人的"义"，也都符合广大民众的道德观。罗贯中之所以"贬曹"，是因为曹操作为"奸雄"的典型，常常屠戮百姓，摧残人才；而对曹操统一北方的巨大功业和非凡胆略，则作了肯定性的描写，并未随意贬低。由此可见，"尊刘贬曹"主要反映了广大民众按照"抚我则后，虐我则仇"的标准对封建政治和封建政治家的评判和选择。这一观点，已经得到《三国》研究界的普遍认同。如果今天的某位研究者仍然用"封建正统思想"来解释《三国演义》的"尊刘贬曹"倾向，那最多不过是重复 50 年代早已有之的看法，根本谈不上是什么"新观点"了。常常看到一些研究者，费了很大力气写成一篇文章，自以为颇有见解，其实却是在重复别人早已论述过的观点，原因就在于不了解研究的历史与现状。

如果对研究史缺乏了解，又没花足够的功夫去认真掌握原始资料，对事实的陈述就往往会不准确，甚至在一些常识性的问题上犯错误，闹笑话。例如，在相当长的一段时间里，人们误以为《三国演义》"总共写了 400 多个人物"，近几十年来出版的几种比较权威的文学史、小说史，大多如此叙述。我早在 1984 年就撰文指出：这一说法，来源于嘉靖壬午本《三国志通俗演义》卷首的《三国志宗僚》。其实，《三国志宗僚》是根据陈寿的史书《三国志》编列的，其中一些人物，如曹操的几个夫人和大部分儿子，曹丕的几个夫人和大部分儿子，著名文学家阮籍、嵇康等，在《三国演义》中并未出现；反过来，《三国演义》中的一些人物，如黄巾起义领袖张角兄弟，"水镜先生"司马徽，诸葛亮的好友崔州平、石广元、孟公威等人，在《三国志宗僚》里也找不到；至于《三国演义》虚构的许多人物，如貂蝉、周仓、吴国太等，当然更不可能列入《三国志宗僚》。由此可见，《三国志宗僚》并非小说《三国演义》的人物表，根本不能作为统计《演义》人物的依据。根据毛本《三国演义》初步统计，其中有姓氏的人物就有 980 多人[①]。遗憾的是，一些研究者既未注意到这篇文章，又未认真核对材料，仍然沿袭过去的错误说法，这就不能不影响其论著的科学性。有鉴于此，我于 1992 年再次撰文，进一步指出：《三国志宗僚》共列 511 人（按：经最近再次复查，其中 3 人系重复计算，实应为 508 人），以往的学者并未仔细点数，只是约莫估计一下，便提出"400 多个人物"之说，即使是对《三国志宗僚》而言，也是不准确的。

---

① 详见拙作《〈三国〉人物数更多》，载 1984 年 6 月 23 日《四川日报》。

通过《宗僚》与《演义》的对照，可以断定，所谓"《三国演义》总共写了 400 多个人物"的说法，乃是粗枝大叶的产物，完全是错误的。根据我在《三国演义辞典》（巴蜀书社 1989 年 6 月第 1 版）的《人物》部分所编写的辞条，《演义》总共写了 1200 多个人物，其中有姓有名的大约1000 人，确实是古代小说中写人物最多的巨著①。这本来只是一个小问题，但因惰性作怪，竟然成了一个习惯性错误，长期得不到纠正。衷心希望今后的研究者能引起注意，再不要以讹传讹了。

大量的事实告诉我们：只有重视和加强对研究史的研究，才能从整体上提高《三国演义》研究的水平。为此，应当逐年整理《三国演义》研究论著索引，系统收集和整理新的研究资料，撰写专门的研究著作，为今后的研究提供路标。同时，应当大大强化研究者重视研究史的意识，把这与树立严谨求实的学风联系在一起。随着人们学术素养的提高，必将在新的世纪开创《三国演义》研究的新局面。

四、积极推进《三国演义》数字化工程

人类正在进入数字化信息社会，随着计算机技术和互联网技术的迅速发展，"数字化"极大地改变了人们的工作、生活和学习，成为全球化的发展趋势。在这种大背景下，如何利用计算机和网络技术开展《三国演义》研究，已经成为一个崭新的、亟需面对、急待开拓的重大课题。

在《三国演义》研究领域，迄今为止，数字化和计算机研究基本上还是空白。诚然，许多研究者已经开始使用计算机，但只是把计算机当作写作工具和资料积累工具，用以代替笔和卡片；许多研究者已经开始"上网"，但主要用于互相发送 E-mail，查询和传递一些学术信息；而由于自身知识结构的局限，真正利用电脑和网络进行《三国演义》的分析研究还处于酝酿和起步的阶段。在一系列重要的研究课题上，大量分散的手工劳动，不仅多有重复，而且难以避免资料的不完整性和由此带来的思

---

① 详见拙作《〈三国演义〉究竟写了多少人物》，载 1992 年 4 月 24 日《人民日报》海外版，先后收入拙著《三国漫谈》（巴蜀书社 1995 年 2 月第 1 版）、《三国漫话》（四川人民出版社 2000 年 9 月第 1 版）。

路的狭隘性、结论的片面性和随意性。在新世纪到来之际，将《三国演义》数字化，运用计算机和网络进行研究，以实现研究手段的现代化、研究方法的规范化、研究成果的科学化，肯定可以大大加快《三国演义》研究的步伐，在若干重要问题上取得突破，从而使整个研究获得质的飞跃，从根本上提高研究的整体质量，推动《三国演义》研究的深入发展。

根据现有的认识，《三国演义》数字化工程首先应当包括以下方面的内容：

1．《三国演义》版本数字化。目前《三国演义》已经出版多种光盘，并已在多家网站上网。但这种光盘版和网络版的《三国演义》，基本上采用通行的毛本标点排印本，仅仅适合一般读者。要利用计算机对《三国演义》进行真正深入、细致的学术研究，就必须将《三国演义》的各种版本全部数字化，这是利用计算机开展《三国演义》研究的前提。只有完成这项基础工程，才能利用计算机开展《三国演义》的各种分析研究工作。

2．利用计算机进行版本比对，包括进行"串行脱文"（homoeoteleuton）研究。这对确定《三国演义》的成书过程和版本演化关系大有益处。

3．文本和图像的检索。

4．评语的汇集和研究。

5．建立《三国演义》语料库。

6．建立《三国演义》数据库。例如：人物数据库，职官数据库，地理数据库，战役数据库，兵器数据库，版本数据库，名胜古迹数据库，论文、专著数据库，等等。

《三国演义》数字化工程属于交叉科学研究，要求研究开发人员对于计算机和古典小说都有深入的了解，需要《三国演义》专家与计算机专家密切配合，这是完成这 重要工程的关键。同时，由于《三国演义》数字化工程的工作量和难度都很大，需要联合国内外有志于此的单位和人士，多方集资，分工协作，联合攻关，资源共享。

五、努力加强中外学术交流

回顾《三国演义》研究走过的道路，一个非常重要的事实是：中外学者的交流，对于推动研究的发展具有举足轻重的作用。首先，在研究资料的收集上，由于历史的原因，外国学者在某些罕见资料（如某些稀见版本）的掌握上，比之中国学者较为便利，可以为我们提供重要的参考。其次，由于知识结构、工作环境的差异，外国学者在研究角度、研究方法等方面有自己的特长，可以与中国学者互相交流，优势互补。再次，由于社会背景、文化心理的不同，外国学者对许多问题的理解和认识，往往与中国学者颇有差异，也可为我们提供有益的借鉴。在这些问题上，我们既不应夜郎自大，自我封闭，也不必妄自菲薄，自惭形秽；而应以诚挚而恳切的态度，开放而自信的心态，与海外学者平等交流，互相学习，取长补短，共同推动学术的发展。

试以《三国演义》版本研究为例。当我们还误以为明代的各种刊本均出自嘉靖壬午本时，日本著名学者小川环树博士1968年就率先指出：明代万历以后出版的若干《三国》版本，包含嘉靖壬午本完全没有的有关关索的情节，可见它们并非都是出自嘉靖壬午本。1976年，澳大利亚著名华裔学者柳存仁教授撰文，对轻视《三国志传》的偏见提出异议，认为："《三国志传》之刻本，今日所得见者虽为万历甚至天启年间所刊刻，时间固远在嘉靖壬午本《三国志通俗演义》之后，然其所根据之本（不论其祖本为一种或多种），固有可能在嘉靖壬午以前。"[1]80年代，澳大利亚学者马兰安（Anne E. Mclaren）、日本学者金文京、中川谕、上田望等，也对《三国》版本作了比较深入的研究，提出了一些很好的见解。[2]到

---

[1] 小川环树：《中国小说史研究》，日本岩波书店1968年。柳存仁：《罗贯中讲史小说之真伪性质》，原载《香港中文大学中国文化研究所学报》第8卷第1期，亦收入刘世德编《中国古代小说研究》一书（上海古籍出版社1983年5月第1版）。

[2] 马兰安：《〈花关索说唱词话〉与〈三国志演义〉版本演变探索》，原载1985年欧洲《通报》；金文京：《〈三国志演义〉版本试探——以建安诸本为中心》，原载日本《集刊东洋学》第61号；中川谕：《〈三国志演义〉版本研究——毛宗岗本的成书过程》，原载《集刊东洋学》第61号；上田望：《〈三国志演义〉版本试论——关于通俗小说版本演变的考察》，原载日本《东洋文化》第71号。以上文章的中文译文均收入周兆新主编之《三国演义丛考》一书，北京大学出版社1995年7月第1版。

了 90 年代，英国学者魏安（Andrew West）出版专著《三国演义版本考》[①]，对现存的《三国》版本进行了迄今为止最全面、最细致的研究，在研究方法上也有所创新，其论述具有相当强的说服力。这些研究，对中国学者很有帮助，受到中国学者的普遍好评。反过来，80 年代以来中国学者在版本研究和整理中取得的成就，也受到外国同行的高度重视。这种彼此交流，有力地促进了《三国演义》版本研究的进展。

此外，就研究方法而言，俄罗斯学者李福清（Riftin）博士对《三国演义》与民间文学关系的系统研究，日本学者大塚秀高教授从通俗文艺作品发掘《三国》人物和情节的渊源的研究，等等，对我们都具有启发意义，值得认真借鉴。

可惜的是，由于渠道太少，中外《三国演义》研究者之间的交流至今还很不充分，在互相传递研究信息、互相吸收研究成果等方面还有许多空白。在新的世纪里，我们必须采取各种有效措施，大力加强中外文化交流，使中外学者的合作转化为《三国演义》研究的累累硕果。

新世纪的曙光已经降临。展望《三国演义》研究的前景，我们充满信心。让我们以实实在在的努力，不断提高研究水平，使这部古典名著焕发出更加灿烂的光彩！

（初稿写于 1998 年 5 月，修订于 2001 年 5 月。原载于《四川师范学院报（哲学社会科学版）》2001 年第 6 期。）

---

① 魏安：《三国演义版本考》，上海古籍出版社 1996 年 6 月第 1 版。

中国和日本：《三国》研究的回顾与展望

沈伯俊　　金文京

编者按　《三国演义》是中国文学史上第一部成熟的长篇小说，不仅在中国家喻户晓，而且深受世界各国，特别是亚洲各国人民的喜爱。为此，本刊特约请中国《三国演义》研究专家沈伯俊教授、旅日韩国《三国演义》研究专家金文京教授，就中国和日本的《三国演义》研究进行对话，总结成绩，指出问题，展望前景，以期推动今后的研究，促进中日文化交流。

沈伯俊，1946 年生，1970 年毕业于四川大学外文系。1980 年到四川省社会科学院从事古典文学研究。历任文学研究所副所长、哲学文化研究所所长、文学研究所所长、研究员。现任四川大学文学与新闻学院教授、博士生导师，兼任中国《三国演义》学会常务副会长兼秘书长。主要著作有《三国演义辞典》《校理本三国演义》《三国演义》评点本、《罗贯中和〈三国演义〉》《三国漫话》《三国演义新探》《图说三国》《沈伯俊说三国》等。

金文京，1952 年生于东京，国籍韩国，1979 年日本京都大学大学院中文系博士课程修了。现任京都大学人文科学研究所教授。主要著作有《花关索传研究》《三国演义的世界》《三国志的世界》等。

沈伯俊：金文京教授，在中国古典名著中，《三国演义》大概是中日两国人民共同感兴趣的小说。20 世纪 80 年代以来，中国的《三国演义》研究取得了长足进展，中日两国学者在这一领域的交流也有了新的面貌。我想和您共同回顾这一时期的研究情况，并对研究的发展趋势进行展望，您看好吗？

金文京：很高兴有机会同沈教授一起进行回顾和展望。《三国演义》

作为中国古代小说的代表性作品，成书以后，很快传播到日本、韩国（朝鲜）、越南等近邻国家，产生了广泛的影响。这些国家的人民对《三国演义》的喜爱、对其内容的熟悉程度，比之中国，可谓毫不逊色。早在元代，朝鲜半岛的高丽人所编的汉语会话课本《老乞大》中就有当时高丽商人在大都（今北京）的书店买到《三国志平话》的记载，这是有关《三国志平话》最早的文献纪录。而在日本，1689—1692 年之间出版的湖南文山（京都天龙寺的两位和尚义辙、月堂的合名）所译《通俗三国志》是世界上第一个《三国演义》的外文译本，对《三国演义》在日本的普及产生了极大影响。长期以来，日本学者都很重视《三国演义》研究。因此，日、中两国学者就此进行交流，确实是非常有意义的。

一、新的进展，新的突破

沈伯俊：20 世纪 80 年代以来，中国的《三国演义》研究发展健康，成绩突出，为整个古代文学研究界所瞩目。其主要标志有三。其一，学术成果大量涌现。根据我的初步统计，这一时期，中国大陆已经公开出版《三国演义》研究专著、专书大约 140 部，相当于过去三十年总数（5 部）的二十八倍；发表研究文章大约 2000 篇，相当于过去三十年总数（135 篇）的十五倍。其中包括一批水平较高，影响较大的成果。其二，学术会议接连举行。二十五年来，总共举行了十七次全国性的《三国演义》学术研讨会，五次专题研讨会，两次国际研讨会。这些会议，有力地推动了研究的发展。其三，学术团体纷纷成立。继 1984 年 4 月中国《三国演义》学会成立之后，一些省、市、县级学会也陆续成立，有的地方还建立了专门研究机构。它们是《三国演义》研究事业不断发展的主要推动者。

金文京：日本目前保存了元代两种不同的《三国志平话》版本以及明代《三国演义》的几种版本（在中国大都已失传），这些宝贵资料，无疑为研究工作提供了便利条件。日本学者对《三国演义》各方面的研究所取得的诸多成果，可供中国学者参考。只因国情不同等种种因素，日本学者的观点及研究方向、兴趣所在都与中国学者有所差别，甚至某些问题上存在着意见分歧，需要两国学者之间进一步的交流和讨论，这对

《三国演义》研究的发展应该是有益处的。

沈伯俊：二十五年来，中国《三国演义》研究的广度和深度都大大超过了以往任何历史时期，在一系列问题上提出了许多新的见解，取得了若干新的突破。其中，最为引人瞩目的有下列几个问题。第一，关于罗贯中的生平籍贯。这个问题，以往研究不多。80 年代以来，人们对罗贯中的籍贯、交游等问题进行了积极的探讨，主要围绕其籍贯问题的"东原""太原"两说展开争鸣。持"东原"说的代表性论文有刘知渐的《重新评价〈三国演义〉》（载《社会科学研究》1982 年第 4 期）、王利器的《罗贯中与〈三国志通俗演义〉》（载《社会科学研究》1983 年第 1—2 期）、沈伯俊的《关于罗贯中的籍贯问题》（载《海南大学学报》1987 年第 2 期）等；持"太原"说的代表性论文有李修生的《论罗贯中》（载《山西师院学报》1981 年第 1 期）、孟繁仁的《〈录鬼簿续编〉与罗贯中种种》（载《三国演义学刊》第 2 辑，四川省社会科学院出版社 1986 年 8 月版）、刘世德的《罗贯中籍贯考辨》（载《文学遗产》1992 年第 2 期）等。在两种观点的碰撞中，刘颖在《罗贯中的籍贯——太原即东原解》（载《齐鲁学刊》1994 年增刊）中提出，《录鬼簿续编》所说的"太原"，很可能是指东晋、刘宋时期设置的"东太原"，即山东太原，与"东原"实为一地。杨海中的《罗贯中的籍贯应为山东太原》（载《东岳论丛》1995 年第 4 期）、杜贵晨的《罗贯中籍贯"东原"说辨论》（载《齐鲁学刊》1995 年第 5 期）也进一步论述了"太原"应指"东太原"，亦即"东原"。这一具有启发意义的思路，为"东原"说与"太原"说打通了联系，朝着问题的解决前进了一步（参见拙作《新的进展，新的突破——新时期〈三国演义〉研究述评》，收入本人所著《三国演义新探》，四川人民出版社 2002 年版）。

金文京：罗贯中的生平籍贯，是中国学者的热门话题，却被日本学者冷落了。主要的原因在于日本学者一般对罗贯中的作者地位持不置可否的态度，因为有关罗贯中的惟一可靠的文献是《录鬼簿续编》，而没有具体的资料足以证明《录鬼簿续编》所说的罗贯中就是《三国演义》的作者。日本学者并不积极地探索罗贯中籍贯诸问题，原因也即在此。我的《罗贯中的本贯》（载《中国古典小说研究动态》1989 年第 3 号）大概是目前惟一的论文，文中主张金末元初北人南徙为人口流动的主要动向，正如元曲四大家之一的白仁甫原是山西河曲人，在金末元初先寄居河北真定，后定居南京。罗贯中或他的父祖辈也很可能先是太原人，后来移居东平，再转到杭州，因为我们有理由相信写定《三国演义》的作者不熟悉北方地理，可能是南方人。

沈伯俊：80 年代以来，中国《三国演义》研究中第二个引人瞩目的问题是：关于《三国演义》的成书年代。长期以来，学术界公认《三国演义》成书于元末明初。一些学者不满足于"元末明初"的笼统提法，对《演义》的成书年代问题作了进一步的探讨，提出了五种有代表性的观点。一、"成书于宋代乃至以前"说。持此观点者主要是周邨的《〈三国演义〉非明清小说》一文（载《群众论丛》1980 年第 3 期）。此说完全忽视了《三国演义》吸取元代《三国志平话》和元杂剧三国戏内容的明显事实，难以成立，因而至今无人赞同。二、"成书于元代中期"说。持此说者以章培恒的《三国志通俗演义》排印本前言（上海古籍出版社 1980 年版）和袁世硕的《明嘉靖刊本〈三国志通俗演义〉乃元人罗贯中原作》（载《东岳论丛》1980 年第 3 期）为代表。章培恒认为"《三国志通俗演义》似当写于元文宗天历二年（1329）之前"，袁世硕则认为《演义》成书于 14 世纪 20 年代到 40 年代。近年来，杜贵晨又进一步认为《演义》"成书于元英宗至治三年（1323）至元文宗天历二年（1329）之间，即泰定三年（1326）前后"（《〈三国志通俗演义〉成书及今本改定年代小考》，载《中华文化论坛》1999 年第 2 期）。三、"成书于元末"说。持此说者以陈铁民的《〈三国演义〉成书年代考》（载《文学遗产增刊十五辑》，中华书局 1983 年版）和周兆新的《〈三国志演义〉成书于何时》（载其主编之《三国演义丛考》一书，北京大学出版社 1995 年版）为代表。四、"成书于明初"说。持此说者较多，如欧阳健的《试论〈三国志通俗演义〉的成书年代》（载《三国演义研究集》，四川省社会科学院出版社 1983 年版）、任昭坤的《从兵器辨〈三国志通俗演义〉的成书年代》（载《贵州文史丛刊》1986 年第 1 期）等。五、"成书于明中叶"说。持此说者有张国光的《〈三国志通俗演义〉成书于明中叶辨》（载《社会科学研究》1983 年第 4 期）、张志合的《从〈花关索传〉和〈义勇辞金〉杂剧看〈三国志通俗演义〉的成书年代》（载《河南大学学报》1990 年第 5 期）、李伟实的《〈三国志通俗演义〉成书于明中叶弘治初年》（载《吉林社会科学》1995 年第 4 期）等。近年来，张志和（即张志合）接连撰文，力主此说（见其《透视〈三国演义〉三大疑案》一书，中国社会科学出版社 2002 年版）。面对上述诸说，我曾经提出：要确定《三国演义》的成书年代，必须具备三个条件。第一，对作者的生平及其创作经历有比较清晰的了解。第二，确认作品的原本或者最接近原本的版本。上述诸说，大部分把嘉靖壬午（元年，1522）本《三国志通俗演义》（简称"嘉靖壬午本"）视为最接近原本面貌的版本，甚至径直把它当作原本，在此基础上立论。然而，近年来的研究表明，嘉靖壬午本乃是一个加工较多的整理本，这样，以往论述的可靠性就不得不打一个相当大的折扣。第三，对作品（包括注文）进行全面而细致的研究。直到今天，我们尚未充分具备上述三个条件。因此，要真正形成令绝大多数学者信服的结论，仍有待于更加深入、更加系统的研究。

金文京：对于《三国演义》的成书年代，日本学者很少研究。上面我已说过，日本保存了中国早已失传的多种《三国演义》版本，这就构成了研究上得天独厚的有利条件。也因此，日本学者的贡献主要表现在版本系统的研究上。

沈伯俊：正好，我要谈的 80 年代以来中国《三国演义》研究中第三个引人瞩目的问题就是：关于《三国演义》版本的整理与研究。先谈谈版本的整理。二十五年来，《三国》版本的整理出版形成了前所未有的繁荣景象。按照出版形式，可以分为影印、排印两大类别。关于影印本，就我所见，比较系统地影印《三国》版本者主要有四家。一、台湾天一出版社影印的《明清善本小说丛刊》。其中的"《三国演义》专辑"共收书 8 种，除最后两种系统书外，包括以下 6 种：①《三国志通俗演义》，万历十九年（1591）金陵周曰校刊本；②《三国志传评林》，明万历年间余象斗刊本；③《通俗演义按鉴三国志传》，万历三十三年（1605）郑氏联辉堂三垣馆刊本；④《三国志演义》，杨春元校，万历三十八年（1610）书林杨闽斋刊本；⑤《李卓吾先生批评三国志》，清初吴郡绿荫堂覆明刊本；⑥《第一才子书》，清三槐堂刊本。二、陈翔华主编，中华全国图书馆文献缩微复制中心影印的《三国志演义古版丛刊》。其第一辑包括 5 种版本：①《全像批评三国志传》，万历二十年（1592）余氏双峰堂刊本；②《汤学士校正全像通俗三国志传》，江夏汤宾尹校正，明万历间刊本；③《通俗演义三国志传》，明万历间刘龙田乔山堂刊本；④《三国志传》，明朱鼎臣辑；⑤《三国英雄志传》，清宝华楼刊本。第二辑包括 7 种版本：①嘉靖二十七年（1548）建阳叶逢春刊本《三国志传》；②上海残本散叶；③夏振宇本；④周曰校本；⑤熊清波刊本；⑥熊佛贵忠正堂刊本；⑦李卓吾评本。三、中华书局影印的《古本小说丛刊》，包括 6 种《三国》版本（按《丛刊》编辑顺序）：①全像三国志传，万历三十九年（1611）郑世容刊本；②《三国志传》，万历年间乔山堂刘龙田刊本；③《三国志传》，万历三十三年（1605）联辉堂郑少垣刊本；④《三国志传评林》，万历年间余象斗刊本；⑤《三国志传》，万历二十年（1592）双峰堂刊本；（6）《鼎峙三国志传》，明藜光堂刘荣吾刊本。四、上海古籍出版社影印的《古本小说集成》，包括 2 种《三国》版本：①嘉靖元年本《三国志通俗演义》；②《二刻英雄谱》，全称《精镌合刻三国水浒全传》，明崇祯末年雄飞馆刊本，二十卷，每页上层为《水浒》，下层为《三国》，其中《三国》为"李卓吾评本"。此外，还有一些出版社影印了某些《三国》版本，如北京大学出版社影印的《钟伯敬先生批评三国志》，浙江人民出版社、中国书店分别影印的《增像全图三国演义》。

金文京：台湾天一出版社的《明清善本小说丛刊》、上海古籍出版社的《古本小说集成》等大型丛书中的《三国演义》影印本，无不利用日本所藏的版本；而在日本国内，因经济条件所限，却几乎没有出版过影印本。惟一的例外·是井上泰山影印的《三国志通俗演义史传》（关西大学出版部，1998 年），即现藏于西班牙的叶逢春本。此书一出，很多中国学者始能借以目睹叶本面貌，影响颇大。不过，此书的影印并不完善，它把原本版框上的号码全部删掉，不能不说是功亏一篑。由陈翔华主编、去年出版的《三国志演义古版丛刊》第二辑收录此书，保留了原本编号，才算弥补了这一不足。

沈伯俊：关于排印本。80 年代以来，《三国》的各种排印本纷纷问世。其中相当一部分并未经过认真整理，缺乏学术价值。不过，确有一些排印本贯注了整理者的研究心得，在底本选择、整理方法、整理质量等方面各具特色，具有较高的学术价值。其中值得注意的有这样两类。一、底本具有较高价值者。除了毛本《三国》已有多种标点本、校注本之外，若干重要版本都已有了标点本或校注本。如嘉靖壬午本《三国志通俗演义》（有汪原放标点本，上海古籍出版社 1980 年版；沈伯俊校注本，花山文艺出版社 1993 年版）、周曰校本（有刘敬圻、关四平点校本，北方文艺出版社 1994 年版）、《李卓吾先生批评三国志》（有宋效永、奚泉民整理本，黄山书社 1991 年版；沈伯俊校理、李烨注释本，巴蜀书社 1993 年版）、《钟伯敬先生批评三国志》（有李灵年、王长友校点本，安徽文艺出版社 1994 年版）。二、在整理方法上有所开拓者。如我自 20 世纪 90 年代以来，先后出版了《校理本三国演义》（江苏古籍出版社 1992 年版）、毛本《三国》整理本（中州古籍出版社 1992 年版）、嘉靖壬午本《三国志通俗演义》整理本、《李卓吾先生批评三国志》整理本，以很大力量校正底本中的大量"技术性错误"（指那些并非出自作者的创作意图，并非作品艺术虚构和艺术描写的需要，而纯粹由于作者一时笔误或者传抄、刊刻之误而造成的，属于技术范畴的错误），得到学术界同行的高度评价。

金文京：对于沈教授的几种《三国》整理本，日本学者也比较重视。上田望博士就曾在日本《中国古典小说研究》1996 年第 2 号上发表《排印本〈三国演义〉的新面貌——以沈伯俊校理本为中心》一文，对您的几种《三国》整理本和《三国演义》评点本作了介绍，并予以充分肯定。

沈伯俊：其次，谈谈对《三国》版本源流的研究。现存的《三国演义》明代版本将近 30 种。过去一个长时期中，人们普遍认为：现存最早的嘉靖壬午本就是最接近罗贯中原作的版本，或者就是罗氏原作；《演义》只有由嘉靖壬午本派生的一个版本系统。20 世纪 80 年代以来，学者普遍承认《演义》版本分为"通俗演义"和《三国志传》两大系统。前者以嘉靖壬午本为代表，后者以叶逢春刊本《三国志传》为代表。这两大系统究竟何者更接近原作面貌？主要有两种观点：一、认为嘉靖壬午本是反映了《三国演义》原本面貌，或更接近原作面貌的版本，以刘世德为代表；二、认为《三国志传》的祖本更接近罗贯中的原作，以张颖、陈速、陈翔华、周兆新、沈伯俊等为代表。

金文京：关于版本系统的问题，日本学者小川环树在 1965 年发表《关

索的传说及其他》(原载岩波书店日译本《三国志演义》第 8 册，后收于
1968 年出版的《中国小说史研究》)，便指出毛评本所见有关关索的故事
为嘉靖本所无，却见于周曰校本，而郑少垣本等建阳出版的部分版本都
有跟周曰校本不同的关索故事。这无疑对《三国演义》版本系统的研究
具有极大的启发性；只因当时资料不足，没能展开进一步的探讨。1979
年成化本说唱词话《花关索传》影印出版，便为解决这一问题提供了重
大线索。1989 年我和几位朋友(古屋昭弘、大木康、冰上正、井上泰山)
共同研究、撰写的《花关索传研究》(汲古书院出版)一书中，我就指出：
不管是周曰校本系统或郑少垣本系统，其中有关关索的故事都是后来加
上的，而并不是原有的，否定了当时有些学者所持的罗贯中原本就有关
索故事，被嘉靖本编者删掉的看法。且根据这一观点，把《三国演义》
的版本分为五类，即：一、没有关索故事的嘉靖壬午本(后来加上西班
牙所藏另一嘉靖本即叶逢春本)；二、有关索征云南的周曰校本系统(包
括李卓吾本、毛评本等)；三、有花关索荆州认父的建阳繁本《三国志传》
系统；四、有关索故事却与周曰校本系统同中有小异的建阳简本《三国
志传》系统；五、既有关索故事又有花关索故事的《英雄谱》本系统。

　　同一时期，中川谕的《〈三国志演义〉版本研究——毛宗岗本的成书
过程》一文(载《东洋学集刊》1989 年 61 号)指出：周曰校本系统的版
本在嘉靖本系统的基础上，除关索故事之外，还增补了十处根据史书的
内容。我的《〈三国志演义〉版本试探——以建阳诸本为中心》一文(亦
载《东洋学集刊》61 号)则提出具体的例子来证明余象斗本等建阳繁本
系统的部分文字保留了比嘉靖本更早的原始面貌。上田望的《〈三国志演
义〉版本试论——关于通俗小说版本演变的考察》一文(载《东洋文化》
1990 年 71 号)则从晚明时代背景及地域性出版文化的角度去分析《三国
演义》版本的分化过程。以上三篇论文的中文译本都收入周兆新主编的
《三国演义丛考》(北京大学出版社 1995 年版)。中川谕的《三国志演义
版本研究》(汲古书院 1998 年版)吸收了这些研究成果，把版本分为三
大系统：一、二十四卷本系统；二、二十卷繁本系统；三、二十卷简本
系统(他的分类虽比我少了二类，其基本观点是一样的)，并对每一个系
统的各种版本加以详细的说明。另外，上田望的《毛纶、毛宗岗批评〈四

大奇书三国志演义）版本目录（稿）》（载《中国古典小说研究》1998 年
4 号）、《毛纶、毛宗岗批评〈四大奇书三国志演义〉和清代的出版文化》
（载《东方学》2001 年 101 辑）和中川谕的《关于继志堂刊〈三国英雄志
传〉》（《中国社会文化》2006 年 20 号）分别研究毛评本的情况，打破了
以往长期流行的清朝以后毛本独占天下的主流看法，证明毛本其实到了
清朝中期才获得独占的地位。

沈伯俊：日本学者的上述论著，我都拜读过，确实有许多重要见解，
对我很有启发。

金文京：日本学者对版本的研究都是经过对各种版本的严谨比对，
得到的结论具有较高的客观性，因此，学者之间没有很大的意见分歧。
而这些结论目前大部分已被中外学者所接受，成为共识。英国魏安的《三
国演义版本考》（上海古籍出版社 1996 年版）是一部内容扎实、记述详
细的好书，而它的主要论点也跟日本学者的看法基本上是相同的。至于
目前中国学者争论的嘉靖壬午本和叶逢春本究竟哪一个更接近罗贯中原
作的问题，日本学者一般认为确定原本面貌现在言之过早。这两种版本
无疑是属于同一系统，但文字上互有得失，难以遽定孰先孰后，需要更
细密的比对研究。以上关于版本研究的情况，请参看石昌渝主编的《中
国古代小说总目·白话卷》（山西教育出版社 2004 年版）中由我撰写的
《三国演义》部分。

沈伯俊：80 年代以来，中国《三国演义》研究中第四个引人注目的
问题是：关于《三国演义》的主题。有关讨论主要表现在三个方面。一、
关于《三国》主题的多种概括。一些学者先后提出了"赞美智慧"说、"天
下归一"说、"讴歌封建贤才"说、"悲剧"说、"总结争夺政权经验"说、
"向往国家统一，歌颂'忠义'英雄"说等十余种观点。二、关于主题研
究的必要性与合理性。由于对主题的概括一时众说纷纭，曾有学者对此
表示怀疑和否定，认为主题根本就不存在，对主题的研究毫无意义。对
这类观点，我曾撰文予以辨驳，肯定了主题研究的必要性及其学术价值
（见《向往国家统一，歌颂"忠义"英雄——论〈三国演义〉的主题》，
载《天府新论》1985 年第 6 期）。三、关于主题的观念和研究主题的方法。
我认为："主题乃是作者通过作品内容所表达的看法和主张。因此，我们

对主题的概括既要提挈作品的全局，又要反映作者的思想""同一部作品，在不同时代、不同阶级、不同经历、不同性格的读者心中所唤起的感受，往往是大相径庭的。人们可以阐发自己各不相同的感受，却不应该把这些感受都称为'主题'。"（同上括注）欧阳健则认为："主题这个概念也应该看作是一个模糊概念，它既可以指作家想告诉人们什么，也可以指作品实际上提供了什么，还可以指读者从中领悟到了什么，以及这三者的统一""主题探究的模糊性就相应地造成了主题研究成果的相对性""从这个意义说，对于《三国演义》主题的说法的五花八门，正标志着研究的深入。这个过程永远不会完结。"（《有关〈三国演义〉研究的两个问题的思考》，载《明清小说研究》第 2 辑，中国文联出版公司 1985 年版）。

金文京：对于《三国演义》的主题，日本学者的兴趣不是很大。中国学者的研究，可供我们参考。

沈伯俊：中国《三国演义》研究中第五个引人瞩目的问题是：关于《三国演义》的人物形象。《三国演义》总共写了一千二百多个人物，其中有名有姓的大约一千人，堪称古代小说中写人物最多的巨著。其中，形象生动、性格鲜明、家喻户晓的人物就有几十个，而曹操、诸葛亮、关羽等形象更是文学史上所公认的典型。80 年代以来，《三国》人物形象研究取得了显著成绩，主要表现在以下几个方面。一、研究范围明显扩大。对过去很少论及的人物，如刘备、张飞、赵云、魏延、庞统、司马懿、孙权、周瑜、鲁肃、陆逊，以及谋士、使者等群体形象，出现了一批专题论文。二、研究的深度、角度、方法都大大拓展，新见迭出。如刘上生运用系统论方法分析曹操的性格结构，认为它是由相互联系的追求、掩盖和调节三种机制和相互渗透的心理、伦理、政治三个层次组成的复杂网络系统，以追求机制为轴心的性格机制相互作用的平衡和失控，形成性格基本稳态特征和动态变化的矛盾统一，便颇有新意（《试论曹操性格的整体结构及其意义》，载《湖南教育学院学报》1988 年第 3 期）。三、对人物形象塑造理论进行了深入的探讨，集中表现为《三国》人物是否"类型化典型"的争论。傅继馥提出："《三国志通俗演义》中的重要人物形象，是古代文学中类型化艺术典型的光辉高峰和不朽的范本。"（《类型化艺术典型的光辉范本》，载《社会科学战线》1983 年第 4 期）石昌渝认为，"类型化典型"的提法是不正确的（《论〈三国志演义〉人物形象的非类型化》，载《三国演义学刊》第 1 辑）。张锦池则认为，《演义》塑造人物的方法具有多样性，很难用类型化艺术典型或非类型化艺术典型来论定。其总的特点是博采雅俗，因材成型（《论〈三国志通俗演义〉的创作原则和人物描写》，载《明清小说研究》1993 年第 1 期）。

金文京：对于《三国演义》的人物形象，日本学者的研究不及中国学者。不过，也有一些论文值得注意。如土屋文子的《隆中·武当山·卧龙冈——诸葛亮的道教性格》（载《中国古典小说研究动态》1993 年第 6 号）、竹内真彦的《〈三国志演义〉中关羽的称呼——围绕〈演义〉的形成》（载《日本中国学会报》2001 年第 53 集）、角谷聪的《三国志故事的形成——以蜀地方所传张飞庙说话为中心》（载《中国古典小说研究》2005年第 10 号）等论文，都从不同的角度阐发《三国演义》中一些重要人物形象的某些特征，展现了年轻一代的研究成果。

沈伯俊：除了上述五个问题，中国研究界讨论热烈、进展较大的还有三个问题：关于《三国演义》的创作方法与艺术成就；关于毛宗岗父子和毛评《三国》；关于"三国文化"研究。限于篇幅，这里姑且从略。

金文京：在日本，研究成果比较突出的还有几个方面。一是关于《三国志平话》的研究。上面说过，元代《三国志平话》的两种版本都保留在日本。其中元至治间建阳虞氏所刊本大家早就知道，而与之同一内容的《三分事略》（天理图书馆藏）则是在 1990 年影印本（东京八木书店）出版以后才渐为人们所知。中国部分学者因《三分事略》题目中有"至元新刊"字样，曾认为《三分事略》的刊刻比《三国志平话》早；不过日本学者一般都同意影印本解题中入矢义高的意见，即《三分事略》是一部粗糙的坊刻本，其刊刻年代应晚于《三国志平话》。对于《三国志平话》和《三国演义》的比较，在中国自从孙楷第《〈三国志平话〉与〈三国志传通俗演义〉》（载《沧州集》，中华书局 1965 年版）之后，似乎没有多大进展。而日本方面，小川环树的《〈三国演义〉的发展踪迹》一文（载《中国小说史研究》），讨论了《三国志平话》开头部分的佛教性质及张飞人物形象的突出；我也写过《试论〈三国志平话〉的结局》（在 2005年 8 月在北京举行的"第四届中国古代小说数字化研讨会"上发表），分析《三国志平话》的结局和元明两代正统思想转变的关系。至于《三国志平话》和元杂剧中三国戏的比较，有高桥繁树的系列论文《三国杂剧和三国平话》(1)—(4)(载《中国古典研究》19、20 号，1973—1974年)；我著《三国志演义的世界》(东方书店 1993 年版)中也有所论及。二阶堂善弘、中川谕合著的《三国志平话》(光荣社 1999 年版)，是日文全译加以注解，也有较大的参考价值。

沈伯俊：中国学者关于《三国志平话》的研究，我在《三国演义辞典》的《研究情况》部分和另外几篇文章中曾作过介绍。不过，这一研究并未形成热点，进展也不大。

金文京：日本学者研究成果比较突出的另一方面是对《花关索传》的研究。《花关索传》无论对研究《三国演义》的版本或内容都具有极大的资料价值。上面提到的我与几位朋友合著的《花关索传研究》，内容包括原本的影印、对原文的校注，以及对语言特征、《三国演义》版本和关索的关系、有关关索的传说研究，还有相关的资料目录，是迄今为止有关《花关索传》最详实的研究。另外，我的《关羽之子与孙悟空》(原载《文学》1986 年 54 卷，中文译文载于《中外文学》1986 年 15 卷 4 期)，专门讨论《花关索传》的英雄史诗和神话特点；大塚秀高的《关羽的故事》(《中国小说生成史研究》第二章，中文译文收入周兆新主编之《三国演义丛考》)则针对关羽的神话形象进行了分析。

沈伯俊：对于《花关索传》，中国学者除朱一玄先生出版过校点本(收入其校点的《明成化说唱词话丛刊》(中州古籍出版社 1997 年版)并发表过《校点记》之外，仅有个别学者发表过论文，研究深度不及日本学者。

金文京：日本学者研究成果比较突出的还有一方面是编纂研究文献目录。中川谕、上田望合编了《〈三国志演义〉研究文献目录稿》(载《中国古典小说研究动态》1990 年第 4 号)、《订补》(同上刊 1991 年第 5 号)。对此，俄国李福清编有《补遗》(同上刊 1994 年最终号)，收录了中日、欧美的相关著作及论文。而中林史朗、渡边义浩合编的《三国志研究要览》(新人物往来社 1996 年版)，则是文史的综合目录。

沈伯俊：对于研究文献目录的整理编纂，我多年来一直比较重视。在《三国演义研究集》(四川省社会科学院出版社 1983 年版)、《三国演

义学刊》第一辑（四川省社会科学院出版社 1985 年版）、第二辑（四川
省社会科学院出版社 1986 年版）、《三国演义辞典》（巴蜀书社 1989 年版）
中，先后收入了我逐年分类编排的《〈三国演义〉研究论著索引》。中川
谕、上田望二位合编的《〈三国志演义〉研究文献目录稿》，吸收了我这
些索引的大部分内容。而我后来进一步充实《〈三国演义〉研究论著索引》
时，也参考了他们的《目录稿》。这一点，可算中、日学者的一次值得纪
念的交流吧。

二、特点、问题与不足

　　沈伯俊：综观中国的《三国演义》研究，可以看到这样几个突出的
特点。第一，初步形成了多层次、多角度、多元化的研究格局。例如：
郑铁生的《三国演义叙事艺术》（新华出版社 2000 年版）是国内第一部
从叙事学角度研究《三国演义》的专著，它运用叙事学的基本理论，从
《三国演义》整体艺术特色出发，系统地论述了《演义》的叙事结构、人
物叙事、战争叙事和罗贯中艺术创造的总体特征，表现了研究方法的多
元化。邱岭的《楠木正成与诸葛亮——兼考〈三国志通俗演义〉之成书
年代》一文（载《〈三国演义〉与罗贯中》论文集，中州古籍出版社 2000
年版），将日本战争题材文学的代表作《太平记》与《三国演义》进行比
较，特别是有关"三顾茅庐"和"死诸葛走活仲达"这两个故事的对照
比较，指出："《太平记》中的三国故事只能借自《三国志通俗演义》，而
不可能来自《新全相三国志平话》或其他。"由于《太平记》成书于
1368—1374 年之间，因此，"对《太平记》产生了影响的《三国志通俗演
义》则必定成书于更早时候。明初不可能，至晚也应是元末较早时期。"
文章进一步认为，《三国志通俗演义》大约成书于 14 世纪的 20、30 年代。
作为研究日本文学的专家，邱岭在比较研究基础上所作的这一考证，另
辟蹊径，颇有新意，值得关心这一问题的学者重视。

　　金文京：邱岭先生这篇文章确实颇有新意，日本学者过去似乎注意
得不够。

　　沈伯俊：第二，研究的系统性、综合性逐步增强。例如：陈翔华的

《诸葛亮形象史研究》（浙江古籍出版社 1990 年版），在作者多年研究的基础上，准确地概括了诸葛亮形象演变的历史过程，肯定了诸葛亮形象在《三国演义》中的中心地位，剖析了诸葛亮形象的复杂性，并对历史人物艺术形象塑造的规律作了富有创见的探索，堪称诸葛亮形象研究的代表性成果。关四平的《〈三国演义〉源流研究》（黑龙江教育出版社 2001年版），将《三国演义》的成书、文本与传播作为一个逻辑与历史相统一的整体，进行全方位的系统的考察与研究，探求这一文学和社会精神现象的形成机制及其所包含的文化意蕴与美学特质，进而总结中国长篇小说演进的某些规律性东西。这样的著作，就是在吸收前辈时贤研究成果的基础上，经过本人潜心钻研而得，反映了研究水准的整体提升。

金文京：陈翔华先生的大著确是一部力作。此外，周兆新教授的《三国演义考评》（北京大学出版社 1990 年版）、您的《三国演义新探》、关四平教授的《〈三国演义〉源流研究》和其他一些有特色的著作，我也比较关注。

沈伯俊：第三，《三国演义》数字化工程已经初见成效。1999 年，周文业先生率先提出"《三国演义》数字化工程"的概念。从 2000 年起，我和他共同倡导开展这一工程，并于 2001 年 9 月、2003 年 9 月、2005年 8 月先后三次在北京举行"中国古代小说数字化研讨会"，均以《三国演义》的数字化为重点。几年来，这一方面的实际研究工作主要由周文业承担，已经取得的主要成绩有两方面。一、实现了毛本、嘉靖壬午本、叶逢春本、周曰校本、李卓吾评本、钟伯敬评本、黄正甫本、李渔评本等八个重要版本的数字化，包括文字版、图像版和图文对照版三种形式。其中文字版采用文本方式，可用于检索。二、出版了《〈三国演义〉〈三国志〉对照本》。三、建立了初步的《三国演义》电子史料库，包括上述八个重要版本和有关文献（如《三国志》《后汉书》《晋书》《华阳国志》等）的电子文本。四、绘制了比较系统的《三国演义》地图。这些工作，受到了国内外同行的欢迎和好评。

金文京：我认为周文业设计的数字化工程是近年来《三国演义》研究中最值得重视的收获。众所周知，数字化是当前全球的大潮流，文学研究自不例外，而白话小说的研究应是数字化工程最容易有收效的领域。

《三国演义》数字化工程不仅是《三国演义》研究的重大突破，也为整个
白话小说的研究开了风气，其功不可没。

沈伯俊：第四，学风比较端正。二十五年来，绝大多数研究者都能
注意掌握资料，实事求是，避免凿空之论。尽管在许多问题上存在不同
观点，争鸣不断，但多数学者都能遵循学术规范，互相尊重，平等讨论，
并能注意吸收对方意见的长处。这种求实、创新的学风，使整个研究发
展比较平稳，很少有游谈无根、哗众取宠的所谓"热点"，很少有逞才使
气、惟我独尊的无谓之争。

金文京：对于这一点，我和其他日本同行也颇有同感。正因为如此，
我们很乐于参加在中国举行的《三国演义》研讨会。

沈伯俊：第五，中外学者的交流，特别是中、日、韩三国学者的交
流取得了一定进展。例如：我主持的三次"中国古代小说数字化研讨会"，
均有中、日、韩三国学者参加。2004 年 9 月，由韩国中国小说学会主办
的"第三届中国古代小说数字化研讨会"在韩国首都汉城（今名首尔）
举行，也有中国、日本学者参加。这四次接连举行的研讨会，大大增强
了三国学者在《三国演义》乃至整个中国古代小说数字化方面的沟通与
合作。再如：我和谭良啸编著的《三国演义辞典》已由日本学者立间祥
介、冈崎由美、土屋文子译成日文，由著名的潮出版社出版（1996 年初
版）；并由韩国学者郑元基译成韩文，由韩国泛友社出版（2000 年）。我的
《三国漫话》也已由郑元基译成韩文，由韩国书村出版社出版（2001 年初
版）。而日本、韩国学者的论著，也常常被中国学者翻译、介绍和引用。
我就翻译过狩野直祯的《〈三国志〉的诞生和流传》、城野宏的《现在向孔
明学什么》等论著，并多次介绍您和中川谕、上田望等先生的学术观点。

金文京：日本学者也比较重视学习、借鉴中国学者的研究成果。如
上田望的论文《三国说唱研究》（载《金泽大学文学部论集·言语文学篇》
2003 年第 23 号），其注 11 便特别说明："凡引用《三国演义》，均据沈伯
俊校理本。"

沈伯俊：在与日本学者的交流中，我深深感受到你们治学的三大特
点。一、高度重视对资料的全面占有。例如您和中川谕、上田望对《三
国》版本的掌握。中川谕通过不同版本的文字比较，认为黄正甫本属于

二十卷简本系统，其文字是由删略繁本而成；既然如此，黄正甫本就绝不是最早的《三国》版本。他还发现了能够证明黄正甫活跃在万历末年前后的有力证据——日本内阁文库收藏的《兴贤日记故事》。该书卷首题署为"洪都詹应用竹校正/书林黄正甫绣梓"，木记则写明"万历辛亥孟夏月/书林黄正甫绣梓"。"万历辛亥"即万历三十九年（1611），可见黄正甫活跃于万历末年。而黄正甫本序文所署"癸亥"即天启三年（1623），因此，它应该刊行于天启三年（沈伯俊：《第二届中国古典小说数字化研讨会暨第二届〈三国演义〉版本研讨会综述》，载《明清小说研究》2003年第4期）。二、观察细密。例如您发现嘉靖壬午本中一个重要的、以往一直被忽略的现象——"圈发"问题。所谓"圈发"，是指用圈点的方式表示字的声调。嘉靖壬午本中某些字有圈发，而《永乐大典》也多有圈发，明代宫廷出版的所谓内府本中，几乎都有圈发。据此，"似乎可以初步肯定嘉靖本是内府本。"这一点对中国学者很有启发，我在《第二届中国古典小说数字化研讨会暨第二届《三国演义》版本研讨会综述》中特别做了介绍。三、研究方法的多样化。例如：您的《关羽的儿子与孙悟空》、大塚秀高教授的《关羽与刘渊——关羽形象的形成过程》、上田望博士的《明代通俗文艺中的三国故事——以〈风月锦囊〉所选〈精选续编赛全家锦三国志大全〉为线索》，都善于从通俗文艺作品中发掘中国古代小说题材和人物形象的渊源。这种严谨细致的学风，很值得我们中国学者学习。

金文京：日本学者以往对《三国演义》研究虽有不少贡献，但日本研究《三国演义》的学者远远不如中国之多，力量自是有限的，研究的视野也不够开阔。可以肯定地说，中国学者也有许多长处值得日本学者学习和借鉴。

沈伯俊：尽管中国的《三国演义》研究成就突出，但存在的不足之处也是相当明显的。我认为主要有这样几个问题。第一，研究的系统性、深刻性仍嫌不足。例如：尽管有关毛宗岗父子和毛评的研究比之过去大有进步，但至今尚无一部全面研究毛宗岗父子和毛本《三国》的专著；尽管已有部分学者开始注意到从传播和接受的角度进行研究，但至今尚无一部全面梳理《三国演义》接受史的专著。第二，题目陈旧、内容浮泛、缺乏新意的平平之作相当多。一些文章，一望而知是"炒冷饭"，作者既无卓异的见解，自然也就谈不上对他人的启示意义。平庸之作之所以频频出现，原因当然很复杂：有的是由于学术功力不足，有的是由于治学态度不够严谨（或为了评职称而临时拼凑，或为了取得某次学术会议的入场券而草草应付，或对论题浅尝辄止，率尔操觚）；此外还有一个重要的原因，就是对研究的历史和现状缺乏了解。第三，研究的思路不够开阔，方法不够多样。例如：母题学的方法、原型批评的方法、比较研究的方法就使用得不够。第四，部分学者的思想方法存在明显缺陷。例如：在讨论罗贯中的籍贯时，有人为了证明罗贯中祖籍为今山西清徐，从《三国演义》和《三遂平妖传》中找出一些词语（以《三国》为主），名之曰"清徐方言词语"。在他们看来，只要是清徐人在使用的词语，就等于"清徐方言词语"，就可以证明罗贯中是清徐人。这在概念上是错误的，逻辑是混乱的。其实，稍加辨析就可发现，这些所谓"清徐方言词语"，大多是明清小说中的常用词语，而不是某一地区独有的"地点方言"，并不具有惟一性和排他性，因而不应作为考证作者籍贯的依据。有的研究者企图从某些民间传说中寻找小说作家的行踪，却忽视了这样两个问题。一、必须对相关的民间传说予以准确的时间定位：究竟是小说创作之前的，还是小说完成之后的？如果把受小说影响而产生于晚近的传说当作考证小说的依据，那就颠倒了因果关系，其结论往往是站不住脚的。二、更重要的是，作家籍贯与民间传说，并没有什么必然联系。有人根据民间传说，把貂蝉这个虚构人物说成山西定襄人，再进而根据这类传说来考证罗贯中的籍贯，这有什么可靠性？第五，中外学者的交流渠道仍然不够畅通，有效的合作更是少见。

金文京：沈教授指出的《三国》研究中的不足之处，概括非常精当，值得所有的研究者共同注意。

三、研究前景的展望

沈伯俊：展望今后的《三国》研究，我想强调五个问题。第一，进一步深化《三国演义》的基础研究。例如：一些基本事实的认定（如关于关索和花关索的情节，究竟是罗贯中原作就有的，还是在传抄刊刻中增加的），一些重要概念的厘清，都需要通过精细的研究，争取逐步统一认识，不能长期处于模糊不清的状况。迄今为止，学术界对《三国》版本的研究仍然是不够深入、不够系统的。对于诸本《三国志传》，人们至今研究得不多；对于《三国志通俗演义》和《三国志传》两大版本系统内各本的递嬗关系，以及两大系统之间的互相吸收，人们已有的掌握还相当粗略；对于不同版本中一些内容的认识，还存在较大分歧。这些问题若不解决，直接影响到对《三国演义》的成书年代和罗贯中原作面貌这两大问题的研究；而这两大问题的研究，又直接关系到对一系列问题的定位。就拿《三国演义》的成书年代问题来说，尽管二十几年来出现了几种不同的观点，但受版本研究水平的局限，一时还难以定论，我们仍不得不沿用"成书于元末明初"的说法。然而，"元末明初"毕竟是一个笼统的时间概念，"元末"和"明初"分属于两个时代，能否加以判定，直接牵涉到整个作品的时代定位。长期以来，绝大多数文学史、小说史著作实际上都把《三国演义》列为明代作品；如果能证明它成书于元代中期或元代后期，那就必须把它列入元代文学史的范畴。若如此，以往对《三国演义》的各种分析，都应当重新加以审视，许多方面的认识不得不作出修改。这是一个非常重大的问题。因此，我们必须在现有的研究基础上，继续深化对版本的研究，以版本研究的突破来促进整个研究的突破。

金文京：关于版本系统的研究中，诸如周曰校本系统和建阳本系统、建阳繁本和简本之间的关系如何、周曰校本系统和建阳简本有关关索故事的先后关系等问题，目前都没有弄清楚，这些问题在研究上的重要性绝不亚于罗贯中原本的探索。只有全面了解《三国演义》版本的整个系统脉络及其演变过程，才有可能追溯到原本或祖本问题。部分学者过分热衷于原本的追求，是不足取的。为此，应更加努力介绍各种版本，发掘尚待发现的版本。近年来，由于各方面的努力，很多《三国演义》的秘本已经陆续影印出版，给研究者提供了极大的方便，打破了很多研究上的障碍。不过，还有很多重要版本的真实面貌尚未公诸学界，这不得不说是一大缺憾。而因为日本所藏的有关版本较多，这一方面的工作显

然有待于日本学者的努力。最近日本有一家古书店出售明万历四十八年
（1620）与耕堂费守斋所刊的《三国志传》残本，中国也出现了与国家图
书馆的藏本不同的另一汤宾尹本的残本，这些都是新的发现，足以增加
我们对《三国演义》版本的知识。茫茫人寰，当有更多的宝贵版本等待
我们去发掘，我们不应松懈这一方面的努力。

沈伯俊：第二，必须在研究的思路和方法上有所创新。对此主要想
谈两点。一、在大文化的广阔背景下深入开拓。自 20 世纪 80 年代中后
期开始，随着人们对《三国演义》进行多层次、多方位的观照，文学的
研究日益拓展到文化的研究。这既是一个历史时期的"文化研究热"在
《三国演义》研究中的反映，又是《三国演义》研究自身向广度和深度进
军的必然要求。一部内容丰富、底蕴深厚的作品，不仅是一种文学现象，
而且是一种文化现象。像《三国演义》这样对中华民族的精神生活和民
族性格产生了深远影响的巨著，更是如此。从纯文学的角度来看，《三国
演义》以其对小说体裁的历史性开拓、丰富多彩的故事情节、绚丽多姿
的人物形象、宏大严密的总体结构、雄浑豪放的艺术风格，当之无愧地
成为中国古代最优秀的长篇小说之一。同时，《三国演义》又是一部百科
全书式的作品，积淀着极其丰富的文化内涵，具有多方面的文化意义。
因此，对《三国演义》的研究，既可以从纯文学的角度进行，也可以从
文化的角度进行。这至少包含三个层面：一是对《演义》的文学特征和
成就继续进行精深的探讨；二是将《演义》置于中华文化发展的长河中，
深入发掘其文化内涵；三是全面总结《演义》对我们民族的精神生活和
民族性格的广泛影响。这样，《三国演义》研究的天地将是无限宽广的。
二、积极运用新的研究方法。学术研究的历史证明，研究方法的更新具
有重要的意义。研究方法问题不只是一般的工具问题，还有一个哲学上
的方法论层次和认识论深度问题。古代小说研究的每一次历史性进步，
都与研究方法的变革有关。二十五年来《三国演义》研究发展的历程，
也证明了这一点。例如：对于诸葛亮形象，许多学者都作过精彩的论述，
而黄钧先生则独辟蹊径，从母题学的角度进行探讨，指出诸葛亮作为一
个悲剧英雄形象，他那知其不可而为之的奋斗精神，"欲与天公试比高"
而终遭失败的悲剧结局，其实是我国包括神话、传说、小说在内文学创

作中的一个永恒的母题。诸葛亮从历史人物到艺术形象的演进过程，必然受到远古神话中悲剧英雄，特别是夸父所留下的"种族记忆"的影响和制约。"夸父、诸葛等英雄与自然、天命所开展的这一场极其庄严壮烈的竞赛，只能以薪尽火传的方式一代一代地延续下去。"（《欲与天公试比高——诸葛亮形象史外部研究浅议》，载《〈三国演义〉与荆州》论文集，中州古籍出版社 1993 年版）这样的论述，颇能给人新的启示。随着社会的全面进步，随着人们思想的进一步解放，新的文艺理论、新的研究方法将不断涌现。我们应当以开放的态度和求实的精神，认真鉴别，选择吸收，推动《三国演义》研究的继续深入。

金文京：对沈教授谈的这个问题，我表示赞同。

沈伯俊：第三，必须进一步加强对研究史的研究。1998 年，我曾撰文指出："任何一门学问，都有其创立和发展的过程，都是在逐步积累中不断丰富和完善的。只有充分掌握已有的研究成果，才谈得上发展和创新；只有站在前人的肩膀上，才能比前人看得更远。因此，研究任何一个课题，都应该首先把握其研究史，了解在自己着手之前，别人已经研究了多少，研究到什么程度，有些什么观点，存在哪些问题，从而确定自己的研究起点，选取适当的研究角度，这是学术界公认的治学之道""只有重视和加强对研究史的研究，才能从整体上提高《三国演义》研究的水平。为此，应当逐年整理《三国演义》研究论著索引，系统收集和整理新的研究资料，撰写专门的研究著作，为今后的研究提供路标。同时，应当大大强化研究者重视研究史的意识，把这与树立严谨求实的学风联系在一起。"（《面向新世纪的〈三国演义〉研究》，载《社会科学研究》1998 年第 4 期）此后，这一问题越来越受到学界同行的重视。仅以 2004 年 10 月在四川绵阳举行的全国第十七届《三国演义》研讨会为例，会议收到的论文就有 3 篇属于《三国演义》研究史范畴：一是陆勇强的《二十世纪罗贯中研究鸟瞰》，二是卫绍生的《新世纪〈三国演义〉作者之争》，三是纪德君的《"千秋功罪任评说"——〈三国演义〉中曹操形象研究百年》（均已收入《三国演义学刊》2004 卷，四川大学出版社 2005 年版）。我和谭良啸编著、即将由中华书局出版的《三国演义大辞典》，附录有迄今为止最详细的《〈三国演义〉研究论著索引》，足资研究者参考。目前，已有不止一位学者正在撰写比较系统的《三国演义》研究史，这对于帮助研究者掌握有关信息，避免低水平重复劳动，提高研究水平，显然是大有裨益的。

金文京： 加强对研究史的研究，本是学术研究的应有之义，又具有很重要的现实意义。我同意沈教授的主张。

沈伯俊： 第四，积极推进《三国演义》数字化工程。2004 年 9 月在韩国举行的"第三届中国古代小说数字化研讨会"上，上田望的《明清小说数字化应用研究》报告，介绍了他借助检索系统软件"Gramatical Pattern Scanner for《三国演义》"（简称 GPS）和统计处理软件"自己组织化图解"，从词汇、语法等角度对《三国演义》的电子文本加以具体分析的情况。GPS 便于检索六种版本，还具有计算各个则目中的词语的出现频率，以及根据此数据而显示图表的功能。借助"自己组织化图解"软件，他研究了下列语词现象：① 出现在《三国演义》的特定则目中的宋元时代的词汇；② 出现在《三国演义》的特定则目中的明清时代的词汇；③ 在《三国演义》前后部中出现频率不均等（差异程度很大）的词汇；④ 在《三国演义》中使用频率高的汉字。通过分析，他发现："从语言风格来看，《三国演义》在词汇、语法上与元代的《三国志平话》竟有甚多不同，元杂剧的常用词也不多见于《三国演义》""前半部分与后半部分的语体相差悬殊，后半部分文言使用得多一些，这部分罗贯中自己写的可能性很大。"他还进一步指出："利用 GPS 和'自己组织化图解'对《三国演义》以外的古代小说的电子文本加以解析的话，应该一定会发现小说本身具有的语体特点等。而且在我们阅读时没有意识到的古代小说之间的亲疏关系、继承关系也未必不能发现。"上田望的工作具有开拓价值，其认识也极具启发性。我在题为《关于推进中国古代小说数字化研究的思考》的报告中，就今后的工作提出了五点建议。一、古代小说专家和电脑专家各有所长，必须进一步紧密结合。二、各类小说的数字化研究应该彼此打通，互相促进。三、大力开发电脑的工具优势。例如，《三国演义》研究涉及元明三国戏，自然应将这些三国戏全部数字化，设计强大而有效的检索功能和比较功能，以利深入的研究。四、充分发挥人脑的创造性主导作用。电脑是为人服务的，无论其工具作用如何强大，都不可能取代人的研究。强调"充分发挥人脑的创造性主导作用"，主要想突出两点：其一，研究者要为电脑提供正确的资料信息，设计良好的程序，提出最佳的要求；其二，利用电脑进行独立的判断和创造性的研究。五、积极探讨网络的交流互动功能，特别是中、日、韩三国学者的网上讨论，交流互动。

金文京：是的，应该全面地展开《三国演义》数字化工程。周文业先生的数字化工程，限于目前中国大陆的情况，全用简体字，既不能真实地反映原本面貌，又与使用繁体字的中国台湾地区和日本、韩国等国家的同类成果难以互换，这是一个明显的美中不足之处。因此，电脑上的字体统一应是目前亟待解决的问题。

沈伯俊：这就涉及我想到的第五个问题——努力加强中外学术交流与合作。回顾《三国演义》研究走过的道路，一个非常重要的事实是：中外学者的交流，对于推动研究的发展具有举足轻重的作用。首先，在研究资料的收集上，由于历史的原因，外国学者在某些罕见资料（如某些稀见版本）的掌握上，比之中国学者较为便利，可以为我们提供重要的参考。其次，由于知识结构、社会背景、文化心理的差异，外国学者在研究角度、研究方法、文化阐释等方面有自己的特长，可以与中国学者互相交流，优势互补。再次，进入数字化和网络时代以后，中外学者交流与合作的现实可能性越来越强。因此，中国学者应该以诚挚而恳切的态度，与海外学者，特别是日本学者互相学习，取长补短，加强合作，共同推动学术的发展。

金文京：诚如沈教授所言，近年来日中两国的学者通过几次研讨会的交流，加深了彼此的了解，取得了可观的成果。不过，有些问题在两国学者之间仍有意见分歧，却没有彻底讨论，仍是各持己见。今后应该更加努力地以实事求是的精神进行讨论，共同追求真理，以期达成共识。另外，东亚各国都有其独特的《三国演义》文化，2004 年在韩国召开第三届中国古代小说数字化研讨会，得以跟韩国学者进行交流；不过，与越南方面的交流似乎几近阙如，也是一大憾事。以后应该扩大视野，展望东南亚各国的《三国演义》文化。

沈伯俊：是的。中日两国学者应该加强学术交流与合作，亚洲各国，特别是中日韩三国也都应该加强学术交流与合作。例如，在推进《三国演义》数字化工程的问题上，韩国的赵宽熙教授在题为《中国古代小说数字化方案探索》的报告中，提出了一个重大课题："为了迎接信息化社会，韩中日三国应如何建立一个中国小说研究数字化的方案。"他认为，建立中国小说研究基础的全部工作原则上必须排除商业性，而应立足于学术性。这一工作的目标有三。一、中国小说原著文本的数字化。除了制作古代小说的数字化正本文件，还应收集有关中国古代小说的硕士、博士论文资料，建成电子图书馆。二、建立中国小说文本目录数据库。目前，韩国学者正在建立 20 世纪发表的全世界有关中国小说的论文目录数据库，并正在准备数据整理和程序开发。为此，还需准备服务器和网站服务。三、最需要的是韩中日三国之间形成更紧密的协作体系。目前，三国学者正分别构筑数据库，这必然造成对同一作品的重复作业；但因学术环境不同，要形成协作关系并非易事。因此，三国学者应该在持续召开的中国古代小说数字化国际研讨会上，确认彼此的立场，相互交换意见，以建立相应的方案。赵宽熙的意见极富前瞻性，应是我们共同努力的方向。

金文京：近年来的学术交流，促使日本学者增强了联合意识。日本现在只有中国古典小说研究会，还没有专门研究《三国演义》的学会组织。最近，大东文化大学的渡边义浩教授（研究三国历史）带头倡导成立三国志学会，打算以文史结合为宗旨，集中力量全面展开相关的研究活动，加强国际交流。今年七月将召开成立大会，也要邀请一些中国和其他国家的学者参加。我希望通过这些活动，更加促进《三国演义》各方面的研究，

沈伯俊：金教授，我们这次对话，可以说是一次具有国际视野的学术回顾与展望。我相信，它对今后中日两国的《三国》研究都将发挥积极的促进作用。

金文京：我也很满意这次对话，相信不远的将来能够得到更为美满的研究成果。关心《三国演义》的读者，可拭目以待。

（原载《文艺研究》2006 年第 4 期）

国际汉学热中的《三国演义》研究

——答马来西亚《东方日报》记者问

编者按： 随着中国的和平崛起和中华文化的广泛传播，国际上正在兴起"汉语热"和"汉学热"。在此背景下，马来西亚《东方日报》最近策划了"国际汉学热潮"专题，记者房翠莹女士就古典名著《三国演义》的传播和研究，书面采访了著名《三国演义》研究专家沈伯俊教授。本刊征得沈先生的同意，特将这篇采访全文发表，以飨读者。

作者介绍： 沈伯俊，1946 年生。1970 年毕业于四川大学外文系，1981年到四川省社会科学院从事古典文学研究。历任文学研究所副所长、哲学与文化研究所所长、文学研究所所长、研究员、四川大学文学与新闻学院教授、博士生导师，兼任南开大学教授、中国《三国演义》学会常务副会长兼秘书长、中国明代文学学会理事。主要著作有《三国演义辞典》《校理本三国演义》《三国演义》评点本、《三国漫话》《三国演义新探》《图说三国》《沈伯俊说三国》《罗贯中与〈三国演义〉》《你不知道的三国》等。被国内外同行誉为"权威的《三国》专家"。

记　者 沈伯俊教授，您好，我是马来西亚《东方日报》专题记者。我们正在企划一个关于"国际汉学热潮"的专题，得知您是中国著名的《三国演义》研究专家，想向您请教相关问题，希望您愿意接受访问。

沈伯俊 很乐意接受你们的采访。

记　者 您何时开始研究《三国演义》？为何研究《三国演义》？

沈伯俊 我读小学时便已熟读《三国演义》。1980 年参加中国社会科学院招收研究人员考试，以四川省文学专业第一名的成绩，被录取到四川省社会科学院从事古典文学研究。1981 年秋天开始从专业角度研究《三国演义》，迄今已经二十七年了。我之所以从事《三国演义》研究，主要出于这样的认识：《三国演义》是中国文学史上第一部成熟的长篇小说，在中华文化史上产生了巨大而深远的影响，应该受到高度的重视和认真的研究；然而，过去一个相当长的时期，对《三国演义》的研究却相当薄弱，远远不如《红楼梦》研究和《水浒》研究，这与《三国演义》的地位和影响极不相称。因此，我有责任在这方面认真钻研，为推动《三国演义》研究作出贡献。由于我们四川省社会科学院1982年在全国率先发起对《三国演义》的重新研讨，1984年中国《三国演义》学会成立以后，学会日常工作又一直由我主要承担，我既希望保持在研究中的领先地位，又有义务全面了解研究发展的情况，一些报刊和出版社也经常约我写有关《三国演义》的论著。这样，主观和客观两方面的因素都促使我在《三国演义》研究中不断努力，这方面的研究成果也越来越多。尽管我在《水浒传》、"三言二拍"、《镜花缘》和其他作品的研究中也花了许多功夫，取得了一些成果，但成就和影响确实都不如我的《三国演义》研究。所以，国内外学术界的同行都认为我一直在主攻《三国演义》研究。这也算是一种历史的机缘吧。

记　者　研究《三国演义》二十七年，您认为《三国演义》给您最大的启发和收获为何？

沈伯俊　二十七年来，我出版了25部专著、专书，其中关于《三国演义》的占了20部；发表学术论文170余篇，其中关于《三国演义》的大约120篇；发表学术随笔、札记、鉴赏文章200余篇，其中关于《三国演义》的大约150篇。可以说，是《三国演义》那丰厚的思想内涵、强大的艺术魅力、深广的文化价值使我乐于为之上下求索。在漫长的研究历程中，我得到很多启示，真是收获多多。这里主要谈三个问题。

第一，对《三国演义》所蕴含的中华文化精华有了更加全面的认识。《三国演义》是一部中国封建社会百科全书式的作品，具有极其博大而深厚的思想意蕴和文化内涵，犹如一个巨大的多棱镜，闪射着多方面的思想光彩，给不同时代、不同阶层的人们以历史的教益和人生的启示。

许多人认为，《三国演义》的主要精髓是谋略。我认为，这种看法是不全面的。

诚然，《三国演义》给人印象最深的一个方面，就是擅长战争描写。

全书以黄巾起义开端，以西晋灭吴收尾，反映了从汉末失政到三分归晋这一百年间的全部战争生活，描写了这一时期的所有重要战役和许多著名战斗，大大小小，数以百计。接连不断的战争描写，构成了小说的主要内容，占了全书的大部分篇幅。而在战争描写中，作者信奉"知彼知己，百战不殆"的军事规律，崇尚"斗智优于斗力"的思想，总是把注意力放在对制胜之道的寻绎上。因此，虽写战争，却不见满篇打斗；相反，书中随处可见智慧的碰撞、谋略的较量，而战场厮杀则往往只用粗笔勾勒。可以说，千变万化的谋略确实是全书精华的重要部分。

然而，谋略并非《三国演义》的主要精髓，更非书中精华的全部。

在中国传统文化思想体系中，"道"是最高层次的东西。"道"有多义，首先是指自然和社会的根本规律，通常指正义的事业，所谓"得道多助，失道寡助"是也。因此，它也是处事为人的基本原则。谋略则属于"术"，是第二层次的东西，是为"道"服务的，必须受"道"的指导和制约。作为一位杰出的进步作家，罗贯中认为，符合正义原则，有利于国家统一、民生安定的谋略才是值得肯定和赞美的，而不义之徒害国残民的谋略只能叫做阴谋诡计。因此，只有代表作者理想的诸葛亮才被塑造为妙计无穷的谋略大师、中华民族智慧的化身。曹操的谋略可谓高矣，但罗贯中对他却并不喜爱，而是有褒有贬：对曹操有利于国家统一、社会进步的谋略，罗贯中予以肯定性的描写；而对他损人利己、背信弃义的各种伎俩，则毫不留情地予以抨击。综观全书，罗贯中从未放弃道义的旗帜，从未不加分析地肯定一切谋略；对于那些野心家、阴谋家的各种阴谋权术，他总是加以揭露和批判；对于那些愚而自用者耍的小聪明，他往往加以嘲笑。可以说，《三国演义》写谋略，具有鲜明的道德倾向，而以民本思想为准绳。后人如何看待和借鉴《三国演义》写到的谋略，则取决于自己的政治立场、道德原则和人生态度。如果有人读过《三国演义》却喜欢搞小动作，那是他自己心术不正，与罗贯中无关；恰恰相反，那正是罗贯中反对和批判的。

那么，《三国演义》的主要精髓是什么呢？我认为，《三国演义》丰厚的思想内涵，主要表现在四个方面。

1. 对国家统一的向往。中华民族有着极其伟大的聚合力，维护国家的统一与安定，是我们民族一贯的政治目标，是一个牢不可破的优良传统。周代以来三千多年间，由于种种原因，中华民族曾经屡次被"分"开，饱受分裂战乱之苦。但是，每遭受一次分裂，人民总是以惊人的毅力和巨大的牺牲，清除了分裂的祸患，医治了战争的创伤，促成重新统一的实现。在那"出门无所见，白骨蔽平原"的汉末大动乱时期，以及罗贯中生活了大半辈子的元代末年，广大人民对国家安定统一的向往更是特别强烈。罗贯中敏锐地把握了时代的脉搏，通过对汉末三国时期历史的艺术再现，鲜明地表达了广大人民追求国家统一的强烈愿望。这是《三国演义》的政治理想，也是其人民性的突出表现。

2．对政治和政治家的选择。人们常常谈到《三国演义》"尊刘贬曹"的思想倾向，有人还把这称为"封建正统思想"。事实上，"尊刘贬曹"的思想倾向，早在宋代就已成为有关三国的各种文艺作品的基调，罗贯中只是顺应广大民众的意愿，继承了这种倾向。罗贯中之所以"尊刘"，并非简单地因为刘备姓刘（刘表、刘璋也是汉室宗亲，而且家世比刘备显赫得多，却每每遭到贬抑和嘲笑；汉桓帝、汉灵帝这两个姓刘的皇帝，更是作者鞭挞的对象），而是由于刘备集团一开始就提出"上报国家，下安黎庶"的口号，为恢复汉家的一统天下而不屈奋斗，不懈努力，被宋元以来具有民族思想的广大群众所追慕；另一方面，这个集团的领袖刘备的"仁"、军师诸葛亮的"智"、大将关羽等人的"义"，也都符合罗贯中的道德观。这两方面的原因，使得罗贯中把刘备集团理想化而予以热情歌颂。另一方面，罗贯中之所以"贬曹"，是因为曹操作为"奸雄"的典型，不仅不忠于刘氏王朝，而且常常屠戮百姓，摧残人才，作品对其恶德劣行的描写大多于史有据，并非有意"歪曲"；而对曹操统一北方的巨大功绩，对他在讨董卓、擒吕布、扫袁术、灭袁绍、击乌桓等重大战役中所表现的非凡胆略和智谋，罗贯中都作了肯定性的描写，并没有随意贬低。由此可见，"尊刘贬曹"主要反映了广大民众按照"抚我则后，虐我则仇"的标准对封建政治和封建政治家的选择，具有历史的合理性；对此不应作片面的理解，更不应简单地一概斥之为"封建正统思想"。

3．对历史经验的总结。《三国演义》以很大篇幅描写了汉末三国变幻莫测的政治、军事、外交斗争，总结了各个集团成败兴衰的历史经验，突出强调了争取人心、延揽人才、重视谋略这三大要素的极端重要性。董卓集团败坏朝纲，残害百姓，荒淫腐朽，导致天下大乱，完全是一伙狐群狗党，混世魔王，作品便不遗余力地予以鞭挞。袁术狂妄自大，轻薄无能，既不注意延揽人才，又无明确的战略目标，更不顾百姓死活，却急于过皇帝瘾，大失人心，作品也予以严厉批判。袁绍虽然颇有雄心，其集团一度声势赫赫，实力雄厚，但由于袁绍胸无伟略，见事迟缓，坐失战机；不辨贤愚，用人不当，以致关键时刻内讧不已；心胸狭隘，文过饰非，甚至害贤掩过，终于只能成为曹操的手下败将，无可挽回地走向灭亡。相比之下，刘备、曹操、孙权三大集团在这三方面各有所长：刘备历经磨难，却始终坚持"举大事必以人为本"的信念，深得民心；求贤若渴，"三顾茅庐"堪称千秋佳话；倾心信任诸葛亮，既有正确的战略方针，又有灵活多变的谋略战术。曹操虽属雄才之主，却也十分注意争取人心，延揽人才，手下猛将如云，谋臣如雨；在战略战术上，他目光远大，高出同时诸雄。孙权继位之初，便举贤任能，手下也是人才济济，周瑜、鲁肃、吕蒙、陆逊四任统帅均为一时之杰，而且有着明确的战略目标。因此，在众多政治军事集团中，刘、曹、孙三大集团得以脱颖而出，形成三分鼎立的局面。

　　4．对理想道德的追求。在艺术地再现汉末三国的历史，描绘形形色色的人物的时候，罗贯中不仅表现了对国家统一、清平政治的强烈向往，而且表现了对理想道德的不懈追求。在这里，他打起了"忠义"的旗号，把它作为臧否人物、评判是非的主要道德标准。通观全书，有许多讴歌理想道德的动人故事。为了忠于"桃园之义"，关羽不为曹操的优礼相待所动，毅然挂印封金，千里跋涉，寻访兄长；为了维护兄弟情义，刘备不顾一切地要为关羽报仇，甚至宁可抛弃万里江山；为了报答刘备的知遇之思、托孤之重，诸葛亮殚精竭虑，南征北伐，不屈不挠，死而后已……当然，对"忠义"这一概念要作具体分析。作为封建时代具有一定进步倾向的文人，罗贯中的"忠义"观不可能越出封建思想的藩篱，但也确实融合了人民群众的观念和感情。他的所谓"忠"，常常指一心不贰地为封建王朝奔走效劳，甚至只是为某一集团的领袖卖命捐躯；但也常常指对国家、民族的忠贞不二，对理想、事业的矢志如一，鞠躬尽瘁。他的所谓"义"，用在政治原则上，有时是封建纲常的代名词，有时又是坚持真理、鞭挞邪恶的同义语；用在人际关系上，往往以个人恩怨为转移，但也常常指对平等互助、患难相依的真诚追求……这种犬牙交错的状况，使得《三国演义》的"忠义"呈现出复杂的面貌；但就主导方面而言，它反映了中华民族传统的价值观、道德观中积极的一面，值得后人批判地吸收。

《三国演义》的思想内容如此丰厚，那么，它的主题是什么呢？我认为，可以用一句话来概括——向往国家统一，歌颂"忠义"英雄。

就这样，向往国家统一的政治理想，构成了《三国演义》的经线；歌颂"忠义"英雄的道德标准，构成了《三国演义》的纬线。二者纵横交错，形成《三国演义》思想内容的坐标轴。罗贯中依靠这两大坐标轴，把历史评价与道德评判有机地融合在一起，使作品达到了难能可贵的高度和深度。

第二，对《三国演义》的作者罗贯中有了更加深刻的理解。罗贯中是这样一位人物：以世俗的眼光来看，他只一个未得其时的下层文人；而从中国文学史的视角观之，他却是一个雄视千古的伟大作家。尽管我们对他的生平业绩已经难以弄清，但他的煌煌作品，尤其是《三国演义》，却使他超越了同时代的几乎所有名公巨卿、文人雅士，永远辉耀于中国文学史和文化史。真是：思汇千年融众史，笔生五色绘群英。

当今时代，本应是一个民主精神、平等意识深入人心的时代；然而实际上，由于某些有权有钱者的反面示范效应，由于某些庸俗媒体的鼓吹诱惑，也由于人们自身的庸懦和贪欲，身份崇拜、权势崇拜、金钱崇拜却常常大行其道。罗贯中的不朽创作，继承了自屈原、司马迁以来中国文学的优秀传统，以直面现实的勇气、以民为本的情怀、独立不倚的节操，写出了历史的真义和民族文化的精髓，可以给我们许多有益的人生启示。

可以说，当今的作家学者在知识的掌握上也许超过了古代作家，但在人格力量上却往往并无优势，甚至常常瞠乎其后。因此，我们没有必要盲目地对古人顶礼膜拜，更没有理由以"后来居上"的优越感而藐视前贤。

第三，对于治学之道有了更加切实的把握。二十七年来，我坚持了"循序渐进，知故求新"的研究方法，这正符合公认的治学之道。"循序渐进"，就是按照科学研究的规律办事。首先，必须详细占有研究资料。在此基础上，逐步选择和调整自己的研究目标、研究重点和研究角度。在写作中，我由写单篇论文到写系列论文，由编著《三国演义辞典》、整理《三国》版本到撰写专著。这样一步一步地前进，基础比较扎实，得到的研究成果质量较高，并具有自己的特色。"知故求新"，就是在研究中要在"知故"的基础上"求新"。所谓"知故"，就是全面、深入地了解过去。这包括：① 反复精读《三国演义》，包括各种版本的《三国》，做到烂熟于心；② 熟读有关《三国演义》的各种历史资料，包括史书《三国志》及裴松之注、《后汉书》《华阳国志》《资治通鉴》、各种笔记小说、宋元戏曲中的三国戏、《三国志平话》，等等；③ 全面掌握《三国演义》研究的已有成果，包括各种文学史、小说史、资料汇编、论文、专著等。这样就能做到"心中有数"，从已有的成果出发，较好地确定自己的研究起点和视角，避免"无的放矢"，简单重复前人的劳动。所谓"求新"，就是在"知故"的基础上，创造性地研究，勇于提出新的见解，进行新的开拓，力求比前人有所前进，有所突破。比如，对《三国演义》版本的整理，是我成绩比较突出、影响比较大的一个方面。我刚开始研究《三国》时，还没有重新整理《三国》版本的打算。但是，在反复研读《三国》的过程中，我陆续发现了书中的一些"技术性错误"，到 1984 年就形成了重新校理《三国》的决心。1986～1987 年编著《三国演义辞典》，我对《三国》的人物、情节作了大量考证，仅人物辞条就加了 623 条按语，其中很大一部分是指出《三国》中的"技术性错误"。这样，我重新校理《三国》的决心更大了。以后，经过多年的艰苦努力，我接连出版了六种《三国》整理本，并出版了《三国演义》评点本，每一种都校正了原本中的八九百处以上的"技术性错误"。几百年来，还没有人像我这样对《三国》版本作过全面、细致的整理。因此，这些整理本受到国内外学术界同行的高度评价，被誉为"沈本《三国》""《三国演义》版本史上的新里程碑""代表了新时期《三国演义》版本整理的最高水平"。这完全是"循序渐进，知故求新"的结果。

　　记　者　请问中国及世界各国目前的《三国演义》研究和推广现况如何？

　　沈伯俊　这个问题非常大，这里只能作一些粗略的介绍。

　　目前，中国学术界对《三国演义》的研究，大致可以分为两种倾向：一种是"本体研究"的深化，一种是"应用研究"的拓展。前者是把《三国》当作一部古典文学名著，对其人物、情节、美学价值等进行研究，并从文学的研究发展为文化的研究。后者是把《三国》当作智慧的宝库，当作人生的启示录，从政治、军事、人才学、管理学、经营谋略等方面探讨其应用价值和当代意义。二者各有其价值，各有其成就，可以并行不悖地发展下去。关于这个问题，我在后面还要作比较详细的介绍。

　　作为一部富有魅力的伟大作品，《三国演义》不仅在中国家喻户晓，而且在世界上广泛传播。

　　早在康熙二十八年（1689），日本人湖南文山（京都天龙寺的两位和尚义辙、月堂的合名）就把《三国演义》译成了日文，这是《三国演义》最早的外文译本。此后三百年来，《三国演义》已经被亚、欧、美诸国翻译成各种文字，全译本、节译本已有六十多种。各国学者都把《三国演义》看作中国文学史上灿烂的明珠，给予了高度的评价。

　　近年来，随着中国国际影响的扩大和《三国演义》研究的深入，国际上又出现了持续不断的"三国热"。

　　说到国际的"三国热"，以日本最为突出。《三国演义》在当今日本流传之广，影响之大，简直令人惊奇。例如：《三国演义》的日文译本，至少已有二十余种，而且多次再版。如立间祥介教授翻译的《三国志演义》，1972年出版后，几乎年年再版。各种译本的发行量加起来，至少已是几百万套。日本的《三国演义》改写本、新编本、连环画多达几十种。其中，仅横山光辉改编的《漫画三国志》，就有大小两种开本，印数已经超过三千万套，几乎平均每个日本家庭都有一套。日本设计的《三国演义》电子游戏软件，出了一版又一版，在世界各地，包括中国大受欢迎，发行量也是数以百万计。我和谭良啸先生编著的《三国演义辞典》（巴蜀书社1989年版），由立间祥介、冈崎由美、土屋文子译成日文，1996年由日本著名的潮出版社出版，第一版就印了8000部，比中文版第一次印刷的数量还多，后来又几次再版。日本的《三国演义》研究起步较早，尽管《三国》研究专家的数量不及中国，但在资料占有、研究思路、研究方法上却很有特色。特别是在《三国》版本的研究上，金文京、中川谕、上田望等学者思路之细密、比对之精微，都给中国学者留下了深刻的印象，受到大家的重视。大塚秀高的《关羽与刘渊——关羽形象的形成过程》、金文京的《关羽的儿子与孙悟空》、上田望的《明代通俗文艺中的三国故事——以〈风月锦囊〉所选〈精选续编赛全家锦三国志大全〉为线索》，善于从通俗文艺作品中发掘中国古代小说题材和人物形象的渊源，也颇有启示意义。在此基础上，日本《三国志》学会于 2006 年 7 月30 日在大东文化大学宣告成立。学会由从事三国历史、三国思想哲学、三国文学艺术和小说《三国志》（即《三国演义》）研究的学者组成，会长由著名的三国史专家、京都女子大学原校长狩野直祯担任，副会长为金文京教授、大上正美教授、堀池信夫教授，事务局长（秘书长）为渡边义浩教授，首批会员达 100 余人。我出席了这个学会的成立大会，并荣幸地被聘为海外理事。此外，日本的"三国迷"遍及全国，他们自发组织的"三国迷俱乐部"就有上百个，成员来自社会各个阶层。他们经常进行讨论，组织《三国演义》知识竞赛；还多次组织"《三国演义》之翼"访华团，千里迢迢来到中国，探访三国遗迹，凭吊三国人物，以此表示对中国人民的友好感情。2006 年 7 月底至 8 月初，我应邀访问日本，参加《三国志》（含《三国演义》）研讨会，作主题报告。与会者除了日本的《三国演义》研究专家，东京大学、早稻田大学、大东文化大学等著名大学的《三国志》研究会成员，还有跟随家长来的小学生。在随后举行的《三国志》学会成立大会上，一位戴眼镜、很秀气的小女孩跟着母亲，不仅认真旁听，还勇敢地举手提问；在会后中日学者聚餐时，她又拿着日本学者渡边义浩、田中靖彦写的《三国志的舞台》一书，跑来找我和另外两位中国学者签名。这种真诚与热情，非常令人感动。2008 年 9 月，我再度访问日本，除了在东京出席日本《三国志》学会研讨会，作了题为《为诸葛亮析疑辩诬》的学术报告之外，还参观了大阪、神户、金泽等地，与日本有关学者进行了学术交流。其中，在神户参观了"大三国志展"（由东京富士美术馆、中国文物交流中心联合主办，在东京、神户、福冈等地轮流展出）。当天是星期三，乃是上班时间，观众却很多，包括各个年龄层次。展览的主要内容是以三国历史为脉络，以刘蜀集团为主体，以《三国演义》为重心，分为四大部分："桃园之誓""三顾之礼""赤壁之战""星落秋风五丈原"。此外，还陈列了很多与三国有关的文物、资料。观众们不仅仔细观看展品，而且踊跃购买在底楼大厅出售的以三国为题材的各种书籍和纪念品，其盛况绝不亚于在中国举行的同类展览。日本广大民众对三国故事、三国人物持久不衰的热情，实在令人震撼……

在韩国，《三国演义》是读者最多，影响最大的一部中国小说。近几年出版的《三国演义》韩文译本、评本、改写本达一二十种，其中李文烈的评译本，自 1988 年问世以来，销量已达数十万套（每套十册）。韩国学者郑元基，1996 年曾不远万里，来到成都，跟我一起研习《三国演义》。十余年来，他把《花关索传》等研究资料和中国学者的多部《三国演义》研究著作译成韩文出版，包括我的《三国演义辞典》《三国漫话》《校理本三国演义》等，并出版了自己的研究专著，已经成为韩国有影响的《三国演义》专家。1997 年，韩国学者组织了第一个高层次的三国文化考察团，由韩国国家电视台派出的摄制组陪同，并聘请中国《三国演义》专家陈翔华先生和我先后担任顾问，历时二十天，行程上万里，考察了九个省、市的几十处三国遗迹。事后，摄制组将考察过程整理为 15 集电视专题片《中国文学纪行·〈三国演义〉》，已在韩国国家电视台播出，引起了很大反响。

在泰国，高等学校招考新生时经常出与《三国演义》有关的试题。曾任泰国总理的著名文学家克立·巴莫，曾以三国故事为题材，创作《孟获》《终身丞相曹操》等小说。《三国演义》又是泰国华侨、华裔加强团结的精神纽带。如"刘氏宗亲会"就自称是刘备的后代，多次组团到成都武侯祠祭奠刘备，寄托怀乡念祖之情。当中央电视台电视连续剧《三国演义》剧组到泰国进行宣传访问时，各种新闻媒介每天都做了大量的报道，剧组成员每到一地，都是观者如堵，盛况空前。

在马来西亚，《三国演义》流传很广，并有多种马来文译本。马来西亚华侨、华裔早就成立了"关氏宗亲会""刘关张赵龙冈会"，作为自己保存文化血脉、团结互助的组织。20 世纪八十年代起，我曾经与马来西亚的"关氏宗亲会"有过通信联系，后来知道他们成立了《三国演义》研究会，曾经致信祝贺。可惜九十年代后期以后，与他们的联系中断了，不知他们近来开展活动的情况如何。

此外，在越南、老挝、柬埔寨、新加坡、印度尼西亚等亚洲国家，《三国演义》也流传很广，并有多种译本。在这些国家的华人社会，三国故事更是家喻户晓，关羽崇拜至今还很普遍。当中国中央电视台创作的电视连续剧《三国演义》在这些国家播放时，都受到广大观众的热情欢迎。

欧洲各国也有一批《三国》专家。其中，俄罗斯科学院通讯院士李福清教授早在 1970 年就出版过专著《〈三国演义〉与民间传统的关系》，产生了广泛的影响；英国魏安博士的专著《〈三国演义〉版本考》，对现存的《三国》版本进行了全面、细致的研究，受到中国学者的高度评价；法国国家科学研究中心研究员苏尔梦女士出版的专著《中国小说在亚洲》，其中不少篇幅介绍了《三国演义》在东南亚各国的传播情况。这些独具特色的研究成果，都受到中国学者的关注。

澳大利亚的前辈学者柳存仁教授，早在 1976 年就发表了《罗贯中讲史小说之真伪性质》一文，对《三国》版本源流问题提出了重要的新见。中年学者马兰安博士，多年关注《三国演义》研究，也是很有成就的《三国》专家。

美国过去似乎没有着重研究《三国》的学者。不过，纽约州立大学教授罗慕士（Moss Roberts）经过多年努力，完成了《三国演义》的英文全译本，对《三国演义》在美洲的传播作出了贡献。著名学者蒲安迪教授的《明代小说四大奇书》一书，对《三国》也有独到的论述。华裔学者董保中教授过去主要研究中国现代戏剧，却于 2001 年组织大约 20 位美国学者到四川，与中国学者进行了一次高水平的三国文化国际研讨会；此后，他以更大的兴趣投入《三国》研究，已经发表几篇有特色的论文。

由此可见，《三国演义》确实在世界各地得到了越来越广泛的研究和推广。

记　者　《三国演义》作为中国文学，也许有其文化局限性，但为何能吸引各国学者投身《三国演义》研究？为何能吸引各国读者阅读？

沈伯俊　　根本原因在于，作为中国古代长篇小说中罕见的杰作，《三国演义》是一部中国封建社会百科全书式的作品，具有极其博大而深厚的思想意蕴和文化内涵，问世六百多年来，对中华民族的精神文化生活产生了深远的影响，已经成为公认的中国古典文学基本典籍之一，成为中国传统文化精华的重要组成部分。随着中华文化越来越广泛地向海外传播，它也被公认为世界文学名著之一。今天，《三国演义》不仅在国内家喻户晓，而且在世界各地也拥有广大的读者群。可以肯定，在未来的岁月里，无论是我们的子孙后代、海外华人，还是国外汉学家以及其他对中国感兴趣的朋友，凡是想学习中国古典文学，研究中国传统文化，了解中国封建社会的人，都将把《三国演义》当作必读书。

记　者　　您如何看待三国热？《三国演义》热潮对中国及世界的文化、思想或生活造成什么影响或冲击？

沈伯俊　　在中国，《三国演义》早已家喻户晓。近年来，又出现了持续不断的"三国热"。一些评说《三国》的书籍成为畅销书，三国题材的影视、电子游戏长盛不衰。这种"三国热"，其实是"传统文化热"的一个组成部分。人们读三国，评三国，为的是更多地了解传统，更好地接续传统，从而弘扬民族优秀传统文化，为增强民族自信心，实现中华民族的伟大复兴提供有价值的精神资源。

不过，无庸讳言，由于立足点不同，思想观念不同，目的和心态不同，在众多的评说中，也有不少是脱离文本但求口舌之快的戏说，有一些自以为是、主观猜测的臆说，甚至有少数蛮横霸道厚诬古人的瞎说，其中自然存在这样那样的误解乃至曲解。作为一个《三国》研究者，我的立场是：拒绝戏说，避免臆说，反对瞎说。这些年来，我先后出版了《三国漫谈》《三国漫话》《沈伯俊说三国》《你不知道的三国》等著作，就是为了普及《三国演义》，为读者提供"正确、有益、有趣"的三国文化知识。"正确"是指文章的内容皆为研究所得，没有学理和知识上的错误；"有益"是指着重写那些读者感兴趣但并不了解、略知一二却说不清楚的问题，可以帮助读者开阔眼界，增长知识；"有趣"是指能够带给读者审美愉悦，激发读者进一步读书、思考乃至研究的兴趣。我想，如果"三国热"沿着这样的路径发展，对中国传统文化今后的传承和发展是有益的。

就世界而言，我认为还没有形成全球范围的普遍的"三国热"（虽然前面我讲道："国际上又出现了持续不断的'三国热'"）。这种"热"，主要是在亚洲部分国家，特别是"东亚文化圈"的国家存在。这些国家的"三国热"，起到了传播中国文化，让各国人民更好地了解中国文化和中国人民，促进中外文化交流的积极作用。这种传播和交流，还有助于在各国培养一批专门从事中外政经商贸交往、研究中国文化的人才。至于在欧美国家，由于民族文化心理的差异，文学研究传统的不同，《三国》研究虽有发展，却尚未形成群众性的"三国热"。今后能否热起来，取决于多种因素，我们可留心观察。

记　者　请问国际上《三国演义》的研究和普及对汉学研究的影响为何？

沈伯俊　"汉学"一词，原本指海外学者对有关中国的各种学问的研究。就这个意义而言，海外的《三国演义》研究本来就是汉学研究的一个组成部分。因此，海外《三国演义》的研究和普及，不仅有力地促进了汉学研究的发展和普及，扩大了汉学研究的影响，而且在研究的思路、方法和技术手段等方面，必然与汉学研究的其他领域互相借鉴，互相吸取，共同发展。值得充分肯定的是，海外的《三国演义》研究，对中国的《三国演义》已经产生了重要的影响，并将继续产生影响。

记　者　请问您对现今《三国演义》研究的看法及未来展望为何？

沈伯俊　中国进入改革开放的新时期以来，《三国演义》研究发展健康，成就突出，为整个古代文学研究界所瞩目。其主要标志有三。其一，学术成果大量涌现。根据我的初步统计，1980 年以来，中国大陆已经公开出版《三国演义》研究专著、专书大约 160 部，相当于过去三十年总数（5 部）的三十二倍；发表研究文章大约 2200 篇，相当于过去三十年总数（135 篇）的十六倍多。其中包括一批水平较高，影响较大的成果。其二，学术会议接连举行。二十八年来，总共举行了 18 次全国性的《三国演义》学术研讨会，5 次专题研讨会（1986 年 12 月在广州举行的"传统文化与现代管理研讨会"，1987 年 1 月在昆明举行的"《三国演义》版本讨论会"，1993 年 5 月在浙江富阳举行的"孙吴与三国文化研讨会"，

2002 年 8 月在山西清徐举行的"罗贯中与《三国演义》研讨会"，2003
年 9 月在北京举行的"第二届《三国演义》版本研讨会"），3 次国际研讨
会（1985 年 11 月在成都举行的"三国与诸葛亮国际学术讨论会"，1991
年 11 月在成都举行的"中国四川国际三国文化研讨会"，2001 年 4 月在
成都、南充举行的"三国文化国际研讨会"）。这些会议，有力地推动了
研究的发展。其三，学术团体纷纷成立。继 1984 年 4 月中国《三国演义》
学会成立之后，一些省、市、县级学会也陆续成立，有的地方还建立了
专门研究机构。它们是《三国演义》研究事业不断发展的主要推动者。
可以说，新时期以来中国《三国演义》研究的广度和深度都大大超过了
以往任何历史时期，在一系列问题上提出了许多新的见解，取得了若干
新的突破。其中，最为引人注目的有下列八个问题：（一）关于罗贯中的
生平籍贯。（二）关于《三国演义》的成书年代。（三）关于《三国演义》
版本的整理与研究。（四）关于《三国演义》的主题。（五）关于《三国
演义》的人物形象。（六）关于《三国演义》的创作方法与艺术成就。（七）
关于毛宗岗父子和毛评《三国》。（八）关于"三国文化"研究。具体情
况，可参见拙作《新的进展，新的突破——新时期〈三国演义〉研究述
评》，初稿写于 1996—1998 年，2000 年修订，收入本人所著《三国演义
新探》（四川人民出版社 2002 年版）。

　　综观新时期中国的《三国》研究，可以看到这样几个突出的特点。
第一，初步形成了多层次、多角度、多元化的研究格局。第二，研究的
系统性、综合性逐步增强。第三，《三国演义》数字化工程已经初见成效。
自 2001 年 9 月以来，已经接连举行了七届"中国古代小说数字化研讨会"，
均以《三国演义》的数字化为重点。其中一次在韩国首尔、一次在日本
东京举行，第七届则于 2008 年 8 月下旬在澳门举行。已经取得的主要有
三个方面的成绩。① 实现了毛宗岗评改本、嘉靖元年本、叶逢春本等 8
个重要版本排印本的数字化，包括文字版、图像版和图文对照版三种形
式。其中文字版采用文本方式，可用于检索。此外，还实现了 24 种版本
影印本的数字化，具有图文对照、图像比对、相似度比对、逐行比对等
功能。两类版本共计 32 种。② 建立了初步的《三国演义》电子史料库，
包括上述 32 个重要版本和有关文献（如《三国志》《后汉书》《晋书》《华

阳国志》等）的电子文本。③绘制了比较系统的《三国演义》地图。第四，学风比较端正。第五，中外学者的交流，特别是中、日、韩三国学者的交流取得了一定进展。

不过，存在的不足之处也是相当明显的。我认为主要有这样几个问题。第一，研究的系统性、深刻性仍嫌不足。例如：尽管有关毛宗岗父子和毛评的研究比之过去大有进步，但至今尚无一部全面研究毛宗岗父子和毛本《三国》的专著；尽管已有部分学者开始注意到从传播和接受的角度进行研究，但至今尚无一部全面梳理《三国演义》接受史的专著。第二，题目陈旧、内容浮泛、缺乏新意的平平之作相当多。一些文章，一望而知是"炒冷饭"的货色，作者既无卓异的见解，自然也就谈不上对他人的启示意义。平庸之作之所以频频出现，原因当然很复杂：有的是由于学术功力不足，有的是由于治学态度不够严谨；此外还有一个重要的原因，就是对研究的历史和现状缺乏了解。第三，研究的思路不够开阔，方法不够多样。例如：母题学的方法、原型批评的方法、比较研究的方法就使用得不够。第四，部分学者的思想方法存在明显缺陷。例如：在讨论罗贯中的籍贯时，有人为了证明罗贯中祖籍为今山西清徐，从《三国演义》和《三遂平妖传》中找出一些词语（以《三国》为主），名之曰"清徐方言词语"。在他们看来，只要是清徐人在使用的词语，就等于"清徐方言词语"，就可以证明罗贯中是清徐人。这在概念上是错误的，逻辑是混乱的。其实，稍加辨析就可发现，这些所谓"清徐方言词语"，大多是明清小说中的常用词语，而不是某一地区独有的"地点方言"，并不具有唯一性和排他性，因而不应作为考证作者籍贯的依据。第五，中外学者的交流渠道仍然不够畅通，有效的合作更是少见。

展望今后的《三国》研究，我想强调五个问题。

第一，进一步深化《三国演义》的基础研究。例如：一些基本事实的认定（如关于关索和花关索的情节，究竟是罗贯中原作就有的，还是在传抄刊刻中增加的），一些重要概念的厘清，都需要通过精细的研究，争取逐步统一认识，不能长期处于模糊不清的状况。迄今为止，学术界对《三国》版本的研究仍然是不够深入、不够系统的。对于诸本《三国志传》，人们至今研究得不多；对于《三国志通俗演义》和《三国志传》

两大版本系统内各本的递嬗关系，以及两大系统之间的互相吸收，人们已有的掌握还相当粗略；对于不同版本中一些内容的认识，还存在较大分歧。这些问题若不解决，直接影响到对《三国演义》的成书年代和罗贯中原作面貌这两大问题的研究；而这两大问题的研究，又直接关系到对一系列问题的定位。因此，我们必须在现有的研究基础上，继续深化对版本的研究，以版本研究的突破来促进整个研究的突破。

第二，必须在研究的思路和方法上有所创新。对此主要想谈两点。① 在大文化的广阔背景下深入开拓。自二十世纪八十年代中后期开始，随着人们对《三国演义》进行多层次、多方位的观照，文学的研究日益拓展到文化的研究。这是《三国演义》研究自身向广度和深度进军的必然要求。一部内容丰富、底蕴深厚的作品，不仅是一种文学现象，而且是一种文化现象。因此，对《三国演义》的研究，既可以从纯文学的角度进行，也可以从文化的角度进行。这至少包含三个层面：一是对《演义》的文学特征和成就继续进行精深的探讨；二是将《演义》置于中华文化发展的长河中，深入发掘其文化内涵；三是全面总结《演义》对我们民族的精神生活和民族性格的广泛影响。这样，《三国演义》研究的天地将是无限宽广的。② 积极运用新的研究方法。学术研究的历史证明，研究方法的更新具有重要的意义。研究方法问题不只是一般的工具问题，还有一个哲学上的方法论层次和认识论深度问题。古代小说研究的每一次历史性进步，都与研究方法的变革有关。随着社会的全面进步，随着人们思想的进一步解放，新的文艺理论、新的研究方法将不断涌现。我们应当以开放的态度和求实的精神，认真鉴别，选择吸收，推动《三国演义》研究的继续深入。

第三，必须进一步加强对研究史的研究。任何一门学问，都有其创立和发展的过程，都是在逐步积累中不断丰富和完善的。只有充分掌握已有的研究成果，才谈得上发展和创新；只有站在前人的肩膀上，才能比前人看得更远。因此，研究任何一个课题，都应该首先把握其研究史，了解在自己着手之前，别人已经研究了多少，研究到什么程度，有些什么观点，存在哪些问题，从而确定自己的研究起点，选取适当的研究角度，这是学术界公认的治学之道。只有重视和加强对研究史的研究，才能从整体上提高《三国演义》研究的水平。为此，应当逐年整理《三国演义》研究论著索引，系统收集和整理新的研究资料，撰写专门的研究著作，为今后的研究提供路标。同时，应当大大强化研究者重视研究史的意识，把这与树立严谨求实的学风联系在一起。我和谭良啸编著、2007年由中华书局出版的《三国演义大辞典》，附录有迄今为止最详细的《〈三国演义〉研究论著索引》，足资研究者参考。目前，已有不止一位学者正在撰写比较系统的《三国演义》研究史，这对于帮助研究者掌握有关信息、避免低水平重复劳动，提高研究水平，显然是大有裨益的。

第四，积极推进《三国演义》数字化工程。以今年 8 月下旬在澳门举行的第七届"古代小说文献与数字化研讨会"为契机，将在这方面作出新的努力。

第五，努力加强中外学术交流与合作。回顾《三国演义》研究走过的道路，一个非常重要的事实是：中外学者的交流，对于推动研究的发展具有举足轻重的作用。首先，在研究资料的收集上，由于历史的原因，外国学者在某些罕见资料（如某些稀见版本）的掌握上，比之中国学者较为便利，可以为我们提供重要的参考。其次，由于知识结构、社会背景、文化心理的差异，外国学者在研究角度、研究方法、文化阐释等方面有自己的特长，可以与中国学者互相交流，优势互补。再次，进入数字化和网络时代以后，中外学者交流与合作的现实可能性越来越强。因此，中国学者应该以诚挚而恳切的态度，与各国学者互相学习，取长补短，加强合作，共同推动学术的发展。

记　者　沈教授，十分感谢您为我们提供了丰富的信息和精彩的评论。

沈伯俊　不必客气。希望今后有机会进行进一步的交流。

（载《河南教育学院学报》2009 年第 1 期）

就《三国演义》与三国文化研究答学生问

1、沈教授，您好！很荣幸您能接受我们的采访。我们知道您是当今最负盛名的《三国演义》研究专家，在这次访谈的开始，您能不能向我们的读者简要介绍一下《三国演义》这部著作，以及它在中国文学史乃至文化史上处于一个什么样的地位？

沈伯俊：在中国小说史上，古典名著《三国演义》拥有六个第一：① 它问世已经六百多年，是公认的我国第一部成熟的长篇小说；② 它总共写了一千二百多个人物，其中有名有姓的大约一千余人，这在所有古典小说中位居第一；③ 根据它改编的文艺作品门类之广，数量之多，在所有古典小说中肯定第一；④ 与它有关的名胜古迹分布于全国各地，总数多达数百处，其他作品简直无法望其项背，这又是第一；⑤ 与它有关的传说故事数量之多，流传之广，在古典文学名著中同样是第一；⑥ 对中华民族的精神生活和民族性格的影响之广泛与深远，它无疑也是第一。它不仅在中国家喻户晓，而且在亚洲各国和其他地区广泛传播，在世界文学名著之林中也占有重要的地位。

2、说起《三国演义》我们就想到了"三国文化"，在您的眼中"三国文化"是一个什么样的概念？

沈伯俊：我认为，"三国文化"这一概念可以作三个层次的理解和诠释：第一个层次是历史学的"三国文化"观（或曰狭义的"三国文化"观），认为"三国文化"就是历史上的三国时期的精神文化。第二个层次是历史文化学的"三国文化"观（或曰扩展义的"三国文化"观），认为"三国文化"就是历史上的三国时期的物质文明与精神文明的总和，包括政治、军事、经济、文化等领域。第三个层次是大文化的"三国文化"观（或曰广义的"三国文化"观），认为"三国文化"并不仅仅指、并不等同于"三国时期的文化",而是指以三国时期的历史文化为源,以三国故事的传播演变为流,以《三国演义》及其诸多衍生现象为重要内容的综合性文化。这三个层次的概念并非截然对立,而是如同一组同心圆,围绕着同一个圆心,层递扩大其范畴。这个圆心,就是三国时期的文化的基本内核;层递扩大的范畴,就是其发展、演变、吸纳、衍生的方方面面。所以,三个层次的"三国文化"观,其实共同承担着阐说和研究三国文化的任务。不过,比之前面两个层次的"三国文化"观,广义的"三国文化"观具有更大的涵盖性和更广的适应性,更便于认知和解释很多复杂的精神文化现象。

从大文化的广阔视野进行观照,人们所说的"三国文化"实际上是一种世代累积型的文化,它是漫长历史时期中民众心理的结晶,对中华民族的精神生活和民族性格产生了十分深远的影响,在世界各地也广泛传播。

3、作为一部文学史乃至文化史上的经典著作,《三国演义》有其独特的魅力,那么在您看来,《三国演义》的主要精髓是什么?是人们常说的谋略吗?

沈伯俊:许多人认为,《三国演义》的主要精髓是谋略。我认为,这种看法是不全面的。

诚然,《三国演义》给人印象最深的一个方面,就是擅长战争描写。全书以黄巾起义开端,以西晋灭吴收尾,反映了从汉末失政到三分归晋这一百年间的全部战争生活,描写了这一时期的所有重要战役和许多著名战斗,大大小小,数以百计。接连不断的战争描写,构成了小说的主要内容,占了全书的大部分篇幅。而在战争描写中,作者信奉"知彼知己,百战不殆"的军事规律,崇尚"斗智优于斗力"的思想,总是把注意力放在对制胜之道的寻绎上。因此,虽写战争,却不见满篇打斗;相反,书中随处可见智慧的碰撞、谋略的较量,而战场厮杀则往往只用粗笔勾勒。可以说,千变万化的谋略确实是全书精华的重要部分。

然而,谋略并非《三国演义》的主要精髓,更非书中精华的全部。

在中国传统文化思想体系中,"道"是最高层次的东西。"道"有多义,首先是指自然和社会的根本规律,通常指正义的事业,所谓"得道多助，失道寡助"是也。因此，它也是处事为人的基本原则。谋略则属于"术"，是第二层次的东西，是为"道"服务的，必须受"道"的指导和制约。作为一位杰出的进步作家，罗贯中认为，符合正义原则，有利于国家统一、民生安定的谋略才是值得肯定和赞美的，而不义之徒害国残民的谋略只能叫做阴谋诡计。因此，只有代表作者理想的诸葛亮才被塑造为妙计无穷的谋略大师、中华民族智慧的化身。曹操的谋略可谓高矣，但罗贯中对他却并不喜爱，而是有褒有贬：对曹操有利于国家统一、社会进步的谋略，罗贯中予以肯定性的描写；而对他损人利己、背信弃义的各种伎俩，则毫不留情地予以抨击。综观全书，罗贯中从未放弃道义的旗帜，从未不加分析地肯定一切谋略；对于那些野心家、阴谋家的各种阴谋权术，他总是加以揭露和批判；对于那些愚而自用者耍的小聪明，他往往加以嘲笑。可以说，《三国演义》写谋略，具有鲜明的道德倾向，而以民本思想为准绳。后人如何看待和借鉴《三国演义》写到的谋略，则取决于自己的政治立场、道德原则和人生态度。如果有人读过《三国演义》却喜欢搞小动作，那是他自己心术不正，与罗贯中无关；恰恰相反，那正是罗贯中反对和批判的。有人谈什么"厚黑学"，也硬往《三国演义》上扯，更是毫无道理的。

那么，《三国演义》的主要精髓是什么呢？我认为，《三国演义》丰厚的思想内涵，主要表现在五个方面。

（1）对国家统一的强烈向往。

我们中华民族有着极其伟大的聚合力，维护国家的统一与安定，是我们民族一贯的政治目标，是一个牢不可破的优良传统。几千年来，由于种种原因，我们民族曾经屡次被"分"开，饱受分裂战乱之苦。但是，每遭受一次分裂，人民总是以惊人的毅力和巨大的牺牲，清除了分裂的祸患，医治了战争的创伤，促成重新统一的实现。在那"出门无所见，白骨蔽平原"的汉末大动乱时期，以及罗贯中生活了大半辈子的元代末年，广大人民对国家安定统一的向往更是特别强烈。罗贯中敏锐地把握了时代的脉搏，通过对汉末三国时期历史的艺术再现，鲜明地表达了广大人民追求国家统一的强烈愿望。这是《三国演义》的政治理想，也是其人民性的突出表现。

（2）对政治人物的评判选择。

人们常常谈到《三国演义》"尊刘贬曹"的思想倾向，有人还把这称为"封建正统思想"。事实上，"尊刘贬曹"的思想倾向，早在宋代就已成为有关三国的各种文艺作品的基调，罗贯中只是顺应广大民众的意愿，继承了这种倾向。

罗贯中之所以"尊刘"，并非简单地因为刘备姓刘（刘表、刘璋也是汉室宗亲，而且家世比刘备显赫得多，却每每遭到贬抑和嘲笑；汉桓帝、汉灵帝这两个姓刘的皇帝，更是作者鞭挞的对象），而是由于刘备一生作为，基本符合古人对"明君"的最重要的两点期待：一是仁德爱民，有济世情怀；二是尊贤礼士，有知人之明。首先，作品多方表现了刘备的宽仁爱民，深得人心。《演义》第 1 回，写刘关张桃园结义，其誓词便赫然标出"上报国家，下安黎庶"八个大字。这既是他们的政治目标，又是他们高高举起的一面道德旗帜。从此，宽仁爱民，深得人心就成了刘备区别于其他政治集团领袖的显著标志。其次，作品竭力渲染了刘备的敬贤爱士，知人善任。其中，他对徐庶、诸葛亮、庞统的敬重和信任，都超越史书记载，写得十分生动感人；尤其是对他不辞辛苦，三顾茅庐的求贤佳话，对他与诸葛亮的鱼水关系的描写，更是具有典范意义。总之，宽仁爱民和敬贤爱士这两大品格的充分表现，使《三国演义》中的刘备形象摆脱了以往三国题材通俗文艺中刘备形象的草莽气息，成了古代文学作品中前所未有的"明君"范型。

对于曹操，罗贯中有褒有贬：褒的是其雄才大略、功业建树，贬的是其虐民和害贤。一方面，罗贯中以大开大阖的笔触，艺术化地展现了曹操在汉末群雄中脱颖而出，逐步战胜众多对手的豪迈历程，对于曹操统一北方的巨大功绩，对他在讨董卓、擒吕布、扫袁术、灭袁绍、击乌桓等重大战役中所表现的非凡胆略和智谋，罗贯中都作了肯定性的描写，并没有随意贬低。同时，罗贯中又不断地揭露曹操奸诈的作风、残忍的性格和恶劣的情欲，批判曹操丑恶的一面。由此可见，"尊刘贬曹"主要反映了广大民众按照"抚我则后，虐我则仇"的标准对封建政治家的评判选择，具有历史的合理性。

（3）对历史经验的深刻总结。

《三国演义》以很大篇幅描写了汉末三国变幻莫测的政治、军事、外交斗争，总结了各个集团成败兴衰的历史经验，突出强调了争取人心、延揽人才、重视谋略这三大要素的极端重要性。董卓集团败坏朝纲，残害百姓，荒淫腐朽，导致天下大乱，完全是一伙狐群狗党，混世魔王，作品便不遗余力地予以鞭挞。袁术狂妄自大，轻薄无能，既不注意延揽人才，又无明确的战略目标，更不顾百姓死活，却急于过皇帝瘾，大失人心，作品也予以严厉批判。袁绍虽然颇有雄心，其集团一度声势赫赫，实力雄厚，但由于袁绍胸无伟略，见事迟缓，坐失战机；不辨贤愚，用人不当，以致关键时刻内讧不已；心胸狭隘，文过饰非，甚至害贤掩过，终于只能成为曹操的手下败将，无可挽回地走向灭亡。相比之下，刘备、曹操、孙权三大集团在这三方面各有所长：刘备历经磨难，却始终坚持"举大事必以人为本"的信念，深得民心；求贤若渴，"三顾茅庐"堪称千秋佳话；倾心信任诸葛亮，既有正确的战略方针，又有灵活多变的谋略战术。曹操虽然心术不正，却也十分注意争取人心，延揽人才，手下猛将如云，谋臣如雨；在战略战术上，他也高出同时诸雄。孙权手下也是人才济济，周瑜、鲁肃、吕蒙、陆逊四任统帅均为一时之杰，而且有着明确的战略目标。因此，在众多政治军事集团中，刘、曹、孙三大集团得以脱颖而出，形成三分鼎立的局面。

（4）对中华智慧的多彩展现。

上面已经阐明，把谋略视为《三国演义》的主要精髓，是一种片面的，甚至是浅薄的看法。实际上，数百年来，《三国演义》让人感到魅力无穷的一个重要方面，乃是积淀在其中的中华智慧，是这种智慧的多彩展现。可以说，《三国演义》就是中华民族优秀智慧的结晶，作为全书灵魂人物的诸葛亮，就是中华民族无比智慧的化身。

《三国演义》展现的中华智慧，大致可以分解为这样几个方面。

其一，政治智慧。包括四个方面。① 善于把握天下大势，总揽全局，制定正确的战略方针。如荀彧的奉迎献帝之策，诸葛亮的《隆中对》，鲁肃的"江东对"。② 善于处理君臣关系，推心置腹，善始善终。如诸葛亮与刘备鱼水相谐的关系。③ 善于治国，遗爱千秋。在《三国志·蜀书·诸葛亮传》末，陈寿评曰："诸葛亮之为相国也，抚百姓，示仪轨，约官职，从权制，开诚心，布公道；尽忠益时者虽雠必赏，犯法怠慢者虽亲必罚，服罪输情者虽重必释，游辞巧饰者虽轻必戮；善无微而不赏，恶无纤而不贬；庶事精练，物理其本，循名责实，虚伪不齿；终于邦域之内，咸畏而爱之，刑政虽峻而无怨者，以其用心平而劝戒明也。可谓识治之良才，管、萧之亚匹矣。"裴注引袁子曰："（诸葛亮）行法严而国人悦服，用民尽其力而下不怨。及其兵出入如宾，行不寇，刍荛者不猎，如在国中。其用兵也，止如山，进退如风，兵出之日，天下震动，而人心不忧。亮死至今数十年，国人歌思，如周人之思召公也。"《演义》对此作了形象的再现。④ 善于识才，后继有人。如诸葛亮选拔蒋琬、费祎、董允；孙吴集团周瑜、鲁肃、吕蒙、陆逊四帅相继。

其二，军事智慧。以诸葛亮为代表。主要表现为：其一，知己知彼，百战不殆；其二，虚虚实实，兵不厌诈；其三，出奇制胜，用兵如神。《孙子兵法》云："善出奇者，无穷如天地，不竭如江河。"（《兵势篇》）"兵无常势，水无常形，能因敌变化而取胜者，谓之神。"（《虚实篇》）诸葛亮正是体现这些军事原则的光辉典范。

其三，科技智慧。如华佗的麻沸散和外科术，诸葛亮的连弩和木牛流马。

其四，人生智慧。这方面值得发掘的颇多。例如司马徽："水镜"雅号，传播遐迩。曾有名言："儒生俗士，岂识时务？识时务者在乎俊杰。"又云："伏龙、凤雏，两人得一，可安天下。"却终身不仕，甘当闲云野鹤。又如管宁：年轻时不满华歆热衷利禄，与之割席分坐；魏文帝下诏以其为太中大夫，固辞不受；明帝即位，征他为光禄勋，仍不应命，白衣终身。再如诸葛亮："淡泊明志，宁静致远"的格言，垂范千秋。

《三国演义》展现的中华智慧，真是绚丽多彩，熠熠生辉，博大深厚，沾溉后人。

（5）对理想道德的不懈追求。

在艺术地再现汉末三国的历史，描绘形形色色的人物的时候，罗贯中不仅表现了对国家统一、清平政治的强烈向往，而且表现了对理想道德的不懈追求。在这里，他打起了"忠义"的旗号，把它作为臧否人物、评判是非的主要道德标准。通观全书，有许多讴歌理想道德的动人故事。为了忠于"桃园之义"，关羽不为曹操的优礼相待所动，毅然挂印封金，千里跋涉，寻访兄长；为了维护兄弟情义，刘备不顾一切地要为关羽报仇，甚至宁可抛弃万里江山；为了报答刘备的知遇之恩、托孤之重，诸葛亮殚精竭虑，南征北伐，不屈不挠，死而后已……

长期以来，对于"忠义"也有各种议论和批评，这里谈谈我的看法。忠是什么？其基本含义是对自己忠于所事，对他人忠于所托。你的本职工作是什么，你就干好什么；与他人相处就要忠于所托，这就是《论语》讲到的"吾日三省吾身"中的一省："为人谋而不忠乎？"经过长期的积淀、提炼和逐渐的抽象化之后，人们把它升华为对事业的忠，对理想的忠，进而再升华为对国家对民族的忠。那绝非是小忠。义是什么？按古汉语的基本含义，"义者宜也。"（《礼记·中庸》）适宜的事，正确的事，你做了，那就符合义。人们常常说"道义"，就是说做符合道的事情才是义。从宏观方面来说，有国家大义、民族大义；用在人际关系上，它追求的是平等互助、患难相扶，甚至是生死与共的理想人际关系。

当然，作为封建时代具有一定进步倾向的文人，罗贯中的"忠义"观不可能越出封建思想的藩篱，但也确实融合了人民群众的观念和感情。这种犬牙交错的状况，使得《三国演义》的"忠义"呈现出复杂的面貌；但就主导方面而言，它反映了中华民族传统的价值观、道德观中积极的一面，值得后人批判地吸收。

4、说起《三国演义》，我们自然会将它和《三国志》《三国志平话》联系起来，《三国演义》和这两部著作有着什么样的关系呢？从个人角度讲您更偏好哪部？

沈伯俊：诚然，《三国演义》与《三国志》《三国志平话》都有相当重要的联系。下面分别谈谈。

我曾经发表《〈三国志〉与〈三国演义〉关系三论》一文（载《福州大学学报》2003 年第 3 期），比较深入地研究二者的关系。文章通过实证性研究，提出三点见解：

（1）《三国志》（包括裴松之注）乃是《三国演义》最重要的史料来源。

（2）尽管《三国志》（包括裴注）为《三国演义》提供了最基本的史

料，但作为一部纪传体的史书，它以人物传记为主，重在记叙各种有代表性的人物的生平业绩，而表现历史的总体面貌和各个局部的互动关系则非其所长，同一事件往往分散记于多篇纪传中，其前因后果往往不够明晰，有时甚至互相抵牾。因此，它没有也不可能为小说《三国演义》提供一个比较完整的叙事框架。承担这一任务的，主要是编年体史书《资治通鉴》。

（3）由于《三国志》为《三国演义》提供了最基本的史料，嘉靖壬午（嘉靖元年，1522）本《三国志通俗演义》等部分明代《三国》版本又有"晋平阳侯（相）陈寿史传，后学罗本贯中编次"的题署，有的学者便说：《三国演义》是"演"《三国志》之"义"。我认为，这一说法是不够确切的。

首先，从成书过程来看。《三国演义》固然以史书《三国志》（包括裴注）为主要的史料来源，但同时也大量承袭了民间三国故事和三国戏的内容；就褒贬倾向、主线设置、叙事时空处理等方面而言，后者的影响可能更大。尽管罗贯中原作书名可能包含"三国志"三字，但这只是表明了作家对陈寿的敬重和借史书以提高小说地位的愿望，绝不意味着小说是在亦步亦趋地演绎史书《三国志》。综观整部小说，是在史传文学与通俗文艺这两大系统长期互相影响、互相渗透的双向建构的基础上，通过作家天才的创造，才成就了这部煌煌巨著。

其次，从思想内涵来看。我曾经指出："《三国演义》是一部中国封建社会百科全书式的作品，具有极其博大而深厚的思想内涵。罗贯中以三国历史为题材，融汇自己的切身经历，进行了深刻的历史反思。……总之，《三国演义》犹如一个巨大的多棱镜，闪射着多方面的思想光彩，给不同时代、不同阶层的人们以历史的教益和人生的启示。"其主要内容，可参见我上面对第三个问题的回答。可以说，《三国演义》站在特定的历史高度，博采传统文化的多种养分，融会宋元以来的社会心理和道德观念，"演"的是中华民族精神、中华民族文化之"义"，而不仅仅是史书《三国志》之"义"。

再次，从艺术成就来看。我曾经指出：尽管罗贯中十分重视抓住历史运动的基本轨迹，再现史实的基本框架和发展趋势，"然而，在具体编织情节，塑造人物时，罗贯中却主要继承了民间通俗文艺的传统，大胆发挥浪漫主义想象，大量进行艺术虚构，运用夸张手法，表现出浓重的浪漫情调和传奇色彩""这种粗看好像与历史'相似'，细看则处处有艺术虚构、时时与史实相出入的情况，在整部作品中比比皆是。这种虚实结合，亦实亦虚的创作方法，乃是《三国演义》的基本创作方法，是其最重要的艺术特征。"这种创作方法和美学风格，更不能说是"演"《三国志》之"义"。

总之，我们既要充分重视《三国志》对《三国演义》的影响，又不应过分夸大这种影响。只有这样，才能对《三国演义》的成书过程及其思想艺术成就作出科学的评价。

对于《三国演义》与《三国志平话》的关系，我的看法是：《三国志平话》汇集了宋代以来民间讲史"说三分"的成果，第一次将众多的三国故事串连在一起，为《三国演义》的创作提供了一个简率的雏形。然而，《三国演义》却绝非对《三国志平话》的扩充和放大，而是另起炉灶，重新构思，在思想内涵和艺术水平上都发生了脱胎换骨的变化，产生了质的飞跃。如果说《三国志平话》只是一部比较粗糙的、以娱乐读者以主要任务的通俗文艺作品的话，《三国演义》则是一部思想深刻、意蕴丰厚、艺术成熟的民族文化经典。

《三国演义》中的一些情节，在元杂剧三国戏、《三国志平话》中可以找到雏形。然而，罗贯中绝不是简单的捡现成，而是对这样的一些故事"毛胚"进行深度加工或者根本性的改造，从而创造出新的属于罗贯中自己的精彩情节。例如，《三国志平话》卷上的《王允献董卓貂蝉》一节，写貂蝉与吕布本是夫妻，因战乱失散；王允先请董卓赴宴，表示愿将貂蝉献上；然后请吕布赴宴，让貂蝉与其夫妻相认，并答应送貂蝉与吕布团聚；数日后，王允将貂蝉送入太师府，董卓将貂蝉霸为己有；吕布大怒，乘董卓酒醉，将其杀死。这样的情节安排弊病甚大：第一，王允明明知道貂蝉与吕布是夫妻，并已让二人当堂相认，却还要把貂蝉献给董卓，未免显得太下作；第二，貂蝉在与吕布夫妻相认后，居然还毫无怨尤地让王允把自己送给董卓为妾，实在不近情理；第三，吕布为夺回被霸占的妻子，愤而杀死董卓，这是理所应当，丝毫看不出见利忘义的本质；第四，按照这种人物关系，貂蝉在董卓与吕布之间没有什么回旋的余地，装痴撒娇已无可能，离间二人关系也无必要。总之，按照这种人物关系展开描写，不仅降低了王允的形象，模糊了吕布的性格，使貂蝉形象缺乏美感，而且使整个情节缺少戏剧性发展的内在机制。罗贯中对人物关系作了创造性的改造，改成吕布与貂蝉本不相识，一下子就使人物关系合理了；同时，对情节发展过程，罗贯中也设计得更为丰富和巧妙。于是，王允设置"连环计"，只使人感到其老谋深算，善于利用矛盾；董卓与吕布为争夺貂蝉而反目，不仅符合二人的性格，而且与历史事实取得了逻辑上的一致；貂蝉不再是只求夫妻团圆的一般女子，而成了怀有崇高使命的巾帼奇杰，虽然忍辱负重，却获得了在董卓、吕布之间纵横捭阖的心理自由；整个情节也因此而波澜起伏，艺术虚构与史实再现水乳交融，成为一个十分成功的典型情节。

更具有典型意义的例证是诸葛亮形象的塑造。《三国志平话》中的诸葛亮，是一个性格粗豪而具有神话般本领的"军师"。这个"军师"形象，集"人也，神也，仙也"于一身。他没有士大夫的温文尔雅，却具有火热的性格。他在斗争中表现粗豪、刚强而果敢，有时甚至还带有急躁的情绪和鲁莽的行动。而罗贯中写作《三国演义》时，对《三国志平话》中的诸葛亮形象作了大幅度的改造，删除了"呼风唤雨，撒豆成兵，挥剑成河"之类的神异描写，使诸葛亮形象复归于"人"本位——当然，是一个本领非凡的、具有传奇色彩的杰出人物。总体而言，罗贯中在史实的基础上，吸收了通俗文艺的有益成分，加上自己的天才创造，成功地塑造了一个高雅、睿智、充满理想色彩和艺术魅力的诸葛亮形象，一个家喻户晓的光辉形象。这样的诸葛亮形象，虽以历史人物诸葛亮为原型，但已有了很人的变异，比其历史原型更高大、更美好，成为古代优秀知识分子的崇高典范，成为中华民族忠贞品格和无比智慧的化身，成为中外人民共同景仰的不朽形象。

《三国志》和《三国志平话》各有各的价值，各有各的用处，我对它们无所偏好。不过，在实际的研究中，对《三国志》的阅读和钻研更多一些。

5、可以说《三国演义》的成书过程就是各种不同版本的"三国文化"

的交融、整合过程。在这里，罗贯中是如何处理这种"民间情感"和"良史精神"的冲突的？

沈伯俊："民间情感"和"良史精神"有冲突，也有交融和互渗。从根本上说，"民间情感"对自由、正义、幸福的向往，"良史精神"对公正求实态度和"秉笔直书"原则的坚持，从不同角度反映了人们对真善美的追求，对假恶丑的否定。罗贯中正是站在这样的高度，既"演史"，又"演义"。我在回答第三个问题时，指出《三国演义》思想内涵的五个主要方面，可以说就是二者交融互渗的结晶。就像我在《罗贯中与〈三国演义〉》一书（台湾远流出版公司 2007 年 11 月版）中概括的："在史传文学与通俗文艺这两大系统长期互相影响、互相渗透的双向建构的基础上，元末明初的伟大作家罗贯中，依据《三国志》（包括裴注）、《后汉书》提供的历史框架和大量史料，参照《资治通鉴》的编年体形式，对通俗文艺作品加以吸收改造，并充分发挥自己的艺术天才，终于写成雄视百代的《三国演义》，成为三国题材创作的集大成者和最高典范。"

6、有研究者指出《三国演义》是一部有深刻意义的悲剧作品，是有目的地在"忠"和"义"的原则下选择失败，您如何看待作者的这种选择？作为"仁"的化身的刘备集团却败给了以奸诈著称的曹魏集团，这是否意味着"善"被"恶"取代？作者这样处理的用意何在？

沈伯俊：这种观点有其深刻之处，但我认为它主要体现了研究者自身的阅读感受，却未必符合罗贯中的本意。早在 1985 年，我撰写《向往国家统一，歌颂"忠义"英雄——论〈三国演义〉的主题》一文（原载《宁夏社会科学》1986 年第 1 期；收入拙著《三国演义新探》，四川人民出版社 2002 年版），就这样评价"悲剧"说："此说论述相当精彩，在首届《三国演义》学术讨论会上曾经引起热烈的争鸣。应当承认，罗贯中确实是把曹操和刘备作为一组对立的形象，作为'奸臣'与'仁君'的典型代表来刻画的，表现了'拥刘贬曹'的思想倾向。但是，把魏胜蜀败视为全书的结局是不准确的，因为蜀亡后仅仅两年，魏就亡于晋，应该说全书结于三家归晋。同时，由蜀亡于魏的史实得出这样的结论：'对封建政治生活起支配作用的力量，不是正义，而是邪恶；不是道德，而是权诈。……《三国演义》所描写的不仅是蜀汉集团的悲剧，而且也是我们民族的悲剧．'这却是此说论者的主观感受（尽管这种感受有其深刻之处），而不是罗贯中本人所要表现的主题思想。罗贯中虽然为蜀汉的灭亡而惋惜，但对率兵灭蜀的魏国大将邓艾却热情地赋诗赞美……而且在写到邓艾死后，又云：'史官因邓艾盖世之功，乃有庙赞诗一首曰：……功成自被害，魂绕汉江云。(《三国志通俗演义》卷二十四，《凿山岭邓艾袭川》则及《姜维一计害三贤》则）悼惜之情，溢于言表。这哪里像在描写'邪恶'战胜'正义'的悲剧呢？因此，用'悲剧'说来概括《演义》的主题也是不恰当的。"请同学们参看这篇论文。

7、作为一部民族文化的经典，关于《三国演义》的主题问题解读历来是众说纷纭，您作为《三国演义》研究的权威专家，您是如何理解这部作品的主题的？

沈伯俊：确实，对《三国演义》的主题历来众说纷纭，我曾在几篇论文和自己编著的《三国演义大辞典》中予以介绍。我认为，要探讨这个问题，首先应有共同的概念基础。什么是主题？简言之，主题乃是作者通过作品内容所表达的看法和主张。因此，我们对主题的概括既要提挈作品的全局，又要反映作者的思想。明确这一点非常重要，如果概念不同，大家在讨论中只能是瞎子摸象，各执一词。不少同志是从自己阅读作品的某种感受，或者说，是从作品的某种客观效果来分析作品的主题的，这种方法未必可靠。道理很清楚：形象大于思想，乃是作品的普遍现象。同一部作品，在不同时代、不同阶级、不同经历、不同性格的读者心中所唤起的感受，往往是大相径庭的。人们可以阐发自己各不相同的感受，却不应该把这些感受都称为"主题"。

我个人认为，《三国演义》的主题是：向往国家统一，歌颂"忠义"英雄。在回答第三个问题，即讨论《三国演义》的主要精髓时，我实际上已经阐述了这个问题。

向往国家统一的政治理想——这构成了《三国演义》的经线；歌颂"忠义"英雄的道德标准——这构成了《三国演义》的纬线。二者纵横交错，形成《三国演义》思想内容的两大坐标轴。罗贯中以这两大坐标轴为中心，把历史的与道德的评价融合在一起：凡是有利于国家统一和进步的，他就肯定，就推许；凡是符合他的"忠义"观的，他就赞美，就歌颂。反之，则予以贬斥和否定。于是，在这个巨大的坐标系统中，全书的主要情节被有机地编织起来，各个人物的功过高下也都历历可见。十分明显，用这两大坐标轴来概括《三国演义》的主题，既反映了历史发展的方向，又表现了中华民族品评人物时"尚德"的历史传统，在思想内容上达到了难能可贵的高度和深度。

罗贯中不愧为杰出的现实主义作家。他既没有把历史道德化而抹煞某些人物的历史功绩，又没有忘记文学艺术宣扬真善美、鞭挞假恶丑的使命，把人物一一放上道德的天平。尽管他的认识摆不脱历史的局限，这样的创作态度却使他笔下的主要人物既有厚重的历史感，又有深刻的美学意义，这正是《三国演义》为后代的多种历史演义小说难以企及的根本原因。

让我们看一看罗贯中对魏、蜀、吴灭亡的描写吧！当蜀汉后主刘禅向邓艾投降时，《演义》写道："成都之人，皆以香花而迎。"这里没有亡国的深哀巨恸，有的却是对统一事业的衷心拥护。当司马炎接受魏主曹奂禅让时，《演义》又写道："此时魏亡，人民安堵，秋毫无犯。"在人民心目中，国君姓什么是无关紧要的，国家的统一与安宁却是至为重要的。当吴国最后灭亡时，情景同样是"吴人安堵"。尽管西晋统一只是短暂的，但这种统一比起国家四分五裂的状况来，却是一个巨大的进步。因此罗贯中忻喜地写道："自此三国归于晋帝司马炎，为一统之基矣。"至此，无数英雄豪杰演出的一幕幕威武雄壮的活剧，终于迎来了重新统一的结局，小说的主题也得到了完美的体现。

8、说起三国人物，我们不能不提到诸葛亮这个人物。郑振铎就说："一部《三国志通俗演义》，虽说是叙述三国故事，其实只是一部诸葛孔明传。"在全书纵横 97 年里，诸葛亮生活的 27 年里却占去了 67 回的篇幅，作者为什么会用这么大的笔墨处理这个人物？您能给我们分析一下这一典型形象吗？

沈伯俊： 在《三国演义》塑造的众多人物形象中，诸葛亮无疑是塑造得最为成功，影响最为深远的一个。可以说，他是全书的真正主角，是维系全书的灵魂。我们简直无法想象，如果没有诸葛亮这个光彩照人的艺术形象，《三国演义》还有什么看头，还怎么能成为世代相传的古典文学名著！

《三国演义》中的诸葛亮，是作者耗费笔墨最多的艺术形象。从"水镜先生"司马徽第一次提到他的道号"伏龙"（即"卧龙"），为他的出场预作铺垫（第35回），到他去世后被安葬于汉中定军山（第105回），他一直处于作品情节的中心，当之无愧地成为全书的第一号主角。罗贯中满怀挚爱之情，倾注全部心血，调动各种艺术手段，将他塑造为我们民族智慧的优秀代表，传统美德的光辉典范，一个成功的、光彩照人的艺术典型。

罗贯中之所以用如此多的心血塑造诸葛亮形象，既是《三国演义》创作主旨的集中体现，也寄托了他和传统社会中众多志大才高的知识分子的人生理想。

为了塑造好诸葛亮艺术形象，罗贯中以历史人物诸葛亮为原型，花费了大量笔墨，调动了各种艺术手段，主要从以下几个方面作了努力：① 充分突出诸葛亮在刘蜀集团中的关键地位和作用；② 竭力渲染诸葛亮的智慧，特别是出神入化的军事谋略；③ 多方刻画诸葛亮的忠贞品格。尽管《三国演义》对诸葛亮的描写存在个别不当之处，但只能算是白璧微瑕。从总体上来看，诸葛亮形象仍然是全书塑造得最为成功，最受人们喜爱的不朽艺术典型，永远启示和激励着后人。

至于更具体的分析，请同学们参看我的论文《忠贞智慧，万古流芳——论诸葛亮形象》一文（载《西南师范大学学报》2002年第3期，收入拙著《三国演义新探》），也可参看我写的若干篇鉴赏文章（分别收入拙著《三国漫话》《沈伯俊说三国》等）。

9、除了展示一个波澜壮阔、气势恢宏的历史画卷之外，和《红楼梦》一样，《三国演义》中的浩繁的诗词也留给广大读者以深刻的印象，您能否以《三国演义》为例，谈谈我国古典章回小说中大量存在的诗词作品对于小说本身有什么艺术功能和审美价值？

沈伯俊：关于这个问题，郑铁生教授的《三国演义诗词鉴赏》一书（天津古籍出版社2003年1月第1版）有系统的论述和鉴赏，建议大家参阅。

10、现在社会倡导学术研究要走出象牙塔，在三国研究领域，易中天可谓是其中的先锋。请问您如何看待"易中天现象"？更进一步地讲，我们应如何在"经典"的"大众化"进程中保持传统文学意义上的"本色"？

沈伯俊：在《三国演义》和三国文化研究领域，许多学者早就"走出象牙塔"了。中国《三国演义》学会多年来一直主张搞好本体研究，支持应用研究，许多专家做了多方面有益的工作。我自己基本上属于书斋型学者，但从1984年起，一直积极支持四川省梓潼县、绵阳市、广元市、江苏省镇江市、河南省许昌市、浙江省富阳市、山西省清徐县等地的同志，开展地方性、群众性的三国文化研究，这对地方文献的发掘、名胜古迹的保护开发、群众文化活动的开展都起了重要作用；对四川人民广播电台的108集广播连续剧《三国演义》，中央电视台的84集电视连续剧《三国演义》，从策划分集、剧本审读到录制，我都做了一些实实在在的工作；作为成都武侯祠博物馆的文化顾问，对武侯祠的保护和建设，我也曾多次与其他专家一起献计献策。易中天先生通过自己的努力，并借助中央电视台这个强势媒体，在激发大众兴趣，普及三国文化方面取得了较大成功，产生了较大影响；不过，其品评中也存在一些不恰当、不正确之处。至于说他是这方面的"先锋"，那就更不确切了，比之许多《三国》专家，他的《品三国》至少晚了20年。

在经典的大众化过程中，我们始终要明确：作为专家学者，我们首先要努力搞好自己的专业研究，以自己踏实的钻研、扎实的成果来参与大众化过程。在此过程中，必须坚持求真务实的态度，爱护经典的态度，设身处地尊重前贤的态度，为其他领域的人们和广大群众提供有价值的意见，目的是共同弘扬优秀传统文化，为民族的复兴和社会的进步作出贡献。

在拙著《你不知道的三国》一书（文汇出版社2008年1月第1版）《前言》中，我写了这样两段话："作为一个《三国》研究者，我的立场是：拒绝戏说，避免臆说，反对瞎说。在写作这些以学术为根基，立足于普及的文章时，我给自己提出的要求是'正确、有益、有趣'。'正确'是指文章的内容皆为研究所得，没有学理和知识上的错误；'有益'是指着重写那些读者感兴趣但并不了解、略知一二却说不清楚的问题，可以帮助读者开阔眼界，增长知识；'有趣'是指能够带给读者审美愉悦，激发读者进一步读书、思考乃至研究的兴趣""在写作的态度上，我想尽量坚持实事求是的原则：既要体现当代意识，又要注意尊重历史；既不盲目地对古人顶礼膜拜，又不以'后来居上'的优越感而藐视前贤；既要满怀对民族优秀传统文化的自豪感，又要力求保持理性的分析态度。当然，完全达到这一标准并不容易，但为此而努力总是应该的。"希望这些话对同学们有一定的参考价值。

11、沈教授，在这次访谈的最后，问一个比较私人化的问题。您是从什么时候开始研究《三国》的？能否为我们介绍一下您的个人研究经历以及今后的打算？对于那些对古典文学和传统文化有着浓厚兴趣以及有志于从事此种研究的青年学子，您能否就您个人的经历谈几点期望？

沈伯俊：我 1970 年毕业于四川大学外文系。1980 年参加经国务院批准的中国社会科学院招收研究人员考试，以四川省文学专业第一名的成绩，被录取到四川省社会科学院从事古典文学研究。可以说，在专业研究方面，我基本上是自学成才的。

从报考中国社会科学院到刚到四川省社科院，我开始是研究先秦两汉文学的。1981 年下半年开始研究中国古典小说，第一个重点便确定为《三国演义》，迄今已经三十四年了[①]。我之所以从事《三国演义》研究，主要出于这样的认识：《三国演义》是中国文学史上第一部成熟的长篇小说，在中华文化史上产生了巨大而深远的影响，应该受到高度的重视和认真的研究；然而，长期以来，对《三国演义》的研究却相当薄弱，远远不如《红楼梦》研究和《水浒》研究，这与《三国演义》的地位和影响极不相称。因此，我有责任在这方面认真钻研，为推动《三国演义》研究作出贡献。由于我们四川省礼会科学院在全国率先发起对《三国演义》的重新研讨，中国《三国演义》学会成立以后，学会日常工作又一直主要由我承担，我既希望保持在研究中的领先地位，又有义务全面了解研究发展的情况，一些报刊和出版社也经常约我撰写有关《三国演义》

---

① 作者按：从本人开始研究《三国演义》的 1981 年，到整理本文的 2015 年，历时三十四年。

的论著。这样，主观和客观两方面的因素都促使我在《三国演义》研究中不断努力，这方面的研究成果也越来越多。尽管我在《水浒传》、"三言二拍"、《镜花缘》和其他作品的研究中也花了许多功夫，取得了一些成果，但成就和影响确实都不如我的《三国演义》研究。所以，国内外学术界的同行都认为我一直在主攻《三国演义》研究。这也算是一种历史的机缘吧。

三十四年来，我的《三国演义》研究大致可以分为三个阶段。① 从1981年到1986年，属于初步研究阶段。这一时期，我比较系统地收集了《三国演义》研究资料，发表了十几篇论文和综述，对《三国演义》的思想内涵、人物形象、美学风格、艺术成就等进行了多方面的探讨，为进一步深入研究打下了坚实的基础。② 从1987年到1995年，属于深入研究阶段。这一时期，我经过艰苦的努力，编著了《三国演义辞典》（与谭良啸合著），整理了四种《三国》版本，出版了《三国漫谈》和《三国演义》评点本，还发表了多篇论文，成绩比较显著，影响日益扩大，形成了自己的特色和优势。③ 从1996年开始，进入了全面的综合性研究阶段。这一时期，我出版了以《三国演义新探》为代表的多部著作。下一步，我打算在自己多年研究的基础上，对《三国演义》进行更加全面而深入的观照，力求拿出更高层次的研究成果。

根据自己的切身体会，对于那些对古典文学和传统文化有着浓厚兴趣以及有志于从事此种研究的青年学子，我想提这样几点期望。

第一，献身事业、服务社会的人生目标。我是"文革"前的最后一届大学生，毕业于"文革"中。学生时代，我一直成绩优秀，表现良好，按说完全应该从事外文翻译或留校当大学教师；然而，我却被分配到一个偏远的县里教中学。其间，思想受到的冲击难以详述，个人的前途一时也无从谈起。但是，我很早就确立了这样的人生目标：这辈子无论走到哪里，无论做什么具体工作，都要实实在在地为社会、为人民做一点事。这样的人生目标，使我一直保持了乐观开朗的心态、认真负责的工作态度、好学不倦的读书习惯，使我终身受益无穷。

第二，"全面观照，实事求是，独立思考"的研究态度。"全面观照"，是指始终把《三国演义》当作一个整体，从各个方面进行观察和研究。"实事求是"，是指一切从事实出发，按照事物的本来面目去研究，不能主观臆断，不能凭空猜想，也不能从错误的印象出发。"独立思考"，是指既要虚心学习别人的长处，又不迷信任何现成的说法，而要自己动脑筋，经过独立思考以后再作结论。经过自己的思考和检验，别人说得对的就接受、吸收，说得不对的就纠正，说得不全面的就修订补充。这样，既丰富了自己，也可以提出新的见解。

第三，"循序渐进，知故求新"的研究方法。"循序渐进"，就是按照科学研究的规律办事。首先，必须详细占有研究资料。在此基础上，逐步选择和调整自己的研究目标、研究重点和研究角度。在写作中，我由写单篇论文到写系列论文，由编著《三国演义辞典》、整理《三国》版本到撰写专著。这样一步一步地前进，基础比较扎实，得到的研究成果质量较高，并具有自己的特色。"知故求新"，就是要在"知故"的基础上"求新"。所谓"知故"，就是全面、深入地了解过去。这包括：① 反复精读《三国演义》，包括各种版本的《三国》，做到烂熟于心；② 熟读有关《三国演义》的各种历史资料，包括史书《三国志》及裴松之注、《后汉书》《华阳国志》《资治通鉴》、各种笔记小说、宋元戏曲中的三国戏、《三国志平话》，等等；③ 全面掌握《三国演义》研究的已有成果，包括各种文学史、小说史、资料汇编、论文、专著等。这样就能做到"心中有数"，从已有的成果出发，较好地确定自己的研究起点和视角，避免"无的放矢"，简单重复前人的劳动。所谓"求新"，就是在"知故"的基础上，创造性地研究，勇于提出新的见解，进行新的开拓，力求比前人有所前进，有所突破。

第四，"多问耕耘，少问收获"的成果观。谁都想多出成果，出大成果；但真正的科学研究充满了不确定性，努力与收获常常不成比例，究竟成就如何，取决于主观、客观多种因素。因此，在各个领域，都有很多无名英雄乃至悲剧人物，他们奋斗了一辈子，却没有取得满意的成果，没有获得足够的社会承认，甚至默默无闻。正因为这样，我历来对这些付出真诚努力的人们深怀敬意，坚决反对以成败论英雄，更反对凭身份、地位、头衔论高低。我自己在研究中一直是"多问耕耘，少问收获"。对自己的学生和接触到的其他年轻人，我也常常强调这一点。这样，才能保持淡泊的心态、坚韧的毅力，才能愉快而不懈地努力下去，不急于求成，不因一时的得失而斤斤计较，不因暂时的挫折而怨天尤人甚至灰心丧气。也只有这样，才有可能取得问心无愧的成绩。

在拙著《三国演义新探》的《前言》中，我写过这样一段话："在治学的道路上，我虽无大的波折，但这样那样的困难仍有不少，不如人意之事也屡屡遭遇。不过，我始终坚信，一时的得失算不了什么，人生的意义，学术成果的价值和生命力，最终都将接受历史的检验和人民（包括学界同行和广大读者）的评判。因此，我一直保持着乐观开朗的心态和拼搏进取的精神。为了推动'《三国》学'的发展，为了弘扬民族优秀传统文化，我将继续努力，努力，再努力！"愿以此与大家共勉！

最后，谢谢同学们对我的访谈。你们提的问题很有水平，促使我深入思考。因此，这是一次非常有意义的学术对话。

附记

2007 年 11 月，我曾就《三国演义》与三国文化研究的若干问题，答复郧阳师院中文系学生的书面采访，颇得学生好评。此后，我曾将这篇《答学生问》陆续发给部分师友学生，供其参考；并曾置于博客，让更多人参阅。直到 2015 年秋天，才略加修订，交付正式发表。

（原载《内江师范学院学报》2016 年第 1 期）

沈伯俊三国书系

沈伯俊论三国（下卷）

沈伯俊——著

西南交通大学出版社

·成 都·

目 录

人物形象

深入底蕴，实事求是

——古典文学作品人物形象研究之我见

《光明日报·文学遗产》第 647、第 648 期发表的李春祥、胡邦炜二同志的文章，就《三国演义》中的貂蝉形象提出了截然不同的看法：李文认为貂蝉是一个有自我牺牲精神的人物，是一个值得称道的妇女形象；胡文则认为貂蝉不过是政治谋略的牺牲品，罗贯中对她的描写表现了落后的妇女观。这就使人想到一个问题：为什么对同一部古典文学名著中的同一个人物形象，会产生如此相左的看法？

应该看到，问题不只是牵涉到《三国演义》中的貂蝉，在其他古典名著的研究中，也不乏类似的现象。例如，在《红楼梦》研究中，对薛宝钗的形象就有两种背道而驰的观点：一种认为薛宝钗是一个忠实信奉封建正统思想的"淑女"，其结局也是不幸的；另一种则把薛宝钗看作一个奸险狡诈的野心家、阴谋家，不择手段地要爬上"宝二奶奶"的地位。再如，在《西游记》研究中，对孙悟空的形象也有两种根本对立的观点：一种认为孙悟空是勇于反抗封建统治的英雄，另一种则认为孙悟空是向封建统治者投降了的叛徒。许多读者对这种歧异的观点感到迷惑不解，有的人甚至误认为文学研究就是"公说公有理，婆说婆有理"，带有很大的主观随意性。究竟应该怎样认识这种现象呢？

我认为，可以从两个方面来分析这个问题。

一方面，文学艺术发展的历史已经反复证明，凡属伟大的文艺作品，凡属真正站得起来的典型形象，都具有深厚的思想内涵和多方面的艺术魅力，不同时代、不同阶级、不同观点的人们，可以从中得到大不一样的感受和启示。即使是同一时代、同一阶级的人们，由于个人经历、文化修养、审美趣味、欣赏习惯等诸多因素的不同，对于同一部作品、同一个人物形象的认识也是千差万别的。正是由于这个原因，对于那些古典文学名著及其人物形象的研究，总是异彩纷呈，光景常新，永无止境。一种观点，只要持之有故，言之成理，就有其存在的价值。所以，应当允许在古典文学作品人物形象研究中"百花齐放，百家争鸣"，把这种"放"和"争"视为促使研究逐步深入的正常渠道，而不必对不同观点的存在大惊小怪，在艺术探讨上不应该强求一律，定于一尊。

另一方面，文艺鉴赏和研究的历史也反复证明，在形形色色的看法中，并不是任何一种意见都有根有据、合情合理，其中确有无知妄说，确有无根之谈，确有偏激之论。对古典文学作品人物形象的研究也是如此。这里确实有一个尊重科学，讲究方法的问题。我想着重就这一方面略申愚见，以就正于方家。

俄国十九世纪杰出的文艺理论家杜勃罗留波夫曾经指出，文学批评有两重任务：其一，"发现事实，指出事实"；其二，"根据事实进行评判"（《黑暗王国中的一线光明》）。拿古典作品人物形象的研究来说，我认为应该做好这样两项工作：一是根据作品产生时代的历史条件，如实地指出作品的思想内涵，作品中人物形象的历史生活依据和作家对各个人物形象的爱憎褒贬，分析每个人物形象的性格特色和美学价值；二是站在今天时代的高度，分析作品中人物形象的认识意义及其给予我们的种种启示。这两项工作不能截然分开，而是有机地联系在一起的；但二者又有明显区别，不能画等号。要使二者互相补充，在研究中构成一个整体，前提是要深入作品的底蕴，关键是要实事求是。

深入底蕴，就是要认真琢磨作品的情节，把握人物的全部语言、行动和心理，从全篇或全书描写的总和中，仔细地揣摩作家的创作意图，发现作家的真意所在，领会作家为什么要这样写而不那样写，从而找准人物性格的基调，发现人物性格发展的脉络。列宁说得好："要真正地认识对象，就必须把握和研究它的一切方面、一切联系和'媒介'。我们决不会完全地做到这一点，可是要求全面性，将使我们防止错误，防止僵化。"（转引自《矛盾论》）只有这样，才谈得上人物形象研究的科学性。浮光掠影，浅尝辄止，取其一点，不计其余，只能使研究工作失去坚实的基础，导致架空分析，偏执一端，那就难以得出科学的结论。就拿《三国演义》中的貂蝉来说，在剖析这个形象之前，至少应该明确这样几点。第一，《三国志通俗演义》是一部名副其实的政治历史小说，罗贯中是要艺术地再现汉末三国时期纷纭复杂的政治军事斗争，寄托自己的政治理想，而无意于塑造一批可与那些叱咤风云的须眉英雄们抗衡的妇女形象；事实上，当时的妇女确实也不曾与男子平等地建功立业。第二，罗贯中在《演义》中写到貂蝉，一方面是因为史书中本有吕布"阴怨（董）卓"，又"与（董）卓侍婢私通，恐事发觉，心不自安"的记载（《三国志·魏书·吕布传》），写这个反复无常之徒为女色而成为王允诛董卓的帮手，确实合情合理；另一方面，《三国志平话》和元杂剧中的《连环计》已经为貂蝉形象奠定了基础，并已广泛流传，罗贯中采之入《演义》，是很自然的事，而他把貂蝉与吕布由失散的夫妻关系改为原本素不相识，情节更为合理。第三，罗贯中写貂蝉，并不是津津有味地欣赏她如何被侮辱被损害，而是表现她怎样由一个平凡的歌女而在特定的历史条件下发挥了关键性的作用。第四，罗贯中在"连环计"这几则中描写了貂蝉过人的机智，而在后来又以不多的笔墨表现了她的平庸，必须把这两个方面统一起来加以研究。考虑到以上种种，人们在作出自己的结论的时候，可能会更加全面，观点的歧异也会小一些。

实事求是，就是在深入作品底蕴的基础上，运用辩证唯物主义和历史唯物主义的观点，对其中的人物形象进行恰如其分的历史的和美学的分析，既不片面拔高，也不随意贬低；既不是用自己的思想去代替作者的构思，也不是毫无见解地罗列现象。仍拿貂蝉来说，以一个妙龄女子，舍弃自己的青春，去周旋于残暴的董卓和剽悍的吕布之间，这未尝不可以说是一种自我牺牲；而当这种牺牲同王允的诛灭元凶，"重扶宗庙，再立江山"的政治目的联系在一起的时候，也确实在某种程度上带上了崇高而悲壮的色彩。但是，必须看到，貂蝉这番行动，完全是因为"妾之贱躯，自幼蒙大人恩养，训习歌舞，未尝以婢妾相待，作亲女视之。妾虽粉骨碎身，莫报大人之万一""倘有用妾之处，万死不辞"。（《三国志通俗演义》卷二，《司徒王允说貂蝉》则）这纯粹是一种报恩思想，同封建社会中流行的"士为知己者死"的传统观念十分合拍；而对于国家兴亡，民生疾苦，她其实倒很少考虑。所以，这种自我牺牲的动机还是很狭隘的。正因为如此，当董卓伏诛，她归了吕布之后，她便以为已报王允大恩，可以安心当吕布之妾了。明白这一点，就可以理解为什么貂蝉后来再也没有任何值得称道的作为，却满足于与吕布终日厮守，甚至当吕布困守下邳，岌岌可危之时，她仍然只知道"将军与妾作主，勿轻骑自出"。（《三国志通俗演义》卷四，《白门曹操斩吕布》则）因为她本来就缺乏"以天下为己任"的胸襟啊！只有综观书中有关貂蝉的全部描写，才能对她的献身作出比较恰当的评价。

黑格尔曾经指出："人们总是很容易把我们所熟悉的东西加到古人身上去，改变了古人。"（《哲学史演讲录》卷一，第42页）这种以今绳古，"改变古人"的做法，乃是科学研究之大忌。事实上，把作品中的人物形象当作"可以任人打扮的女孩"，随心所欲地予以解释；套用时髦的术语，把人物形象纳入自己主观认识的框子；观点摇摆，忽左忽右，片面追求新奇而不管是否符合作品的实际……诸如此类不实事求是的现象，在古典文学研究中还时有表现。当然，绝大部分研究工作者治学是严肃的，许多同志的观点产生于刻苦钻研之后；但即使如此，要使自己的研究真正符合作品的实际，也是很不容易的。

当人们都深入了作品的底蕴，又都尽量实事求是地进行分析的时候，是不是所有的观点都会统一呢？那也不会。这不仅因为"实事求是"乃是一个很高的标准，难以完全达到；而且如前所述，因为伟大的作品和典型的人物形象具有多侧面、多层次的思想内涵，人们往往是着重体味其中的某一个侧面，而难以穷尽其丰富意蕴。我们只能说，按照"实事求是"的标准去努力，可以减少主观臆测，有利于各种观点的交流和磋商。这样，我们的研究工作就会既是科学求实的，又是丰富多彩的，就能健康地向前发展，有利于社会主义精神文明的建设。

（原载 1984 年 8 月 7 日《光明日报》第 3 版；《文学遗产》1985 年第 3 期发表《1984 年明清小说研究中的新特点和新方法》一文，对本文予以好评；《中国古典文学研究年鉴》1984 卷和《中国文学研究年鉴》1985 卷均对本文予以肯定）

忠贞智慧，万古流芳

——论诸葛亮形象

在《三国演义》塑造的众多人物形象中，诸葛亮无疑是塑造得最为成功，影响最为深远的一个。可以说，他是全书的真正主角，是维系全书的灵魂。我们简直无法想象，如果没有诸葛亮这个光彩照人的艺术形象，《三国演义》还有什么看头，还怎么能成为世代相传的古典文学名著！

《三国演义》中的诸葛亮，是作者耗费笔墨最多的艺术形象。从"水镜先生"司马徽第一次提到他的道号"伏龙"（即"卧龙"），为他的出场预作铺垫（嘉靖元年本第六十九回《刘玄德遇司马徽》，毛本第三十五回），到他去世后被安葬于汉中定军山（嘉靖元年本第二百九回《武侯遗计斩魏延》，毛本第一百五回），他一直处于作品情节的中心，当之无愧地成为全书的第一号主角。罗贯中满怀挚爱之情，倾注全部心血，调动各种艺术手段，将他塑造为一个光彩照人的艺术典型。

一

历史上的诸葛亮（181～234），本来就是汉末三国时期杰出的政治家、军事家。他生于东汉末年的乱世之中，十四岁便随叔父诸葛玄离开家乡琅琊阳都（今山东沂南），辗转来到刘表控制的荆州。十七岁时，诸葛玄病卒。尽管此时诸葛亮年未弱冠，又与荆州牧刘表及其大将蔡瑁都有亲戚关系，但他胸有大志，襟怀高迈，不愿托庇于权门，于是带着弟弟诸葛均，毅然隐居于隆中（汉代属荆州南阳郡邓县，今属湖北襄阳市），一面躬耕陇亩，一面关注天下大事，研究治国用兵之道，长达十年之久。建安十二年（207），奋斗半生而屡遭挫折，当时依附刘表、屯兵新野、势单力薄的刘备三顾茅庐，向年仅二十七岁的诸葛亮请教。诸葛亮提出著名的《隆中对》，精辟地分析了天下大势，为刘备制定了先占荆、益二州，形成三分鼎立之势，外结孙权，内修政治，待时机成熟，再分兵两路北伐，攻取中原，以成霸业的战略方针。在刘备的恳切敦促下，诸葛亮出山辅佐，从此成为刘蜀集团的栋梁，在历史的舞台上大展宏图，创造出非凡的业绩。

建安十三年（208）秋，曹操亲率大军南征，刘表病卒，次子刘琮继位，不战而降，刘备败走江夏。在此危难之际，诸葛亮主动要求出使江东，说服孙权，建立起孙刘联盟，在赤壁之战中大败曹军，使刘备趁势夺得荆州江南四郡，不久又"借"得孙权占据的南郡。此后，他又协助刘备夺取益州，顺利地实现了跨有荆、益，三分天下有其一的第一步战略目标，使刘蜀集团达到鼎盛时期。建安二十四年（219），关羽丢失荆州，使刘蜀集团的地盘减少了将近一半；章武二年（222），刘备又在夷陵之战中遭到惨败，次年托孤于诸葛亮，在羞愤与悔恨中病逝。在此危急存亡之秋，诸葛亮以巨大的勇气和高超的智慧，独力承担起维系蜀汉国运的历史使命。他高瞻远瞩，勤政务实，励精图治，清正廉明，把蜀汉治理得井井有条；他坚持"和""抚"方针和"攻心为上"的原则，迅速平定南中地区，较好地处理了民族关系；他不畏艰险，屡次北伐，始终对强大的曹魏保持了进攻的态势；他善于治军，赏罚严明，重视装备的革新和战术的改进，创制了令人称奇的"木牛流马"和"八阵图"；他忠于职守，克己奉公，真正做到了"鞠躬尽瘁，死而后已"。西晋杰出的史学家陈寿在《三国志·蜀书·诸葛亮传》篇末高度评价道：

诸葛亮之为相国也，抚百姓，示仪轨，约官职，从权制，开诚心，布公道；尽忠益时者虽雠必赏，犯法怠慢者虽亲必罚，服罪输情者虽重必释，游辞巧饰者虽轻必戮；善无微而不赏，恶无纤而不贬，庶事精练，物理其本，循名责实，虚伪不齿；终于邦域之内，咸畏而爱之，刑政虽峻而无怨者，以其用心平而劝戒明也。可谓识治之良才，管、萧之亚匹矣。

诸葛亮的崇高品格，不仅深受蜀汉民众的尊崇，甚至还得到敌方的敬重。在他的诸多优秀品格中，最突出的有两点：一是智慧，集中体现于《隆中对》；二是忠贞，集中体现于《出师表》。总之，他确实不愧为一代贤相，名垂千古。

二

诸葛亮逝世以后的一千余年间，历代胸怀壮志、关心国事的知识分子深情地缅怀和颂扬着他，广大民众一代又一代地传颂着他的业绩，各种通俗文艺也反复讲唱和渲染着他的故事。罗贯中继承了这种尊崇诸葛亮的社会心理，在史实的基础上，吸收了通俗文艺的有益成分，加上自己的天才创造，成功地塑造了一个高雅、睿智、充满理想色彩和艺术魅力的诸葛亮形象，一个家喻户晓的光辉形象。这样的诸葛亮形象，虽以历史人物诸葛亮为原型，但已有了很大的变异，比其历史原型更高大，更美好，成为古代优秀知识分子的崇高典范，成为中华民族忠贞品格和无比智慧的化身，成为中外人民共同景仰的不朽形象。

为了塑造好诸葛亮艺术形象，罗贯中花费了大量笔墨，调动了各种艺术手段，主要从以下几个方面作了努力。

（一）充分突出诸葛亮在刘蜀集团中的关键地位和作用

历史上的诸葛亮，尽管一出山就与刘备"情好日密"，受到刘备的充分信任；但他在刘蜀集团中的地位却是逐步提高的，按照通常的政治机制，这也是很自然的。他刚出山时的身份，《三国志·蜀书·诸葛亮传》没有记载，估计是幕宾之类。赤壁之战以后，刘备夺得荆州江南四郡，诸葛亮始任军师中郎将；此时关羽为襄阳太守、荡寇将军，早已封汉寿亭侯，张飞为宜都太守、征虏将军，封新亭侯，诸葛亮的地位略低于关、张。建安十九年（214），刘备定益州，诸葛亮升任军师将军，署左将军府事（掌管左将军府事务，此时刘备的官衔是"左将军领荆、益二州牧"），其官品与关羽、张飞同列，而在刘蜀集团中的实际地位则超过关羽、张飞。直到刘备称帝（221），诸葛亮任丞相，才正式成为蜀汉的头号大臣。而且，在刘备称帝之前，诸葛亮虽曾参与谋议，但大部分时间是留守后方，足食足兵，从未统管过军事。①

---

① 《三国志·蜀书·先主传》："先主复领益州牧，诸葛亮为股肱，法正为谋主。"《诸葛亮传》："先主外出，亮常镇守成都，足食足兵。"《法正传》："以正为蜀郡太守、扬武将军，外统都畿，内为谋主。"

　　然而，在《三国演义》中，罗贯中却把诸葛亮写成一开始就是一人之下，万人之上，大权在握，指挥一切的统帅，大大提高了他在刘蜀集团中的地位和作用。他出山不久，夏侯惇便率领十万大军杀奔新野，这是他面临的第一场考验。这时——

　　玄德请孔明商议。孔明曰："但恐关、张二人不肯听吾号令。主公若欲亮行兵，乞假剑印。"玄德便以剑印付孔明。孔明遂聚集众将听令。……"主公自引一军为后援。各须依计而行，勿使有失。"（第三十九回）

　　在这初出茅庐第一仗中，刘备一开始便将指挥权交给诸葛亮；诸葛亮胸有成竹，一一调遣众将，甚至连刘备也要接受他的安排。火烧博望的胜利，树立了诸葛亮的威信，也确立了他指挥一切的地位。从此以后，他在刘蜀集团的指挥权牢不可破，从未受到过质疑。每遇大事，刘备总是对他言听计从，文武众官也总是心悦诚服地执行他的命令。赤壁大战期间，他出使东吴达数月之久，刘备方面积极备战，一切准备就绪后，仍然要等待他赶回去指挥调度：

　　且说刘玄德在夏口专候孔明回来……须臾船到，孔明、子龙登岸，玄德大喜。问候毕，孔明曰："且无暇告诉别事。前者所约军马战船，皆已办否？"玄德曰："收拾久矣，只候军师调用。"孔明便与玄德、刘琦升帐坐定……（第四十九回）

　　诸葛亮的命令，谁也不能违抗。就连身份特殊的头号大将关羽，由于违背军令私放曹操，诸葛亮也要下令将他斩首；只是由于刘备出面说情，希望容许关羽将功赎罪，"孔明方才饶了"。（第五十回—五十一回）这些描写，大大超越了历史记载，使诸葛亮始终处于刘蜀集团的核心，地位明显高于所有文武官员，而又使读者觉得可信。刘备得到诸葛亮之前屡遭挫折，而得到诸葛亮辅佐之后则节节胜利，两相对照，读者不由得深深感到：刘蜀集团的成败安危，不是系于刘备，而是系于诸葛亮。

　　（二）竭力渲染诸葛亮的智慧，特别是出神入化的军事谋略

　　上面说过，历史人物诸葛亮的突出品格之一便是智慧，但那主要是

善于把握天下大势，善于总揽全局，制定正确的战略方针的政治智慧，《隆中对》就是其集中体现。至于军事方面，陈寿在《三国志·蜀书·诸葛亮传》中说他"于治戎为长，奇谋为短，理民之干，优于将略""应变将略，非其所长"。意思是说诸葛亮善于管理军队，治军严整，但在运用奇谋妙计上却有所不足；他治理百姓的才干，优于当统帅的谋略；随机应变的本领，不是他所擅长的。有人认为陈寿贬低了诸葛亮；但事实是，历史上的诸葛亮确实并不特别擅长出奇制胜。然而，在《三国演义》里，罗贯中不仅充分表现了诸葛亮的政治智慧，而且通过大量的虚构情节，着力突出诸葛亮的神机妙算，把他塑造为用兵如神的谋略大师，成为中华民族无比智慧的化身。

在《三国演义》里，诸葛亮出山后取得的第一个胜利——火烧博望，便具有很大的虚构成分。历史上，刘备曾与曹操大将夏侯惇、于禁等相拒于博望，"久之，先生设伏兵，一旦自烧屯伪遁，惇等追之，为伏兵所破。"（《三国志·蜀书·先主传》）那是在三顾茅庐之前，自然与诸葛亮无关。罗贯中来了个移花接木，将此事安排在诸葛亮出山之后，使他成为克敌制胜的英明指挥者。作品先写曹军的气势汹汹，写十万曹军与刘备数千人马的悬殊对比，酿造出泰山压顶的紧张气氛；然后写诸葛亮调兵遣将，关羽、张飞对他的计谋都心存怀疑，"众将皆未知孔明韬略，今虽听令，却都疑惑不定""玄德亦疑惑不定"。结果，战斗的进程完全按照诸葛亮的预计发展，刘备军大获全胜，使得关羽、张飞这两个心高气傲的大将心服口服，称赞道："孔明真英杰也！"（第三十九回）于是，诸葛亮料事如神的军师形象初步得到了表现。

随后的火烧新野，纯属虚构的情节。在这次战斗中，诸葛亮水火并用，层层设伏，让曹仁、曹洪率领的十万大军先遭火烧，再被水淹，损失惨重（第四十回）。从此，诸葛亮的无穷妙计，不仅赢得了整个刘蜀集团的高度信任，而且使曹军十分害怕，动不动就怀疑："又中孔明之计也！"

在决定刘蜀集团命运和三分鼎立局面的赤壁大战中，诸葛亮的神机妙算更是大放光彩。本来，在历史上的赤壁大战中，最主要的英雄应该是周瑜；诸葛亮除了出使江东，智激孙权联刘抗曹之外，究竟还有哪些作为，史书上并无明确的记载。然而，在罗贯中的笔下，诸葛亮却成了决定战争胜负的最关键的人物。尽管他在吴军中身居客位，但是，他却是"赤壁大战"这一情节单元的真正主角。孙刘联盟的建立，由他一手促成；孙权抗曹的决心，由他使之坚定；周瑜导演的"群英会""蒋干盗书"，黄盖的苦肉计、诈降计，被他一眼看穿；战役的关键决策——火攻计，由他与周瑜共同商定；而实行火攻的决定性条件——东风，又由他巧妙"借"来。可以说，孙刘联盟在夺取胜利的道路上每前进一步，都离不开的智慧；如果没有他，周瑜要想打败曹操几乎是不可能的。在孙刘联盟与曹军之间的矛盾和孙刘联盟内部矛盾的旋涡里，在与周瑜、曹操这两个杰出人物的斗智中，他的远见卓识、雅量高致和神机妙算，一次又一次地迸发出耀眼的火花。周瑜对他又敬又嫉，多次企图除掉他，他都一一从容化解，安如泰山，既使周瑜无可奈何，又维护了孙刘联盟，保障了战役的胜利。斗智的结果告诉人们：曹操之智不及周瑜，周瑜之智又不及诸葛亮，因此，诸葛亮才是大智大勇的头号英雄。

在"三气周瑜""刘备夺取汉中之战""七擒孟获""六出祁山"等情节单元里，罗贯中也安排了许多虚构的情节，从多种角度入手，把诸葛亮的智慧谋略表现得精妙绝伦。在与对手的政治斗争中，他总是善于把握全局，随机应变，因势利导，牢牢掌握制胜的主动权。在军事较量中，他总是知己知彼，重视掌握情报，善于调动对方，善于打心理战，善于"用奇"，或伏击，或偷渡，或伪装，或奔袭，虚虚实实，千变万化，一次又　次地赢得胜利。《孙子兵法》说："善出奇者，无穷如天地，不竭如江河。"（《兵势篇》）"兵无常势，水无常形，能因敌变化而取胜者，谓之神。"（《虚实篇》）诸葛亮精通这些军事原则，真是用兵如神。为了突出诸葛亮的谋略，作品常常运用对比、衬托等艺术手法。心高气傲的周瑜多次感叹："孔明神机妙算，吾不如也！"直到临终，他还发出"既生瑜，何生亮"的悲叹，强烈地表达了他力图压倒诸葛亮却又无可奈何的心情。善于用兵的曹操在与诸葛亮交战时老是疑神见鬼，一败再败。老谋深算的司马懿更是多次承认："吾不如孔明也！"甚至在诸葛亮死后，蜀军撤退，司马懿率兵追赶，还被诸葛亮的遗像吓得狼狈而逃，落了个"死诸葛能走生仲达"的话柄。通过这些第一流人才与诸葛亮的对比，诸葛亮那"无穷如天地"的谋略被表现到了极致。

（三）多方刻画诸葛亮的忠贞品格

在诸葛亮人生的后半段，即从"白帝托孤"到"秋风五丈原"（223～234），其忠贞品格日益得到强化。在这十二年里，诸葛亮独力支撑蜀汉政局，日理万机，尽心竭力，为实现兴复汉室的目标而不懈奋斗。平定南方之后，他亲率大军北伐，临行呈上著名的《出师表》，对后主谆谆告诫，并慨然表示：

先帝知臣谨慎，故临崩寄臣以大事也。受命以来，夙夜忧虑，恐托付不效，以伤先帝之明；故五月渡泸，深入不毛。今南方已定，甲兵已足，当奖帅三军，北定中原，庶竭驽钝，攘除奸凶，兴复汉室，还于旧都：此臣所以报先帝而忠陛下之职分也。（第九十一回）

在"六出祁山"的漫长征途上，诸葛亮取得了一个又一个胜利，也遭受过意外的失败。首次北伐，虽曾势如破竹，连夺三郡，但因马谡自作主张，丢失街亭，蜀军不得不迅速撤退，取得的成果毁于一旦。事后，诸葛亮不仅坚持原则，挥泪斩马谡；而且勇于承担责任，上表自贬三等；并诚恳叮嘱部下："自今以后，诸人有远虑于国者，但勤攻吾之阙，责吾之短，则事可定，贼可灭，功可翘足而待矣。"（第九十六回）在外有强敌，内有庸主的艰难形势下，他以极大的智慧和毅力，做出了非凡的业绩。直到最后一次北伐，他因积劳成疾，吐血不止，自知生命垂危，首先想到的仍然是蜀军的安危和蜀汉的存亡，仔细安排退军部署，推荐自己的接班人，还"强支病体，令左右扶上小车，出寨遍观各营"。在这最后一次巡视军营中，他怀着无限的遗憾长叹道："再不能临阵讨贼矣！悠悠苍天，曷其有极！"在死神即将来临之际，上至国君，下至部属，近至眼前的退军节度，远至今后的方针大计，他都考虑到了，却很少想到自己的妻儿老小。作者以蘸满感情的笔触，传神尽意的描绘，极其鲜明地表现了诸葛亮忠心耿耿、克己奉公的高尚品格和鞠躬尽瘁、死而后已的奋斗精神。在写到诸葛亮溘然长逝后，作品插叙了被诸葛亮废黜的廖立、李严得知噩耗后的悲痛情景，以衬托诸葛亮立身之严谨、处事之公正、感召力之强烈。不仅如此，作者还极力渲染了此时的悲凉气氛："是夜，天愁地惨，月色无光，孔明奄然归天。"（第一百四回）真是字字带血，声声含泪，悼惜之情，溢于言表，令人读来荡气回肠。至此，诸葛亮的光辉形象便牢牢地矗立在读者的心中了。

三

几百年来，《三国演义》中的诸葛亮形象一直深受广大读者的喜爱，具有强大的艺术魅力。不过，也有一些人对这一形象有所批评。其中影响最大的是鲁迅先生的这段话："至于写人，亦颇有失……状诸葛之多智而近妖。"①

对此应该怎么理解呢？

我认为，鲁迅先生按照严格的现实主义标准，指出《三国演义》表现诸葛亮的"多智"有过头之处，这是对的，所谓"近妖"，即指有的地方对诸葛亮的谋略夸张过甚，表现出神化倾向；但这绝不意味着作品对诸葛亮形象塑造的根本失败。从总体上来看，作品对诸葛亮形象的塑造仍然是非常成功的。这里特别要强调如下几点。

第一，全面把握《三国演义》的创作方法。我曾经强调指出：

在创作方法上，《三国演义》既不属于今天所说的现实主义，也不属于今天所说的浪漫主义，而是古典现实主义精神与浪漫情调、传奇色彩的结合。

综观全书，罗贯中紧紧抓住历史运动的基本轨迹，大致反映了从东汉灵帝即位（168年）到西晋统一全国（280年）这一历史时期的面貌，这一历史时期的一系列重大事件……罗贯中都予以关注，都大致按照史实的基本框架和发展趋势，作了不同程度的叙述与描写。这一历史时期的一系列重要人物，罗贯中在把握其性格基调时，都力求实现艺术形象与其历史原型本质上的一致。这样，就使作品具有厚重的历史感，表现出强烈的现实主义精神。这是人们普遍承认《三国演义》"艺术地再现了汉末三国历史"的根本原因。然而，在具体编织情节，塑造人物时，罗贯中却主要继承了民间通俗文艺的传统，大胆发挥浪漫主义想象，大量

---

① 鲁迅：《中国小说史略》第十四篇《元明传来之讲史》（上）。

进行艺术虚构，运用夸张手法，表现出浓重的浪漫情调和传奇色彩。①

　　作品中的诸葛亮形象，就正是既实现了"与其历史原型本质上的一致"，又进行了充分的理想化，"表现出浓重的浪漫情调和传奇色彩"。这种浪漫情调和传奇色彩，不仅体现了罗贯中本人"好奇"的审美倾向，而且继承和发扬了中国古典小说"尚奇"的艺术传统。从这个角度来看，《三国演义》对诸葛亮的智慧和谋略的竭力渲染便是可以理解的了。

　　第二，《三国演义》对诸葛亮智谋的夸张和渲染，可谓由来有自。早在西晋末年，镇南将军刘弘至隆中，为诸葛亮故宅立碣表闾，命太傅掾李兴撰文，其中便写道：

　　英哉吾子，独含天灵。岂神之祇，岂人之精？何思之深，何德之清！……推子八阵，不在孙、吴；木牛之奇，则非般模。神弩之功，一何微妙！千井齐甃，又何秘要？!②

　　这里已经为诸葛亮的才干和谋略抹上了神秘的色彩。而且，裴松之还引用多条材料，对诸葛亮的谋略加以渲染。及至唐代，诸葛亮已被称为"智将"。到了宋代，大文豪苏轼作《诸葛武侯画像赞》，更是对诸葛亮的谋略大加颂扬：

　　密如神鬼，疾若风雷；进不可当，退不可追；昼不可攻，夜不可袭；多不可敌，少不可欺。前后应会，左右指挥；移五行之性，变四时之令。人也？神也？仙也？吾不知之，真卧龙也！

　　"人也？神也？仙也"的赞叹，更加突出了诸葛亮的"神奇"。沿着这一思路，元代的《三国志平话》又进一步写道：

　　诸葛本是一神仙，自小学业，时至中年，无书不览，达天地之机，神鬼难度之志；呼风唤雨，撒豆成兵，挥剑成河。司马仲达曾道："来不可□，□不可守，困不可围，未知是人也，神也，仙也？"（卷中《三谒诸葛》）

　　这就完全把诸葛亮神化了。

---

① 参见拙著《罗贯中和〈三国演义〉》第 63～64 页，春风文艺出版社 1999 年 1 月第 1 版。
② 见《三国志·蜀书·诸葛亮传》注引《蜀记》。

罗贯中写作《三国演义》时，对《三国志平话》中的诸葛亮形象作了大幅度的改造，删除了"呼风唤雨，撒豆成兵，挥剑成河"之类的神异描写，使诸葛亮形象复归于"人"本位——当然，是一个本领非凡的、具有传奇色彩的杰出人物。书中对诸葛亮智谋的描写，大都有迹可循，奇而不违情理。在政治谋略方面，作品写诸葛亮的"隆中对"、智激孙权，基本上是依据《三国志·蜀书·诸葛亮传》的记载加以叙述，并无多少夸张。在军事谋略方面，作品写诸葛亮火烧博望、火烧新野、草船借箭、安居平五路、七擒孟获、空城计等事，尽管颇多虚构，但要么早有野史传闻或《三国志平话》的相关情节作基础，要么是对史实的移植与重构，即使纯属虚构，也编排有度，大致符合情理。①这样的智谋，虽有传奇色彩，却并非神怪故事；虽非常人可及，却符合人们对传奇英雄的期待。这与全书的浪漫情调和传奇色彩是一致的。

第三，应该承认，《三国演义》在表现诸葛亮的智谋时，确有少数败笔。一是作品的后半部分，个别情节违背历史和生活的逻辑，勉强捏合，夸张过甚。如第一百一回《出陇上诸葛装神》中写魏军"但见阴风习习，冷雾漫漫"，却无法赶上诸葛亮，并借司马懿之口称诸葛亮"能驱六丁六甲之神"，会"缩地"之法，便明显带有神异色彩。二是罗贯中出于对诸葛亮的热爱，有时对其失误之处也苦心回护，导致个别情节不合情理。如第一百五回"遗计斩魏延"，本来想表现诸葛亮料事如神，早有先见之明，却无法完全掩盖诸葛亮对待魏延的不当之处，结果欲益反损，反而使读者感到难以信服。②这种情节虽然不多，却有可能让人产生"近妖"的感觉。

第四，应该注意将《三国演义》与其衍生作品加以区别。几百年来，在《三国演义》广泛传播的过程中，人们不断地对其进行改编与再创作，从而产生出大量的、各种门类的衍生作品。这些衍生作品，一方面大大

---

① 参见拙著《三国演义辞典》的《情节》部分有关辞条（巴蜀书社 1989年 6 月第 1 版）及《三国漫话》的《名段鉴赏》部分有关篇章（四川人民出版社 2000 年 9 月第 1 版）。

② 参见拙作《论魏延》，原载《三国演义论文集》（中州古籍出版社 1985年 11 月第 1 版），亦收入本书。

增加了《演义》的传播渠道，扩大了它的影响；另一方面又对《演义》的人物形象和故事情节有所强化，有所发展，有所变异。例如：《三国演义》写诸葛亮的装束，初见刘备时是"头戴纶巾，身披鹤氅"（第三十八回）；赤壁大战后南征四郡，也是"头戴纶巾，身披鹤氅，手执羽扇"（第五十二回）；首次北伐，与王朗对阵，则是"纶巾羽扇，素衣皂绦"（第九十三回）。这些描写，来源于东晋裴启所撰《语林》对诸葛亮衣着风度的记载："乘素舆，著葛巾，持白羽扇，指麾三军，众军皆随其进止。""鹤氅"亦为魏晋士大夫常用服饰，《世说新语》等书屡见不鲜。而在明清以来的某些"三国戏"和曲艺作品中，诸葛亮动辄穿上八卦衣，自称"贫道"，言谈举止的道教色彩越来越重，其计谋的神秘意味也有所强化。如果有人从这类作品中得到诸葛亮形象"近妖"的印象，那是不能都记在《三国演义》的账上的。

总之，尽管《三国演义》对诸葛亮的描写存在少数不当之处，但只能算是白璧微瑕。从总体上来看，诸葛亮形象仍然是全书塑造得最为成功，最受人们喜爱的不朽艺术典型，永远启示和激励着后人。

（原载《西南师范大学学报》2002 年第 3 期）

诸葛亮形象三辩

在《三国演义》塑造的众多人物形象中，诸葛亮无疑是塑造得最为成功，影响最为深远的一个。可以说，他是全书的真正主角，是维系全书的灵魂。罗贯中满怀挚爱之情，倾注全部心血，调动各种艺术手段，将他塑造为一个高雅、睿智、充满理想色彩和艺术魅力的艺术形象，一个光彩照人的不朽典型，成为古代优秀知识分子的崇高典范，中华民族忠贞品格和无比智慧的化身。

我历来十分敬重历史人物诸葛亮，也深深地喜爱艺术形象诸葛亮。二十余年来，我曾多次撰文，谈及诸葛亮的方方面面。2001 年，又郑重撰写《忠贞智慧，万古流芳——论诸葛亮形象》一文，比较深入地论述了诸葛亮形象的成功之处。[1]此后几年来，有关诸葛亮的评议仍层出不穷。其中，严谨的探讨、具有启发意义的见解固然不少，而无根之谈、轻率之议、轻薄之言却也颇多。要区别这两类看法，得出有根有据、有说服力的见解，关键在于坚持实事求是的原则，一切从事实出发，从真实可信的材料出发，以公允的态度，做出有分寸的评析；还要坚持"同情之理解"的精神，尊重历史背景和特定语境，设身处地地理解前人，"既要体现当代意识，又要注意尊重历史；既不盲目地对古人顶礼膜拜，又不以'后来居上'的优越感而藐视前贤"。[2]为此，特再撰本文，就人们议论较多的三个问题，略加辨析，以就教于学界师友。

---

① 详见本书下卷前揭文。
② 参见拙著《三国演义评点本》前言，山西古籍出版社 1995 年 4 月第 1 版；拙著《三国演义新探》节录其第四部分。

一、《隆中对》究竟对不对

汉末建安十二年（207），当时依附荆州牧刘表、屯兵新野的刘备三顾茅庐，向年仅二十七岁（虚岁）的诸葛亮请教。诸葛亮提出著名的《隆中对》，精辟地分析了天下大势，为刘备拟定了"两步走"的战略：第一步，先夺荆州，再取益州（"跨有荆、益"），形成天下三分。第二步，外结孙权，内修政治，等时机成熟，从荆、益两州分兵北伐：一路直捣政治腹心地区宛、洛一带，夺取东汉首都洛阳；一路夺取西京长安和整个关中地区；两路夹攻，以图实现兴复汉室的目标。在刘备的恳切敦促下，诸葛亮慨然同意出山辅佐。从此，这条"卧龙"冲天而起，在历史的舞台上矫矫腾飞，大展宏图，而《隆中对》也成为刘备集团发展的战略蓝图。罗贯中充分发挥艺术家的天才想象，用了三回半的篇幅（第35回—38回前半），将"三顾茅庐"的由来和过程写得曲折有致，摇曳多姿，情韵深长，令人悠然神往。特别是第38回前半，集中写刘备见到诸葛亮后的精彩对话，更使《隆中对》深入人心。

千百年来，人们对《隆中对》给予了很高的评价，认为它正确地预见了政局的基本走向，堪称刘备集团的最佳发展战略。年仅二十七岁的诸葛亮能提出如此英明的战略规划，实在令人惊叹。罗贯中在《三国演义》中便情不自禁地赞颂道："孔明未出茅庐，已知三分天下，万古之人不及也！"（嘉靖壬午本、周曰校本、李卓吾评本；毛本第38回末句作"真万古之人不及也！"）

不过，历代也有人对《隆中对》不以为然，有人批评诸葛亮"不能与曹氏争天下，委弃荆州，退入巴蜀……此策之下者。"（北魏崔浩语）然而，这其实是对《隆中对》的歪曲。诸葛亮说得很清楚：当时曹操已经统一北方，且有"挟天子而令诸侯"的政治优势；孙权据有江东（扬州大部），根基已经稳固。在此形势下，要寄人篱下、势单力薄的刘备盲目地"与曹氏争天下"，实属迂腐之见；刘备首先需要拥有自己的地盘，才能与曹操、孙权鼎足而立，进而联合孙权，讨伐曹操。而综观天下版图，全国十三州，当时尚未被曹、孙两家控制者，仅剩荆、益、交三州（张鲁割据的汉中本是益州的一个郡）。其中交州远在荆州、扬州之南，刘备无法夺取（建安十五年，孙权控制了交州），剩下的就只有荆州和益州了。所以诸葛亮向刘备明确提出"两步走"的战略：先跨有荆、益，再伺机两路北伐。应该说，这是对当时形势最正确、最可行的判断。至于何时夺荆州，怎样夺取，这当然要看机会。三顾茅庐的次年（建安十三年，公元 208 年）秋天，曹操南征，刘表病死，其子刘琮向曹操请降，诸葛亮就劝刘备攻打刘琮，一举夺取荆州；可惜刘备未能采纳，错过了大好时机；直到赤壁大战后，刘备才夺得荆州江南四郡。当然，在诸葛亮看来，由于地理环境不同，益州比荆州更适于立国建都。这是总结了汉高祖刘邦以巴、蜀、汉中为根据地，打败项羽，终成大业的历史经验，而且是许多杰出人物的共识。例如庞统后来也曾对刘备提出："荆州……东有吴孙（指孙权），北有曹氏，鼎足之计，难以得志。今益州国富民强，户口百万，四部兵马，所出必具，宝货无求于外，可权借以定大事。"[①]刘备入蜀时，以庞统随行辅佐，诸葛亮留镇荆州；只是当庞统在雒城（今四川广汉）中流箭而死后，诸葛亮才率兵入蜀增援，而留头号大将关羽镇守荆州，可见他对荆州始终是重视的。而作为刘备的股肱之臣，刘备后来称王称帝，诸葛亮也必须在其身边辅佐，只能让其他得力人员镇守荆州，这哪里是要"委弃荆州"呢？

现代有的学者因为《隆中对》提出的两路北伐的目标未能实现，便怀疑诸葛亮的整个战略规划行不通；有的学者认为"跨有荆、益"与"结好孙权"这两大原则之间存在着不可克服的矛盾，只有等孙权夺得荆州，刘蜀方面承认既成事实，才能与孙权重新修好，因而《隆中对》的基本国策是错误的。我认为，这些看法是片面的。刘备在"三顾茅庐"之前，奋斗半生而屡遭挫折，此后忠实执行《隆中对》，仅仅用了七年时间，即到建安十九年（214），便完成了由没有立足之地到"跨有荆、益"的巨大转折，形成了三分鼎立局面，实现了第一步战略目标；建安二十四年（219）夏又夺取汉中，其势力达到鼎盛。这是非常了不起的成就，证明《隆中对》完全符合当时的实际。至于第二步战略目标未能实现，那是由于后来荆州失守，形势发生了巨大的变化，不能因此认为当初的规划不

---

① 《三国志·蜀书·庞统传》注引《九州春秋》。

对。古今中外，重大的战略规划，在执行过程中往往需要随时调整，甚至发生重大改变，这是稍微熟悉历史的人都应该懂得的；如果因后来情况的变化而否定当初的设想或规划，其实是"马后炮"式的看法。诚然，夺取荆州，全据长江，然后建号帝王以图天下，乃是孙吴集团的建国方略，这与刘蜀集团的利益确有冲突。但是，这种冲突是可以控制在一定范围之内的。建安二十年（215），孙、刘两家以湘水为界，中分荆州，已经形成了战略平衡。这种平衡，既可以维持相当长的时期，也随时可能被打破，就看三分鼎立的大局如何演变，孙刘双方如何处置了。如果关羽忠实执行"东和孙权，北拒曹操"的方针，使曹操难以拉拢孙权而偷袭关羽之后；如果关羽善于安抚和激励部下，使镇守江陵的糜芳、镇守公安的士仁（《三国演义》误作"傅士仁"）忠于职守，不怀二心；如果刘备、诸葛亮在关羽北伐襄阳时能够及时配合和支援，那么，荆州未必失守。而在刘蜀集团牢牢控制自己那部分荆州的情况下，承认既成事实的就该是孙权了；面对曹操这个强敌，双方既需要、也完全可能继续联手。由此可见，荆州之失系由多种因素导致，绝非命中注定，它恰恰从反面证明了《隆中对》战略构想之正确。因此，我赞同罗贯中的评价："孔明未出茅庐，已知三分天下，万古之人不及也！"

二、诸葛亮是"愚忠"吗

在诸葛亮的诸多优秀品格中，最突出的有两点：一是智慧，二是忠贞。

多年来，一些人谈到诸葛亮的"忠"时，每每贬之为"愚忠"。我认为，这是一种片面之见。

什么是"愚忠"？就是对国君个人盲目的、毫无原则、毫无主见的逆来顺受，因而是愚昧的"忠"。不管国君善恶如何，行事是非怎样，一律俯首帖耳，唯唯诺诺，亦步亦趋，不敢有任何怀疑，更不敢有任何违忤；即使国君荒淫残暴，滥杀无辜，也不敢谏阻指斥；哪怕毫无道理地杀到自己头上，也只知低头受戮，还要说什么"天子圣明，罪臣当诛"的昏话；甚至国君腐朽亡国，仍一味追随，以死效忠。在漫长的封建专制社会里，最高统治者为了一己私利，总是不断地集中权力，不愿受到任何制约；同时又总是要求臣民对自己无条件地效忠，鼓励愚忠。特别是专制主义恶性膨胀的明清两代，统治者更是以各种手段灌输愚忠意识，以至愚忠成为一般臣民普遍的道德信条，严重地阉割了民族精神，阻碍了社会进步。因此，现代人反对愚忠，批判愚忠，是完全应该的。

然而，任何问题都必须具体分析。尽管封建时代国君通常是国家的象征和代表，尽管封建统治者竭力提倡愚忠，但千百年来，总有许许多多的志士仁人，信奉孟子"民为贵，社稷次之，君为轻"的民本思想，把对国家、民族的忠诚与对国君个人的盲从加以区分，在不同程度上摆脱愚忠的桎梏：或对国君的恶德劣行予以批评抵制，直言极谏；或勇于为民请命，不顾自身安危得失。即使在君权最霸道的明清两代，也有一些思想解放者，敢于贬斥和蔑视君权；甚至像黄宗羲那样，从根本上批判和否定君权。

那么，《三国演义》中的诸葛亮，是怎样处理与其君主刘备、刘禅父子的关系呢？认真阅读作品就可以看到：诸葛亮确实忠于刘蜀集团；但这不是不分青红皂白的"愚忠"，而是以帝王师的身份，忠于自己的理想和事业，自有其积极意义。

在《三国演义》中，诸葛亮是通过刘备"三顾"之诚和"先生不出，如苍生何"的含泪恳请，才同意出山的。罗贯中把诸葛亮写成一开始就是一人之下，万人之上，大权在握，指挥一切的统帅，竭力突出他在刘蜀集团中的关键地位和作用。他既是刘备的主要辅佐，又是刘备的精神导师："玄德待孔明如师，食则同桌，寝则同榻，终日共论天下之事。"（第38回）"玄德自得孔明，以师礼待之。"（第39回）他出山不久，曹操大将夏侯惇便率领十万大军杀奔新野。在这初出茅庐第一仗中，刘备将指挥权完全交给诸葛亮；诸葛亮胸有成竹，一一调遣众将，甚至连刘备也要接受他的安排。火烧博望后，诸葛亮在刘蜀集团的指挥权牢不可破，从未受到过质疑。每遇大事，刘备总是对他言听计从，文武众官也总是心悦诚服地执行他的命令。赤壁大战期间，他出使东吴达数月之久，刘备方面积极备战，一切准备就绪后，仍然要等待他赶回去指挥调度：

且说刘玄德在夏口专候孔明回来……须臾船到，孔明、子龙登岸，玄德大喜。问候毕，孔明曰："且无暇告诉别事。前者所约军马战船，皆已办否？"玄德曰："收拾久矣，只候军师调用。"孔明便与玄德、刘琦升帐坐定……（第 49 回）

诸葛亮的命令，谁也不能违抗。就连身份特殊的头号大将关羽，由于违背军令私放曹操，诸葛亮也要下令将他斩首；只是由于刘备出面说情，希望容许关羽将功赎罪，"孔明方才饶了"（第 50 回—51 回）。这些描写，大大超越了历史记载，使诸葛亮始终处于刘蜀集团的核心。刘备得到诸葛亮之前屡遭挫折，而得到诸葛亮辅佐之后则节节胜利，两相对照，读者不由得深深感到：刘蜀集团的成败安危，不是系于刘备，而是系于诸葛亮。

在刘备面前，诸葛亮总是直抒己见；如刘备言行不当，或正色批评，或直言劝戒，刘备则总是虚心听从，甚至道歉认错（惟拒谏伐吴是一例外，但随后便"吃亏在眼前"，刘备自己也承认："朕早听丞相之言，不致今日之败！"）。就连在过江招亲这类大事上，他也干脆代刘备作主，刘备尽管心存疑虑，仍然一一照办。如此举止，正反映了其"帝王师"心态，哪有一点畏畏缩缩的猥琐？哪有一点"愚忠"者的卑微？

刘备临终，慨然托孤于诸葛亮，并遗诏训诫太子刘禅："卿与丞相从事，事之如父。"刘禅即位后，谨遵父亲遗命，对诸葛亮极为敬重，充分信任，"凡一应朝廷选法、钱粮、词讼等事，皆听诸葛丞相裁处。"（第 85 回）此后的十二年间，尽管他早已成年，完全可以自作主张，却一直把军政大权都交给诸葛亮，十分放心。诸葛亮治理蜀中，发展经济，与吴国恢复同盟关系，他总是乐观其成，从不干预；诸葛亮亲自南征，几度北伐，他总是予以支持，从不掣肘（《三国演义》第 100 回写诸葛亮气死曹真，打败司马懿，后主却听信宦官传奏的流言，下诏宣诸葛亮班师回朝，纯属虚构）。如此放手让辅政大臣行使职权，不疑心，不捣乱，不横加干涉，在整个封建时代实不多见。当诸葛亮在五丈原病重时，他派尚书仆射李福前去探望，并咨询国家大计；诸葛亮推荐蒋琬、费祎为接班人，他又虚心采纳，先后任命蒋琬、费祎为执政大臣。当诸葛亮逝世的噩耗传来，"后主闻言，大哭曰：'天丧我也！'哭倒于龙床之上。"（第 105

回）诸葛亮的灵柩回到成都，"后主引文武官僚，尽皆挂孝，出城二十里
迎接。后主放声大哭。"（同上）不仅如此，刘禅对诸葛亮始终追思不已。
诸葛亮逝世九年之后，他又招其子诸葛瞻为驸马，后来还下诏为诸葛亮
立庙于沔阳（今陕西勉县定军山前）。这证明他确实是真心诚意地崇敬诸
葛亮。比之许多薄情寡义，功臣一死（甚至还没死）便翻脸不认人的最
高统治者，这也是非常难得的。诸葛亮呢？也一直恪守"竭股肱之力，
尽忠贞之节，继之以死"的诺言，既是支撑蜀汉政局的擎天栋梁，又是
拥有"相父"之尊的刘禅的精神靠山。首次北伐前，他上《出师表》，谆
谆叮嘱刘禅："诚宜开张圣听，以光先帝遗德，恢弘志士之气；不宜妄自
菲薄，引喻失义，以塞忠谏之路也。……陛下亦宜自谋，以咨诹善道，
察纳雅言，深追先帝遗诏。"（第 91 回）而在《演义》虚构的那个刘禅听
信流言，下诏宣诸葛亮班师回朝的情节里，诸葛亮面见刘禅后，先是戳
穿"朕久不见丞相之面，心甚思慕，故特诏回"的托词，指出："必有奸
臣谗谮，言臣有异志也。"接着不无愤慨地质问："今若内有奸邪，臣安
能讨贼乎？"对此，刘禅始则"默然无语"，继而赶快认错："朕因过听
宦官之言，一时召回丞相。今日茅塞方开，悔之不及矣！"最后，"孔明
将安奏的宦官诛戮，余皆废出宫外……拜辞后主，复到汉中……再议出
师。"刘禅则恭恭敬敬地完全听其处置（第 101 回）。在这里，刘禅没有
君主的威风和霸道，诸葛亮则有辅臣的自尊和"恨铁不成钢"的遗憾，
这哪里像"愚忠"者在君主面前的乞哀告怜呢？

　　诚然，诸葛亮最终为蜀汉献出了全部智慧和心血，做到了"鞠躬尽
瘁、死而后已"。这里当然有报答刘备知遇之恩的心愿，但绝非不问是非
地片面忠于刘备父子，其中更有兴复汉室，拯救黎庶，重新统一全国的
宏图大志。正因为这样，千百年来，诸葛亮的忠贞得到了人们普遍的肯
定和崇敬。综观他与刘备的关系，既有"孤之有孔明，犹鱼之有水也"（《三
国志·蜀书·诸葛亮传》）的史实依据，又经过罗贯中的浪漫主义改造，
寄托了历代志向远大的士大夫对"君臣遇合，谊兼师友"的理想关系和
"帝王师"的人格定位的向往和追求。这实际上已经包含了对"君尊臣卑"
"君要臣死，臣不得不死"的主奴关系的否定和批判，具有历史的进步意
义。由此可见，"愚忠"二字，是扣不到诸葛亮头上的。

三、如何看待“状诸葛之多智而近妖”

现代一些学者对诸葛亮艺术形象有所批评，其中影响最大的是鲁迅先生的这段话：“至于写人，亦颇有失……状诸葛之多智而近妖。”①

对此应该怎么理解呢？

我认为，鲁迅先生是一位伟大的现实主义作家，他按照严格的现实主义文学标准，指出《三国演义》表现诸葛亮的“多智”有过头之处，这是有道理的，所谓“近妖”，是指作品个别地方对诸葛亮的谋略夸张过甚，表现出神化倾向；然而，这并非《演义》的主流，绝不意味着作品对诸葛亮形象塑造的根本失败。从总体上来看，作品对诸葛亮形象的塑造仍然是非常成功的。这里特别要强调如下几点。

第一，全面把握《三国演义》的创作方法。我曾经在一本书中强调指出：

在创作方法上，《三国演义》既不属于今天所说的现实主义，也不属于今天所说的浪漫主义，而是古典现实主义精神与浪漫情调、传奇色彩的结合。

综观全书，罗贯中紧紧抓住历史运动的基本轨迹，大致反映了从东汉灵帝即位（168年）到西晋统一全国（280年）这一历史时期的面貌，这一历史时期的一系列重大事件……罗贯中都予以关注，都大致按照史实的基本框架和发展趋势，作了不同程度的叙述与描写。这一历史时期的一系列重要人物，罗贯中在把握其性格基调时，都力求实现艺术形象与其历史原型本质上的一致。这样，就使作品具有厚重的历史感，表现出强烈的现实主义精神。这是人们普遍承认《三国演义》“艺术地再现了汉末三国历史”的根本原因。然而，在具体编织情节，塑造人物时，罗贯中却主要继承了民间通俗文艺的传统，大胆发挥浪漫主义想象，大量进行艺术虚构，运用夸张手法，表现出浓重的浪漫情调和传奇色彩。②

---

① 鲁迅：《中国小说史略》第十四篇《元明传来之讲史》（上）。
② 见拙著《罗贯中和〈三国演义〉》第63-64页，春风文艺出版社1999年1月第1版。

2006 年，我在一篇论文中又一次指出：

罗贯中创作史诗型巨著《三国演义》时，一方面以综观天下、悲悯苍生的博大胸怀，直面历史，努力寻绎汉末三国时期的治乱兴亡之道，表现出深刻的现实主义精神；另一方面，他又以"盖世必有非常之人，然后有非常之事；有非常之事，然后有非常之功"的眼光，竭力突出和渲染那个时代的奇人、奇才、奇事、奇遇、奇谋、奇功，使作品洋溢着浓郁的传奇氛围，全书也就成为"既是现实的，又是传奇的"这样一部奇书。

既是现实的，又是传奇的，这就是《三国演义》的基本创作方法。[①]

作品中的诸葛亮形象，正是既实现了"与其历史原型本质上的一致"，又进行了充分的理想化，"表现出浓重的浪漫情调和传奇色彩"。这种浪漫情调和传奇色彩，不仅体现了罗贯中本人"好奇"的审美倾向，而且继承和发扬了中国古典小说"尚奇"的艺术传统。从这个角度来看，《三国演义》对诸葛亮的智慧和谋略的竭力渲染便是可以理解的了。

第二，《三国演义》对诸葛亮智谋的夸张和渲染，可谓由来有自。早在西晋末年，镇南将军刘弘至隆中，为诸葛亮故宅立碣表闾，命太傅掾李兴撰文，其中便写道：

英哉吾子，独含天灵。岂神之祇，岂人之精？何思之深，何德之清！……推子八阵，不在孙、吴；木牛之奇，则非般模。神弩之功，一何微妙！千井齐甃，又何秘要?! [②]

这里已经为诸葛亮的才干和谋略抹上了神秘的色彩。而且，裴松之还引用多条材料，对诸葛亮的谋略加以渲染。及至唐代，诸葛亮已被称为"智将"。到了宋代，大文豪苏轼作《诸葛武侯画像赞》，更是对诸葛亮的谋略大加颂扬：

---

① 见拙作《现实精神·浪漫情调·传奇色彩——论〈三国演义〉的创作方法》，载《明清小说研究》2006 年第 3 期，现亦收入本书。

② 见《三国志·蜀书·诸葛亮传》注引《蜀记》。

密如神鬼，疾若风雷；进不可当，退不可追；昼不可攻，夜不可袭；多不可敌，少不可欺。前后应会，左右指挥；移五行之性，变四时之令。人也？神也？仙也？吾不知之，真卧龙也！

"人也？神也？仙也"的赞叹，更加突出了诸葛亮的"神奇"。沿着这一思路，元代的《三国志平话》又进一步写道：

诸葛本是一神仙，自小学业，时至中年，无书不览，达天地之机，神鬼难度之志；呼风唤雨，撒豆成兵，挥剑成河。司马仲达曾道："来不可□，□不可守，困不可围，未知是人也，神也，仙也？"（卷中《三谒诸葛》）

这就完全把诸葛亮神化了。

罗贯中写作《三国演义》时，对《三国志平话》中的诸葛亮形象作了大幅度的改造，删除了"呼风唤雨，撒豆成兵，挥剑成河"之类的神异描写，使诸葛亮形象复归于"人"本位——当然，是一个本领非凡的、具有传奇色彩的杰出人物。书中对诸葛亮智谋的描写，大都有迹可循，奇而不违情理。在政治谋略方面，作品写诸葛亮的"隆中对"、智激孙权，基本上是依据《三国志·蜀书·诸葛亮传》的记载加以叙述，并无多少夸张。在军事谋略方面，作品写诸葛亮火烧博望、火烧新野、草船借箭、安居平五路、七擒孟获、空城计等事，尽管颇多虚构，但要么早有野史传闻或《三国志平话》的相关情节作基础，要么是对史实的移植与重构，即使纯属虚构，也编排有度，大致符合情理。[①]这样的智谋，虽有传奇色彩，却并非神怪故事；虽非常人可及，却符合人们对传奇英雄的期待。这与全书的浪漫情调和传奇色彩是一致的。

第三，应该承认，《三国演义》在表现诸葛亮的智谋时，确有少数败笔。一是作品的后半部分，个别情节违背历史和生活的逻辑，勉强捏合，夸张过甚。如第 101 回《出陇上诸葛装神》中写魏军"但见阴风习习，

---

① 参见拙著《三国演义辞典》的《情节》部分有关辞条（巴蜀书社 1989 年 6 月第 1 版）及《三国漫话》的《名段鉴赏》部分有关篇章（四川人民出版社 2000 年 9 月第 1 版）。

冷雾漫漫"，却无法赶上诸葛亮，并借司马懿之口称诸葛亮"能驱六丁六甲之神"，会"缩地"之法，便明显带有神异色彩。二是罗贯中出于对诸葛亮的热爱，有时对其失误之处也苦心回护，导致个别情节不合情理。如第105回"遗计斩魏延"，本来想表现诸葛亮料事如神，早有先见之明，却无法完全掩盖诸葛亮对待魏延的不当之处，结果欲益反损，反而使读者感到难以信服。①这种情节虽然不多，却有可能让人产生"近妖"的感觉。

第四，应该注意将《三国演义》与其衍生作品加以区别。几百年来，在《三国演义》广泛传播的过程中，人们不断地对其进行改编与再创作，从而产生出大量的、各种门类的衍生作品。这些衍生作品，一方面大大增加了《演义》的传播渠道，扩大了它的影响；另一方面又对《演义》的人物形象和故事情节有所强化，有所发展，有所变异。例如：《三国演义》写诸葛亮的装束，初见刘备时是"头戴纶巾，身披鹤氅"（第38回）；赤壁大战后南征四郡，也是"头戴纶巾，身披鹤氅，手执羽扇"（第52回）；首次北伐，与王朗对阵，则是"纶巾羽扇，素衣皂绦"（第93回）。这些描写，来源于东晋裴启所撰《语林》对诸葛亮衣着风度的记载："乘素舆，著葛巾，持白羽扇，指麾三军，众军皆随其进止。""鹤氅"亦为魏晋士大夫常用服饰，《世说新语》等书屡见不鲜。而在明清以来的某些"三国戏"和曲艺作品中，诸葛亮动辄穿上八卦衣，自称"贫道"，言谈举止的道教色彩越来越重，其计谋的神秘意味也有所强化。如果有人从这类作品中得到诸葛亮形象"近妖"的印象，那是不能都记在《三国演义》的账上的。

总之，尽管《三国演义》对诸葛亮的描写存在少数不当之处，但只能算是白璧微瑕。从总体上来看，诸葛亮形象仍然是全书塑造得最为成功，最受人们喜爱的不朽艺术典型，永远启示和激励着后人。

（原载《明清小说研究》2007年第2期）

---

① 参见拙作《论魏延》，亦收入本书。

为诸葛亮析疑辩诬

　　诸葛亮是三国时期杰出的政治家、军事家。他高瞻远瞩，励精图治，清正廉明，克己奉公，鞠躬尽瘁，死而后已，不仅在当时极被敬重，而且在后世深受推许。直到今天，他仍然是中国人民和亚洲各国人民十分崇敬的历史人物。

　　改革开放以来，诸葛亮研究取得了长足进展，"诸葛亮文化"的概念随之提出，成为广义"三国文化"的一个重要分支。①随着思想的解放和观念的多元化，在诸葛亮研究中，出现了许多新的见解，在若干重要问题上发生了争论。只要坚持"实事求是"的原则，遵循"持之有故，言之有理"的学术规范，不同观点的争鸣是正常的，也是有益的。然而，一些人并未经过认真研究，便对重大问题轻下断语；一些人缺乏对古人的"同情之理解"，脱离特定的历史背景，随意抛出种种似是而非的观点；一些人为了"吸引眼球"，为了耸人听闻，不惜曲解史实，厚诬前贤。为了澄清事实，以正视听，这里拈出人们比较关注的三个问题，略加辨析，以就教于学界师友。

一、析"三顾茅庐"之疑

　　汉末建安十二年（207），当时依附荆州牧刘表、屯兵新野的刘备三顾茅庐，向年仅二十七岁（虚岁）的诸葛亮请教。诸葛亮提出著名的《隆

---

　　① 关于"三国文化"的内涵与外延，拙作《"三国文化"概念初探》有深入论述，可参阅。文章原载《中华文化论坛》1994 年第 3 期，收入拙著《三国演义新探》（四川人民出版社 2002 年 5 月第 1 版）。现亦收入本书。

中对》，精辟地分析了天下大势，为刘备拟定了"两步走"的战略：第一步，先夺荆州，再取益州（"跨有荆、益"），形成天下三分。第二步，外结孙权，内修政治，等时机成熟，从荆、益两州分兵北伐：一路直捣政治腹心地区宛、洛一带，夺取东汉首都洛阳；一路夺取西京长安和整个关中地区；两路夹攻，以图实现兴复汉室的目标。在刘备的恳切敦促下，诸葛亮慨然同意出山辅佐。从此，这条"卧龙"冲天而起，在历史的舞台上夭矫腾飞，大展宏图，而"三顾茅庐"也成为一段令人神往的千秋佳话。

对于这段史实，陈寿的《三国志·蜀书·诸葛亮传》的记载非常明确：

时先主屯新野。徐庶见先主，先主器之，谓先主曰："诸葛孔明者，卧龙也，将军岂愿见之乎？"先主曰："君与俱来。"庶曰："此人可就见，不可屈致也。将军宜枉驾顾之。"由是先主遂诣亮，凡三往，乃见。

事情的来龙去脉，因果关系，一清二楚，本无可疑之处。因此，北宋司马光撰《资治通鉴》，写到此事时，几乎照抄陈寿原文：

徐庶见（刘）备于新野，备器之。庶谓备曰："诸葛孔明，卧龙也，将军岂愿见之乎？"备曰："君与俱来。"庶曰："此人可就见，不可屈致也，将军宜枉驾顾之。"备由是诣亮，凡三往，乃见。

此后，南宋著名学者胡寅、郑樵、张栻、元代著名学者郝经、明代著名学者李贽、黄道周、清代著名学者朱轼等，分别撰写过诸葛亮传，均采用陈寿对"三顾茅庐"的记载，都有力地证明了这一记载的合理性、可靠性。

然而，有人偏要对这明明白白的事实表示怀疑，声称"三顾茅庐"的逻辑结论"实在令人难以接受"。其理由是：诸葛亮是一定要出山的，而刘备则是他最愿意选择的明主；与刘备相比，诸葛亮的选择余地更小，甚至别无选择。因此，他不可能在隆中坐等"三顾"。这种推论，纯属臆测。诚然，诸葛亮有用世之志；但他向往的是"帝王师"的尊严和作为，决非一般的功名利禄之徒，迫不及待地要把自己推销出去。孟子早就指出："将大有为之君，必有所不召之臣；欲有谋焉，则就之。其尊德乐道，不如是，不足与有为也。故汤之于伊尹，学焉而后臣之，故不劳而王；桓公之于管仲，学焉而后臣之，故不劳而霸。"①因此，即使是刘备这样可能成为明主的英雄，如无充分的礼遇，诸葛亮也未必出山。把诸葛亮想象为耐不住寂寞，生怕错过机会的普通士人，未免是以后世凡庸之心，度千古英杰之志。要知道，《三国志》的作者陈寿本是蜀汉臣子，曾任蜀汉东观秘书郎、散骑黄门侍郎，非常熟悉蜀汉历史；何况其父曾经受到诸葛亮惩罚，他本人又是在西晋灭吴以后撰写《三国志》，根本不会也不可能凭空编造"三顾茅庐"的故事，其记载应该是最可信的。而且，陈寿的记载，与诸葛亮本人在《出师表》中所说"先帝不以臣卑鄙，猥自枉屈，三顾臣於草庐之中"完全吻合。若想否定陈寿的记载，请拿事实来！

　　有人也找到了"依据"，就是裴松之在《诸葛亮传》记"三顾茅庐"和"隆中对策"后，引了这样一条注文：

　　《魏略》曰：刘备屯于樊城。是时曹公方定河北，亮知荆州次当受敌，而刘表性缓，不晓军事。亮乃北行见备，备与亮非旧，又以其年少，以诸生意待之。坐集既毕，众宾皆去，而亮独留，备亦不问其所欲言。备性好结毦，时适有人以髦牛尾与备者，备因手自结。亮乃进曰："明将军当复有远志，但结毦而已邪！"备知亮非常人也，乃投毦而答曰："是何言与！我聊以忘忧耳。"亮遂言曰："将军度刘镇南孰与曹公邪？"备曰："不及。"亮又曰："将军自度何如也？"备曰："亦不如。"曰："今皆不及，而将军之众不过数千人，以此待敌，得无非计乎！"备曰："我亦愁之，当若之何？"亮曰："今荆州非少人也，而著籍者寡，平居发调，则人心不悦；可语镇南，令国中凡有游户，皆使自实，因录以益众可也。"备从其计，故众遂强。备由此知亮有英略，乃以上客礼之。《九州春秋》所言亦如之。

　　仅凭这条引文，有人便断言：是诸葛亮"北行见备"，而不是刘备三顾茅庐。如此轻率的推论，才真的"实在令人难以接受"。

　　《魏略》系三国魏鱼豢所撰。怎样看待它的记载呢？应该说，作为一

―――――――――――――――――

　　①《孟子·公孙丑下》。

部私史，《魏略》保存了有关曹魏的大量史料，同时也附带记载了有关刘蜀和孙吴的部分史料，总体上具有相当重要的价值，其中很多内容为陈寿撰写《三国志》所采用。然而，由于汉末大乱导致的文献典籍的极大损失和公私记载的严重不足，由于三国鼎立局面对信息资料的分割、阻隔、遮蔽和传播者有意无意的失真，也由于鱼豢本人见闻和史识均有不足，《魏略》中有不少记载并不准确，有的纯属传闻流言，有的错得非常荒唐，与事实完全相左。相比而言，陈寿在全国统一的背景下，在全面占有三国史料的条件下，以公正求实态度撰写的《三国志》，其准确性和可信度，显然大大高于《魏略》。因此，不能把《魏略》的记载简单等同于史实；特别是在《魏略》的记载与《三国志》不同甚至相反时，更不能轻易地以之为据。

还要看到，裴松之注《三国志》的主要特点是：重在对史事的补阙、备异、惩妄和论辩。他注引的材料，并非都是史实，更非他都赞同；其中一部分，"若乃纰谬显然，言不附理，则随违矫正，以惩其妄。"①请看这个突出的例子：在《三国志·蜀书·后主传》"（章武三年）五月，后主袭位于成都，时年十七"一语后，有这样一条注：

《魏略》曰：初备在小沛，不意曹公卒至，遑遽弃家属，后奔荆州。禅时年数岁，窜匿，随人西入汉中，为人所卖。及建安十六年，关中破乱，扶风人刘括避乱入汉中，买得禅，问知其良家子，遂养为子，与娶妇，生一子。初禅与备相失时，识其父字玄德。比舍人有姓简者，及备得益州而简为将军，备遣简到汉中，舍都邸。禅乃诣简，简相检讯，事皆符验。简喜，以语张鲁，鲁为洗沐送诣益州，备乃立以为太子。初备以诸葛亮为太子太傅，及禅立，以亮为丞相，委以诸事，谓亮曰："政由葛氏，祭则寡人。"亮亦以禅未闲於政，遂总内外。

臣松之案：《二主妃子传》曰"后主生于荆州"，《后主传》云"初即帝位，年十七"，则建安十二年生也。十三年败于长阪，备弃妻子走，《赵云传》曰"云身抱弱子以免"，即后主也。如此，备与禅未尝相失也。又诸葛亮以禅立之明年领益州牧，其年与主簿杜微书曰"朝廷今年十八"，

① 裴松之：《上〈三国志注〉表》。

与禅传相应，理当非虚。而鱼豢云备败于小沛，禅时年始生，及奔荆州，能识其父字玄德，计当五六岁。备败于小沛时，建安五年也，至禅初立，首尾二十四年，禅应过三十矣。以事相验，理不得然。此则《魏略》之妄说，乃至二百馀言，异也！又案诸书记及《诸葛亮集》，亮亦不为太子太傅。

在这里，《魏略》的记载与《三国志》完全不同，其乖谬一望而知；裴松之予以全面纠驳，正体现了史学家的眼光和"惩妄"的特点。

同样，在《诸葛亮传》所引的那条《魏略》记载后，裴松之辩驳道：

臣松之以为亮表云"先帝不以臣卑鄙，猥自枉屈，三顾臣於草庐之中，谘臣以当世之事"，则非亮先诣备，明矣。虽闻见异辞，各生彼此，然乖背至是，亦良为可怪。

这里说得非常清楚："三顾茅庐"是明明白白的史实，绝非诸葛亮"北行见备""登门自荐"，《魏略》的记载是错误的。鱼豢倒不一定存心作伪，这一记载对诸葛亮也并无恶意，只能说是传闻失实。

有人别出心裁地说："如果既要接受《魏略》和《九州春秋》，同时又不否定《出师表》和《三国志》，就只有一种可能，即两种说法都是事实，而且'登门自荐'在前，'三顾茅庐'在后。"这种说法，表面看来似乎很"全面"，实际上却犯了折衷主义的错误。按照《魏略》的记载，听了诸葛亮的批评和建议后，"备由此知亮有英略，乃以上客礼之。"既然刘备已经将诸葛亮待为上宾，哪里还需要劳神费力地再去"三顾茅庐"呢？由此可见，两种记载，一真一伪，无法兼容；所谓"两种说法都是事实"，只能是一种主观猜想。

总之，三顾茅庐，乃是刘备、诸葛亮心灵的遇合，理想的选择，是历史上罕见的求贤佳话，因而让一代又一代有志者歆羡神往。事实确凿，本无可疑，后人不应自作聪明，瞎猜乱疑。

二、辩"借刀杀关羽"之诬

建安二十四年（219）七月，刘备称汉中王，其事业达到巅峰。此后不久，镇守荆州的关羽出兵北伐，攻曹操大将曹仁于樊城，消灭于禁所领七军，擒斩勇将庞德。一时"威震华夏"，以致曹操"议徙许都以避其锐"①。但因后防空虚，同年十月被孙权袭夺荆州，又败于曹操大将徐晃，被迫败走麦城，十二月被擒身亡。短短几个月间，形势大起大落，一代名将竟成悲剧英雄；而荆州的丢失，使刘蜀集团仅余益州之地，诸葛亮《隆中对》提出的先跨有荆、益，再伺机两路北伐的战略构想再也难以实现。因此，关羽的悲剧，成为刘蜀集团由盛而衰的转折点，留下了丰富而深刻的历史教益。

对于荆州之失，前人往往归结为"大意失荆州"，当代学者则做了更深入的研究。我在《三国演义评点本》中曾经指出：

> 分析荆州之失，关羽本人当然首先应负主要责任。由于骄傲自大，他忘记了诸葛亮谆谆嘱咐的"北拒曹操，东和孙权"的根本方针，任性而行，使自己陷于两面受敌的危险境地；也由于骄傲自大，他轻信了陆逊的假意奉承之辞，低估了东吴的力量，轻率地调走了荆州大部分守军，给吕蒙、陆逊以可乘之机。因此，所谓"大意失荆州"，实际上是"骄傲失荆州"。

> 不过，荆州之失，绝非关羽个人的责任。当关羽出兵襄阳之时，刘备、诸葛亮既未按照《隆中对》的战略设想，出兵秦川以为配合，也未派兵支援关羽，使其孤军深入，无法成就大功；而且，明知东吴一直觊觎荆州，刘备、诸葛亮也未采取任何措施加强荆州防务。在这几个月中，他们完全听凭关羽横冲直撞，没有给予任何指导和帮助……荆州之失，绝非偶然，刘备、诸葛亮亦不能辞其咎。（76回尾评）

当关羽所向披靡，达到其胜利顶点之时，曹仁固守樊城，徐晃率兵救援，曹操也亲统大军为其后盾，敌军实力和士气都已大大增强，关羽要想再胜，已经很难；孙权一直以控制荆州，全据长江为其战略目标的第一步，早已虎视眈眈，一旦曹操拉拢，便乘虚而入。关羽两面受敌，实在难以招架。对于刘蜀集团而言，占据荆州与"东和孙权"原本存在根本矛盾，刘备、诸葛亮对此应有清醒认识；然而，他们却始终未采取

①《三国志·蜀书·关羽传》。

任何有效措施，直到关羽败走麦城，仍未及时救援，致使关羽孤穷无助，力尽而亡。（77 回总评）①

问题在于，刘备、诸葛亮为何"始终未采取任何有效措施"？奇怪的是，陈寿《三国志》对此竟然没有任何明确的记载！裴松之注《三国志》，对此也未作任何说明。对这一谜团，后人当然可以进行探讨。不过，任何探讨，都应该遵循基本的学术规范，实事求是，摒弃偏见，努力寻绎史实的原貌。

然而，有人却故作惊人之语，抛出"诸葛亮借刀杀关羽"的怪论。其大意是：关羽、诸葛亮之间不仅有争夺权力的暗斗，更重要的是他们对蜀汉争夺天下的政治与外交主张截然不同。联吴抗魏是诸葛亮外交战略的核心，成为其一以贯之、至死不渝的外交政策。但关羽却丝毫不能理解诸葛亮的良苦用心，在联吴抗魏的大政方针上处处与诸葛亮作对。由此足见，关羽的所作所为完全破坏了诸葛亮《隆中对》的战略，于是诸葛亮便假借吴人之手，除掉关羽。这真是耸人听闻的天方夜谭！

首先，说诸葛亮与关羽"有争夺权力的暗斗"，没有任何事实依据。在刘备集团中，关羽历来深受倚重。在诸葛亮出山前，关羽便每每担当重任；诸葛亮出山后，关羽仍常常独当一面。建安十三年（208）七月，曹操南征，刘备自樊城撤退，诸葛亮随行，而"别遣（关）羽乘船数百艘会江陵"②；赤壁之战时，刘备的主要军力有两部分：一是"关羽水军精甲万人"，二是刘琦率领的江夏军万人③：可见关羽地位之重要。赤壁之战后，刘备"以（诸葛）亮为军师中郎将，使督零陵、桂阳、长沙三郡，调其赋税，以充军实"④，承担了保障供给的重任；而"以（关）羽为襄阳太守、荡寇将军，驻江北"⑤，承担了面对强敌，准备向北拓展的重任。二人各有侧重，诸葛亮的地位并不高于关羽，彼此未见有何矛盾。

---

① 沈伯俊：《三国演义评点本》，山西古籍出版社 1995 年 4 月第 1 版。
②《三国志·蜀书·关羽传》。
③ 诸葛亮出使江东时对孙权所言，见《三国志·蜀书·诸葛亮传》
④《三国志·蜀书·诸葛亮传》。
⑤《三国志·蜀书·关羽传》。

建安十六年（211），刘备由庞统辅佐入蜀，"（诸葛）亮与关羽镇荆州"①，二人共同承担留守重任达三年之久，也未见有何不和。到建安十九年（214）初，诸葛亮与张飞、赵云等入蜀增援，留关羽镇守荆州，二人从此再未见面，而各司其职，哪里有什么"争夺权力的暗斗"？刘备平定益州后，关羽听说勇将马超来归，写信给诸葛亮，"问超人才可谁比类"。诸葛亮回信说，马超雄烈过人，可与张飞并驱争先，尚不及关羽绝伦逸群。这虽然是照顾关羽的"老大"心态，但也符合实情。而这也证明关羽和诸葛亮关系不错。说二人争权夺利，请拿事实来！

其次，说关羽"在联吴抗魏的大政方针上处处与诸葛亮作对"，也不合事实。诚然，关羽对联吴抗魏方针理解不深刻，执行不坚决；但这主要是由于他在维护刘备集团利益时目光不够远大，态度比较狭隘，"刚而自矜"的性格又使他对东吴方面缺乏应有的尊重，动辄恶语相加；然而，他并非故意破坏孙刘联盟，并非在大政方针上与诸葛亮"截然不同"（在加强刘蜀集团，兴复汉室，统一天下的根本目标上，二人完全一致），更不是"处处与诸葛亮作对"。事实上，在他独自镇守荆州的将近六年间，孙刘双方虽然时有矛盾斗争，建安二十年（215）还一度兵戎相见，仍基本维持了友好相处的关系（鲁肃任吴军统帅期间时关系比较稳定，吕蒙继任后则常常是表面的友好）；否则，他就不会轻信陆逊的假意奉承之辞，吕蒙的袭夺荆州之计也就难以得逞了。

再次，在上述这两个根本无法成立的论断基础上，说诸葛亮"借刀杀关羽"，更是毫无道理。

请问，持此说者清楚诸葛亮当时在刘备集团中的实际地位吗？我早就指出：历史上的诸葛亮，在刘蜀集团中的地位是逐步提高的，直到刘备称帝（221），诸葛亮任丞相，才正式成为蜀汉的头号大臣。而且，在刘备称帝之前，诸葛亮虽曾参与谋议，但大部分时间是留守后方，足食足兵，从未统管过军事。②这就是说，在关羽北伐至败走麦城期间，如何予以配合、支持和救援，最高决策权和军事指挥权并不属于诸葛亮，而

---

① 《三国志·蜀书·诸葛亮传》。
② 参见拙作《智慧忠贞，万古流芳——论诸葛亮形象》，详见本书前揭文。

是属于刘备。只是在小说《三国演义》中，罗贯中才有意淡化了刘备的枭雄色彩，把诸葛亮写成一开始就是一人之下，万人之上，大权在握，指挥一切的统帅。持此说者，大概是受了《三国演义》的影响，夸大了诸葛亮当时的作用吧？

在此情况下，如果刘备决定出兵救援关羽，诸葛亮能够阻止吗？反之，如果诸葛亮想要出兵，刘备不批准，他能够出得了吗？这说明，"始终未采取任何有效措施"，关键在于刘备，而刘备显然是决不会故意弃关羽而不顾的。

章武元年（221）四月，刘备称帝；仅仅两个月后，便亲率大军讨伐东吴，意在夺回荆州。对此，诸葛亮是支持的。因为他们都知道，荆州对于刘蜀集团实在是太重要了。这恰好从反面证明，刘备、诸葛亮决不会故意不救关羽，决不会轻易丢失荆州。因此，比较合理的解释是：刘备、诸葛亮对孙权夺取荆州的决心认识不足，特别是对他竟然背弃同盟，与曹操联手攻击关羽的行为毫无防范；而在孙权发动突然袭击后，由于时间紧迫，还没来得及调整部署，及时救援关羽，便已发生了关羽被擒而亡的悲剧。

按照"借刀"说，诸葛亮为了解决他与关羽的"矛盾"，竟不惜借吴人之刀，除掉刘蜀集团的头号大将，自毁长城；甚至不惜丧失荆州，自断臂膀，自行破坏《隆中对》的战略基础。如此行径，简直丧心病狂，而他也就成了损害刘蜀集团根本利益的大罪人，成了陷害同僚的阴险小人。如果真是这样，刘备怎会放过他？张飞岂不要同他拼命？蜀汉众多官员又怎么能原谅他？史实决非如此。这种说法，无异于痴人说梦。

由此可见，所谓诸葛亮"借刀杀关羽"，不仅是毫无根据的胡猜瞎说，而且是用心可疑的恶意诬蔑，是完全站不住脚的。

三、评"诸葛亮不是一流军事家"之说

人们历来公认，诸葛亮是三国时期杰出的政治家、军事家。

然而，近年来却有人提出："论治国，诸葛亮绝对一流；论军事，诸葛亮绝对不是一流。"问题非同小可，说者斩钉截铁，我们不能不辨析一番。

诸葛亮究竟算不算一流军事家呢？

讨论这个问题时，首先应该明确两点：其一，"一流"即"第一等"，并不等于"第一"，更不是"唯一"。其二，评价一个人是否一流军事家，谋略和战绩当然是非常重要的标准，但并非全部标准。在汉末三国时期的军事家中，若论谋略和战绩，诸葛亮不及曹操；但全面、综合地予以观照，论战略战术、统率能力、改革创新、军事实绩，诸葛亮当之无愧地堪称一流军事家，其整体成就和影响，仅次于曹操。

首先，就战略战术而言。早在三顾茅庐时，诸葛亮就提出著名的《隆中对》，精辟地分析了天下大势，为刘备拟定了"两步走"的战略：第一步，先夺荆州，再取益州（"跨有荆、益"），形成天下三分。第二步，外结孙权，内修政治，等时机成熟，从荆、益两州分兵北伐：一路直捣政治腹心地区宛、洛一带，夺取东汉首都洛阳；一路夺取西京长安和整个关中地区；两路夹攻，以图实现兴复汉室的目标。这不仅堪称刘备集团的最佳发展战略，而且是中国军事史上罕见的高水平战略规划之一。刘备逝世后，诸葛亮既是蜀汉的执政大臣，又是蜀军的最高统帅，其战略战术思想大放光彩。其一，在荆州已失，而且无法夺回的情况下，承认现实，与孙吴恢复同盟关系，迅速摆脱了一度两面受敌的不利局面，重新形成共同抗曹的战略格局，并一直坚持到底。这不仅使蜀汉得以全力抗击曹魏，而且多次与吴军东西并出，夹击曹魏，从而在一定程度上弥补了荆州失守的缺陷。其二，坚持《隆中对》提出的"西和诸戎，南抚夷越"的方针，一方面努力争取陇西羌族的支持，一方面安抚南中地区少数民族；平定南中地区叛乱时，也坚持"攻心为上"的方针，使南中地区成为稳定的战略后方。其三，在蜀汉自身无法两路北伐的情况下，几度进攻曹魏的雍、凉二州，力图夺取关中和陇西地区，斩断曹魏一臂，然后进取中原。这正是汉高祖刘邦当年先取关中，再夺天下的成功战略。这些战略战术，目标明确，思路清晰，措施得力，正是一流军事家之所为。

其次，就统率能力而言。诸葛亮治军的才能，历来被公认为天下一流。他治军有方，法纪严明。在陈寿纂辑的《诸葛亮集》二十四篇目录中，就有《兵要》一篇，《军令》上、中、下三篇。尽管这些著作散佚颇多，但从现存的残篇中，仍可看出他对军令、军纪的高度重视。更重要的是，他执法严格，赏罚公允。街亭之战，马谡因违背诸葛亮的部署，舍弃水源，立营山上，自陷困境，招致大败，因而被斩；王平则因屡次劝谏马谡，战败后又能据营自保，并收合蜀军余众而退，因而受到褒奖，"加拜参军，统五部兼当营事，进位讨寇将军，封亭侯"①。不仅如此，诸葛亮还因自己用人不当而公开检讨，上书后主，请求自贬三等，结果被贬为右将军；直到一年后因击斩魏将王双，攻取武都、阴平二郡，才恢复丞相职务。如此以身作则，赏罚分明，使得将领感奋，士卒用命，蜀军纪律严明，令行禁止，指挥如意，具有很强的战斗力。正如《三国志·蜀书·诸葛亮传》注引《袁子》所说："其用兵也，止如山，进退如风，兵出之日，天下震动，而人心不忧。……亮法令明，赏罚信，士卒用命，赴险而不顾，此所以能斗也。"在他病逝于五丈原，蜀军撤退后，司马懿巡视蜀军留下的营垒，见其布局严整，深合兵法，不由得脱口赞叹道："天下奇才也！"②

再次，就改革创新而言。诸葛亮在军队训练、用兵布阵、武器装备等方面，颇多发明、创造和革新，对古代军事科学作出了杰出的贡献。在军队训练和用兵布阵方面，他继承和发扬了前代兵家的战阵思想，创制出独具特色的阵法系统——八阵图。由于八阵图早已失传，后人对其具体内容尚有争议，但都肯定它在训练和作战中的巨大作用。诸葛亮本人就曾非常自信地说："八阵既成，自今行师，庶不覆败矣！"西晋武威太守马隆以三千五百人讨伐多年袭扰凉州的鲜卑首领树机能，"依八阵图作偏箱车，地广则鹿角车营，路狭则为木屋施于车上，且战且前，弓矢所及，应弦而倒。奇谋间发，出敌不意。"③不久便平定了凉州。这是运用八阵图成功的范例。唐朝开国名将李靖回答唐太宗关于其六花阵渊源的问题时说："臣所本诸葛亮八阵法也。"④这又证明了八阵图的深远影响。在武器装备方面，诸葛亮改进了连弩（能够连续发射箭矢的弩），使之一次能连发十箭，大大增强了它的威力。在军粮运输方面，诸葛亮发明了

---

①《三国志·蜀书·王平传》。
②《三国志·蜀书·诸葛亮传》。
③《晋书·马隆传》。
④《李卫公问对》（卷中）。

令人称羡的木牛流马。尽管后人对木牛流马的形制、功能理解不一，但它们极大地提高了运输功效则不容置疑，并因此而享誉千载。陈寿概括道：“亮性长於巧思，损益连弩，木牛流马，皆出其意；推演兵法，作八陈图，咸得其要云。”西晋太傅掾李兴在纪念诸葛亮的碣文中也颂扬道：“推子八阵，不在孙、吴；木牛之奇，则非般模。神弩之功，一何微妙！”①这些成就，不仅在三国时期无人可及，在整个古代军事史上也堪称一流。

最后，就军事实绩而言。陈寿在《三国志·蜀书·诸葛亮传》中说他“于治戎为长，奇谋为短”“应变将略，非其所长”。意思是说诸葛亮善于管理军队，但在运用奇谋妙计上却有所不足；随机应变的本领，不是他所擅长的。确实，历史上的诸葛亮并不特别善于出奇制胜；但这绝不等于他不会打仗。综观诸葛亮的军事实践，主要是南征和北伐。在南征中，他不仅坚持“攻心为上”的方针，而且战术运用得当，短短几个月就平定了地域广阔、地形复杂、风俗习惯和民族心理多样的南中地区，取得了完全的胜利。在北伐中，面对强大的曹魏，他始终保持了主动进攻的态势，使魏军被动防守，穷于应付。魏军的主要统帅司马懿，在与诸葛亮对峙前，曾以迅雷不及掩耳之势，一举攻灭孟达；后来又屡出奇计，迅速平定了公孙渊叛乱，也是一个杰出的军事家。然而，面对诸葛亮，他却几度战败，只得坚壁不战。诸葛亮在五丈原与他相持，“分兵屯田，为久驻之基。耕者杂於渭滨居民之间”，他毫无办法；诸葛亮派人给他送去巾帼衣饰，激他出战，他只能忍气吞声地接受。甚至在诸葛亮病逝，蜀军撤退，他亲率大军追赶时，还被反旗鸣鼓的蜀军吓退，落得个“死诸葛吓走活仲达”的话柄。对此，他也只能尴尬地自嘲道：“吾能料生，不便料死也。”②对比之下，诸葛亮显然高出司马懿一筹。请问，这难道还不算一流军事家吗？

诚然，由于诸葛亮的早逝，北伐未能取得最后成功；但若天假以年，蜀军逼退或击破魏军，夺取关中地区是完全可能的；如果加上孙吴的有力配合，则可取得更大的战果。尽管历史不能假设，但我们也不应简单

①《三国志·蜀书·诸葛亮传》注引《蜀记》。
②《三国志·蜀书·诸葛亮传》注引《汉晋春秋》。

地以成败论英雄。仅就其临终前的战略态势而言，诸葛亮也是历史上罕见的以弱击强的典范，完全当得起一流军事家的称号。

当然，作为军事家，诸葛亮奇谋不足，究竟是一个明显的缺陷，这是其整体成就不及曹操的一个重要原因。不过，应该看到，北伐未能最后成功，从根本上说，还是受到蜀、魏综合国力对比的制约。陈寿就指出："所与对敌，或值人杰，加众寡不侔，攻守异体，故虽连年动众，未能有克。"这个分析是比较客观的。

上述几点，并无什么新材料，应该是责难和贬损诸葛亮的人也能看到的。我们的分歧在于如何解读这些史料。关键仍然是：尊重史实，实事求是，以"同情之理解"看待前贤；切忌偏见私心，切忌自以为是，信口开河！

（原载《成都大学学报》2007 年第 6 期）

高风亮节，百代楷模

——论诸葛亮的人格魅力

汉末三国，群星灿烂。在众多英雄贤才中，综观智慧之明澈、功业之完整、道德之高尚，诸葛亮无疑是众望所归的第一人。

一

历史上的诸葛亮（181~234），是汉末三国时期杰出的政治家、军事家。他生于东汉末年的乱世之中，四岁时（虚岁，下同），黄巾起义爆发，其家乡琅琊阳都（今山东沂南）正是青徐黄巾军力量强大，与官军反复较量之地；九岁时，董卓进京，废少帝，立献帝，导致军阀混战，天下大乱；十四岁时，他随叔父诸葛玄离开家乡，前往豫章（治所在今江西南昌）；十五岁时，又随叔父到荆州投奔刘表。十七岁时，诸葛玄病卒。尽管此时诸葛亮年未弱冠，又与荆州牧刘表手下大将蒯越家族和荆州名士领袖庞德公都有亲戚关系（详见后），但他胸有大志，襟怀高迈，既不愿托庇于权势，又不愿依附于名门，而是带着弟弟诸葛均，毅然隐居于隆中（汉代属荆州南阳郡邓县，今属湖北襄阳市），一面躬耕陇亩，一面关注天下大事，研究治国用兵之道，长达十年之久。建安十二年（207），当时依附刘表、屯兵新野的刘备三顾茅庐，向诸葛亮咨询天下大计，在刘备的恳切敦促下，诸葛亮出山辅佐，从此成为刘蜀集团的栋梁，在历史的舞台上大展宏图，创造出非凡的业绩。

建安十三年（208）秋，曹操亲率大军南征，刘表病卒，次子刘琮继位，不战而降，刘备败走江夏。在此危难之际，诸葛亮主动要求出使江东，说服孙权，建立起孙刘联盟，在赤壁之战中大败曹军，使刘备趁势夺得荆州江南四郡，周瑜去世后又"借"得孙权占据的南郡。此后，他又协助刘备夺取益州，顺利地实现了跨有荆、益，三分天下有其一的第一步战略目标，使刘蜀集团达到鼎盛时期。建安二十四年（219）冬，关羽丢失荆州，使刘蜀集团的地盘减少了将近一半；章武二年（222），刘备又在夷陵之战中遭到惨败，次年托孤于诸葛亮，在羞愤与悔恨中病逝。在此危急存亡之秋，诸葛亮以巨大的勇气和高超的智慧，独力承担起维系蜀汉国运的历史使命。他高瞻远瞩，勤政务实，励精图治，清正廉明，把蜀汉治理得井井有条；他坚持"和""抚"方针和"攻心为上"的原则，迅速平定南中地区，较好地处理了民族关系；他不畏艰险，屡次北伐，始终对强大的曹魏保持了进攻的态势；他善于治军，赏罚严明，重视装备的革新和战术的改进，创制了令人称奇的"木牛流马"和"八阵图"；他忠于职守，克己奉公，真正做到了"鞠躬尽瘁，死而后已"。西晋杰出的史学家陈寿在《三国志·蜀书·诸葛亮传》篇末高度评价道：

诸葛亮之为相国也，抚百姓，示仪轨，约官职，从权制，开诚心，布公道；尽忠益时者虽雠必赏，犯法怠慢者虽亲必罚，服罪输情者虽重必释，游辞巧饰者虽轻必戮；善无微而不赏，恶无纤而不贬；庶事精练，物理其本，循名责实，虚伪不齿；终于邦域之内，咸畏而爱之，刑政虽峻而无怨者，以其用心平而劝戒明也。可谓识治之良才，管、萧之亚匹矣。

诸葛亮确实不愧为一代贤相，千古人杰。他不仅深受蜀汉民众的尊崇，甚至还得到敌方的敬重；1800年来，人们总是深情地缅怀他，真诚地颂扬他，在古今中外的政治家中，能够享有如此崇高地位者，极其罕见。这在很大程度上，是由于诸葛亮的人格魅力。

二

诸葛亮的人格魅力，主要表现在以下几个方面。

（一）积学明志，心怀天下

建安二年（197），年仅十七岁的诸葛亮，带着弟弟诸葛均，到襄阳隆中隐居，一面躬耕，一面学习，长达十年。直到建安十二年（207），刘备三顾茅庐，诸葛亮才出山辅佐。

在隐居隆中的十年里，诸葛亮做了些什么？一言以蔽之："积学明志，心怀天下。"在这漫长的十年中，他时时拜访庞德公、司马徽（字德操）这样的名师，倾心结交崔州平、徐庶这样的好友；一边广学博采，增长才干，一边观察天下大势，思考治世方略。天长日久，从量变到质变，终成一代伟器，得到师友们的高度评价。荆州名士领袖庞德公率先称赞诸葛亮为"卧龙"①，可谓一锤定音。另一位重量级名士司马徽完全认同这一评价，在刘备拜访他时，郑重提出："儒生俗士，岂识时务？识时务者在乎俊杰。此间自有伏龙、凤雏。"刘备问谁是伏龙、凤雏，司马徽回答道："诸葛孔明、庞士元也。"②这直接激起了刘备三顾茅庐的热情。诸葛亮的朋友们也都赞同庞德公的评价，他最好的朋友徐庶先投奔刘备，受到器重后，就向刘备积极推荐诸葛亮："诸葛孔明者，卧龙也，将军岂愿见之乎？"刘备开始还像对待一般才士那样，对徐庶说："君与俱来。"徐庶郑重其事地提出："此人可就见，不可屈致也。将军宜枉驾顾之。"③这才促成了三顾茅庐的实现。如果诸葛亮没有远大的理想、高尚的品格，能够得到师友们如此高的评价吗？如果他耐不住寂寞，气浮心躁，见异思迁，跟风趋时，能够在隆中坚持十年之久吗？又怎能成为第一流的天下英才？

按照世俗的观点，"三顾"之前的诸葛亮，只是一个"四无"青年：第一，没有学历；第二，没有论著；第三，没有战功；第四，没有仕宦经历。而此时的刘备，尽管不得志，却已拥有左将军、宜城亭侯、领豫州牧的重要身份，已是名满天下的大英雄，而且比诸葛亮整整大 20 岁，实为长辈，他凭什么要不辞辛苦，一次又一次地从百里之外的新野前往隆中，拜访这位"四无"青年？凭的就是他相信司马徽的介绍和徐庶的推荐，相信诸葛亮不仅具有经天纬地之才，而且具有超凡脱俗之德！

---

① 《三国志·蜀书·庞统传》裴注引《襄阳记》："诸葛孔明为卧龙，庞士元为凤雏，司马德操为水镜，皆庞德公语也。"

② 见《三国志·蜀书·诸葛亮传》注引《襄阳记》。

③ 见《三国志·蜀书·诸葛亮传》。

反过来说，按照世俗的观点，"三顾"之前的诸葛亮，已经拥有令人羡慕的人脉。首先，他的大姐，早已嫁给荆州最有权势的家族——蒯氏家族的蒯祺；他的二姐，早已嫁给荆州名士领袖庞德公之子庞山民，使他有条件与荆州的一流人才交往。其次，他在隐居隆中期间，已娶妻黄氏。黄氏之父，大家都知道是沔南名士黄承彦；黄氏之母，大多数人却没有注意，乃是蔡氏，即刘表后妻蔡夫人的亲姐姐。这样，荆州的最高统治者刘表就成了诸葛亮的姨夫，刘表的头号大将蔡瑁成了他的舅舅，这是一般人难以企及的特殊关系。其三，他的大哥诸葛瑾已经成为孙权的长史。此外，"三顾"之后仅仅一年，即建安十三年（208），曹操便兴兵南征，诸葛亮四个好友中的三个——徐庶、石广元、孟公威，或被动、或主动地归附了曹操。因此，诸葛亮如果想出仕，至少有三个选择：一是就近攀附刘表、蔡瑁，请他们安排一个好位置；二是通过大哥投奔孙权，也能得到重用；三是等待"挟天子以令诸侯"的曹操到来，发展前景也将不错。然而，诸葛亮对这三个选择都毫不动心，因为他的理想是兴复汉室，济世安民。按照这样的理想，胸无大志、拥兵自守的刘表显然不足取，据有江东、欲自成王霸之业的孙权不同道，名为汉相却心怀异志的曹操则不可信；唯有屡经挫折却不懈奋斗，"信义著于四海"（《隆中对》中语）的刘备才值得自己辅佐。

因此，三顾茅庐的实质是：刘备千呼万唤，终于找到了德才兼备的诸葛亮为辅佐；诸葛亮反复选择，终于选中刘备这个理想的明君。是兴复汉室的共同目标，使他们走到一起。这是心灵的遇合，理想的选择，堪称千秋佳话。

（二）综观全局，英明决策

刘备三顾茅庐，向诸葛亮虚心请教。诸葛亮提出著名的《隆中对》，精辟地分析了天下大势，为刘备制定了先占荆、益二州，形成三分鼎立之势，外结孙权，内修政治，待时机成熟，再分兵两路北伐，攻取中原，以成霸业的战略方针。这一精辟分析，高屋建瓴，为三分鼎立规划了蓝图，为刘备集团制定了最佳的战略方针。

千百年来，人们对《隆中对》给予了很高的评价。现代有的学者因为《隆中对》提出的两路北伐的目标最终未能实现，便怀疑诸葛亮的整个战略规划行不通；有的学者认为"跨有荆、益"与"结好孙权"这两大原则之间存在着不可克服的矛盾，只有等孙权夺得荆州，刘蜀方面承认既成事实，才能与孙权重新修好，因而《隆中对》的基本国策是错误的。我认为，这些看法是片面的。刘备在"三顾茅庐"之前，奋斗半生而屡遭挫折，此后忠实执行《隆中对》，仅仅用了七年时间，即到建安十九年（214），便完成了由没有立足之地到"跨有荆、益"的巨大转折，形成了三分鼎立局面，实现了第一步战略目标；建安二十四年（219）夏又夺取汉中，其势力达到鼎盛。这是非常了不起的成就，证明《隆中对》完全符合当时的实际。至于第二步战略目标未能实现，那是由于后来荆州失守，形势发生了巨大的变化，不能因此认为当初的规划不对。古今中外，重大的战略规划，在执行过程中往往需要随时调整，甚至发生重大改变，这是稍微熟悉历史的人都应该懂得的，如果因后来情况的变化而否定当初的设想或规划，其实是"马后炮"式的看法。诚然，夺取荆州，全据长江，然后建号帝王以图天下，乃是孙吴集团的建国方略，这与刘蜀集团的利益确有冲突。但是，这种冲突是可以控制在一定范围之内的。建安二十年（215），孙、刘两家以湘水为界，中分荆州，已经形成了战略平衡。这种平衡，既可以维持相当长的时期，也随时可能被打破，就看三分鼎立的大局如何演变，孙刘双方如何处置了。如果关羽忠实执行"东和孙权，北拒曹操"的方针，使曹操难以拉拢孙权而偷袭关羽之后；如果关羽善于安抚和激励部下，使镇守江陵的麋芳、镇守公安的士仁（《三国演义》误作"傅士仁"）忠于职守，不怀二心，坚决抵御东吴的偷袭；如果刘备、诸葛亮在关羽北伐襄阳时能够及时配合和支援，那么，荆州未必失守。而在刘蜀集团牢牢控制自己那部分荆州的情况下，承认既成事实的就该是孙权了；面对曹操这个强敌，双方既需要、也完全可能继续联手。由此可见，荆州之失系由多种因素导致，绝非命中注定，它恰恰从反面证明了《隆中对》战略构想之正确。

诸葛亮提出《隆中对》这样享誉千载的战略规划时，年仅二十七岁，实在令人惊叹！贯穿其间的，不仅是高瞻远瞩，洞察历史走势的政治智慧，而且是高度自信，勇于担当的人格力量。

（三）协调君臣，和衷共济

在封建时代，一个政治家能否处理好君臣关系、同僚关系，具有十分重要的意义，往往直接影响其决策能否顺利实施，甚至决定其成败乃至存亡。在这方面，诸葛亮与刘备父子的关系，与同僚的关系都堪称楷模。

诸葛亮与刘备——鱼水相谐，推心置腹。诸葛亮一出山，就深受器重，与刘备"情好日密"。对此，刘备解释道："孤之有孔明，犹鱼之有水也。"①此后，在长达16年的时间里，诸葛亮总是在关键时刻发挥关键作用：赤壁之战前夕，主动要求出使江东，促成孙刘联盟的建立，成为战胜曹操的保障；赤壁之战后，任军师中郎将，"督零陵、桂阳、长沙三郡，调其赋税，以充军实"，保障了刘备军的供给；建安十六年（211）刘备入蜀，诸葛亮与关羽镇守荆州；建安十九年（214），在刘备夺取益州的紧要关头，他与张飞、赵云等入蜀增援；刘备平定益州后，任军师将军，署左将军府事，正式成为刘备的首席股肱之臣；每当刘备外出，诸葛亮都扮演楚汉相争时萧何的角色，镇守成都，足食足兵；章武元年（221）刘备称帝，以诸葛亮为丞相，名正言顺地成为蜀汉百官之首。凭着自己的智慧与忠贞，诸葛亮赢得了刘备越来越深的信任，这才有了刘备临终前的"白帝托孤"。对此，后人大多予以盛赞，尽管偶尔也有猜疑之论，不过是妄相忖度而已。纵观两千年皇权社会史，皇帝临终前委任顾命大臣者固不少见；然而，有几个皇帝愿意或者敢于像刘备那样托孤？当然，刘备并非鼓励诸葛亮取其子而代之，而是希望诸葛亮尽力辅之；但如此气度胸襟，仍罕有其匹，真可谓推心置腹，肝胆相照。正如陈寿在《三国志·蜀书·先主传》末公允评价的："及其举国托孤于诸葛亮，而心神无贰，诚君臣之至公，古今之盛轨也。"

诸葛亮与刘禅——君臣相得，善始善终。刘备逝世后，太子刘禅即位，诸葛亮又辅佐刘禅，长达12年。此时的诸葛亮，既是百官之首，又是军队统帅，还兼领益州牧，蜀汉军政大权，尽在其手。他一直恪守"竭股肱之力，效忠贞之节，继之以死"的诺言，忠心耿耿地辅佐刘禅。刘禅则谨遵父亲"事之如父"的遗命，对诸葛亮极为敬重，充分信任：诸

---

① 见《三国志·蜀书·诸葛亮传》。

葛亮亲自南征，几度北伐，他总是予以支持，从不掣肘。如此放手让辅政大臣行使职权，不疑心，不横加干涉，在整个封建时代实不多见。当诸葛亮在五丈原病重时，刘禅特地派尚书仆射李福前去探望，并咨询国家大计；诸葛亮推荐蒋琬、费祎为接班人，他完全照办。不仅如此，刘禅还对诸葛亮追思不已，对诸葛亮之子诸葛瞻重点培养，使之成为蜀汉后期执政大臣之一，后来还下诏为诸葛亮立庙于沔阳（今陕西勉县定军山前）。这证明他确实是真心诚意地崇敬诸葛亮。可谓君臣相得，善始善终。正如裴松之在《三国志·蜀书·诸葛亮传》中引《袁子》云："及其受六尺之孤，摄一国之政，事凡庸之君，专权而不失礼，行君事而国人不疑，如此即以为君臣百姓之心欣戴之矣。"①

诸葛亮与同僚——开诚相见，和衷共济。这方面例证甚多。例如庞统，年轻时与诸葛亮，并称"卧龙""凤雏"。赤壁之战后，庞统初归刘备，未得重用，诸葛亮向刘备积极推荐，加上鲁肃的大力褒扬，促使刘备召见庞统，"大器之，以为治中从事。亲待亚于诸葛亮，遂与亮并为军师中郎将。亮留镇荆州。统随从入蜀。"②两位奇才共辅刘备，堪称美谈。又如诸葛亮最看重的同僚董和，为人坦诚，办事勤勉，敢于直谏，深得诸葛亮称赞。"先主定蜀，征和为掌军中郎将，与军师将军诸葛亮并署左将军大司马府事，献可替否，共为欢交""亮后为丞相，教与群下曰：'……董幼宰参署七年，事有不至，至于十反，来相启告。'"③再如刘备最赏识的谋士法正，为刘备夺取益州立下大功，被任命为蜀郡太守、扬武将军，"外统都畿，内为谋主"，权倾一时；但他胸襟狭隘，做事往往不守规则。对此，诸葛亮自然不以为然；但为顾全大局，仍予包容，"虽好尚不同，以公义相取"。而对法正的智谋，诸葛亮颇为佩服，刘备在夷陵之战中惨败后，诸葛亮还"叹曰：'法孝直若在，则能制主上，令不东行；就复东行，必不倾危矣。'"④对于属下官员，诸葛亮一方面督率严格，赏罚分明；

---

① 袁子，即袁准，西晋陈郡阳夏（今河南太康）人，以儒学知名，武帝泰始中，官至给事中。
② 见《三国志·蜀书·庞统传》。
③ 见《三国志·蜀书·董和传》。
④ 见《三国志·蜀书·法正传》。

另一方面又要求他们"勤攻吾之阙"，对敢于批评者屡加表彰，从而形成和衷共济的良好政风。

诸葛亮的崇高人格，不仅充分取信于蜀汉两代国君，而且使他在蜀汉官民中享有很高的威望，真是忠贞昭日月，精诚贯金石！

（四）善于治理，造福一方

当代史学大师范文澜先生充分肯定诸葛亮治国理政的功绩："凡是封建剥削阶级可能做到的较好措施，他几乎都做，因之……他所治理的汉国，在三国中却是最有条理的一国。"[1]

诸葛亮在治国上，突出表现为勤政务实，安民为本。他明确提出："为政以安民为本，不以修饰为先。"（《又称蒋琬》）因此，他十分爱惜民力，各种治国措施都贯穿务实精神，坚决不搞华而不实、徒耗人力物力财力的花架子。这突出地表现在以下几个方面：

其一，严格控制宫城、陵墓的规模和皇室的开支。历代王朝，都把宫城的修造、陵墓的营建视为头等大事。三国时期，魏、吴两国皇帝都曾大规模地扩建宫城，营建陵墓。而在诸葛亮执政的蜀汉，宫城是三国中最小的，而且多年没有扩建；刘备的陵墓"惠陵"，则是历代皇帝陵墓中规模最小者之一。对于后主刘禅，诸葛亮一再提醒他"亲贤臣，远小人""咨诹善道，察纳雅言"（《出师表》）。与魏、吴两国皇帝相比，刘禅在位的大部分时间，都基本上能守君道，很少外出田猎游玩，更没有肆意挥霍享乐，这表明诸葛亮对他的教育和约束是有效的[2]。

其二，努力发展经济，安定民生。建兴元年（223）刘禅即位后，诸葛亮一方面与孙吴恢复同盟关系，迅速摆脱了一度两面受敌的不利局面，重新形成共同抗曹的战略格局；另一方面则"务农殖谷，闭关息民"（《三国志·蜀书·后主传》），大力恢复因荆州之失和夷陵之败而严重亏损的国力。此后，他始终把发展经济，安定民生置于极端重要的地位。为此，他在兴修水利、提高盐铁生产技术、扩大蜀锦生产规模等方面，采取了

---

① 范文澜：《中国通史》，人民出版社 2004 年版，第二册，第 268 页。
② 参见拙文《三国刘蜀后期人物三论》，载《上海大学学报》2006 年第5 期。

一系列得力措施，收到了很大的成效。例如，为了维护中外闻名的都江堰，诸葛亮设置了专门的"堰官"，并征调一支 1200 人的队伍，常年负责疏通河道，修筑堤坝，形成定制。这项伟大的水利工程之所以能够长期滋润天府沃野，开创者李冰居功至伟，维护者诸葛亮也功不可没。

其三，南征北战，见机而作，量力而行。南征北战，是诸葛亮执政期间最引人注目的举措，后人对此时有訾议。其实，南征是为了稳定蜀汉的大后方，北伐则是为了实现国家的重新统一，都是非做不可的头等大事。但是，无论是南征还是北伐，诸葛亮都始终保持了清醒的头脑，见机而作，量力而行，从来没有只顾一厢情愿，盲动蛮干，浪费民力。请看：刘禅即位后，经过两年的恢复经济，建兴三年（225）三月，诸葛亮亲自率军南征。由于他坚持"攻心为上"的正确方针，战术运用得当，避免强攻硬打，短短几个月就取得了完全的胜利。经过两年的休整，建兴五年（227）春，上《出师表》，北驻汉中，伺机伐魏。又经过一年的准备，建兴六年（228）春才首次北伐。这年十二月，因曹魏在石亭之战中被孙吴名将陆逊打败，损失惨重，诸葛亮趁机第二次北伐，围陈仓（今陕西宝鸡东），粮尽而还。建兴七年（229）春，诸葛亮第三次北伐，攻取武都、阴平二郡，改善了蜀汉西北方的战略态势。此后，又经过两年的休整，建兴九年（231）二月，诸葛亮第四次北伐，屡次击败司马懿等，后因粮尽退兵。此后，诸葛亮"休士劝农"达三年之久，直到建兴十二年（234）春才第五次北伐[①]；而且"分兵屯田，为久驻之基"[②]。

上述这一切，真正体现了"以民为本"的治国思想。

正因为诸葛亮严于律己，清正廉洁，又勤政务实，安民为本，其军政决策得到民众的衷心拥护，"行法严而国人悦服，用民尽其力而下不怨"（《诸葛亮传》注引《袁子》），从而形成"吏不容奸，人怀自厉，道不拾遗，强不侵弱，风化肃然"（陈寿《表上诸葛氏集目录》）的良好社会风气。

---

① 历史上诸葛亮总共五次北伐，其中两次兵出祁山。"六出祁山"乃小说家言。参见拙作《诸葛亮究竟几出祁山？》，收入拙著《三国漫话》（四川人民出版社 2000 年 9 月第 1 版）。

② 见《三国志·蜀书·诸葛亮传》。

（五）克己奉公，清正廉洁

诸葛亮逝世前，曾经上表后主："臣初奉先帝，资仰于官，不自治生。今成都有桑八百株，薄田十五顷，子弟衣食，自有馀饶。至于臣在外任，无别调度，随身衣食，悉仰於官，不别治生，以长尺寸。若臣死之日，不使内有馀帛，外有赢财，以负陛下。"（《诸葛亮集·临终遗表》）可以说，他是历史上第一个主动自报家产的丞相。这份家产，仅相当于当时的一般地主；除此之外，他没有从事任何经营活动，没有谋取其他收入。直到他去世后，清点财产的结果，"如其所言"。对于一国丞相而言，真是极为难得。

应该说明的是，作为蜀汉丞相，诸葛亮的收入是不低的。汉代丞相秩万石，月俸谷360斛（1斛等于10斗，相当于1石），钱6万；蜀汉承汉制，但疆域仅为东汉十三州之一，官员俸禄不详，至少不会太低。此外，诸葛亮得到的赏赐也不少。建安十九年（214），刘备平定益州，"赐诸葛亮、法正、（张）飞及关羽金各五百斤，银千斤，钱五千万，锦千匹"（《三国志·蜀书·张飞传》）；诸葛亮在《答李严书》中也说自己"位极人臣，禄赐百亿"①。俸禄和赏赐这么多，家产却这么少，原因何在？这是因为，诸葛亮把自己收入的绝大部分用于赏赐有功将士。他提倡"将不可吝"，指出："吝则赏不行，赏不行则士不致命，士不致命则军无功。"（《诸葛亮集·将苑》）这充分体现了他公忠体国的优秀品格，也是对古代良将身先士卒、爱兵如子的带兵传统的发扬光大。

诸葛亮不仅不贪财，不敛财，而且把自己的绝大部分财产用于治国治军，因而能够坦然自报家产，堪称青史第一。

建兴十二年（234），诸葛亮积劳成疾，溘然长逝。临终前，"遗命葬汉中定军山，因山为坟，冢足容棺，敛以时服，不须器物。"②

诸葛亮的墓，只相当于一般百姓。即使在普遍薄葬的时代，也是最俭朴的。若与当时某些显赫的大臣相比，则反差极大。例如，官至孙吴

---

① 古代"亿"有两义：一为万万，一为十万。此处为后一义。"百亿"为概数，略言其多。

② 见《三国志·蜀书·诸葛亮传》。

左大司马的名将朱然，其墓葬于 1984 年发掘，墓室外侧 8.7 米，宽 3.54 米，规模虽然比不上后世许多大官僚，但比诸葛亮墓大得多；墓内共出土青瓷器、漆木器、铜器、陶器等文物 140 多件，铜钱 6000 多枚（见《文物》1986 年第 3 期），也是"不须器物"的诸葛亮墓远远无法比拟的。

尽管诸葛亮的墓显得似乎过于"寒酸"，但他的浩然正气，却如同那苍翠的青山，与日月同辉，永不泯灭。

（六）严教子侄，清廉传家

诸葛亮不仅以清正廉洁激励带动百官，而且以此严格教育子侄，把清廉作为传家之宝。

在《诫外甥书》中，他提出了"志当存高远"的名言，要求后辈树立远大志向，"慕先贤，绝情欲"，不为物欲所累，不为贪念所牵，从而培养高尚的情操。

在《诫子书》中，他提出了另一句名言："非淡泊无以明志，非宁静无以致远。"这句话，经《三国演义》化用为"淡泊以明志，宁静而致远"，更加深入人心。

对于一个正直的政治家来说，清廉是应有的品格，但还不是人生的最高目标和最后归宿。有了远大的志向，高尚的的情操，就应该报效国家，造福社会。诸葛亮以此要求子侄，子侄们努力付诸实践，作出了无愧于父辈的业绩。

由于诸葛亮婚后迟迟没有子嗣，便与长兄诸葛瑾商量，要求将其次子诸葛乔过继给自己；诸葛瑾征得孙权同意，让诸葛乔来到蜀汉。诸葛亮以诸葛乔为嫡长子，并将其字由"仲慎"改为"伯松"，对其十分钟爱。然而，诸葛亮并不是让诸葛乔在丞相府中养尊处优，而是将他任命为驸马都尉，随自己进驻汉中。在给诸葛瑾的信中，诸葛亮写道："乔本当还成都，今诸将子弟皆得传运，思惟宜同荣辱。今使乔督五六百兵，与诸子弟传于谷中。"在风餐露宿的艰苦劳作中，诸葛乔染上疾病，竟于建兴六年（228）逝世，年仅二十五岁（虚岁）！

在诸葛乔逝世前一年（227），诸葛瞻出生。建兴十二年（234），诸葛亮最后一次北伐，给诸葛瑾写信道："瞻今已八岁，聪慧可爱，嫌其早成，恐不为重器耳。"就在这年八月，诸葛亮病逝于五丈原前线。此后，诸葛瞻在刘禅的关照和民众的爱护下，一直顺利成长。尽管他的文才武略远远无法望父亲之项背，却继承了父亲的忠贞品格和清廉之风。当邓艾偷度阴平，蜀汉面临亡国危局时，他率兵抵御，不幸战败，断然拒绝邓艾的诱降，慷慨赴敌，以死殉国，时年三十七岁。其长子诸葛尚也一起战死，在蜀汉历史上写下了悲壮的一页。

诸葛亮子孙皆英烈，一门尽忠贞。清廉家风，代代相传。

（七）举贤任能，后继有人

诸葛亮深知："治国之道，务在举贤。"（《诸葛亮集·举措第七》）他不仅自己廉洁奉公，以身作则，而且重视表彰忠直为国、清正廉洁的同僚，培养德才兼备、品格高尚的官员，从而使清正廉洁蔚然成风。

赵云（？—229），蜀汉大将，资历仅次于关羽、张飞，又有两次救护刘禅之功；但他从不居功自傲，从不争名夺利，而是谦虚谨慎，廉洁自律。建兴六年（228），诸葛亮一出祁山，遭到街亭之败，赵云与邓芝率领的疑兵也在箕谷失利。在撤退时，由于赵云亲自断后，部伍不乱，"军资什物，略无所弃"。诸葛亮对此十分赞赏，要赏赐赵云所部将士。这时赵云毫无沾沾自喜之态，而是诚恳地推辞道："军事无利，何为有赐？其物请悉入赤岸府库，须十月为冬赐。"（《三国志·蜀书·赵云传》）

杨洪（？—228），诸葛亮赏识的蜀郡太守。才干卓越，政绩突出，而又"忠清款亮，忧公如家。"（《三国志·蜀书·杨洪传》）

蒋琬（？—246），诸葛亮培养的接班人。诸葛亮病逝后，后主刘禅任命他为尚书令，总统国事；此后，又由大将军一直晋升到大司马。他稳重沉静，秉承诸葛亮的治国方针，把政务处理得井井有条。在军事上，他清醒地认识到魏强蜀弱的现实，珍惜国力，徐图进取，决不轻举妄动，从而舒缓了民力，取得了保境安民的良好效果。他为人豁达开朗，严于律己，宽以待人，胸襟博大，从善如流，与费祎、董允和衷共济，使整个执政团队保持了清正廉洁之风。（（《三国志·蜀书·蒋琬传》）

费祎（？—253），诸葛亮培养的第二号接班人。诸葛亮病逝后，他由后军师晋升为尚书令，作为大将军蒋琬的助手，负责处理日常政务。

他为人宽厚，才识过人，处事敏捷干练，深受同僚敬佩。延熙六年（243）升任大将军、录尚书事，与大司马蒋琬共同执政。延熙九年（245）蒋琬逝世后，他成为蜀汉的头号大臣，继续保持了蜀汉政权的稳定。他"雅性谦素，家不积财。儿子皆令布衣素食，出入不从车骑，无异凡人。"（《三国志·蜀书·费祎传》注引《费祎别传》）

董允（？—246），诸葛亮培养的接班人之一。他年轻时即与费祎齐名。诸葛亮北伐，留他与郭攸之、费祎总摄宫中之事；后迁侍中，领虎贲中郎将，统宿卫亲兵。他"处事为防制，甚尽匡救之理。……后主益严惮之。……后主渐长大，爱宦人黄皓。皓便辟佞慧，欲自容入。允常上则正色匡主，下则数责于皓。皓畏允，不敢为非。"延熙七年（244），以侍中守尚书令，为大将军费祎副贰，与蒋琬、费祎并为蜀汉重臣。蒋琬曾经上书，要求"宜赐爵土以褒勋劳"，他却固辞不受（《三国志·蜀书·董允传》）。《华阳国志·刘后主志》赞许道："（董）允立朝，正色处中，上则匡主，下帅群司。于时蜀人以诸葛亮、蒋（琬）、费（祎）及允为'四相'，一号'四英'。"

吕乂（？—251），历任巴西、汉中、广汉、蜀郡太守，尚书令。"历职内外，治身俭约，谦靖少言，为政简而不烦，号为清能。（《三国志·蜀书·吕乂传》）

姜维（202—264），诸葛亮培养的主要将领，官至大将军。"姜伯约据上将之重，处群臣之右，宅舍弊薄，资财无馀，侧室无妾媵之亵，后庭无声乐之娱，衣服取供，舆马取备，饮食节制，不奢不约，官给费用，随手消尽；察其所以然者，非以激贪厉浊，抑情自割也，直谓如是为足，不在多求。"（《三国志·蜀书·姜维传》引郤正语）

邓芝（？—251），因出使东吴，维护吴蜀联盟，被孙权誉为"和合二国，唯有邓芝"而闻名，后来成为蜀汉后期大将，官至车骑将军。"芝为将军二十馀年，赏罚明断，善恤卒伍。身之衣食资仰於官，不苟素俭，然终不治私产，妻子不免饥寒，死之日家无馀财。"（《三国志·蜀书·邓芝传》）

张嶷（？—254），任越巂太守，长期镇守南方。他精明强干，恩威并用，"在郡十五年，邦域安穆。"而又持身清廉，"家素贫匮"，深得各

族民众的尊崇。（《三国志·蜀书·张嶷传》）

在古代杰出的政治家中，就选拔和培养德才兼备、清正廉洁的继承人而言，诸葛亮所取得的成功，可能是独一无二的。

诸葛亮的以身作则，众多官员的效法追随，造就了一个廉政时代，使蜀汉成为三国时期公认为治理得最好的政权。

（八）和抚为上，敦睦各族

在古代政治家中，诸葛亮的民族思想是相当开明，相当进步的。早在《隆中对》中，他就提出了"西和诸戎，南抚夷越"的处理少数民族问题的原则。比之一再残酷镇压西北羌族的东汉朝廷，这位 27 岁的年轻人实在高明得多。从此，"和抚为上"就成为他处理民族关系的基本原则。

章武三年（即建兴元年，223），蜀汉南中地区发生由少数地方豪强煽动的叛乱。由于正处于刘备逝世、刘禅继位的重大变故期，诸葛亮未便出兵平叛。此后两年，诸葛亮抓紧稳定政局，恢复吴蜀联盟，务农殖谷，发展经济。到了建兴三年（225）春，诸葛亮亲率大军南征。出发时，马谡为之送行，提出建议："夫用兵之道，攻心为上，攻城为下，心战为上，兵战为下，愿公服其心而已。"①诸葛亮欣然采纳。所谓"攻心为上"，其实质就是"和抚为上"，本来就是诸葛亮的一贯思想。在南征中，他坚持"和抚为上"的方针，短短几个月就平定了地域广阔、地形复杂、风俗习惯和民族心理多样的南中地区，取得了完全的胜利。在此过程中，诸葛亮充分表现出对少数民族首领和广大民众的善意，"七擒孟获"就是被人们广泛传颂的典型故事，从而收到了"但服其心"，敦睦各族的良好效果。千百年来，各族民众一直把诸葛亮视为先进文化的传播者，把许多美好的事物与他联系在一起。直到今天，在四川攀西地区和云南、贵州的各族民众中，仍然流传着大量有关诸葛亮的动人传说，对诸葛亮的尊崇和热爱，令人惊异和感动，在古代政治家中罕有其匹。这是诸葛亮人格魅力的又一个重要方面。

真正优秀的政治家，不仅勤政务实，建功立业，造福兆民；而且严

---

① 《三国志·蜀书·马良传》附《马谡传》注引《襄阳记》。

以律己，率先垂范，以高风亮节遗爱千秋。可以说，建一时之功易，遗不世之爱难。岁月如流，人心如秤，历史是公正的，民心是永恒的。以满腔热忱做实事，不急功近利，不做表面文章，仰不愧天，俯不怍民，真正赢得民众的尊重爱戴，乃至遗爱千秋，才是最难能可贵的。在这方面，诸葛亮堪称难以企及的不朽典范。

诸葛亮逝世后，各地民众纷纷要求为之立庙；朝廷因礼秩而不听，于是"百姓巷祭，戎夷野祀"（《三国志·蜀书·诸葛亮传》注引《襄阳记》）。正如《三国志》作者陈寿泰始十年（274）编成《诸葛亮集》后上给晋武帝的表文所言："至今梁、益之民，咨述亮者，言犹在耳，虽《甘棠》之咏召公①，郑人之歌子产②，无以远譬也。"诸葛亮受到蜀汉人民历久不衰的深切怀念，有力地表明他高尚的人格具有多么强的感召力。真是遗爱百代，彪炳千秋！

陈寿评价诸葛亮为"管、萧之亚匹"，从功业建树的角度来看，确实如此；不过，若论严以律己，始终如一，论人格魅力，我认为诸葛亮比管仲、萧何都要高出一筹。

"诸葛大名垂宇宙"。他不仅是青少年立志成才的榜样，知识分子献身理想的典范，而且是我们中华民族的百代楷模！

（原载《中华文化论坛》2017 年第 12 期）

---

① 《甘棠》之咏召公：《甘棠》：《诗经·召南》中的一首，表达怀念召公之情。召公：西周宗室，燕国的始祖。周成王时，与周公共同执政，分陕而治，深得人心。

② 郑人之歌子产：据《史记·循吏列传》载，子产治郑二十六年而死，郑人哀之曰："子产去我死乎，民将安归？"

明君与枭雄

——论刘备形象

《三国演义》中的刘备，是除诸葛亮、关羽、曹操之外，作者着墨最多的人物之一，是作为理想的"明君"形象来塑造的。然而，长期以来，相当一部分读者、研究者对刘备形象却评价不高，甚至颇有非议；许多文学史、小说史著作论及《三国演义》时，对刘备形象缺乏应有的重视，往往一笔带过；不少研究者认为，刘备形象是"苍白无力"的。究竟应当怎样看待刘备形象？怎样评价罗贯中塑造刘备形象的得失？这是一个涉及艺术创造法则、很有学术价值的问题。

一、明君枭雄，一人两面

历史上的刘备，作为与曹操、孙权鼎足而立的天下英杰，蜀汉政权的开国之君，既有"明君"之誉，又有"枭雄"之称。

作为"明君"，刘备一生作为，基本符合古人对"明君"的最重要的两点期待：一是仁德爱民，有济世情怀；二是尊贤礼士，有知人之明。史书对这两方面都记载颇多。

就"仁德爱民"而言，刘备大半生颠沛奔走，屡遭挫败，施仁政于民的机会并不多；但他深知"得人心者得天下"的道理，重视以宽仁厚德待人，与那些残民以逞、暴虐嗜杀的军阀判然有别，因此而争取到了人心。《三国志·蜀书·先主传》记刘备领平原相时，郡民刘平不服，派刺客去刺杀他，"客不忍刺，语之而去（《华阳国志·刘先主志》作"客服其德，告之而去"）。其得人心如此。"裴松之注引王沈《魏书》补充道："是时人民饥馑，屯聚钞暴。备外御寇难，内丰财施，士之下者，必与同席而坐，同簋而食，无所简择。"因此"众多归焉"。在他依附荆州牧刘表期间，"荆州豪杰归先主者日益多。"建安十三年（208）七月，曹操南征荆州；八月，刘表病逝，其子刘琮继位；九月，曹操进至新野，刘琮不敢抵御，遣使请降。此时，驻扎于樊城的刘备才得到消息。诸葛亮建议他攻刘琮而夺荆州，他却答道："吾不忍也。"当他由樊城向南撤退时，"（刘）琮左右及荆州人多归先主。比到当阳，众十余万，辎重数千辆，日行十余里"。有人劝他抛开百姓，速行保江陵，他却断然拒绝："夫济大事必以人为本，今人归吾，吾何忍弃去！"在此安危存亡之际，哪怕有生命危险也不愿抛弃百姓，在历代开国君主中实不多见。裴注特引东晋史学家习凿齿评论曰："先主虽颠沛险难而信义愈明，势偪事危而言不失道。追景升之顾，则情感三军；恋赴义之士，则甘与同败。观其所以结物情者，岂徒投醪抚寒含蓼问疾而已哉！其终济大业，不亦宜乎！"《资治通鉴》汉纪五十七亦引此语，可见刘备之仁德有道，已得到历代史家的普遍承认。

就"尊贤礼士"而言，刘备的表现尤为突出。建安十二年（207），时为左将军领豫州牧、年已四十七岁、早已被视为天下大英雄的他，满怀诚意，三顾茅庐，恭请年仅二十七岁、无名无位、尚未建立任何功业的诸葛亮出山辅佐，留下千古美谈。隆中对策时，诸葛亮称赞他"信义著于四海，总揽英雄，思贤如渴"，并非虚言。建安十九年（214）夺取益州之后，对于荆州旧部和益州新附，他兼容并包，唯才是举，"皆处之显任，尽其器能。有志之士，无不竞劝。"[①]其中益州名士黄权曾坚决劝阻刘璋迎刘备入蜀，刘备攻取益州时又坚守广汉，直到刘璋投降后方才归顺，刘备却不计前嫌，任命黄权为偏将军，信任有加；刘备称汉中王，兼领益州牧，以黄权为治中从事；刘备称帝后，亲率大军伐吴，又以黄权为镇北将军，督江北诸军以防魏。刘备在夷陵惨败后，黄权无法退还蜀中，只得率兵降魏；蜀汉主管官员为此要逮捕黄权的妻子，刘备却说："孤负黄权，权不负孤也。"照样优待黄权的妻子。对此，裴松之注《三国志·蜀书·黄权传》时由衷称赞道："汉武用虚罔之言，灭李陵之家，

---

① 《三国志·蜀书·先主传》。

刘主拒宪司所执，宥黄权之室，二主得失悬邈远矣。《诗》云'乐只君子，保艾尔后'，其刘主之谓也。"另一位名士，荆州零陵人刘巴，与刘备作对的时间更长：当曹操南征荆州时，众多荆州士人都追随刘备南撤，刘巴却归顺了曹操；赤壁之战后，曹操命刘巴招纳长沙、零陵、桂阳三郡，欲与刘备抗衡；由于刘备及时夺得三郡，这一图谋失败了，刘巴无法回去交差，诸葛亮写信劝他归顺刘备，刘巴却拒绝了，远远地跑到交趾，使"先主深以为恨"；后来，刘巴由交趾辗转到达蜀中，当刘璋欲迎刘备入蜀时，他又一再劝阻；直到刘备夺得益州，刘巴才表示归顺。而对这位刘巴，刘备表现得更加宽容大度：进攻成都时，他就号令军中道："其有害巴者，诛及三族。"平定益州后，他很快便任命刘巴为左将军西曹掾（刘备此时的主要官职是左将军，西曹掾主管府内官吏的任用）；刘备称汉中王，以刘巴为尚书；法正去世后，又将刘巴晋升为尚书令，负责处理日常政务。①这些，充分表现了刘备作为开国君主的雅量。特别是他临终之时，慨然托孤于诸葛亮，嘱咐道："君才十倍曹丕，必能安国，终定大事。若嗣子可辅，辅之；如其不才，君可自取。"②后人对此或有猜疑乃至诛心之论，但纵观数千年封建社会史，有几个皇帝愿意或者敢于像刘备那样托孤？当然，刘备并非鼓励诸葛亮取其子而代之，而是希望诸葛亮尽力辅之，但如此气度胸襟，仍罕有其匹。还是陈寿在《先主传》末的评价比较公允："及其举国托孤于诸葛亮，而心神无贰，诚君臣之至公，古今之盛轨也。"

尊贤礼士的另一面，便是知人之明。用人之长，如重用诸葛亮、庞统、法正，当然是最好的"知人之明"，对此不必多论；而知人之短，也是了不起的"知人之明"。比如马谡，"才器过人，好论军计"，深受诸葛亮赏识；刘备临终前却特别提醒诸葛亮："马谡言过其实，不可大用，君其察之！"③后来马谡虽曾在诸葛亮南征时出过"攻心为上"的好主意，但他刚愎自用，丢失街亭，使诸葛亮首次北伐的成果毁于一旦，却证明了刘备的先见之明。至于像魏延这样优点突出缺点也明显的人才，刘备用其

①《三国志·蜀书·刘巴传》。
②《三国志·蜀书·诸葛亮传》。
③《三国志·蜀书·马谡传》。

长而避其短，大胆委以镇守汉中的重任，更是极具洞察力之举，非明君不能为。在这方面，就连素有"知人善任"美誉的诸葛亮似乎也略逊一筹。

作为"枭雄"，史书记载也不少。所谓"枭雄"，意思是"骁悍雄杰的人物"。刘备出身于早已败落的远支皇族之后，家境清寒，既没有曹操、袁绍那样显赫的家庭背景（曹操作为"赘阉遗丑"，虽然家庭名声不及袁绍光彩，但其父曹嵩官至太尉，家资巨富，曹操也因此很早便进入仕途），也没有孙权那样继承自父兄的大片地盘，几乎是白手起家，要想在天下大乱，群雄并立之时开创江山，没有几分骁悍之气是根本行不通的。事实上，"枭雄"恰恰是刘备的一大特色，成为当时许多人对他的定评。例如：建安十三年（208），刘表刚去世，鲁肃建议孙权与刘备联合抗曹，便称刘备为"天下枭雄"。①建安十四年（209），当刘备至京城见孙权时，周瑜曾上书孙权，亦称刘备为"枭雄"，主张将其扣留于吴。②次年，周瑜卒，临终前上书孙权，又称"刘备寄寓，有似养虎"。这种骁悍之气，主要表现有四。一是冒险精神。刘备从登上政治舞台之初，便经常亲冒矢石，不避艰险。早年兵少力微，动辄"力战有功""数有战功"③，固属必然；赤壁之战，他"身在行间，寝不脱介，戮力破魏"④，也不奇怪。及至建安二十四年（219）争夺汉中之役，他已五十九岁，手下兵多将广，但在"矢下如雨"之际，仍奋勇向前⑤，便可见其冒险精神，至老弥笃了。二是机变权略。建安元年（196），兵败投奔他的吕布趁他与袁术相攻之机，袭取徐州，他失去立足之地，只得向吕布求和，屯驻小沛，可谓能屈能伸。建安三年（198），吕布被擒杀后，他随曹操至许都，可谓暂栖虎穴。建安四年（199），与曹操对食论英雄，当曹操说出"今天下英雄，唯使君与操耳"时，他借雷霆之威掩饰震惊之情，可谓随机应变。随后以截击袁术为名，离开许都，从此摆脱曹操控制，可谓见机而作。凡此，均可见其机变权略。三是坚忍不拔。在汉末逐鹿天下的群雄中，刘备屡

---

① 见《三国志·吴书·鲁肃传》。
② 见《三国志·吴书·周瑜传》。
③《三国志·蜀书·先主传》。
④《三国志·吴书·鲁肃传》注引韦昭《吴书》。
⑤ 见《三国志·蜀书·法正传》注。

遭挫败，有时甚至败得很惨；但他从不灰心丧气，而是败而不馁，折而不挠。这种不屈不挠的精神，使他每每转危为安，终于在诸葛亮的辅佐下，成为三分鼎立中的一方。四是某种程度的霸道。最典型的是杀张裕之事。张裕原为刘璋从事，刘备入蜀与刘璋相会时，与裕互相嘲弄，裕因刘备无须，戏称其为"潞涿君"（谐"露啄君"之音）。刘备因其不逊，积怒在心。后因张裕私下对人说："主公得益州，九年之后，寅卯之间当失之。"这确是大为犯忌之言，刘备乃以"漏言"之罪，下令诛之。诸葛亮上表询问为何要将张裕处死，刘备答曰："芳兰生门，不得不锄。"①这就有些强词夺理了。尽管这种霸道行径不多，但足以使人看到，刘备毕竟不可能避免封建君主固有的专制性。

纵观历史，那些在乱世中崛起的、真正有所作为的开国之君，差不多都有几分骁悍之气。从汉高祖刘邦到唐太宗李世民，从宋太祖赵匡胤到明太祖朱元璋，均可称为枭雄。而在封建时代，枭雄与明君并非截然对立，而往往是同一君主的不同侧面。从人们公认的明君唐太宗身上，我们不是可以清楚地看到这一点吗？

二、强此弱彼，有得有失

罗贯中在描写《三国演义》中的刘备时，以历史人物刘备为原型，同时根据封建时代广大民众对政治家的评判和选择，根据自己的政治理想和审美倾向，着力突出其明君形象，而有意淡化其枭雄色彩。

首先，作品多方表现了刘备的宽仁爱民，深得人心。《三国演义》第1回，写刘关张桃园结义，其誓词便赫然标出"上报国家，下安黎庶"八个大字。这既是他们的政治目标，又是他们高高举起的一面道德旗帜。从此，宽仁爱民，深得人心就成了刘备区别于其他政治集团领袖的显著标志。他第一次担任官职——安喜县尉，便"与民秋毫无犯，民皆感化"。督邮索贿不成，欲陷害他，百姓纷纷为之苦告。（第2回）此后他任平原相，已被誉为"仁义素著，能救人危急"（太史慈语，见第11回）。陶谦临终，以徐州相让，刘备固辞，徐州百姓"拥挤府前哭拜曰：'刘使君若

---

① 见《三国志·蜀书·周群传》附《张裕传》。

不领此州，我等皆不能安生矣！'"（第 12 回）曹操擒杀吕布，离开徐州时，"百姓焚香遮道，请留刘使君为牧。"（第 20 回）这表明他占据徐州的时间虽不长，却已深得民心。在他又一次遭到严重挫折，不得不到荆州投奔刘表，受命屯驻新野时，他仍以安民为务，因此"军民皆喜，政治一新"。（第 34 回）新野百姓欣然讴歌道："新野牧，刘皇叔；自到此，民丰足。"（第 35 回）

从建安六年（201）到十三年（208），刘备寄居新野达七年之久，在他辗转奔走的前半生中，这算是时间最长、相对安定的一个时期。在此期间，刘备对自己的政治生涯进行了认真的反思，并接受"水镜先生"司马徽的批评，一面把人才置于战略的高度，努力求贤；一面更加重视争取民心，为重新崛起准备条件。当曹操亲率大军南征荆州，刘琮不战而降之时，刘备被迫向襄阳撤退，新野、樊城"两县之民，齐声大呼曰：'我等虽死，亦愿随使君！'即日号泣而行"。到了襄阳城外，刘琮闭门不纳，蔡瑁、张允还下令放箭。魏延路见不平，拔刀相助，开了城门，放下吊桥，大叫："刘皇叔快领兵入城，共杀卖国之贼！"刘备见魏延与文聘在城边混战，便道："本欲保民，反害民也。吾不愿入襄阳。"于是"引着百姓，尽离襄阳大路，望江陵而走。襄阳城中百姓，多有乘乱逃出城来，跟玄德而去"。（第 41 回）就这样，在建安十三年秋天的江汉大地上，刘备带领十余万军民，扶老携幼，上演了"携民南行"的悲壮一幕。如此撤退，显然有违于"兵贵神速"的军事原则，对保存实力、避免曹军追击十分不利。故众将皆曰："今拥民众数万，日行十余里，似此几时得至江陵？倘曹兵到，如何迎敌？不如暂弃百姓，先行为上。"刘备明知此言有理，却泣而拒之曰："举大事者必以人为本。今人归我，奈何弃之？"行至当阳，果然被曹操亲自率领的精兵赶上，十余万军民顿时大乱。刘备在张飞保护下且战且走，天明看时，身边仅剩百余骑，不禁大哭道："十数万生灵，皆因恋我，遭此大难；诸将及老小，皆不知存亡。虽土木之人，宁不悲乎！"（同上）这一仗，刘备在军事上一败涂地，而在道义上却赢得了极大的胜利。这种生死关头的选择，决非一般乱世英雄的惺惺作态所能比拟。从此，刘备的"仁德爱民"更加深入人心，并成为他迥别于其他创业之君的最大的政治优势。

　　其次，作品竭力渲染了刘备的敬贤爱士，知人善任。其中，他对徐庶、诸葛亮、庞统的敬重和信任，都超越史书记载，写得十分生动感人；尤其是对他与诸葛亮的鱼水关系的描写，更是具有典范意义。

　　历史上的徐庶，归属刘备的时间不算长，除向刘备推荐诸葛亮外，在政治、军事上发挥的作用也不算大，《三国志·蜀书·诸葛亮传》仅云："徐庶见先主，先主器之……曹公来征……先主在樊闻之，率其众南行，（诸葛）亮与徐庶并从，为曹公所追破，获庶母。庶辞先主而指其心曰：'本欲与将军共图王霸之业者，以此方寸之地也。今已失老母，方寸乱矣，无益于事，请从此别。'遂诣曹公。"而在《三国演义》中，刘备一见徐庶，便坦诚相待，拜为军师，委以指挥全军之责。在先后打败吕旷兄弟、曹仁之后，刘备更视徐庶为天下奇才。而当徐庶得知母亲被曹操囚禁，辞别刘备时，刘备虽然难以割舍，但为顾全其母子之情，仍忍痛应允。分别的前夜，"二人相对而泣，坐以待旦。"次日一早，刘备又亲送徐庶出城，置酒饯行；宴罢，仍"不忍相离，送了一程，又送一程"。直到徐庶骑马远去，刘备还立马林畔，"凝泪而望"。（第 36 回）这些描写，尽管主要是为"走马荐诸葛"和"三顾茅庐"作铺垫，却足以见出刘备求才之诚，爱才之深，颇具艺术感染力。

　　对于刘备对诸葛亮的高度信任与倚重，《三国演义》更是作了浓墨重彩的描写。历史上刘备请诸葛亮出山之事，《三国志·蜀书·诸葛亮传》中仅有一句话："由是先主遂诣亮，凡三往，乃见。"而《演义》却以两回半的篇幅，精心设计，反复皴染，将"三顾"的过程写得委婉曲折，令人悠然神往。刘备初见孔明，便屈尊"下拜"；听罢隆中对策，先是"避席拱手谢"，继而"顿首拜谢"；乍闻孔明不愿出山，当即"泪沾袍袖，衣襟尽湿"；及至孔明答应辅佐，又不禁"大喜"。这些充满理想色彩的细节，把刘备求贤若渴的诚意渲染得淋漓尽致。诸葛亮出山以后，《演义》又充分突出其在刘蜀集团中的关键地位和作用，竭力强调刘备对他的高度信任与倚重。我在《忠贞智慧，万古流芳——论诸葛亮形象》一文①中分析道：

---

　　① 详见本书前揭文。

历史上的诸葛亮，尽管一出山就与刘备"情好日密"，受到刘备的充分信任；但他在刘蜀集团中的地位却是逐步提高的，按照通常的政治机制，这也是很自然的。……然而，在《三国演义》中，罗贯中却把诸葛亮写成一开始就是一人之下，万人之上，大权在握，指挥一切的统帅，大大提高了他在刘蜀集团中的地位和作用。……这些描写，大大超越了历史记载，使诸葛亮始终处于刘蜀集团的核心，地位明显高于所有文武官员，而又使读者觉得可信。刘备得到诸葛亮之前屡遭挫折，而得到诸葛亮辅佐之后则节节胜利，两相对照，读者不由得深深感到：刘蜀集团的成败安危，不是系于刘备，而是系于诸葛亮。

历史上的庞统，在刘备领荆州牧后归之，开始"以从事守耒阳令，在县不治，免官"。后经鲁肃、诸葛亮荐举，"先主见与善谭，大器之，以为治中从事。亲待亚于诸葛亮，遂与亮并为军师中郎将。"①《演义》则在史实的基础上，发挥浪漫主义想象，写庞统刚投奔刘备时，刘备以貌取人，命其为耒阳县令；一旦得知庞统半日了断百日公务，刘备立即自责："屈待大贤，吾之过也！"及至看了鲁肃的荐书，听了诸葛亮的评价，刘备"随即令张飞往耒阳县敬请庞统到荆州"，并"下阶请罪"，遂拜庞统为军师中郎将，"与孔明共赞方略"（第 57 回）。如此虚己待人，不能不令贤士感动。这种君臣遇合，鱼水相谐的关系，乃是千百年来知识分子最渴望的理想境界。

总之，宽仁爱民和敬贤爱士这两大品格的充分表现，使《三国演义》中的刘备形象摆脱了以往三国题材通俗文艺中刘备形象的草莽气息，成了古代文学作品中前所未有的"明君"范型。

对于刘备的枭雄色彩，《三国演义》有意加以淡化，或者不写，或者来个移花接木。最明显的例子是"鞭打督邮"。按照《三国志·蜀书·先主传》和裴注的记载，历史上鞭打督邮的本来是刘备。事情的经过是：由于朝廷下诏，要对因军功而当官的人进行淘汰，正在当安喜县尉的刘备担心自己用鲜血换来的官职也可能保不住；正好督邮来到安喜县，准备遣还刘备；刘备前往馆驿求见，督邮却称病不见；刘备一气之下，带

---

①《三国志·蜀书·庞统传》。

人闯入馆驿，将督邮捆起来，绑在树上狠狠打了一顿；然后解下自己的印绶，挂在督邮的颈子上，扬长而去。历史上的刘备原本号称"枭雄"，性格刚毅，此时又年轻气盛，受到欺辱时自然不愿忍气吞声，这样做也并不奇怪。但在《三国演义》中，罗贯中为了把刘备塑造为理想的"明君"，便把此事移到张飞头上，这样既不损害刘备"宽仁长厚"的形象，又有利于突出张飞性如烈火、嫉恶如仇的性格特征，可谓一举两得。本文第一部分剖析的刘备枭雄性格的四个主要特点，《演义》着重表现了其坚忍不拔的毅力，对其机变权略也有所表现，这里不做详论。如此安排，自然是为了有利于突出刘备的"明君"形象，但也存在两个明显的弊病。其一，强此弱彼，在一定程度上损害了人物形象的丰富性。其二，过分淡化刘备的枭雄色彩，无形中降低了刘备作为刘蜀集团领袖的号召力和影响力，使这位历尽艰辛的开国明君少了几分英雄之气，却多了几分平庸之感。

三、多重视角，成功形象

长期以来，对《三国演义》中的刘备形象，批评也不少。其中影响最大的，主要有两种意见。我们不妨对此略加讨论。

批评之一："形象苍白"。不止一位学者认为，刘备形象的血肉不够丰满，个性化特征不强，显得比较苍白。确实，与诸葛亮、关羽、张飞、赵云等刘蜀集团的主要人物形象相比，刘备形象是给人比较单薄的印象。其中原因，大致有以下几点。

其一，作为一位"明君"，尽管《三国演义》对刘备的描写大多以史籍记载为基础；但从上面的论述已经可以看到，在"仁德爱民"与"尊贤礼士"两大特征中，其"仁德爱民"的历史依据和生活依据其实还相当有限。这就是说，对于广大的普通民众而言，刘备的"爱民"，更多的是一种愿望，一面旗帜，甚至是一种姿态，一个口号，而实实在在的行动，真真切切的利益却并不太多。算一算刘备的生活年表便可知道，他一生戎马倥偬，东奔西走：赤壁大战前，接连不断地征战，接二连三地挫败，一次又一次地寄人篱下，他基本上没有真正拥有一块巩固的地盘。

赤壁大战后,建安十四年(209)始称荆州牧,拥有江南四郡,十六年(211)便领兵入蜀;次年与刘璋冲突,经过两年征战,建安十九年(214)才平定益州,二十年(215)便与孙权争荆州,二十二年(217)又与曹操争夺汉中;建安二十四年(219)据有汉中,不久便失去荆州,损失大将关羽和大批精兵;章武元年(221)四月才称帝,七月便率军伐吴,次年遭到惨败,再过一年病卒。可以说,他没有多少机会去实践"仁德爱民"的主张。再进一步说,即使他有足够的机会,作为一个封建统治者,其"爱民"也只能是统治手段而非最终目的,不可能真正达到普通百姓的期望。通俗文艺作家对此缺乏深切的感受,自然难以在小说中把刘备的爱民写得足够生动感人。

其二,众所周知,《三国演义》的真正主角是诸葛亮。除此之外,在刘蜀集团诸人物中,作者花费笔墨最多的乃是关羽。至于刘备,虽系刘蜀集团的领袖,却主要是承担"明君"的道义责任,而少有富于个性的言行举止。这样的刘备形象,不能不在相当程度上给人以"扁平"的感觉。

其三,正如前面已经指出的,作者有意强化刘备的明君形象,淡化其枭雄色彩,不仅损害了人物形象的丰富性,而且降低了他在刘蜀集团中的实际地位,使他少了几分英雄之气,却多了几分平庸之感。这样,要想把刘备形象塑造得像诸葛亮、关羽、张飞那样活灵活现,就难乎其难了。

应该说,罗贯中在塑造刘备形象时,因过十追求理想化的明君形象而在一定程度上违背了艺术的辩证法,结果欲益反损,人物性格的独特性和丰富性未能充分彰显。

不过,换一个角度来看,在缺乏足够的艺术积累的情况下,罗贯中能把刘备形象写到如此程度,已属难能可贵。只要把《三国演义》中的刘备与元代三国戏、《三国志平话》中的刘备加以比较,便应肯定罗贯中已经前进了一大步,其努力是基本成功的。

批评之二,"长厚似伪"①。持此看法者不少,影响也很大,对此究

---

① 此说以鲁迅先生的评判为代表:"至于写人,亦颇有失,以致欲显刘备之长厚而似伪。"见其《中国小说史略》第十四篇《元明传来之讲史》(上)。

竟应该怎样理解呢？

其一，目的与手段、功利追求与道德向往的矛盾，使刘备难以避免"似伪"之举。作为一代英杰，在天下大乱，群雄并起之际，刘备要想兴复汉室，统一全国，而又不可能指望所有的割据者都像陶谦那样以礼相让，就只能夺取版图于他人之手。既要夺取，机巧权谋都是少不了的。试以取益州为例。早在诸葛亮的《隆中对》中，就制定了"跨有荆、益"，伺机两路北伐的战略方针①，这关系到刘备集团的根本利益和奋斗目标。但在占据荆州之后，刘备对是否夺取益州却有过一席疑虑：

（庞）统曰："荆州东有孙权，北有曹操，难以得志。益州户口百万，土广财富，可资大业。今幸张松、法正为内助，此天赐也。何必疑哉？"玄德曰："今与吾水火相敌者，曹操也。操以急，吾以宽；操以暴，吾以仁；操以谲，吾以忠：每与操相反，事乃可成。若以小利而失信义于天下，吾不忍也。"庞统笑曰："主公之言，虽合天理，奈离乱之时，用兵争强，固非一道；若拘执常理，寸步不可行矣，宜从权变。且'兼弱攻昧'、'逆取顺守'，汤、武之道也。若事之后，报之以义，封为大国，何负于信？今日不取，终被他人取耳。主公幸熟思焉。"玄德乃恍然曰："金石之言，当铭肺腑。"②

事情很清楚：刘备要么坐守荆州，不再进取；要么入主益州，取而代之。如果益州被他人（例如曹操）所取，那对刘备集团将是大大不利。所以刘备采纳了庞统的意见。而在益州真正到手时，面对刘璋这位软弱无能而心地还算仁厚的同宗兄弟，刘备不可能毫无内疚。"握手流涕曰：'非吾不行仁义，奈势不得已也！'"（第65回）正反映了政治领袖人物在尖锐复杂的斗争中常有的矛盾心态。为了争取人心，他们可以爱民，可以敬贤，却不可能对竞争对手处处"长厚"。如果把这都斥为"诈伪"，就未免太书生气了。

其二，《演义》对刘备爱民的描写，确有过头失真之处。如第41回写刘备携民渡江，见百姓扶老携幼，哭声不绝，刘备不禁大恸，这是合

---

① 见《三国演义》第38回。取材于《三国志·蜀书·诸葛亮传》。
② 见《三国演义》第60回。取材于《三国志·蜀书·庞统传》注引《九州春秋》。

平情理的，与他后来甘冒生命危险也不抛弃百姓的行为是一致的。但作品紧接着写他"欲投江而死，左右急救止"。这就太过头了，反而显得不真实。作者一心想美化刘备，但夸张过分，却造成了"似伪"的不佳效果。

其三，《演义》第 42 回写赵云将冒死救回的阿斗交到刘备手中，"玄德接过，掷之于地曰：'为汝这孺子，几损我一员大将！'"后人对此时有讥刺，民间甚至有"刘备摔阿斗——收买人心"的俗语，往往认为这也是诈伪。其实，在古代争夺天下的政治人物心目中，心腹大将和重要谋士有时似乎比妻子更重要。刘备的老祖宗刘邦，在与项羽争夺天下时，父亲、妻子都曾当过俘虏；在兵败逃跑时，又曾将儿女推下车，幸得大将夏侯婴救起。不能说刘邦没有亲情，只能说这是在危急时刻的一种不得已。而《三国志·蜀书·先主传》明确记载，在遭受当阳之败时，"先主弃妻子，与诸葛亮、张飞、赵云等数十骑走。"《三国演义》的描写，堪称这一史实的自然延伸。古今政治道德观念有异，乱世英雄与普通百姓的选择不同，对此不宜作简单化的理解。

其四，对于刘备临终托孤于诸葛亮之举，《演义》第 85 回在史实的基础上，写得颇为动情。我在前面已经作过分析，这里不再赘述。如果把这视为"诈伪"，不仅无端地贬低了刘备，而且也损害了诸葛亮的形象，我认为是不应该的。

总之，"疑似之迹，不可不察。"《三国演义》中的刘备，其言行确有"似伪"之处；但从形象的整体来说，其"长厚"基本上是真实可信的，"不是伪"。

结论是：综观中国小说史，在众多的国君形象，尤其是开国之君形象中，《三国演义》中的刘备形象不仅是前所未有的，而且是后来绝大多数同类形象难以企及的。因此，尽管他还不是充分典型化的，但仍是一个比较成功的艺术形象。

〔原载《文学与文化》创刊号（2010 年第 1 期，陈洪主编）〕

民族文化孕育的忠义英雄

——论关羽形象

　　广泛传播于海内外的"关羽崇拜"，是一个非常引人注目的文化现象，需要多方面的研究。限于能力和精力，本文主要从文学角度切入，对关羽的艺术形象进行一点探讨。

　　《三国演义》中的关羽，与诸葛亮、曹操一起，被清初小说评点家毛宗岗并称为"三奇""三绝"：诸葛亮"是古今来贤相中第一奇人"，堪称"智绝"；曹操"是古今来奸雄中第一奇人"，堪称"奸绝"；而关羽则"是古今来名将中第一奇人"，堪称"义绝"①。

　　多年前，我曾经指出："历史上的关羽，号称'万人敌'，确是一员虎将、勇将或名将；然而，他还算不上军事家。就历史功绩、历史地位而言，历代超过他的名将比比皆是，如唐代平定'安史之乱'的主要统帅郭子仪，功劳就比他大得多。但是，在后人的心目中，关羽的地位却凌驾于所有武将之上，在清代还高于诸葛亮，甚至高于'万世师表'孔子。"②这种崇高地位的形成，经历了漫长的历史变迁，得益于多种社会因素的合力。其中，通俗文艺的美化与渲染起了很大作用，而《三国演义》对关羽形象的成功塑造又是其中一个关键的因素。而更值得深入探讨的，则是关羽形象的文化渊源和文化意义。

一

　　历史上的关羽（？—219），本是刘蜀集团的头号大将。关于他的出身，史无明文，《三国志·蜀书·关羽传》并无一字言及其家世，开篇便

---

① 毛宗岗《读三国志法》。
② 见拙作《"三国文化"概念初探》，亦收入本书。

说他"亡命奔涿郡",想来应该是出身于下层。汉灵帝光和七年（184）二月，黄巾起义爆发。关羽和张飞跟从刘备起兵，参与镇压。此后，他一直忠于刘备，不避艰险，深受刘备倚重。献帝初平二年（191），刘备任平原相（相当于太守），即以关羽和张飞为别部司马。建安三年（198），曹操擒杀吕布，刘备随之还许都，曹操表其为左将军，表关羽、张飞为中郎将。次年（199），刘备借率兵截击袁术之机，重据徐州，命关羽守州治下邳（今江苏邳州），行太守事（代理太守），自己则驻守小沛（今江苏沛县）。此时，关羽在刘备集团的地位已经无人可比。建安五年（200）正月，曹操亲征徐州。刘备大败，投奔袁绍；关羽被擒，曹操拜其为偏将军，不久又封为汉寿亭侯，礼遇甚厚。仅仅三个月后，关羽便毅然回到刘备身边。建安十三年（208），孙权、刘备联合抗曹，当时刘备的主要军力有两部分：一是"关羽水军精甲万人"，二是刘琦率领的江夏军万人①，由此又可见关羽地位之重要。赤壁大战后，刘备夺取荆州的江南四郡——武陵、长沙、零陵、桂阳，以关羽为襄阳太守、荡寇将军，驻江北，试图向北拓展。刘备、诸葛亮先后入蜀后，关羽镇守荆州，独当一面。建安二十四年（219）七月，刘备自称汉中王，拜关羽为前将军，假节钺。他随即率兵北上，攻曹操大将曹仁于樊城，消灭于禁所领七军，擒斩勇将庞德。一时"威震华夏"，以致曹操"议徙许都以避其锐"。②但因后防空虚，被孙权袭夺荆州，很快就败走麦城，同年十二月被擒身亡。

作为一员虎将，关羽在汉末三国时期就已声名显赫。其特点主要有三。

其一，勇猛善战，武艺高强。在官渡之战初期的白马之战中，他曾于万军之中一举斩了袁绍大将颜良，"（袁）绍诸将莫能当者"。这雷震霆击般的壮举，使他从此被誉为"熊虎之将"③，与张飞皆有"万人敌"之称。不仅如此，他还具有超出其他勇将之处——独当一面之才。

其二，性格"刚而自矜"——刚强而骄矜（自高自大）。关羽追随刘备创业，长达三十五年，屡经挫折，饱尝艰辛，却矢志不渝，坚贞不屈，不愧刚强之名。不过，刚强虽是优点，但也须看场合和对象，不能时时

---

① 见《三国志·蜀书·诸葛亮传》中诸葛亮出使江东时对孙权所言。

②《三国志·蜀书·关羽传》。

③ 周瑜语，见《三国志·吴书·周瑜传》。

处处一味刚强，否则便有可能误事；而骄矜则是一大缺点，对于独当一面的统帅或政治集团的领袖，甚至是致命的弱点。关羽的骄矜，对己对友都表现突出。对同僚，他以"老大"自居，时有盛气凌人之态。刘备平定益州时，勇将马超来归，"羽书与诸葛亮，问超人才可谁比类。亮知羽护前，乃答之曰：'孟起兼资文武，雄烈过人，一世之杰，黥、彭之徒，当与益德（按：张飞字益德）并驱争先，犹未及髯之绝伦逸群也。'羽美须髯，故亮谓之髯。羽省书大悦，以示宾客。"对部将，他不善含容抚绥，稍不如意便加训斥。"南郡太守麋芳在江陵，将军士仁屯公安，素皆嫌羽轻己。自羽之出军，芳、仁供给军资，不悉相救。羽言'还当治之'，芳、仁咸怀惧不安。"对盟友，他缺乏应有的尊重，动辄恶语相加。"（孙）权遣使为子索羽女，羽骂辱其使，不许婚，权大怒。"①孙权后来乘关羽北伐襄阳、樊城之机袭取荆州，根本原因当然是为了实现其全据长江，然后建号帝王以图天下的战略目标，对刘备集团而言，固属背信弃义之举；但关羽不善与盟友相处，也在一定程度上为其背盟提供了口实。而镇守江陵、公安的麋芳、士仁如果不是因为"怀惧不安"而投降，吕蒙未必能轻易得手，至少他们可以坚守到关羽回援，如此则荆州未必失守。所以，关羽骄矜的代价是极其惨重的。

其三，义气深重，被誉为"天下义士"。"义"的基本含义是正义和合理的言行。关羽之"义"，主要表现有三。一是忠义彪炳。在长达三十五年的岁月里，关羽始终忠于刘蜀集团，坚决维护其利益。建安五年（200）初，他被曹操所俘，极受优礼。此时曹操身为当朝执政大臣（以司空行车骑将军，建安十三年始任丞相），关羽如果就此归顺，一般人是不会指责的（前有张辽，后有张郃，均系战败而降，成为曹操手下大将）；但他却不愿背弃刘备，一旦得知其下落，便毅然放弃荣华富贵，回归刘备。这种忠于共同理想的耿耿丹心，深受时人和后人的敬重。二是信义素著。在他归刘之前，曹操命张辽探其口气，"羽叹曰：'吾极知曹公待我厚，然吾受刘将军厚恩，誓以共死，不可背之。吾终不留，吾要当立效以报曹公乃去。'及羽杀颜良，曹公知其必去，重加赏赐。羽尽封其所赐，拜

---

① 以上三例，均见《三国志·蜀书·关羽传》。

书告辞，而奔先主于袁军。"知恩图报，信守诺言，明言相告，来去分明，如此坦荡胸襟，绝非常人可及。三是节义凛然。由于樊城未能及时拿下，曹操又遣大将徐晃率军救援，致使关羽进攻受阻，孙权则乘虚袭夺荆州，关羽腹背受敌，北伐失败，退守麦城。这时，他仍企图夺回荆州；可惜势单力薄，收复无望，竟在突围时被擒，不屈而死。一代名将，终于为刘蜀集团献出了生命。

二

在《三国演义》中，罗贯中对关羽的崇敬之情仅次于诸葛亮，书中叙事，对关羽一般都不直呼其名，而是称其字"云长"，或者尊称"关公""关某"，显得十分特殊。罗贯中在史实的基础上，吸收通俗文艺的养料，并充分施展自己的艺术才华，把关羽塑造为"忠义"的化身，一个个性鲜明、血肉丰满的悲剧英雄。为此，作品主要在以下三个方面作了非常成功的努力。

（一）竭力夸张关羽的赫赫战功，渲染其英雄气概。

历史上的关羽，虽然武艺高强，但其战功不过是《关羽传》记载的斩颜良、围曹仁、败于禁、诛庞德几件。而在《三国演义》里，罗贯中却通过一系列虚构性情节，大大夸张了关羽的战功，以突出其盖世英雄的形象。关羽第一次崭露头角，是"温酒斩华雄"，便是一个典型的"张冠李戴"情节。历史上斩华雄的，乃是孙坚。《三国志·吴书·孙破虏传》写得明明白白："（孙）坚复相收兵，合战于阳人，大破（董）卓军，枭其都督华雄等。"罗贯中对史实做了较大改造，写诸侯联军讨伐董卓时，董卓部下勇将华雄扼守汜水关，先是斩了鲍信之弟鲍忠，继而打败联军先锋孙坚，接着又气势汹汹地到联军寨前挑战，连斩袁术部将俞涉和韩馥部将潘凤；在众诸侯大惊失色之际，身为小小马弓手的关羽挺身而出，奋勇请战，片刻之间便斩了华雄，当他提着华雄之头回到中军帐时，曹操为他斟的一杯酒尚有余温（第5回）。罗贯中巧妙运用侧面描写，层层烘托，虚实结合，把关羽的高度自信和高强武艺表现得十分传神。吕布被杀以后，关羽更是成了天下无敌的英雄。在白马之战中，袁绍大将颜良连斩曹操部将宋宪、魏续；勇将徐晃出战，斗了二十合也败归本阵。就在"诸将栗然"，曹操也"心中忧闷"之时——

关公起身曰："某虽不才，愿去万军中取其首级，来献丞相。"张辽曰："军中无戏言，云长不可忽也。"关公奋然上马，倒提青龙刀，跑下山来，凤目圆睁，蚕眉倒竖，直冲彼阵。河北军如波开浪裂，关公径奔颜良。颜良正在麾盖下，见关公冲来，方欲问时，关公赤兔马快，早已跑到面前。颜良措手不及，被云长手起一刀，斩于马下；忽地下马，割了颜良首级，拴于马项之下，飞身上马，提刀出阵，如入无人之境。河北兵将大惊，不战自乱。（第25回）

作品在层层铺垫之后，以紧凑的语言，将关羽斩颜良写得极为轻快洒脱，有力地表现了他的万夫不挡之勇。接着，为了与"斩颜良"配套，作品再次使用"移花接木"的手法，将原本与关羽无关的"诛文丑"之功加在他的头上：

张辽、徐晃飞马齐出，大叫："文丑休走！"文丑回头见二将赶上，遂按住铁枪，拈弓搭箭，正射张辽。徐晃大叫："贼将休放箭！"张辽低头急躲，一箭射中头盔，将簪缨射去。辽奋力再赶，坐下战马，又被文丑一箭射中面颊。那马跪倒前蹄，张辽落地。文丑回马复来，徐晃急轮大斧，截住厮杀。只见文丑后面军马齐到，晃料敌不过，拨马而回。文丑沿河赶来。忽见十余骑马，旗号翩翻，一将当头，提刀飞马而来，乃关云长也，大喝："贼将休走！"与文丑交马。战不三合，文丑心怯，拨马绕河而走。关公马快，赶上文丑，脑后一刀，将文丑斩下马来。（第26回）

张辽、徐晃双战文丑，未能取胜，而关羽不到三合便将其斩了，对比之下，关羽的神勇愈加突出。此后的"过五关斩六将""斩蔡阳""水淹七军"等情节，也都不同程度地带有虚构成分，甚至全属虚构。这一连串战功，把关羽的勇猛无敌和英雄气概表现得极其充分。

关羽的英雄气概，是他精神世界的自然流露，不仅表现在矢石交飞的战场上，而且表现在其他各种场合，"单刀赴会"和"刮骨疗毒"便是两个具有典型意义的情节。

历史上的"单刀会",见于《三国志·吴书·鲁肃传》:"肃住益阳,与（关）羽相拒。肃邀羽相见,各驻兵马百步上,但诸将军单刀俱会。肃因责数羽曰:'国家区区本以土地借卿家者,卿家军败远来,无以为资故也。今已得益州,既无奉还之意,但求三郡,又不从命。'语未究竟,坐有一人曰:'夫土地者,惟德所在耳,何常之有!'肃厉声呵之,辞色甚切。羽操刀起谓曰:'此自国家事,是人何知!'目使之去。"在这里,鲁肃显得理直气壮,关羽则比较被动。罗贯中对史实加以改造,先写东吴摆下"鸿门宴",为关羽与鲁肃的见面设置了严峻的背景;然后写关羽以大无畏的英雄气概,单刀赴会,在充满杀机的环境里从容不迫,谈笑自若;再写关羽随机应变,一面让周仓发出接应信号,一面挟持鲁肃到江边,安然返回,使东吴方面的精心策划化为泡影,鲁肃只能眼睁睁地看着关羽乘风而去（第66回）。于是,这一回便成了刻画关羽有勇有谋、敢作敢为性格的精彩篇章,突出了他那压倒一切的豪迈气概和震慑对手的大将风度,使"单刀赴会"成为千古传颂的英雄壮举。

历史上的"刮骨疗毒",则见于《三国志·蜀书·关羽传》:"羽尝为流矢所中,贯其左臂,后创虽愈,每至阴雨,骨常疼痛。医曰:'镞有毒,毒入于骨,当破臂作创,刮骨去毒,然后此患乃除耳。'羽便伸臂令医劈之。 时羽适请诸将饮食相对,臂血流离,盈于盘器,而羽割炙引酒,言笑自若。"不过,为关羽刮骨疗毒的医生,却根本不是华佗。因为此事大约发生在建安二十年（215）左右,而华佗早在建安十三年（208）便被曹操杀害了,根本不可能去为关羽治伤。罗贯中在元代《三国志平话》的基础上,巧妙运用颠倒时序、移花接木的艺术手法,把历史上那位不知名的医生变成了神医华佗,生动地表现了关羽非凡的意志和蔑视世间一切困难的气概,为塑造这个"古今来名将中第一奇人"的艺术形象添上了浓重的一笔。在艺术上,作者善于层层蓄势,使本来并不复杂的情节显得起伏有致,借以逐层表现关羽的英雄气概。华佗的反复试探,写得一波三折,而手术的过程则一泻而下。这种写法,与"温酒斩华雄"中关羽出马前的层层铺垫有异曲同工之妙。另一方面,作者善于运用映衬和对比的艺术手法来刻画人物。其一,华佗本是一代奇才,他那刮骨疗毒的方法也很奇特，恰恰遇上关羽这个奇人，三者相映成趣，遂成小说史上的一段佳话。其二，在刮骨之时，用将士们"皆掩面失色"来衬托关羽的"全无痛苦之色"，使关羽的坚忍性格愈加生色。其三，通过华佗来衬托关羽：华佗一开始就是"因关将军乃天下英雄"而主动前来，治疗完毕盛赞"君侯真天神也"，最后坚决推辞任何报酬。对比他当年为东吴将领周泰治伤时的被聘而往、受重酬而去，这就从侧面表现了关羽那令人倾倒的性格力量。

（二）着重突出关羽"义重如山"的品格

关羽待人处事的原则，集中体现为一个"义"字。这个"义"，既包含对刘蜀集团的忠诚，对"上报国家，下安黎庶"誓言的恪守，也包含"有恩必报"的人际关系准则。作品中表现关羽这种"义气"的情节主要有两个：一个是"千里走单骑"，另一个是"华容道放曹"。这就是毛宗岗在《读三国志法》中大加称赞的"独行千里，报主之志坚；义释华容，酬恩之谊重"。

历史上关羽的辞曹归刘并不复杂，归刘的路程也不算遥远——当时刘备是在许都南面的氵瀀强（今河南临颖东）一带袭扰曹操后方，距许都不到二百里，步行三四天即可到达，骑马则只需一天或略多一点时间。[①]罗贯中驰骋艺术想象，通过丰富的情节，把这一过程写得十分曲折动人。首先，作品竭力渲染曹操对关羽的敬重和优待。曹操"以客礼待关公"，三日一小宴，五日一大宴，时而赐金银，时而送美女，时而赠战袍，时而送宝马，真是关照备至。其次，作品时时强调关羽虽然备受优待，却始终心系刘备，一再表示只要知道刘备下落，便一定前去寻找。再次，作品在层层蓄势的基础上，正面描写关羽得到刘备的准确消息后，立即挂印封金，写书告辞曹操，独自保护着二嫂，踏上了寻找刘备的千里长途（第25回—26回）。这种不恋高官厚禄，不图荣华富贵，不顾危难艰辛，重然诺，轻生死，始终忠于桃园之盟的高风亮节，如同青松傲雪，

---

① 参见拙作《"过五关斩六将"是真的吗》一文，原载 1991 年 5 月 18 日《四川日报》，收入拙著《三国漫话》（四川人民出版社 2000 年 9 月第 1 版）。

皓月当空，足令后人千秋敬仰！

至于"华容道放曹"，完全是《三国演义》的虚构。据《三国志·魏书·武帝纪》注引《山阳公载记》，历史上的曹操败退华容道时，虽然境况十分狼狈，死者甚众，但并未遇到任何埋伏，自然也谈不上被关羽"义释"的问题。《三国志平话》为了突出诸葛亮的智谋，编织了曹操三次遭到截击的情节，其中第三次是被关羽拦住去路，曹操软语求情，关羽以"军师严令"拒绝，曹操只好强行"撞阵"，由于关羽突然"面生尘露"，曹操才侥幸逃脱。罗贯中对此情节作了大幅度的改造，创造出一个深刻表现关羽内心世界的精妙篇章。当关羽率领的五百校刀手挡住去路时，曹操"止有三百余骑随后，并无衣甲袍铠整齐者"，而且早已精疲力尽，毫无战斗力。在此绝境下，曹操只得软语央告，动之以情。此时的关羽，陷于理智与情感的巨大冲突之中。从忠于汉室，忠于刘备集团的立场来看，曹操是图谋篡逆的"汉贼"，是刘备集团的死敌，绝对不能放过；但从个人关系来看，曹操又是除刘备、张飞之外的关羽的平生知己，对关羽可谓恩深义重，他实在很难用自己的手去捉住曹操——

云长是个义重如山之人，想起当日曹操许多恩义，与后来五关斩将之事，如何不动心？又见曹军惶惶，皆欲垂泪，一发心中不忍。于是把马头勒回，谓众军曰："四散摆开。"这个分明是放曹操的意思。操见云长回马，便和众将一齐冲将过去。云长回身时，曹操已与众将过去了。云长大喝一声，众军皆下马，哭拜于地。云长愈加不忍。正犹豫间，张辽纵马而至。云长见了，又动故旧之情，长叹一声，并皆放去。（第50回）

作品描写关羽感情的起伏变化，真是一波三折，宛曲有致。

对于关羽的放曹，今人多持否定态度，认为关羽为了一己私恩而背叛了原则。然而，对于《演义》中的关羽，这却是由他的性格所导致的必然行动。按照"士为知己者死"的古代观点，关羽此举是可以理解的。因此，尽管放曹违背了刘备集团的根本利益，刘备却原谅了关羽。事实上，罗贯中对关羽由此体现的"义"是肯定的，嘉靖元年本《三国志通俗演义》颂扬道："彻胆长存义，终身思报恩。"毛宗岗在其修改本中也称赞道："拼将一死酬知己，致令千秋仰义名。"由此可见，"华容道放曹"

体现了古代士文化的价值观，为塑造关羽这个"义绝"典型写下了最浓重的一笔。

（三）多方表现关羽"刚而自矜"的性格

作为一个典型的"忠义"英雄，关羽区别于其他英雄的性格特点是"刚强"和"骄矜"。刚强使他在长达三十五年的征战生涯中战胜了重重艰险，建立了累累功勋，成为天下闻名的勇将。骄矜则使他傲慢自大，目中无人；功劳越大，声望越高，骄矜越甚。正是由于骄矜，他忘记了诸葛亮谆谆嘱咐的"北拒曹操，东和孙权"的战略方针，任性而行，使自己陷于两面受敌的危险境地；正是由于骄矜，他轻信了陆逊假意奉承之辞，低估了东吴的力量，轻率地调走了荆州大部分守军，给吕蒙、陆逊以可乘之机；也正是由于骄矜，他听不得一点不同意见，一再拒绝王甫等人的正确建议，直到突围时还不顾王甫"小路有埋伏"的警告，说什么："虽有埋伏，吾何惧哉！"（第 77 回）终致被俘身亡。因此，所谓"大意失荆州"，实际上是"骄傲失荆州"。尽管他对刘蜀集团忠心耿耿，却被自己那骄矜的性格一步步地推向悲剧的结局，成为一个失败的英雄。当然，失败的英雄仍然是英雄，关羽以自己富贵不能淫，威武不能屈的坚毅言行，为自己的英雄交响曲谱写了最后一个悲壮的乐章，仍然具有响遏行云的力量。

总之，关羽的艺术形象既以其历史原型为基础，而又大大超越了其历史原型，具有很高的美学价值。关羽的悲剧，不仅是其个人的命运悲剧，而且是刘蜀集团的历史悲剧。由于关羽的失败，刘蜀集团仅余益州之地，诸葛亮《隆中对》提出的先跨有荆、益，再伺机两路北伐的战略构想再也难以实现。因此，关羽的悲剧，成为刘蜀集团由盛而衰的转折点，留下了丰富而深刻的历史教益。

三

对关羽的崇拜，肇始于隋唐，形成于宋元，鼎盛于明清。在《三国演义》问世之前，民间已有关羽崇拜，佛教、道教也根据自己的需要来神化关羽，宋元统治者则通过给关羽加封以突出其"忠"。而在《三国演义》

问世以后，根据《演义》改编的戏曲、曲艺等艺术品种，又不断地强化关羽的超人形象，并把对关羽的崇拜普及到社会各个阶层和各个地区。正是多种社会因素的合力，把关羽推上了神的高位，让芸芸众生顶礼膜拜。

为什么各个社会阶层、各种社会力量都如此钟情于关羽？最根本的原因，是关羽作为"义"的典范，深深植根于中华民族共同的文化心理。

中华文化是一种典型的伦理型文化，历来重视道德伦理的修养和道德楷模的尊崇。早在西周初期，以周公为代表的统治者便提出了"德"的概念。《尚书·武成》曰："我文考文王，克成厥勋，诞膺天命，以抚方夏。大邦畏其力，小邦怀其德。"《尚书·君奭》曰："王人罔不秉德。"《尚书·蔡仲之命》曰："皇天无亲，惟德是辅。"都强调了"德"对于确立统治合法性的决定性作用。《周易·坤卦》曰："君子以厚德载物。"则把"德"视为所有"君子"共同的伦理追求。因此，合格的统治者必须"敬德"，而敬德的关键在于"保民"。这种敬德保民的观念，成为维系西周社会发展的重要思想武器。到了春秋时期，诸侯争霸，礼崩乐坏。这固然为巨大的社会变革提供了契机；但在无休止的彼此攘夺之中，崇德修礼之风受到严重冲击，道德的重建也成为时代的迫切需求。于是孔子高举起"礼义""仁义"的旗帜，毅然承担起文化传承与道德重建的使命。《礼记·礼运》曰："礼也者，义之实也。……仁者，义之本也。"这比较准确地概括了"礼""仁""义"三者的关系。《礼记·儒行》曰："儒有忠信以为甲胄，礼义以为干橹。戴仁而行，抱义而处，虽有暴政，不更其所。"表明了儒家坚持"仁义"之道的决心。而在《论语》中，有关"仁义"的论述更比比皆是。战国时期，孟子继承孔子而又自创新义，将基于民本思想的"仁义"学说发扬光大，并较好地阐述了"忠义"的关系。经过两汉四百年的长期培植，"仁义"思想、"忠义"观念深入人心，成为全民族普遍认同的文化心理。这种以"仁义"为根本宗旨，以"忠义"为道德规范的共同文化心理，深刻地影响着关羽的人生目标和人格养成。他之"好《左氏传》，讽诵略皆上口"①，决非偶然。通过毕生的实践，

---

① 《三国志·蜀书·关羽传》注引《江表传》。《三国志·吴书·吕蒙传》注引《江表传》亦云："斯人（指关羽）长而好学，读《左传》略皆上口"。

关羽终于成为汉末三国时期公认的"忠义"英雄。而在他身后七八百年的北宋时期，道德重建再次成为时代的迫切需求，"忠义"观念进一步深入社会各个阶层。于是，在关羽的"勇""刚""义"三大性格特点中，"义"得到了特别的重视和褒扬。这一代代相传、逐步嬗变、不断丰富的文化心理，乃是关羽形象的文化渊源。

诚然，对"义"这一概念要作具体分析。在漫长的封建时代，人们的"忠义"观难以越出封建思想的藩篱，但其中也确实融合了人民群众的观念和感情。中华民族历来把"义"区分为"大义"和"小义"。所谓"大义"，是指人们公认的根本的政治原则和道义原则。作为政治原则，它实际上等于"忠"，虽然常常指一心不贰地为封建王朝奔走效劳，但也常常指对国家、民族的忠贞不二，对理想、事业的矢志如一，鞠躬尽瘁；有时是封建纲常的代名词，有时又是坚持真理、鞭挞邪恶的同义语。作为道义原则，它强调为人正直，处事公道，不畏强暴，扶危济困，体现了广大民众对平等互助、患难相依的人际关系的真诚追求。所谓"小义"，则指胸襟狭隘，昧于是非，只顾一己私利，忘记甚至损害国家、民族利益，践踏他人利益。本文第一部分已经谈到，关羽的"义"，主要表现有三：一是忠义彪炳，二是信义素著，三是节义凛然，尽管统治者可以加以利用，但也基本符合广大劳动人民评判是非善恶、处理人际关系的准则，在抗击外敌入侵、维护民族尊严之际更是如此。因此，关羽的"义"，就主导方面而言，反映了中华民族传统的价值观、道德观中积极的一面，具有跨越时代的价值，值得后人批判地吸收。

由此可见，关羽形象堪称民族文化孕育的忠义英雄。

〔原载《西南交通大学学报》（社会科学版）2005 年第 4 期〕

用市民意识改造的英雄
——论张飞形象

　　《三国演义》中的张飞，是广大读者最熟悉、最喜爱的人物形象之一。然而，令人感到奇怪的是，半个多世纪来，在数以千计的《三国演义》研究论文中，关于张飞形象的专题论文却仅有十篇左右，不仅远远少于有关诸葛亮、曹操、关羽等"三绝"的论文，而且少于有关刘备、赵云的论文。是因为人们对张飞太熟悉所以没有多少话可说？是因为张飞性格不够丰富所以不易写出新意？似乎都不一定。我曾经写道："《三国演义》中的张飞，是一个带有较多民间色彩和市井气息的英雄，一个血肉丰满、虎虎有生气的艺术形象。"①这里想就这一形象的形成和演化，做一番更加深入的探讨。

一

　　从《三国志·蜀书·张飞传》等有限的史料来看，历史上的张飞，主要具有这样几个特点。

　　其一，长期追随刘备，历经艰辛，忠心不二。汉灵帝光和七年（184年，是年底始改为中平元年）二月，黄巾起义爆发。"先主于乡里合徒众，而（关）羽与张飞为之御侮。先主为平原相，以羽、飞为别部司马，分统部曲。先主与二人寝则同床，恩若兄弟。而稠人广坐，侍立终日，随先主周旋，不避艰险。"（《三国志·蜀书·关羽传》）在长达三十八年（184—221）的充满惊涛骇浪的岁月里，刘备曾屡遭挫败，丧师失地，最狼狈

---

　　① 沈伯俊：《罗贯中和〈三国演义〉》，第五部分《〈三国演义〉的人物形象》，春风文艺出版社1999年1月第1版。

时甚至无立锥之地。但无论在何等艰难竭蹶的情况下，张飞始终追随刘备，不弃不离，不懈不怠，耿耿忠心，可对天日。

其二，雄壮威猛，英勇善战。在这方面，最突出、最有名的有两例。一是建安十三年（208）"独据长阪桥"之事：

曹公入荆州，先主奔江南。曹公追之，一日一夜，及于当阳之长阪。先主闻曹公卒至，弃妻子走，使飞将二十骑拒后。飞据水断桥，瞋目横矛曰："身是张益德也，可来共决死！"敌皆无敢近者，故遂得免。（《三国志·蜀书·张飞传》）

面对乘胜而来、气势汹汹的大队曹军，手下仅有区区二十骑的张飞毫不畏缩，横眉怒视，以其凛凛威风震慑敌胆，竟使曹军"无敢近者"。在古代战争史上，这真是罕见的奇迹！另一例是建安二十年（215）"大破张郃"之事：

曹公破张鲁，留夏侯渊、张郃守汉川。郃别督诸军下巴西，欲徙其民于汉中，进军宕渠、蒙头、荡石，与飞相拒五十余日。飞率精卒万余人，从他道邀郃军交战，山道窄狭，前后不得相救，飞遂破郃。郃弃马缘山，独与麾下十余人从间道退，引军还南郑，巴土获安。（《三国志·蜀书·张飞传》）

张郃乃是曹操手下的一流大将，机警勇猛，屡建战功，在曹军中的实际声望高于深受曹操倚重的亲信大将夏侯渊[①]，此役竟被张飞打得如此狼狈，仅与十余人逃回南郑。这既是张郃一生的奇耻大辱，也是张飞一生打得最漂亮的一仗。难怪陈寿评曰："关羽、张飞皆称万人之敌，为世虎臣。"

其三，尊贤爱士，敬慕君子。张飞出身，史无明文；但从《三国志·蜀书·张飞传》中"少与关羽俱事先主"一语来看，显然门第不高。然而，这位刘备手下资格最老、功劳最大的元勋之一，这位戎马一生、威名赫

---

① 《三国志·魏书·张郃传》注引《魏略》："（夏侯）渊虽为都督，刘备惮郃而易渊。及杀渊，备曰：'当得其魁，用此何为邪！'"

赫的勇将，却并不满足于做一个赳赳武夫，对那些博学儒雅、英毅耿介之士，他非常敬重，总愿与之交友，颇有礼贤下士之风。最脍炙人口的自然是"义释严颜"之事：

> 先主入益州，还攻刘璋，飞与诸葛亮等溯流而上，分定郡县。至江州，破璋将巴郡太守严颜，生获颜。飞呵颜曰："大军至，何以不降而敢拒战？"颜答曰："卿等无状，侵夺我州，我州但有断头将军，无有降将军也。"飞怒，令左右牵去斫头。颜色不变，曰："斫头便斫头，何为怒邪！"飞壮而释之，引为宾客。(《三国志·蜀书·张飞传》)

面对铁骨铮铮的严颜，张飞转怒为喜，将这位阶下囚变成了座上客。这绝不是一般的莽夫能够做到的。严颜甘作"断头将军"固然可敬，张飞"壮而释之"也十分难能可贵，这正是此事成为千古美谈的原因。此外，还有一件很少被人提到的事：

> 张飞尝就（刘）巴宿，巴不与语，飞遂忿恚。(《三国志·蜀书·刘巴传》注引《零陵先贤传》)

此事发生于建安十九年（214）刘备夺取益州，刘巴归附刘备之后不久。那位出身名门、才智过人而又颇为自负的刘巴，一时瞧不起武夫出身的张飞，并不奇怪。而张飞不以胜利者自居，更不因刘巴曾经一再反对刘备而憎恶之，却因其高名而主动表示亲近，"就巴宿"，这显然表现了张飞倾心于高雅之士的作风；尽管由于刘巴"不与语"这种很不礼貌的态度，他曾一度"忿恚"，但经过诸葛亮的劝解，特别是刘巴自己变高傲自负为"恭默守静"以后，二人想来是言归于好了的。后世记载张飞善书法，懂绘画，当非空穴来风，大概是他与才士们长期交往，耳濡目染的结果吧。

其四，性格暴躁，遇下寡恩。身为勇将，历经波折，性格急躁甚至暴躁一点，本不足怪；但驰骋疆场数十年，与士卒一起出生入死，甘苦与共，至少应该懂得善待部属这个起码的道理。然而，张飞却偏偏不懂这一点，对士卒极其粗暴，动辄鞭挞致死。这是一个致命的弱点。刘备就曾多次告诫张飞："卿刑杀既过差，又日鞭挝健儿，而令在左右，此取祸之道也。"（《三国志·蜀书·张飞传》）但张飞却依然故我，还是动不动就拿部下出气，这当然要激起某些部下的不满甚至报复。果然，章武元年（221）六月，正当他准备从阆中出兵，到江州与刘备会合，一起伐吴之时，却被部将张达、范彊杀害。一代虎将，壮志未酬，竟死于非命，固然令人痛惜，但这却是他自己粗暴性格酿成的可怕后果！陈寿评张飞云："飞爱敬君子而不恤小人。……飞暴而无恩，以短取败，理数之常也。"这实在没有冤枉他。

综上所述，历史上的张飞，不愧为一代名将，刘蜀栋梁，其个性也非常鲜明；但在待人接物上，他最突出的特点却是"爱敬君子而不恤小人"。这就是说，在思想感情上，他与普通百姓其实有着相当大的距离，难以让后代的市井小民们感到亲切可爱。

二

从宋元时期起，随着市民阶层的壮大和通俗文艺的发展，三国历史成为一个越来越热门的话题。人们在讲说三国英雄的故事时，往往按照市民自身的历史观、道德观和审美观，改造历史，改塑人物。在"尊刘贬曹"的主导倾向下，张飞成为一个最具知名度的人物。在今所知见的数十出元杂剧三国戏中，以张飞为主角的就有《莽张飞大闹相府院》《张翼德大破杏林庄》《张翼德单战吕布》《张翼德三出小沛》《摔袁祥》《莽张飞大闹石榴园》等十余出，数量位居前茅。而在元代刊刻的《三国志平话》中，《张飞见黄巾》《张飞杀太守》《张飞鞭督邮》《张飞独战吕布》《张飞摔袁襄》《张飞三出小沛》《张飞捉吕布》等关目，颇为引人注目，使张飞成为此书前半部中最有活力的人物。这些以张飞为主角或重要角色的通俗文艺作品，按照市民阶层的意识，将历史人物张飞"勇而暴"的性格特色，改造为"勇而莽"的性格特色。这是一个容易被人忽略、实则非常重要的变化。"暴"的精神指向是"残暴"，意味着不讲道理，暴虐好杀，它只能减弱人们对刘蜀集团和张飞本人政治上的好感，而绝不会让小民百姓喜欢。"莽"则意味着鲁莽、粗心，也意味着无城府、少心计。它虽然常常导致误事，却没有那股令人害怕的杀气；它是许多平民百姓也会有的毛病，是可以容忍、可以接受的缺点。所以，此时的"莽张飞"，已经向市民的艺术口味大大地靠拢了一步。不过，此时的张飞形象，由于作品的粗陈梗概而显得不够丰满，还由于某些情节夸张过分而明显失真（如《三国志平话》写他在长坂桥头"叫声如雷灌耳，桥梁皆断，曹军倒退三十里"），他的"可爱"度还不高，还期待着天才作家的进一步塑造。

元末明初杰出的通俗文艺作家罗贯中，一面充分熟悉汉末三国史料，一面选择吸收通俗文艺的养料，并充分发挥自己的艺术创造才能，在《三国演义》中塑造了一个具有高度美学价值的、全新的张飞形象。

罗贯中在塑造《三国演义》中的张飞形象时，除了保持历史人物张飞忠于刘蜀集团、勇猛善战的基本特点之外，主要按照市民阶层的伦理观和审美观，着重在以下几个方面进行创新。

其一，赋予张飞一个接近市民的出身。我在前面已经说过："张飞出身，史无明文。"《三国志平话》卷上称他"家豪大富"，却没说明他以何为业。而在《三国演义》第1回中，张飞首次出场，便自称"世居涿郡，颇有庄田，卖酒屠猪，专好结交天下英雄。"所谓"颇有庄田"，当然算得上富裕；而"卖酒屠猪"——尽管他本人不一定亲自操刀杀猪——则是普通市民们相当熟悉、相当接近的行当。这样的出身，很自然地赋予了张飞较多的民间色彩和市井气息。有意思的是，刘关张三人的实际出身都不算高：历史上的刘备，虽然说是"汉景帝子中山靖王（刘）胜之后"，但早已家道中落，不得不以"贩履织席为业"（《三国志·蜀书·先主传》）；《三国演义》据史叙述云："家寒，贩履织席为业"（嘉靖元年本《三国志通俗演义》第1回，毛本《三国演义》第1回作"家贫，贩屦织席为业"）。历史上的关羽，出身不明，《三国志·蜀书·关羽传》开篇便说他"亡命奔涿郡"，想来应该是出身于下层；《三国演义》亦未明言关羽的出身，而第一次写他出场的动作则是"推一辆小车"（嘉靖元年本《三国志通俗演义》第1回，毛本《三国演义》第1回作"推着一辆车子"），显然是下层劳动者模样；民间传说便干脆说他是卖豆腐（或卖黄豆）出身。相近的出身，给了他们彼此接近的机会，成为他们顺利结拜为兄弟的重要基础。然而，由于刘备后来成为蜀汉的开国之君，谥"昭烈"，关羽早在北宋即已被追封为王，元代已习称"关大王"，在普通民众心目中，他们已是高高在上的帝王和神祇。因此，尽管刘关张原本都有市井气息，张飞的家境还好于刘备、关羽，却只有张飞最能使芸芸众生感到亲切。

其二，充分突出张飞爱憎分明、嫉恶如仇的道德品格。历史上的张飞，对刘蜀集团确实忠心不二，但那主要是群雄纷争中各事其主的政治立场，说不上有多少高于他人的道德色彩（夏侯惇、典韦、许褚之忠于曹操，周瑜、鲁肃、黄盖之忠于孙权，田丰、沮授之忠于袁绍，王累之忠于刘璋，均不亚于张飞）。在《三国志平话》中，张飞杀死定州太守，是因太守斥责刘备就任安喜县尉时"违限半月有余""是拖酒慢功，嫌官小，故意违慢"，差一点要杖责刘备；他鞭打督邮，则是因为督邮奉命前来调查杀太守之事，由于刘备涉嫌而下令将其拿下。这里虽有一点反抗暴政的因素，但主要是出于不愿刘备受气、而要为之撑腰的刚强性格，因此"善"与"恶"的界限还不够鲜明。而在《三国演义》中，张飞的许多行动都带有正义的色彩：军阀董卓兵败时曾被刘关张所救，却因三人是"白身"而傲慢无礼。张飞为其忘恩负义而大怒道："我等亲赴血战，救了这厮，他却如此无礼！若不杀之，难消我气。"提刀便要杀掉董卓（第1回）。这是英雄好汉对势利小人的怒斥。刘备任安喜县尉不到四个月，督邮前来巡视，索要贿赂不成，竟拷打县吏，逼其诬陷刘备。对这个贪财害民的家伙，张飞抓住就是一顿痛打（第2回）。这是清白自守者对贪官污吏的惩罚。虎牢关前，当八面威风的吕布打败公孙瓒，纵马追击之时，张飞挺矛飞马加以拦截，大喝道："三姓家奴休走！燕人张飞在此！"（第5回）这是具有人格尊严者对见利忘义者的极大蔑视。这些言行，足见铮铮铁骨、浩然正气，表现了正义对邪恶、高尚者对卑鄙者的道义优势，可使那些长期遭受压迫欺凌、满腹怨愤、常常敢怒而不敢言的市井小民们拍手称快。

其三，大力凸显张飞"鲁莽"的性格特色。在《三国志平话》初步形成的"勇而莽"的性格基础上，《三国演义》进一步强化了张飞"莽"的一面。刘备、关羽出征袁术时，他主动承担留守徐州的重任，却因醉酒使性，责打曹豹，使吕布乘机袭取徐州，害得刘备顿失依据，进退两难。（第14回）刘备依附吕布而暂居小沛时，他擅自抢夺吕布派人购买的马匹，导致吕布前来围攻，迫使刘备放弃小沛，投奔曹操。（第16回）这类情节虽然不多，却使"莽张飞"的形象深入人心，与关羽的"刚而自矜"、赵云的稳重精细、马超的好勇斗狠、黄忠的老当益壮判然有别，表现出独特的风采。

其四，一再渲染张飞真诚坦率，心直口快的个性。刘备一顾茅庐，他不以为然；二顾茅庐，他很不耐烦；三顾茅庐，他见诸葛亮高卧不起，气得要到屋后放火；诸葛亮出山之初，他很不服气，但火烧博望一战成功，他马上与关羽交口赞扬："孔明真英杰也！"从此心悦诚服，恭听指挥，再不扯皮。（第37—39回）庞统刚投奔刘备时，刘备以貌取人，仅任其为耒阳县令，庞统怀才不遇，每日饮酒，不理政事；他听说后大怒，想抓住庞统问罪；而当亲眼看到庞统的真才实学，便立即赔礼道歉，并向刘备极力举荐。（第57回）当他率兵入蜀增援刘备时，被严颜挡住去路，还被一箭射中头盔，恨得咬牙切齿；而捉住严颜后，却被这位"断头将军"的慷慨不屈所感动，马上来了个"义释严颜"。（第63回）这些情趣盎然的故事，与历史上的张飞"爱敬君子"的举止在内涵上已有明显差异，主要表现了张飞坦白豪爽、服膺善类、胸无城府的个性，从而为小说中的"莽张飞"增添了许多可爱之处。

其五，不时表现张飞的粗中有细。在凸显张飞"莽"的性格特色的同时，《演义》又设计若干情节，描写他往往粗中有细，偶尔也会想出几条妙计。当刘备重新占据徐州后，曹操命刘岱、王忠前去攻打。张飞迎战刘岱，刘岱不敢出战；张飞声称要去劫寨，故意走漏消息，等刘岱设下埋伏等待时，却来个反包抄，一举生擒刘岱。（第22回）当阳长阪之役，手下仅有二十余骑的张飞为了阻挡曹军，为兵败势危的刘备赢得喘息之机，先是灵机一动，心生一计："教所从二十余骑，都砍下树枝，拴在马尾上，在树林内往来驰骋，冲起尘土，以为疑兵。"他本人则独据长阪桥，故布疑阵。等大队曹军赶来，他倒竖虎须，圆睁环眼，紧握蛇矛，稳稳地立马于长坂桥头，既不前冲，也不后退，有意在精神上威慑敌军。经过三次大喝，竟然吓退了害怕"又中孔明之计"的曹军。（第42回）曹操夺取汉中后，其大将张郃率兵进攻巴西。镇守巴西的张飞与之对垒，一次又一次地用计，几度战胜张郃，后又智取瓦口关，使曾夸下海口"必擒张飞"的张郃一败涂地，仅剩十余人，步行逃回南郑。（第70回）这些生动的情节，或超越史书记载，或出自小说的虚构，既反映了人物性格的变展，更表现了张飞性格的丰富性。

其六，让张飞的语言带上较强的市井色彩。《三国演义》全书用半文半白的语言写成，庸愚子（蒋大器）在《三国志通俗演义序》中称赞它"文不甚深，言不甚俗"，既不像正史那样"理微义奥""不通乎众人"，又不像《三国志平话》之类讲史那样"言辞鄙谬，又失之于野"，而是雅俗共赏，"人人得而知之"。这种半文半白的语言风格，与书中人物多是统治阶级的上、中层人士有着内在的联系。但在众多的人物中，唯有张飞的语言带有较多的白话成分和市井色彩。如他冲进馆驿擒拿督邮时那一声怒吼："害民贼！认得我么？"（第2回）关羽斩华雄后，他不顾身份卑微，高声大叫："俺哥哥斩了华雄，不就这里杀入关去，活拿董卓，更待何时！"（第5回）陶谦二让徐州，刘备再次推辞，张飞劝道："又不是我强要他的州郡；他好意相让，何必苦苦推辞！"（第11回）吕布到徐州投奔刘备，曹操致书刘备，教杀吕布；刘备尚在盘算对策，张飞却径直拔出宝剑，对吕布大叫："曹操道你是无义之人，教我哥哥杀你！"（第14回）留守徐州时，他宴请众官，强迫曹豹喝酒道："厮杀汉如何不饮酒？我要你吃一盏。"（第14回）这些话，浑然出自市井人物之口，不仅表现了张飞粗豪的性格，而且使普通民众感到亲切。更有趣的是第16回写张飞抢了吕布部将买的三百匹好马，吕布怒而率兵攻打小沛，二人有这样几句对话：

张飞挺枪出马曰："是我夺了你好马！你今待怎么？"布骂曰："环眼贼！你累次渺视我！"飞曰："我夺你马你便恼，你夺我哥哥的徐州便不说了！"

张飞的两句话，均为通俗的口语，直率天真，较好地表现了人物的性格。读者看了，不禁会发出会心的微笑。

总之，尽管《三国演义》中的张飞性如烈火，脾气暴躁，不止一次因好酒而误事，最后竟因此而被害；但总的说来，他粗犷的气质、豪爽的举止、通俗而痛快的语言都比较适合广大民众的审美心理，因而深受读者喜爱。

三

《三国演义》对张飞形象的成功塑造，为我们提供了十分重要的启示。

首先，绝大多数中国人心目中的张飞，从"豹头环眼，燕颔虎须"的外貌到"卖酒屠猪"的出身，从鲁莽豪爽的举止到坦率痛快的语言，其实已经不是历史人物张飞，而主要是经过《三国演义》改造和重塑的张飞形象。他既以历史上的张飞为原型，又有很大的发展变化。这种发展变化的动力，主要来自市民阶层塑造自己所喜爱、所向往的英雄人物的精神需要。这种精神需要，极大地推动了中国通俗文学和中国文化的发展。

其次，通过张飞形象的塑造，我们深深感到，在通俗文艺的发展中，伟大的作家具有极其重要的作用。真正杰出的作家，既是市民意识的优秀代表，但又不是所有市民意识的简单复制者和大杂烩式的展示者。封建社会后期的市民，成分十分复杂：既有直接从事物质生产、代表着新的生产力萌芽的手工业工人，又有大大小小的行商坐贾，还有七十二行的匠人和没有固定职业的闲汉游民。在某些方面，他们有共同的利益诉求和精神需要；但因实际的经济地位和社会地位的差异，由于文化教养和生活环境的不同，他们的爱好和欣赏习惯是千差万别的，其中还有若干粗糙的、庸俗的、消极的成分。杰出的作家，总是深深植根于民族文化的土壤之中，同时又站在时代精神的制高点上，决不当庸俗文化的传声筒，而是市民意识优秀成分的提炼者和引导者。罗贯中正是这样的杰出作家。他塑造的张飞形象，以"上报国家，下安黎庶"为政治目标和道德旗帜，不仅是普通市民喜爱的豪杰，而且是符合中华民族道德观和价值观的英雄，因而具有跨时代的意义。

再次，由于《三国演义》的巨大影响，长期以来，许多人已经习惯于将历史人物张飞和艺术形象张飞混为一谈。在非学术性的场合，这并无大碍；但一些学术性著作也动辄有"张飞豹头环眼、卖酒屠猪"之类的不准确叙述，就不大合适了。二者原无高下之分，但性质毕竟有所不同；作为科学研究的对象，他们既有联系，又有区别，不宜混淆不清。笔者作为《三国演义》研究者，仍然认为，当学者们从事严肃的教学和研究时，还是应该将历史人物张飞和艺术形象张飞的联系和区别分辨清楚；在此基础上，才能更加准确地认识《三国演义》的杰出成就和深远影响。

《三国演义》中的张飞形象，不仅在《演义》写到的上千个人物中是独一无二的，而且开启了明清小说中以"粗犷鲁莽"为特征的英雄人物系列。他们当中有李逵、程咬金、牛皋、孟良、焦赞……而张飞，却是这个形象系列中任何人也无法取代的、影响最为深远的"这一个"。

（原载《黄鹤楼前论三国》论文集，长江文艺出版社 2003 年 10 月第 1 版）

论 赵 云

在《三国演义》的亿万读者心目中，最令人喜爱的人物，除了诸葛亮之外，就要算赵云了。十分有趣的是，日本的广大《三国演义》爱好者在评选"你最喜爱的三国人物"时，也把赵云排在第二位。

我在《论魏延》①一文中曾经指出："作为历史人物……论才干，论对蜀汉政权的贡献，魏延都比赵云高出一筹。"然而，作为小说中的艺术形象，赵云留给读者的印象不仅大大超过魏延，而且似乎比关羽、张飞还好一些。这是一个涉及艺术魅力来源的问题，很值得探讨。

一

历史上的赵云，初属公孙瓒，后归刘备，"为先主主骑"（主管骑兵，相当于卫队长），逐步成为蜀汉集团的重要将领之一。平心而论，在那个天下大乱，群雄并起的时代里，豪杰竞逐，猛将如云，赵云并不算其中的顶尖人物。谓予不信，有史为证——

论武勇，赵云不及吕布、关羽、张飞、马超、黄忠等人。吕布"便弓马，臂力过人，号为飞将"。②关羽、张飞都号称"万人之敌"，被目为"虎臣"。③马超被诸葛亮称为"雄烈过人，一世之杰"。④黄忠"常先登陷陈（阵），勇毅冠三军"。⑤赵云呢？其勇敢是毫无疑问的。在刘备与曹操

① 收入本书。
②《三国志·魏书·吕布传》。
③《三国志·蜀书·关羽传、张飞传》。
④《三国志·蜀书·关羽传》。
⑤《三国志·蜀书·黄忠传》。

争夺汉中之役中，他从容拒敌，以少胜多，被刘备称赞为"一身都是胆"，并从此号为虎威将军。①这与张辽在合肥大败孙权，使孙权"人马皆披靡，无敢当者"②，甘宁以百骑劫魏营，使曹军"惊骇鼓噪"③可相媲美；但综观其武艺和威名，在当时仍比前述诸人略逊一筹。

　　论功业，赵云也不如关羽、张飞、马超、黄忠、魏延等人。关羽在刘备创业的过程中，每每担任方面重任，可谓刘备的得力助手。早在建安四年（199）刘备重新占据徐州时，就派关羽"守下邳城，行太守事"；赤壁之战前，刘备的军事实力主要有两部分：一部分是刘琦率领的江夏军队万人，另一部分就是"关羽水军精甲万人"；赤壁大战后，刘备夺得荆州数郡，即"以羽为襄阳太守、荡寇将军，驻江北"；刘备西定益州，又"拜羽董督荆州事"，足见倚重之深。而关羽在荆州败曹仁，降于禁，斩庞德，"威震华夏"，以至"曹公议徙许都以避其锐"④，真可说是功绩赫赫。张飞功业亚于关羽，亦为刘备股肱。赤壁大战后，"以飞为宜都太守、征虏将军"，独当一面；刘备夺取益州后，又"以飞领巴西太守"，处于与新占汉中的曹军对峙的第一线；他大败曹军名将张郃，为刘备巩固对益州的统治作出了重要的贡献。马超虽然迟至建安十九年（214）方归顺刘备，但他的剽悍善战早已闻名遐迩，所以他一到刘备军中，就使被刘备围在成都的刘璋失去斗志，开城出降，从而为刘备立了一大功。黄忠于建安二十四年（219）亲斩曹军名将夏侯渊，为刘备夺取汉中立下了汗马功劳。魏延从建安二十四年起镇守汉中，挑起了屏障益州，经营北伐前进基地的重任；刘备去世后，他更以蜀汉第一员大将的身份，南征北伐，出生入死，建立了累累功勋。赵云呢？长期跟随在刘备、诸葛亮身边，很少独当一面，功业自然就不那么显赫了。

　　正因为这样，在蜀汉集团中，赵云的地位不仅不如关羽、张飞，而且不如马超、黄忠、魏延。建安二十四年，刘备称汉中王，拜关羽为前将军，假节钺（早已被封为汉寿亭侯）；拜张飞为右将军，假节（先已被

①《三国志·蜀书·赵云传》注引《云别传》。
②《三国志·魏书·张辽传》。
③《三国志·吴书·甘宁传》。
④《三国志·蜀书·关羽传》。

封为新亭侯）；拜马超为左将军，假节（先已被封为都亭侯）；拜黄忠为
后将军，赐爵关内侯；提拔魏延为督汉中镇远将军，领汉中太守。这时，
赵云仅为翊军将军。章武元年（221），刘备称帝，除关羽、黄忠已卒外，
张飞迁车骑将军，领司隶校尉，进封西乡侯；马超迁骠骑将军，领凉州
牧，进封氂乡侯；魏延也进拜镇北将军。这时，赵云的官爵却未升迁。
建兴五年（227），诸葛亮驻汉中，准备大举北伐。这时，关、张、马、
黄均已物故；魏延以镇北将军、都亭侯的身份，担任督前部，领丞相司
马、凉州刺史；而赵云则以镇东将军、永昌亭侯的身份，跟在诸葛亮身
边，地位仍然不及魏延重要。这种情况，一直持续到赵云去世。

　　然而，历史上的赵云绝非平庸之辈，他有着一些不同凡响的优秀品格：

　　其一，深明大义。在那个动乱扰攘的年代里，一个人的文韬武略为
谁所用，乃是其品格高下的试金石。当其时也，为一己富贵而趋炎附势、
助纣为虐者不乏其人，懵懵懂懂地供人驱使者更比比皆是。赵云的选择
如何呢？据《赵云别传》记载，当赵云初从公孙瓒时——

　　时袁绍称冀州牧，瓒深忧州人之从绍也，善云来附，嘲云曰："闻贵
州人皆愿袁氏，君何独回心，迷而能反乎？"云答曰："天下汹汹，未知
孰是，民有倒县（悬）之厄，鄙州论议，从仁政所在，不为忽袁公私明
将军也。"

　　这一段话，可以看作赵云的政治宣言。他的原则——"从仁政所在"；
他的目标——解民于倒悬。在封建社会中，这应该说是难能可贵的人生
理想。他先投公孙瓒是为此，后归刘备也是为此，而不是单纯出于私人
感情。正是这一点，使赵云大大高出一般的赳赳武夫。

　　其二，忠直敢谏。《赵云别传》中有这样一段记载：

　　益州既定，时议欲以成都中屋舍及城外园地桑田分赐诸将。云驳之
曰："霍去病以匈奴未灭，无用家为，今国贼非但匈奴，未可求安也。须
天下都定，各反桑梓，归耕本土，乃其宜耳。益州人民，初罹兵革，田
宅皆可归还，令安居复业，然后可役调，得其欢心。"先主即从之。

　　这件事告诉我们，赵云的头脑比同时的许多人清醒，他不仅能从刘

备集团的长远利益考虑问题，而且注意争取民心。无怪乎刘备马上采纳了他的建议。

当刘备要去讨伐东吴，以报袭荆州、杀关羽之仇时，赵云又挺身而出，竭力劝阻，指出："国贼是曹操，非孙权也……不应置魏，先与吴战。"由于刘备拒绝了赵云、秦宓等人的诤言，一意孤行，终于遭到夷陵之败，使蜀汉元气大伤。这从反面证明了赵云意见的正确。

综观蜀汉集团的历史，在众多武将中，其他人都不曾像赵云那样，从根本大计上直言规谏刘备，这又是赵云识见过人之处。

其三，公正无私。赵云追随刘备多年，总是克己奉公，不徇私情。赤壁之战前，刘备曾于博望坡打败曹操大将夏侯惇。在战斗中，赵云俘虏了其部将夏侯兰。他与夏侯兰本是同乡，"少小相知"。在这种情况下——

云白先主活之，荐兰明于法律，以为军正。云不用自近……①

不是私自卖放，而是报告刘备；不是为个人增添帮手，而是为刘备推荐人才；公事公办，实堪称赞！赵云的这一优秀品质早为刘备所赏识，所以刘备曾任他为留营司马，"掌内事"；而他一直兢兢业业，秉公理事。相比之下，好恶由己，褒贬任情的杨仪之流就差得太远了。

其四，谦虚谨慎。赵云在蜀汉集团中，资格仅次于关羽、张飞，又有两次救护刘禅之功；但他从不居功自傲，从不争名夺利，对后来居上者也能友好相处。这一点，又是"刚而自矜"的关羽、"性矜高"的魏延等人所不及的。建兴六年（228），诸葛亮一出祁山，遭到街亭之败，赵云与邓芝率领的疑兵也在箕谷失利。在撤退时，由于赵云亲自断后，部伍不乱，"军资什物，略无所弃"。诸葛亮对此十分赞赏，要赏赐赵云所部将士。这时赵云毫无沾沾自喜之态，而是诚恳地说："军事无利，何为有赐？其物请悉入赤岸府库，须十月为冬赐。"透过这番真挚感人的话语，其律己之严格，胸襟之开阔，均可洞然如见。那些浅薄自负、自吹自擂之徒，岂能望其项背！

综上所述，历史上的赵云，虽然在功业上不能冠冕众人，却具有人

---

①《三国志·蜀书·赵云传》注引《云别传》。

所不及的美德。这一切，为塑造赵云这个艺术形象提供了坚实的历史生活依据。

二

杰出的历史小说大师罗贯中，在精心结撰《三国演义》时，将深刻的现实主义精神与浓郁的浪漫主义情调相结合，笔酣墨饱地塑造了一个光彩照人的赵云形象。

首先，罗贯中超越史书记载，竭力树立起赵云勇冠三军的虎将形象。

前面说过，历史上的赵云的武艺和威名并不是最突出的。对于厮杀疆场的武将来说，这毕竟是美中不足之处。罗贯中为了把自己心目中的这个英雄人物塑造得更为高大，极大地发挥了艺术想象力，使《演义》中的赵云的武勇得到充分的渲染。

《演义》中的赵云首次出场，就先声夺人，不同凡响：当公孙瓒在磐河被袁绍大将文丑战败后，"文丑直赶公孙瓒出阵后，瓒望山谷而逃……瓒弓箭尽落，头盔堕地，披发纵马，奔转山坡，其马前失，瓒翻身落于坡下。文丑急捻枪来刺。"在这万分危急之时，"忽见草坡左侧转出一个少年将军，飞马挺枪，直取文丑……与文丑大战五六十合，胜负未分。瓒部下救军到，文丑拨回马去了。那少年也不追赶。"这时，死里逃生的公孙瓒才定下神来打量自己的救命恩人，只见他"身长八尺，浓眉大眼，阔面重颐，威风凛凛"。（《三国演义》第 7 回）赵云的这个"亮相"，一下子就表现出一个盖世英雄的神勇和气势，给读者留下了深刻的印象。

真正使赵云名扬天下的乃是惊心动魄的长阪坡之战，其实，这主要出自罗贯中的生花妙笔。《三国志·蜀书·赵云传》云：

> 及先主为曹公所追于当阳长阪，弃妻子南走，云身抱弱子，即后主也，保护甘夫人，即后主母也，皆得免难。

寥寥数语，平淡无奇。根据这一记载，赵云在抱着刘禅、保着甘夫人的情况下，只能匆匆撤退，根本不可能在敌军阵中横冲直撞。然而，罗贯中却通过虚构、生发和渲染，编织出一连串紧张曲折的情节。先是

让赵云两次冲进曹军阵中，救出甘夫人和糜竺，找到糜夫人，接过阿斗
（历史上的糜夫人在曹操南下荆州之前已经去世，自然不可能逃难到长阪
坡，更不可能将阿斗带在身边），为赵云创造了一个匹马单枪，怀抱幼主
的特殊条件。然后，以酣畅淋漓的笔墨描写赵云在曹军中往来冲突，所
向披靡，"砍倒大旗两面，夺槊三条，前后枪刺剑砍，杀死曹营名将五十
余员。"（《演义》第 41 回）好一场舍生忘死的厮杀呵！写到这里，罗贯
中情不自禁地以"史官"之诗赞美道：

> 血染征袍透甲红，当阳谁敢与争锋！
> 古来冲阵扶危主，只有常山赵子龙。

是的，这一番惊天动地的拼杀，使赵云的形象犹如一尊大理石雕像，
巍然屹立在千百万读者心中；使"常山赵子龙"从此成了勇敢坚贞的化
身，英武超群的代名词，不仅在当时威震天下，而且在后世名垂千古！

罗贯中即使在大胆虚构的时候，也是有分寸，有全局观念的，他从
来不盲目地扬此抑彼，从来不说赵云的武艺超过了吕布、关羽、张飞、
马超等人。但是，罗贯中又是具有鲜明倾向性的，他巧妙地采用多种艺
术手法，使赵云的武艺和勇敢得到了比别人更充分的表现，因而产生了
更突出的艺术效果。

一是对比。当吕布被曹军围困在下邳城的时候，为了向袁术求救，
吕布不得不将许配给袁术之子的女儿送去。他"将女以绵缠身，用甲包
裹，负于背上"，企图突围。但在对方的堵截下，"吕布虽勇，终是缚一
女在身上，只恐有伤，不敢冲突重围。"结果"只得仍退入城"（《演义》
第 19 回）。再看赵云的"解开勒甲绦，放下掩心镜，将阿斗抱护在怀"，
拼命冲杀，何者勇敢，何者怯懦，对比多么鲜明！

二是烘托。《演义》一再通过敌、我、友三方的反应，来侧面描写赵
云的英勇无敌。对曹军来说，赵云的名字具有很大的威慑力量。在汉水
之战中，黄忠被曹军团团包围，赵云前去接应。他接连刺死曹将慕容烈、
焦炳，"杀入重围，左冲右突，如入无人之境。"曹军勇将张郃、徐晃也
"心惊胆战，不敢迎敌"。当曹操得知后，惊呼："昔日当阳长坂英雄尚在！"
"急传令曰：'所到之处，不许轻敌。'"（《演义》第 71 回）在东吴方面，

赵云的威名也是妇孺皆知。当诸葛亮借得东风，由赵云接回夏口之时，周瑜派徐盛、丁奉分水、陆两路追赶。赵云一箭射断徐盛船上的拽篷索，"岸上丁奉唤徐盛船近岸，言曰：'……赵云有万夫不当之勇，汝知他当阳长坂时否？吾等只索回报便了。'"（《演义》第 49 回）在刘备甘露寺相亲时，吴国太听说立于刘备身边的是赵云，便问："莫非当阳长坂抱阿斗者乎？"并盛赞："真将军也！"（《演义》第 54 回）而在刘备集团中，赵云更是受人钦佩。以勇武闻名的马超初降刘备时，适逢刘璋部将刘晙、马汉来攻，赵云引军迎敌，"玄德在城上管待马超吃酒，未曾安席，子龙已斩二人之头，献于筵前。马超亦惊，倍加敬重。"（《演义》第 65 回）这些侧面之笔，以少胜多，收到了很好的艺术效果。

其次，罗贯中使用大量笔墨，从多方面表现了赵云的美德。

历史上的赵云的优秀品格，在《演义》中大都得到了艺术的再现。例如：用他劝阻刘备将成都有名田宅分赐诸官（《演义》第 65 回），反对刘备为报私仇而伐东吴（《演义》第 81 回），来表现他的忠直敢谏；用他将刘备集团的开基创业放在首位，不贪美色，拒娶桂阳太守赵范之嫂（《演义》第 52 回），来表现他的克己奉公；用他不与黄忠争功（《演义》第 71 回），打了胜仗从不夸功自傲，来表现他的谦虚谨慎，等等，都是于史有据，罗贯中略加点染铺叙的，这里不多论列。

这里要强调一点：罗贯中在表现赵云的美德时，特别突出了他的机警和精细。本来历史上的赵云在这方面未见突出，罗贯中却又一次发挥了他的艺术创造才能，把这一点表现得鲜明而生动，使赵云的形象在刘备集团中更加别具风采。当蔡瑁邀请刘备到襄阳赴会，企图借机加害时，赵云带领三百人马随刘备而行。到了襄阳，"云披甲挂剑，行坐不离左右。"次日宴会，赵云仍是"带剑立于玄德之侧"，只是由于刘备下令，才勉强到外厅就席。（《演义》第 34 回）饮了一会酒，他放心不下，入内观看，发觉刘备已经逃席，他便马上率三百军出城寻找。找来找去，不见刘备踪影，"云再欲入城，又恐有埋伏，遂急引军归新野。"回到新野仍不见刘备，他又连夜到处寻找，直到找到刘备才算放心。（《演义》第 35 回）事情的全过程都可以看出他的机警和精细。正因为如此，刘备和诸葛亮对于他办事都特别放心。诸葛亮出使东吴，指名要赵云按约定日期去接他；刘备到江东娶亲，诸葛亮明言："吾已定下三条计策，非子龙不可行也"；周瑜死后，诸葛亮到柴桑吊丧，又是由赵云保护……赵云从来不像关羽那样傲慢托大，也不像张飞那样鲁莽粗心，总是胆大心细，兢兢业业，一次又一次地圆满完成任务。这一特点同他的英武盖世、忠直谦虚等美德相结合，使赵云成为《演义》的武将形象系列中性格最完美的人物。

再次，罗贯中精思妙裁，将赵云的亮点一直保持到最后。

历史上的赵云的最后一段重要经历是在建兴六年（228）随诸葛亮首次北伐。诸葛亮"扬声由斜谷道，曹真遣大众当之。亮令（赵）云与邓芝往拒，而身攻祁山。云、芝兵弱敌强，失利于箕谷，然敛众固守，不致大败。兵退，贬为镇军将军。"①对此，罗贯中在很大程度上作了浪漫主义的改造。一是虚构年已七十的赵云在诸葛亮出兵前自告奋勇充当先锋，在凤鸣山连杀魏国西凉大将韩德的四个儿子，吓得韩德"肝胆皆裂"；"西凉兵素知赵云之名，今见其英勇如昔，谁敢交锋？……大败而走。"第二天再次与魏军交锋，不到三个回合又刺死了"有万夫不当之勇"的韩德。（《演义》第92回）这一场厮杀，使读者深深感到赵云宝刀未老，雄风犹在。二是虚构赵云刺死了曹真手下的副先锋朱赞，再一次立下战功。（《演义》第94回）三是略而不提赵云"失利于箕谷"的事实。四是绘声绘色地描写了赵云和邓芝从容撤军的经过：赵云让邓芝打起自己的旗号先撤，自己在后掩护，这种虚虚实实的布置使畏惧赵云的魏军不敢放手追赶。赵云却时而冲到魏军面前，刺死其先锋苏颙；时而又出现在魏军背后，一声大喝，"惊得魏兵落马者百余人"。于是赵云安全退到汉中，沿途毫无损失。这样描写的结果，使这次退却在读者心理上似乎成了一次胜利。（《演义》第95回）五是描写赵云谢绝诸葛亮的赏赐，使得"孔明叹曰：'先帝在日，常称子龙之德，今果如此！'乃倍加钦敬"。（《演义》第96回）这一系列生动的描写，使赵云在最后一次出征中保持了"常胜将军"的威名，并使他的美德在晚年发出新的光彩。正是在这种慷慨雄壮的艺术氛围中，罗贯中完成了对赵云形象的塑造。

---

① 《三国志·蜀书·赵云传》注引《云别传》。

三

现在，我们可以来讨论为什么赵云形象在广大读者的心目中会超过关羽、张飞而居于武将形象系列之首了。

有这样一种说法："赵云是作者花费笔墨最多的武将形象。"愚以为恐怕不见得。诚然，据毛宗岗评本，赵云在《演义》中从第 7 回出场到97 回去世，共跨距九十一回，超过了关羽的跨距七十七回和张飞的跨距八十一回；但是，这仅仅是因为历史上的赵云去世比关羽晚十年，比张飞晚八年，在三国之间政治军事斗争的舞台上纵横驰骋的时间比关、张长得多。罗贯中不能改变这一基本史实，因此，《演义》中的赵云活动的时间跨度自然就超过了关、张。其实，只要认真统计一下就可以看到，在毛本《三国》的一百二十回标题中，直接出现关羽名字的占据十四个回目，出现张飞名字的占据七个回目，而出现赵云名字的只占据五个回目，可见赵云在全书中的地位明显地不如关羽，而与张飞大致相近。更重要的是，全书正面描写（注意：不是一般出场，更不是侧面涉及）赵云的笔墨也明显地少于关羽，而与张飞差不多。这只要举一个例子就够了：毛本描写关羽从"降汉不降曹"到"千里走单骑"再到"古城相会"，一口气用了四回的篇幅（第 25—28 回）；而描写"赵子龙单骑救主"仅仅用了半回的篇幅（第 41 回）。相比之下，罗贯中对哪一个形象更舍得挥洒笔墨，不是一目了然了吗？

还有一种说法："赵云是罗贯中最为理想，刻画得最为着力的英雄人物。"愚以为这也未尽符合罗贯中的创作意图和人物设计。诚然，罗贯中对自己笔下的赵云形象是十分喜爱的，是倾注了满腔激情加以精心塑造的，因为赵云同关羽、张飞一样，符合罗贯中"向往统一、歌颂忠义"的政治标准和道德标准；但是，在罗贯中的理想天平上，赵云的分量并没有超过关羽和张飞。让我们比较一下罗贯中对关、张、赵的总体评价吧。在写到关羽被杀后，毛本中接连安排了两首诗，对关羽极表景仰和哀悼。（第 77 回）其中第一首诗称颂他：

昭然垂万古，不止冠三分。

褒美之情，可谓无以复加。在写到张飞被刺后，毛本只安排了一首诗（第 81 回）：

安喜曾闻鞭督邮，黄巾扫尽佐炎刘。
虎牢关上声先震，长坂桥边水逆流。
义释严颜安蜀境，智欺张郃定中州。
伐吴未克身先死，秋草长遗阆地愁。

而在写到赵云去世之后，毛本也安排了一首诗，予以热情歌颂（第 97 回）：

常山有虎将，智能匹关张。
汉水功勋在，当阳姓字彰。
两番扶细主，一念答先皇。
青史书忠烈，应流百世芳。

由此可见，罗贯中对赵云的评价略高于张飞，但又不及关羽。因此，关羽才是罗贯中在武将形象系列中最为理想的人物。

那么，为什么广大读者对赵云的印象比对关、张的印象更好一些呢？

首先，这是因为《演义》中的赵云是一个真实性与独创性融为一体的鲜明的艺术形象。

罗贯中笔下的赵云，是一个具有非凡本领的、带有传奇色彩的人物形象，同时又是一个符合艺术真实要求的人物形象。这不仅由于《演义》中与赵云有关的情节大都于史有据，使艺术形象的赵云处处带有历史人物赵云的影子；也不仅由于罗贯中生动地再现了从黄巾起义到三国鼎立那个既是干戈扰攘，生灵涂炭，九州板荡，又是"时多英雄，武勇智术，瑰玮动人"①的历史时期，将赵云的种种英雄业绩置于特定的时代氛围之中，使赵云形象具有浓郁的时代气息；而且由于罗贯中在描写中相当注意细节的真实。即以前面提到的血战长坂坡而言，在这个以虚构为主的重要情节里，罗贯中尽情渲染了赵云的非凡武艺和胆略，但没有忘记为

① 鲁迅：《中国小说史略》第十四篇《元明传来之讲史》（上）。

赵云设置可信的环境和条件：一是让赵云单枪匹马，没有其他累赘碍手碍脚；二是赵云在冲杀过程中，除与张郃战了十余合便夺路而走之外，其他对手均为曹军中平平之辈，没有构成对赵云的真正威胁；三是曹操为了收伏赵云，下令"不要放冷箭，要捉活的"。这就使赵云有可能突出重围。因此，尽管读者感到赵云的勇武是难以企及的，但在心理上却相信它是真实的。

另一方面，罗贯中笔下的赵云，又是一个具有独创性的人物形象。在《三国演义》问世以前，小说史上还不曾出现过赵云这样的英雄形象；这个形象之成功塑造，主要是罗贯中的功劳。在《演义》写到的数百名武将中，给人留下鲜明印象的名将有数十人，但像赵云那样胆识兼备，智勇双全，机警精细，谦虚谨慎的形象却只有一个，人们决不会感到他与其他名将有什么雷同之处。在《演义》的巨大成就影响下，历史小说创作如同雨后春笋，蔚为大观。在这些作品中，英武超群，智勇双全的常胜将军不乏其人，其中也有塑造得比较成功的；但是，他们都不可能与赵云的形象混同起来，更不可能取代赵云的形象。这种纵向和横向的比较证明，在中国古典小说人物形象的画廊中，赵云确实是一个独特的形象。黑格尔曾经指出："最杰出的艺术本领就是想象。……想象是创造性的。"①罗贯中在塑造赵云这个形象时，再一次表现出巨大的创造能力。

不过，真实性与独创性的结合，只能说明赵云形象为什么具有较高的审美价值，因而产生较强的艺术魅力，还不能说明为什么读者喜爱赵云甚于喜爱关羽、张飞。在这里，更重要的原因乃是读者审美观念的变化。

应当指出，从《三国演义》问世到清末的五百余年中，读者对赵云的印象并不超过对关、张的印象。因为罗贯中从"歌颂忠义"的道德标准出发，主观上想把关羽的形象塑造得更为高大完美；明、清两代的大多数读者囿于传统的"忠义"观念，其审美标准与罗贯中大体一致。如明代赵璞《次何州判韵》诗写道：

神器将为诈力移，英雄奋起共维持。
许身刘氏坚惟一，报效曹公示不欺。

① 黑格尔：《美学》第一卷，朱光潜译，商务印书馆 1981 年版，第 357 页。

敌破襄樊肝胆落，名垂竹帛壮心知。

古来不没称忠义，吊客常过荐酒卮。

明代侯居震《谒解庙次宋侍御韵》诗尾联也写道：

试看当年同事者，惟君生气满中原。

清代毛宗岗《读三国志法》则云："历稽载籍，名将如云，而绝伦超群者莫如云长。……是古今来名将中第一奇人。"由此可见，那时的人们是把关羽看得比赵云高得多的。

到了现代，社会的经济基础和政治制度发生了翻天覆地的变化，人们的思想意识也产生了巨大的改变。在这种新的历史条件下，人们的审美观念除了在某些方面保持其稳定性以外，又会在某些方面产生明显的变异性。因此，今天的广大读者虽然也爱读《三国演义》，但他们对书中许多人物和事件的评价却与罗贯中的主观意图颇有出入，有的甚至截然相反。拿对关羽的印象来说，今天的读者早就没有封建时代的小民对他的那种敬畏和崇拜了。相反，人们并不喜欢他的骄傲自大，目中无人，动辄就把"过五关斩六将"挂在嘴边；对他不顾大局，竟擅自提出要入蜀与马超比武，声称不与黄忠同列，无礼拒绝孙权联姻的要求，等等，人们也很不以为然；对于他在华容道放走曹操，人们更认为是严重丧失立场，敌我不分，是为一己私恩而出卖原则，而决不会像罗贯中那样称赞他"彻胆长存义，终身思报恩"，也不会像毛宗岗那样歌颂他"义释华容，酬恩之谊重"。一句话，在今天的读者心目中，关羽的形象已经明显降低了。

相比之下，赵云的英勇善战和一系列美德，则更容易得到今天的读者的理解和欣赏，并能被人们批判地吸收。这样一来，今天的读者喜欢赵云甚于喜欢关羽，也就毫不奇怪了。

当然，按照艺术典型的标准来看，《演义》中的赵云还不是充分个性化的，不及关羽形象那样丰富和深刻。但是，广大的一般读者却不管这些，仍然把赵云列为仅次于诸葛亮的最受喜爱的人物。——艺术的法则就是这样奇妙！

（原载《三国演义学刊》第 2 辑，四川省社会科学院出版社 1986 年 8 月第 1 版）

论 魏 延

　　魏延是《三国演义》中的一个值得研究的人物。

　　他"身长九尺，面如重枣，目似朗星，如关云长模样，武艺独魁。"（嘉靖壬午本《三国志通俗演义》卷九，《刘玄德败走江陵》则。下引此书，只注卷、则）但他的经历却远不如关羽顺遂，地位也远不如关羽显赫，更不像关羽那样深受后人尊崇。

　　他与黄忠并起一时，勇毅相侔，勋劳略等，但他却没能像黄忠那样，留下"忠勇老将"的美名。

　　恰恰相反，几百年来，随着《三国演义》的广泛传播，老幼妇孺皆知"魏延脑后有反骨"。恶名如此昭彰，不能不使人视之为悲剧性的人物，并进而探讨其来龙去脉。

一

　　历史上的魏延本是刘蜀集团的重要成员。《三国志·蜀书·魏延传》说他原系刘备的"部曲"，可见属于亲信将领。建安十六年（211），魏延"随先主入蜀，数有战功，迁牙门将军"。此时，勇冠三军的虎将赵云亦为牙门将军，二人品位相当。建安二十四年（219），刘备夺取汉中，称汉中王，准备迁治成都，行前要选派一员将领镇守汉中。汉中乃是益州的屏障，又是刘蜀集团北伐的前进基地，其地位至关重要，留镇者自然必须是能够独当一面的大将之才。当时，刘备手下的第一员大将关羽已经留镇荆州，"众论以为必在张飞，飞亦以心自许。"不料"先主乃拔延为督汉中镇远将军，领汉中太守，一军皆惊"。由此可见刘备对魏延是何等器重。其时，赵云为翊军将军，随刘备驻成都，其职责显然不及魏延重要。建兴五年（227），诸葛亮准备大举北伐，以魏延为督前部，领丞相司马、凉州刺史；而赵云则以镇东将军的身份，"随诸葛亮驻汉中"[①]。显然，魏延这时已经成为蜀汉的第一员大将，其作用更在赵云之上。以后，在诸葛亮几次北伐中，魏延常负先锋重任，曾经大破魏雍州刺史郭淮等，因战功"迁为前军师、征西大将军，假节，进封南郑侯"。东汉列侯分为县侯、乡侯、亭侯三等，蜀汉沿袭此制，南郑侯属于县侯。而赵云至死未能进封为县侯（仅封为永昌亭侯），直到景耀四年（261），即他逝世三十二年以后，才被追谥为顺平侯。总之，在二十几年的三国纷争中，魏延长期肩负重任，出生入死，为蜀汉政权建立了累累功勋。作为历史人物，魏延多年独当一面，"既善养士卒，勇猛过人"，又多谋善断，智勇兼备，确有大将之才；而赵云虽然忠心耿耿，英勇奋发，令人喜爱，却长期跟随在刘备、诸葛亮身边，从未独当一面。应当说，论才干，论对蜀汉政权的贡献，魏延都比赵云高出一筹。

在古典文学名著《三国演义》中，魏延的形象也是颇为引人注目的。

首先，魏延是在刘备势孤力薄，惶惶奔走的危难之际决心加入刘备集团的，决非那种趋炎附势，贪图利禄之辈。

魏延在嘉靖壬午本《三国志通俗演义》卷九《刘玄德败走江陵》则中第一次露面，就表现得不同凡响。当时，刘备在曹操大军追迫之下，带领大批百姓，撤离樊城，来到襄阳城下，打算与刘琮合力抵御曹操。"蔡瑁、张允得知刘备唤门，径来敌楼上叱之曰：'左右与我乱箭射之！'城外百姓皆望敌楼而哭。忽后城中一将默然跳起，引数百人径上城楼，来杀蔡瑁、张允。"这个路见不平、拔刀相助的将领就是魏延。他"大呼曰：'刘使君乃仁德之人也！汝等何投曹贼，以图爵禄？非义士之所为！吾今愿请使君，入城诛贼！'轮刀砍死守门将，遂开城门，放下吊桥，大叫：'刘皇叔领兵杀入城，以讨国贼！'"由于刘备不愿乘机入城，转走江陵，魏延寡不敌众，只得逃离襄阳，投奔长沙去了。事虽不成，却表现了他的爱憎分明，见义勇为。赤壁之战以后，关羽进攻长沙，与黄忠交战，长沙太守韩玄因黄忠不肯射死关羽而下令将他斩首。在这千钧一发之际，

---

① 《三国志·蜀书·赵云传》。

又是魏延挺身而出,"挥刀杀入,砍散刀手,救起黄忠,大叫曰:'黄汉升乃长沙之保障!韩玄残暴不仁,轻贤重色,今杀汉升,是杀长沙百姓也!愿随者便来!'"接着又"直杀上城头,一刀砍韩玄为两段,提头上马,引百姓出城,投拜云长。"(卷十一,《黄忠魏延献长沙》则)这两次关键时刻的"亮相",一因刘备仁德,二为长沙百姓,都可以说是情词慷慨,正气磅礴,因而一呼百应,大得人心。读者从这里看到了魏延过人的见识和胆略。

其次,魏延出生入死,英勇善战,为刘蜀集团立下了汗马功劳。

刘蜀集团的全部历史可以分为三个阶段。从刘、关、张桃园结义,登上政治舞台开始,到建安十二年(207)刘备三顾茅庐为止,是其草创和奠基阶段。在这二十四年中,刘蜀集团虽然初露头角,但是,没有明确的战略方针,没有可靠的战略基地,也没有总揽军政的帅相之才。因此,刘备虽枭雄而无所展其志,关、张虽骁勇而无所用其长,屡遭挫败,飘若转蓬,只得寄人篱下,依附刘表。从建安十三年(208)的赤壁大战,到建兴十二年(234)诸葛亮病逝五丈原,是刘蜀集团立国和发展的阶段。在这二十七年中,刘蜀集团按照诸葛亮隆中对策提出的战略方针,夺荆州,占益州,力量大大增强,与魏、吴鼎足而立。虽然荆州得而复失,刘、关、张先后弃世,但由于诸葛亮的卓越努力,国力基本保持稳定,而且对强大的魏国一直保持进攻的态势。从建兴十三年(235)蒋琬为大将军,掌握蜀汉军政大权,到炎兴元年(263)后主刘禅投降邓艾,是刘蜀集团逐步衰落和灭亡的阶段。综观这三个阶段,第二阶段显然是最有声有色的。而在这一阶段中,蜀汉的开国大将关羽、张飞、黄忠、马超、赵云,即小说中的"五虎大将",都先后亡故,只有魏延一直奔走疆场,贯穿其始终。试看关系到蜀汉命运的几大战役——夺取益州之役,争夺汉中之役,南征之役,北伐之役,魏延总是甘冒矢石,奋勇当先。他或者与黄忠为伍,或者与赵云配合,或者独任先锋,总是冲劲十足,壮心不已。这里随手举出几个例子:

(诸葛亮出师南征)令赵云、魏延为大将,总督军马……(卷十八,《孔明兴兵征孟获》则)

（诸葛亮出师北伐）唤诸将听令：前督部，镇北将军、领丞相司马、凉州刺史、都亭侯魏延……（卷十九，《孔明初上出师表》则）

（诸葛亮最后一次北伐）乃令魏延、姜维作先锋……（卷二十一，《诸葛亮六出祁山》则）

魏延为刘蜀集团南征北伐，东挡西杀近三十年之久，确实可谓劳苦功高。

最后，魏延颇识兵机，智勇兼备，在刘蜀集团出类拔萃。刘备手下的几员大将，关羽喜读兵书，颇有谋略；张飞粗中有细，时有妙计；赵云、黄忠用计不多，马超则只能算一勇之夫。魏延呢？在他年轻气盛的时候，也是以冲锋陷阵、斩将搴旗为能事；随着战争经验的日渐丰富，他对于战争艺术逐步加深了认识，用计献策的能力也就大大提高了。如卷十九《孔明祁山破曹真》则写到，诸葛亮骂死王朗之后，命赵云、魏延当晚去劫魏寨，赵云不假思索就要执行命令，魏延却提出："曹真深明兵法，必料我乘丧劫寨，他岂不提防也？"当然，诸葛亮对此早有安排，但魏延的发问，表明他的确不同于一般的纠纠武夫，而是一个有勇有谋的大将了。更为难得的是，魏延不仅能对战役性、战术性的行动思谋用计，而且能对关系全局的战略方针独抒己见。当诸葛亮首次出师北伐，魏国派驸马夏侯楙率领大军迎敌之时，魏延向诸葛亮提出了一个十分重要的计策：

夏侯楙乃膏梁子弟，懦弱无谋。可赐精兵五千，直取路出褒州，循秦岭以东，当子午谷而投北，十日之中，可到长安。夏侯楙若闻某骤至，必然弃城，望横门邸阁而走矣！所弃粮草，足可为用也。某却从东方而来，丞相可大驱士马，自斜谷而进。若如此行之，则咸阳以西，一举而可定矣。（卷十九，《赵子龙大破魏兵》则）

这个建议，知己知彼，大胆精明，确实是一条难得的妙计，一个值得重视的战略设想。因为在魏蜀的抗衡中，蜀汉国小兵寡，力量单薄，经不起同魏国打消耗战；而且秦岭险峻，易守难攻，道路崎岖，粮食给养难乎为继。在这种情况下，只有出奇制胜，才有可能把握战争的主动权，夺取根本性的胜利。相比之下，关羽、张飞等人的计谋仅仅是战役性或战术性的，只有魏延从战略的角度提出过如此重大的决策，这不能不说是他的过人之处。

可惜的是，诸葛亮却以"此非万全之计"为理由，否定了魏延的计策，甚至连让魏延试一试也不干，而主张走陇右大路，"依法进兵"。这样，就放过了有利的战机，使本来手忙脚乱的魏军赢得了喘息的时间，得以调整部署，而蜀军则不得不在陕甘的山区地带与魏军打阵地战、消耗战，劳师数载，无功而返。诸葛亮的主要对手司马懿事后评道："诸葛亮平素谨慎仔细，不肯造次行事。他却不知吾境内地理；若是吾用兵，先从子午谷径取长安，早得多时矣。"（卷十九，《司马懿智取街亭》则）由此可见，魏延的主张是正确的，至少是很有可能成功的。

正因为魏延有上述这些长处，刘备对他非常器重。请看：

（刘备进位汉中王以后）令魏延总督军马，守御东川，遂引百官回成都。（卷十五，《关云长威震华夏》则）

（刘备亲率大军伐吴时）命丞相诸葛亮保太子，守两川；骠骑将军马超并弟马岱，助镇北将军魏延共守汉中，以当魏兵……（卷十七，《范强张达刺张飞》则）

看来，刘备这位"世之枭雄"一直把魏延当作方面之才来重用，不愧为开国之君，巨眼识人，善用其长。

二

历史上的魏延，其才干、智勇和功勋已是无可怀疑的了，那么，他最后究竟背叛蜀汉没有呢？

众所周知，魏延是在诸葛亮去世以后，与丞相长史杨仪发生火并时失败被杀的。对此，《三国志·蜀书·魏延传》记载得十分清楚：

（建兴十二年）秋，亮病困，密与长史杨仪、司马费祎、护军姜维等作身殁之后退军节度，令延断后……延曰："丞相虽亡，吾自见在。府亲官属便可将丧还葬，吾自当率诸军击贼，云何以一人死废天下之事邪？

且魏延何人，当为杨仪所部勒，作断后将乎?"

魏延的意思很明白：第一，诸葛亮虽然去世，但北伐事业不能中断，应当由他继续"率诸军击贼"。这虽然有自视甚高，对诸葛亮死后的困难估计不足的成分，但与"背叛"二字是风马牛不相及的。第二，论官品地位，论功绩威望，都应当由他负责统率全军，现在却要他听从一向与他水火不容的杨仪的号令，他心中实在不服。但是，这与"背叛"也根本不能画等号。

如果魏延当时真的要背叛蜀汉，他可以有三种选择。其一，率领本部在前线倒戈，投降司马懿，这可以说是易如反掌。其二，按兵不动，等杨仪率大军撤退以后，割据汉中，独树一帜，观望形势，待价而沽，如同当年的张鲁一样。凭着他多年镇守汉中的威望和实力，这也是不难办到的。其三，重施刘备夺取刘璋地盘的故伎，制造借口，以迅雷不及掩耳之势杀回成都，篡夺蜀汉政权，然后再来对付杨仪一军，这也不是完全不可能的。然而，魏延并没有选择其中任何一条路，他仅仅主张由杨仪等人护丧还葬，而由他率军继续北伐，不要"以一人死废天下之事"，其心洞然可见，哪里是要反叛呢？

当杨仪不理睬魏延的主张，径自率大军南撤之时，魏延长期郁积的对杨仪的不满爆发了。在盛怒之中，他率兵抢先南归，与杨仪争相上表朝廷，互相攻击对方为叛逆。最后，双方在南谷口刀兵相见，魏延失败，被马岱"追斩之"。所以，陈寿在《三国志·蜀书·魏延传》中做了一个比较客观的结论：

原延意不北降魏而南还者，但欲除杀（杨）仪等。平日诸将素不同，冀时论必当以代（诸葛）亮。本指如此，不便背叛。

但是，不管怎么说，像魏延这样一个身经百战，勋劳赫赫的大将，在矢石交飞的战场上迭经风险而不死，到头来却死于"自己人"的刀下；这还不算，当马岱提着他的头去报功时，狷狭阴狠的杨仪竟然"起自踏之，曰：'庸奴！复能作恶不？'遂夷延三族。"[1]这实在是一场悲剧！

①《三国志·蜀书·魏延传》。

　　这场悲剧的责任应该由谁承担?

　　我认为,主要责任应该由魏延自己承担。对此,《三国志·蜀书·魏延传》记载得也十分清楚:

　　延每随(诸葛)亮出,辄欲请兵万人,与亮异道会于潼关,如韩信故事,亮制而不许。延常谓亮为怯,叹恨己才用之不尽。延既善养士卒,勇猛过人,又性矜高,当时皆避下之。唯杨仪不假借延,延以为至忿,有如水火。

　　看来,魏延是一个刚强威猛,颇有点自高自大的人物,既有勇于任事、不畏艰难的优点,也有桀骜不驯、任性而行的缺点。在蜀汉立国之前和建国之初,上有刘备这个雄主统驭,左右有关羽、张飞、马超、黄忠、赵云等大将并立,魏延还不可能目中无人,他的缺点较多地受到控制,而他的优点则较好地得到发挥,在无数次的拼杀鏖战中建立了累累功勋。随着刘、关、张、马、黄、赵等人相继谢世,诸葛亮独力支撑蜀汉大局,魏延成了开国元勋中硕果仅存的大将,地位越来越高,资格越来越老。这时,他那刚而自矜、目中无人的毛病就表现得越来越突出了。他以西汉王朝的开国元勋韩信自许,一心要自领一军,与诸葛亮分道而出,建立吞强魏、复汉业的盖世奇功。而且,他也确实提出过直出褒中,奇袭长安的妙计。但是,诸葛亮没有采纳他的妙计,对他分兵的要求也总是"制而不许"。这就使他常常感到不那么得志,对诸葛亮颇有牢骚,甚至认为诸葛亮过于胆小,"叹恨己才用之不尽"。只是由于对诸葛亮心存畏惧,他还不得不有所顾忌。另一方面,同僚们对他处处让三分,惟独杨仪却偏偏不买他的帐,老是同他争长论短,这当然要引起他的不快,久而久之,双方竟"有如水火"。"每至并坐争论,延或举刀拟仪,仪泣涕横集。"[①]因此,当诸葛亮病逝,由杨仪统兵撤退,要他断后时,他再也按捺不住不满的情绪,竟然失去了理智,忘记了大敌当前,三军新失统帅,亟需加强团结,稳定军心,却非要同杨仪见个高低。不管魏延可以举出多少理由,这种先小忿而忘大局的行为显然是十分错误的,当然

---

　　① 《三国志·蜀书·费祎传》。

也是不得人心的。所以，尽管他一向"善养士卒"，到了这个时候，却是"士众知曲在延，莫为用命，军皆散"。①魏延一下子成了孤家寡人，只好带着儿子逃跑，终于丢了老命。半世威名，毁于一旦，铸成了千载悲剧。

魏延死后七年，即后主延熙四年（241），蜀人杨戏著《季汉辅臣赞》，给魏延下了这样几句评语：

> 文长刚粗，临难受命，
> 折冲外御，镇保国境。
> 不协不和，忘节言乱，
> 疾终惜始，实惟厥性。

这段赞语，肯定了魏延"折冲外御，镇保国境"的功劳，叹惜他不能善始善终，指出根源在于他那"不协不和"的性格。这个评价是比较公允的。所以，人们有理由说魏延并未背叛蜀汉，但也同样有理由说他的悲剧是咎由自取。

不过，我们还应该看到，对于魏延善始而不能善终的悲剧，身为统帅的诸葛亮也是有一定责任的。

首先，诸葛亮对魏延的使用确实不像刘备那么放得开手。刘备在世时，虽然手下良将众多，却一直把魏延视为特达卓异之才，委以方面之任，让他长期镇守汉中，屏障益州，可谓用之不疑。而诸葛亮呢，尽管北伐时良将寥寥，可与魏延颉颃者几乎没有，但他对魏延总是不那么放心，既不认真考虑魏延的重要建议，也不愿让魏延分兵而进。这种颇有保留的用人态度，自然要使心高气傲的魏延感到不快，不能充分发挥其积极性。可悲的是，诸葛亮与魏延并无私怨，他的忠诚勤谨、光明磊落、严于律己、赏罚公平，都是举世公认的；他也相当重视选贤任能，培养了一些优秀人才。但是，可能正是由于他律己甚严吧，他在衡量和使用人才时，不知不觉地比较偏爱那些稳重温驯、谨言慎行的人；而对那种颇有才干而锋芒毕露的人，对那种优点突出缺点也明显的人，对那种好提意见时有牢骚的人，总是不那么喜欢，往往不能充分发挥他们各自的

---

① 《三国志·蜀书·魏延传》。

长处，对魏延就是如此。对于最高统帅来说，这不能不说是一种片面性，也是诸葛亮不及刘备之处。

其次，在处理魏延与杨仪的矛盾问题上，诸葛亮虽然"深惜仪之才干，凭魏延之骁勇，常恨二人之不平"[①]，却一直未能采取妥善措施，眼看着二人由日常意气之争发展到尖锐对立，"有如水火"的地步。尽管他在主观上"不忍有所偏废"，但由于魏延常在前锋迎敌，而杨仪一直在身边办事，对二人倚重的程度实际上还是有所不同。特别是在他临终之时，如果把魏、杨二人叫到一起，晓之以大义，托之以后事，二人的矛盾即使不能涣然冰释，至少也可以暂时缓和一下。遗憾的是，诸葛亮仅仅把杨仪、费祎、姜维等人找来安排后事，却把魏延排除在外，只是留给他一个"断后"的命令。既然魏延身为第一号大将，这样做显然是不大妥当的。魏、杨矛盾的激化，不能不说与此有关。

今天，我们越是敬佩诸葛亮的高风亮节，就越是为他没有处理好魏延问题而惋惜。在某种意义上可以说，魏延的悲剧多少反映了蜀汉政权人才不盛，难乎为继的悲剧。

三

罗贯中写作《三国演义》的时候，以大开大阖的气魄，雄健恣肆的笔力，立主脑，理线索，"据正史，采小说"，刻意经营，从容布局，完成了这部划时代的巨著，表现出极高的艺术才能。

但是，在塑造魏延形象时，罗贯中却陷入了难于解决的矛盾。一方面，作为一个现实主义的作家，他必须真实地再现历史上的魏延形象，既不掩其大功，也不隐其过失；另一方面，作为诸葛亮的热烈崇拜者，他又实在不愿意表现诸葛亮在处理魏延问题时的失误。通观全书，我们时时可以感觉到罗贯中左右为难的心理。

在《演义》中，对魏延的描写大部分符合史实，而且比史书记载更丰富，更具体，更生动。书中有关魏延的许多情节，或者是历史上的魏延实有的，或者是魏延在当时的条件下可能有的，作者一一写来，把魏

①《三国志·蜀书·杨仪传》。

延的形象塑造得比较丰满。如像书中对魏延加入刘备集团的经过的描写，就是史书上所没有的；罗贯中通过魏延襄阳斥蔡张、长沙救黄忠这两个虚构的情节，较好地表现了魏延爱憎分明、敢作敢当的性格。又如书中叙述曹操与刘备争夺汉中时，有这样一段描写：

　　（曹）操令来日进兵，出斜谷界口，再复中原。忽当道一军摆开，为首大将乃魏延也。操招魏延归降，延恶言大骂。操令庞德战之。……延拈弓搭箭，射中曹操。操翻身落马。……操带伤，又折却门牙两个……（卷十五，《曹孟德忌杀杨修》则）

　　魏延严词拒绝曹操的诱降，表现了他对刘备集团的忠诚；一箭射伤曹操，这个功劳更是非同小可，刘备集团还没有其他人直接杀伤过曹操呢！其实，这段绘声绘色的描写也不见于史书，但它却有助于表现魏延的英勇善战。

　　再如，当诸葛亮病危时，司马懿命夏侯霸去探虚实，诸葛亮命魏延退敌，书中写道：

　　魏延遂上马，引兵出寨时，夏侯霸见了魏延，慌忙引兵而退。延奋赶二十余里方回。（卷二十一，《孔明秋风五丈原》）则）

　　这说明，即使在这样危急的时刻，魏延压根也没有想到背叛蜀汉，投降曹魏。

　　类似的情节还可以举出一些。这些描写，充分表现了罗贯中的现实主义创作态度。

　　可是，且慢！这样写下去，读者岂不是会觉得魏延最后被杀太可惜了吗？岂不是会认为诸葛亮对魏延的态度不够妥当吗？罗贯中对诸葛亮实在太热爱了，他一心要把诸葛亮塑造为十全十美的完人，决不愿意让诸葛亮形象蒙受任何损害。于是乎，他煞费苦心地虚构了许多情节，以便说明诸葛亮对魏延的态度不仅完全正确，而且具有先见之明。然而，这些情节往往不合情理，非但不能给诸葛亮增添光彩，反而有损于他的形象。试看下例。

　　当魏延救了黄忠，献出长沙以后，"玄德敬之"，诸葛亮却"喝令刀斧手推下斩之"(卷十一，《黄忠魏延献长沙》则)。刘备急忙劝阻道："诛降杀顺，大不义也。魏延乃有功无罪之人，何故杀之？"诸葛亮便说出了他的理由：

> 食其禄而杀其主，是不忠也；居其土而献其地，是不义也。吾观魏延脑后有反骨，久后必反，故先斩之，以绝祸根。(卷十一，《孙仲谋合肥大战》则)

诸葛亮这段话影响很大，其实却是似是而非之谈。在那个天下大乱，群雄并起的时代，兵微将寡，又没有地盘的刘备，要想成就帝王之业，必须延揽天下英雄，包括欢迎从对手营垒投顺过来的文武人才。如果把投奔自己的豪杰斥为"不忠不义"，岂不是闭塞贤路，自陷孤立？按照诸葛亮的这个逻辑，法正食刘璋之禄，居益州之地，却背弃刘璋，千方百计地帮助刘备夺取益州，其"不忠不义"之"罪"比魏延大得多，岂不更该杀头？但法正却被刘备倚为谋主，后又任尚书令，地位仅次于诸葛亮，这该如何解释？此外，老将严颜不仅自己投降了张飞，还招降沿途关隘四十五处，比魏延献一个长沙厉害得多；张翼在雒城绑缚刘璝，迎降刘备，比魏延杀韩玄做得更绝；益州将领归降刘备者还有不少。请问，他们该不该全部斩首？诸葛亮对这些人一概欢迎，为什么对魏延却要特别苛刻呢？至于所谓"反骨"云云，更是荒诞不经之言。通观《演义》，诸葛亮并无相面之术，为何一见魏延便可断其忠奸？而且关羽引魏延来见刘备时，并未免胄，诸葛亮怎么能从他那戴着铁盔的头上一眼就看出"脑后有反骨"？离开了细节的真实，这句话自然也就站不住脚了。

尽管魏延并无二心，诸葛亮却一直想除掉他。当诸葛亮在上方谷埋下地雷，布下干柴时，命魏延将司马懿父子诱入谷中，又叫马岱垒断谷口，企图将他们全部烧死。由于天降大雨，司马懿父子得以逃出，魏延也幸而不死。这时，诸葛亮却翻脸不认账，反而责怪马岱把魏延堵在谷中，要将马岱斩首(卷二十一，《孔明火烧木栅寨》则)。这些情节，把诸葛亮写成了心术不正，坑害部下的小人，更是大大的败笔。

最后，当诸葛亮在五丈原病情沉重时，祈祷北斗以求延年益寿。这本来就是徒劳无益的事，罗贯中却把它写得煞有介事，使不忍心看到诸葛亮去世的读者产生几分希望。眼看只差一天就要成功了，哪知魏延却入帐报告军情，因"脚步走急，将主灯扑灭"。（卷二十一，《孔明秋夜祭北斗》则）这样一来，诸葛亮之死也成了魏延的罪过，不要说"姜维大怒……欲斩魏延"，就连热爱诸葛亮的某些幼稚的读者也不禁会将满腔愤怒倾泻到魏延头上，认为魏延确实该死。罗贯中写到这里，可能自认为是得意之笔；然而，今天的许多读者却反而会替魏延抱屈。

由此看来，在描写诸葛亮与魏延的关系时，罗贯中摇摆于两条原则之间：一条是现实主义的创作原则，另一条则是"为贤者讳"的儒家行事原则。遵循前者，他的笔通常是婉曲自然，游刃有余的；而囿于后者，他的笔有时又运转不灵，力不从心，苦心虚构的某些情节并不具备浪漫主义想象的美感，反倒是违背现实主义的败笔。从这里，我们看到了罗贯中创作思想中的矛盾。

总之，我认为，罗贯中在塑造魏延形象时，其创作意图是游移不定的，倾向性也是不够鲜明的。他似乎是在按照两条平行线来描写人物的：一条是用大量情节表现魏延的智勇功勋，另一条则企图证明魏延确实背叛了蜀汉和这背叛的必然性。罗贯中无法使二者水乳交融，因此，他笔下的魏延形象，尽管在某些方面是丰满的，但其性格却显得不够统一。造成这种现象的根本原因，乃是他对诸葛亮形象的某种绝对化。

诚然，罗贯中对诸葛亮形象的塑造，从总体上看是相当成功的，应该予以充分肯定。但在处理魏延形象时，罗贯中对诸葛亮的失误也是处处回护，苦心文饰，这样就使他在某些地方离开了清醒的现实主义，不能像塑造曹操、关羽、张飞等形象时那样，在忠于历史真实的基础上取得较大的创作自由，多侧面、多层次地表现人物的性格。其结果，欲益反损，产生了一些作者始料不及的副作用。从这一创作上的成败得失中，我们不是可以领悟到某些艺术的辩证法吗？

（原载《青海社会科学》1985 年第 5 期）

阿斗与姜维

　　长期以来，在《三国演义》的众多人物形象中，除曹操之外，人们主要致力于对刘蜀集团人物的研究；而在刘蜀集团人物中，研究最多的则是诸葛亮、刘备、关羽、张飞等创业和立国阶段的人物。这与《演义》的整体构思相合，因而是合理的。不过，对刘蜀后期人物关注过少，毕竟还是一个缺点。本文特拈出阿斗、姜维这两个刘蜀后期最具知名度的重要人物，略加论析。

一、阿斗——庸主的典型

　　《三国演义》中的蜀汉后主刘禅（207—271，乳名阿斗），在位四十一年（223—263），先有千古名相诸葛亮主持大局，后有蒋琬、费祎、董允、姜维等文武贤臣尽心辅佐，但他却一直浑浑噩噩，得过且过；后来竟让宦官黄皓专权，朝政日益腐败，终于将大好河山拱手让人。与他那位弘毅坚韧、百折不挠的枭雄父亲相比，这位亡国之君实在让人看不起，"扶不起的阿斗"便是千百年来人们对他的一句定评。

　　不过，人们在抨击、嘲笑刘禅的时候，往往出自对诸葛亮的追思、对蜀汉的悲悼，情绪宣泄多于理智评判。如果对具体的历史作一番深入细致的分析，也许会对刘禅的性格和命运有更加全面的认识。

　　诚然，刘禅非常"笨"，但并非一无是处。衡量一国之君的好坏，不是看其个人才干如何，而主要应看两条：其一，国家是否安定，政治是否清平；其二，君臣关系是否正常。梁武帝博学多通，才华出众，但赋敛苛重，忠奸不分，晚年佞佛，一手造成侯景之乱，以致黎民涂炭，自己也被饿死，实在难逃昏君之责；隋炀帝天资聪颖，文武兼备，但穷奢极侈，横征暴敛，滥杀大臣，导致天下大乱，更是不折不扣的暴君。刘禅作为一国之君，最大的毛病是"平庸"，无所作为；最大的优点则是"安于君位"，没干什么突出的坏事。与历史上形形色色的昏君、暴君相比，他的表现还不算太差，堪称"庸主"的典型。

就内政而言，曹魏后期，自司马懿于正始十年（249）正月发动政变，诛灭曹爽集团，独揽大权以后，屡次发生反对司马氏的激烈斗争：嘉平三年（251），太尉王凌谋立楚王曹彪，以抑制司马懿，司马懿讨王凌，王凌自杀，曹彪被"赐死"；嘉平六年（254），中书令李丰与皇后父张缉谋诛司马师，以太常夏侯玄代之，事泄被杀，不久，司马师废少帝曹芳为齐王，

立高贵乡公曹髦为帝；正元二年（255），镇东将军毌丘俭、扬州刺史文钦起兵讨司马师，司

马师率兵攻之，毌丘俭兵败被杀，文钦奔吴；甘露二年（257），征东大将军诸葛诞据寿春反司马昭，称臣于吴，司马昭挟持魏主曹髦及太后，率大军往攻，直至次年二月才攻破寿春，

诸葛诞被杀；甘露五年（260），魏主曹髦亲率殿中宿卫僮仆讨司马昭，司马昭命亲信贾充率兵迎战，杀害曹髦，另立常道乡公曹奂为帝。十余年间，真是内乱不已。孙吴后期，政治也很混乱。特别是末帝孙皓在位的十六年间，骄奢淫逸，穷凶极恶，滥用民力，大兴土木；全国户籍人口不过二百几十万，而他的后宫竟达五千余人！致使吴国迅速衰落，将士离心，百姓贫困，怨声载道；西晋大举伐吴之前，国内已有多处起义和兵变。相比之下，刘禅在位四十一年，虽然后期内政日渐走下坡路，但政局基本上保持了长期平稳。

就君臣关系而言，曹魏后期，司马氏靠政变上台，又以阴谋诡计和残暴手段垄断权力，其与曹魏皇室之间，全无信义可言：架空少主，威逼太后，两度废立，甚至悍然杀害皇帝，血溅宫廷。而被害的魏主曹髦则留下一句千古名言："司马昭之心，路人所知也。"①吴国末帝孙皓在位期间，对大臣视若仆隶，任意残害：丞相濮阳兴、左将军张布定策迎立

---

① 《三国志·魏书·三少帝纪》注引《汉晋春秋》。

他为帝，仅仅四个月后，他就杀了二人，可谓恩将仇报；右丞相万彧在他为乌程侯时即与之交好，最早建言迎他为帝，却因进谏被责而自杀[①]；中书令贺邵屡次进谏，引起他不满，邵中风，口不能言，被他怀疑装病，拷打得体无完肤，终被杀害；侍中韦昭有良史之才，因撰写《吴书》时坚持据实而书，竟被下狱，亦遭杀害[②]……他杀人还常常花样翻新：或锯人之头，或剥人之面，或凿人之眼。[③]如此兽行，自然使君臣关系极其紧张。相比之下，刘禅在位期间，与大臣的关系显然要好得多。

历史上刘禅的在位期间可以大致划分为三个时期：前期，即诸葛亮辅政时期（223—234）；中期，即蒋琬、费祎执政时期（234—253）；后期，即黄皓由干政到专权时期（253—263）。在这三个时期中，刘禅基本上能守君道，优礼大臣；即使后期昏庸日甚，也几乎未见残害大臣之事。

在诸葛亮辅政时期，刘禅严格遵循父亲"汝与丞相从事，事之如父"的遗训，对诸葛亮极为敬重，充分信任，"政事无巨细，咸决于亮。"[④]诸葛亮治理蜀中，发展经济，与吴国恢复同盟关系，他总是乐观其成，从不干预；诸葛亮亲自南征，几度北伐，他总是予以支持，从不掣肘（《三国演义》第 100 回写诸葛亮气死曹真，打败司马懿，后主却听信流言，下诏宣诸葛亮班师回朝，纯属虚构）。如此放手让辅政大臣行使职权，不疑心，不捣乱，在专制皇权时代并不多见。当诸葛亮在五丈原病重时，刘禅派尚书仆射李福前去探望，并咨询国家大计；诸葛亮推荐蒋琬、费祎为接班人，他又虚心采纳，先后任命蒋琬、费祎为执政大臣。不仅如此，诸葛亮逝世后，他仍追思不已，九年之后，又招诸葛亮之子诸葛瞻为驸马。至景耀六年（263）春，还下诏"为（诸葛）亮立庙于沔阳（今陕西勉县定军山前）。"[⑤]这证明他确是真心诚意地崇敬诸葛亮。裴松之在《诸葛亮传》注引《袁子》云："及其受六尺之孤、摄一国之政，事凡庸之君，专权而不失礼，行君事而国人不疑，如此即以为君臣百姓之心欣

---

① 《三国志·吴书·三嗣主传》。
② 《三国志·吴书·王楼贺韦华传》。
③ 《三国志·吴书·三嗣主传》。
④ 《三国志·蜀书·诸葛亮传》。
⑤ 《三国志·蜀书·诸葛亮传》。

戴之矣。"从诸葛亮的角度来看，能够如此，堪称千秋楷模；而从刘禅的角度来看，能让诸葛亮"行君事而国人不疑"，也很值得赞许。

蒋琬总统国事时，刘禅当皇帝已有十二年，早就可以自己作主了；但他并不独断专行，对蒋琬、费祎这两位执政大臣仍然十分尊重。蒋琬从延熙元年（238）出屯汉中，到延熙九年（246）卒于涪城（今四川绵阳），在外达八年之久；费祎从延熙八年（245）起，两度出屯汉中，后又驻扎汉寿（原名葭萌，今四川广元市昭化镇），直至延熙十六年（253）被刺，在外时间也长达六年。然而，"自琬及祎，虽自身在外，庆赏刑威，皆遥先咨断，然后乃行，其推任如此。"①在此期间，协助蒋琬、费祎执政的董允忠直敢言，对刘禅的一些不合理要求敢于劝阻；刘禅虽然不太高兴，对他却颇有几分敬畏。如果换一个皇帝，很可能会蛮横拒谏，而董允则可能早就被罢官，甚至下狱或被杀了。

蜀汉的最后十年，宦官黄皓由干预政事发展到专权乱国，这是刘禅的一大过失。不过，这一时期，还不全是奸臣当道，刘禅也用了一些忠臣、贤臣。此时蜀汉的最高官员是大将军姜维，他连年北伐，刘禅都没有猜忌阻拦，没有派人去监视，更没有因其几次兵败而将他撤职囚禁乃至杀头。姜维率兵在外，朝中实际执政大臣先后为陈祗、董厥、樊建、诸葛瞻等；除陈祗与黄皓内外勾结，助其干预政事之外②，其余几人均可称忠臣。然而，他们对刘禅的过失却很少谏阻，对黄皓也未加抑制或惩戒。所以，对黄皓的专权乱国，他们也不能完全辞其咎。诸葛瞻之子诸葛尚在绵竹战死前就曾长叹道："父子荷国重恩，不早斩黄皓，以致倾败，用生何为！"③

说到蜀汉的灭亡，首先是因其疆域最小，国力最弱，长期与魏对峙，民力已消耗殆尽；其次是因后期朝政腐败，加速了国势的衰落。对此，刘禅当然要负主要责任；但姜维、董厥、樊建、诸葛瞻等人缺乏远见卓识，军事、政治举措多有不当，也并非毫无干系。——尽管他们忠于蜀

---

① 《三国志·蜀书·费祎传》。

② 参加拙文《大奸似忠说陈祗》，载中华书局《文史知识》2008 年第 7 期。

③ 《三国志·蜀书·诸葛亮传》注引《华阳国志》。

汉，却无法挽回亡国的命运。

总之，作为亡国之君，刘禅被抨击、被嘲笑是应该的；但他还不同于汉桓帝、汉灵帝之类的昏君，更不是隋炀帝、梁太祖（朱温）之类的暴君，而是一个既无雄心又无能力，无法承担守成重任的庸主。

《三国演义》对刘禅很少正面着笔，仅仅通过虚构的"安居平五路""听信流言召回诸葛亮""听信谗言召回姜维"等情节，以及"对姜维请诛黄皓不以为然""仓皇出降""乐不思蜀"等来自史实的情节，便把这位庸主的形象写得活灵活现，给读者留下了相当深刻的印象。

二、无力回天的悲剧英雄——姜维

在《三国演义》写到的蜀汉后期人物中，姜维（202—264）是给人印象最深的一个，以致许多人误以为姜维就是诸葛亮选定的接班人。然而，这个印象却并不准确。

诚然，姜维一直深得诸葛亮赏识。建兴六年（228）春，诸葛亮首次北伐，时为魏国中郎（《三国演义》误为"中郎将"），参天水郡军事的姜维归附，诸葛亮即任命他为仓曹掾，加奉义将军，封当阳亭侯，时年二十七（虚岁）。诸葛亮还写信给留府长史张裔、参军蒋琬，称赞道："姜伯约忠勤时事，思虑精密……其人，凉州上士也。"[①]此后几年，姜维屡从征伐，到建兴十二年（234）八月诸葛亮病逝前，已经晋升为中监军、征西将军。不过，由于姜维归附较晚，功业、威望均有不足，尽管诸葛亮对他期望甚殷，予以重点培养，却不可能直接把他选为接班人。事实上，诸葛亮选定的接班人是蒋琬和费祎。《三国志·蜀书·蒋琬传》明确记载道："（诸葛亮临终前）密表后主曰：'臣若不幸，后事宜以付琬。'"《蜀书·杨戏传》载其所作《季汉辅臣赞》裴注引《益部耆旧杂记》云：诸葛亮在五丈原病重时，后主派尚书仆射李福前去探望，并咨询国家大计。李福问："如公百年后，谁可任大事者？"诸葛亮回答："君所问者，公琰（蒋琬的字）其宜也。"李福又问："蒋琬之后，谁可任者？"诸葛亮回答："文伟（费祎的字）可以继之。"

---

① 《三国志·蜀书·姜维传》。

尽管姜维并非诸葛亮指定的接班人，但在蜀汉中后期，其地位却越来越重要。诸葛亮逝世后，姜维任辅汉将军，进封平襄侯。延熙六年（243），迁镇西大将军，领凉州刺史。十年（247）升任卫将军，与大将军费祎共录尚书事（蒋琬已于 246 年逝世）。十九年（256）进位大将军（费祎于 253 年正月被刺身亡），成为蜀汉最高官员。

在蜀汉中后期执政集团中，姜维是继承诸葛亮北伐曹魏、兴复汉室的遗志最为坚决的一个。从延熙十二年（249）起，他先后八次伐魏。据《三国志·蜀书·后主传》，这八次北伐是：第一次，延熙十二年"秋，卫将军姜维出攻雍州，不克而还。将军句安、李韶降魏"。第二次，延熙十三年（250），"姜维复出西平，不克而还。"第三次，延熙十六年（253），"夏四月，卫将军姜维复率众围南安，不克而还。"第四次，延熙十七年（254），"夏六月，维复率众出陇西。冬，拔狄道、河关、临洮三县民，居于绵竹、繁县。"第五次，延熙十八年（255），"夏，（姜维）复率诸军出狄道，与魏雍州刺史王经战于洮西，大破之。经退保狄道城，维却住钟题。"第六次，延熙十九年（256），"春，进姜维位为大将军，督戎马，与镇西将军胡济期会上邽，济失誓不至。秋八月，维为魏大将军邓艾所破于上邽。维退军还成都。"第七次，延熙二十年（257），"闻魏大将军诸葛诞据寿春以叛，姜维复率众出骆谷，至芒水。"第八次，景耀五年（262），"姜维复率众出侯和，为邓艾所破，还住沓中。"毛宗岗《读三国志法》称姜维"九伐中原"，不当。其一，姜维历次北伐，进攻方向都是曹魏的陇西地区，并非"中原"；其二，姜维第八次北伐退兵后，仅在沓中（今甘肃舟曲西北）屯田，并未第九次出兵伐魏。

综观姜维这八次北伐，除了第四次"拔狄道、河关、临洮三县民，居于绵竹、繁县"，为蜀汉增加了一点人口，第五次大破曹魏雍州刺史王经，旋因魏征西将军陈泰来援而退兵外，其他几次，要么劳而无功，要么兵败而还（第六次甚至是大败），可谓败多胜少。

《三国演义》从第 107 回到 115 回，以主要篇幅描写了姜维的八次北伐。与史实相较，《演义》对历史上姜维的第二次、第四次北伐未予叙述；而《演义》所写的六伐（与邓艾、司马望斗阵法，大破之）、七伐（借魏将王瓘诈降之机，将计就计，诱邓艾来劫粮草，将邓艾包围，邓艾弃马爬山而逃）则纯属虚构；写其他几次北伐，也有虚构成分（如二伐时包围司马昭于铁笼山，八伐时虽败而不退，暗袭祁山，打败邓艾）。尽管《演义》的描写注意维护了姜维的形象，但读者仍会强烈地感到他力不从心，收效甚微。

为什么姜维八次北伐难获成功？从根本上说，是因为历史没有给他提供获得成功的必要条件。

在三国之中，蜀汉本来就疆域最小，实力最弱。到了蜀汉末年，后主刘禅昏庸无能，贪图享乐；宦官黄皓专权乱政，结党营私。朝政腐败，百姓疲惫，以致"入其朝，不闻正言；经其野，民皆菜色"[①]。蜀汉灭亡时，列入户籍者总共只有二十八万户，九十四万人；如此少的人口，却要供养十万二千军队、四万官吏，老百姓的负担该是多么沉重！仅就这一点而言，蜀汉政权已经难以维持。国势如此衰微，姜维却不明大势，只凭一厢情愿，年年出兵，徒耗民力。这样，不仅无法取得根本性的胜利，而且实际上加速了蜀汉的灭亡。在此期间，吴国先后经历了废立太子、孙权逝世、诸葛恪被杀、孙峻孙綝专权、少主孙亮被废等大事，虽曾几度攻魏，但均遭失败；孙休在位期间，先是诛灭权臣孙綝，继而忙于处理内政，更无法有效地组织对魏国的进攻，与姜维配合。因此，等司马氏巩固了自己在魏国专权的地位以后，蜀汉最先灭亡也就毫不奇怪了。

蜀汉景耀六年（263），即姜维第八次北伐之后仅仅一年，司马昭命征西将军邓艾、镇西将军钟会、雍州刺史诸葛绪分兵三路，大举攻蜀。姜维与张翼、廖化、董厥等坚守剑阁，遏制了钟会大军。但邓艾偷度阴平，奇袭涪城（今四川绵阳市），又在绵竹（今四川德阳黄许镇）击破诸葛瞻军，直逼成都，后主刘禅仓皇投降。在腹背受敌、政权覆灭的形势下，姜维率军诈降钟会，欲利用魏军内部矛盾，使邓艾杀卫瓘，钟会杀邓艾，杀魏军诸将，然后杀钟会，乘势恢复蜀汉政权。然而，尽管钟会手握雄兵，企图割据自立；但因违背历史潮流，不得人心，加之事机泄露，反被众将所杀。姜维无力回天，悲愤而死，成为一个令人同情的悲剧英雄。

---

① 《三国志·吴书·薛珝传》注引《汉晋春秋》。

  平心而论，若论在蜀汉政权中的作用，论历史地位，蒋琬、费祎都高于姜维。然而，蒋琬、费祎执政期间没有令人目眩的创造，没有惊心动魄的战争，一切都那么平平和和，顺顺当当；这虽然在当时受到国人的好评，但在后人看来，却似乎不如长年驰驱疆场，浴血奋战的姜维那么富于传奇色彩。蒋琬因病而死，费祎意外被刺，其结局也不像竭力救亡图存，不幸事败被杀的姜维那样充满悲剧情调。从文化心理来说，人们更崇拜轰轰烈烈的英雄：既崇拜所向无敌的胜利英雄，也崇拜慷慨赴死的失败英雄。因此，后代的民间艺人们总是乐于渲染姜维的功业事迹。罗贯中继承了这种文化心理，加之他重在叙述三国的征战史、兴亡史，因此，他虽然在《三国演义》第 105 回中写到刘禅"依孔明遗言，加蒋琬为丞相、大将军，录尚书事"（按：蒋琬未任丞相，《演义》有误），却基本上没有描写蒋琬、费祎的政绩，而径直把姜维写成了诸葛亮事业的继承者。此后六百多年来，由于《三国演义》的广泛传播和根据《演义》改编的戏曲、曲艺的反复说唱，使得一般老百姓都熟知姜维，却不大知道蒋琬、费祎。这样的文化现象，在世界各国历史上似乎都有，很值得研究。

  （本文系由拙作《〈三国〉刘蜀后期人物三论》第一、三部分组成；原文载《上海大学学报》2006 年第 5 期）

诸葛亮的接班人——蒋琬

蜀汉建兴十二年（234）八月，一代贤相诸葛亮因积劳成疾，溘然长逝于五丈原军中。蜀汉政权，顿时失去擎天栋梁。

此时，举国哀悼，人心惶惶。面对强大的曹魏，蜀汉又处于"危急存亡之秋"。

那么，谁能继承诸葛亮，维持蜀汉政局？谁是诸葛亮选定的接班人？

可能很多人都认为，姜维是诸葛亮的接班人。这显然是读小说《三国演义》产生的印象，但却并不准确。

诚然，姜维一直深得诸葛亮赏识。建兴六年（228）春，诸葛亮首次北伐，姜维归附，诸葛亮即任命他为仓曹掾，加奉义将军，封当阳亭侯，并写信给留府长史张裔、参军蒋琬，称赞道："姜伯约忠勤时事，思虑精密……其人，凉州上士也。"[1]此后几年，姜维屡从征伐，到诸葛亮病逝前，已经晋升为中监军、征西将军。不过，由于姜维归附较晚，功业、威望均有不足，尽管诸葛亮对他期望甚殷，予以重点培养，却不可能直接把他选为接班人。

那么，诸葛亮选定的接班人是谁呢？是蒋琬。《三国志·蜀书·蒋琬传》明确记载道："（诸葛亮临终前）密表后主曰：'臣若不幸，后事宜以付琬。'"《蜀书·杨戏传》载其所作《季汉辅臣赞》裴注引《益部耆旧杂记》云：诸葛亮在五丈原病重时，后主派尚书仆射李福前去探望，并咨询国家大计。李福问："如公百年后，谁可任大事者？"诸葛亮回答："君所问者，公琰（蒋琬的字）其宜也。"

蒋琬是何许人？诸葛亮为什么如此器重他，要选他为接班人呢？

---

[1]《三国志·蜀书·姜维传》。

一、托志忠雅，社稷之器

蒋琬（？—246），字公琰，零陵湘乡（今湖南湘乡）人。赤壁之战后，刘备夺取武陵、零陵、长沙、桂阳等江南四郡，年轻的蒋琬归附了刘备，后随从入蜀，曾任广都（今四川双流）长。有一次，刘备借外出游览的机会，突然来到广都，看到蒋琬没有把公务处理好，当时还喝醉了，不禁勃然大怒，要治蒋琬的罪。时任军师将军的诸葛亮求情道："蒋琬，社稷之器，非百里之才也。其为政以安民为本，不以修饰为先，愿主公重加察之。"①诸葛亮真是慧眼识人，这时就称蒋琬为"社稷之器"。诸葛亮又非常赏识蒋琬的品格，称赞他"为政以安民为本，不以修饰为先"，就是说，肯定他勤政务实，把"安民"作为执政的根本，不搞花架子，不做表面文章。刘备历来敬重诸葛亮，便没有治蒋琬的罪，只是免去了他的广都长职务。不久，又任命他为什邡令。建安二十四年（219），刘备称汉中王，任命蒋琬为尚书郎，使之成为政务中枢的一名官员。

章武三年（223）四月，刘备托孤于诸葛亮，病卒于永安宫。五月，太子刘禅即位，是为后主，改元建兴。"封（诸葛）亮武乡侯，开府治事。顷之，又领益州牧。政事无巨细，咸决于亮。"②此时，诸葛亮任命蒋琬为丞相东曹掾，主管二千石长吏及军吏的任免升迁，可谓委以重任。后又提升他为丞相参军。建兴五年（227），诸葛亮上《出师表》，进驻汉中，蒋琬与长史张裔统管丞相留守府公务。建兴八年（230），张裔卒，诸葛亮又提升蒋琬为丞相留府长史，加抚军将军。整个诸葛亮北伐期间，蒋琬一直留守成都，筹划提调，保证了兵员和粮饷的供应，进一步得到诸葛亮的推重。诸葛亮多次称赞道："公琰托志忠雅，当与吾共赞王业者也。"③

诸葛亮临终前，身份最高的官员，军中是魏延，朝中则是吴壹（《华阳国志》《三国演义》写作"吴懿"）。魏延，时任蜀军前锋、前军师、征西大将军，假节，封南郑侯，智勇兼备，功绩显赫；但他"性矜高，当

①《三国志·蜀书·蒋琬传》。
②《三国志·蜀书·诸葛亮传》。
③《三国志·蜀书·蒋琬传》。

时皆避下之"①，即骄傲自大、目中无人，大局观念较差。诸葛亮虽然用他担任先锋，却并不那么喜欢他，而他也确实难以胜任总揽全局、协调各方的执政重任。吴壹时任左将军，封高阳乡侯，是吴太后的哥哥，资格既老，又有国舅之尊；但吴壹虽然地位很高，且有战功，却缺乏把握全局的能力，也不宜作诸葛亮的接班人。

除开魏延、吴壹二人，在诸葛亮的丞相府官属中，地位最重要，又经过长期考察的，一是随军长史杨仪，二是留府长史蒋琬。杨仪才干突出，办事能力很强。建兴三年（225），诸葛亮以他为参军，署府事；建兴五年（227），随诸葛亮进军汉中；建兴八年（230），迁长史，加绥军将军。"亮数出军，仪常规画分部，筹度粮谷，不稽思虑，斯须便了。军戎节度，取办于仪。"但他"性狷狭"②，即性格狭隘，不能容人，并非协调文武，共济危局之才。为此，诸葛亮临终时，尽管委杨仪以指挥全军撤退的重任，却没有选他作接班人。

相比之下，既忠于职守、办事踏实，又品格高尚、具有雅量的蒋琬，才真是"社稷之器"。因此，诸葛亮最终选定蒋琬为自己的接班人。

正因为如此，在诸葛亮逝世，杨仪统率北伐大军回到成都后，后主谨遵诸葛亮遗志，任命蒋琬为尚书令，总统国事；"俄而加行都护，假节，领益州刺史"；次年（建兴十三年，235）又"迁大将军，录尚书事，封安阳亭侯"③，使之正式成为蜀汉的最高官员（诸葛亮死后，蜀汉不再设丞相）。

在选定蒋琬为接班人的同时，诸葛亮还将费祎列为接班人的后备人选。

费祎（？—253），字文伟，江夏鄳县（今河南信阳东北）人。初为太子舍人。后主即位，为黄门侍郎，迁侍中，为诸葛亮所器重。"丞相亮南征还，群僚於数十里逢迎，年位多在祎右，而亮特命祎同载，由是众人莫不易观。"④诸葛亮北伐，留他与郭攸之、董允总摄宫中之事；后调他为参军，先后迁中护军、丞相司马。诸葛亮曾屡次派遣他出使孙吴，

①《三国志·蜀书·魏延传》。
②《三国志·蜀书·杨仪传》。
③《三国志·蜀书·蒋琬传》。
④《三国志·蜀书·费祎传》。

他与孙吴君臣交往，气宇轩昂，言辞得体，赢得孙权尊重，曾以宝刀相赠，从而有效地巩固了蜀汉与孙吴的同盟关系。诸葛亮在五丈原病重时，费祎正担任丞相司马。上文已经写到，后主派尚书仆射李福前去探望诸葛亮，并询问："如公百年后，谁可任大事者？"诸葛亮推荐了蒋琬。李福又问："蒋琬之后，谁可任者？"诸葛亮回答："文伟可以继之。"诸葛亮病逝后，费祎与姜维协助杨仪，率领蜀军安全撤退，转任后军师；不久晋升为尚书令，作为大将军蒋琬的助手，负责处理日常政务。

二、安民为本，一以贯之

诸葛亮逝世时，蒋琬只能算中级官员（抚军将军，第五品；丞相长史，第六品）。骤然担任执政大臣，他能够胜任吗？事实证明，蒋琬没有辜负诸葛亮的信任和期待，很好地挑起了巩固蜀汉政权的重担。

首先，处变不惊，稳定人心。

蒋琬执政之初，蜀汉乍失栋梁，人心惶惶。此时，由司马懿率领的曹魏大军尚在渭南一带，随时可能入侵汉中。孙吴增加巴丘（今湖南岳阳）守军万人，一则防备魏军乘虚进攻蜀汉，可能也有在蜀汉难以支撑时趁机夺取地盘的意图。在这严峻的时刻，蒋琬处变不惊，从容镇定，正如《三国志·蜀书·蒋琬传》所云："时新丧元帅，远近危悚。琬出类拔萃，处群僚之右，既无戚容，又无喜色，神守举止，有如平日，由是众望渐服。"针对强敌曹魏，他奏明后主，晋升吴壹为车骑将军，假节督汉中；司马懿无隙可乘，只得退军。针对孙吴的增兵，他下令增加白帝城一带守军，并遣右中郎将宗预往见孙权，重申联盟抗魏的宗旨。这样，就迅速安定了人心，稳定了政局。

其次，发展经济，安定民生。

在政局基本稳定后，蒋琬以主要精力，努力安定民生，发展经济，增强国力。

早在蒋琬任广都长时，就"以安民为本，不以修饰为先"。这是他一贯的执政原则，是一个政治家最重要的治国理念。在他执掌国政期间，更是坚持以安民为本，一以贯之。尽管史书记载非常有限，仍可看到他在以下几个方面的努力：

一是集中人力，务农殖谷；

二是重视人才，改进技术；

三是发展蜀锦，增加收入；

四是敦促后主，重视农业。

《三国志·蜀书·后主传》有这样一段："（建兴）十四年（236）夏四月，后主至湔，登观阪，看汶水之流，旬日还成都。"（湔，山名，即今都江堰市西郊的玉垒山。观阪，地名，在今都江堰市城西斗鸡台，下临岷江，可俯瞰都江堰全貌。汶水，即今岷江。）整个《后主传》中，记其外出视察者，仅此一条，而俯瞰都江堰，应该视为对农业与水利的重视。

再次，审时度势，调整战略。

面对魏强蜀弱的总体态势，蒋琬大胆修正诸葛亮全力北伐的方针，以守边为本，以静制敌。

一是转移战略大本营。延熙元年（238），蒋琬出屯汉中。延熙六年（243），他由汉中还屯涪县（今四川绵阳），也就是将战略大本营由汉中移至涪县，大大节省了人力财力。

《蒋琬传》云："今魏跨带九州，根蒂滋蔓，平除未易。若东西并力，首尾掎角，虽未能速得如志，且当分裂蚕食，先摧其支党。……今涪水陆四通，惟急是应，若东北有虞，赴之不难。"

二是积极筹划东进战役。

《蒋琬传》："琬以为昔诸葛亮数阚秦川，道险运艰，竟不能克，不若乘水东下。乃多作舟船，欲由汉、沔袭魏兴、上庸。会旧疾连动，未时得行。"尽管计划未能实现，其设想仍是很有道理的。

三是从容调度，迅速击退曹魏大军。

延熙七年（即曹魏正始五年，公元244年），曹魏大将军曹爽率领十余万大军进攻汉中。镇守汉中的蜀汉镇北大将军王平守兵不满三万，与蒋琬表弟、护军刘敏等同心协力，沉着应战；蒋琬又命费祎率兵增援，曹爽"争险苦战，仅乃得过"，损失惨重。这一仗，蜀汉方面取得完胜。

可以说，尽管蒋琬没有在军事上建立惊世奇功，但他却无疑是蜀汉头脑最清醒、最具战略眼光的杰出领导人。

总的说来，蒋琬稳重沉静，坚持"以安民为本"的治国方针，把政务处理得井井有条。在他执政的十二年间（234—246），除了派姜维率领偏师攻袭曹魏凉州，以及延熙七年调兵抵御曹魏大将军曹爽之外，他基本上没有发动大规模的军事行动。不打大仗，就大大减轻了民众的兵役、劳役负担，使民众能够安心从事生产，从而舒缓了民力，取得了保境安民的良好效果，使蜀汉的国力有所恢复和发展。

三、协调君臣，和衷共济

蒋琬能够成为继诸葛亮之后的蜀汉贤相，与他善于处理君臣关系，协调执政团队，团结同僚是分不开的。

1. 信任有加的君臣关系

在人们心目中，蜀汉后主刘禅非常"笨"，但他决非一无是处。衡量一国之君的好坏，不是看其个人才干如何，而主要应看两条：其一，国家是否安定，政治是否清平；其二，君臣关系是否正常。梁武帝博学多通，才华出众，但赋敛苛重，忠奸不分，晚年佞佛，一手造成侯景之乱，以致黎民涂炭，自己也被饿死，实在难逃昏君之责；隋炀帝天资聪颖，文武兼备，但穷奢极侈，横征暴敛，滥杀大臣，导致天下大乱，更是不折不扣的暴君。刘禅作为一国之君，最大的毛病是"平庸"，无所作为；最大的优点则是"安于君位"，没干什么突出的坏事。与历史上形形色色的昏君、暴君相比，他的表现还不算太差，堪称"庸主"的典型。

就君臣关系而言，曹魏后期，司马氏靠政变上台，又以阴谋诡计和残暴手段垄断权力，其与曹魏皇室之间，全无信义可言：架空少主，威逼太后，两度废立，甚至悍然杀害皇帝，血溅宫廷；而被害的魏主曹髦则留下一句千古名言："司马昭之心，路人所知也。"吴国末帝孙皓在位期间，对大臣视若仆隶，任意残害：丞相濮阳兴、左将军张布定策迎立他为帝，仅仅四个月后，他就杀了二人，可谓恩将仇报；右丞相万彧在他为乌程侯时即与之交好，最早建言迎他为帝，却因进谏被责而自杀；中书令贺邵屡次进谏，引起他不满，邵中风，口不能言，被他怀疑装病，拷打得体无完肤，终被杀害；侍中韦昭有良史之才，因撰写《吴书》时坚持据实而书，竟被下狱，亦遭杀害……他杀人还常常花样翻新：或锯人之头，或剥人之面，或凿人之眼。如此兽行，自然使君臣关系极其紧张。相比之下，刘禅在位期间，与大臣的关系显然要好得多。

历史上刘禅的在位期间可以大致划分为三个时期：前期，即诸葛亮辅政时期（223—234）；中期，即蒋琬、费祎执政时期（234—253）；后期，即黄皓由干政到专权时期（253—263）。在这三个时期中，刘禅基本上能守君道，优礼大臣；即使后期昏庸日甚，也几乎未见残害大臣之事。

蒋琬总统国事时，刘禅当皇帝已有十二年，早就可以自己作主了；但他并不独断专行，对蒋琬、费祎这两位执政大臣仍然十分尊重。蒋琬从延熙元年（238）出屯汉中，到延熙九年（246）卒于涪城，在外达八年之久；费祎从延熙八年（245）起，两度出屯汉中，后又驻扎汉寿（原名葭萌，今四川广元市昭化镇），直至延熙十六年（253）被刺，在外时间也长达六年。然而，"自琬及祎，虽自身在外，庆赏刑威，皆遥先咨断，然后乃行，其推任如此。"

蒋琬没有诸葛亮那样的地位和威望，却能辅佐后主刘禅十二年之久，君臣关系一直良好，颇为难得。

2．和衷共济的执政团队

蒋琬不仅处理君臣关系是成功的，而且拥有一个好的执政团队。这首先表现在蒋琬与费祎的和衷共济。

费祎与蒋琬年资相近。后主即位时，蒋琬为丞相东曹掾，费祎则为黄门侍郎；蒋琬被提拔为丞相参军，费祎已迁侍中；诸葛亮逝世前，蒋琬为丞相留府长史，费祎则为丞相司马。诸葛亮挑选的接班人，蒋琬排名第一，费祎次之。当后主遵照诸葛亮遗言，任命蒋琬为尚书令，总统国事时，费祎转任后军师。对此，费祎没有丝毫不服，而且对自以为才能超过蒋琬，因没能执掌国政而大发牢骚的杨仪加以规劝。不久，蒋琬升迁为大将军，费祎则晋升为尚书令，作为蒋琬的助手，负责处理日常政务。他十分尊重蒋琬，很好地履行了自己的职责。延熙二年（239），蒋琬进位为大司马。四年后，费祎升任大将军、录尚书事，与蒋琬共同执政。

对于费祎，蒋琬也非常尊重。二人性格、风度有所不同："蒋琬方整有威重，费祎宽济而博爱"[1]；蒋琬以稳重严整见长，费祎则以敏捷干练著称。但他们能够优势互补，精诚合作，每有大事，必充分协商。延熙七年击退魏军后，蒋琬坚持将自己兼任的益州牧一职让给费祎。蒋琬逝世后，费祎自然成为蜀汉的头号大臣。

在蒋琬、费祎执政期间，董允也发挥了重要的辅助作用。

董允（？—246），字休昭，南郡枝江（今湖北枝江东北）人。董和之子。董和在刘璋手下曾任益州郡太守，执法严谨，为政清廉，深得民众拥戴。刘备夺取益州后，任命他为掌军中郎将，与诸葛亮共同负责处理左将军大司马（刘备当时的主要官衔）府事务。他勤于国事，为人坦诚，事有不妥，能与诸葛亮反复磋商，深得诸葛亮称赞。董允继承家风，年轻时即与费祎齐名。初为太子舍人；后主即位，迁黄门侍郎，颇得诸葛亮信任。诸葛亮北伐，留他与郭攸之、费祎总摄宫中之事。不久，费祎调任丞相参军，董允迁侍中，领虎贲中郎将，统宿卫亲兵。由于郭攸之性格温顺，而董允忠直敢言，谏诤后主过失的责任实际上都落在他的肩上。他"处事为防制，甚尽匡救之理。……后主益严惮之。……后主渐长大，爱宦人黄皓。皓便辟佞慧，欲自容入。允常上则正色匡主，下则数责于皓。皓畏允，不敢为非"。[2]延熙七年（244），董允以侍中守尚书令，为大将军费祎副贰，与蒋琬、费祎并为蜀汉重臣。延熙九年（246）卒。此后，陈祗为侍中，与黄皓内外勾结，千方百计讨好后主，黄皓才开始干预政事，进而逐步专权，使朝政日非，终至亡国。因此，蜀汉民众无不追思董允。《华阳国志·刘后主志》赞许道："（董）允立朝，正色处中，上则匡主，下帅群司。于时蜀人以诸葛亮、蒋（琬）、费（祎）及允为'四相'，一号'四英'。"

3. 善于用人，人尽其才

蒋琬还秉承诸葛亮的人才思想，善于发现和使用人才，使一批德才兼备之士成为蜀汉的栋梁之材。

---

①《三国志·蜀书·蒋琬费祎传》篇末评。
②《三国志·蜀书·董允传》。

（1）对姜维的重用。

姜维（202—264），字伯约，天水冀县（今甘肃甘谷东）人。原为魏国中郎（《三国演义》误为"中郎将"），参天水郡军事。建兴六年（228）春，诸葛亮首次北伐，姜维归蜀，时年二十七，从此深受诸葛亮信任，得到精心培养。蒋琬执政后，把姜维晋升为右监军、辅汉将军，统诸军，进封平襄侯。延熙六年（243），又把姜维晋升为镇西大将军，领凉州刺史，承担联络羌、胡，图取曹魏凉州的重任。蒋琬逝世后，费祎继续重用姜维。延熙十年（247），姜维升任卫将军，与大将军费祎共录尚书事。费祎逝世后，姜维又于延熙十九年（256）进位大将军，成为蜀汉最高官员。

（2）对邓芝、王平、马忠等人的重用。

邓芝（？—251），字伯苗，义阳新野（今河南新野南）人。后主即位不久，邓芝出使孙吴，顺利恢复同盟关系，被孙权评价为："和合二国，唯有邓芝。"诸葛亮北住汉中，以邓芝为中监军、扬武将军。蒋琬执政后，将邓芝晋升为前军师、前将军，领兖州刺史，封阳武亭侯，不久为督江州，镇守蜀汉东面疆域。延熙六年（243），又将他晋升为车骑将军，系方面大员中地位最高者。他"赏罚明断，善恤卒伍"[①]，不仅保证了蜀汉东面疆域的完整，而且维护了与孙吴的友好关系。

王平（？—248），字子均，巴西宕渠（今四川渠县东北）人。街亭之战后，王平受到诸葛亮的赏识，迁后典军、安汉将军。蒋琬执政后，车骑将军吴壹驻汉中，王平领汉中太守，协助吴壹把守蜀汉的北大门。建兴十五年（237），进封安汉侯，代吴壹督汉中。延熙元年（238），蒋琬住沔阳，王平又任前护军，署琬府事。延熙六年（243），蒋琬还住涪，拜王平前监军、镇北大将军，统汉中。尽管他"所识不过十字，而口授作书，皆有意理。使人读《史》《汉》诸纪传，听之，备知其大义，往往论说不失其指。遵履法度，言不戏谑"[②]，以兢兢业业的精神保证了蜀汉北境的安全。

马忠（？—249），字德信，巴西阆中（今四川阆中）人。他才干优

---

① 《三国志·蜀书·邓芝传》。
② 《三国志·蜀书·王平传》。

卓，刘备伐吴败退永安，一见马忠便非常赏识。建兴三年（225），诸葛亮南征，以马忠为牂牁太守。建兴八年（230），召为丞相参军，协助长史蒋琬署留府事，并兼领益州治中从事。自建兴十一年（233）起，一直镇守南方，深受诸葛亮器重。蒋琬执政后，马忠由奋威将军晋升为安南将军；延熙五年（242），再晋升为镇南大将军。他"宽济有度量……处事能断，威恩并立"①，维护了蜀汉后方的安定。

《三国志·蜀书·王平传》云："是时，邓芝在东，马忠在南，平在北境，咸著名迹。"可见蒋琬用人，各得其所。

4．豁达大度，领袖风范。

蒋琬之所以能够做到善于用人，人尽其才，与他本人广阔的胸襟、豁达的气度是密不可分的。

东曹掾杨戏性情简傲，态度不恭，与蒋琬说话不大恭敬，"琬与言论，时不应答。"蒋琬却毫不计较。"或欲搆戏于琬曰：'公与戏语而不见应，戏之慢上，不亦甚乎！'琬曰：'人心不同，各如其面；面从后言，古人之所诫也。戏欲赞吾是耶，则非其本心；欲反吾言，则显吾之非：是以默然，是戏之快也。'"据《三国志·蜀书·杨戏传》记载："延熙二十年（257），随大将军姜维出军至芒水。戏素心不服维，酒后言笑，每有傲弄之辞。维外宽内忌，意不能堪，军还，有司承旨奏戏，免为庶人。"相较之下，蒋琬的胸襟，确实难以企及。

督农杨敏曾指责蒋琬："作事愦愦，诚非及前人（按：指诸葛亮）。"有人要求惩办杨敏，蒋琬却泰然自若地说："吾实不如前人，无可推也。"后来杨敏因事下狱，许多人担心他会被处死，蒋琬却秉公论断，使杨敏得免重罪。

蒋琬执政十二年，"边境无虞，邦家和一"，成就十分突出。

论政绩，论品格，蒋琬不愧为诸葛亮的接班人；论历史地位，他应该高于姜维；而要论判断形势的正确和处理国政的得当，他更是明显高出姜维一筹。

蒋琬的功业品格，特别是他"以安民为本"的执政理念，永远垂范

---

① 《三国志·蜀书·马忠传》。

后世。

蒋琬、费祎连续执政达十九年之久，占了蜀汉四十三年历史的将近一半，构成蜀汉历史上的一个重要时期；然而，《三国演义》对这一重要时期却一笔带过，这是一个明显的缺陷。尽管罗贯中在《演义》第 105 回中写到刘禅"依孔明遗言，加蒋琬为丞相、大将军，录尚书事"（按：蒋琬未任丞相，《演义》有误），却基本上没有描写蒋琬的政绩。对于费祎、董允，更缺乏正面描写。第 107 回写到司马懿诛灭曹爽集团，夏侯霸投奔蜀汉后，姜维欲借机伐魏，"尚书令费祎谏曰"云云，似乎费祎位在姜维之下，更不准确。此时（延熙十二年，公元 249 年），费祎为大将军，而姜维为卫将军，位在费祎之下。由于《演义》在内容安排上轻重失当，具体描写又时有不确之处，而绝大多数读者并未读过史书《三国志》，以致许多人竟不知道蒋琬、费祎是诸葛亮选定的接班人，这不能不说是一个遗憾。

（原载《西华大学学报》2011 年第 4 期）

略论"为曹操翻案"

　　1959 年 1 月至 5 月，郭沫若同志接连写了《谈蔡文姬的〈胡笳十八拍〉》《替曹操翻案》《中国农民起义的历史发展过程——序〈蔡文姬〉》等文章，并在历史剧《蔡文姬》里塑造了一个与《三国演义》中的曹操迥然不同的曹操形象，从而在文艺理论和创作实践两个方面都尖锐地提出了"为曹操翻案"的问题。

　　问题一经提出，立即在学术界引起了强烈的反响，文史工作者纷纷撰文，就如何评价历史上的曹操和《三国演义》中的曹操进行了热烈的争鸣。可惜，由于种种原因，这一争论未能充分地开展，也未能深入下去。这就给学术界，特别是给《三国演义》研究工作留下了一大悬案。

　　粉碎"四人帮"以后，沉寂已久的《三国演义》研究逐渐活跃起来，于是，"为曹操翻案"的问题又开始受到人们的关注。事实上，每一个严肃的《三国演义》研究者都或深或浅地感觉到，要想深入地研究《三国演义》，正确地评价它的思想和艺术成就，就不可能回避曹操问题。

　　我们认为，郭老有关"为曹操翻案"的论述，既有精辟之见，也有片面之辞，还有自相矛盾之处，应该给以辩证唯物主义的分析。只有这样，才能在对曹操问题的认识上逐步地取得一致，从而更好地开展《三国演义》的研究工作。

一

　　首先应当肯定：郭老提出"为曹操翻案"，具有一定的合理性。

　　郭老曾说：

　　曹操虽然是攻打黄巾起家的，但他却受到了农民起义的影响，被迫不得不采取一些有利于生产的措施。由黄巾农民组成的青州军，是他的武力基础。他的屯田政策也是有了这个基础才能树立的。他锄豪强、抑兼并、济贫弱、兴屯田，费了三十多年的苦心经营，把汉末崩溃了的整个社会基本上重新秩序化了，使北部中国流离失所的农民重新回到土地上来恢复了生产劳动。自殷代以来即为中国北边大患的匈奴，到他手里，几乎化为了郡县。他还远远到辽东去把新起的乌桓平定了。他在文化上更在中国文学史中促成了建安文学的高潮。(《谈蔡文姬的〈胡笳十八拍〉》，郭沫若《文史论集》第 209 页)

　　郭老的这些话基本上是符合历史事实的。作为历史人物的曹操，确实是中国封建社会中一位杰出的政治家、军事家、文学家。当然，作为剥削阶级的典型代表人物，曹操也有着十分突出的恶德劣行(对此，我们在下面还要谈到)；但是，按照历史唯物主义的观点，从整体上看，曹操对于社会的发展的确是有较大贡献的，在历史上应当占有较高的地位。过去对于曹操的肯定很不够，这是不公允的，应该作出重新评价。

　　我们认为，在郭老有关曹操的论述中确有溢美之辞。例如："曹操虽然打了黄巾，但并没有违背黄巾起义的目的""他打了黄巾，而黄巾农民拥戴他""他打了乌桓，而乌桓人民服从他。"(《替曹操翻案》，《沫若选集》第 4 卷第 391 页)"不能否认他是受了农民起义的影响，逼着他不能不走上比较为人民谋利益的道路。"(《中国农民起义的历史发展过程 —— 序〈蔡文姬〉》，郭沫若《文史论集》第 195—196 页)这些话显然是不正确的。不过，郭老郑重指出"曹操对于民族的发展和文化的发展有大的贡献"，这个基本论断却是正确的；他提出"为曹操翻案"的目的是要给历史人物曹操以较高的评价，充分肯定其历史功绩，这也是合理的。经过争鸣，史学界和文学界的大多数同志对于历史上的曹操的评价终于逐步趋于一致。此后出版的中国通史和文学史，多数都对曹操作了较高的评价。因此，尽管许多同志不赞成"为曹操翻案"这个口号，不同意郭老的某些具体论述，却不能不看到他提出这个口号对于引起学术争鸣的积极作用。

　　更为重要的是，通过这场争鸣，促进了广大文史工作者努力学习马克思主义，运用历史唯物主义的基本原理去分析历史进程，观察历史现象，评价历史人物。正如当年不赞成"为曹操翻案"的李希凡同志所说的那样：

无疑的，这一争论，对于如何正确地评价历史人物，是有着很大意义的。因为问题讨论的性质，并不局限在曹操这样一个历史人物的功过上，而是通过讨论，终于会树立起关于如何评价历史人物的马克思主义的正确观点。（《历史人物的曹操和文学形象的曹操——再谈〈三国演义〉和为曹操翻案》，《论中国古典小说的艺术形象》第79页）

今天，当我们重新来回顾这场讨论的时候，应该说已经向着这个目标前进了一大步。这当然是广大文史工作者共同努力的结果；但是，郭老的倡导之功却是应该肯定的。他对于创立和发展我国马克思主义的历史学的重大功绩，包括他对于正确评价曹操所作出的贡献，是不能抹煞的。

还应该指出，郭老在争鸣中发扬学术民主的作风也是相当突出的。在五十年代和六十年代，与他商榷的文章之多，讨论的问题之广，都是罕有其匹的。而他总是平等待人，既勇于阐述自己的观点，也乐于听取不同的意见，并且不怕公开承认自己的某些失误。这种胸襟和气度，实在令人钦佩和值得学习。

然而，"为曹操翻案"这个口号本身毕竟是值得商榷的。而且，郭老提出这个口号，在很大程度上是针对《三国演义》而发的。他不止一次地指出：

曹操对于民族的贡献是应该作适度评价的，他应该是一位杰出的历史人物。然而自宋以来，所谓"正统"观念确定了之后，这位杰出的历史人物却蒙受了不白之冤。自《三国演义》风行以后，更差不多连三岁的小孩子都把曹操当成坏人，当成一个粉脸的奸臣，实在是历史上的一大歪曲。（《谈蔡文姬的〈胡笳十八拍〉》，郭沫若《文史论集》第209页）

他还写道：

《三国演义》是一部好书，我们并不否认；但它所反映的是封建意识，我们更没有办法来否认。艺术真实性和历史真实性，是不能够判然分开的，我们所要求的艺术真实性，是要在历史真实性的基础上而加以发扬。罗贯中写《三国演义》时，他是根据封建意识来评价三国人物，在他并不是存心歪曲，而是根据他所见到的历史真实性来加以形象化的。但在今天，我们的意识不同了，真是"萧瑟秋风今又是，换了人间"了！罗贯中所见到的历史真实性成了问题，因而《三国演义》的艺术真实性也就失掉了基础。(《替曹操翻案》，同上书第 188—189 页)

问题既然这样明白地摆在面前，我们就不能不把它一一分辨清楚。

二

我们认为，"为曹操翻案"这个口号，从历史学的角度来看是不科学的，从文学艺术的角度来看也是片面的。

何谓翻案？就是完全推翻或基本推翻原先的结论。那么，在评价历史人物曹操的问题上，能够说是"翻案"吗？显然不能。

首先，历史上对于曹操的评价，并不是一团漆黑，一概骂倒；而是有褒有贬，毁誉参半。西晋时，陈寿在《三国志·魏书·武帝纪》篇末评曰："汉末，天下大乱，雄豪并起，而袁绍虎视四州，强盛莫敌。太祖运筹演谋，鞭挞宇内，揽申、商之法术，该韩、白之奇策，官方授材，各因其器，矫情任算，不念旧恶，终能总御皇机，克成洪业者，惟其明略最优也。抑可谓非常之人，超世之杰矣。"这是褒。与他同时的陆机在《辨亡论》中则曰："曹氏虽功济诸华，虐亦深矣，其民怨矣。"这是褒中有贬。在唐代，唐太宗李世民称赞曹操："以雄武之姿，当艰难之运；栋梁之任同乎曩时，匡正之功异于往代。"(《祭魏太祖文》，《全唐文》卷十)这又是褒。而刘知几在《史通·探赜篇》里却痛骂曹操："贼杀母后，幽迫主上，罪百田常，祸千王莽。"这又是贬。在宋代，司马光在《资治通鉴》中称赞曹操："知人善任，难眩以伪。识拔奇才，不拘微贱；随能任使，皆获其用。与敌对阵，意思安闲，如不欲战然；及至决机乘胜，气势盈溢。勋劳宜赏，不吝千金；无功望施，分毫不与。用法峻急，有犯必戮，或对之流涕，然终无所赦。雅性节俭，不好华丽。故能芟刈群雄，几平海内。"这当然是褒。朱熹在《通鉴纲目》中则指斥曹操为"篡逆"，这当然是贬。但与朱熹同时的辛弃疾在著名的《南乡子·登京口北固亭有怀》词中却写道："天下英雄谁敌手？曹刘。"这仍然是褒。南宋以后，封建正统观念加强了，斥骂曹操为"奸臣"的议论占了优势，但对曹操持褒的态度，或褒贬兼施者仍代有其人。元代元好问在脍炙人口的《论诗绝句》中写道："曹刘坐啸虎生风，四海无人角两雄。"明代张溥指出："周公所谓多材多艺，孟德诚有之""汉末名人，文有孔融，武有吕布，孟德实兼其长""《述志》一令，似乎欺人，未尝不抽序心腹，慨当以慷也。"（《汉魏六朝百三家集题辞·魏武帝集》）清代陈祚明写道："孟德天分甚高，因缘所至，成此功业。"（《采菽堂诗集》卷五）晚清黄摩西更是认为："魏武雄才大略，奄有众长，草创英雄中，亦当占上座。虽好用权谋，然从古英雄，岂有全不用权谋而成事者？"（《小说小话》）这些都是褒奖之语。由此可见，郭老所说的曹操从宋代以后才被贬斥，是不符合历史事实的。既然历史上对曹操一直是有褒有贬，也就是说并没有给他定下一个什么"案"，又怎么谈得上"为曹操翻案"呢？

其次，历史上对于曹操的贬斥是否都是诬蔑不实之词？这也要作具体分析。指责曹操是"奸臣""篡逆"，确实是封建正统观念的词句，应当予以否定。但是，人们对他指责更多的奸诈和残忍，在陈寿《三国志》、裴松之《三国志注》、范晔《后汉书》等历史著作中则有大量记载。这些记载也可能有不准确之处，但应该说是"基本属实"。这也毫不奇怪，因为曹操毕竟是封建统治阶级的代表人物，残忍狡诈、极端自私、反复无常、背信弃义，本来就是这个阶级的特征，只不过这些特征在曹操身上表现得更为充分、更为突出罢了。作为军阀混战中的佼佼者，曹操的每一项功业，都要让人民付出沉重的代价。难道人们指出他的酷虐行为，能说成是使他"蒙受了不白之冤"吗？这个"案"又怎么能"翻"呢？

在文艺作品（特别是以三国历史为题材的戏剧）中，曹操确实主要是以反面人物形象出现的。但是，对此也不能简单地提成"翻案"问题。

众所周知，历史科学和历史小说、历史戏剧是既有紧密联系而又性质各别的。前者是要准确地叙述整个历史发展的进程，后者则是要真实地再现无限丰富生动的历史生活，表现特定时代的本质真实；前者要准确全面地评价历史人物的功过是非，后者则要塑造各种历史人物的典型形象；前者主要借助于逻辑思维，需要的是冷静地分析历史材料，客观地加以叙述，后者则主要通过形象思维，总是融合着作者的满腔激情和主观色彩。历史科学在评价一个历史人物时，一般是不太考虑伦理道德的，它主要是从纵的方面来衡定其功过，看他（或她）对整个历史进程起的是促进还是促退的作用。然而历史人物一进入文学艺术领域，则不能不接受对他（或她）个人品质的道德评价，而且文艺一般要求截取一个横断面来进行描绘。历史学与文艺相比，前者强调的是功与过，而后者强调的是真、善、美与假、恶、丑的对立统一。因此，历史小说、历史戏剧的作者，总是根据自己的思想倾向、审美理想、生活体验等，对于历史事实加以选择弃取，而不会满足于照相式地简单地复述历史事实；并且在创作过程中，还常常借助于虚构和夸张，只要这种虚构和夸张是在当时历史条件下可能发生的。这就是说，艺术真实要以历史真实为基础，但二者又不能等量齐观。郭老本人也曾经指出："写历史剧并不是写历史，这种初步的原则，是用不着阐述的。剧作家的任务是在把握历史的精神而不必为历史的事实所束缚。"（《我怎样写〈棠棣之花〉》，《沫若选集》第 2 卷第 76 页）所以，不能要求历史小说、历史戏剧中的每一个情节在历史上都实有其事，不能用对历史人物的全面评价来衡量小说戏剧中的艺术形象，也不能因为小说戏剧中的人物形象只反映了某个历史人物的某一个或某几个侧面而提出"翻案"的要求。对于传统小说戏曲来说，尤其是这样。元代睢景臣的套曲《高祖还乡》，着重描写了汉高祖刘邦功成还乡时志得意满之态，揭露了他年轻时的无赖行径，而对于他在推翻暴秦以后重新统一天下的赫赫功绩则未加表现。难道我们可以说，《高祖还乡》没有反映出历史人物刘邦的某些本质特征吗？难道可以因为它没有全面评价刘邦的历史作用而予以否定，进而提出为刘邦"翻案"吗？当然不能！

让我们再以郭老自己的历史剧创作为例吧。在他的历史剧代表作《屈原》中，张仪被写成奸险狡诈的阴谋家，宋玉被写成卖师求荣的无耻文人，郑詹尹被写成放毒杀人的凶手。这既缺乏充足的史实根据，更不符合对这些历史人物的全面评价。特别是张仪，连郭老本人也说："写张仪多半是根据《史记·张仪列传》及《战国策》，把他写得相当坏，这是没有办法的。在本剧中他最吃亏，为了禋祀屈原，自不得不把他来做牺牲品。假使是站在史学家的立场来说话的时候，张仪对于中国的统一倒是有功劳的人。"（《我怎样写五幕史剧〈屈原〉》，《沫若选集》第 2 卷第 185页）请问，我们是不是需要大声疾呼为张仪、宋玉、郑詹尹"翻案"呢？在郭老的另一历史剧《高渐离》中，秦始皇被写成暴君。秦始皇的残暴确是事实，但他扫平六国，统一天下，统一文字、货币、度量衡，对我国封建社会历史的发展作出了重大贡献，显然是功大于过。那么，是不是因此就要否定剧本《高渐离》而为秦始皇"翻案"呢？由此可见，将文艺作品中的艺术形象的性格和历史人物的历史作用简单地混淆起来进行"翻案"，往往是行不通的，有时甚至是荒唐的。

　　历史上的曹操本来就是一个性格十分复杂的人物。他集功罪于一身，也集褒贬于一身：既是扫荡群雄，逐步统一北方的英雄，又是残酷镇压农民起义的凶手；既是恢复和发展社会生产的功臣，又是"所过多所残破"的罪人；既是善于广泛收罗人才，"不念旧恶"的创业之主，又是奸诈忌刻，随意置人于死地的不义之徒。对于这样一个人物，历史小说、历史戏剧的作者为什么不可以着重选择他的某一个侧面来描写呢？李希凡同志说得好："要使普通人民永远记住曹操的那一些有益于历史发展的时间短暂的政治经济措施，而又必须抹掉他在兼并群雄的战争中所遗留下来的'残戮''屠城'的血迹，是不可能的。因此，即使人民和《三国演义》的作者，完全选择了曹操的'奸邪诈伪阴险凶残'的性格侧面，也绝不违反历史真实。"（《历史人物的曹操和文学形象的曹操——再谈〈三国演义〉和为曹操翻案》，《中国古典小说的艺术形象》第 95—96 页）其实，《三国演义》还是尽可能反映曹操形象的各个侧面的，倒是多数三国戏"完全选择了曹操的'奸邪诈伪阴险凶残'的性格侧面"。即使如此，也应该承认它们反映了一定的历史真实，充分肯定其教育意义和认识价值，而不能因为它们没有反映出曹操作为英雄的一面而否定它们，更不能以此来作为"为曹操翻案"的理由。

三

下面，让我们再从《三国演义》中的曹操形象本身来看"为曹操翻案"这个口号的片面性吧。

在《三国演义》中，确实大量地描写了曹操"奸邪诈伪阴险凶残"的恶德劣行。但是，这类情节的大部分都是以陈寿《三国志》、裴松之《三国志注》、范晔《后汉书》等史籍为依据的。对此，有的同志已经作了详细的对照和分析，我们不再多所举例。可以说，《三国演义》的艺术真实是建立在历史真实的基础之上的。翦伯赞同志说它"肆意地歪曲历史，贬斥曹操"（《应该替曹操恢复名誉》，《翦伯赞历史论文集》第442页），这显然不符合事实。

其实，《三国演义》不仅大量地描写了曹操的恶德劣行，而且突出地表现了曹操过人的胆略和非凡的才能，兼顾到曹操性格的各个侧面。这里略举几点。

首先，书中第一次写曹操出场就用了浓墨重彩，写得有声有色："为首闪出一个好英雄：身长七尺，细眼长髯。胆量过人，机谋出众；笑齐桓、晋文无匡扶之才，论赵高、王莽少纵横之策。用兵仿佛孙、吴，胸内熟谙韬略。"（嘉靖壬午本《三国志通俗演义》卷一第二则。下引此书，只注卷、则。）紧接着又介绍了许劭给予他"治世之能臣，乱世之奸雄"的评语和他初任洛阳北部尉即敢于棒责权贵的果毅行为。这就收到了先声夺人的效果，给读者留下了深刻的印象。试比较同卷第一则中刘备的出场："时榜文到涿县张挂去，涿县楼桑村引出一个英雄。那人平生不甚乐读书，喜犬马，爱音乐，美衣服。少言语，礼下于人，喜怒不形于色。好交游天下豪杰，素有大志。"可以说，两者的形象都本于历史事实，而对曹操的描绘显然更为引人注目。

其次，在《三国演义》塑造的几十个主要人物中，只有关羽被称为"关公"，曹操被称为"曹公"。作者竭力歌颂关羽的"忠义"和武勇，这是后人一致公认的。可是，与关羽处于敌对地位的曹操也被称为"曹公"，就不大被人注意了。其实，这说明罗贯中尽管有"拥刘贬曹"的思想倾向，却仍然尽量忠实于历史，把曹操看作高人一筹的人物。

　　再次，罗贯中为了突出曹操的政治军事才干，除了根据史实描写曹操先后破李傕郭汜、击袁术、杀吕布、破袁绍、征乌桓、降刘琮、败马超、收张鲁，逐步统一北方等重大事功以外，还虚构了一些故事情节。例如，虚构曹操借刀刺董卓的情节（卷一第八则），以表现他的胆识和机敏；虚构曹操矫诏起兵，召集十八路兵马共讨董卓的情节（卷一第九则），以表现他的慷慨不群，敢作敢为。这些情节，在《三国演义》有关曹操的篇幅中占了很大的比重，这难道说得上是对曹操形象的"丑化"和"歪曲"吗？

　　最后，嘉靖本《三国志通俗演义》在写到曹操病死以后，引了后人的诗、论、赞共七段（卷十六第六则）。其中，前面四段都是对曹操大加褒奖的。第一段（"后史官有诗曰"）热烈赞颂了曹操芟刈群雄之功，起句便是："雄哉魏太祖，天下扫狼烟。"结句则是："豪杰同时起，谁人敢赠鞭？"简直把曹操的军功说成了天下第一。第二段（"史官拟《曹操行状》云"）则依据《三国志·武帝纪》注引《魏书》中对曹操的颂扬改写而成，全面地肯定了曹操的政治、军事、文学才能和执法严峻、生活节俭等品质。第三段即系陈寿在《三国志·武帝纪》中的评语，对曹操的评价也是很高的。第四段（"宋贤赞曹操功德诗曰"）指出曹操"虽秉权衡欺弱主，尚有礼义效周文。当时若使无公在，未必山河几处分"。对于曹操"挟天子以令诸侯"持明确的肯定态度。第六段（"唐太宗祭魏太祖曰"）说曹操"一将之智有余，万乘之才不足"，这虽说不上是怎样的褒，也说不上是怎样的贬。实际上，唐太宗认为曹操"挟天子以令诸侯"并不是什么过错（李渊、李世民父子在隋末天下大乱时立代王杨侑为帝，同样也是"挟天子以令诸侯"），而是惋惜他就此止步，安于当周文王，不肯痛痛快快地取汉献帝而代之，所以说他"万乘之才不足"。只有第五段（"前贤又贬曹操诗曰"）和第七段（"宋邺郡太守晁尧臣登铜雀台，有诗叹曰"）才是贬抑曹操的。很明显，罗贯中把这七段有褒有贬、褒胜于贬的诗、论、赞放在一起，决不是为了"肆意地歪曲历史，贬斥曹操"，而是表现出一种比较客观的态度。

　　综上所述，我们完全可以说，《三国演义》对于曹操的描写，总的是做到了把艺术真实建立在历史真实的基础之上。它写出了曹操性格的各个侧面，丰满生动，真实可信，塑造了古典文学中一个难以企及的人物形象，一个千古不朽的艺术典型。

郭老说："罗贯中写《三国演义》时，他是根据封建意识来评价三国人物，但他并不是存心歪曲，而是根据他所见到的历史真实性来加以形象化的。"先撇开"根据封建意识来评价三国人物"一句不谈，说罗贯中"是根据他所看到的历史真实性来加以形象化的"，这与其说是对罗贯中的批评，毋宁说是对他的高度赞扬。"根据他所见到的历史真实性来加以形象化"，难道不正是严格的现实主义吗？从莎士比亚到巴尔扎克再到托尔斯泰，从《诗经》中的大多数无名作者到杜甫再到曹雪芹，难道不都是"根据他所见到的历史真实性来加以形象化"吗？生活在元末明初的罗贯中（须知他比莎士比亚还早二百多年呀！）能够做到这一步，实在难能可贵。对此难道不应该大加肯定吗？固然，罗贯中不可能是历史唯物主义者，他所看到的历史真实性是有局限性的，他不可能全面评价历史人物的功过。但是，我们只能指出他的局限性，却不能否定"他所见到的历史真实性"（既然已经承认这是一种"历史真实性"），也不能否定在此基础上创作的《三国演义》的艺术真实性。"翻案"之说，实在不能令人信服。

至于说罗贯中"根据封建意识来评价三国人物"，这又有什么奇怪呢？"统治阶级的思想在每一个时代都是占统治地位的思想。"（马克思、恩格斯：《德意志意识形态》）生活在六百多年前的封建社会中的罗贯中，不"根据封建意识来评价三国人物"，又该根据什么？难道要他根据当时还不可能有的资产阶级思想乃至无产阶级思想来评价三国人物吗？今天，我们完全可以指出罗贯中对曹操的描写受着封建正统观念的影响，却不可能要求他按照六百多年以后的观点来写作《三国演义》。正如大家熟知的，莎士比亚是按照资产阶级的意识来写作剧本的，却得到马克思和恩格斯很高的评价；巴尔扎克是根据贵族保皇党的意识来写他那编年史式的杰作《人间喜剧》的，恩格斯却称他为"比过去、现在和将来的一切左拉都要伟大得多的一个现实主义艺术家"；托尔斯泰是根据"一个因为迷信基督而变得傻头傻脑的地主"的意识来从事创作的，列宁却称他为"俄国革命的镜子"。这几位伟大作家的成就都是现实主义的胜利。

那么，对于六百多年前的现实主义作家罗贯中，又为什么要苛求呢？难道他思想中有封建意识就是"为曹操翻案"的理由吗？

郭老一方面说"《三国演义》是一部好书，我们并不否认"；另一方面却又责备《三国演义》把曹操写成了一个粉脸的奸臣，"实在是历史上的一大歪曲"。这样一来，《三国演义》又怎么能算得上是"好书"呢？这种矛盾的评论，实在令人百思不得其解。

当然，我们并不认为《三国演义》中的曹操形象就是毫无瑕疵的了，更不认为罗贯中的写法就是人人都必须效法的模式。我们只是不赞成"为曹操翻案"这个笼统的口号，不赞成用对历史人物曹操的全面评价来否定《三国演义》中的曹操形象，而主张对这部六百多年前产生的古典文学名著给予历史唯物主义的评价而已。作为二十世纪的马克思主义者，我们当然不应该局限于罗贯中的水平。如果今天或者将来有人要以三国题材来创作小说或戏剧，当然应该比罗贯中站得更高，严格遵循历史唯物主义原则，运用形象思维规律，塑造出与《三国演义》风貌迥异的艺术形象，而且完全可以比《三国演义》中的形象更丰满，更完整，具有更高的艺术概括力，因而也更能受到人民的欢迎。不过，这已不是什么"翻案"的问题，而是对古典文学遗产的继承、革新和发展了。

（原载《社会科学研究》1982 年第 5 期。人民大学；中国《复印报刊资料·中国古代近代文学研究》1982 年第 24 辑转载。）

再论曹操形象

在汉末三国时期的众多人物中，历史贡献最大，同时又是历代评价争议最多、分歧最大的，首推曹操。而在《三国演义》塑造的众多艺术形象中，内涵最复杂，并一再引起争议的，也是曹操。

一、汉末三国最杰出的人物

历史上的曹操（155—220），是东汉末期杰出的政治家、军事家、文学家。他出身豪门，其父曹嵩官至太尉；年轻时便机警而有权术，被当时名气很大的人物评论家许劭评为"治世之能臣，乱世之奸雄"。在镇压黄巾军中，他初露头角，历任骑都尉、济南相、典军校尉；在天下大乱时，他更是大显身手，由东郡太守升格为兖州牧，成为占据一州的诸侯（东汉全国共十三州）。建安元年（196），他接受荀彧建议，迎汉献帝至许都，从此挟天子以令诸侯，在政治上占据主动，先后翦灭吕布、袁术、袁绍等割据势力，逐步统一了北方。建安十三年（208）秋，他率军南下，不战而得荆州；但在赤壁之战中被孙权、刘备联军打败，统一全国的计划受阻。此后，他一面发展生产，恢复经济，一面强化对朝政的控制，为其子曹丕代汉奠定了基础。他精通兵法，是汉末最富谋略的军事统帅。他又是卓有成就的诗人，其诗气势沉雄，慷慨悲壮。在当时的政治舞台上，像他那样的全才式的杰出人物，真是罕有其匹。对于汉末形势的发展和三国鼎立的形成，他起了很大的作用。对于这些方面，历来研究甚多；特别是二十世纪五十年代以来，对历史人物曹操的历史功绩、历史地位，学术界大致已有共识，这里不做更多的论析。

然而，作为封建统治阶级的代表人物，曹操又是一个极端自私、残忍狡诈、反复无常的角色，性格十分复杂。对于这样一个声名显赫的人物，人们应当肯定其历史功绩，也有权批判其恶德劣行。

附带说明一点：曹操卒于建安二十五年（220）正月。九个月后，其子曹丕代汉，建立曹魏政权，正式开启三国时期（220—280）。因此，严格说来，曹操不算三国人物（类似情况，还包括关羽、袁绍、袁术、公孙瓒、刘表、吕布等人们熟知的人物）。不过，历来讲三国，通常包括从184年黄巾起义到220年曹丕代汉的东汉末期（或曰"前三国时期"），因而也就把曹操划入了"汉末三国人物"。

二、关于"为曹操翻案"

1959年1月至5月，郭沫若先生接连写了《谈蔡文姬的〈胡笳十八拍〉》《替曹操翻案》《中国农民起义的历史发展过程——序〈蔡文姬〉》等文章，并在历史剧《蔡文姬》里塑造了一个与《三国演义》中的曹操迥然不同的曹操形象，从而在文艺理论和创作实践两个方面都尖锐地提出了"为曹操翻案"的问题。

问题一经提出，立即在学术界引起了强烈的反响，文史工作者纷纷撰文，就如何评价历史上的曹操和《三国演义》中的曹操进行了热烈的争鸣。经过八十年代的重新讨论，"翻案"的说法基本上已经没有市场；但直到今天，仍然不时有人指责《三国演义》贬低了曹操形象，刻意为之评功摆好，虽然不用"翻案"一词，实际却有"翻案"之意。为此，我们不能不对这一问题再作讨论。

我认为，"为曹操翻案"这个口号，从历史学的角度来看是不科学的，从文学艺术的角度来看也是片面的。

何谓翻案？就是完全推翻或基本推翻原先的结论。那么，在评价历史人物曹操的问题上，能够说是"翻案"吗？显然不能。

首先，历史上对于曹操的评价，并不是一团漆黑，一概骂倒；而是有褒有贬，毁誉参半。西晋时，陈寿在《三国志·魏书·武帝纪》中评曰："汉末，天下大乱，雄豪并起，而袁绍虎视四州，强盛莫敌。太祖运筹演谋，鞭挞宇内，揽申、商之法术，该韩、白之奇策，官方授材，各因其器，矫情任算，不念旧恶，终能总御皇机，克成洪业者，惟其明略最优也。抑可谓非常之人，超世之杰矣。"这是褒。与他同时的陆机在《辨亡论》中则曰："曹氏虽功济诸华，虐亦深矣，其民怨矣。"这是褒中有贬。在唐代，唐太宗李世民称赞曹操："以雄武之姿，当艰难之运；栋梁之任同乎曩时，匡正之功异于往代。"①这又是褒。而刘知几在《史通·探赜篇》里却痛骂曹操："贼杀母后，幽迫主上，罪百田常，祸千王莽。"这又是贬。在宋代，司马光在《资治通鉴》中称赞曹操："知人善任，难眩以伪。识拔奇才，不拘微贱；随能任使，皆获其用。与敌对阵，意思安闲，如不欲战然；及至决机乘胜，气势盈溢。勋劳宜赏，不吝千金；无功望施，分毫不与。用法峻急，有犯必戮，或对之流涕，然终无所赦。雅性节俭，不好华丽。故能芟刈群雄，几平海内。"这当然是褒。朱熹在《通鉴纲目》中则指斥曹操为"篡逆"，这当然是贬。但与朱熹同时的辛弃疾在著名的《南乡子·登京口北固亭有怀》词中却写道："天下英雄谁敌手？曹刘。"这仍然是褒。南宋以后，正统观念加强了，斥骂曹操为"奸臣"的议论占了优势，但对曹操持褒的态度，或褒贬兼施者仍代有其人。元代元好问在脍炙人口的《论诗绝句》中写道："曹刘坐啸虎生风，四海无人角两雄。"明代张溥指出："周公所谓多材多艺，孟德诚有之""汉末名人，文有孔融，武有吕布，孟德实兼其长""《述志》一令，似乎欺人，未尝不抽序心腹，慨当以慷也。"②清代陈祚明写道："孟德天分甚高，因缘所至，成此功业。"③晚清黄摩西更是认为："魏武雄才大略，奄有众长，草创英雄中，亦当占上座。虽好用权谋，然从古英雄，岂有全不用权谋而成事者？"④这些都是褒奖之语。由此可见，郭沫若所说的曹操从宋代以后才被贬斥，是不符合历史事实的。既然历史上对曹操一直是有褒有贬，也就是说并没有给他定下一个什么"案"，又怎么谈得上"为曹操翻案"呢？

---

① 唐太宗：《祭魏太祖文》，《全唐文》卷十。

② 张溥：《汉魏六朝百三家集题辞·魏武帝集》。

③ 陈祚明：《采菽堂诗集》卷五。

④ 黄摩西：《小说小话》，载《小说林》第一卷（1907），收入孔另境编《中国小说史料》（上海古籍出版社 1983 年 10 月新 1 版）。

其次，历史上对于曹操的贬斥是否都是诬蔑不实之词？这也要作具体分析。指责曹操是"奸臣""篡逆"，确实是封建正统观念的词句，应当予以否定。但是，人们对他指责更多的奸诈和残忍，在陈寿《三国志》、裴松之《三国志注》、范晔《后汉书》等历史著作中则有大量记载。这些记载可能有不准确之处，但应该说是"基本属实"。这也毫不奇怪，因为曹操毕竟是封建统治阶级的代表人物，残忍狡诈、极端自私、反复无常、背信弃义，本来就是这个阶级的特征，只不过这些特征在曹操身上表现得更为充分、更为突出罢了。作为军阀混战中的佼佼者，曹操的每一项功业，都要让人民付出沉重的代价。难道人们指出他的酷虐行为，能说成是使他"蒙受了不白之冤"吗？这个"案"又怎么能"翻"呢？

在文艺作品（特别是以三国历史为题材的戏剧）中，曹操确实主要是以反面人物形象出现的。但是，对此也不能简单地提成"翻案"问题。

众所周知，历史科学和历史小说、历史戏剧是既有紧密联系而又性质各别的。前者是要准确地叙述整个历史发展的进程，后者则是要真实地再现无限丰富生动的历史生活，表现特定时代的本质真实；前者要准确全面地评价历史人物的功过是非，后者则要塑造各种历史人物的典型形象；前者主要借助于逻辑思维，需要的是冷静地分析历史材料，客观地加以叙述，后者则主要通过形象思维，总是融合着作者的满腔激情和主观色彩。历史科学在评价一个历史人物时，一般是不太考虑伦理道德的，它主要是从纵的方面来衡定其功过，看他（或她）对整个历史进程起的是促进还是促退的作用。然而历史人物一进入文学艺术领域，则不能不接受对他（或她）个人品质的道德评价，而且文艺一般要求截取一个横断面来进行描绘。历史学与文艺相比，前者强调的是功与过，而后者强调的是真、善、美与假、恶、丑的对立统一。因此，历史小说、历史戏剧的作者，总是根据自己的思想倾向、审美理想、生活体验等，对于历史事实加以选择弃取，而不会满足于照相式地简单地复述历史事实；并且在创作过程中，还常常借助于虚构和夸张，只要这种虚构和夸张是在当时历史条件下可能发生的。这就是说，艺术真实要以历史真实为基础，但二者又不能等量齐观。郭沫若本人也曾经指出："写历史剧并不是写历史，这种初步的原则，是用不着阐述的。剧作家的任务是在把握历史的精神而不必为历史的事实所束缚。"①所以，不能要求历史小说、历史戏剧中的每一个情节在历史上都实有其事，不能用对历史人物的全面评价来衡量小说戏剧中的艺术形象，也不能因为小说戏剧中的人物形象只反映了某个历史人物的某一个或某几个侧面而提出"翻案"的要求。对于传统小说戏剧来说，尤其是这样。元代睢景臣的套曲《高祖还乡》，着重描写了汉高祖刘邦功成还乡时志得意满之态，揭露了他年轻时的无赖行径，而对于他在推翻暴秦以后重新统一天下的赫赫功绩则未加表现。难道我们可以说，《高祖还乡》没有反映出历史人物刘邦的某些本质特征吗？难道可以因为它没有全面评价刘邦的历史作用而予以否定，进而提出为刘邦"翻案"吗？当然不能！

让我们再以郭沫若自己的历史剧创作为例吧。在他的历史剧代表作《屈原》中，张仪被写成奸险狡诈的阴谋家，宋玉被写成卖师求荣的无耻文人，郑詹尹被写成放毒杀人的凶手。这既缺乏充足的史实根据，更不符合对这些历史人物的全面评价。特别是张仪，连郭沫若本人也说："写张仪多半是根据《史记·张仪列传》及《战国策》，把他写得相当坏，这是没有办法的。在本剧中他最吃亏，为了衬屈原，自不得不把他来做牺牲品。假使是站在史学家的立场来说话的时候，张仪对于中国的统一倒是有功劳的人。"②请问，我们是不是需要大声疾呼为张仪、宋玉、郑詹尹"翻案"呢？在郭沫若的另一历史剧《高渐离》中，秦始皇被写成暴君。秦始皇的残暴确是事实，但他扫平六国，统一天下，统一文字、货币、度量衡，对我国封建社会历史的发展作出了重大贡献，显然是功大于过。那么，是不是因此就要否定剧本《高渐离》而为秦始皇"翻案"呢？由此可见，将文艺作品中的艺术形象的性格和历史人物的历史作用简单地混淆起来进行"翻案"，往往是行不通的，有时甚至是荒唐的。

对于曹操这样一个性格十分复杂的人物，历史小说、历史戏剧的作者为什么不可以着重选择他的某一个侧面来描写呢？李希凡先生说得

---

① 郭沫若:《我怎样写〈棠棣之花〉》，载《沫若选集》第 2 卷第 76 页，人民文学出版社 1960 年版。

② 郭沫若:《我怎样写五幕史剧〈屈原〉》，载《沫若选集》第 2 卷第 185 页，人民文学出版社 1960 年版。

好："要使普通人民永远记住曹操的那一些有益于历史发展的时间短暂的政治经济措施，而又必须抹掉他在兼并群雄的战争中所遗留下来的'残戮''屠城'的血迹，是不可能的。因此，即使人民和《三国演义》的作者，完全选择了曹操的'奸邪诈伪阴险凶残'的性格侧面，也绝不违反历史真实。"[①]

三、《三国演义》中的曹操形象

《三国演义》中的曹操形象，是全书人物中性格最丰富、最复杂的一个人物，也是一个塑造得极为成功的艺术典型。

苏轼的《东坡志林》有这样一条记载："王彭尝云：'涂巷中小儿薄劣，其家所厌苦，辄与钱，令聚坐听说古话，至说三国事，闻刘玄德败，颦蹙有出涕者，闻曹操败，即喜唱快。'以是知君子小人之泽，百世不斩。"这说明，至少从北宋起，在"说三国事"中已经形成"尊刘贬曹"的思想倾向，并得到广大群众的共鸣。

罗贯中顺应广大民众的心理，继承了这种基本倾向；同时又超越以往的通俗文艺，尊重历史，博采史料，以许劭的评价为基调，塑造了一个高度个性化的、有血有肉的"奸雄"曹操。这里所说的"奸雄"，是指曹操既是远见卓识、才智过人、具有强烈功业心的英雄，又具有极端自私、奸诈残忍的性格特征。罗贯中以大开大阖的笔触，艺术化地展现了曹操在汉末群雄中脱颖而出，逐步战胜众多对手的豪迈历程，又不时地揭露曹操奸诈的作风、残忍的性格和恶劣的情欲。而在曹操与刘备、诸葛亮的对比中，则更多地鞭笞和嘲笑其恶德劣行。这样的曹操形象，以历史真实为基础，达到了高度的艺术真实。毛宗岗父子修订《三国演义》时，批判曹操的色彩有所增强，但并未改变曹操形象的基本面貌，仍是一个真实可信的艺术典型。

在小说中，曹操第一次出场，就写得有声有色：

---

① 李希凡：《历史人物的曹操和文学形象的曹操——再谈〈三国演义〉和为曹操翻案》，见其所著《中国古典小说的艺术形象》第 95-96 页，上海文艺出版社 1961 年版。

见一彪人马，尽行打红旗，当头来到，截住去路。为首闪出一个好英雄：身长七尺，细眼长髯；胆量过人，机谋出众，笑齐桓、晋文无匡扶之才，论赵高、王莽少纵横之策；用兵仿佛孙、吴，胸内熟谙韬略。（嘉靖元年本《三国志通俗演义》第二回。毛本第一回作："忽见一彪军马，尽打红旗，当头来到，截住去路。为首闪出一将：身长七尺，细眼长髯。"以下引文，凡未注明版本者，均引自毛本，以方便读者。）

当何进为了诛灭宦官，欲召各地军马进京时，曹操劝道："若欲治罪，当除元恶，但付一狱吏足矣，何必纷纷召外兵乎？欲尽诛之，事必宣露。吾料其必败也。"十常侍假传旨意宣何进入宫，何进欲行，曹操却提出："先召十常侍出，然后可入。"何进不听，终于死于非命（第三回）。在这场斗争中，曹操的远见、谋略、胆识，不仅是昏庸无能的何进无法想象的，也是积极为何进出谋划策的袁绍明显不及的。

在除灭董卓之乱的斗争中，曹操的性格第一次得到了全面的展现。当董卓擅行废立，残杀大臣，甚至悍然害死何太后和汉少帝，随意屠戮百姓时，众大臣慑于其淫威，惶恐无计，只能悄悄聚在一起掩面而哭；曹操却与众不同，反而"抚掌大笑"——

操曰："吾非笑别事，笑众位无一计杀董卓耳。操虽不才，愿即断董卓头，悬之都门，以谢天下。"（第四回）

这气魄，这胆略，众大臣只能自愧不如。接着，曹操向王允借了七宝刀，欲去刺杀董卓。本来，要杀董卓，一般刀剑即可，曹操却偏要借宝刀，说明他早已为行刺不成准备了退路，其心思之细密，又非常人可及。当机会来到，他拔出宝刀就要下手时，不料董卓看见拔刀动作，回身而问，吕布又已回到阁外，在这千钧一发之际，曹操立即跪下，献上宝刀，把事情轻轻遮掩过去。随即又以试马为名，逃出洛阳，其随机应变的本领，确实令人惊叹。路经中牟时，他被守关军士捉住，与县令陈宫有这样一番对话：

县令……问曰："我闻相国待汝不薄，何故自取其祸？"操曰："'燕雀安知鸿鹄志哉！'汝既拿住我，便当解去请赏，何必多问！"县令屏退

左右，谓操曰："汝休小觑我。我非俗吏，奈未遇其主耳。"操曰："吾祖
宗世食汉禄，若不思报国，与禽兽何异？吾屈身事卓者，欲乘间图之，
为国除害耳。今事不成，乃天意也！"县令曰："孟德此行，将欲何往？"
操曰："吾将归乡里，发矫诏，召天下诸侯兴兵共诛董卓：吾之愿也。"
县令闻言，乃亲释其缚，扶之上坐，再拜曰："公真天下忠义之士也！"（第
四回）

　　曹操这一番慷慨激昂的表白，确有几分英雄气概，因而深深感动了
陈宫，使之毅然放弃邀功请赏的机会，随曹操逃走。但在故人吕伯奢那
里，曹操由于疑心病太重而杀死吕伯奢全家，并进而杀死出外为他打酒
的吕伯奢本人；陈宫指责他"知而故杀，大不义也"，他竟恬不知耻地宣
称："宁教我负天下人，休教天下人负我。"（第四回）到了陈留，他发出
矫诏，号召各地诸侯共讨董卓。当董卓部下猛将华雄击败孙坚，并连斩
联军几员大将，众诸侯"皆失色"时，关羽自告奋勇愿斩华雄，袁绍、
袁术都以位取人，瞧不起关羽，曹操却积极支持关羽出战。关羽一举斩
了华雄，袁术仍欲以势压人，曹操却说："得功者赏，何计贵贱乎？"并
且"暗使人赍牛酒抚慰（刘、关、张）三人。"（第五回）两相对照，曹
操的慧眼识人可谓鹤立鸡群。董卓火烧洛阳，西迁长安，众诸侯按兵不
动，惟独曹操率兵奋勇追赶，虽然遭到埋伏，险些丧命，却虽败犹荣。
回到大寨，他义正辞严地斥责众诸侯"迟疑不进，大失天下之望"。随后
便愤然离去，另作打算（第六回）。这一连串情节，大起大落，一波三折，
表现了曹操性格的各个侧面。其中，表现曹操英雄气概的"借刀刺董卓"
"矫诏号召诸侯"，表现曹操爱才惜才的"温酒斩华雄"，均属虚构（历史
上并无曹操行刺董卓之事；曹操虽参与讨伐董卓，但并未矫诏号召诸侯，
倒是东郡太守桥瑁"诈作京师三公移书与州郡，陈（董）卓罪恶……企
望义兵，解国患难"；斩华雄者乃孙坚，而非关羽）；而表现曹操极端利
己主义嘴脸的"杀吕伯奢全家"，则是根据《三国志·魏书·武帝纪》裴
注引的几条史料写成。由此可见，罗贯中在曹操形象的塑造上基本上做
到了历史真实与艺术真实的统一，并未故意"丑化"和"歪曲"其形象。

　　曹操的英雄风采，集中而突出地表现在"官渡之战"中。在这一情

节单元里，他深谋远虑，指挥若定，充分显示了他的雄才大略，不愧为杰出的政治家、军事家。

首先，在这场力量悬殊的决战中，他坚韧顽强，始终保持着必胜的信心。两军初次交锋，曹军大败，他毫不介意；相持数月，粮草不继，他咬紧牙关坚持。当胜负之势未明之时，他的心里不可能没有紧张、忧虑，但他却一直不露声色，反而时时"大喜""欢笑"。联想到他在濮阳遭到火烧险些被俘（第十二回），在宛城遭到袭击几乎丧命（第十六回）时，那种败而不馁、殆而复振的气概，人们不能不惊异他罕见的顽强。这不服输、不丧气、不死不休的顽强精神，乃是他在众多军阀中脱颖而出，翦灭一个又一个对手的重要原因。

其次，在瞬息万变的战场上，他善于抓住时机，巧于用奇，敢于冒险，表现出过人的胆略。当获得袁军运粮的情报时，他立即命徐晃、史涣前去袭击，使袁军几千辆粮车化为灰烬。夜袭乌巢，他亲率五千精兵前往；袁军睢元进、赵睿所部从背后杀来，部下要求分兵拒之，他却大喝道："诸将只顾奋力向前，待贼至背后，方可回战！"这奋不顾身的雄姿大大振奋了士气，片刻之间，既焚毁了袁军粮屯，又击灭了睢元进、赵睿，使奇袭获得完全成功。曹操的机警敏悟和不怕风险，使他常常能争取主动，战胜敌方。

再次，尽管他本人精通韬略，多谋善断，却能重视发挥谋士的作用，博采众长，为我所用。对付袁军的楼橹和"掘子军"，用的是刘晔之计；向袁军发动总攻，用的是荀攸调动敌方，乘势猛攻之计；仓亭再战，用的是程昱"置之死地而后生"和"十面埋伏"之计……这样择善而从，使他在险象环生的情势中每每应付裕如。对此，包括袁绍在内的绝大多数对手只好自叹不及。

最后，他心胸豁达，善于接纳人才，抚绥部众。当许攸背袁来投时，刚刚解衣歇息的他"不及穿履，跣足出迎""先拜于地"，欣喜之情，溢于言表；许攸建议奇袭乌巢，他欣然采纳。当张郃、高览来降时，夏侯惇担心靠不住，他却表示："吾以恩遇之，虽有异心，亦可变矣。"坦然接受。这种广揽英杰的气度，对瓦解敌军起到了重要作用。更为难得的是，大败袁军之后，在缴获的图书中发现书信一束，"皆许都及军中诸人与（袁）绍暗通之书。"有人主张："可逐一点对姓名，收而杀之。"曹操却说："当绍之强，孤亦不能自保，况他人乎？"于是"命尽焚之，更不再问"。如此处理，是很需要一点容人之量的。这就大大安定了人心，感动了那些一度动摇的部属，巩固了自己的阵营。这几个方面的长处，使曹操理所当然地成为官渡之战的胜利者。罗贯中以鲜明的色调突出了曹操的这些优点，表现了一个杰出艺术家对历史的尊重，对人物性格丰富性的追求。

当然，罗贯中也不断揭露着曹操丑恶的一面。为报父仇而攻打徐州，竟下令"但得城池，将城中百姓，尽行屠戮"（第十回）；接受张绣投降后，得意忘形，居然霸占了张绣的婶娘邹氏（第十六回）；对于忠于汉室，反对自己的大臣，毫不留情地挥起屠刀，杀了一批又一批，包括怀孕已经五个月的董贵妃和伏皇后全家（第二十四回、六十六回、六十九回）；甚至辅佐他最得力的首席谋士荀彧，仅仅因为不赞成他封魏公，便被逼服毒而亡（第六十一回）；至于"借头欺众""梦中杀人"等阴谋诡计，更是花样百出，令人怵目惊心……毛宗岗称他为"奸绝"，实在并不过分。这种种残忍狡诈的行为，怎能不使人反感和憎恶？

当代一些人总喜欢以机械的"功过折算法"，替曹操评功摆好，说他"功大于过"，似乎因此就不能批判曹操。我在上文已经充分肯定，历史人物曹操确实功业显赫；然而，其丑恶的一面也不容讳饰。因此，我的态度很鲜明："人们应当肯定其历史功绩，也有权批判其恶德劣行。"

一些人对曹操不仅不反感，而且表示喜欢，称道其"坦率"。诚然，曹操有他坦率的一面，如公开宣称："设使国家无有孤，不知当几人称帝，几人称王。"确是事实。然而，曹操不坦率不老实、忌才害贤的一面更是事实。鲁迅先生在其名篇《魏晋风度及文章与药及酒之关系》中曾经写道："曹操是一个很有本事的人，至少是一个英雄。"但后面又说："倘若曹操在世，我们可以问他，当初求才时就说不忠不孝也不要紧，为何又以不孝之名杀人呢？然而事实上纵使曹操再生，也没人敢问他，我们倘若去问他，恐怕他把我们也杀了！"是的，曹操就是这样的典型：机智与奸诈杂糅，豪爽与残忍并存；时而厚遇英雄，时而摧残人才；杀人时心如铁石，杀人后又常常挤出几滴眼泪以示懊悔……火烧赤壁前夕他横槊赋诗，扬州刺史刘馥仅仅说了一句他认为是"败兴"的话，便被他一槊刺死，全不顾刘馥乃是方面大员，功绩显著（第四十八回）；为封魏公而逼死头号谋士荀彧，竟将其多年主持日常政务、尽心辅佐的赫赫功勋一笔勾销（第六十一回）；以惑乱军心的罪名杀死杨修，也忘了其忠心追随之力（第七十二回）……杀了刘馥，他"懊恨不已"，下令"以三公厚礼葬之"；逼死荀彧，他又是"甚懊悔，命厚葬之"；杀了杨修，他又"将修尸收回厚葬"……昨天蛮横无理地杀人，今天又假惺惺地予以厚葬，这种翻手为云、覆手为雨的手段，充分表现了曹操惊人的权术：做了亏心事却从不认错，企图以"厚葬"来抹掉自己手上的血迹，在自欺欺人中求得心灵的平静。请问，这能算"坦率"吗？今人与曹操相距将近一千八百年，不会有无辜被杀的威胁和含冤莫白的痛苦，可以轻飘飘地说几句不关痛痒的话。但如果设身处地想一想：有谁愿意被曹操冤枉杀害，再得一副好棺材？有谁愿意选择他作顶头上司，或者与他毫无顾忌地交朋友？

　　总之，《三国演义》中的曹操形象，不仅是历史人物曹操基本特征的艺术演绎，而且集中涵盖了千百个封建统治者的复杂品性，因而具有更高层次、更大范围的历史真实性。在中国文学史上，很难找到像曹操这样集真伪、善恶、美丑为一体的封建政治家形象，这样的"圆的人物"。他完全可以列入世界名著之林的不朽艺术典型的行列之中，具有永恒的审美意义。

　　今天，曹操形象仍将作为一种文化现象，被一代又一代的人们评说，他将具有永恒的文化价值。

（原载《中华文化论坛》2007年第3期）

论 孙 策

在《三国演义》中，作者以雄健的笔力，精心刻画了曹魏、刘蜀、孙吴三大集团的创业者们的艺术形象。其中，为孙吴开基创业的"小霸王"孙策，便是一个虽然来去匆匆，却充满英武气概的人物，给读者留下了深刻的印象。

一、历史人物孙策：江东基业的开创者

历史上的孙坚（155—192），虽为扬州辖下的吴郡富春（今浙江富阳）人，但出仕后，历任盐渎丞、盱眙丞、下邳丞，三县均属徐州；中平元年（184），随中郎将朱儁镇压黄巾军，拜别部司马；中平二年（185），任司空、行车骑将军张温参军，往凉州讨伐边章等，退兵后，拜议郎；中平四年（187），任长沙太守，封乌程侯，成为一方诸侯，而长沙郡属荆州；初平元年（190），关东州郡联合讨伐董卓，孙坚以长沙太守身份参与，被袁术表为行破虏将军，领豫州刺史，屯兵鲁阳（今河南鲁山）；初平三年（192），由鲁阳南下进攻荆州牧刘表，包围襄阳（今属湖北），被刘表大将黄祖部下军士射死于襄阳城外的岘山。这就是说，孙坚虽系江东人，但一直在扬州以外的地区做官，并未经营江东地区。真正夺取江东地区，为孙吴集团打下根基的，乃是其长子孙策。

历史上的孙策（175—200），是一个少年早熟的英雄。初平元年（190），当孙坚参与讨伐董卓时，年仅16岁（虚岁，下同）的孙策带着母亲和几个弟弟，徙居舒县（今安徽庐江），"与（周）瑜同年，独相友善，瑜推道南大宅以舍策，升堂拜母，有无通共。"①孙坚战死后，还葬曲阿（今

---

① 《三国志·吴书·周瑜传》。

江苏丹阳），孙策又带着母亲、弟弟，先后徙居江都（今江苏扬州）、曲阿。兴平元年（194），孙策暂时依附袁术，袁术非常赏识他，将孙坚部曲千余人还给他，任命他为怀义校尉。

兴平二年（195），21岁的孙策摆脱袁术羁绊，以折冲校尉，行殄寇将军名义，独自率兵渡江南下，短短三四年间就夺得丹阳、会稽、吴郡、豫章、庐陵等郡，占据江东大片地盘，为孙吴立国奠定了基础。他不仅是当时几大政治军事集团中势力发展最快的一个，而且是魏、蜀、吴三国创业者中最年轻的一个。当曹操于初平三年（192）领兖州牧，奠定一生基业的时候，年已38岁；当刘备在赤壁之战后夺得荆州江南四郡，有了一块较为像样的地盘之时，年已48岁；而孙策据有江东之时，年仅24岁！

综观孙策创业的过程，可以看到以下几个突出的性格特点。

第一，志向高远，勇于开拓。当他暂时依附袁术时，年仅20岁。尽管袁术是他父亲的老相识，又很器重他，他却不愿长期供其驱使，曾对张纮表露心迹说："方今汉祚中微，天下扰攘，英雄俊杰各拥众营私，未有能扶危济乱者也。先君与袁氏共破董卓，功业未遂，卒为黄祖所害。策虽暗稚，窃有微志，欲从袁扬州求先君馀兵，就舅氏於丹阳（按：孙策母舅吴景，时任丹阳太守），收合流散，东据吴会，报雠雪耻，为朝廷外藩。"[1]如此雄心，在同龄人中极为罕见。仅仅一年后，他就毅然摆脱袁术，迈出了"东据吴会"（吴郡、会稽郡）的第一步。此时，他"兵才千余，骑数十匹，宾客愿从者数百人"。[2]但他面对千难万险，奋勇开拓，很快便据有五郡之地，占了扬州大部。建安二年（197），袁术称帝于寿春（今安徽寿县），他致书谴责，与之断绝关系。不久，曹操表他为讨逆将军，封吴侯。至此，孙策成为当时政坛上一股谁也不敢轻视的强大力量。

第二，勇猛善战，军纪严明。对此，《三国志·吴书·孙讨逆传》以一句话概括："策……渡江转斗，所向皆破，莫敢当其锋，而军令整肃，百姓怀之。"

第三，善于用人，深得人心。孙策在开拓江东基业的过程中，十分

---

[1]《三国志·吴书·孙讨逆传》注引《吴历》。
[2]《三国志·吴书·孙讨逆传》。

注意尊贤重才。除了曾经追随其父的一批忠勇老将，如程普、黄盖、韩
当等人外，他很快聚集起一批一流人才，如张昭、张纮、周瑜等。

　　张昭（156—236），字子布，彭城（今江苏徐州）人，早为徐州名士，
因天下大乱而避难江东。孙策"命昭为长史、抚军中郎将，升堂拜母，
如比肩之旧，文武之事，一以委昭"。①使之位居群僚之首。张昭的眼力、
胆识、威望都高出众人，孙策对他特别尊重，"待以师友之礼。"②由于张
昭辈分高，名气大，"每得北方士大夫书疏，专归美于昭，昭欲嘿而不宣
则惧有私，宣之则恐非宜，进退不安。策闻之，欢笑曰：'昔管仲相齐，
一则仲父，二则仲父，而桓公为霸者宗。今子布贤，我能用之，其功名
独不在我乎！'"如此倾心信任，使张昭更加忠心辅佐。建安五年（200），
年仅 26 岁的孙策遇刺身危，临终把 19 岁的孙权连同孙氏基业一并托付
给张昭，慨然叮嘱道："若仲谋不任事者，君便自取之。"③张昭不负孙策
信赖，当机立断，马上立孙权为主；同时一面上奏东汉朝廷，一面命令
各地将校各奉职守，还亲自扶孙权上马巡军，从而迅速稳定了局势。可
以说，张昭几十年不懈的、忠心耿耿的辅佐，对于东吴政权的建立和巩
固起了非常重要的作用。

　　张纮（153—212），字子纲，广陵（今江苏扬州）人，亦为徐州名士，
汉末避难江东，与张昭并称"二张"。孙策以他为正议校尉，位次张昭。
"纮与张昭并与参谋，常令一人居守，一人从征讨。"④建安四年（199），
张纮奉表至许都，被曹操留为侍御史。次年，孙策死，曹操欲乘机攻东
吴，张纮认为此举不义，主张善待孙权。曹操从其言，表孙权为讨虏将
军，领会稽太守，并命他为会稽东部都尉。他回到江东，与张昭同理政
事，为孙权所信任。孙权"于群臣多呼其字，惟呼张昭曰张公，纮曰东
部，所以重二人也"。⑤后迁长史。曾建议孙权迁都秣陵（今江苏南京），
孙权从之。

---

①《三国志·吴书·张昭传》。
②《张昭传》注引韦昭《吴书》。
③《张昭传》注引《吴历》。
④《三国志·吴书·张纮传》注引韦昭《吴书》。
⑤《张纮传》注引《江表传》。

周瑜（175—210），字公瑾，庐江舒县（今安徽庐江）人。少与孙策为友，亲如手足。孙策经略江东时，他领兵归之，授建威中郎将，后为中护军，领江夏太守，辅助孙策创立孙氏政权，极受倚重。孙策死后，周瑜与张昭同辅孙权，孙权以兄待之。与张昭相比，他最突出的优点是胆识过人，关键时刻善于决断，勇于任事。建安七年（202），曹操乘着大败袁绍的威势，要孙权送儿子去作人质。孙权与群臣商议，张昭等犹豫不决，周瑜却坚决反对。孙权欣然采纳其议，避免了受制于人的不利局面。建安十三年（208），曹操率军南征，威逼江东，他与鲁肃坚决主战。孙权以他为统帅，联合刘备军，大破曹兵于赤壁，巩固了孙氏政权，为三分鼎立奠定了基础。如果没有周瑜，孙氏政权很可能就此覆灭。因此，孙权对周瑜极为敬重，缅怀不已，称帝时还说："孤非周公瑾，不帝矣。"①

对这些一流人才，孙策完全信任，用之不疑，也赢得了他们的全力辅佐。一个二十出头的政治领袖能有如此胸襟气度，在历史上是十分罕见的。《三国志·吴书·孙讨逆传》这样评价道：

策为人，美姿颜，好笑语，性阔达听受，善于用人。是以士民见者，莫不尽心，乐为致死。

陈寿在传末评中充分肯定了孙策的历史功绩：

策英气杰济，猛锐冠世，览奇取异，志陵中夏。……割据江东，策之基兆也。

可以说，如果天假以年，孙策完全有可能成为一代开国明君。

二、《三国演义》中的孙策：富有传奇色彩的"小霸王"

罗贯中在史实的基础上，艺术地再现了孙策创业的过程，塑造了一个虎虎有生气的少年英雄形象。

《三国演义》第7回，写孙坚出兵进攻荆州牧刘表，长子孙策随行，

---

① 《三国志·吴书·周瑜传》注引《江表传》。

时年 18（虚岁）。当孙坚军与黄祖军对阵时，韩当迎战黄祖部将张虎，陈生见张虎力怯，出马欲助，被孙策一箭射死。这是孙策的首次亮相，虽然只是牛刀小试，却已可见英气逼人。

《演义》第 15 回中，因父亲孙坚战死而暂时依附袁术的孙策不甘久居人下，便以救援母舅、保护亲属为名，以孙坚当年得到的传国玉玺为抵押，向袁术借到三千士卒、五百马匹，进兵江东，迈出了独立创业的第一步。

要夺取江东，主要对手便是扬州刺史刘繇（江东诸郡属扬州管辖）。所以，作者用这一回的大部分篇幅，分五个层次描写了孙策打败刘繇的过程。

第一层，写孙策打败刘繇部将张英，占领军事要津牛渚，缴获大批粮食、军器，壮大了自己的军力。

第二层，写孙策进兵神亭，登岭祭拜光武，察看敌情，酣斗刘繇勇将太史慈；复与刘繇军会战，大获全胜。

第三层，写孙策回兵牛渚，再败刘繇。

第四层，写孙策攻取秣陵。

第五层，写孙策生擒太史慈，以义降之，并招降刘繇余部。

就这样，在很短的时间里，孙策消灭了刘繇集团，占领了丹阳郡，在江东站住了脚跟。接着，孙策乘胜挺进，打败自称"东吴德王"的严白虎，夺得吴郡；又击破会稽太守王朗，占领会稽郡。随着他的旌麾节节南指，江东大部分地区都迅速地归于他的管辖之下。这位二十出头的青年将军，以令人惊异的速度崛起，为孙氏政权奠定了基础。

综观孙策创业的过程，如同欣赏一支狂飙突进式的交响乐，令人倾倒于他那一往无前的英雄气概。他武艺高强，胆略过人：大战太史慈，挟死于糜，喝死樊能，飞剑刺死严舆，显示出罕见的神威。他心雄万夫，壮志凌云：刘繇欲夺回牛渚，他厉声喝问："吾今到此，你如何不降？"严白虎企图与他"平分江东"，他大怒道："鼠辈安敢与吾相等！"表现出压倒一切对手的气势。他又是一个天才的统帅，极善用兵，战无不胜，攻无不克，纵横驰骋，所向披靡。他是那个干戈扰攘的时代中一只勇猛的雄狮，不愧为威震江东的"小霸王"！

说到"小霸王"，人们自然会联想到当年自称"西楚霸王"的项羽。项羽"力拔山兮气盖世"，勇猛无敌，为推翻暴虐的秦王朝作出了重大贡献，孙策那睥睨天下的气概似乎与之相近。然而，孙策绝不是楚霸王的复制品，与项羽相比，他具有自己的突出优点。

其一，有勇有谋。项羽虽有力敌万人之勇，但勇而无谋，只会强拼硬打，终于败在刘邦的手下。而孙策并不徒逞匹夫之勇，每每能够施谋用计。战神亭，用袭敌腹心之计，大败刘繇；攻秣陵，用诈死之计，击灭薛礼；取会稽，用避实击虚之计，打败王朗，都是成功的例子。正是凭借勇猛与智谋的结合，他才能以数千之众，迅速击败强敌，壮大自己。

其二，善于用人。项羽心胸狭隘，不辨贤愚，授任无方，有一范增而不能用，以致韩信、陈平等人才纷纷背楚投汉，英布、彭越等大将也成了他的对头，这是他败亡的重要原因。孙策则胸襟开阔，求贤若渴，善于用人。创业之初，他就恭请张昭、张纮辅佐，待以师傅之礼；太史慈曾与他殊死搏斗，被俘后却被他"自释其缚，将自己锦袍衣之"，并坦然让太史慈去招降刘繇余众，从而赢得了这员勇将的心；夺取会稽后，又"令张昭与董袭同往聘请虞翻"。正是因为他爱惜人才，蒋钦、周泰、陈武、凌操、董袭等英雄豪杰才会主动前去投奔。从此，孙氏集团人才济济，文有良臣，武有猛将，为鼎足三分做了必要的准备。

其三，善于争取人心。项羽不明天下大势，滥施杀戮，大失人心，终至众叛亲离，落得个自刎乌江的结局。孙策深知"得人心者得天下"的道理，十分注意严明军纪，安民恤众。书中这样写道：

及策军到，并不许一人掳掠，鸡犬不惊，人民皆悦，赍牛酒到寨劳军。策以金帛答之，欢声遍野。其刘繇旧军，愿从军者听从，不愿为军者给赏归农。江南之民，无不仰颂。

这里固然有夸张的成分，但大致反映了历史事实。在那兵荒马乱的年代，老百姓受尽残害，渴望安宁。孙策能够注意恤民，自然是得人心的。这是他卓荦不群之处，也是他得以割据江东的根本原因。

罗贯中熟悉人物塑造的辩证法，他在突出孙策的飒爽英姿的同时，也写到了孙策明显的缺点，这就是年轻气盛，容易冲动，勇猛有余，谨重不足。如果经过多年的磨炼，他可以逐步成熟起来，成为一个老练的、有更大作为的政治家。可惜天年不永，他还没来得及克服这缺点，就已尝到了它那可怕的苦果：在一次围猎中，他甩开随从，独自追赶一只大鹿，意外地遭到被他所杀的原吴郡太守许贡的三个家客袭击，身受重伤；又因性急导致伤口迸裂，伤重而死，年仅26岁（第29回）！

《三国演义》写孙策临终情景，也颇为精彩动人。这位雄狮般的青年将军，在创业的巅峰时期突然死于非命，令人十分痛惜；但他却无暇自哀自怜，而是以极其清醒的头脑，对身后之事作了周到的部署。他先是对张昭等心腹僚佐嘱托道："天下方乱，以吴越之众，三江之固，大可有为。子布等幸善相吾弟。"这是对天下大势的极具前瞻性的判断。然后取印绶与孙权，叮咛道："若举江东之众，决机于两阵之间，与天下争衡，卿不如我；举贤任能，使各尽力以保江东，我不如卿。卿宜念父兄创业之艰难，善自图之！"这是对继任者的最佳选择，对自己与孙权各自优势的准确评判。继而对母亲说："儿天年已尽，不能奉慈母。今将印绶付弟，望母朝夕训之。父兄旧人，慎勿轻怠。"其母哭曰："恐汝弟年幼，不能任大事，当复如何？"孙策答道："弟才胜儿十倍，足当大任。倘内事不决，可问张昭；外事不决，可问周瑜。"这是对孙权两大辅佐者的充分信赖和精当评价。短短二三百字，分三层叙写，真是目光如炬，字字珠玑。如果与曹操、刘备的临终遗言加以比较，这位少年英雄的气度、胸襟、眼光，都毫不逊色，令人惊叹！

由于孙策的人生之旅过于短促，其性格确实不如曹操、刘备那样深刻和丰富；但在罗贯中的笔下，这个形象仍然独具风采，令人向往。

（原载《镇江高专学报》2011年第3期）

孙权二题

一、性格复杂的孙权

读过《三国演义》的人，一般都会觉得虎踞东吴的孙权是一个善于识才用才的明君。

其实，历史上的孙权和封建时代的许多创业之君一样，也是一个性格复杂的人物，其一生作为，充满了矛盾。在人才问题上，他就表现出明显的二重性。

首先应该肯定，孙权确有识人之鉴、用人之明，特别是在关系孙吴集团安危存亡的关键时刻，这一优点表现得更为突出。他先后重用的东吴四任统帅——周瑜、鲁肃、吕蒙、陆逊，都可以说是选拔得当，并称其职，均为当时第一流的人才。周瑜在赤壁之战中以弱击强，大败曹兵，不仅维护了孙吴集团的生存，而且为三分鼎立奠定了基础；鲁肃不仅早就向孙权阐明了"汉室不可复兴，曹操不可卒除"的天下大势，提出了"鼎足江东，以观天下之衅……然后建号帝王，以图天下"的战略方针，而且在其执掌兵权期间，坚持联刘拒曹，巩固了东吴的基业；吕蒙偷袭荆州，实现了孙吴集团多年来一直追求的全据长江的目标，大大扩张了它的势力范围；陆逊在夷陵之战中大败蜀军，以后又屡次击败魏军，成为支撑东吴江山的栋梁。对于这几位杰出的人才，孙权放手使用，尊崇有加，甚至脱略行迹，恩礼备至。对周瑜，他视之如兄，亲厚异常；当周瑜去世时，他"素服举哀，感动左右"；直到多年以后称帝时，他还颇为动情地说："孤非周公瑾，不帝矣。"①就连周瑜的子女，他也特别关照。对鲁肃，他始终待以殊礼，比之为东汉开国功臣邓禹；当他称帝时，也

---

①《三国志·吴书·周瑜传》及注引《江表传》。

没有忘记鲁肃，对众公卿说："昔鲁子敬尝道此，可谓明于事势矣。"①对吕蒙，他十分赏识，认为其"筹略奇至"，仅次于周瑜；当吕蒙病重时，他极为关切，以重金召募医者，千方百计为之治疗，并随时观察其病情，见其能吃东西便喜笑颜开，否则便坐卧不安，夜不能寐；吕蒙病死，他痛哭流涕，悲不自胜。②对陆逊，他倚为干城，极为信赖，蜀汉章武元年（221）七月，刘备亲率大军伐吴，孙权命陆逊为大都督，率军抵御，在夷陵之战中大败蜀军，于是拜陆逊为辅国将军，领荆州牧，镇守荆州；吴蜀回复联盟关系后，孙权特地把自己的印留一枚在陆逊身边，每当与蜀汉交往书信，总是先请陆逊过目，若有不妥，径直改定盖印发出；黄武七年（228），魏国大司马曹休率大军南侵，他又以陆逊为大都督，统兵迎击，并亲自为之执鞭；以后，他又让陆逊辅佐太子孙登镇守武昌，总督军国重事③……如此厚待辅弼之臣，实在难得，所以后人往往传为美谈。

然而，孙权也有不敬才、不爱才的时候，有时甚至发展到忌才害才的程度。试看以下几个例子。

张昭，东吴的开国元勋。早在孙策创业之初，就任命他为长史、抚军中郎将，"文武之事，一以委昭"④。建安五年（200），孙策受伤身危，把年仅十八岁的孙权托付给张昭，慨然叮嘱道："若仲谋不任事者，君便自取之。"⑤孙策死后，张昭当机立断，叫沉浸在悲痛之中的孙权上马巡军，并命令各地将校各奉职守，迅速稳定了局势。以后，他又忠心耿耿地辅佐孙权数十年之久，在东吴享有很高的威望。然而，由于张昭性格刚直，常常犯颜切谏，使孙权下不了台；孙权对他既不太满意，又无可奈何，便采取让他坐冷板凳的办法。孙权初置丞相，张昭乃众望所归，孙权却任命了孙邵；孙邵卒，百官再次举荐张昭，孙权却又用顾雍为相；不让张昭当丞相也就罢了，可连"太傅""太保"之类荣衔也没授予，只给了他一个"辅吴将军"的官号。如此措置，未免有些薄情。《三国志》

①《三国志·吴书·鲁肃传》。
②《三国志·吴书·吕蒙传》。
③《三国志·吴书·陆逊传》及注引陆机《陆逊铭》。
④《三国志·吴书·张昭传》。
⑤《三国志·吴书·张昭传》注引《吴历》。

的作者陈寿由此认为孙权的胸襟气度不及其兄孙策（关于张昭，请参加本书《张昭与陆逊》一文）。

虞翻，东吴的大学者，勤于治学，著述甚丰，并乐于奖掖后进。孙策夺取会稽郡后，自领会稽太守，以虞翻为功曹，"待以交友之礼"。然而，由于虞翻"性疏直"，不会察颜观色，因而在孙权手下一再倒霉。孙权掌权不久，以他为骑都尉；他屡次犯颜谏争，使孙权很不高兴，加之又遭同僚毁谤，他竟被贬到丹阳郡泾县，多年不得任用。建安二十四年（219），吕蒙袭夺荆州，因虞翻兼通医术，请他随行，才使他摆脱禁锢。孙权封吴王后，大宴群臣，半醉之余，亲自行酒；虞翻偏偏不赏脸，假装酒醉伏地，不接受孙权斟酒，等孙权离开，他才坐起来。这一来，孙权勃然大怒，拔出宝剑，要亲自将他斩首。大农刘基抱住孙权，请他勿杀善士，孙权竟振振有词地说："曹操尚且杀了孔融，我杀虞翻又算得了什么？"经刘基苦苦谏阻，他才宽恕了虞翻。但积怒在心，终难消释，最后还是把虞翻放逐到偏远的交州，死后才许归葬故里。[1]

张温，孙吴集团的后起之秀，才华出众，张昭、顾雍等大臣都十分推重。孙权开始征拜他为议郎，不久又提拔为选曹尚书（主管官吏的选拔任用），徙太子太傅，一度甚为信任。可是，由于张温出使蜀汉后，对诸葛亮的为政有所称美（《三国演义》第86回写到此事），孙权竟因此而暗生疑忌；又担心张温声名太盛，"恐终不为己用"。于是，他就借张温举荐的选曹尚书暨艳得罪之机，诬指张温"专挟异心""无所不为"，将其罢黜还乡，使这位英杰之士在抑郁寡欢之中罹病而死。[2]

对于陆逊，上面已经说过，孙权曾经尊崇得无以复加。但当孙权第三子太子孙和与第四子鲁王孙霸争宠时〔原太子孙登于赤乌四年（241）病逝，孙权乃于赤乌五年（242）立孙和为太子〕，陆逊为了维护孙和的正统地位，一再上书，建议对二人"当使宠秩有差，彼此得所，上下获安"。孙权不仅不听，而且屡次派遣使者上门诘责陆逊。陆逊忠而获谴，愤懑而死。后来，孙权终于认识到自己对不住陆逊，曾流着眼泪对其子

①《三国志·吴书·虞翻传》。
②《三国志·吴书·张温传》。

陆抗说："吾前听用谗言，与汝父大义不笃，以此负汝。"总算认了错。

对比孙权在人才问题上的两种不同表现，可以看到一种规律性的现象：他的识才用才，主要见于他黄龙元年（229）称帝之前，也就是他四十八岁之前。在这将近三十年的漫长岁月里，他身处内忧外患之中，锐意进取，开疆拓土，深知人才之难得、之可贵，因而能够不拘一格选拔人才，并能做到用而不疑，对某些人才的缺陷也不吹毛求疵，遂使江东人才济济，雄视魏、蜀。而在这以后的二十多年中，由于三国鼎立的局面相对稳定，他承受的压力有所减弱，而又久握权柄，唯我独尊，于是骄矜日甚，怠惰渐生，礼贤下士的风度消磨殆尽，忌才害才的行为却多了起来。所以陈寿在《三国志·吴书·吴主传》中这样评论他："孙权屈身忍辱，任才尚计，有勾践之奇，英人之杰矣。故能自擅江表，成鼎峙之业。然性多嫌忌，果于杀戮，暨臻末年，弥以滋甚。"是的，在人才问题上，他同那位"可共患难而不可共安乐"的越王勾践相似，也带有很强的实用主义倾向。

罗贯中在《三国演义》的创作中，将孙吴集团置于陪衬的地位，加之篇幅的限制，不可能充分展示孙权性格的各个方面，而只能选择和强化其性格的某一两个侧面。经过这种选择和强化，孙权的"明主"形象逐步凸现，给读者留下了鲜明的印象；同时，人物性格的丰富性和复杂性却遭到削弱。这真是一种不得已的遗憾！

二、孙权的立嗣之争

孙权威镇江东数十年，堪称一代雄主。但是，他晚年的家庭生活却相当不幸，这集中反映在他的立嗣之争上。

据《三国志·吴书》记载，孙权共有七个儿子：长子孙登，次子孙虑，三子孙和（《三国演义》误称为"次子"），四子孙霸，五子孙奋，六子孙休，七子孙亮（《演义》误称为"三子"）。黄初二年（221），孙权受曹丕之封为吴王，按照惯例，立13岁的孙登为王太子。黄龙元年（229），孙权称帝，又以孙登为皇太子。孙登为人谦和谨重，礼敬大臣，体察下情，友于诸弟，颇得人望，堪称比较理想的储君。可惜的是，孙登在赤乌四年（241）五月就病死了，年仅 33 岁。此时，孙权已经 60 岁，老年丧子，其悲痛是可想而知的。

在孙登病死之前，孙虑已于嘉禾元年（232）去世。于是，孙权很自然地于赤乌五年（242）正月立 19 岁（虚岁）的三子孙和为太子。孙和从 14 岁起师从著名学者阚泽，"好文学，善骑射，承师涉学，精识聪敏，尊敬师傅，爱好人物"①，颇受大臣称许，也是一个较好的后嗣。

就在孙和被立为太子半年后，孙权又封四子孙霸为鲁王。本来，皇帝之子受封为王并不奇怪，但孙权对孙霸"宠爱崇特"，其待遇与孙和几乎没有区别。作为父亲，这样做可以理解；而作为皇帝，这却违背了封建社会的一个重要法则——"嫡庶有别""尊卑有序"。这样一来，孙霸恃宠骄纵，处处与孙和分庭抗礼；他身边一帮热衷利禄之徒也巴不得他能取代孙和，以便攀龙附凤，飞黄腾达。对此，孙和及其侍从之臣也不能不有所防范。于是，两宫之间的矛盾日益明显了。

在此情况下，如果孙权明确宣布以孙和为嗣君的决定不可动摇，以绝他人觊觎之念，同时教育孙和、孙霸和睦相处，问题是不难解决的。可是，孙权却没有这样做，仅仅禁止两宫交接宾客，命令二子专心求学。这种不问是非曲直的做法，一方面使孙和产生可能失位的隐忧，另一方面却助长了孙霸的侥幸心理，两宫矛盾不但没能消除，反而进一步发展了。由于太子乃是"国本"，关系到东吴江山由谁执掌，大臣们当然要表示严重关注。"丞相陆逊、大将军诸葛恪、太常顾谭、骠骑将军朱据、会稽太守滕胤、大都督施绩、尚书丁密等奉礼而行，宗事太子；骠骑将军步骘、镇南将军吕岱、大司马全琮、左将军吕据、中书令孙弘等附鲁王；中外官僚将军大臣举国中分。"②大臣分为两派，吴国统治集团出现了严重的裂痕。

这时，孙权开始产生了危机感："子弟不睦，臣下分部，将有袁氏（按：指袁绍集团）之败，为天下笑。"是的，此时的东吴已经有点像袁绍临死前二子争立、部属分派的样子了。孙权看到了前车之鉴；然而，他已经

---

① 《三国志·吴书·吴主五子传》注引韦昭《吴书》。
② 《三国志·吴书·吴主五子传》注引殷基《通语》。

年迈了，明辨是非的眼力已大大减弱，果于决断的气魄已消磨殆尽。所以，他并没有真正吸取袁绍的教训，既不能旗帜鲜明地维护孙和的嗣君地位，又不能毅然决然地打消孙霸的夺位野心，一直犹豫不决。更糟糕的是，孙霸的支持者中，好几个都受到孙权的特别宠信：一是全公主（孙权之女，全琮之妻），因与孙和之母王夫人有矛盾，故唯恐孙和成为国君，是一个喜欢搬弄是非的角色；二是侍中孙峻（孙权侄孙），就是后来谋害诸葛恪、败坏吴国朝政的那位野心家；三是中书令孙弘，是一个阴险狡诈的小人；此外，全寄（全琮之子）、吴安（孙权母舅吴景之孙）、孙奇、杨竺等人也都是投机取巧之徒。在他们的蛊惑蒙蔽下，孙权一次又一次地铸成大错。

首先是偏听偏信，逼死孙和之母王夫人。孙和立为太子后，孙权本欲立王夫人为皇后；但因全公主屡进谗言，此事未果。有一次，孙权患病，孙和入庙祭祀，顺便到张妃叔父张休（张昭之子）家看望，全公主竟诬告孙和与张休私有所议，心怀不轨；又造谣说王夫人见孙权病重，面有喜色。孙权大发雷霆，致使王夫人忧惧而死。从此，孙和少了一个保护人，宠信渐减，而孙霸更加咄咄逼人。

其次，滥责大臣，自毁栋梁。太子太傅吾粲，竭力维护孙和的正统地位，建议使孙霸出驻夏口（今湖北武汉），命杨竺离开建业（今南京市），以免两宫争竞不已，竟被下狱而死。太常顾谭（顾雍之孙）力主分别太子与鲁王的礼秩，使二者相安无事，竟被流放交州（治所在今广州市）。就连孙权一向倚为干城，忠勤国事的丞相陆逊，也因主张"太子正统，宜有磐石之固，鲁王藩臣，当使宠秩有差，彼此得所，上下获安"，竟引起孙权的不满，"累遣中使责让"，使这位文武双全的盖世奇才愤懑而死。此外，因维护孙和而遭贬斥的官员还有不少。孙权如此荒唐处置，不仅使吴国损失了一批治国理民之才，而且也损害了孙和的威信，助长了孙霸的气焰。

再次，幽闭孙和，愈增混乱。随着矛盾的复杂化，孙权对孙和的不满也日益增长，后来竟下令幽禁孙和。这实际上是发出了废太子的信号，在朝廷中造成了更大的混乱。骠骑将军朱据、尚书仆射屈晃率诸将请求释放孙和，竟被抓进大殿，各杖一百。无难督陈正、五营督陈象上书申述废太子的危害，竟遭到满门抄斩的惨祸。不久，已领丞相重任的朱据又因谏诤不已而"左迁新都郡丞"，在他贬谪途中，孙弘利用孙权病重之机，矫诏"赐死"，东吴政权又失去一根栋梁！

到了这种地步，孙权再也不想保留孙和的太子地位了；但对千方百计取代兄长的孙霸，他也毫无好感。思前想后，他埋怨大臣们没完没了地上书进谏，更痛恨孙霸的党羽们横造事端，酿成祸患。怎么办？他的决定仍然是各打五十大板。于是，赤乌十三年（250）八月，他下令废掉孙和，徙置故鄣（今浙江安吉西北）；赐孙霸死，诛其党羽全寄、吴安、孙奇、杨竺。是年十一月，另立 8 岁的幼子孙亮为太子。这场旷日持久的立嗣之争，拖延了整整八年，终于以孙和、孙霸两败俱伤，大臣凋零，朝纲不振而告终。

此时，孙权已届古稀之年。这场混战拖得他精疲力尽，留给他的是父子反目、兄弟成仇，是满腹悲怆、无穷悔恨。然而，他又怪得了谁呢？主要责任还在他自己！

当然，孙权的家庭悲剧并非绝无仅有。为了追逐最高权力而骨肉相残，变诈百端，这正是封建社会中普遍性的悲剧。可惜的是，罗贯中只用几句话交代了一下孙权立嗣的经过（见《三国演义》第 108 回），而未能展开描写。不然，孙权形象定会比我们今天看到的深刻得多，丰满得多，《演义》的总体认识价值也可能增加几分。

（先后收入本人所著：《三国漫话》，四川人民出版社 2000 年版；《你不知道的三国》，文汇出版社 2008 年版）

周瑜与小乔

一、雄姿英发话周郎

在《三国演义》写到的东吴人物中，给人印象最深的无疑是周瑜。

周瑜（175—210），字公瑾，庐江舒县（今安徽庐江西南）人。少与孙策为友。孙策经略江东时，他领兵归之，协助孙策开创孙氏政权，极受倚重。建安三年（198）任建威中郎将，年仅 24 岁（虚岁，下同），人皆称为"周郎"。后升任中护军。建安五年（200），孙策遇刺而死，他与张昭同辅孙权，孙权以兄待之。建安十三年（208），曹操率军南征，威逼江东，他与鲁肃坚决主战。孙权以他为统帅，联合刘备军，大破曹兵于赤壁，巩固了孙氏政权。次年击败镇守南郡的曹仁，拜偏将军，领南郡太守。建安十五年（210），欲率军取蜀，在由京城（今江苏镇江市）返回江陵（今湖北荆州市）的途中，不幸病卒于巴丘（今湖南岳阳），年仅 36 岁。

在东汉末年那天下大乱，群雄纷争的时代，周瑜堪称第一流的人才。他志向高远，英武豪迈，精通韬略，为孙吴集团建立了丰功伟绩。与孙策、孙权的另一主要辅佐张昭相比，他最突出的优点是胆识过人，关键时刻善于决断，勇于任事。建安七年（202），曹操乘着大败袁绍的威势，要孙权送儿子去作人质。孙权与群臣商议，张昭等犹豫不决，周瑜却坚决反对道："今将军承父兄馀资，兼六郡之众，兵精粮多，将士用命，铸山为铜，煮海为盐，境内富饶，人不思乱，汎舟举帆，朝发夕到，士风劲勇，所向无敌，有何逼迫，而欲送质？质一入，不得不与曹氏相首尾，与相首尾，则命召不得不往，便见制于人也。极不过一侯印，仆从十馀人，车数乘，马数匹，岂与南面称孤同哉？不如勿遣，徐观其变。"①这一见解，抓住了问题的要害，符合孙吴集团的长远利益，孙权欣然采纳，避免了受制于人的不利局面。建安十三年（208），曹操南征，不战而得荆州，进逼江南。面对乘胜而来的曹操大军，张昭等大多数谋士都主张降曹，许多将士也感到惊恐不安，周瑜却坚决主张抗曹。他精辟地分析了曹操的几大不利条件："今使北土已安，操无内忧，能旷日持久，来争疆场，又能与我校胜负於船楫间乎？今北土既未平安，加马超、韩遂尚在关西，为操后患。且舍鞍马，仗舟楫，与吴越争衡，本非中国所长。又今盛寒，马无藁草，驱中国士众远涉江湖之间，不习水土，必生疾病。此数四者，用兵之患也，而操皆冒行之。"从而断言："将军擒操，宜在今日。"并且主动请缨："瑜请得精兵三万人，进住夏口，保为将军破之。"②这就促使孙权下定决心抗曹。决策的当天晚上，周瑜又面见孙权，进一步分析了曹操的劣势："诸人徒见操书，言水步八十万，而各恐慑，不复料其虚实，便开此议（按：指降曹之议），甚无谓也。今以实校之，彼所将中国人，不过十五六万，且军已久疲；所得（刘）表众，亦极七八万耳，尚怀狐疑。夫以疲病之卒，御狐疑之众，众数虽多，甚未足畏。得精兵五万，自足制之，愿将军勿虑。"③这又大大增强了孙权取胜的信心。果然，孙刘联军在赤壁之战中大获全胜，为三分鼎立奠定了基础。如果没有周瑜，孙氏政权很可能就此覆灭。因此，孙权对周瑜极为敬重，缅怀不已，称帝时还说："孤非周公瑾，不帝矣。"

历史上的周瑜，不仅雄才大略，功业赫赫，而且"性度恢廓"，待人谦让。老将程普曾经在他面前摆老资格，屡次与他过不去；他却从不计较，始终谦和相待。后来程普对他深感敬服，对人说："与周公瑾交，若饮醇醪，不觉自醉。"此外，他还精通音乐，即使在酣饮之时，乐队演奏若有缺误，他一下子就能察觉，回头视之。为此，当时有歌谣说："曲有误，周郎顾。"④如此文武双全的奇才，真不愧为千古风流人物！

①《三国志·吴书·周瑜传》注引《江表传》。
②《三国志·吴书·周瑜传》。
③《三国志·吴书·周瑜传》注引《江表传》。
④《三国志·吴书·周瑜传》。

　　在《三国演义》中，罗贯中以史实为基础，塑造了一个性格鲜明、独具风采的周瑜形象。历史上周瑜在几个关键时刻的言行功业，《演义》全都予以详略不等的描述：一是协助孙策开拓江东基业（第 15 回）；二是劝孙权拒绝送子为人质（第 38 回）；三是率领东吴大军征讨江夏，歼灭黄祖军（第 38—39 回）；四是激励孙权，决计抗曹（第 44 回）；五是作为吴军统帅，在众寡悬殊的条件下，把雄视天下二十余年的曹操打得大败而逃，获得了赤壁大战的辉煌胜利（第 45—50 回）。这些情节，把周瑜的远见卓识、英武机警、足智多谋、风流倜傥表现得十分生动，使周瑜形象成为东吴人物中最有光彩的一个。

　　然而，罗贯中出于"尊刘"的创作倾向，在《三国演义》中竭力突出诸葛亮的智慧，渲染诸葛亮的神机妙算，把诸葛亮塑造为用兵如神的谋略大师。在塑造周瑜形象时，他也不忘突出诸葛亮。为此，他把周瑜与诸葛亮的关系定位于"同盟""对手""知音"三个基点上，有意编织了一系列二人"斗智"的故事，以周瑜之智来衬托诸葛亮之智。这些"斗智"故事，集中于"赤壁大战"和"三气周瑜"两大情节单元。

　　在历史上的赤壁大战中，最主要的英雄本来是周瑜；诸葛亮除了出使江东，智激孙权联刘抗曹之外，究竟还有哪些作为，史书上并无明确的记载。然而，在罗贯中的笔下，诸葛亮却成了决定战争胜负的最关键的人物。尽管他在吴军中身居客位，但是，他却是"赤壁大战"这一情节单元的真正主角。孙刘联盟的建立，由他一手促成；孙权抗曹的决心，由他使之坚定；周瑜导演的"群英会""蒋干盗书"，黄盖的苦肉计、诈降计，都被他一眼看穿；战役的关键决策——火攻计，由他与周瑜共同商定；而实行火攻的决定性条件——东南风，又由他巧妙"借"来。可以说，孙刘联盟在夺取胜利的道路上每前进一步，都离不开他的智慧；如果没有他，周瑜要想打败曹操几乎是不可能的。在孙刘联盟与曹军之间的矛盾和孙刘联盟内部矛盾的旋涡里，在与周瑜、曹操这两个杰出人物的斗智中，他的远见卓识、雅量高致和神机妙算，一次又一次地迸发出耀眼的火花。周瑜对他又敬又嫉，多次企图除掉他，他都一一从容化解，安如泰山，既使周瑜无可奈何，又维护了孙刘联盟，保障了战役的胜利。斗智的结果告诉人们：曹操之智不及周瑜，周瑜之智又不及诸葛亮，因此，诸葛亮才是大智大勇的头号英雄。这些情节，在总体框架基本符合史实的前提下，带有大量虚构成分，有的甚至纯属虚构，虽然波澜起伏，脍炙人口，却无形中降低了周瑜的历史作用；而且把原本"性度恢廓"的周瑜写得胸襟狭隘，对人物性格也有所改变。——当然，《演义》写周瑜的狭隘是有分寸的：周瑜之所以欲除孔明，并非忌孔明之才，而是忌孔明之才不能为东吴所用，担心其今后对东吴不利，乃是"英雄各为其主"的心理反射；尽管其眼光不如鲁肃长远，但与小人之嫉贤妒能、害才营私泾渭分明，不可混为一谈。

至于"三气周瑜"，则基本上出于虚构。据《三国志·吴书》之《周瑜传》《鲁肃传》和《三国志·蜀书·先主传》等资料，赤壁之战以后，周瑜立即进兵南郡，经过一年左右的反复较量，终于打败了曹仁，于建安十四年（209）夺得南郡。在战斗中，周瑜曾被流箭射中右肋，伤势颇重；但这里并无诸葛亮派赵云趁机袭夺南郡之事。直到周瑜死后，刘备向孙权"借"荆州，南郡才归属刘备。由此可见，"一气周瑜"纯属虚构。周瑜夺取南郡后，孙权将妹妹嫁给刘备，是因为看到刘备实力增强，心存畏惧，所以"进妹固好"，这并非周瑜的主意，更不是什么"美人计"。在此以后，刘备到京城（《演义》写作"南徐"，误）见孙权，周瑜倒确实是给孙权上过书，建议将刘备留在东吴，让其沉溺于声色之中，并分开关羽、张飞，使其为东吴所用；但孙权考虑到要对抗强大的曹操，必须广揽英雄，与刘备联合，没有采纳周瑜的建议。可见"二气周瑜"也基本上出于虚构。至于周瑜欲取益州，意在为东吴扩大地盘，进而攻取汉中，以图北方，并非用诈，孙权还曾派人去见刘备，希望共同取蜀；刘备为了今后独占益州，以"新据诸郡，未可兴动"为理由加以拒绝；周瑜在准备进兵时，病死于巴丘，遂使这一计划搁浅。由此可见，"三气周瑜"同样是虚构的。

宋元以来的通俗文艺作者，抓住上述史实中的某些由头，加以生发渲染，虚构出许多表现诸葛亮与周瑜斗智的故事。元代的《三国志平话》中就有这样一些情节：周瑜率军假扮商人，欲乘夜晚袭夺荆州（实指江陵），被诸葛亮识破，命赵云拒其入城，周瑜强攻，又被刘备众将打败；周瑜向孙权献计，将孙夫人嫁给刘备，让其伺机刺杀刘备，结果孙夫人反而与刘备结成一心，使周瑜弄巧成拙；周瑜欲借道取蜀，被诸葛亮派张飞领兵拦住，周瑜偷道而过，张飞却掩袭其后，把周瑜夺得的郡县全都据为己有。就这样，周瑜一次又一次地气破金疮，终于死于巴丘。这些故事虽然写得热闹，但漏洞太多，随意性太强，历史感较差。罗贯中在此基础上重新进行改造加工，使情节更加连贯流畅，针线细密（其中也有经不起推敲之处），虽是虚构，但具有较强的历史感，使人感到"像"那段历史；加之贯注其中的浪漫主义情调，"三气周瑜"便成了妙趣横生的精彩篇章。在与诸葛亮斗智时，心高气傲的周郎总是捉襟见肘，着鞭在后，略逊一筹。他精心制定的计策，总是被诸葛亮一眼看穿；他谋取荆州的各种措施，也总是被诸葛亮一一化解。尽管他竭力争取主动，但劳神费力一番，却是要么功亏一篑，要么弄巧成拙。经过"三气"的沉重打击，他的身心均已崩溃。临终前那"既生瑜，何生亮"的长叹，强烈地表达了他力图压倒诸葛亮却又无可奈何的心情。于是，怀着壮志未酬的遗憾和哀怨，他走完了自己的人生旅途，完成了一出命运悲剧，给后人留下不尽的叹惋与追思。

对《三国演义》有关周瑜的描写，今人每每以为有损于人物形象的真实性。不过，应该看到，在罗贯中的时代，还没有形成真正严格的现实主义创作方法，为了某种观念而对人物性格加以取舍改造是很自然的。何况几百年来，广大读者已经认同了罗贯中对周瑜形象的处理。今人不必对罗贯中亦步亦趋，也不必以历史否定艺术。

（收入本人所著《沈伯俊说三国》，中华书局 2005 年版）

二、略谈江东二乔

如果说起汉末三国时期的美女，人们首先想到的可能要算"江东二乔"了。——当然，也可能有不少人会想到貂蝉；但貂蝉并非历史上实有的人物，而是小说戏曲虚构出来的艺术形象。

史籍中有关江东二乔的记载极少。陈寿的《三国志》中只有《吴书·周瑜传》有这样一句：

从攻皖，拔之。时得桥公两女，皆国色也。（孙）策自纳大桥，（周）瑜纳小桥。（按："桥"通"乔"。）

裴松之注此传时引用了《江表传》，也只有一句：

（孙）策从容戏（周）瑜曰："桥公二女虽流离（按：流离，光彩焕发貌），得吾二人作婿，亦足为欢。"

这两句话告诉我们以下几点。第一，二乔的姓本作"桥"，至于她俩的芳名，史书失载，只好以"大乔""小乔"来区别。现代人对此会觉得奇怪，但在以男性为中心的封建社会里，这种现象却是见惯不经的。历史上许多皇后都没有留下名字，就是孙权的母亲吴夫人、妹妹孙夫人，不也同样不知其名吗？第二，二乔的籍贯是庐江郡皖县（今安徽潜山）。第三，二乔长得很美，有倾国之色，顾盼生姿，明艳照人，堪称绝代佳丽。第四，孙策、周瑜得到二乔是在建安四年（199）攻取皖县之后，当时，孙、周二人都是 25 岁（周瑜仅比孙策小一个月），因此，估计二乔的年龄不过 20 上下。第五，孙策、周瑜对能娶二乔为妻感到非常满意。

从二乔方面来说，一对姐妹花，同时嫁给两个天下英杰，一个是雄略过人、威震江东的"孙郎"，一个是风流倜傥、文武双全的"周郎"，按照传统观点，堪称郎才女貌，美满姻缘 了。

然而，二乔是否真的很幸福呢？史书上没有说。不过，从有关资料分析，至少可以肯定， 大乔的命是很苦的。她嫁给孙策之后，孙策忙于开基创业，东征西讨，席不暇暖，夫妻相聚 之时甚少。仅仅过了一年，孙策就因被前吴郡太守许贡的家客刺成重伤而死（《三国演义》第 29 回写了此事），年仅 26 岁。当时，大乔充其量 20 出头，青春守寡，身边只有襁褓中的儿子孙绍，真是何其凄惶！从此以后，她只有朝朝啼痕，夜夜孤衾，含辛茹苦，抚育遗孤。岁月悠悠，红颜暗消，一代佳人，竟不知何时凋零！小乔的处境比姐姐好一些，她与周瑜琴瑟相谐，恩爱相处了十一年。在这十一年中，周瑜作为东吴的统兵大将，江夏击黄祖，赤壁破曹操，南郡败曹仁，功勋赫赫，名扬天下；可惜年寿不永，建安十五年（210）在准备攻取益州时病死于巴丘，年仅 36 岁。这时，小乔也不过 30 岁左右，乍失佳偶，其悲苦也可以想见。周瑜留下二子一女，是否皆为小乔所生，史无明文，但按照封建宗法制度，她终归是这二子一女的嫡母。由于周瑜的特殊功勋，孙权待其后人也特别优厚：其女（又是一个不知名字的！）嫁给孙权的太子孙登，若不是孙登死得早了一点（赤乌四年病卒，年仅 33 岁），当皇后是没有问题的；长子周循，"尚公主，拜骑都尉"，颇有周瑜弘雅潇洒的遗风，可惜"早殇"；次子周胤，亦娶宗室之女，后封都乡侯，但因"酗淫自恣"，屡次得罪，废爵迁徙，不过最终仍被孙权赦免。尽管如此，小乔本人却是琴瑟已断，欢娱难再，只好和姐姐一样，在无边寂寞、无穷追忆之中消磨余生了。在漫长的封建社会中，"自古红颜多薄命"，死于非命者何止万千；相对而言，二乔算不得太不幸，但她们同样也掌握不了自己的命运！

作为艳名倾动一时的美女，江东二乔很自然地成了文学艺术的对象。现存最早而且最著名的作品当推唐代诗人杜牧那首脍炙人口的《赤壁》诗：

折戟沉沙铁未消，自将磨洗认前朝。
东风不与周郎便，铜雀春深锁二乔。

严格地说，杜牧这首诗并非咏二乔的，诗人只是即景抒情，因赤壁而想到历史上的赤壁之战，并进而产生联想：如果周瑜不是借助东风发动火攻而打败了曹操，东吴很有可能战败，那样的话，江东二乔也会被掳到铜雀台充当曹操的玩偶了。从奴隶社会到封建社会，在大大小小的战争中，战胜者把被征服者的妻室姐妹女儿掠为己有，似乎是天经地义的。曹操灭袁绍之后，便毫不客气地把袁绍的媳妇甄氏纳为自己的儿媳；孙权也曾把袁术的女儿占为己有。因此，如果曹操真的灭掉东吴，要掳走二乔也毫不奇怪。不过，如果把曹操南征的目的说成是夺取二乔，那就歪曲了赤壁之战的意义，也太贬低曹孟德了。事实上，写《赤壁》诗的杜牧也并不这样看。

然而，多情而又富有想象力的艺术家们却按照各自的美学观点去理解杜牧的诗，并大加引申，创造出形形色色有关二乔的绘画、诗词、戏曲、小说。共中，影响最大的自然是罗贯中在《三国演义》中的艺术虚构。罗贯中并没有模糊赤壁之战的重要政治意义，但出于"尊刘贬曹"

的思想倾向，他有意突出曹操"好色之徒"的形象，渲染了曹操觊觎二乔美色的主观意图。在第 44 回《智激周瑜》一节里，他借诸葛亮之口，说曹操"曾发誓曰：'吾一愿扫清四海，以成帝业；一愿得江东二乔，置之铜雀台，以乐晚年，虽死无恨矣'"。并采用移花 接木、颠倒时序、虚实杂糅等艺术手法，在曹植《铜雀台赋》中加进"揽二乔于东南兮，乐 朝夕之与共"等句，证明曹操确有此意，遂使诸葛亮的激将法天衣无缝，立即奏效，激得周瑜说出了坚决抗曹的本意。在第 48 回《横槊赋诗》一节中，罗贯中照应前文，让志得意满的曹操直接出面，对众官说道："吾自起义兵以来，与国家除凶去害，誓愿扫清四海，削平天下；所未得者江南也。今吾有百万雄师，更赖诸公用命，何患不成功耶！收服江南之后，天下无事，与诸公共享富贵，以乐太平""吾今新构铜雀台于漳水之上，如得江南，当娶二乔，置之台上，以娱暮年，吾愿足矣！"这样，既表现了曹操统一天下的雄心，又揭露了他垂涎于二乔芳华的欲念。罗贯中写这两个篇章，都不是要写二乔，但无意之中却从不同的侧面映衬出二乔惊人的美丽。

二乔究竟有多美？《三国志》没有写，杜牧没有写，罗贯中也没有写，这种美实在太模糊了。可是，千百年来，这"模糊美"却一·直动人心魄，并不断地被人们用想象丰富着、补充着。文学艺术的奥妙，真是难以尽述！

（先后收入本人所著《三国漫话》，四川人民出版社 2000 年版；《你不知道的三国》，文汇出版社 2008 年版）

张昭与陆逊

一、刚直不阿的张昭

在《三国演义》中，张昭是一个颇受贬抑的人物。在一般读者的心目里，他老是给孙权出馊主意，似乎是一个目光短浅、胸襟狭隘的平庸之辈。

其实，历史上的张昭乃是那个时代的一个杰出人物。罗贯中之所以对他作了带有丑化色彩的描写，主要是因为他在赤壁大战前夕曾劝孙权归顺曹操。对于刚刚败退到夏口，立足未稳的刘备集团来说，如果孙权降曹，则再无退路，根本无力抗拒曹操的数十万大军，很可能就此覆灭。所以，宋元以来"拥刘"的通俗文艺作家、民间艺人，包括罗贯中，都对张昭大为不满。对于孙权集团来说，举兵抗曹并无必胜的把握，奉江南而归降则可受到优待。在此之前，刘琮不战而降，拜青州刺史，封列侯（《三国演义》写刘琮被曹操命人追杀，系出虚构）；在此之后，张鲁战败而降，拜镇南将军，封阆中侯，都是证明。所以，张昭之议，实在是为了维护孙权集团的利益，正符合"各为其主"的信条；当然，这也会使孙权失去称王称帝的可能。而对于整个中国历史来说，如果孙权当时归顺曹操，将大大有利于曹操早日统一全国，则应该算是一件好事。

平心而论，张昭不仅是东吴的开国元勋，而且其眼力、胆识、威望，都堪称东吴文臣之首。当孙策开创江东基业之初，即以张昭为长史、抚军中郎将，"文武之事，一以委昭。"[①]尽管史书对张昭的具体业绩记载不详，但当时二十出头、忙于征战的孙策多方仰仗其辅佐是毫无疑问的。

---

① 《三国志·吴书·张昭传》。

所以孙策特别尊重张昭，"待以师友之礼"①。建安五年（200），年仅26岁的孙策遇刺身危，临终把19岁（均为虚岁）的孙权连同孙氏基业一并托付给张昭，慨然叮嘱道："若仲谋不任事者，君便自取之。"②此时，孙氏基业尚属草创，强敌在北，人心未宁，孙权与文官武将们尚无君臣之固，孙权本人既缺乏治军理民的经验，又沉浸在乍失长兄的巨大悲痛之中，而周瑜尚在外地，如果张昭怀有二心，孙氏危矣！然而，张昭却不负孙策信赖，当机立断，马上立孙权为主；同时一面上奏东汉朝廷，一面命令各地将校各奉职守，还亲自扶孙权上马巡军，从而迅速稳定了局势。"（孙）权每出征，留昭镇守，领幕府事。……权以昭旧臣，待遇尤重。"③可以说，张昭几十年不懈的、忠心耿耿的辅佐，对于东吴政权的建立和巩固起了相当重要的作用。

尤其值得一提的是，张昭为人刚直不阿，宁折不弯，常常犯颜直谏，使孙权这位雄主也敬惮不已。

孙权在黄初二年（221）被封为吴王以后，特别是在夷陵之战中大败刘备之后，随着地盘的扩大，权位的巩固，威望的提高，骄纵之心日益滋长，轻狂不当之举、文过饰非之行时有发生。对此，文武大臣虽有谏劝，但往往不敢直言。唯独张昭无所顾忌，敢于面折廷争，有时甚至使孙权下不了台。

有一次，孙权在武昌（今湖北鄂城，孙权当时以此为都）王宫的钓台上宴会群臣，喝得酩酊大醉，不觉狂态发作，命人用水浇洒那些东倒西歪的大臣们。孙权一面哈哈大笑，一面对群臣说"喝！喝！今天要喝个痛快！定要等大家醉得掉进鱼池中，才算了事！"张昭见孙权如此胡闹，开始是板起面孔，一言不发；后来干脆起身离席，走出王宫。孙权见了，头脑似乎清醒了一点，连忙派人请张昭回宫，笑着说："我不过是让人家乐一乐罢了，先生何必发怒呢？"张昭毫不客气地说："想当年，商纣王造糟丘酒池，为长夜之饮，他也认为是乐事，而没想到是罪过呀！"听了这话，孙权无言对答，面有愧色，立即结束了酒宴。

---

① 《三国志·吴书·张昭传》注引韦昭《吴书》。
② 《三国志·吴书·张昭传》注引《吴历》。
③ 《三国志·吴书·张昭传》注引韦昭《吴书》。

　　还有一次，张昭因"直言逆旨"，得罪了孙权，一度停止进见。这时，蜀汉使臣来到吴国，称颂蜀汉之明政美德，吴国众臣竟无人能与之抗衡。孙权叹息道："假使张公在座，蜀汉使臣哪能如此自夸呢！"第二天，孙权就派人慰问张昭，请他入宫相见。张昭要离席逊谢，孙权跪着劝止他，请他不要起身。张昭回顾了当年孙策、吴夫人（孙策孙权之母）两度托付的情景，深情地说："老臣虽然常常违忤陛下，但忠心报国，死而后已。如果要老臣见风使舵，苟且取容，老臣绝对不能。"对此，孙权又是感动又是惭愧，连连向张昭道歉。

　　嘉禾二年（233），孙权因魏国辽东太守公孙渊遣使称藩，十分得意，轻率地派遣太常张弥、执金吾许晏带领一万人马，携带大批珍宝礼品，浮海前往辽东，封公孙渊为燕王。张昭进谏道："公孙渊因为害怕魏国征讨，这才向我国求援，并不值得信任。如果公孙渊变卦，把我们的使臣拿去讨好魏国，我们岂不贻笑天下吗？"孙权不以为然，张昭再三劝阻，态度越来越坚决。孙权勃然大怒，按着佩刀吼道："吴国士人入宫则拜寡人，出宫则拜先生。寡人对先生已经够尊重了，而先生动辄当众顶撞寡人，寡人恐怕要对不起先生了！"好张昭！面对如此威胁，毫不畏缩，直视着孙权说："老臣之所以如此苦谏，实在是因为太后临终前谆谆嘱托，言犹在耳啊。"话到此处，这位78岁的老臣已是热泪长流。孙权见状，扔下佩刀，与张昭相对而泣。然而就在此后，利令智昏的孙权仍然命张弥、许晏前往辽东。张昭对这种刚愎自用的作法非常气忿，称病不朝。孙权恨张昭又一次扫了自己的面子，命人用土塞住他家的门，表示不准他出来；张昭也犯了犟脾气，又在门内用土填塞，表示决不出去。不久，公孙渊果然杀了张弥、许晏，将其首级送给魏国，吞没了吴国送去的兵员物资。孙权这才感到自己错了，几次遣人向张昭致歉，张昭却称病不起；孙权亲自到其门口呼唤张昭，张昭依然以病重推辞；孙权命人放火烧门，想逼张昭出门，张昭反而把门关得更紧；孙权又命人把火扑灭，在门外停留良久。张昭的儿子们怕事情闹得太僵，共同把老父搀到门外，孙权把他载回宫中，狠狠责备了自己一顿。在这种情况下，张昭的气也消了，重新恢复了朝会。一场喜剧，总算到此了结。

　　正因为张昭忠心为国，刚直不阿，举国上下对他都心存敬畏，孙权也常说："孤与张公言，不敢妄也。"[1]这对于协调君臣关系，减少国君的过失，显然是有积极作用的。陈寿在《三国志·吴书·张昭传》末评中赞扬他"受遗辅佐，功勋克举，忠謇方直，动不为己"；而孙权不让他当丞相，终究还是胸襟不宽，"以此明权之不及（孙）策也"。

张昭的上述言行，在当时可谓惊世骇俗，更是专制主义君权恶性膨胀的明清时代的士大夫们难以想象的。比之那些唯唯诺诺、只会磕头作揖的愚忠者，这位倔强的老先生不是有点可爱之处么？

此外，张昭还是一个博学君子，曾著有《春秋左氏传解》及《论语注》，颇为时人称道。

我说了这么多，绝没有指责《三国演义》之意——小说那样描写张昭，毕竟是宋元以来民族心理的产物，已经成为一种客观存在。不过，用今天的眼光来看，像这样一位个性鲜明的人物，实在值得好好地重新塑造其艺术形象。

（先后收入本人所著《三国漫话》，四川人民出版社 2000 年版；《沈伯俊说三国》，中华书局 2005 年版）

二、孙吴栋梁陆逊

在《三国演义》写到的东吴人物中，除了孙策、周瑜性格比较丰满之外，正面描写较多，给人印象最深的大概要算陆逊了。

陆逊（183—245），字伯言，吴郡吴县华亭（今上海市松江）人。他出身江东大族，21 岁进入孙权幕府，后出任海昌屯田都尉，晋升定威校尉，初显才干，受到孙权赏识，以孙策之女嫁之。建安二十四年（219），与吕蒙定袭夺荆州之计，仕偏将军、右部督，代吕蒙守陆口，麻痹关羽。吕蒙夺得荆州，成就大功；陆逊与之配合，居功第二，因而升任右护军、镇西将军，封娄侯。黄武元年（222），任大都督，在夷陵一线与刘备亲自率领的蜀军相持，待其疲惫时实行火攻，大获全胜，加拜辅国将军，领荆州牧，改封江陵侯。黄武七年（228），又大败魏国大司马曹休于石

---

[1]《三国志·吴书·张昭传》。

亭（今安徽潜山北）。次年，孙权称帝，以他为上大将军（《三国演义》误为"上将军"），辅佐太子孙登镇守武昌（今湖北鄂州），深受倚重。赤乌七年（244）任丞相，成为孙吴头号大臣。

作为孙权重用的东吴第四任统帅，陆逊目光远大，足智多谋，不愧为当时第一流的人才。对其前的三任统帅周瑜、鲁肃、吕蒙，孙权认为各有所长，对东吴的贡献都很大，而对周瑜评价最高。他曾对陆逊说："公瑾雄烈，胆略兼人，遂破孟德，开拓荆州，邈焉难继，君今继之。"①可见陆逊在孙权心目中分量之重。实际上，陆逊兼有周瑜的雄才大略、鲁肃的远见卓识、吕蒙的智勇双全。如果说，在孙吴建国以前，周瑜、鲁肃、吕蒙三人是制定方略、开疆拓土的元勋；那么，在孙吴建国以后，陆逊就是并峙蜀魏、维持国运的栋梁。

在汉末三国的政治军事舞台上，陆逊纵横驰骋达四十二年之久。——周瑜（175—210）从协助孙策开拓江东到逝世，共计十五年；鲁肃（172—217）从归附孙权到逝世，共计十七年；吕蒙（178—219）从大约二十岁任别部司马到逝世，共约二十二年。——如果说，在三国鼎立正式形成之前，英杰辈出，群星灿烂，陆逊可算其中一颗耀眼的大星；那么，在魏、蜀、吴先后建国之后，尽管才干优卓之士仍不断涌现，但真正顶尖的第一流人才，众所公认者可能只有三人：蜀有诸葛亮，魏有司马懿，吴有陆逊。

据《三国志·吴书·陆逊传》，陆逊常常自称"书生"，袭取荆州之前致信关羽时，夷陵之战中告诫诸将时，都自称"书生"，但他却是一个真正的常胜将军。建安二十四年（219），他协助吕蒙袭取荆州后，率部继续西进，夺取宜都郡，又大破房陵太守邓辅、南乡太守郭睦，"前后斩获招纳，凡数万计。"黄武元年（222），在号称汉末三国时期"三大战役"之一的夷陵之战中，他任大都督，把握战机，大获全胜；蜀军"土崩瓦解，死者万数""其舟船器械，水步军资，一时略尽"；刘备一败涂地，勉强逃回白帝城。黄武七年（228），魏国大司马曹休率大军攻吴，他再任大都督，假黄钺，与朱桓、全琮三路并进，大败魏军，"斩获万余，牛

---

① 《三国志·吴书·周瑜鲁肃吕蒙传》。

马骡驴车乘万两（辆），军资器械略尽。"出兵前，孙权亲自为之执鞭；凯旋时，孙权又命以御盖覆其车，可谓尊荣已极。从此，陆逊声威远播，魏国将领皆惧他几分。如此巍巍战功，实际上超过了诸葛亮，在当时罕有其匹。

在《三国演义》中，罗贯中把陆逊视为可与诸葛亮抗衡的顶尖人才，对其谋略功绩做了比较充分的表现。特别是在"夷陵之战"这个情节单元里（第 82—84 回），陆逊的艺术形象更为突出。如果说，在袭夺荆州之前，他向吕蒙献计还只是初露锋芒的话，那么在这里，他的雄才大略便大放光彩了。当蜀军节节获胜，东吴人心震骇之时，孙权要他"总督军马，以破刘备"。这位资历不深，声望不高的"书生"毫无畏缩之态，只是一再提出："江东文武，皆大王故旧之臣；臣年幼无才，安能制之？""倘文武不服，何如？"待到孙权当众赐以白旄黄钺、印绶兵符，并且宣布："阃以内，孤主之；阃以外，将军制之。"他便毫不推辞，欣然受命。寥寥数语，写出了他充满自信的神态。当他到达前线后，尽管众位老将不服，甚至暗暗讥讽，他却毫不在意，从容部署。当众将纷纷请战时，他一再阻止，命令全军养精蓄锐，以观敌之变。而当诸将以为蜀军阵脚已固，难以击破时，他却断定"取之正在今日"，使众将尽皆叹服。他巧妙布置，发动火攻，大败蜀军，使东吴危而复安，立下了赫赫功勋。在整个战役过程中，他始终高瞻远瞩，不急不怒，因势利导，指挥若定，表现出敏锐的政治眼光和非凡的军事才能。夷陵之战的胜利，使他赢得崇高的威望，理所当然地成为东吴政权的擎天柱，成为魏、蜀、吴三国鼎立时期最杰出的人才之一。作者在"忍辱负重"四字上大作文章，使陆逊形象独具个性特色。

晚年的陆逊，辅佐太子孙登镇守武昌，总督军国大事。孙吴与蜀汉交往，孙权都要征求陆逊的意见。"时事所宜，权辄令逊语（诸葛）亮，并刻权印，以置逊所。权每与（刘）禅、（诸葛）亮书，常过示逊，轻重可否，有所不安，便令改定，以印封行之。"①可以说，陆逊为维护孙刘联盟也作出了自己的贡献。

---

① 《三国志·吴书·陆逊传》。

赤乌四年（241），颇得人望的孙登病逝，年仅 33 岁。孙权乃于赤乌五年（242）立第三子孙和为太子（次子孙虑先已去世）；半年后，又封第四子孙霸为鲁王。这本来算不了什么，但孙权对孙霸却"宠爱崇特"，其待遇与孙和几乎没有区别，这就违背了封建社会的一个重要法则——"嫡庶有别""尊卑有序"。这样一来，孙霸恃宠骄纵，处处与孙和分庭抗礼；他身边一帮热衷利禄之徒也巴不得他能取代孙和，以便攀龙附凤，飞黄腾达。对此，孙和及其侍从之臣也不能不有所防范。于是，两宫之间的矛盾日益明显了。陆逊深知历史上因诸子争立而造成内部分裂的教训（袁绍集团就是前车之鉴），为了巩固孙和的地位，维护孙吴的长治久安，他一再上书，建议对二人"当使宠秩有差，彼此得所，上下获安。"孙权不仅不听，而且屡次派遣使者上门诘责陆逊。陆逊忠而获谴，愤懑而死。一国栋梁，竟然就此摧折！可惜《三国演义》未写此事；若能就此展开描写，不仅孙权的形象将会丰富得多，陆逊的形象也将更加深刻，更加丰满。

陈寿在《三国志·吴书·陆逊传》末，高度评价曰："予既奇（陆）逊之谋略，又叹（孙）权之识才，所以济大事也。及逊忠诚恳至，忧国亡身，庶几社稷之臣矣。"这样一位德才兼备的顶尖人才，很值得认真研究。

（原载《沈伯俊说三国》，中华书局 2005 年版）

论 陈 宫

在《三国志通俗演义》那色彩缤纷的人物谱中，陈宫是一个来去匆匆的角色。从卷一《曹孟德谋杀董卓》则开始，到卷四《白门曹操斩吕布》则为止，他出场的次数并不算多，就像一颗流星，在深沉的苍穹中倏然划过，又遽尔陨落。然而，他留给读者的印象却相当鲜明而深刻。罗贯中是怎样塑造这个人物形象的？在他身上寄托着怎样的创作意图和美学意义？让我们来探寻一番吧。

一

在《三国志通俗演义》所描写的那个英雄辈出，谋臣如云，猛将如雨的艺术舞台上，陈宫凭什么在亿万读者心目中占有一席地位？读罢《演义》有关他的全部描写，人们印象最深的主要有这样三点。

其一，他深明大义。这主要表现于有名的"捉放曹"故事。

曹操谋刺董卓不成，仓皇逃归故乡。董卓闻之大怒，马上悬出重赏："拿住者千金赏，封万户侯。"就在这个时候，曹操被中牟县的把关者抓住了。身为县令的陈宫，一眼就认出了曹操。但他知道曹操原为董卓所看重，其谋刺董卓必有蹊跷，当晚便悄悄把曹操引到后院盘问。当曹操慷慨激昂地宣称谋刺董卓是"欲与国家除害"，回家乡则要"发矫诏于四海，使天下诸侯共兴兵诛董卓"时，他不禁肃然起敬，马上"亲释其缚，扶之上座，酌酒再拜曰：'公乃天下忠义之士也！'"于是，他毅然放弃了向董卓邀功请赏的机会，抛弃了县令职务，连夜与曹操一起出走。此时的陈宫，无疑是决心追随曹操"为国家除害"的。

然而，仅仅过了三天，陈宫对曹操的看法就发生了一百八十度的大转弯。那是在他与曹操投宿吕伯奢家之后。开始，曹操由于疑心病重，杀死了吕伯奢全家八口，陈宫还只是叹息："孟德心多，误杀好人！"后来，在他们逃离途中，曹操为了斩草除根，又有意杀死了吕伯奢本人，陈宫便严厉指责曹操："知而故杀，大不义也！"而曹操竟悍然宣称："宁使我负天下人，休教天下人负我！"这赤裸裸的极端利己主义的宣言，令人不寒而栗，自然也使陈宫从报国安民的憧憬中清醒了许多。此时，曹操在陈宫心目中一度留下的"忠义之士"的印象已经烟消云散，摆在面前的乃是一副狰狞的面孔，陈宫马上判定他乃是"狼心狗行之徒"！

事情到了这个地步，陈宫恨不得一剑杀死曹操，但又转念一想："我为国家，跟他到此，杀之不义，不若弃之。"于是，他扔下曹操，径自走了（卷一，《曹操起兵伐董卓》则）。从此，陈宫与曹操一刀两断，并在道义上毫不含糊地站到了曹操的对立面上。

这个情节，一波三折，不但使曹操的奸雄面目第一次得到大暴露，而且使陈宫一开始就表现出关心国家，善恶分明的正直品格。

其二，他颇有智谋。自从投奔吕布以后，他成了吕布的主要谋士，为吕布出过不少好主意。例如，当吕布与曹操在濮阳城外首次交锋，打败曹军之后，他及时提醒吕布："西寨是个紧要去处，倘或曹操袭之，奈何？"吕布不以为然地说："今日输了一阵，如何敢来？"他马上强调："曹操是极能用兵之人，须防他攻其不备。"果然，当天夜里曹操就亲自领军来"攻其不备"了。幸亏吕布听了陈宫的话，及时援救西寨，才又一次打败了曹军（卷三，《吕温侯濮阳大战》则）。不过，更精彩的还是"火烧濮阳"。这一次，他建议吕布让城中富户田氏写诈降书，伪称半夜献城，诱使曹操亲自率兵入城。结果，曹军遇到的是"四门烈火降天而起"，被烧得七零八落，四散奔逃；曹操本人"髭须发尽都烧毁"，差一点当了俘虏，真是狼狈不堪（卷三，《陶恭祖三让徐州》则）！后来，张松当面讥刺曹操时，把"濮阳敌吕布之时"与"宛城战张绣之日，赤壁遇周郎，华容逢关将，割髯弃袍于潼关"相提并论，视为曹操一生的几大耻辱之一，可见陈宫此计给人们留下了多么深刻的印象。

可惜的是，吕布是一个有勇无谋而又刚愎自用的家伙，信妻妾之言甚于听将士之计，多次拒绝接受陈宫的正确意见。你看：

——曹操从徐州回兵兖州，陈宫建议在泰山路险处设伏，邀击曹军，吕布却拒绝道："吾屯濮阳，别有良谋，汝岂知之!"（卷三，《吕温侯濮阳大战》则）

——曹兵刚到濮阳，陈宫主张趁其远来疲惫，立足未稳，急速击之，吕布却自恃勇力，偏要"待他下住寨栅，吾自擒之"。（同上）

——曹操夺回兖州，再攻濮阳。陈宫认为："不可出战，待众将聚会后方可。"吕布却吹嘘："吾之英雄，谁敢近也!"硬要出战，结果被曹操六员大将杀败，丢了濮阳（卷三，《曹操定陶破吕布》则）。

——吕布困守下邳，陈宫建议他引军出屯于城外，与城内守军形成掎角之势。吕布当面称赞："公言极善。"但回到家里，听了妻子严氏说："若一旦有变，妾岂得为将军之妻乎?"便马上把陈宫之计置诸脑后（卷四，《白门曹操斩吕布》则）……

用不着再举例了。陈宫是不幸的，他的计策十之八九是白费心血，对于一个谋士来说，还有什么比这更值得悲哀呢?

其三，他宁死不屈。在吕布集团全面崩溃之后，陈宫和吕布都成了阶下囚。面对曹操这个胜利者，吕布贪生怕死，再三求降：陈宫却毫不惧怯，傲然不屈。曹操以居高临下的口气问他："公台自别来无恙?"他马上针锋相对地回答："汝心术不正，吾故弃之。"曹操企图以老母和妻子的存亡来软化他，他仍然不为所动，"遂步下楼""伸颈受刑"。其节操之坚贞，正气之凛然，感动得"众皆下泪"（卷四，《白门曹操斩吕布》则）。小说写到这里，一个正直刚强、慷慨不群的"忠义"之士的形象已经牢牢地铭刻在读者的心中。

二

应当说明，上述情节带有很大的虚构成分，与历史上的陈宫的事迹颇有不同。

首先，历史上虽然有"捉放曹"一事，但并非陈宫所为，事情的起因和过程也与《三国志通俗演义》所写的不同。据《三国志·魏书·武帝纪》云：

（董）卓表太祖为骁骑校尉，欲与计事。太祖乃变易姓名，间行东归。

这里说得很清楚：曹操因为不愿与董卓同流合污，所以避开了董卓的举荐，悄悄返回家乡以图另举，并没有谋刺董卓。《演义》虚构他自告奋勇谋刺董卓一节，是为了表现这个奸雄的大胆和机敏，突出他"雄"的一面。

《三国志·魏书·武帝纪》还记载，曹操东归途中，确曾被捕而又很快获释：

出关，过中牟，为亭长所疑，执诣县。邑中或窃识之，为请得解。

裴松之注引郭颁《世语》说得更为具体：

中牟疑是亡人，见拘于县。时掾亦已被卓书；惟功曹心知是太祖，以世方乱，不宜拘天下雄俊，因白令释之。

在这里，对曹操获释起了关键作用的，不是中牟县令，而是那位慧眼识英雄的不知名的功曹。而无论县令还是功曹，都与陈宫毫无关系，因为陈宫从未担任过这两种职务。

另外，曹操杀吕伯奢全家是在中牟被捕之前（吕伯奢因不在家，并未被杀）。对于曹操杀人的原因，裴注引了三种说法，而这三种说法都不涉及陈宫。总而言之，"捉放曹"这件事，自始至终都与陈宫完全不相干。

历史上的陈宫与曹操的相识本来没有什么戏剧性。《三国志·魏书·吕布传》注引《典略》云：

陈宫字公台，东郡人也。刚直烈壮，少与海内知名之士皆相连结。及天下乱，始随太祖……

这就告诉我们：中平六年（189）曹操潜返家乡时，陈宫根本不曾与他同行；直到初平二年（191）曹操任东郡太守时，陈宫才成为他的部下。

陈宫与曹操的关系起初是很好的。初平三年（192），兖州刺史刘岱被青州黄巾军杀死，济北相鲍信等迎曹操领兖州牧，使曹操有了一大块比较稳固的根据地，实力大为增强。这是曹操一生事业的一个重要起点。

在这件事上，陈宫起了很大的作用。《武帝纪》注引郭颁《世语》云：

（刘）岱既死，陈宫谓太祖曰："州今无主，而王命断绝，宫请说州中，明府寻往牧之，资之以收天下，此霸王之业也。"宫说别驾、治中曰："今天下分裂而州无主；曹东郡，命世之才也，若迎以牧州，必宁生民。"鲍信等亦谓之然。

在这里，陈宫不仅积极建议曹操把兖州抓到手中，建立"霸王之业"，而且热心地说服兖州官吏去迎立曹操，并称曹操为"命世之才"。这时的他，对曹操可以说是忠心耿耿，倾心佩服。

那么，陈宫是怎样离开曹操而跑到吕布手下的呢？当然不是因为他看穿了曹操的奸雄面目。当时，曹操以倡议讨伐董卓而名闻天下，又尚未挟天子以令诸侯，根本谈不上"篡逆"二字；何况天下大乱，群雄并起，智勇之士各为其主，一般也不会这样考虑问题。实际情况是：兴平元年（194），曹操杀了前九江太守边让全家，"（边）让素有才名，由是兖州士大夫皆恐惧，陈宫性刚直壮烈，内亦自疑。"[①]这就是说，"刚直壮烈"的陈宫是因曹操随意杀害名士而对曹操产生了不满情绪。正好这时曹操第二次出兵徐州攻打陶谦，派陈宫驻守东郡，陈宫便趁机联合陈留太守张邈，共迎吕布为兖州牧。一时间，"郡县皆应"，曹操的地盘只剩下鄄城、东阿、范三个县，处境顿时恶化。陈宫这一手，确实把曹操整得恼火。

综观陈宫与曹操的关系，他虽然不是曹操的救命恩人，但确有大功于曹操；曹操呢，当初也很看重陈宫，连吕布的妻子都说："昔曹氏待公台如赤子"[②]；陈宫死后，"太祖待其家皆厚如初。"[③]至于陈宫后来背离曹操，二人已恩断义绝，就不好完全责怪曹操恩将仇报了。

其次，从兴平元年夏陈宫投吕布到建安三年（198）冬曹操灭吕布，在四年半的时间里，陈宫与吕布的关系并不那么亲密，这也不能完全归罪于吕布。确实，吕布是一个反复无常的不义之徒，又"无谋而多猜忌"[④]，

①《资治通鉴》卷六十一。
②《三国志·魏书·吕布传》注引孙盛《魏氏春秋》。
③《三国志·魏书·吕布传》注引鱼豢《典略》。
④《三国志·魏书·吕布传》。

在他的手下，任何谋士也休想建立刘备与诸葛亮那样的鱼水相依之情。不过，陈宫自己也有毛病。据《三国志·魏书·吕布传》注引《英雄记》，建安元年（196）六月，吕布部将郝萌反布，乘夜攻之，被高顺、曹性所杀。事后曹性向吕布揭发，郝萌系受袁术策动，而"陈宫同谋"。当时，"宫在坐上，面赤，傍人悉觉之。"看来他确曾卷入此事。虽说"布以宫大将，不问"，但从此对陈宫是不会很放心的了。同时，陈宫与吕布的另一员大将高顺又素来不和。在这种情况下，当吕布困守下邳，处境艰危之际，对陈宫的几条妙计不能欣然采纳，而是犹豫不决，虽然要由吕布本人负主要责任，毕竟还是事出有因——因为他不敢放心大胆地把妻室托付给陈宫。所以，我们不必把陈宫看作对吕布一往情深，忠心不二，也不必过多斥责吕布太对不起陈宫。

再次，陈宫被俘后，确实不像吕布那样软骨头，而是神色自如，只求速死。这倒不是因为他坚持正义的原则，决不向邪恶势力低头（事实上，吕布与曹操之间不过是军阀混战，吕布实在不比曹操好一点，而陈宫也从来没有向吕布提出过"上报国家，下安黎庶"之类的政治纲领）；而是因为他深知对不住曹操，出于"好马不吃回头草"的心理，不愿再觍颜降曹，所以他直截了当地说："请出就戮，以明军法。"[①]这种态度，比起只求苟且偷生的吕布来，确实还有一点大丈夫气概。

这就是历史上的陈宫，一个有头脑、有个性的人物，一个与《三国演义》中的陈宫有若干联系又有明显区别的人物。

三

杰出的历史小说大师罗贯中是按照"向往国家统一，歌颂'忠义'英雄"的创作主旨来精心结撰《三国志通俗演义》的（参见拙作《向往国家统一，歌颂"忠义"英雄》，载《宁夏社会科学》1986年第1期）。在塑造陈宫这个次要人物形象时，罗贯中也表现出深厚的艺术功力，较好地体现了自己的创作意图。

只要比较一下历史人物陈宫和文学形象陈宫，我们就可以看到，罗

---

①《三国志·魏书·吕布传》注引《典略》。

贯中在充分占有与陈宫有关的历史资料的基础上，进行了巧妙的艺术改造和加工。他采用移花接木的艺术手法，将"捉放曹"这个戏剧性很强的情节加在陈宫头上。这个细小的，甚至不为人注意的改造，收到了一石多鸟的艺术效果。它不仅在人物关系上起到了删繁就简的作用，使人物关系相对集中；而且正如前面指出的，这个情节使曹操这个复杂人物的奸雄面目第一次得到大暴露。由于这个细小的然而是成功的改造，曹操在中牟县的被捕和获释，就不再是他那充满惊涛骇浪的一生中的一个偶然事件；陈宫背曹操而投吕布，也就不再只是一时冲动之举，而成了他与曹操性格冲突的必然结果。从此，陈宫便成为曹操性格发展中的一个参照者，成为曹操与吕布两个集团之间政治、军事斗争的一个活跃因素。通过陈宫与曹操结识——分离——斗争的全过程，人们会逐步加深对曹操形象的认识。这样，陈宫就成了表现曹操复杂性格的一个有力的陪衬人物。

然而，罗贯中并不仅仅是把陈宫作为曹操的陪衬人物来描写的，如果仅仅把陈宫看作曹操的陪衬人物，那就难以解释，为什么他在广大读者心目中会留下比较深刻的印象。应当说，尽管陈宫只是《演义》中的一个次要人物，但也是一个具有一定审美价值和认识价值的艺术形象。

罗贯中在塑造陈宫形象时，保留了历史人物陈宫的大部分言行，使读者觉得文学形象陈宫大体上"像"历史人物陈宫。但是，文学创作不是对生活现象的简单复制，文学形象也不应该与其历史原型画等号，而应该寄托着作者的审美理想，也就是不那么"像"其历史原型。罗贯中在创作《三国演义》时，正是这样做的。《演义》中的诸葛亮、曹操、关羽、张飞、赵云、刘备、周瑜、鲁肃等妇孺皆知的艺术形象，都既有与历史原型相似的一面，又有与其历史原型不尽相同甚至大不相同的一面。正是这种"似"与"不似"的辩证统一，使《演义》的一大批人物形象既有厚重的历史感，又具有较高的艺术价值。就陈宫形象而言，罗贯中主要进行了两个方面的艺术加工。

一方面，让陈宫形象带上崇高的色彩。

我在本文第二部分曾经说过，历史上的陈宫与曹操的分离和斗争，并非由于政治目标和道德观念的根本分歧，他本人也并没有表现出多少崇高的品德。而在《三国演义》中，罗贯中通过对"捉放曹"情节的艺术处理，把陈宫写成一个具有"冲天之志"，深明大义的人物。为了保国安民，除奸去秽，他甘愿抛弃荣华富贵。这样，文学形象陈宫一开始就具备了"忠义之士"的性格基调，比之历史人物陈宫在品格上有所升华，而与《演义》热情讴歌的许多"忠义"英雄站到了同一地平线上。在"忠义"的性格基调上，罗贯中突出了陈宫"刚直烈壮"的个性特征。当形势危急的时候，面对曹操的诱降，吕布思想动摇，他却大骂曹操是"欺君之贼"，并且"一箭射中麾盖"，使曹操恨得咬牙切齿（卷四，《吕布败走下邳城》则）。即使在被俘以后，他仍然以凛然正气斥责曹操"谲诈奸雄"，宣布："汝心术不正，吾故弃之。"表现出视死如归的气概。于是，陈宫之死便成了"忠义之士"舍身取义的壮烈举动，成了《三国演义》这部"忠义"英雄颂歌中的一个激越的音符。

　　另一方面，罗贯中又让陈宫的性格带上悲剧的色彩。这集中表现在他与吕布的关系上。

　　历史上的陈宫与吕布的关系是错综复杂的：吕布有大大辜负陈宫之处，陈宫也有不大对得起吕布的地方。罗贯中对这种关系进行了改造和净化，他舍弃了陈宫与郝萌同谋背叛吕布的史料（因为那有损于陈宫的"忠义"形象），而着重描写了陈宫对吕布的耿耿忠心。这样，陈宫就成了一个令人同情的人物。他苦心孤诣地为吕布出谋划策，吕布却三心二意，刚愎自用，常常不予采纳；他苦口婆心地提醒吕布："陈珪父子面谀将军，恐欲害之，不可不防也。"吕布却反而对他大发雷霆："汝献谗言，害及忠良，谁为佞也？吾不看旧日之面，立斩汝辈！"（卷四，《夏侯惇拔矢啖睛》则）事实一次又一次地证明他的计策是正确的，他的怀疑是有根据的，但也一次又一次地表明吕布对他是多么寡情薄义！

　　更为重要的是，吕布从来就不是一个具有崇高理想的人物，从来就没有打算统一天下，拯救国家，扶助黎民，而只是汲汲追逐个人的荣华享乐。这样一个势利之徒，绝不可能成为开基创业的明主。陈宫跟随这样一个角色，怎么可能实现救国安民的抱负？又哪有什么光明的前途？

　　处在如此可悲的境地，陈宫有满腹的苦闷，有无穷的感慨，却没有另谋出路的决心——"欲待弃之，又恐天下人笑。"在这里，以天下兴亡、苍生疾苦为指归的"忠义"观变成了狭隘的愚"忠"和不问青红皂白的小"义"，严重地束缚了他的手脚，造成了他的悲剧性格。其实，在那天下分崩离析的大动乱时代，"非但君择臣，臣亦择君""贤臣择主而事，良禽择木而栖"，已经成为许多智谋之士的共同认识。诸葛亮、鲁肃、郭嘉等杰出人物都曾有"择主而事"的经历。陈宫却昧于此，盲目而执拗地忠于吕布，却既不能驾驭吕布，又不能改变吕布，只好一面叹气一面眼睁睁地看着吕布集团走向崩溃，而他本人也只好身不由己地随着吕布走向死亡。事情再清楚不过了：一面是对理想的向往和追求，一面却是理想分明不能实现，有才能却不能尽其用，有机会却无法选择，悲剧怎么能不发生？这种悲剧，在他血溅白门楼时达到了顶点。罗贯中写到这里，情不自禁地赋诗道：

> 生死无二志，丈夫何壮哉！
>
> 不从金石论，空负栋梁材。
>
> 辅主真堪敬，辞亲实可哀。
>
> 白门身死日，谁肯似公台！

在这首诗中，既有由衷的赞美，又有深沉的惋惜。而在另一首诗中，这种惋惜之情表现得更为鲜明：

> 亚父忠言逢霸主，子胥剜目遇夫差。
>
> 白门楼下公台死，致令今人发叹嗟。

是的，后人在阅读《三国演义》的时候，不能不为陈宫的悲剧结局而浩叹。应该说，这正是陈宫形象能够打动人的主要原因。

总之，崇高色彩与悲剧色彩的融合，使陈宫的艺术形象呈现出一种古典式的美，给读者留下的印象比历史人物陈宫丰满得多，生动得多。这大概正是艺术的魅力之所在吧？

当然，《演义》对陈宫的描写还不是非常个性化的。除了白门楼那一段如同电影镜头般的精彩描写之外，小说很少正面表现陈宫内心的波澜。不过，罗贯中能够在很少的篇幅里把陈宫这样一个次要人物的形象塑造得如此鲜明，使人们在《演义》的上千个人物中清楚地记住他，已经是难能可贵的了。

（原载《许昌师专学报》1988年第2期）

貂蝉二题

一、貂蝉形象的演变

看过《三国演义》的人，大都对貂蝉留下了较深的印象。这个王允府中色艺双绝的歌妓，为了报答王允的养育厚待之恩，慨然接受王允布置的"连环计"，凭着她的美丽和机智，巧妙周旋于骄横残暴的董卓和见利忘义的吕布之间，使吕布对董卓由怨生恨，乃至不共戴天，终于站在王允一边，手刃董卓，从而为诛灭极端腐朽的董卓集团建立了奇功。

其实，历史上并无貂蝉其人；王允说服吕布共诛董卓确是事实，但他并未使用"连环计"。《三国志·魏书·吕布传》仅云：

（董）卓性刚而偏，忿不思难，尝小失意，拔手戟掷布。布拳捷避之，为卓顾谢，卓意亦解。由是阴怨卓。卓常使布守中阁，布与卓侍婢私通，恐事发觉，心不自安。先是，司徒王允以布州里壮健，厚接纳之。后布诣允，陈卓几见杀状。时允与仆射士孙瑞密谋诛卓，是以告布使为内应。……布遂许之，手刃刺卓。

由此可见，吕布是因为董卓发脾气时将手戟掷向自己而"阴怨卓"，又因为与董卓侍婢私通而"心不自安"，这才被王允说动的，这里根本不存在以貂蝉为主角的"美人计"。

貂蝉形象完全是宋元以来通俗文艺虚构的产物。在长期的讲唱传说中，民间艺人们对史料中"布与卓侍婢私通"这一点予以改造生发，创造出貂蝉这个美女形象。元代无名氏的杂剧《锦云堂美女连环计》（简名《连环计》）以貂蝉自述的形式交代了她的身世：

您孩儿不是这里人，是忻州木耳村人氏，任昂之女，小字红昌。因汉灵帝刷选宫女，将您孩儿取入宫中，掌貂蝉冠来，因此唤做貂蝉。灵帝将您孩儿赐与丁建阳，当日吕布为丁建阳养子，丁建阳却将您孩儿配与吕布为妻。后来黄巾贼作乱，俺夫妻二人阵上失散……您孩儿幸得落在老爷府中，如亲女一般看待……

元代的《三国志平话》卷上《王允献董卓貂蝉》一节也写到了貂蝉的身世：

贱妾本姓任，小字貂蝉，家长是吕布。自临洮府相失，至今不曾见面，因此烧香。

比较而言，《平话》对貂蝉身世的介绍比杂剧简单一些。在情节组织上，二者也有所不同：《平话》写王允先请董卓赴宴，表示愿将貂蝉献与董卓；然后请吕布赴宴，让貂蝉与他夫妻相认，并答应吕布："择吉日良辰，送貂蝉于太师府去，与温侯完聚。"数日后，王允将 貂蝉送入太师府，董卓将貂蝉霸为己有，吕布大怒，乘董卓酒醉，一剑将其刺死。杂剧则写王允先请吕布赴宴，命貂蝉递酒唱曲，使其夫妻相认，并答应选择吉日良辰，倒赔房奁，让二人团圆；随后，王允又宴请董卓，命貂蝉打扇，董卓为色所迷，王允答应将貂蝉献与董卓为妾；事后，吕布知董卓已纳貂蝉，大怒，潜入府中与貂蝉私语，董卓以为他调戏貂蝉，欲拿之，吕布逃到王允府中，共谋诓董卓入朝受禅，将其刺死。这两者所写有一个共同点：貂蝉与吕布本来就是夫妻，因战乱而失散，于是貂蝉流落王允府中；为了夫妻团圆，吕布愤而杀死霸占貂蝉的董卓。但是，这相似的人物关系也给两者带来相似的弊病：第一，王允既已知道貂蝉与吕布的夫妻关系，并已让二人当堂相认，却还要把貂蝉献给董卓为妾，未免显得太下作，与他拯救汉室的崇高目的太不协调；第二，貂蝉在与吕布夫妻相认之后，居然还毫无怨尤地被送给董卓为妾，实在不近情理；第三，吕布为夺回被霸占的妻子，愤而杀死董卓，这是理所应当，丝毫看不出见利忘义的本质；第四，按照这种人物关系，貂蝉在董卓与吕布之间没有什么回旋的余地，装痴撒娇已无可能，离间二人关系也不再需要。总之，按照这种人物关系展开描写，不仅降低了王允的形象，模糊

了吕布的性格，使貂蝉形象缺乏美感，而且使整个情节缺少戏剧性发展
的内在机制。

罗贯中在创作《三国演义》时，根据自己"据正史，采小说"的创
作原则，巧妙地吸收了杂剧和《平话》的情节主干，而对人物关系做了
创造性的改造，改成吕布和貂蝉本不认识。这个看似微小的改造使人物
关系变得合理了。于是，王允设置"连环计"，只使人感到其老谋深算；
董卓与吕布为争夺貂蝉而反目，不仅符合二人的性格特征，而且与历史
事实取得了逻辑上的一致；貂蝉不再是只求夫妻团圆的一般女子，而成
了怀有崇高使命的巾帼奇杰，虽然忍辱负重，却获得了在董卓、吕布之
间纵横捭阖的心理自由；整个情节也因此而波澜起伏，艺术虚构与史实
再现水乳交融。正是在这摇曳多姿的情节中，貂蝉的美丽、聪明、机警
焕发出耀眼的光彩，使她成为一个优美动人的艺术形象，成为妇孺皆知
的人物。

（原载《文艺学习》1989 年第 3 期，收入本人所著《三国漫话》，四川人民出版
社 2000 年版）

二、再谈貂蝉是虚构人物

十年前，我曾撰文明确指出："历史上并无貂蝉其人""貂蝉形象完
全是宋元以来通俗文艺虚构的产物。"可以说，这是三国史和《三国演义》
研究界多数学者的共识。

然而，由于貂蝉号称"四大美女"之一，又是《三国演义》中给人
印象最深的一位女性，明清以来，总有人想证明历史上确有其人。如明
代胡应麟《少室山房笔丛》卷四十一《庄岳委谈》下云："斩貂蝉事不经
见，自是委巷之谈。然《（关）羽传注》称：'羽欲娶（吕）布妻，启曹
公，公疑布妻有殊色，因自留之。'则非全无所自也。"清代梁章巨《浪
迹续谈》卷六亦云："貂蝉……则确有其人矣。"这些著名学者或含糊推
测，或断然肯定，主要依据大致有三。

其一，《三国志·魏书·吕布传》云：

（董）卓性刚而偏，忿不思难，尝小失意，拔手戟掷布。布拳捷避之，

为卓顾谢，卓意亦解。由是阴怨卓。卓常使布守中阁，布与卓侍婢私通，恐事发觉，心不自安。先是，司徒王允以布州里壮健，厚结纳之。后布诣允，陈卓几见杀状。时允与仆射士孙瑞密谋诛卓，是以告布使为内应。……布遂许之，手刃刺卓。

《后汉书·吕布传》也有类似记载。有人便说这里的"侍婢"就是貂蝉。但是，从上述记载来看，这位侍婢仅仅是曾与吕布私通，而在诛董卓的行动中并未起任何作用，她与充当"美人计"主角的貂蝉岂能画等号？

其二，有人说既然关羽欲娶吕布之妻，曹操又抢先将其占有，那么吕布之妻一定很美，这位美女就是貂蝉。其实，根据《三国志·蜀书·关羽传》注引《蜀记》，关羽想娶的是吕布部将秦宜禄之妻杜氏，却被曹操抢先占有。这位杜氏决非"吕布之妻"，当然更不是貂蝉。一些人读书不细，对史书的明确记载发生误解，以为关羽是"欲娶吕布之妻"，进而误为"欲娶貂蝉"，犯了一个可笑的错误。

其三，有人引用唐代诗人李贺《吕将军歌》中"傅粉女郎大旗下"一句，说其中的"傅粉女郎"便是貂蝉。这更是无稽之谈。李贺诗中多有浪漫主义想象，岂可一一指实？这里的"傅粉女郎"，跟貂蝉究竟有什么联系？

以上种种，均非严格的学术考证，根本不能证明历史上确有貂蝉其人。相反，根据史籍，只能说是民间艺人们在长期的讲唱传说中，对史料中"布与卓侍婢私通"这一点予以生发虚构，创造出貂蝉这个美女形象，使之成为王允"美人计"中的主角。罗贯中再对人物关系作了创造性的改造，才进一步突出了貂蝉的美丽、聪明和机警，使其形象更加优美动人。人们可以喜爱这个形象，却没有必要硬说她就是那位"侍婢"，那样反而大大贬低了貂蝉。

既然貂蝉是虚构人物，通俗文艺叙述其籍贯、经历等自然有较大的随意性。具有代表性的是元杂剧《锦云堂美女连环计》中貂蝉自述身世，说自己是"忻州木耳村人氏"。对此，学术界从来没有当过真，因为本来就是虚构。

　　事情本来很清楚，但仍然不时有人提出这样那样的说法，企图把貂蝉拉作自己的前辈"老乡"。1991 年，有人在《人民日报》海外版发表文章，说"貂蝉是陕西保安县（今志丹县）貂家谷沟人"；我当即撰文予以反驳。后来，又有人根据民间故事，说貂蝉和吕布都是山西定襄人。最近，四川某县又声称发现了貂蝉的墓碑，似乎貂蝉又成了四川人。这些说法，比之上面的"忻州"说，其"资格"嫩得多，只不过是民间传说的不同"版本"而已。明白这一点，又何必再去无中生有，自寻烦恼呢？

　　（原载 2000 年 8 月 25 日《人民日报》海外版，收入本人所著《三国漫话》）

改编新创

在"尊重"的前提下谈改编

　　20 世纪 80 年代以来，以"四大小说"为代表的古典文学名著，纷纷改编为电视连续剧，形成荧屏上一道道亮丽的风景线，成为亿万观众关注的热点。时至今日，一些单位又在酝酿几大名著的再度改编，有人则以"戏说"的态度，打算另辟蹊径，翻空出奇。于是，如何对待名著改编，名著改编的基本原则是什么，又成为人们面对的一个重大问题。

　　我认为，古典文学名著的改编，决不仅仅是由纸本到画面的艺术符号转换，而是一个涉及若干重要问题的艺术工程。从事名著改编，必须以"尊重"为前提。

　　首先，要尊重古典文学名著的基本精神。经过历史的大浪淘沙和民众的反复筛选，始终保持着强大生命力的古典文学名著，既是一个时代社会良知和时代诉求的体现，又是一个民族千百年传统文化、传统心理的结晶，并对民族文化、民族精神的传承和发展起着重要的启示和促进作用。而每一部古典文学名著，又有其区别于其他名著的思想内核和基本精神。例如：《三国演义》对国家统一、清平政治的强烈向往，对"上报国家，下安黎庶"的价值观的充分肯定，对人生智慧的多彩展现，对"鞠躬尽瘁，死而后已"奋斗精神的热情讴歌；《水浒传》对"乱自上作""官逼民反"这一封建社会中的规律性现象的有力揭示，对侠肝义胆，敢于反抗黑暗势力的英雄豪杰的纵情颂扬，对"四海之内皆兄弟"的平等人际关系的热烈憧憬；《西游记》对人性自由的无限向往，对不畏艰险、勇于斗争、乐观自信精神的竭力赞美；《红楼梦》对真挚爱情和美好人性的诗意描写，对摧残爱情和青春的封建礼教的愤怒诅咒，对封建大家族及其依附的封建社会必然崩溃命运的深刻暗示……尽管古典名著也含有杂质，有落后的成分，但这种基本精神，却是它们思想内涵的主体，是它们最能打动人、最具普遍意义的精华。只有深刻理解、充分尊重这种基本精神，才谈得上严肃认真的改编，才能在艺术形式的转换中比较完整地传达古典名著的精华，才会使广大观众感到改编而成的影视作品"像"原著，这样的改编作品才有可能保持比较长久的艺术生命力。多年来，古典小说研究界在讨论名著改编时，多数学者强调"忠于原著"，其实质就是要尊重古典文学名著的基本精神，既要尊重原著的思想倾向，也要保持原著主要人物的性格基调。如果以草率的态度对待古典名著，马虎从事，就抓不住原著的基本精神，"改编"出来的作品很可能是浅薄的；如果以轻浮的态度对待古典名著，乱施刀斧，就会歪曲和阉割原著的基本精神，"改编"出来的作品很可能是荒唐的。这样的作品，肯定无法得到大多数观众的认可，更谈不上什么艺术生命力了。

其次，要准确把握并尊重古典名著的创作方法和艺术风格。每一部古典名著，在创作方法和艺术风格上都有自己的创造，都有与众不同的特色。在"吃透"原著，掌握其基本精神之后，还要准确把握、努力体现原著的创作方法和艺术风格。只有这样，改编出来的作品才能较好地传达古典名著的风貌神韵，不是笨手笨脚的"形似"，而是活灵活现的"神似"。这一点，是对艺术家（包括编剧、导演、演员诸方面）的艺术鉴别力、表现力的重大考验。如果对原著的艺术风格把握不准，改编出来的作品就可能韵味不足，导致艺术感染力的某种损失。电视连续剧《三国演义》就总体而言，是一部格调正、品位高、气势恢宏、质量较好的作品，应该予以充分肯定；但它的一个明显缺点，就是未能充分传达原著的艺术风格。小说《三国演义》的总体艺术风格是什么？我认为，是现实主义精神与浪漫情调、传奇色彩的结合。罗贯中紧紧抓住历史运动的基本轨迹，大致反映了从东汉灵帝即位（168 年）到西晋统一全国（280 年）这一历史时期的面貌，关注苍生疾苦，向往国家统一，表现出鲜明的现实主义精神；然而，在具体编织情节，塑造人物时，罗贯中却主要继承了民间通俗文艺的传统，大胆发挥浪漫主义想象，大量进行艺术虚构，运用夸张手法，表现出浓重的浪漫情调和传奇色彩。例如：历史上本是孙坚斩华雄，小说却写成关羽斩华雄，而且是在"温酒"之间便迅速告捷，胜得极其轻松潇洒，使人物形象光彩照人，充满传奇色彩；历史上张飞在长阪桥立马横矛，怒目高叫，使得"敌皆无敢近者"，小说却不满足于此，而是层层渲染张飞的三次大喝，虚构夏侯杰被吓死、曹操也被吓得带头逃跑的细节，使张飞的威猛形象倍显高大……《三国》电视剧的改编者对此也有所感受，在某些片断也有意加以表现；但全剧总的风格主要是现实主义，在情节组织和人物塑造上大多显得太"实"，与小说的美学风格显然有所不同。就拿人们议论较多的战争戏来说，《三国》电视剧在表现频繁发生的将领之间的厮杀场面时，不落戏曲和武打片的老套，力求带有古代战争的特色，这是对的；但许多地方拍得过"实"，却显得不精彩，难以充分表现三国英雄的高超武艺和非凡气概，如果在动作设计和画面调度上稍加夸张，适当运用特技镜头，效果就会好一些。即以张飞威镇长阪桥为例，本来运用特技很容易夸张其吼声，突出其威猛气势，导演却处理得十分平淡，观众只听到演员本身的声音，当然会觉得气势不足，感到不满意了。小说与电视剧在艺术风格上的这种矛盾或差异，乃是人们感到不满足的一个带根本性的原因。

再次，要尊重广大观众的审美倾向和接受心理。世代相传的古典名著，经过长期积淀和多重渲染，早已在亿万读者心目中留下了深刻的印象，形成了相对稳定的公众评价，从而在深层意识上影响和制约着改编作品的受众的审美倾向和接受心理。影视、戏曲原本就是大众文艺，对广大观众的这种审美倾向和接受心理，必须给予足够的理解和尊重，才能创作出既与古典名著在精神上相通，又与当代意识不相违逆，为广大观众喜闻乐见的好作品。谁要是盲目自大，唯我独尊，故意与广大观众的审美倾向和接受心理唱反调，其改编和再创作的作品是无法取得成功的。可以说，这已是一条被历史反复证明了的艺术规律。仍以《三国演义》为例，小说中的主要人物和部分重要人物，其性格基调都非常鲜明，而又各具特色，如诸葛亮的智慧和忠贞，曹操的雄才大略与残忍狡诈，关羽的忠义凛然和"刚而自矜"，刘备的仁德爱民和尊贤礼士，张飞的勇猛善战和豪爽鲁莽，赵云的忠勇奋发和机警精细，袁绍的志大才疏和外宽内忌，孙权的恢廓大度和举贤任能，周瑜的英武潇洒和心高气傲，司马懿的老谋深算和阴狠毒辣，等等。尽管其中有的人物形象与其历史原型有所出入，专家学者对某些形象的评价还有歧异，但广大读者和观众对这些人物形象却是基本认可的，对他们的褒贬爱憎与罗贯中是大体一致的。这是任何改编者都必须面对的事实。近二百年来，各种戏曲和曲艺在改编《三国演义》时，都不约而同地尊重了观众的审美倾向和接受心理，在赢得观众的同时也赢得了市场。电影电视（特别是电视连续剧）作为新兴的艺术形式，理应从这样的创作实践中获取成功的经验。一位名气很大的导演，花费很大力气执导了电视连续剧《吕布与貂蝉》，声称要塑造一个与众不同的、全新的吕布形象。本来，《三国演义》对吕布早已有了一针见血的定评："勇而无谋，见利忘义。"（第3回）此语来源于《三国志·魏书·吕布传》的传末"评曰"："吕布有猇虎之勇，而无英奇之略，轻狡反覆，唯利是视。"可以说，小说形象吕布与历史人物吕布有着本质上的一致，这一形象的批判意义完全符合读者的接受心理，"勇而无谋，见利忘义"的评语也早已成为公论。当代的电视剧编导如果要深入挖掘吕布这种性格的形成过程和隐藏于其中的各种复杂的社会历史因素，那是有价值的，也是可以出新的。然而，这位导演却毫无根据地对这个相貌英俊而内心猥琐的人物寄予了过多的同情，硬要把他塑造为一个虽然勇武善战，却幼稚单纯、质朴木讷、毫无机心的好人，偶尔犯点错误，也往往由于别人的诱导和欺骗。于是乎，原本品格卑下、干过不少坏事的吕布，便被强行打扮为一个无辜的受害者，官场斗争的牺牲品，直到他被五花大绑处死，还眨巴着眼睛，不明白是怎么回事……这样一个"全新"的吕布，新则新矣，却与真实的吕布相去甚远，只是编导臆造的一个人物而已。这部电视连续剧在一些地方台播出后，几乎没有产生什么影响，堪称失败之作，自然毫不奇怪。这不是由于导演江郎才尽，而是因为他违背了改编的基本法则。

总之，在古典名著的改编中，对原著，对观众，我们的编导应该多一些理解尊重，少一些自以为是；多一些虚心体验，少一些无知妄说。固然，自信心是要有的，创新精神是必须的，但绝不能脱离"改编"的概念范畴，否则便是另起炉灶的"自编"了。千万不要把历史当作可以随意打扮的小女孩，千万不要把名著视为可以任意揉搓的面团！

需要强调的是，这里所说的"尊重"，只是严肃的改编应有的前提，并非改编本身。至于具体如何改编，则必须遵循影视艺术自身的规律，在艺术形式的转换、表现手段的更新等方面进行多方面的努力。那将是必须另文探讨的重大问题了。

（原载《中华文化论坛》2005年第1期）

《三国》电视剧面对的五大矛盾

电视连续剧《三国演义》开播以来，引起了国内外亿万观众的广泛关注。改编者们（包括编、导、演诸方面）怀着弘扬民族优秀传统文化的强烈责任感，艰苦奋斗四年之久，谱写了一曲高扬爱国主义正气，振奋中华民族精神的壮歌。从总体上来看，改编者在忠于原著的前提下，对古典文学名著的电视化作了多方面的探索，力求有所开拓、深化、创新，使《三国》电视剧成为一部格调正、品位高、气势恢宏、质量较好的作品。尽管它存在一些不足，用"精品"的标准衡量，还有若干不如人意之处，但作为近年来为数不多的高雅作品之一，仍然应当给予充分肯定。

无庸讳言，人们对《三国》电视剧的评价还有比较大的分歧，持批评态度者并非个别；即使是基本肯定它的绝大部分观众，也普遍感到许多地方不过瘾，不满足。这里包含多种复杂的因素，而从根本上说，我认为是《三国》电视剧的创作面对着五大矛盾。若能全面认识这五大矛盾，不仅有利于改编者更深刻地总结经验，而且有助于观众更恰当地评价作品。

一、小说的浪漫情调、传奇色彩与电视剧的求实风格的矛盾

改编者十分强调"忠于原著"，这个原则无疑是正确的，否则就不叫"改编"了。既然要"忠于原著"，那就不仅要忠于原著的思想倾向和主要人物的性格基调，而且要忠于原著的艺术风格。《三国》电视剧在前一方面做得较好，而在后一方面则明显不足。小说《三国演义》的总体艺术风格是什么？我认为，是现实主义精神与浪漫情调、传奇色彩的结合。

罗贯中紧紧抓住历史运动的基本轨迹，大致反映了从东汉灵帝即位（168年）到西晋统一全国（280 年）这一历史时期的面貌，强烈地关注苍生疾苦，向往国家统一，呼唤明君贤相，歌颂"忠义"英雄，表现出鲜明的现实主义精神；然而，在具体编织情节，塑造人物时，罗贯中却主要继承了民间通俗文艺的传统，大胆发挥浪漫主义想象，大量进行艺术虚构，运用夸张手法，表现出浓重的浪漫情调和传奇色彩。例如：历史上本是孙坚斩华雄，小说却写成关羽斩华雄，而且是在"温酒"之间便迅速告捷，胜得极其轻松潇洒，使人物形象光彩照人，充满传奇色彩；历史上赵云在长阪之战中怀抱阿斗，保着甘夫人，只能是匆匆撤退，小说却巧加安排，让赵云在曹军重重包围之中横冲直撞，大显神威，洋溢着撼人心魄的阳刚之美；历史上张飞在长阪桥立马横矛，怒目高叫，使得"敌皆无敢近者"，小说却不满足于此，而是层层渲染张飞的三次大喝，虚构夏侯杰被吓死、曹操也被吓得带头逃跑的细节，使张飞的威猛形象倍显高大……《三国》电视剧的改编者对此也有所感受，在某些片断也有意加以表现；但全剧总的风格主要是现实主义，在情节组织和人物塑造上大多显得太"实"，与小说的美学风格显然有所不同。就拿人们议论较多的战争戏来说，《三国》电视剧在表现频繁发生的将领之间的厮杀场面时，不落戏曲和武打片的老套，力求带有古代战争的特色，这是对的；但许多地方拍得过"实"，却显得不精彩，难以充分表现三国英雄的高超武艺和非凡气概，如果在动作设计和画面调度上稍加夸张，适当运用特技镜头，效果就会好一些。即以张飞威镇长阪桥为例，本来运用特技很容易夸张其吼声，突出其威猛气势，导演却处理得十分平淡，观众只听到演员本身的声音，当然会觉得气势不足，感到不满意了。小说与电视剧在艺术风格上的这种矛盾或差异，乃是人们感到不满足的一个带根本性的原因。

二、小说的丰富情节与电视剧的取舍剪裁的矛盾

小说《三国演义》的情节密度甚高，全书 120 回，包含大小情节一百几十个（我在《三国演义辞典》的《情节》部分就列了 123 个辞条，

有的一个辞条就包含几个情节）。如此丰富的情节，既为改编者提供了充足的素材，又要求改编者作好取舍剪裁。《三国》电视剧原计划拍 80 集（现在的 84 集是后期剪辑的结果），按照电视连续剧的艺术规律，最好是每一集着重表现一个情节，每一集都形成一个小高潮；至于次要情节，或融入主要情节，或略加点染，或以解说词一笔带过，或径行割舍，切忌平均用力。这个道理不难理解，编导对某些次要情节也是这样处理的；但在许多时候，实际操作起来却并不容易。一方面，小说《三国演义》的几乎所有情节都已为人们熟知，在改编者看来，真是满目珠玑，难以割舍；另一方面，改编者强调"忠于原著"，总想尽量全面地再现小说的内容，深恐删除太多，伤筋动骨。由于舍不得割爱，就使得相当多的分集包含两个乃至更多的情节，而每集又只能限制在 45 分钟左右（除去片头片尾，实际只有 40 分钟左右），这样一来，往往造成这种情况：人们感到一些分集交代太多，用于展开主要情节、刻画主要人物的时间不足，其结果，或者来不及形成高潮，或者高潮的力度不够，给予观众心灵的激荡不够强烈，也使观众觉得不太过瘾。

三、小说的简略描写与电视剧的具体表现的矛盾

与情节的丰富性相对应，小说《三国演义》对各个情节的描写却大多比较简略。作为语言艺术，小说常常是寥寥数语便可概括复杂的过程，唤起读者心灵的感应，让读者用想象去充实作品的描写。然而，作为视觉艺术的电视剧，却必须用直观、生动、形象的画面，将一个个情节具体展示在观众面前。两种艺术形式的不同特征，既使改编者进行艺术转换时有一定的困难，又为他们施展才华提供了相当大的余地。事实上，改编者对"开拓、深化、创新"的追求，在这一方面表现得颇为充分，小说中的若干情节，经过编导的改造、加工和演员的精心表演，产生了很好的艺术效果。试以第 46 集《卧龙吊孝》为例。小说第 57 回写得相当简略，对于祭奠大典具体如何进行，毫无交代，整个过程（包括祭文）仅用了 900 字。电视剧如果机械地照搬小说，肯定很难"出戏"。编导则首先表现诸葛亮得知周瑜夭亡后十分悼惜，决意前往祭奠，并针对刘备

的担心，分析孙权不愿结仇，鲁肃坚持联刘的情势，既强调了诸葛亮与周瑜是对手又是知音的关系，又突出了诸葛亮高瞻远瞩、洞察全局的睿智。然后，以曹操欲率 30 万大军南下报仇、东吴诸将欲杀诸葛亮、孙权命诸葛瑾劝阻孔明等细节，表明形势之复杂。接着，以多组镜头表现灵堂的布置和祭奠的仪式，着力渲染东吴上下同悼周瑜的悲壮气氛。在此基础上，再浓墨重彩地表现诸葛亮肝肠俱断、声声血泪地痛祭周瑜，使剧情迅速达到高潮。特别是唐国强声情并茂的表演，更使观众热泪盈眶，感动不已。最后，又写鲁肃率众送别诸葛亮，诸葛亮授以退去曹操大军之计，鲁肃由衷赞叹："卧龙真当世奇才也！"很好地照应了前文。改编者的辛勤努力，使剧情曲折合理、摇曳多姿，人物形象血肉丰满、富于情致，艺术感染力超越了小说而获得较大成功。不过，也有一些地方，改编者只是用电视语言简单地演绎小说情节，就显得比较单薄，感染力不强。

四、小说所造成的高期望值与电视剧实际达到的水平的矛盾

小说《三国演义》经过六百多年的广泛传播，并借助戏曲、曲艺等多种艺术形式的反复渲染，早已家喻户晓，深入人心，被公认为难以企及的古代历史演义小说的光辉典范，形成远远超过其思想艺术成就的崇高地位，对中华民族的精神生活和民族性格产生了极其巨大而深刻的影响。这种十分特殊的情况，给电视连续剧《三国演义》带来很高的期望值。这种高期望值，与《三国》电视剧实际达到的水平构成一对矛盾。这不仅指《三国》电视剧确实存在若干不如人意之处，而且指人们在观赏《三国》电视剧时，有时要求过高；更重要的是，人们总是有意无意地将它与自己印象中的小说《三国演义》相比较，而这种比较往往是一种"不平等竞争"。对于古代作家罗贯中创作的小说《三国》，人们已经习惯于仰视，对其成就充分肯定，对其疏漏、错讹、不合情理之处则十分宽容；而对于当代艺术家改编的《三国》电视剧，人们总是平视，有时甚至是俯视，对其成功之处往往估计不足，对其缺点、毛病则易于发现，敢于批评，有时甚至过于挑剔。这种难以觉察的集体意识，不能不

在一定程度上影响很大一部分人评判的客观性与全面性。仍以战争场面的表现为例。小说《三国演义》的战争描写，最突出的优点在于着重表现战争双方的战略战术和奇谋妙计，而战场斯杀则往往只用粗笔勾勒，基本上没有反映双方士兵的群体搏杀，也很少具体描写哪一位将领的一招一式，只是由于三国故事的广泛传播，三国英雄的武艺早已在人们心目中留下了既相当模糊而又非常深刻的印象。《三国》电视剧的编导在战争场面的表现上所下的功夫比罗贯中多得多：对于千军万马的交战，编导注意了阵势的布置与变化、指挥联络的方式等等，对几大战役的决战场面拍得很有气势；当然，也有不少交战场面流于一般，缺乏特色，有的甚至显得马虎；至于许多交战场面只有将领的斯杀，众多士兵却只是摇旗呐喊，不合古代战争的实际，则是因为受制于小说原著而不得已。对于将领之间的单打独斗，固然有许多场面如上文所说，拍得太"实"；但也有一些场面拍得很精彩，如"张飞战马超"这场戏，就拍得动感十足，富于变化，把人物的勇武气概和豪爽性格表现得有声有色。总的说来，《三国》电视剧的战争场面既有超越小说之处，也有未能充分传达小说韵味之处。如果简单地认为电视剧还不如小说，并不符合实际。我们甚至可以说，即使当代艺术家的个人修养高于罗贯中，花费的心血多于罗贯中，其作品在人们心目中的地位也很难——甚至不可能——赶上小说《三国演义》。优秀的古典名著，总是具有某种不可重复性。这一矛盾，也是人们对《三国》电视剧感到不满足的一个带根本性的原因。

五、改编者的艺术追求与部分观众的审美心理的矛盾

平心而论，《三国》电视剧的思想容量和艺术水准，不仅大大超过电视连续剧《渴望》，而且也胜于电视连续剧《红楼梦》；然而，它在短期内产生的轰动效应，却未必超过《渴望》和《红楼梦》。这是因为，目前观众的审美心理，不仅与播映《渴望》时大不一样，而且与播映《红楼梦》时也有明显区别。这里至少有三点非常突出。

第一，选择余地的日益多样性，使得全国观众一致关注一部电视剧的盛况再也难以重现。今天的人们，休闲娱乐方式之多，获得审美愉悦

的途径之广，都超过了以往任何时期，这不能不分散一部分人对《三国》电视剧的关注。对于希望得到全社会认可的编导来说，这似乎有些无可奈何；而对于社会来说，这又是一种历史的进步。

第二，审美兴趣的多元化，导致部分观众的评价标准与编导的追求和预期相岐异。一部分喜欢爱情片、武打片、侦破片的观众，对若干问题的认识可能就别是一样；即使是喜爱《三国》电视剧的观众，审美趣味也千差万别。比如"借东风"这场戏，有人觉得还没把诸葛亮的"仙"气表现充分，有人认为目前的处理比较恰当，有人却质问为什么要让诸葛亮装神弄鬼，可见观众对改编的原则、方法和人物形象的把握出入颇多，众口难调，亦属自然。

第三，过多的商业娱乐片败坏了部分观众的胃口，降低了他们的审美鉴赏能力，有的人甚至形成某种偏见，这就必然会影响他们对《三国》电视剧的接受。

在这样的大环境下，人们对《三国》电视剧议论纷纷，褒贬不一，乃是正常现象；编导可以追求雅俗共赏的目标，但要使各种不同层次的观众一致叫好，则实在很难做到。这个矛盾，正是部分观众对《三国》电视剧感到不满足的又一个带有根本性的原因。不过，文艺作品不仅应该适应接受者，而且可以造就接受者，经过坚持不懈的努力，这个矛盾是能够部分解决的。

面对这五大矛盾，我们强烈地感到，古典文学名著的电视化，确实是一门很大的学问，是一项很复杂的系统工程，紧紧关系到改编者和接受者双方。正确认识这五大矛盾，改编者和接受者都可以更全面地看待《三国》电视剧的得失，从而更好地肯定成绩，找出不足，为今后的名著改编提供更丰富更成熟的经验。

（原载《电视研究》1995 年第 4 期；《人民日报》1995 年 3 月 18 日发表本文详细摘要；收入本人所著《三国演义新探》，四川人民出版社 2002 年版）

三问电影《赤壁》

　　由吴宇森导演的电影《赤壁》，号称华语电影史上空前的大制作。它以大导演、大明星、大投入、大制作为号召，吸引了广大影迷的眼球，也引起了众多媒体的关注。凭着这几个"大"，特别是吴宇森把握大场面的能力，借鉴好莱坞的先进制作方法和技术手段，电影《赤壁》确实为观众提供了一道丰盛的视觉大餐。

　　不过，一部真正优秀的电影，一部希望"具有世界水平的电影"，决非仅仅是一种视觉享受；它必须具备丰厚的文化内涵、深刻的人文精神、强大的心灵震撼力。电影《赤壁》在这方面虽然付出了一些努力，但值得质疑，有待评说之处仍然不少。这里就提出三个问题以示质疑。

一问：是据史改编，还是故事新编？

　　吴宇森一再宣称，电影《赤壁》是根据史书《三国志》改编的。我认为，这主要是一种宣传策略。

　　文学经典《三国演义》早已深入人心，家喻户晓。当今的任何一位艺术家，要想创作三国题材作品，都要或明或暗、或深或浅地受到《三国演义》的影响；然而，任何一位有志气、有自信的艺术家，都不愿意照搬《三国演义》，而要力求有所创新和超越。这是完全可以理解的，也是应该的。为此，他们常常打出"根据《三国志》创作"的旗号，电影《赤壁》也是如此。但是，实际情况究竟如何呢？

　　其一，吴宇森和编剧真的精读过陈寿撰写的史书《三国志》吗？当《赤壁》上集公映，在成都举行媒体见面会时，有记者问吴宇森《三国志》的作者是谁，这么简单的问题，他竟一时回答不出。对于一个以两年时间全力投入此剧的导演而言，这未免令人惊讶。另外，吴宇森几次对记者和观众说：羽扇纶巾本来是周瑜的。这也是似是而非的说法。综观《三国志》全书，并无关于诸葛亮、周瑜衣着服饰的记载；现存最早的有关诸葛亮衣着风度的形象记载，见于东晋裴启所撰古小说集《语林》，其中写诸葛亮在渭滨与司马懿相持时，"乘素舆，著葛巾，持白羽扇，指麾三军，众军皆随其进止。"因此，《三国演义》写诸葛亮羽扇纶巾，具有充分的历史依据。再参照《世说新语》等书的记载，可知持羽扇、戴纶巾乃是魏晋时期许多士大夫的共同爱好。北宋苏轼的名作《念奴娇·赤壁怀古》写道："遥想公瑾当年……羽扇纶巾，谈笑间，樯橹灰飞烟灭。"正是根据这一带有普遍性的现象，想象周瑜破强敌于谈笑之间的潇洒风度，决非认定羽扇纶巾原本只属于周瑜。吴宇森的话，其实来自读东坡词的印象，而非依据《三国志》。这说明，他对此书并未真正熟读。

其二，电影中若干重要人物的相貌造型、人物关系甚至姓名，并非依据《三国志》，而是来自《三国演义》和根据《演义》改编的戏曲。例如：《三国志·蜀书·周群传》附张裕传明确记载"先主无须"（刘备没有胡须），电影中的刘备却是一把胡子；张飞长相，本传毫无记载，电影中张飞"豹头环眼，燕颔虎须，声若巨雷，势如奔马"的形象，分明来自《三国演义》第1回的描写。又如：《三国志》只有一处提到江东二乔的父亲，称其为"桥公"（"乔"本作"桥"），见于《吴书·周瑜传》：建安四年（199）"从攻皖，拔之。时得桥公两女，皆国色也。（孙）策自纳大桥，（周）瑜纳小桥。"此时这位桥公是否尚在人世还是个疑问；后人把他称作"乔国老"，其实不太恰当。人们常常把乔国老与东汉太尉桥玄视为一人，有些传统戏曲干脆就把他称作"乔玄"，这是错误的。桥玄乃是睢阳（今河南商丘南）人，生于汉安帝永初三年（109），卒于汉灵帝光和七年（184），曾任太尉，曹操年轻时颇受其赏识。而桥公（乔国老）则是皖（今安徽潜山）人，建安四年前后在世，其生年大约比桥玄晚四十年。所以，无论是从籍贯还是年代来看，二人都不能混为一谈。但在电影中，却一而再、再而三地把小乔称作桥玄之女，这哪里是依据《三国志》？分明是受了《三国演义》的影响。再如：孙权之妹，即后来嫁给刘备的孙夫人，在史籍中并未留下其芳名。据《三国志·吴书·孙破房传》注引《志林》："少子朗，庶生也，一名仁。"可见"孙仁"是孙坚庶子孙朗的别名，而非孙夫人之名。罗贯中创作《三国演义》时，出于情节的需要，虚构了吴国太这个人物，把孙夫人算作她的女儿，并把"孙仁"这个名字"借"给了孙夫人。由于这个名字只出现了一次，连写孙刘联姻时也没使用，所以多数读者并未注意。元杂剧称孙夫人为"孙安小姐"，乃是另一条路子的虚构。近代戏曲的作者们觉得"孙安"这个名字太俗，另给她取了"孙尚香"这个典雅而有闺秀气的名字。时至今日，广大群众以至不少作家都以为孙夫人真的名叫"孙尚香"，那只是一种误会。电影《赤壁》一再称这位孙小姐为"孙尚香"，与《三国志》毫无关系，而是受了三国戏的影响。

其三，电影中一些重要情节，在《三国志》中毫无踪迹，也是来自《三国演义》。例如上集的赵云血战长坂，救出阿斗。据《三国志·蜀书·赵云传》："及先主为曹公所追於当阳长阪（"阪"通"坂"），弃妻子南走，云身抱弱子，即后主也，保护甘夫人，即后主母也，皆得免难。"根据这一记载，赵云在怀抱阿斗、保着甘夫人的情况下，只能避开强敌，匆匆撤退，以求脱离险境，根本不可能在敌军阵中横冲直撞。罗贯中不愿为史料所束缚，通过巧妙的虚构、生发和渲染，写出了一场惊心动魄的战斗，使赵云的形象第一次凸现出来，从此扬名天下。电影用相当多的镜头叙述这一情节，完全基于《三国演义》。又如草船借箭。历史上并无诸葛亮用计"借箭"的史实。与这个故事略有瓜葛的记载见于《三国志·吴书·吴主传》注引《魏略》，说建安十八年（213）孙权与曹操相持于濡须，孙权乘大船去观察曹军营寨，曹操下令乱箭射之；船的一面受了许多箭，偏重将覆，孙权沉着应付，命令将船掉头，让另一面受箭，等"箭均船平，乃还"。这只是被动的"受箭"，而不是主动的"借箭"。在元代的《三国志平话》中，周瑜挂帅出兵后，与曹操在江上打话，曹军放箭，周瑜让船接满箭支而回。但这也只是随机应变的"接箭"，同样不是有计划的"借箭"。因此，"草船借箭"完全是《三国演义》的一段杰出创造。作者对事件的主角、时间、地点、原因、过程都进行了根本性的改造，把它纳入"斗智"的范畴，从而写出了这一脍炙人口的篇章。电影对这一情节的处理，显然也是以《演义》为蓝本。

由此可见，电影《赤壁》与其说是根据史书《三国志》改编，倒不如说是以《三国演义》为基础的故事新编。

二问：是历史正剧，还是娱乐传奇？

如果电影《赤壁》真的是根据史书《三国志》来改编，在艺术样式上，合乎逻辑的选择就应该是创作一部历史正剧。事实上，在创作的准备阶段，吴宇森也确实曾有打造一部历史正剧的愿望，甚至声称要以电影来"纠正"《三国演义》对历史人物的"歪曲"，恢复其本来面目。

需要指出的是，小说《三国演义》在人物塑造方面取得了巨大的成就，历来为世所公认。当代学术界、文艺界一些人士对《演义》的人物塑造有所批评，特别是指责其"歪曲"了曹操形象，"贬低"了周瑜形象。这些批评，有的具有一定的合理性；但相当多的则是由于并未细读《演义》，综观全书，仅凭早年的阅读印象，甚至是观看三国题材的戏曲、曲艺节目而产生的印象来作评判，其实未必准确。为此，笔者曾撰写《略论"为曹操翻案"》《再论曹操形象》《雄姿英发话周郎》等多篇文章[①]，予以论说辨析，读者可以参阅，此处不赘。

尽管如此，如果吴宇森愿意立足于三国史实，另起炉灶，重新创作一部历史正剧，仍然是值得欢迎的。

然而，由于吴宇森对汉末三国历史的理解比较肤浅，又过多地受制于商业利益，在实际的拍摄过程中，他常常偏离自己的初衷，使整部电影未能成为具有足够思想深度的历史正剧，却在相当大的程度上成了一部主题模糊、意识平庸的娱乐传奇。

其一，在战争进程的把握和战争场面的调度上，缺乏深入细致的研究，随意性太强。例如：诸葛亮出使江东时，鲁肃告诉他，周瑜正在赤壁练兵，就是一个很大的漏洞。根据史实，此时孙权驻京城（今江苏镇江），距赤壁（今湖北赤壁市西北）有数百公里之遥；周瑜则在鄱阳（今

---

① 《略论"为曹操翻案"》《再论曹操形象》《雄姿英发话周郎》皆收入本书。此外，关于诸葛亮、刘备等争议较多的人物形象，笔者也有专文论述，亦收入本书。

江西波阳）练兵，距赤壁更加遥远。而赤壁原属荆州，系荆州牧刘表地盘，两家素有矛盾，周瑜怎么可能在那里练兵？事实上，直到孙刘联盟形成后，周瑜率兵西进，才到达赤壁，与曹军对峙。又如：张飞以盾牌反光退曹军，看似别出心裁，却完全违背了《三国志·蜀书·张飞传》的明确记载："先主闻曹公卒至，弃妻子走，使飞将二十骑拒后。飞据水断桥，瞋目横矛曰：'身是张益德也（张飞本字"益德"，通行的《三国演义》版本作"翼德"，误），可来共决死！'敌皆无敢近者，故遂得免。"《三国演义》就是据此叙述的。电影如此安排情节，明显不合情理（按电影的表现，张飞手下至少有上千精兵，刘备何至那样狼狈？以盾牌反光退敌，盾牌的铸造和打磨技术该何等精良；而且有那么好的阳光供其随意运用吗？）。特别奇怪的是，表现关羽、张飞、赵云等猛将英勇杀敌的激战场面，动辄让他们跳下战马，进行步战，分明是弃其长而用其短，完全不合古代战争的法则。

其二，在人物性格的把握和人物关系的处理上，过于简单片面。对于曹操，电影过分突出其残暴嗜杀和"好色之徒"的形象，特别是反复渲染曹操对小乔美色的迷恋，似乎南征的目的就是为了得到小乔。这不仅歪曲了赤壁之战的意义，使曹操性格趋于简单和矮化，而且重犯了从元杂剧到《三国演义》的错误——以为小乔是桥玄之女。对于周瑜与诸葛亮的关系，罗贯中在《三国演义》中将其定位于"同盟""对手""知音"三个基点上，不仅符合历史本质的真实，而且使有关情节富有张力。电影却一味强调二人之间的团结，看似具有新意，实则把纷繁的历史简单化，使人物性格平面化，可谓得不偿失。

其三，对小乔和孙权之妹这两个女性形象的塑造，严重背离了历史正剧的逻辑。按照古代军制，她们应该呆在京城，根本不可能从征到几百公里之外的赤壁。而在电影里，不仅给了她们很重的戏份，而且过分夸大了她们的作用。身为主帅夫人的小乔，竟然不顾周瑜的反对，只身前往曹营，试图说服曹操撤兵。她时而亲口询问曹操："你是为了我才打这场仗的吗？"时而下跪哀求，时而又拔剑自刎，以死相逼，其举止近乎现代西方女性，却决非中国古代的大家闺秀。而曹操竟然以剑抵其下颚，还冒出一句"别闹"，不能不说是情节安排中的"瞎闹"。那位孙小姐，尽管史书记载她"才捷刚猛，有诸兄之风，侍婢百馀人，皆亲执刀侍立"[①]；但这仅仅表明她"好武"，并不证明她武艺高强。而在电影里，她不仅具有惊人的点穴功夫，而且女扮男装，混入曹军大营，绘制曹军地形图，还与曹军将领孙叔财发生了一段朦朦胧胧的恋情。只要指出一点便可见这一情节之不合理：曹军数十万，分布数十公里甚至上百公里，地势复杂，营寨多变，岂是一个大大咧咧的小女孩能轻易弄清的？这样的女孩，不是正剧里的女杰，倒像武侠小说中的女侠。电影如此塑造这两个女性形象，在艺术上谈不上创新，反而落入了英雄美女纠缠不清的某种俗套。这样一来，影片的娱乐功能便压倒了其认识功能和审美功能。

三问：是史诗归来，还是商业盛宴？

在创作之初，吴宇森曾有打造一部英雄史诗的雄心，《赤壁》的宣传海报也以"英雄重聚，史诗归来"相标榜。这也需要质疑。

什么是史诗？按照通常的说法，真正的史诗是人类童年时期，在尚未形成书面创作传统的时代，经长期积累而产生的长篇叙事诗。它反映具有重大意义的历史事件，或以古代传说为内容，通过神和人的故事来表现一个民族的精神历程，结构宏大，充满着幻想和神话色彩。这类诞生于"史诗时代"的史诗，可称为"原生史诗"。古希腊两大史诗《伊利亚特》(今译《伊利昂纪》)、《奥德赛》(今译《奥德修纪》)被公认为"原生史诗"的不朽典范。对这类史诗的一般性质、特征及其发展史，德国古典哲学家黑格尔在其巨著《美学》中，曾经以相当大的篇幅予以讨论[②]。尽管其论述存在烦琐、重复乃至自相矛盾之处，却长期被视为关于史诗的经典学说。

近代以来，人们以借喻的方式，把那些比较全面地反映一个历史时期的社会面貌和民族精神的优秀作品，也称为"史诗"，或"史诗式"作品。这类近代意义的"史诗"，一般具有两大特征：一是内容和形式的宏

---

① 见《三国志·蜀书·法正传》。
② 黑格尔：《美学》第三卷下册，朱光潜译，商务印书馆 1981 年版，第 102-187 页。

大——大时代、大题材、大场面、大叙事；二是突出表现一个时代的民族心灵史。英国作家狄更斯的长篇小说《双城记》，法国作家雨果的长篇小说《九三年》，俄国作家托尔斯泰的长篇小说《战争与和平》，苏联作家肖洛霍夫的长篇小说《静静的顿河》等，都被视为优秀的"史诗式"作品。

三国历史波澜壮阔，三国战争气势磅礴，三国英雄群星璀璨，不愧为一个"史诗式"的时代。而艺术地再现这一时代的古典小说《三国演义》，以深刻的现实主义精神、大开大阖的雄健笔力、充满浪漫情调和传奇色彩的艺术风格、千变万化的情节安排、惊心动魄的战争描写、千姿百态的人物塑造，不仅写出了无与伦比的百年战争史、兴亡史，而且表现了可歌可泣的民族精神，因而当之无愧地被称为"中国的史诗"。有了这样的榜样和潜在竞争对手，电影《赤壁》希望打造一部史诗型电影，自然是可以理解的。

然而，拍摄的结果表明，电影《赤壁》并不具备史诗型电影的美学品格，吴宇森并未实现"史诗归来"的期望。这里有两个根本的原因。

原因之一，观念的偏差。欲创史诗，必先正确理解史诗；号称大导演的吴宇森，在这个根本问题上却存在严重的认识不足。

一方面，吴宇森对三国历史、三国精神的理解相当肤浅，对赤壁之战各方矛盾的根本性质的认识也过于简陋，远未达到罗贯中的高度和深度。三国历史、三国精神的核心是什么？我在二十余年前就曾以"向往国家统一，歌颂'忠义'英雄"来概括《三国演义》对此的理解，指出：

我们中华民族有着极其伟大的聚合力，维护国家统一，渴望和平安定，是我们民族一贯的政治目标，是一个牢不可破的优良传统。几千年来，由于种种原因，我们民族曾经屡次被强行"分"开，饱受分裂战乱之苦。但是，每遭受一次分裂，人民总是以惊人的毅力和巨大的牺牲，清除了分裂的祸患，医治了战争的创伤，促成重新统一的实现。在那"出门无所见，白骨蔽平原"的汉末大动乱时期，以及罗贯中生活了大半辈子的扰攘不安的元代末年，广大人民对国家安定统一的向往更是特别强烈。罗贯中敏锐地把握了时代的脉搏，通过对三国时期历史的艺术再现，鲜明地表现出统一是大势所趋，人心所向。这是《三国演义》的政治理想，也是它的人民性的突出表现。

实现统一的大业需要一大批才智忠勇之士，三国时代正是一个英雄辈出的时代，而小说的主要使命又是塑造鲜明生动的人物形象。这诸多因素交汇作用，使罗贯中不可能冷冰冰、干巴巴地复述那个由乱到治、由分到合的历史过程，而是怀着极大的热忱，以一支绚丽多彩的巨笔，精心塑造了一大批栩栩如生的人物形象。在这里，他打起了"忠义"的旗帜，把它作为臧否人物、评判是非的主要道德标准。[①]

对此，吴宇森显然缺乏应有的理解。那么，赤壁之战各方矛盾的根本性质又是什么呢？吴宇森也说不清楚，他仅仅提出：他在电影《赤壁》中着重表现的是"团结"——东吴内部的团结，孙刘两家的团结。愿望虽然不错，认识未免太含糊，层次也比较低。在我看来，赤壁之战各方矛盾的根本性质是，曹操与孙刘联盟争夺统一天下的主导权。曹操虽有"挟天子以令诸侯"的政治优势，军事实力也明显占优；但此时的他已非汉室纯臣，而被孙刘两家视为"汉贼"（《三国志·吴书·周瑜传》记载孙权与群臣商讨战和大计时，周瑜就明确指出："操虽托名汉相，其实汉贼也。"），并不具备统一天下的天然合法性；其军事实力虽然强于孙刘两家，也并不意味着其稳操胜券，具有统一天下的必然性。反之，孙刘两家都已制定了逐步壮大实力，由自己来重新统一天下的战略规划（分别见鲁肃的"江东对"和诸葛亮的《隆中对》），也确实具有实现长远目标的可能性。试看历史：秦末天下大乱，号称"霸王"、控制义帝、实力最强的项羽最终灭亡，而僻处汉中巴蜀，实力远不如项羽的刘邦却终获胜利，统一天下。元末天下大乱，各路豪杰互争雄长，其中最引人注目的是长江流域三雄：陈友谅、朱元璋、张士诚。竞争的结果，实力最强的陈友谅灰飞烟灭，投靠元朝的张士诚被俘身亡，而夹在二者之间的朱元璋却平定了天下。因此，那种认为历史上的赤壁之战是曹操要统一，孙刘两家反对统一的看法是形而上学的、宿命论的，因而是错误的。两方

---

① 参见沈伯俊《向往国家统一，歌颂"忠义"英雄——论〈三国演义〉的主题》，收入本书。

三角都是英雄，彼此相争，争的是统一天下的主导权。决定战争胜负的，则是人心、人才、谋略三大要素的综合作用。吴宇森见不及此，自然无法深刻表现这场战役的性质和三家英雄的气质。

另一方面，体现史诗宏大品位的诸元素，作用于读者和观众的，乃是动人魂魄、令人久久难忘的心灵震撼力，而不是转瞬即逝的视觉冲击力。对此，许多艺术家认识往往不足；特别是影视创作者，他们过分依赖影视作为视觉艺术的天然优势，一味在视觉效果上狠下功夫，吴宇森也是如此。在电影《赤壁》中，观众饱览了画面的堆积、特技的展示，确实享受了一顿视觉大餐；而当走出影院，视觉快感消失后，留下的心理刻痕却很浅很浅。这离真正的史诗电影，差距不可谓不大。

需要指出的是，比之《赤壁》，一些国产大片在这个问题上的误区更加严重。它们调动各种技术手段，拼命制造视觉冲击，大量展示庞大的战阵、巍峨的宫殿、黑压压的人群、大块大块的色彩，甚至故意表现杀戮的过程、破坏的污秽，以为这样就可以吸引眼球，类乎"史诗"了。其实，这种种的"大"，不过是体积的庞大，却决非精神的宏大，只是缺乏史诗灵魂的大杂烩。它们忙乱一阵，常常连视觉冲击力也破坏了，带给观众的仅仅是视觉疲劳。

原因之二，目标的错位。手握《赤壁》这个万众瞩目的题材，背靠上亿元的资金投入，吴宇森在目标追求上有些游移不定：既要追求史诗品格，又要保证商业利益，当然最好是二者兼顾，两全齐美。而在实际的操作中，由于他本来就缺乏对史诗的深刻理解，又过分考虑商业利益，于是不得不牺牲史诗品格，陷于商业化操作。据报道，曾经参与《赤壁》剧本创作的芦苇先生在接受记者采访时说：吴宇森的《赤壁》，武戏延续了过往的暴力美学，战争场景极具视觉冲击力；但文戏很平庸。最遗憾的是，他把握历史人物的能力远不如他把握黑社会人物的能力。再则，出于商业考虑，影片戏剧力量过于分散，什么都想要，就注定要冒"什么都平庸"的风险。尽管芦苇先生对三国历史和《三国演义》的理解也有片面之处，但作为电影创作的行家，这一分析还是比较到位的。

当然，我们承认，从发行角度来看，电影《赤壁》取得了巨大的成功，其票房收入雄踞 2008 年国产大片之首。而且，它在一个相当长的时段里吸引了众多媒体的关注，给人们提供了不少话题，导演、演员都着实"火"了一把，投资方也喜笑颜开。因此，它确实称得上是电影界的一道商业盛宴。

不过，以"史诗归来"落空的代价，换取这道商业盛宴，毕竟还是让曾对吴宇森寄予厚望的人们遗憾多多。对于希望跻身于世界一流导演的吴宇森来说，心里大概也有不少无奈和惆怅吧？

由此引出一个重大的问题：在商业化的时代，投资巨大，以工业化方式生产的电影，当然不可能不考虑商业利益，无视投资回报；那么，能否做到既叫好，又叫座，既有足够的思想深度（甚至史诗品格），又能保证投资收益呢？我想，做到这一点很难，但并非不可能。人们熟知的史诗型电影《斯巴达克斯》《乱》，应该算是成功的范例。

由此又引出一个不可忽视的问题：艺术家们，包括那些功成名就的大牌导演们，应该重视历史知识、哲学意识、美学修养等方面的不断学习和提高，尊重专家，切忌过分的自以为是。这当然不是说对专家意见要亦步亦趋，盲目信从（对同一问题，专家意见常常众说纷纭，甚至截然不同，其中往往正误杂糅），而是说要以博大的胸襟，倾听诸说，博采众长，择善而从。有的艺术家动辄声称："我从来不看评论，从来不管专家们说什么。"这种拒绝吸取合理意见的态度，对创作是有害的。

总之，尽管电影《赤壁》算得上是一部"好看"的电影，取得了丰厚的票房收入，在商业运作上比较成功；然而，其中存在的缺陷与不足也不应忽视。正视这些问题，全面而客观地评价其得失，对于从事名著改编或古代题材新编的艺术家们来说，无疑具有非常重要的意义。

（原载《文艺研究》2009 年第 6 期）

名著改编的几个问题
——以新版《三国》电视剧为例

　　20世纪80年代以来，以"四大小说"为代表的古典文学名著，纷纷改编为电视连续剧，形成荧屏上一道道亮丽的风景线，成为亿万观众关注的热点。此后，由于经典名著的强大吸引力，也由于社会思潮和文艺观念的深刻变迁，众多影视编导一次又一次地产生"重拍名著"的冲动。2010年，由著名导演高希希执导的新版《三国》电视剧、由另一位著名导演李少红执导的新版《红楼梦》电视剧先后问世，不仅吸引了广大观众的眼球，而且引发了大量的评议和争论，必将成为本年度影视界最值得关注的文化现象之一。于是，如何对待名著改编，名著改编的基本原则是什么，又成为人们面对的一个重大问题。本文以新版《三国》电视剧为例，探讨名著改编的几个基本原则。

一、尊重原著与创新边界

　　我认为，古典文学名著的改编，决不仅仅是由文字叙述到影视画面的艺术符号转换，而是一个涉及若干重要问题的艺术工程。从事名著改编，必须以"尊重"为前提。

　　首先，要尊重古典文学名著的基本精神。经过历史的大浪淘沙和民众的反复筛选，始终保持着强大生命力的古典文学名著，既是一个时代社会良知和时代诉求的体现，又是一个民族千百年传统文化、传统心理的结晶，并对民族文化、民族精神的传承和发展起着重要的启示和促进作用。而每一部古典文学名著，又有其区别于其他名著的思想内核和基本精神。就《三国演义》而言，其基本精神是：对国家统一、清平政治的强烈向往，对"上报国家，下安黎庶"的价值观的充分肯定，对人生智慧的多彩展现，对"鞠躬尽瘁，死而后已"奋斗精神的热情讴歌。尽管书中也有一些杂质，有落后的成分，但这种基本精神，却是它思想内涵的主体，是它最能打动人、最具普遍意义的精华。只有深刻理解、充分尊重这种基本精神，才谈得上严肃认真的改编，才能在艺术形式的转换中比较完整地传达古典名著的精华，才会使广大观众感到改编而成的影视作品"像"原著，这样的改编作品才有可能保持比较长久的艺术生命力。多年来，古典小说研究界在讨论名著改编时，多数学者强调"忠于原著"，其实质就是要尊重古典名著的基本精神，既要尊重原著的思想倾向，也要保持原著主要人物的性格基调。如果以草率的态度对待古典名著，马虎从事，就抓不住原著的基本精神，"改编"出来的作品很可能是浅薄的；如果以轻浮的态度对待古典名著，乱施刀斧，就会歪曲和阉割原著的基本精神，"改编"出来的作品很可能是荒唐的。这样的作品，肯定无法得到大多数观众的认可，更谈不上什么艺术生命力了。

其次，要准确把握并尊重古典名著的创作方法和艺术风格。每一部古典名著，在创作方法和艺术风格上都有自己的创造，都有与众不同的特色。在"吃透"原著，掌握其基本精神之后，还要准确把握、努力体现原著的创作方法和艺术风格。只有这样，改编出来的作品才能较好地传达古典名著的风貌神韵，不是笨手笨脚的"形似"，而是活灵活现的"神似"。这一点，是对艺术家（包括编剧、导演、演员诸方面）的艺术鉴别力、表现力的重大考验。如果对原著的艺术风格把握不准，改编出来的作品就可能韵味不足，导致艺术感染力的某种损失。

再次，要尊重广大观众的审美倾向和接受心理。世代相传的古典名著，经过长期积淀和多重渲染，早已在亿万读者心目中留下了深刻的印象，形成了相对稳定的公众评价，从而在深层意识上影响和制约着改编作品的受众的审美倾向和接受心理。影视、戏曲原本就是大众文艺，对广大观众的这种审美倾向和接受心理，必须给予足够的理解和尊重，才能创作出既与古典名著在精神上相通，又与当代意识不相违逆，为广大观众喜闻乐见的好作品。谁要是盲目自大，唯我独尊，故意与广大观众的审美倾向和接受心理唱反调，其改编和再创作的作品是无法取得成功的。可以说，这已是一条被历史反复证明了的艺术规律。

当然，任何一位有志气、有自信的艺术家，都不愿意照搬《三国演义》，而要力求有所创新和超越。这是完全可以理解的，也是应该的。但是，创新是有边界的，绝不能脱离"改编"的概念范畴，否则便是另起炉灶的"自编"了。

新版《三国》的创作者用了一个"大型史诗电视剧《三国》"的题目，表明它既不是小说《三国演义》的附庸，也不是史书《三国志》的图解，而是以那段历史为题材，并参照《三国演义》，来重新认识，重新消化，来作新的艺术表现。这是一个聪明的选择，从而使创作者获得了比较大的自由空间。然而，早在开拍之前，编剧朱苏进就表示："翻拍《三国》，有一个原则：可做'整容'手术，不能做'变性'手术。……我改编《三国》，主要基于两点：首先是忠实于原著的命脉，其次是我们也要认识到这些人物有进一步完善的空间。我所做的就是延伸原著中已有的脉络，通过细节让这些人物更完满可信。"[1]而在全剧完成，即将开播之际，导演高希希也表示："每个人心中都有自己的三国，老版《三国演义》作为经典，是无法超越的。新《三国》要做的是只整容不变性，帮忙不添乱。"[2]可见，从根本上说，新版《三国》仍未脱离"改编"的范畴，不过是自由度稍大一些而已。

总体而言，新版《三国》的创作者们锐意创新，取得了相当大的成功。最突出的有以下三个方面。

第一，全剧的核心思想是要表现汉末三国时期最根本的时代精神、理想目标——对国家统一的向往和追求。当天下大乱以后，那个时代的英雄们想做什么？怎么做？我认为就是以曹刘孙三方为代表的英雄们，顺应时代的潮流和民众的愿望，力图发挥自己的聪明才智，去重新实现国家的统一。三国的思想精华，居于首位的就是对国家统一的强烈向往，这是《三国演义》思想价值中最核心最重要的部分，也是我们中华民族最重要的共同民族心理。我们这个民族为什么能够历经磨难而不倒？为

---

① 傅小平：《朱苏进谈新版〈三国〉》，载 2008 年 8 月 28 日《文学报》。
② 高希希：《新〈三国〉稍作"整容"》，载 2010 年 4 月 21 日《山东商报》。

什么在四大文明古国中是唯一的种族不曾灭亡、文明没有中断的一个国家？一个根本的原因是，从周朝起，我们就逐步形成了向往国家统一，追求安定太平的共同心理。这种共同心理，是中华民族最伟大的聚合力。所以，每当我们民族遭到战乱和分裂的时候，广大的人民总是以极大的勇气和巨大的牺牲，消除分裂的祸患，医治战争的创伤，促成重新统一的实现。而走在历史前列的英雄们，他们的英雄才智，无非是在不同程度上顺应了这种历史要求，这种民心。①在这个思想内核上，新版《三国》与《三国演义》是一致的，也是正确的。

第二，站在新的历史高度，把曹、刘、孙三方都视为英雄，是品格、气度、作风不同的英雄，这一点很值得肯定。把曹、刘、孙三方都看作英雄，既不简单地肯定一方、否定一方，也不片面地做翻案文章，比之许多三国题材作品是一种超越。曹、刘、孙三方都是英雄，只不过是品格、气度、作风不同的英雄；三方争天下，争的是什么？我认为争的是重新统一的主导权，而不是单纯的斗智、斗心眼。这样，就与第一点形成了逻辑上的根本一致。

第三，对以"忠义"为核心的理想道德的追求和颂扬。忠是什么？其基本含义是对自己忠于所事，对他人忠于所托。你的本职工作是什么，你就干好什么；与他人相处就要忠于所托，这就是《论语》讲到的"吾日三省吾身"中的一省："为人谋而不忠乎？"经过长期的积淀、提炼和逐渐的抽象化之后，人们把它升华为对事业的忠、对理想的忠，进而再升华为对国家对民族的忠。那绝非是小忠。义是什么？按古汉语的基本含义，义者宜也，适宜的事，正确的事，你做了，那就符合义。因此人们常常说"道义"，孟子说"得道多助，失道寡助"，就是说做符合道的事情才义。从宏观方面来说，有国家大义、民族大义；用在人际关系上，它追求的是平等、互助、患难相扶，甚至是生死与共的人际关系。当然，传统的"忠义"观也有一些落后的成分；但在《三国演义》中，就主导方面而言，它反映了中华民族传统的价值观、道德观中积极的一

---

① 参见沈伯俊《向往国家统一，歌颂"忠义"英雄——论〈三国演义〉的主题》，收入本书。

面，即大忠大义。对此，新版《三国》作了比较好的展示，一些重要人物达到了自己应有的高度。尽管对曹、刘、孙三方不能完全等量齐观，但是总体上，他们都被视为大英雄，哪怕是有较大缺陷的英雄。这就站在了很高的精神高度，就从简单的"褒谁、贬谁"中解脱出来了。

不过，新版《三国》在创新中也有对原著理解不足、尊重不够之处。这里仅举二例。

例一，作为《三国演义》开篇重头戏，为广大读者和观众熟知的"桃园结义"故事，新版《三国》仅在第2集中，用了10秒钟的镜头来略加交代。对此，朱苏进、高希希都表示小说写"桃园结义"是为了镇压黄巾起义，与故事主线无关；朱苏进还说："桃园三结义我是想放在关羽死之后，刘备下决心讨伐东吴为二弟报仇，这时候，回想起当时一片桃花，三兄弟在里面跪着，发誓'不求同年同月生，但求同年同月死'。"这种认识是很片面的。我在《"桃园结义"的核心价值是什么？》一文中指出：

> "桃园结义"的价值追求究竟是什么？我认为，《三国演义》已经写得很清楚，就是誓词中的四句话："同心协力，救困扶危；上报国家，下安黎庶"。其中的核心价值则是后面八个字："上报国家，下安黎庶"。正是这八个字，使得刘关张的结义具有了崇高的政治目标，使他们不仅与董卓集团那样害国害民的狐群狗党有着天渊之别，与袁术集团那样趁着乱世占山为王却不顾百姓死活的军阀判若云泥，也与形形色色以利相交的狭隘小集团不可同日而语。因此，"上报国家，下安黎庶"成为刘关张高高举起的一面正义旗帜，成为刘蜀集团得人心的根本原因。罗贯中将这八个字写入刘关张结义的誓词，使《三国演义》中的"桃园结义"超越了一般通俗文艺，达到了新的精神境。①

可以说，"桃园结义"是揭示《三国演义》主旨的重要环节，新版《三国》将这一重要情节草草带过，很不恰当，难怪受到观众的批评。

例二，吕布形象的严重错位。新版《三国》对吕布颇为偏爱，过分美化他与貂蝉的爱情。朱苏进说："吕布有无限的缺点和毛病，但是他爱

---

① 见《沈伯俊说三国》，中华书局2005年版，第23-24页。

女人，那个时代真正知道爱的人是不多的，在那帮英雄的眼里，他们觉得那种爱是没有意义的，只有像吕布这样单纯的人，才会把那种爱视为不次于生命的意义。"①高希希也说，吕布"他好歹是个征战英雄……死前只关注貂蝉，有些真人性、真性情"②。吕布的饰演者更是多次宣称："吕布这个人，江山对他并不重要，他是为爱而生，为爱而死。"这是对古典名著的严重误读。本来，《三国演义》对吕布早已有了一针见血的定评："勇而无谋，见利忘义。"（第3回）此语来源于《三国志·魏书·吕布传》的传末"评曰"："吕布有狼虎之勇，而无英奇之略，轻狡反覆，唯利是视。"可以说，小说形象吕布与历史人物吕布有着本质上的一致，这一形象的批判意义完全符合读者的接受心理，"勇而无谋，见利忘义"的评语也早已成为公论。当代的电视剧编导如果要深入挖掘吕布这种性格的形成过程和隐藏于其中的各种复杂的社会历史因素，那是有价值的，也是可以出新的。新版《三国》把吕布写成"情种"，观众当然难以接受。其实，早在几年前，著名导演陈凯歌就有类似的举动，他执导的电视连续剧《吕布与貂蝉》，声称要塑造一个与众不同的、全新的吕布形象，毫无根据地对这个相貌英俊而内心猥琐的人物寄予了过多的同情，硬要把他塑造为一个虽然勇武善战，却幼稚单纯、毫无机心的好人，不顾一切地沉醉于与貂蝉的爱情，偶尔犯点错误，也往往由于别人的诱导和欺骗。这样一个"全新"的吕布，新则新矣，却与真实的吕布相去甚远，只是编导臆造的一个人物而已。这部电视连续剧在一些地方台播出后，几乎没有产生什么影响，堪称失败之作。这不是由于导演江郎才尽，而是因为他违背了改编的基本法则。

二、历史真实与虚构空间

1859年5月，恩格斯在给斐·拉萨尔的信中提出了"从美学观点和

---

① 《编剧释疑新〈三国〉争议》，载2010年6月22日《新京报》。
② 《高希希回应"陈贯希"版三国：这是剧不是历史》，载2010年5月19日《信息时报》。

历史观点，以非常高的、即最高的标准"来衡量文艺作品的重要主张。①
对于历史题材作品，包括名著改编在内的历史题材影视剧而言，"历史观
点"意味着作品必须尽可能达到历史的真实，即：努力把握一定历史时
期的生活本质，反映其总体面貌和发展趋势；写事则兼顾事实之真与情
理之真，写人则不违其历史定位和性格基调。"美学观点"意味着作品必
须尽可能达到艺术的真实，即：通过多种艺术手段，包括艺术虚构，使
作品生动形象，引人入胜，达到较高的美学品位，产生良好的美学效应。
这也就是恩格斯在同一封信中提出的奋斗目标："较大的思想深度和意识
到的历史内容，同莎士比亚剧作的情节的生动性和丰富性的完美的融
合。"为此，恩格斯特别提醒："我们不应该为了观念的东西而忘掉现实
主义的东西，为了席勒而忘掉莎士比亚。"②

在恩格斯写信之前一个月，即 1859 年 4 月，马克思致信拉萨尔，对
其剧作《济金根》予以评价，主张"用最朴素的形式把最现代的思想表
现出来"，为此需要"更加莎士比亚化"，并尖锐批评拉萨尔："你的最大
缺点就是席勒式地把个人变成时代精神的单纯的传声筒。"③马克思的观
点与恩格斯非常相近，两位伟人不约而同地提出大体一致的文艺主张，
堪称文艺理论发展史上的一段佳话。

用恩格斯提出的"美学观点和历史观点"的标准来观照中国古代历
史演义小说，《三国演义》不愧为无与伦比的成功典范。

1999 年，我在《罗贯中和〈三国演义〉》一书中论述《三国演义》的
创作方法与总体风格时，这样写道：

关于《三国演义》的创作方法，近几十年来学者们先后提出了四种
观点：（1）基本上是现实主义的；（2）主要是浪漫主义的；（3）是现实
主义与浪漫主义的结合；（4）是古典主义的。笔者认为，在创作方法上，
《三国演义》既不属于今天所说的现实主义，也不属于今天所说的浪漫主

---

①《恩格斯致斐·拉萨尔》，《马克思恩格斯选集》第 4 卷，人民出版社
　　1972 年版，第 347 页。

②《恩格斯致斐·拉萨尔》，前引书，第 343 页，第 345 页。

③《马克思致斐·拉萨尔》，《马克思恩格斯选集》第 4 卷，人民出版社
　　1972 年版，第 340 页。

义，而是古典现实主义精神与浪漫情调、传奇色彩的结合。

综观全书，罗贯中紧紧抓住历史运动的基本轨迹，大致反映了从东汉灵帝即位（168年）到西晋统一全国（280年）这一历史时期的面貌。这一历史时期的一系列重大事件，如黄巾起义、何进谋诛宦官、董卓进京、诸侯联军讨伐董卓、曹操奉迎汉献帝、孙策开拓江东、官渡之战、隆中对策、赤壁之战、刘备取益州、刘备曹操争夺汉中、吕蒙袭取荆州、夷陵之战、诸葛亮南征北伐、邓艾灭蜀、魏晋禅代等等，罗贯中都予以关注，都大致按照史实的基本框架和发展趋势，作了不同程度的叙述与描写。这一历史时期的一系列重要人物，罗贯中在把握其性格基调时，都力求实现艺术形象与其历史原型本质上的一致。这样，就使作品具有厚重的历史感，表现出强烈的现实主义精神。这是人们普遍承认《三国演义》"艺术地再现了汉末三国历史"的根本原因。然而，在具体编织情节，塑造人物时，罗贯中却主要继承了民间通俗文艺的传统，大胆发挥浪漫主义想象，大量进行艺术虚构，运用夸张手法，表现出浓重的浪漫情调和传奇色彩。……这种虚实结合，亦实亦虚的创作方法，乃是《三国演义》的基本创作方法，是其最重要的艺术特征。①

在后来发表的《现实精神·浪漫情调·传奇色彩——论〈三国演义〉的创作方法》一文中，我进一步深入阐述了这一观点。②

试以作品中决定三国鼎立局面的关键战役——赤壁之战这个情节单元为例。《演义》从第43回诸葛亮出使江东，到第50回关云长义释曹操，总共用了8回篇幅。从总体上来看，罗贯中笔下的战役的起因（曹操夺得荆州后，直逼长江，虎视江东）、进程（诸葛亮出使江东，说服孙权建立孙刘联盟，孙权命周瑜率军抗曹，吴军利用曹操的骄傲自大心理，由黄盖行诈降计，并借东南风大作之机，发动火攻）、结局（曹军惨败，曹操由华容道狼狈逃窜），大致反映了历史上的赤壁大战的全过程，使人觉

---

① 沈伯俊：《罗贯中和〈三国演义〉》，春风文艺出版社1999年版，第63-65页。

② 参见沈伯俊《现实精神·浪漫情调·传奇色彩——论〈三国演义〉的创作方法》，收入本书。

得"像"那段历史。然而，如果对这个情节单元的情节逐个加以分析，就会看到，其中想象和虚构的成分占了很大比重。这个单元主要有 13 个情节："舌战群儒""智激孙权""智激周瑜""蒋干盗书""草船借箭""苦肉计""阚泽密献诈降书""庞统巧授连环计""横槊赋诗""借东风""火烧赤壁""曹操三大笑""华容放曹"。在这 13 个情节中，只有"智激孙权""火烧赤壁"这两个情节有明确的史实依据，其他 11 个情节则基本上是作家发挥浪漫主义想象作出的艺术虚构。这些虚构的情节，既是强烈吸引读者的生动故事，更是塑造人物形象的有力手段。

就人物形象而言，《三国演义》中的主要人物和部分重要人物，其性格基调都非常鲜明，而又各具特色，如诸葛亮的高度智慧和无比忠贞，曹操的雄才大略和残忍狡诈，关羽的忠义凛然和"刚而自矜"，刘备的仁德爱民和尊贤礼士，张飞的勇猛善战和豪爽鲁莽，赵云的忠勇奋发和机警精细，袁绍的志大才疏和外宽内忌，孙权的恢廓大度和举贤任能，周瑜的英武潇洒和心高气傲，司马懿的老谋深算和阴狠毒辣，等等。他们的总体风貌和性格基调，大致与其历史原型具有本质上的一致性，不仅得到学术界的基本认可，而且受到广大读者和观众的普遍欢迎。

新版《三国》以很大功夫在情节编织上刻意求新，其中一部分做得比较成功。如第 36 集，孙权经过诸葛亮出使江东舌战群儒，经过鲁肃和周瑜的先后谏言，决定联刘抗曹之后，主创者既按史书和小说所写，让孙权任命周瑜为大都督，又创新性地表现他命张昭负责整个后勤保障，这一笔就相当好。这样不仅表现了孙权的政治智慧（认识到"主战还是主和不是问题，团结还是分裂才是问题"），又表现了他的政治能力（决定应战之后，通过同时任命周瑜与张昭，使主战主和双方都能同心同德共保江东），还在一定程度上还原了历史人物张昭在孙吴集团的重要作用。在小说《三国演义》中，张昭是一个颇受贬抑的人物。新版《三国》如此设计，比《三国演义》更为合理，也更接近历史真实。

不过，新版《三国》在编织故事，特别是虚构情节时，往往有些随心所欲。

例如，第 3 集写诸侯联军讨伐董卓，刘关张三人参与会盟，手下竟无一兵一卒，很不合理。《三国志·蜀书·先主传》注引《英雄记》明明记载："灵帝崩，天下大乱，（刘）备亦起军从讨董卓。"《三国演义》第 5 回写公孙瓒"统领精兵一万五千"前去会盟，路遇身为平原县令的刘备，劝其"一同讨贼，力扶汉室"，于是："玄德、关、张引数骑跟公孙瓒来"，部属虽不多，毕竟还有"数骑"。新版《三国》别出心裁，把刘备写成光杆司令，对塑造刘关张的英雄形象并无作用，对后来的情节发展也毫无意义。

又如，第 4 集写董卓遣李儒向孙坚提亲，年仅 9 岁（虚岁）的孙权出场，并发表意见，也不合理。编导可能是为了加强对孙权形象的塑造，表现他自幼英敏过人。然而，孙坚此行，不是巡视辖境，更非游山玩水，而是投入充满危险、胜负难测的讨董之战，按照古代军制，根本不会携带年幼的子女随军。事实上，《三国志·吴书·周瑜传》明确记载："孙坚兴义兵讨董卓，徙家於舒。坚子策与瑜同年，独相友善，瑜推道南大宅以舍策，升堂拜母，有无通共。"可见历史上孙坚参与讨董时，特地将家眷安置在舒县（今安徽庐江西南），连长子孙策（此时虚岁 16）都未随军，更不要说孙权了。《三国演义》第 7 回写孙坚攻打刘表（时在 192 年），虚岁 18 的孙策才随父出征。新版《三国》虚构孙策随父讨伐董卓是可以的，但写孙权从征就说不通了。至于后面写董卓西迁长安，孙坚率先进入洛阳，得到传国玉玺，孙权又来议论一番；孙坚攻刘表，中伏身亡，孙权去见刘表，要回父亲遗体，就更不合理。须知儿童无论多有天分，多么早慧，也只能在日常生活或学习应对中颖悟过人，如孔融谒李膺、曹冲称象之类，要他们在政治军事上超出成年人，就实在夸张过分了。

再如，剧中写曹丕为谋取继位，竟然毒害以聪颖仁爱而深受曹操赏识的弟弟曹冲，甚至企图借耿纪、韦晃、金祎等起事之机，趁乱杀死其父曹操，简直丧心病狂。据《三国志·魏书·武文世王公传》，曹冲建安十三年（208）便已早逝，年仅十二，根本谈不上与曹丕争夺继位权。另据《三国志·魏书·文帝纪》，曹丕早在建安十六年（211）就"为五官中郎将、副丞相"，地位明显高于诸弟；建安二十二年（217），"立为魏太子"，名分已定，地位已稳，只等平安继嗣，怎会迫不及待地谋害父亲？曹丕幼承庭训，多年随父征战，父子关系亲密，虽然一度与其弟曹植为继承权而明争暗斗，但并未损害父子感情，更不会发展到仇视父亲，必欲置之死地而后快的地步。何况，以曹操治家之严，曹丕性格之柔，曹丕决无谋害父亲的胆量。《三国演义》虽有贬曹倾向，也只是略写曹丕、曹植之争。新版《三国》如此凭空虚构，把曹丕心理写得卑劣不堪，严重歪曲了他的形象。

新版《三国》在虚构方面的种种失当提示我们：改编者虽有虚构的权力，却不应任意越出虚构的空间。

三、追求"好看"与力求"耐看"

影视剧作为大众文艺产品，具有很强的文化消费功能，这就必然要求故事情节的"好看"。一部不好看的电视剧，是无法吸引观众的，更不可能让他们连续收看。根据古典名著改编的电视剧，当然也是如此。

《三国演义》向来以情节丰富生动闻名，以"好看"而吸引着一代又一代读者。书中的许多情节，如"桃园结义""鞭打督邮""孟德献刀""捉放曹""温酒斩华雄""三英战吕布""连环计""酣斗小霸王""辕门射戟""割发代首""拔矢啖睛""白门楼""煮酒论英雄""斩颜良诛文丑""过五关斩六将""古城会""夜袭乌巢""走马荐诸葛""三顾茅庐""单骑救阿斗""威镇长坂桥""舌战群儒""智激周瑜""群英会""蒋干盗书""草船借箭""苦肉计""横槊赋诗""借东风""火烧赤壁""曹操三大笑""华容放曹""三气周瑜""孙刘联姻""割须弃袍""裸衣斗马超""截江夺阿斗""义释严颜""夜战马超""单刀赴会""威震逍遥津""百骑劫魏营""计斩夏侯渊""水淹七军""刮骨疗毒""白衣渡江""走麦城""火烧连营""安居平五路""力斩五将""收姜维""失街亭""空城计""遗恨五丈原"，等等，都是脍炙人口的名篇。在古今中外的小说名著中，像这样能让人随口举出几十个为广大读者熟知的情节的作品，可以说是十分罕见的。大量的精彩情节，使全书满目珠玑，熠熠生辉，令人读来兴会酣畅。

《三国演义》的情节不仅"好看"，而且"耐看"。上述情节，或给人"义"的熏陶，"勇"的震撼，或给人"智"的启迪，"信"的训育。故事之奇，人性之美，智慧之绚丽，哲理之深厚，都使人捧读再三，回味无穷。少年谈论，不禁眉飞色舞；白首把卷，依然津津乐道。这正是它成为文学经典的重要原因。

新版《三国》的编导非常重视情节的"好看"。朱苏进在《创作构想》中明确宣告："总体追求——两个字：好看！""好看——就是电视剧《三国》的真谛，就是艺术所在，就是民心所在，就是我们最终追求。我们希望这部电视剧成为天下百姓的老友，它离家多年，今晚突然推门而入，让百姓们觉得既亲切又新鲜，既好看又刮目相看。"为此，编导耗费无数心血，作了多方面的、极大的努力，力求做到故事好事，场面好看，表演好看，甚至建筑设计、服装陈设也要好看。以观众普遍肯定的战争戏来说，编导不仅对场景精心设计，充分运用现代技术手段，而且对兵器的制作、马匹的挑选等，都不惜工本，精益求精，从而取得良好的视觉效果，与1994版《三国》电视剧相比，明显地有所超越。

不过，"好看"并不等于"耐看"。对此，编导似乎重视不够。剧中若干情节，编导可能认为"好看"，观众却不认可；有的情节不仅谈不上"耐看"，反而经不起推敲，甚至让人觉得"难看"。

例如，第6集写董卓败退长安，遭到伏兵袭击，吕布听到貂蝉的惊叫声，飞马救之，还对她说："有我就有你。"在此紧急关头，吕布竟不顾献帝、董卓死活，把貂蝉带到河边草地，让她躺在自己的披风上，貂蝉醒来，二人脉脉相视，互生情愫……画面倒是"好看"，但因脱离特定环境，明显不合情理，自然无法"耐看"。

又如，全剧后二十集，以相当浓重的笔墨描写司马懿与静姝的感情纠葛，也为人诟病。静姝是曹丕赐给司马懿的侍妾，又是曹丕安插在司马懿身边的卧底。这是一个完全虚构的人物，历史上毫无踪影，《三国演义》中也未出现。新版《三国》虚构她，就像高希希答记者问所说："出场只有四集，却牵连着全剧后二十集的大悬念。"①编导如此安排，主要是为了展示曹魏政权内部的矛盾斗争，也是为了增强剧中女性的戏份。但是，作品一再写魏文帝曹丕、魏明帝曹睿对司马懿的猜忌和防范，写曹真、曹爽父子等宗室亲贵在司马懿面前的骄横和无礼；写静姝面对司马懿的关爱，心怀矛盾，渐生真情，不仅忘记了卧底的使命，还为司马

---

① 《高希希回应"陈贯希"版三国：这是剧不是历史》，载 2010 年 5 月
19 日《信息时报》。

懿怀了孩子。这些，似乎都是为了说明司马懿对曹魏王室产生二心是被迫而不得已，为他后来诛灭曹爽集团，篡夺曹魏大权寻找理由。然而，这些情节，与史实出入太大。据《晋书·宣帝纪》，司马懿在曹操任丞相时出仕，历任文学掾、议郎、丞相东曹属、主簿等职，仅为中下级官员，在曹操手下不敢有非分之想。曹操察觉他有雄豪之志，曾提醒太子曹丕："司马懿非人臣也，必预汝家事。"曹丕与他关系良好，每每加以保护，使他免于被曹操除掉。正是曹丕在位期间，司马懿受到重用，历任丞相长史、御史中丞，迁侍中、尚书右仆射，转抚军大将军，进入权力中枢；后又加给事中、录尚书事，成为执政大臣之一。曹丕临终，他与曹真、陈群等并受顾命辅政。明帝曹睿即位，他的地位进一步提高，历任骠骑将军、大将军、太尉，成为曹魏第一能臣。明帝临终，紧急召他托孤，让他坐上御床，拉着他的手说："死乃复可忍，吾忍死待君，得相见，无所复恨矣。"然而，当他与共同辅政的曹爽产生矛盾以后，先是含忍示弱，推病不出；一旦抓住时机，立即发动政变，大开杀戒，彻底诛灭曹爽集团。本传说他"内忌而外宽，猜忌多权变"，并且记载了这样一件事："明帝（按：指司马懿玄孙司马绍）时，王导侍坐，帝问前世所以得天下，导乃陈帝（按：指司马懿）创业之始及文帝（按：指司马昭）末高贵乡公事，明帝以面覆床曰：'若如公言，晋祚复安得长远！'"[1]由此可见，司马懿父子篡夺曹魏政权时表现出来的凶残，连其后辈儿孙都感到羞耻。新版《三国》曲意为司马懿开脱，既不"好看"，也不"耐看"。

总之，从新版《三国》电视剧的创作，我们可以看到：名著改编，既可享有丰厚的文学资源，吸引广泛的收视期待；又必须经受熟悉名著、热爱名著的广大观众的严格审视。要使改编出来的影视作品成为艺术精品，编导必须具备高远的历史视野、深厚的艺术功底、博大的人文情怀、严谨的创作态度，加上虚怀若谷、细致周到、精益求精的工作作风。衷心祝愿有抱负、有雄心的艺术家们，通过自己的不懈奋斗，创造出一批有益于人心、无愧于时代的史诗性作品！

（原载《文艺研究》2010 年第 12 期）

---

①《晋书·宣帝纪》，《晋书》第1册，中华书局1974年版，第20页。

传播影响

"三国文化"概念初探

　　近年来，随着三国史研究的逐步深入和《三国演义》研究的长足进展，人们开始频繁地使用"三国文化"一词。然而，对"三国文化"这一概念的内涵与外延，却并未予以明确的界定。1991 年 11 月在四川举行的"中国四川国际三国文化研讨会"期间，中外学者对"三国文化"的概念仍未进行深入而集中的讨论，但初步提出了两种观点：有的史学家站在传统史学的角度，认为"三国文化"即历史上的三国时期的文化；而我则从大文化的广阔背景加以观照，认为"三国文化"是一个宽泛的概念，它并不仅仅指、并不等同于"三国时期的文化"，而是指以三国时期的历史文化为源，以三国故事的传播演变为流，以《三国演义》及其诸多衍生现象为重要内容的综合性文化。^①

　　经过几年来的进一步研究，我认为，对"三国文化"这一概念可以作三个层次的理解和诠释，下面略加论述。

一

　　第一个层次是历史学的"三国文化"观（或曰狭义的"三国文化"观），认为"三国文化"就是历史上的三国时期的精神文化。

　　历史学的"三国文化"观是有其科学内涵和科学价值的。历史上的三国时期（通常包括从 184 年黄巾起义到 220 年曹丕代汉的东汉末期或"前三国时期"），在文化上充满了变革与创新，可谓英才鳞集，俊士云蒸，

---

　　① 见《国际三国文化研讨会综述》，载《社会科学研究》1992年第1期；
　　　《新华文摘》1992年第5期及中国人民大学《复印报刊资料·文化研究》1992年第2期转载。

成为中国文化史上一个辉煌的时期。

哲学方面。由于天下大乱，王纲解纽，封建秩序遭到严重破坏，自西汉形成的一统天下的儒学独尊已被冲破，出现了继春秋、战国时期百家争鸣之后哲学思想最为活跃的局面：道学创立，佛学传播，玄学勃兴，各种理论、各种学派互相争辩，此消彼长，其深度和广度虽然不及春秋、战国时期的几大学说，也没有出现老子、孔子、孟子、荀子、庄子、韩非子那样杰出的思想家，但仍具有强大的震撼力，带来了思想的解放、人性的觉醒和社会风气的改变，对后世产生了极其深刻的影响。

文学方面。建安诗歌响遏行云，佳作迭出，三曹七子比肩而立，气势文采各见其长。曹操的《蒿里行》《短歌行》《步出夏门行》，曹丕的《燕歌行》，曹植的《赠白马王彪》《野田黄雀行》，王粲的《七哀诗》，陈琳的《饮马长城窟行》，刘桢的《赠从弟三首》，均系广为传诵的名篇；蔡琰的《悲愤诗》摧肝裂肺，民间叙事诗《孔雀东南飞》情韵深远，感动了一代又一代读者。这一时期的散文以通脱质朴为胜，曹操的《自明本志令》直言不讳，诸葛亮的《出师表》情辞恳切，均可见其性情。这一时期的赋则以抒情小赋见长，王粲的《登楼赋》、祢衡的《鹦鹉赋》、曹植的《洛神赋》、向秀的《思旧赋》等，均为情真意切的上乘之作。这一时期的文学理论也有较大发展，曹丕的《典论·论文》被公认为我国古代最早的文学批评专著。特别是深深植根于现实的"建安风骨"（或称"建安风力"），更是倍受推崇，享誉千载，成为后世现实主义文学的一面旗帜。

艺术方面。这一时期的书法、绘画、音乐、舞蹈等艺术都有了长足进步，钟繇的楷书艺术，曹不兴的人物画像，蔡琰、嵇康的琴曲，等等，都早已名垂千古。

史学方面。随着官府对史学的垄断的打破和人们思想的解放，私家著史之风盛极一时，修史的态度、方法都有所变革，出现了荀悦、鱼豢、谢承、韦昭等一大批著名史学家，为后来的《三国志》《后汉书》等名著提供了坚实的基础。

科技方面。这一时期也有一定的发展，华佗的针灸术和麻沸散、马钧的指南车和翻车、诸葛亮的木牛流马等，均堪称千古奇迹。

上述种种，人们已经作了多方面的研究，这里不再赘述。可以肯定，历史学意义的"三国文化"具有永恒的研究价值。

二

第二个层次是历史文化学的"三国文化"观（或曰扩展义的"三国文化"观），认为"三国文化"就是历史上的三国时期的物质文明与精神文明的总和，包括政治、军事、经济、文化等领域。

政治方面。这一时期是中国历史上的一个重要的承先启后的阶段，阶级关系、民族关系和政治制度都发生了深刻的变化。在各个政治集团之间纷纭复杂的斗争中，涌现出一批杰出的政治家，魏、蜀、吴三国的开创者曹操、刘备、孙权及诸葛亮尤为其中的佼佼者。他们的审时度势、内政外交、识才用才等方面，对后人极富启迪意义。在制度建设上，这一时期确立的三省制、州郡县三级政区制、九品中正制等等，对后世影响极大。

军事方面。这一时期的"三大战役"（官渡之战、赤壁之战、夷陵之战）乃是中国军事史上的杰出范例；诸葛亮平定南方之举、邓艾灭蜀之役、西晋灭吴之战，亦各见其妙。瞬息万变的征战杀伐，孕育了一批杰出的军事家。他们的军事理论、战略战术、韬略计谋，一直被后人效法和吸取。实战的需要，使军队编制、人员装备、军事技术等有了新的进步。

经济方面。在三国鼎立形成以后，曾经遭受严重破坏的经济逐步得到恢复和发展，农业、纺织、冶金、盐业、交通、航运等等，或取得新的经验，或有了较大发展。曹魏的屯田制、蜀汉对丝绸业的振兴、孙吴对江南地区的开发，都取得了相当大的成功。生产力的发展，既是消除分裂，实现重新统一的内在要求，又为重新统一提供了最基本的历史条件。

上述种种，有的已经得到了深入的研究，有的还存在若干空白，尚待人们认识和发掘，这里不拟多加阐说。毋庸置疑，历史文化学意义的"三国文化"概念也可以成立，同样具有永恒的研究价值。

三

上面两个层次的"三国文化"观，虽然范畴的大小有所不同，但都是把问题置于一个特定的历史时期，都认为"三国文化"就是"三国时期的文化"，只是对"文化"一词的内涵和外延的界定广狭不一而已。尽管它们有充分的理由自立，而且有足够的内容可供研究，并为相关的研究提供历史依据；然而，对于许多实际存在的三国文化现象，它们却难以作出完整的说明。这就需要谈到第三个层次的"三国文化"观了。

第三个层次是大文化的"三国文化"观（或曰广义的"三国文化"观），就是我在本文开头提到的，认为"三国文化"并不仅仅指、并不等同于"三国时期的文化"，而是指以三国时期的历史文化为源，以三国故事的传播演变为流，以《三国演义》及其诸多衍生现象为重要内容的综合性文化。不过，对于"以三国故事的传播演变为流"一语，我想略加补充，改为"以三国故事和三国精神的传播演变为流"。比之前面两个层次的"三国文化"观，广义的"三国文化"观具有更大的涵盖性和更广的适应性，更便于认知和解释很多复杂的精神文化现象。

就拿人们熟知的"诸葛亮崇拜"现象来说吧。历史人物诸葛亮，确实是三国时期杰出的政治家和优秀的军事家，他高瞻远瞩，励精图治，清正廉明，克己奉公，鞠躬尽瘁，死而后已，不仅在当时极被敬重，而且在后世深受推许。不过，客观地说，历史人物诸葛亮的文治武功是相当有限的，就历史功绩、历史地位而言，数千年中国史上超过诸葛亮的政治家、军事家至少可以举出几十个；然而，要论在亿万人民群众中的知名度和影响力，文武周公姜尚管仲也好，秦皇汉武唐宗宋祖也罢，谁也比不上诸葛亮。原因何在？可以说，在很大程度上是由于魏晋南北朝以来民间传说故事的世代讲述，由于唐、宋、元通俗文艺的多方刻画，特别是由于《三国演义》的成功塑造，由于根据《三国演义》改编的戏曲、曲艺等多种艺术形式的反复渲染和广泛传播，才使诸葛亮的形象越来越丰满，越来越美好，家喻户晓，倍受热爱。这样的诸葛亮形象，与历史人物诸葛亮虽有联系，但已有了很大距离。正是由于文学艺术对史实的融合、改造和创新，由于广大民众伦理观念和审美理想的渗透，使诸葛亮成为古代优秀知识分子的崇高典范，成为中华民族忠贞品格和无比智慧的化身，成为中外人民共同景仰的不朽形象。

再看风行海内外的"关羽崇拜"现象。历史上的关羽，号称"万人敌"，确是一员虎将、勇将或名将；然而，他还算不上军事家。就历史功绩而言，历代超过他的名将比比皆是，如唐代平定"安史之乱"的主要统帅郭子仪，功劳就比他大得多。但是，在后人的心目中，关羽的地位却凌驾于所有武将之上，在清代还高于诸葛亮，甚至高于"万世师表"孔子。其原因，除了历代统治者的层层褒扬和极力抬高之外，《三国演义》和民间三国传说故事的美化与渲染起了很大作用（一般人印象中的关羽的赫赫战功，相当大一部分，如"温酒斩华雄""诛文丑""过五关斩六将""斩蔡阳"等，都是《三国演义》虚构的），而根据《三国演义》改编的戏曲、曲艺等艺术品种，又不断地强化关羽的超人形象，各种宗教也根据自己的需要来神化关羽。正是多种社会因素的合力，把关羽推上了神的高位，让芸芸众生顶礼膜拜。这样一个关羽形象，与历史人物关羽实在相去甚远，只能用大文化的观点来诠释 。

　　三国文化的宽泛性，也表现在众多的三国遗迹上。根据我的初步统计，全国至少有二十个省、市、自治区留存有三国遗迹，总数多达几百处。这些遗迹大体上可以分为四类。第一类，少数由三国时期遗存至今的古迹，如许昌的曹魏故城遗址、南京的石头城遗址和成都的刘备惠陵等墓葬。第二类，虽然出自三国历史，或与三国史实大致相符，但或多或少渗入了《三国演义》和民间三国传说的内容。比如大名鼎鼎的成都武侯祠，被公认为最有影响的三国遗迹，但它并非三国时期的旧物，而是始建于公元四世纪的成汉时期的纪念性祠庙，以后历代又迭经兴革补充，我们今天看到的则是清代康熙年间所重修；祠中人物塑像的设置介绍和有关陈列虽然基本上依据三国历史，但人物的造型、服饰、兵器则显然受到《三国演义》和三国戏曲的影响。这类遗迹，在全部三国遗迹中占了很大比重。第三类，虽有一点历史的因子，却因《三国演义》和民间三国传说的影响而与史实大相径庭，甚至面目全非。如四川广元被称为"汉将军关索夫人"的"鲍三娘墓"，经考古鉴定，确系东汉晚期墓葬，但关索和鲍三娘却是民间三国传说虚构的人物，这种"张冠李戴"的现象就很有代表性。第四类，出自对史实的附会，或者纯系《三国演义》和民间三国传说的产物。例如江苏镇江的甘露寺始建于唐代，却因《三国演义》中"甘露寺相亲"的动人情节而被视为有名的"三国遗迹"；

又如历史上的诸葛亮南征时并未进入永昌郡（治所不韦县，即今云南保山市），但当地却长期流传有关诸葛亮南征的故事，早在唐代就建起了武侯祠，一千多年来屡毁屡建，至今犹存。四川、陕西、湖北、云南等省，因《三国演义》和民间三国传说而形成的"三国遗迹"，随处可见。所以，我们通常所说的"三国遗迹"，大部分并非严格意义上的"三国时期的遗迹"，而是在漫长的历史过程中逐步形成的"与三国有关的名胜古迹"。尽管它们不能与三国历史画等号，但却寄托了历代人民对三国史事和三国人物的追慕和缅怀，表现了人们的爱憎、理想和愿望；它们的形成演变本身，也已成为历史，从一个侧面反映了我们民族心灵变迁的历程，具有丰富的文化内涵和巨大的研究价值。

因此，从大文化的广阔视野进行观照，人们所说的"三国文化"实际上是一种世代累积型的文化，它是漫长历史时期中民众心理的结晶，对中华民族的精神生活和民族性格产生了十分深远的影响，在世界各地也广泛传播。

最近几年，一些学者分别提出了"诸葛亮文化""关羽文化"（或称"关公文化"）、《三国演义》文化"等命题，并运用大文化的观点对这些命题作了论述，有的论述还相当精彩。随着研究的发展，这些命题已经得到学术界许多同行的认可。它们在内涵上时有交叉，均可视为广义的"三国文化"的分支。

四

上述三个层次的"三国文化"观，每一个都可以分别进行宏观研究和微观研究。但相对而言，我们不妨把它们之间的关系看作微观研究、中观研究和宏观研究的关系。正因为这样，这三种概念并非截然对立，而是如同一组同心圆，围绕着同一个圆心，层递扩大其范畴。这个圆心，就是三国时期的文化的基本内核；层递扩大的范畴，就是其发展、演变、吸纳、衍生的方方面面。这里当然不存在简单的什么重要什么不重要的问题，就像江河的源与流：万里长江，其源头只是几条纤细的小溪，但没有这源头便没有万里长江；然而，仅仅靠这几条小溪，而不融汇百川，也决不会形成浩浩长江，奔腾到海！所以，三个层次的"三国文化"观，其实共同承担着阐说和研究三国文化的任务。如果对这种辩证关系缺乏清醒的认识，过于拘守传统的史学角度，否定和排斥各种衍生文化现象，实际上是作茧自缚，在许多问题上难以自圆其说。明确了这一点，在研究三国文化时经常感到的历史与文学既密不可分，又不断"打架"的问题，就可以迎刃而解了。事实上，1991 年 11 月由中国《三国演义》学会、四川大学、四川省对外友好协会联合主办的"中国四川国际三国文化研讨会"，让来自史学界、文学界的专家学者与艺术界的知名人士共聚一堂，这本身就是对"三国文化"的宽泛性的肯定。同样，1993 年 5 月在浙江富阳举行的"孙吴与三国文化研讨会"（由中国《三国演义》学会、富阳人民政府联合主办），也是由《三国演义》研究专家、三国史研究专家和从事三国题材创作的艺术家共同出席。这雄辩地证明，文学研究者和历史研究者这两大方面军正在逐步会合于广义"三国文化"这面旗帜之下。这自然是令人十分高兴的。

在结束本文的时候，我想强调指出：三国文化决不仅仅是一种历史现象，直到今天，它仍然富有活力，仍然影响着我们的现实生活，流淌于我们的血脉之中。今天的电视连续剧《三国演义》、广播连续剧《三国演义》、三国文化之旅、三国故事新编，等等，不仅是三国文化的载体，而且是对三国文化的丰富和补充。人们对三国文化的种种诠释、研究和应用，同样也延续和发展着三国文化。作为中华民族文化的有机组成部分，它将伴随我们走向未来，再创辉煌……

（原载《中华文化论坛》1994 年第 3 期；1999 年 1 月修订）

三国文化与巴蜀

在光辉灿烂、博大精深的中华文化中，三国文化是最有活力，最具有雅俗共赏特色的"亚文化"之一。

多年来，人们常常谈到"三国文化"，但对其含义的理解却往往有所不同，这里有必要略加阐释。我认为，人们对"三国文化"的理解和诠释，可以分为三个层次：第一个层次是历史学的"三国文化"观，认为"三国文化"就是历史上的三国时期的精神文化。第二个层次是历史文化学的"三国文化"观，认为"三国文化"就是历史上的三国时期的物质文明与精神文明的总和，包括政治、军事、经济、文化等领域。第三个层次是大文化的"三国文化"观，认为"三国文化"并不仅仅指、并不等同于"三国时期的文化"，而是指以三国时期的历史文化为源，以三国故事和三国精神的传播演变为流，以《三国演义》及其诸多衍生现象为重要内容的综合性文化。这三个层次的"三国文化"观，都有充分的理由自立，都有自身的内涵和外延。它们并非对立的概念，而是如同一组同心圆，围绕着三国时期的文化的基本内核，层递扩大其范畴，共同承担着阐说和研究三国文化的任务。在大部分情况下，人们实际上使用的是广义的"三国文化"观。

三国文化与巴蜀，是一个内容非常丰富的研究课题。这里略谈两个问题。

一、三国文化的形成，与巴蜀地区有着十分密切的关系

1. 巴蜀地区的三国史事，是原生三国文化的重要组成部分

刘蜀集团的发展史（184—263），大致可以分为四个阶段：① 草创期

（从公元 184 年刘备登上政治舞台到 207 年三顾茅庐诸葛出山）；② 兴盛期（从 208 年赤壁之战到 221 年刘备称帝）；③ 巩固期（从 222 年夷陵兵败到 253 年费祎之死）；④ 衰亡期（从 253 年姜维执政到 263 年蜀汉灭亡）。其中，从 211 年（建安十六年）刘备入蜀起，刘蜀集团的重心便已转到巴蜀地区。此后首尾五十三年（211—263），占了刘蜀集团发展史的大部分，而巴蜀地区的史事，就成为三国历史、三国文化的重要组成部分。

2. 巴蜀地区的三国人物，是原生三国文化的代表性人物

刘蜀集团大体上由两部分人组成：一部分是刘备进入巴蜀之前的旧部，另一部分则是刘备在夺取益州的过程中和占领益州之后逐步吸收的巴蜀人士。前者是刘备东征西讨二十几年才积聚起来的一点本钱，自然是蜀汉王朝的开国元勋；后者虽然归附刘备较晚，但在帮助刘备建国和巩固发展蜀汉政权的过程中也发挥了非常重要的作用，也是蜀汉王朝的重要组成部分。

这里所说的"巴蜀人士"，实际上可以分为两类：一类是籍贯在其他州郡，早年来到益州的，如法正、董和、费祎、董允、邓芝、李严等；另一类则是土生土长的益州本地人，如秦宓、谯周、严颜、王平、马忠、张翼、张嶷、彭羕、杨洪、费诗、李恢、吕凯、李福等。其中许多人物，为广大读者所熟知，如法正、李严、费祎等。

（1）法正（176—220）。刘备平定益州、夺取汉中的谋主。字孝直，扶风郿（今陕西眉县）人。建安初年入蜀，依附刘璋；但因刘璋暗弱，不能知人善任，法正很不得志。建安十六年（211），刘璋派法正去请刘备来助守益州，法正趁机向刘备献夺取益州之策。建安十九年（214），刘备平定益州后，"复领益州牧，诸葛亮为股肱，法正为谋主"（《三国志·蜀书·先主传》）。此时法正"为蜀郡太守、扬武将军，外统都畿，内为谋主"（《三国志·蜀书·法正传》），地位仅次于诸葛亮。建安二十二年（217），法正又建议刘备夺取汉中，以为持久之计。刘备采纳了这一重要谋略，在法正辅佐下亲率大军出征汉中，夺得了这块战略要地，既为益州建立了屏障，又为以后的北伐准备了前进基地。刘备称汉中王后，即以法正为尚书令、护军将军，负责处理日常政务，地位十分显赫。

（2）李严（？—234）。蜀汉重要大臣。字正方，南阳（治今河南南阳）人。原为刘璋部属。建安十八年（213），刘璋命他拒刘备于绵竹，他率众降备。刘备领益州牧，任他为犍为太守、兴业将军。蜀汉章武二年（222），刘备召他到永安宫，拜尚书令。章武三年（223）刘备白帝托孤时，他与诸葛亮同受遗诏辅佐刘禅；随后晋升中都护，统内外军事，留镇永安（今重庆奉节），成为独当一面，地位仅次于诸葛亮的股肱之臣。诸葛亮北伐，他以都护督运粮草，负责处理后方事务。他精明强干，能力出众，诸葛亮曾赞许他"部分如流，趋舍罔滞"（《三国志·蜀书·李严传》）。但李严身居如此高位，仍私心膨胀，汲汲于加官进爵。至建兴九年（231），因军粮不济，谎报军情被罢黜，为此而悔恨终身。

（3）费祎（？—253），诸葛亮选定的接班人之一。字文伟，江夏鄳县（今河南信阳东北）人。初为太子舍人。后主即位，为黄门侍郎，迁侍中。为诸葛亮所重。诸葛亮北伐，留他与郭攸之、董允总摄宫中之事。后调他为参军，迁中护军、丞相司马。诸葛亮临终前推荐的接班人，第一是蒋琬，第二就是费祎。诸葛亮逝世后，费祎与姜维协助杨仪，率领蜀军安全撤退。这时，后主刘禅遵从诸葛亮的遗志，任命蒋琬为尚书令，总统国事，半年后又晋升为大将军，录尚书事；费祎任尚书令，作为蒋琬的助手，负责处理日常政务。他为人宽厚，才识过人，处事敏捷干练，深受同僚敬佩。延熙二年（239），蒋琬进位大司马；延熙六年（243），费祎升任大将军、录尚书事，与大司马蒋琬共同执政。延熙九年（246），蒋琬逝世，费祎成为蜀汉的头号大臣。他与蒋琬、董允一起，连续执政达十九年，巩固了蜀汉政权。

某些人物，由于《三国演义》着墨太少，因而多数人并不熟悉，其实也非常优秀，比如董和、董允父子。

上述人物，加上邓芝、秦宓、谯周、严颜、王平、马忠、张翼等，均为三国时期具有代表性的人物。

3. 巴蜀地区的史学著作，是三国文化的最早载体

首先，众所周知，最早系统记载三国时期历史的是西晋著名史学家陈寿的《三国志》。陈寿（233—297），字承祚，巴西郡安汉县（今四川

南充）人。他经过多年努力，写成《三国志》六十五卷，包括《魏书》三十卷、《蜀书》十五卷、《吴书》二十卷。《三国志》以态度公允持平，取材严谨，文笔简洁，享有"良史"的美名。到了南朝刘宋时期，史学家裴松之（372—451）广泛搜集资料，于元嘉六年（429）写成《三国志注》（简称"裴注"）。从此，《三国志》和裴注就形成一个整体，成为后人了解三国历史的最主要的文献依据。

其次，东晋史学家常璩编撰的我国现存最早的一部地方志《华阳国志》，系统记载了汉末三国时期的巴蜀历史。常璩（约291—361），字道将，蜀郡江原（今四川崇庆）人。他的《华阳国志》，往往可以补《三国志》之不足。例如《三国志·蜀书·先主传》写曹操有意试探刘备："是时曹公从容谓先主曰：'今天下英雄，唯使君与操耳。本初之徒，不足数也。'先主方食，失匕箸。"记载了刘备初闻曹操之言的惊恐。裴松之注引《华阳国志》补充道："于时正当雷震，备因谓操曰：'圣人云"迅雷风烈必变"，良有以也。一震之威，乃可至于此也！'"此则记载体现了刘备的随机应变。这样，就为《三国演义》写《煮酒论英雄》这一脍炙人口的情节提供了比较完整而丰富的资料。

此外，记载汉末三国史事的还有三部重要史书：《汉晋春秋》《后汉书》《资治通鉴》。《汉晋春秋》作者习凿齿（？—384）是东晋人，比陈寿晚大约100年，比常璩晚数十年；《后汉书》作者范晔（398—445）是南朝宋人，比陈寿晚165年，比常璩晚100余年；《资治通鉴》则是晚至北宋后期的著作。

通过比较，可以肯定地说，《三国志》和《华阳国志》乃是三国文化的最早载体。

二、三国文化对巴蜀地区产生了十分广泛而深远的影响

1. 三国遗迹巴蜀多

在广袤的巴蜀大地，三国遗迹数不胜数。如果以成都为观察点，向周围幅射的话，我们首先会想到成都的别名"锦里""锦官城""锦城"，它们都得名于蜀锦织造业发达的三国时期。这里有闻名全国的武侯祠，

有刘备称帝即位处的武担山、诸葛亮送费祎出使东吴饯行处的万里桥、诸葛亮治水所筑的九里堤，还有营门口的黄忠墓、弥牟镇的八阵图遗址、新都的马超墓等等。由成都往北，有广汉的雒城遗址、金雁桥（相传为诸葛亮擒张任处）、罗江的庞统祠墓，绵竹的双忠祠（纪念诸葛瞻、诸葛尚父子），绵阳的富乐山（刘备入蜀时与刘璋聚会宴饮处）、蒋琬墓，梓潼的七曲山关帝庙、卧龙山、魏延祠、邓芝墓、演武铺，由梓潼到剑阁的"翠云廊"（大量柏树夹道的古驿道），阆中的张飞墓、瓦口关，剑阁的剑门关、姜维墓、邓艾墓，广元的葭萌关、费祎墓、阴平道、白水关、筹笔驿（诸葛亮北上伐魏时运筹谋划处）等等。由成都往东，到重庆，再顺江而下，有云阳张飞庙、奉节白帝城、八阵图遗址等等。由成都往南，有夹江的诸葛点将台，金沙江畔的五月渡泸处，西昌的孟获城等等。众多的三国遗迹，大体上可以分为四种类型。第一类，少量由三国时期遗留至今的古迹，如成都武侯祠内的刘备墓。第二类，虽然源于三国历史，或与史实大致相符，却多少渗入了《三国演义》、三国戏和民间三国传说的内容。比如大名鼎鼎的武侯祠，算得上是全国最有影响的三国遗迹，但它并非三国时期的遗存，而是始建于公元四世纪的成汉时期的纪念性祠庙，只能说是源于三国历史，以后历代又迭经兴革补充；祠中人物固然基本上是三国时期实有的人物，但若干人物的造型（如关羽的面如重枣、张飞的豹头环眼、庞统的面黑而丑），以及关羽的青龙偃月刀、张飞的丈八蛇矛之类，却明显受到《三国演义》和传统三国戏的影响。这类遗迹，在全部三国遗迹中占了很大比重。第三类，虽有一点三国历史的由头，却因《三国演义》和民间三国传说的影响而与史实大相径庭，甚至面目全非。例如广元的"鲍三娘墓"，经考古鉴定，确系东汉晚期墓葬，但鲍三娘及其丈夫关索却是民间三国传说虚构的人物，这种"张冠李戴"的现象，很有代表性。第四类，出自对三国史实的附会，或者纯系《三国演义》和民间三国传说的产物。比如梓潼的"古瓦口关"，即由《三国演义》第 70 回所写张飞由"梓潼山小路"抄到瓦口关背后这一情节附会而来。翠云廊中的"阿斗柏"、许多地方的"点将台"之类，显然来自民间传说。这类遗迹，为数甚多。由此可见，我们今天所说的"三国遗迹"，大部分并非严格意义上的"三国时期的遗迹"，而是在漫长的历史过程中逐步形成的"与三国有关的名胜古迹"。尽管它们不能与三国历史画等号，但却寄托了巴蜀历代人民对三国史事和三国人物的追慕和缅怀，表现了人们的爱憎、理想和愿望；它们的形成演变本身，也已成为历史，从一个侧面反映了巴蜀人民心灵变迁的历程。

　　2. 三国传说缀满巴山蜀水

　　早在魏晋时期，在陈寿的正史《三国志》问世前后，就已出现了一些关于汉末三国的野史传说。自西晋末年到南北朝的数百年间，人们对三国史事越来越关注，有关的逸闻轶事和民间传说也越来越多。从唐代起，三国时期成为人们最感兴趣的一段历史，三国故事则成为通俗文艺最重要的创作素材。到了宋代，"说话"艺术十分兴盛，"说三分"成为其中一个重要的分支，民间三国传说也更加丰富，并已形成"尊刘贬曹"的主导倾向。《东坡志林》卷一《怀古》类曾记载："王彭尝云：'涂巷中小儿薄劣，其家所厌苦，辄与钱，令聚坐听说古话。至说三国事，闻刘玄德败，颦蹙有出涕者；闻曹操败，即喜唱快。以是知君子小人之泽，百世不斩。'"应当强调指出的是：这种"尊刘贬曹"倾向，主要寄托了广大民众在特定历史条件下形成的民族感情，反映了他们按照"抚我则后，虐我则仇"的标准对封建政治和封建政治家的选择；对此不应作片面的理解，更不应简单地斥之为"封建正统思想"（刘表、刘璋也是汉室宗亲，而且家世比刘备显赫得多，却每每遭到嘲笑；汉桓帝、汉灵帝这两个姓刘的皇帝，更是民众鞭挞的对象）。巴蜀地区作为蜀汉的主要疆域，有关蜀汉人物，尤其是诸葛亮的传说故事，自然就特别丰富。今天能够听到的三国传说，绝大多数产生于《三国演义》成书之后，或多或少受到《三国演义》的影响，而又超出《三国演义》的故事情节之外，纵横腾挪，大胆发挥。其中有的追本溯源，介绍小说没有写到的人物过去的生平事迹；有的打破砂锅问到底，补充小说没有交代的人物命运和故事情节的结局；有的横生枝蔓，描写小说语焉不详或根本没有涉及的人物和故事；有的别出心裁，编织与《三国演义》情节相反的故事……还有大量的传说，则是解释和说明生活中许多事物和现象的来历。例如：成都流传的《刘备墓传奇》，说曾有一伙贼人去盗刘备墓，刘备正在里面下棋，赏给他们每人一杯琼浆，一条玉带；贼人慌慌张张爬出墓后，琼浆变成胶，粘住了他们的嘴，玉带变成巨蛇，缠住了他们的腰，而墓穴已经自动封好；从此，再也没有人敢去盗刘备墓了。这就解释了刘备墓为何保存完好的原因。又如：梓潼、剑阁流传的《张飞柏》，说张飞镇守巴西郡（治所在阆中）时，为了及时向诸葛亮报告军情，亲自带领士兵，在阆中、剑阁到梓潼的几百里山路上"植柏表道"，柏树长得很快，"早上栽树，下午遮荫"，给后人带来许多实惠，人们便把那些巨大的古柏叫作"张飞柏"。再如：剑阁流传的《孔明杖、腊肉和豆腐的故事》，把剑阁特产的手杖、腊肉和豆腐的来历，归因于诸葛亮北伐和姜维镇守剑门关。再如：许多地方流传的《四川人头上的白帕》，说深受人们爱戴的诸葛亮去世后，老百姓极为悲痛，人人为他戴孝，丧期过后，大家也不愿把头上的白帕取下来，仍然戴着它干活，久而久之，头上包白帕，便成了四川农村世世代代的习惯……

在三国时期的南中地区，即今四川攀枝花市、凉山州和云南、贵州两省的少数民族中，至今流传着许多有关诸葛亮的传说。

丰富多彩的传说，充满着劳动人民的智慧，洋溢着生活的气息，新鲜生动，情趣盎然，给人以美的享受和心灵的启迪。可以说，巴蜀人民的机智与幽默，贯注于三国传说之中；而三国传说又培育了更多的机智幽默的巴蜀人。

3. 三国文化对巴蜀地区的文学艺术、社会生活和民众心理也产生了巨大而深广的影响

这个问题十分复杂，这里只能略举数例。例一，巴蜀地区的主要剧种川剧，其大量剧目中，数量最多的便是三国戏，仅现存的就有 160 出左右。四川艺人说的是："唐三千，宋八百，演不完的三列国。"例二，巴蜀地区的各种曲艺门类，如评书、清音、竹琴、金钱板等，都有许多有关三国的曲目。在没有广播、电视、电影，文盲占人口大多数的漫长岁月里，这些三国戏、三国曲艺，不仅是广大民众消闲娱乐的重要方式，而且是他们认识生活，了解历史的重要途径。例三，巴蜀人重情义、讲信用、勇敢顽强、吃苦耐劳、诙谐灵巧的品格，与三国文化的熏陶也颇

有关系。

可以肯定地说，三国文化决不仅仅是一种历史遗存现象，直到今天，它仍然富有活力，仍然影响着我们的现实生活，流淌于我们的血脉之中。作为中华民族文化的有机组成部分，它将伴随我们走向未来，再创辉煌……

三国文化与成都

在光辉灿烂、博大精深的中华文化中，三国文化是最有活力，最具雅俗共赏特色的"亚文化"之一；而在丰富多彩的成都传统文化中，三国文化又是最具特色、影响最为深广的组成部分。可以说，三国文化与成都的关系极为密切。

一、对"三国文化"概念的界定

从二十世纪八十年代后期起，人们开始频繁地使用"三国文化"一词。然而，对"三国文化"这一概念的内涵与外延，却并未予以明确的界定。1991年11月在四川举行的"中国四川国际三国文化研讨会"期间，中外学者对"三国文化"的概念仍未进行深入而集中的讨论，但初步提出了两种观点：有的史学家站在传统史学的角度，认为"三国文化"即历史上的三国时期的文化；而我则从人文化的广阔背景加以观照，认为"三国文化"是一个宽泛的概念，它并不仅仅指、并不等同于"三国时期的文化"，而是指以三国时期的历史文化为源，以三国故事的传播演变为流，以《三国演义》及其诸多衍生现象为重要内容的综合性文化。经过进一步的研究，我于1994年发表《"三国文化"概念初探》一文[①]，明确指出：对"三国文化"这一概念可以作以下三个层次的理解和诠释。

第一个层次是历史学的"三国文化"观（或曰狭义的"三国文化"观），认为"三国文化"就是历史上的三国时期的精神文化，包括哲学、文学、艺术、史学、科技等方面。对此，人们长期以来已经作了多方面的研究。可以肯定，历史学意义的"三国文化"具有永恒的研究价值。

---

① 参见本书前揭文。

第二个层次是历史文化学的"三国文化"观（或曰扩展义的"三国文化"观），认为"三国文化"就是历史上的三国时期的物质文明与精神文明的总和，包括政治、军事、经济、文化等领域。这些方面，有的已经得到了深入的研究，有的还存在若干空白，尚待人们认识和发掘。毋庸置疑，历史文化学意义的"三国文化"概念也可以成立，同样具有永恒的研究价值。

上面两个层次的"三国文化"观，虽然范畴的大小有所不同，但都是把问题置于一个特定的历史时期，都认为"三国文化"就是"三国时期的文化"，只是对"文化"一词的内涵和外延的界定广狭不一而已。尽管它们有充分的理由自立，而且有足够的内容可供研究；然而，对于许多实际存在的三国文化现象，它们却难以作出完整的说明。这就需要谈到第三个层次的"三国文化"观了。

第三个层次是大文化的"三国文化"观（或曰广义的"三国文化"观），就是我 1991 年就已提出的，认为"三国文化"并不仅仅指、并不等同于"三国时期的文化"，而是指以三国时期的历史文化为源，以三国故事的传播演变为流，以《三国演义》及其诸多衍生现象为重要内容的综合性文化。比之前面两个层次的"三国文化"观，广义的"三国文化"观具有更大的涵盖性和更广的适应性，更便于认知和解释很多复杂的精神文化现象。

从大文化的广阔视野进行观照，人们所说的"三国文化"实际上是一种世代累积型的文化，它是漫长历史时期中民众心理的结晶，对中华民族的精神生活和民族性格产生了十分深远的影响，在世界各地也广泛传播。

上述三个层次的"三国文化"观，每一个都可以分别进行宏观研究和微观研究。但相对而言，我们不妨把它们之间的关系看作微观研究、中观研究和宏观研究的关系。正因为这样，这三种概念并非截然对立，而是如同一组同心圆，围绕着同一个圆心，层递扩大其范畴。这个圆心，就是三国时期的文化的基本内核；层递扩大的范畴，就是其发展、演变、吸纳、衍生的方方面面。所以，三个层次的"三国文化"观，其实共同承担着阐说和研究三国文化的任务。如果对这种辩证关系缺乏清醒的认识，过于拘守传统的史学角度，否定和排斥各种衍生文化现象，实际上是作茧自缚，在许多问题上难以自圆其说。明确了这一点，在研究三国文化时经常感到的历史与文学既密不可分，又不断"打架"的问题，就可以迎刃而解了。

我对"三国文化"概念的界定，已经得到学界同行的普遍认同。

顺便说明一点：今天的成都市，已经不同于汉末三国时作为蜀郡首县的成都县，而是包括 11 个区（锦江区、青羊区、金牛区、武侯区、成华区、高新区、龙泉驿区、青白江区、温江区、新都区、双流区）、4 个县级市（都江堰市、彭州市、邛崃市、崇州市）①、5 个县（金堂县、郫县、大邑县、蒲江县、新津县），人口超过 1000 万的现代大城市，已是名副其实的"大成都"。

因此，探讨"三国文化与成都"这个话题，完全应该置于"大三国，大成都"的广阔视野之中。

二、三国文化与成都

探讨三国文化与成都的关系，可谈的内容非常丰富。这里主要谈谈以下几个特别突出的方面。

（一）成都是原生三国文化的核心地区

作为蜀汉都城，成都不仅是刘蜀集团政治、军事、经济、文化的中心，而且是整个原生三国文化的核心地区。

刘蜀集团的发展史，大致可以分为以下四个阶段。

（1）草创期（从公元 184 年刘备登上政治舞台到 207 年三顾茅庐诸葛出山）。在此期间，刘备辗转四方，艰苦奋斗二十余年，虽然名满天下，却屡遭挫败，屡失立足之地，不得不暂时依附荆州牧刘表。

（2）兴盛期（从 208 年赤壁之战到 221 年刘备称帝）。在此期间，刘备乘赤壁战胜之势，一举夺取荆州江南四郡；建安十四年（209）刘琦卒后，刘备自领荆州牧；建安十五年（210）周瑜逝世后，刘备向孙权借得

---

① 这里姑且不计因兴建天府新机场而划归成都代管的简阳市。

南郡，从而控制荆州大部（东汉荆州共七郡）；建安十六年（211）入蜀，建安十九年（214）平定整个益州，自领益州牧，实现了《隆中对》提出的第一步战略目标——跨有荆、益。建安二十四年（219）夺取汉中，自称汉中王，事业达到鼎盛。章武元年（221）4月称帝，名正言顺地成为大汉王朝的继承人和兴复汉室的组织者。在此阶段，刘蜀集团也遭到过一次重大挫折，即建安二十四年（219）冬，由于东吴背盟，袭取荆州，导致关羽被擒身亡，刘备不仅失去了荆州，而且损失了大量精兵良将。

（3）巩固期（从222年刘备兵败夷陵到253年费祎之死）。这一时期，大致可以分为三个时段：其一，章武二年（222）闰六月至建兴元年（223）五月，包括兵败夷陵、白帝托孤、刘备逝世、刘禅继位等重大事件；其二，建兴元年五月至建兴十二年（234）八月，诸葛亮辅佐刘禅十二年，治国理民，发展经济，南征北伐，巩固了蜀汉政权；其三，建兴十二年八月至延熙十六年（253）正月，诸葛亮选拔的接班人蒋琬、费祎、董允和衷共济，前后相继，辅佐刘禅十九年，取得了保境安民，维持国运的良好效果。

（4）衰亡期（从253年姜维执政到263年蜀汉灭亡）。在此期间，由于刘禅在位日久，渐生怠惰；佞臣陈祗与宦官黄皓互相勾结，极力迎合刘禅的享受欲望，专权乱国；头号执政大臣姜维长期在外征伐，不理朝政，其他执政大臣董厥、樊建、诸葛瞻等虽是忠臣，却未能有力地谏诤后主，抑制黄皓：这三大因素交汇作用，加上蜀汉国力难以长期支撑与曹魏的抗衡，使蜀汉逐步衰落，终至亡国。

其中，从214年（建安十九年）刘备进入成都，自领益州牧起，刘蜀集团的中心自然转到成都。此后首尾五十年（214—263），占了刘蜀集团发展史的大部分，成都一直是刘蜀集团最重要的腹心之地，因而也是整个原生三国文化的核心地区。

三国时期，成都的织锦业得到了长足发展，成为蜀汉经济的支柱；诸葛亮特地设置锦官，加强对织锦业的管理。"锦里""锦官城""锦城"因此成为成都的别名。

这里还要指出一个人们长期未曾注意的重要史实：成都也是史书《三国志》作者陈寿的求学与成才之地。陈寿（233—297），字承祚，巴西郡安汉县（今四川南充）人。《华阳国志·陈寿传》云："少受学于散骑常侍谯周，治《尚书》、三《传》，锐精《史》《汉》，聪警敏识，属文富艳。"《晋书·陈寿传》亦云："少好学，师事同郡谯周。"这就是说，陈寿青少年时期曾师事同郡著名学者谯周，而谯周早在建兴元年（223）诸葛亮领益州牧不久，便被任命为劝学从事，此后一直在成都做官；建兴十二年（234）八月，诸葛亮逝世，后主刘禅遵照诸葛亮的推荐，以丞相长史蒋琬为尚书令，总统国事，不久兼领益州刺史，次年四月又进位大将军，蒋琬则将谯周晋升为典学从事，"总州之学者"[1]。陈寿生于诸葛亮逝世前一年，此时谯周已在成都做官多年，当陈寿"十有五而志于学"时[2]，要师从谯周，只能是到成都求学。他学成后出仕，担任过蜀汉东观秘书郎、散骑黄门侍郎，直到炎兴元年（263），蜀汉被曹魏所灭。此时陈寿三十一岁。正是在成都，陈寿完成了学业，亲身经历了蜀汉后期的历史，熟悉了刘蜀集团的发展历程和相关资料，为他后来撰写《三国志》打下了坚实的基础。

（二）成都是三国文化的传承中心

一千八百年来，中国经历了多次改朝换代，发生了无数历史变迁；然而，三国史事、三国人物始终是文人学士和广大民众特别关注的对象，不断地被缅怀和追忆，三国文化也就不断地传承、衍生、丰富和发展。在这个漫长的过程中，成都显然处于中心地位。

今天，成都遗存有众多的三国胜迹，包括刘备诸葛亮的君臣合庙、被誉为"三国圣地"的武侯祠，有刘备称帝即位处的武担山、纪念刘关张的三义庙、诸葛亮送费祎出使东吴饯行处的万里桥、诸葛亮治水所筑的九里堤，还有弥牟镇的八阵图遗址、大邑县的赵云庙墓、龙泉石经寺内的子龙家庙、新都的马超墓、蒲江石象湖的严颜殿等等。特别是武侯祠，更是成都市最负盛名的文化古迹，成为来成都者必定游览之处。

近年来，武侯祠博物馆投资复建"锦里"古街，以三国文化和四川

---

① 参见《三国志·蜀书·谯周传》。
② 孔子语。见《论语·为政篇》。

传统民俗文化为内涵，每天游人如织，成为成都旅游的一大亮点。

闻名中外的都江堰，人们都知道系由战国后期蜀郡守李冰开创；但许多人不知道的是，诸葛亮治蜀，设置专职堰官，统率 1200 士卒，常年负责保护和疏浚都江堰，这一制度，为此后历代所沿袭，这才使都江堰持续发挥功效达两千余年。可以说，这个享誉中外的水利工程，李冰有开创之功，诸葛亮则有维护之功。因此，都江堰也称得上是三国遗迹。

今天，成都人喜爱的川剧、评书、清音、竹琴、金钱板等曲艺门类，三国故事仍是最大宗的题材。以川剧为例，传统川剧中的三国戏多达 150余出，其数量远远超过其他题材的剧目；其内容几乎从头到尾编演了小说《三国演义》的全部情节；还有一些并非来自《三国演义》，而是来源于民间三国传说，或出自艺人想象的剧目，如《三闯辕门》《滚鼓山》《探营哭师》《审阿斗》等。从新中国成立到"文革"以前，川剧作家们创作了一些新编川剧，其中影响较大的是李明璋取材于《三国演义》中"孙刘联姻"故事的《和亲记》。改革开放以来，川剧作家们以更加开阔的视野、更加灵动的笔墨，创作了一批新的剧目。其中较有影响的有隆学义的《貂蝉之死》，隆学义、胡明克的《枭雄夫人》，倪国桢、李朝的《锦囊妙计》等；魏明伦的《夕照祁山》，更以鲜明的反思意识、大胆的情节设计而颇为引人注目，也引起若干学术争议。

今天，成都各个领域的文艺工作者仍以很大的热情，从事各种形式的三国题材的改编与再创作。其中，四川人民广播电台集合多方力量，经过十余年努力，终于在 1993 年底全部完成、1994 年 4 月全部播出、1995年又由四川大学出版社出版剧本的 108 集广播连续剧《三国演义》，堪称中国广播剧发展史上的里程碑，我将其列为《三国》改编的"三大艺术工程"之一。它不仅先后获得全国广播剧特别奖、"五个一工程"荣誉奖；而且在庆祝中华人民共和国成立 60 周年之际，被评为 60 年来"影响广播电视进程的 60 个节目"之一，成为四川广电系统获此殊荣的唯一作品。

（三）成都是三国文化的研究中心

长期以来，成都学术界一直高度重视三国文化的研究，进行了多方面的、卓有成效的努力。

这里有一批专门的研究机构：四川大学三国文化研究中心、四川三国文化研究所、成都武侯祠研究陈列部等。

这里有专门的学术团体：中国《三国演义》学会 1984 年成立，办事机构挂靠四川省社会科学院；成都市诸葛亮研究会，1983 年成立，挂靠成都武侯祠，并联合多个诸葛亮行迹所至地，建立诸葛亮研究联会，推动了研究的发展和学术交流。

这里有重要的学术阵地：四川省社会科学院院刊《社会科学研究》，1982 年在全国率先开辟"《三国演义》研究"专栏，连续发表了多篇《三国演义》研究论文，并持续多年；四川省哲学社会科学学会联合会主办的《天府新论》，自 1985 年第 6 期起，开辟"《三国演义》研究"专栏，持续数年；《成都大学学报》，1986 年第 3 期为《三国与诸葛亮》专辑，此后长期保持这一栏目（后更名为"三国文化研究"）；四川省社会科学院主办的《中华文化论坛》，自 1994 年创刊起，长期设置"三国文化研究"专栏。这些刊物，都成为三国文化研究的重要园地，在全国产生了广泛而深远的影响。

这里举行了一系列重要的三国文化研究学术活动，其中多次活动具有较高的学术史意义，影响深广。这里略举三次。① 首届《三国演义》学术讨论会。《三国演义》研究史上第一次全国性的学术讨论会，由四川省社会科学院《社会科学研究》编辑部和文学研究所联合发起，1983 年 4 月 15 日至 21 日在成都举行，到会的有来自全国 17 个省、市的 120 余名学者。② 三国与诸葛亮国际学术讨论会。有关三国与诸葛亮研究的首次国际性学术会议，1985 年 11 月 24 日至 29 日在成都举行。与会代表 130 余人，来自国内 10 个省、市的大专院校、科研机构、文物博物单位，以及日本、泰国和中国香港地区。③ 中国四川国际三国文化研讨会。以"三国文化"为中心议题的首次高层次的国际学术研讨会。由四川省人民对外友好协会、四川省对外文化交流协会、四川大学、中国《三国演义》学会联合主办，1991 年 11 月 1 日至 7 日在四川举行。出席会议的有中国、苏联、美国、英国、法国、德国、日本的专家学者和艺术家 60 余人。与会的中国代表，除了一批著名的三国史、《三国演义》研究专家外，还有正在筹拍《三国》系列电影的著名艺术家孙道临、正在执导电视连续剧

《三国演义》的著名导演王扶林、正在抓紧创作广播连续剧《三国演义》的四川人民广播电台高级编辑毕玺，堪称史学家、文学研究家、艺术家彼此切磋的一场盛会。与会的外国学者，则包括苏联科学院通讯院士李福清，美国纽约大学教授《三国演义》英文版译者罗慕士，日本庆应大学教授《三国演义》日文版译者立间祥介，法国国家科学研究中心研究员克劳婷·苏尔梦等，他们的精彩见解，也使本次研讨会大为增色，产生了广泛的影响。

　　这里还有一批享誉海内外的研究专家，成为推动研究不断深入发展的骨干力量。

　　上述种种，使成都成为公认的三国文化研究中心。

　　总之，绚丽多彩的三国文化，乃是成都传统文化中最具特色的重要资源。在成都市建设国际性大都会的豪迈进程中，三国文化已经成为一张十分亮丽的名片。如何进一步加强三国文化的传播，深化三国文化的研究，乃是一个值得认真思考的课题。

　　（原载《中华文化论坛》2016 年第 10 期）

蜀汉政权与罗江

研究三国历史和三国文化,应该是"条块结合",纵横交错.所谓"条",主要指政治、军事、经济、文化等各个领域,历来为专家学者所重视;所谓"块",主要指区域研究,比之前者则相对薄弱。用这一眼光来观照蜀汉历史研究,除了继续纵向清理刘蜀集团的兴衰过程,系统研究其政治得失、军事成败、经济兴废、文化荣衰之外,还应大大加强对蜀汉辖区的分区研究,具体分析各个区域对蜀汉政权大小不等的支撑作用,以及蜀汉政权各项政策在各地的实施情况及其影响,才能更加全面、更富立体感地把握蜀汉历史的整体。在这个意义上,认真考察蜀汉政权与罗江县的关系,便是一个很有价值的课题了。

罗江,今属四川省德阳市,位于德阳、绵阳两大中心城市之间。两汉时,罗江县域属涪县(治今四川绵阳市)。北宋乐史撰《太平寰宇记》卷八十三云:"罗江本涪县地。晋于梓潼水尾万安故城置万安县。晋末乱,移就犀亭,今县是也。梁置万安郡。隋开皇_年废郡为县。唐天宝元年,改为罗江县。"尽管县名几经存废,但位于成都平原东北边缘、川陕古道上的这一区域,却具有非同小可的战略价值;而在蜀汉政权的发展过程中,更是占有非常重要的地位。正如清嘉庆二十年(1815)重修之《罗江县志》卷四《形势志》所云:"罗纹水合,龙池山卉。东绕双江之流,南耸千寻之塔;北接潼绵孔道,四达通衢;西瞻鹿马雄关,两峰对峙。为三国险阻之区,实两川咽喉之地。"

一、庞统墓与刘备取蜀

刘蜀集团的全部发展战略,乃是诸葛亮在《隆中对》中所规划的:

首先争取跨有荆、益，然后西和诸戎，南抚夷越，外结孙权，内修政理，待时机成熟，再两路北伐，以成霸业。如果说，夺取荆州的最大功臣是诸葛亮的话，那么，夺取益州的最大功臣则是庞统。

《三国志·蜀书·庞统传》及裴注写得很清楚：建安十四年（209），刘备自领荆州牧。建安十五年（210），庞统归刘备，不久便深受器重，与诸葛亮并为军师中郎将。建安十六年（211），益州牧刘璋遣法正迎刘备入蜀，欲使其攻汉中张鲁。这本是送上门来的良机，刘备却因恐有损其"信义"名声而一度有所顾虑。正是庞统力劝其借机夺取益州，并剖析利害道："今日不取，终为人利耳。"一席话点醒了刘备，促使他立即下定决心，亲自率兵入蜀。这是刘蜀集团的一大战略步骤，也是刘蜀大军前所未有的一次分兵。两位军师，诸葛亮留镇荆州，庞统则辅佐刘备入蜀。当刘备与刘璋初会于涪城时，庞统主张就此擒获刘璋，不战而定益州；刘备因"初入他国，恩信未著"而未予采纳。次年，即建安十七年（212），庞统又进献取蜀三策："阴选精兵，昼夜兼道，径袭成都……一举便定，此上计也。杨怀、高沛，璋之名将，各仗强兵，据守关头……将军因此执之，进取其兵，乃向成都，此中计也。退还白帝，连引荆州，徐还图之，此下计也。"刘备取其中策，诈称欲还荆州，擒斩刘璋大将杨怀、高沛，从而正式开始了夺取益州之役。我在拙著《三国演义》评点本第六十三回总评中写道："历史上的庞统在夺取益州的过程中，作为刘备的主要助手，协助指挥全军，取白水，袭涪城，夺绵竹，节节胜利，进围雒城，发挥了关键性的作用。直到建安十九年（214），他在率兵攻城时不幸中流矢身亡，年仅三十六岁。此后不久，刘备便夺得雒城，进逼成都。而诸葛亮则是在这年初统兵入蜀，与张飞、赵云等'分定郡县'，然后'与先主共围成都'。罗贯中为了突出诸葛亮的作用，在《三国志平话》的基础上，虚构了庞统在'落凤坡'遭到埋伏，被乱箭射死的情节，有意将庞统之死提前，以便诸葛亮尽早入蜀。这样，庞统所起的关键作用被降低，诸葛亮则被写成了夺取益州的主要指挥者。这对庞统来说不够公平。"①刘备夺取益州，顺利实现了"跨有荆益"的第一步战略目标；

---

① 沈伯俊：《三国演义》评点本，山西古籍出版社1995年版，下册第729页。

后又以益州为根据地，夺取汉中，达到其一生事业的顶峰，庞统对此功莫大焉。而庞统的不幸牺牲，则使刘备失去一臂，是刘蜀集团的巨大损失。如果庞统不早死，诸葛亮要么可以晚几年入蜀，要么可在刘备定蜀后与庞统互相置换（诸葛亮到成都辅佐刘备，庞统则去镇守荆州）；果真如此的话，荆州或许不会失守，三分天下的格局可能会大不一样。尽管史实已无法改变，但英才早逝却不能不令人扼腕长叹！

关于庞统死后的葬地，《三国志·蜀书·庞统传》未作明确记载。这在《三国志》中是非常普遍的现象（夏侯惇、夏侯渊、曹仁、荀彧、荀攸、贾诩、郭嘉、张辽、马超、黄忠、赵云、法正、张昭、顾雍、周瑜、鲁肃等重要人物的葬地，《三国志》均未明确记载）。而唐代以后，历代均有文献记载庞统墓在罗江县鹿头山上，南宋大诗人陆游便作有《鹿头山过庞士元墓》一诗："士元死千载，凄恻过遗祠。海内常难合，天心岂易知。英雄千古恨，父老岁时思。苍藓无情极，秋来满断碑。"明代曹学佺所撰《蜀中名胜记》卷九《罗江县》条，概括唐宋以来的记载云："《寰宇记》：'白马关，在罗江西南十里……'《志》云：'山上平坦，有小径，仅容车马，三国时营垒也。其下名落凤坡。'按凤雏先生庞士元，侍昭烈至此，卒于流矢下，其葬在鹿头关桃花溪东岸。"这是可信的。我曾经指出："其故乡襄阳距离遥远，且为曹操地盘，还葬原籍是不可能的。……由于这里（鹿头山）地势高阜，背景开阔，距雒城亦不过数十公里，痛失良佐的刘备将庞统葬于此处是很有可能的。"[1]正如《三国志》未记关羽葬地，却并不影响洛阳关林和当阳关陵的真实性，《三国志》未记张飞葬地，却并不影响阆中张飞墓的真实性一样。

庞统是刘备夺取益州的最大功臣，庞统墓则是这一战役的一座丰碑。它与刘备入蜀后与刘璋欢聚饮宴的富乐山（在今四川绵阳市）、曾经驻扎的葭萌关（在今四川广元市）一起，成为蜀汉在今四川境内最早的一批遗迹。而论保存之完整，在广大民众中知名度之高，庞统墓在其中无疑居于首位。从宋代起，墓前修建了靖侯祠（庞统谥靖侯，故名，俗称庞

---

① 参见拙作《细雨靖侯墓》，原载 1992 年 7 月 25 日《四川政协报》，收入拙著《三国漫话》（四川人民出版社 2000 年 9 月第 1 版）。

统祠），历代又多次修葺扩建。千百年来，祠墓相伴，翠柏青青，成为蜀中一方名胜。

二、鹿头山与蜀汉之亡

鹿头山在今罗江县城西，其西麓直抵绵远河（古称绵江），与绵竹故城（今罗江县白马关镇与德阳市旌阳区黄许镇之间的袁家镇宏恩村、双江村）隔水相望。成都平原至此与北部山地丘陵相接，使鹿头山成为西蜀北面最后一道天然屏障。这里地处冲要，俯瞰四周，视野开阔，实为屯兵之要地。《读史方舆纪要》评曰："自山以西，道皆坦平，西川恒以此为巨防。"刘备取蜀之役，以涪城为大本营，而以鹿头山为指挥中心。庞统中流箭死后，刘备将其葬于此处，不仅符合古人讲究风水、重视环境的风俗，而且与鹿头山在当时的战略地位有关。

魏景元四年（蜀景耀六年，公元 263 年），司马昭命征西将军邓艾、镇西将军钟会、雍州刺史诸葛绪等五道伐蜀（其中钟会大军由斜谷、骆谷、子午谷三路进攻汉中，故与邓艾、诸葛绪合称"五道"）。此时，驻守沓中的蜀汉大将军姜维上表后主，建议"宜并遣张翼、廖化督诸军分护阳安关口、阴平桥头以防未然"。然而，操纵朝政的宦官黄皓却"征信鬼巫，谓敌终不自致，启后主寝其事，而群臣不知"。①致使丧失了大好战机。钟会攻取汉中后，姜维会合廖化、张翼、董厥，退保剑阁。"冬十月，（邓）艾自阴平道行无人之地七百余里，凿山通道，造作桥阁。山高谷深，至为艰险。……将士皆攀木缘崖，鱼贯而进。先登至江由，蜀守将马邈降。"②蜀汉朝廷闻讯大惊，急遣行都护、卫将军诸葛瞻率兵抵御。"瞻督诸军至涪停住，前锋破，退还，住绵竹。"③这里所说的"绵竹"，不是指位于平原地区的绵竹县城，而是指与县城隔水相望，隶属于绵竹县的绵竹关（鹿头山）。这里不仅控扼川陕古道，为魏军前进所必经，而且地势雄峻，易守难攻，实为抵御邓艾的最佳阵地。任乃强先生《华阳

① 《三国志·蜀书·姜维传》。
② 《三国志·魏书·邓艾传》。
③ 《三国志·蜀书·诸葛亮传》附《诸葛瞻传》。

国志校补图注·刘后主志》注云："（诸葛瞻）住绵竹，为守鹿头关。上引《钟会传》所谓'蜀军保险拒守，（邓）艾遂至绵竹'者是也。涪距剑阁二百里，仅隔梓潼一县，两军易于并力。而瞻退绵竹者，盖与（姜）维、（张）翼、（董）厥、（廖）化等商为保据险阻困敌于平之计。翼、化等盖亦已分军出马鸣阁与江油等处截击田章，断艾后援。上引《钟会传》云'破蜀伏兵三校'可证。"又云："绵竹之战，（邓）艾军死中求生，存亡所系。《艾传》云：'（诸葛）瞻自涪还绵竹，列阵待艾。艾遣子惠唐亭侯忠等出其右，司马司纂等出其左。忠、纂战不利，并退还，曰："贼未可击。"'……盖瞻等凭山险为阵，故忠与纂言未可击也。"①这一判断是正确的。今庞统祠西北 300 米处的山上有一座高 10 米、宽 10 米、长 30 余米的平台，《罗江县志》称为"诸葛将台"，应该就是当年诸葛瞻扼守鹿头山的指挥部所在。可惜诸葛瞻将略不足，不善用兵，本应凭险固守，等待姜维大军回援，以便前后夹攻孤军深入的邓艾，却气盛易怒，死拼硬打，"遂战，大败，临阵死，时年三十七。众皆离散……瞻长子尚，与瞻俱没。"②诸葛瞻以死报国的赤胆忠心固然令人崇敬，但其一误再误、迅速败亡的结局却实在令人惋惜！

　　诸葛瞻败亡后，邓艾大军直逼雒城（今四川广汉）。蜀汉已无险可守，后主及其亲信更是斗志全无，于是仓促采纳谯周之策，遣使请降。至此，姜维等人已无法再战，只得诈降钟会，欲伺机复国，惜乎失败被杀。可以说，鹿头山是蜀汉政权的最后屏障，鹿头山之战是蜀汉政权的最后一战，鹿头山的失守也就标志着蜀汉的最后灭亡。

三、古驿道与兴废之理

　　鹿头山上，庞统墓侧，有一段数百米长的古驿道，人称"白马关古驿道"。

　　需要说明的是，唐代于鹿头山设置关戍，重兵屯守。五代时，移鹿头关戍于绵江（今绵远河）西岸，另置白马关于鹿头山。因此，今天人

---

① 任乃强：《华阳国志校补图注》，上海古籍出版社 1987 年版，第 426 页。
②《三国志·蜀书·诸葛亮传》附《诸葛瞻传》。

们熟知的白马关，就是原先的鹿头关。

　　这段古驿道，即陇、蜀之间的古道之一小部分。刘备取蜀，由这里直逼成都。魏蜀吴鼎峙时期，诸葛亮几度北伐，姜维屡次攻魏，大军征调，粮草运输，都要经过这里。遥想当年，这里不知有多少旌旗飘舞，战马嘶鸣，有多少民伕挥汗，车轮咿呀。鹿头山之战时，这里是魏、蜀两军拼死争夺的要冲，不知曾洒下多少斑斑血迹。诸葛瞻败亡后，这里又是邓艾大军、钟会大军耀武扬威地涌向成都的通道，又不知留下了多少战胜者得意的吼叫和狂乱的足迹。一句话，蜀汉的兴衰存亡，都在这条古驿道上留下了难以磨灭的印记。三国以后，这里仍是南北交通的必经之路：历代的贡赋要从这里运往京城，士子出外游学，官员上任离任，商品往返流通，也都要经过这里。一千八百年来，这条驿道屡经修整，长期承担着繁重的使命，至今青石板上，仍是车痕宛然。在今川陕路上，许多地方都保留着古蜀道的遗迹，其中绵阳至梓潼的石牛埧、梓潼至剑阁的"翠云廊"等还相当有名。而白马关古驿道，可以说是四川境内保存得最为完整的一段古蜀道。

　　千百年来，人们走过这段古驿道，总是情不自禁地涌起思古之幽情，总会想起蜀汉的历史——前期国运昌盛，将士们出征时的英风豪情；末年国势衰败，将士们捐躯时的慷慨悲歌。是的，三国英雄们向往统一的政治理想，勇往直前的忠义气节，永远值得后人尊崇。但是，站在古驿道上，我们应该想到的又不仅仅是对蜀汉灭亡的惋惜和对蜀汉英雄的同情，还应该进一步认真思考蜀汉亡国的深层原因。我在《三国演义》评点本第一百十八回总评中曾指出：蜀汉之亡"是不可避免的结局。蜀汉灭亡时，总共只有二十八万户，九十四万人（按：此系蜀汉朝廷控制的人口数，不包括逃亡隐匿的人口）；如此少的人口，却要供养十万二千军队、四万官吏，加上连年战争，百姓的负担该是多么沉重！仅就这一点而言，蜀汉政权已经无法维持；即使后主决定拼死一战，也不可能支撑多久。"①在《大江东去，遗韵无穷——〈三分归晋〉赏析》一文中，我又

---

① 沈伯俊：《三国演义》评点本，山西古籍出版社 1995 年版，下册第 1393 页。

指出："在三国之中，蜀汉本来就疆域最小，实力最弱。到了蜀汉末年，后主刘禅昏庸无能，沉溺酒色；宦官黄皓专权乱政，结党营私。朝政腐败，百姓疲惫，以致'入其朝，不闻直言；经其野，民有菜色'。国势如此衰微，姜维还只凭一厢情愿，年年出兵，徒耗民力。这样，蜀汉最先灭亡也就毫不奇怪了。"①正因为如此，邓艾攻蜀之时，蜀汉民力已经衰竭，人心已经涣散，军队的战斗力也已大大削弱。尽管姜维、诸葛瞻等人忠心耿耿，仍不可能长久维持国运；一旦战败，后主便只能选择投降了。因此，蜀汉的灭亡，根本原因还在于失去了立国之本——广大人民的坚决支持。得民心者得天下，失民心者失江山。——这一点，乃是我们徜徉于古驿道上时，最应记取的、千古不易的兴废之理。

总之，从庞统墓到鹿头山，再到古驿道，罗江的山山水水见证了蜀汉政权的兴亡，值得后人久久回味、深深思索，从中发掘出有益于提升人的精神境界，有益于当今"三个文明"建设的文化价值。

（原载《中华文化论坛》2004 年第 3 期）

---

① 见沈伯俊：《三国漫话》，四川人民出版社 2000 年版第 276 页。

努力打造川陕三国文化旅游精品线

　　金秋时节，由四川省旅游局、陕西省旅游局联合主办，广元市政府承办的"首届蜀道三国旅游文化节暨2007川陕旅游区域协作第四届年会"在川北明珠广元市举行。作为长期从事三国文化研究的学者，我对此表示热烈的祝贺！衷心祝愿本届文化节暨有关研讨活动取得圆满成功！

　　早在1992年11月，在四川举行的第三届三国旅游协作区年会上，我就提交了一篇《〈三国演义〉研究概况》，并就"三国文化之旅"的名称、内涵及其开展谈了一些想法。此后不久，我将自己的想法略加整理，在1993年2月14日的《文汇报》上发表了《谈"三国文化之旅"》一文。十五年来，《三国演义》和三国文化研究有了长足发展，引起了国内外学术界的广泛重视。与此同时，三国文化之旅也正在打开局面。我自己在继续深化《三国演义》和三国文化研究的同时，一直关注着三国文化之旅的情况。1997年11月，在第六届三国旅游协作区年会上，我曾应邀作专题报告，《四川日报》予以刊载；2001年9月6日，我又在《人民日报》海外版发表《开发"三国文化之旅"之我见》一文。这里结合几年来的若干感受，再谈几点看法。

一、"三国文化旅游"概念简析

1."三国文化"的概念

　　近十余年来，人们已经习惯了"三国文化"的概念，但在实际把握上还存在着歧义。概括而言，对"三国文化"的理解和诠释，可以分为三个层次：第一个层次是历史学的"三国文化"观（或曰狭义的"三国文化"观），认为"三国文化"就是历史上的三国时期的精神文化。第二个层次是历史文化学的"三国文化"观（或曰扩展义的"三国文化"观），认为"三国文化"就是历史上的三国时期的物质文明与精神文明的总和，包括政治、军事、经济、文化等领域。第三个层次是大文化的"三国文化"观（或曰广义的"三国文化"观），认为"三国文化"并不仅仅指"三国时期的文化"，而是指以三国时期的历史文化为源，以三国故事和三国精神的传播演变为流，以《三国演义》及其诸多衍生现象为重要内容的综合性文化。比之前面两个层次的"三国文化"观，广义的"三国文化"观具有更大的涵盖性和更广的适应性，更便于认知和解释很多复杂的精神文化现象。——当然，三个层次的"三国文化"

观，都有充分的理由自立，而且都有足够的内容可供研究。它们并非对立的概念，而是如同

一组同心圆，围绕着三国时期的文化的基本内核，层递扩大其范畴，共同承担着阐说和研究三国文化的任务。显然，在讨论"三国文化旅游"的时候，我们应当使用广义的"三国文化"观。

三国文化的广义性，突出地表现在三国遗迹上。现存的众多三国遗迹，大体上可以分为四种类型。第一类，少量由三国时期遗留至今的古迹，如成都刘备墓、陕西勉县武侯墓、河南许昌曹魏故城遗址、受禅台、毓秀台、南京石头城遗址等。第二类，虽然源于三国历史，或与史实大致相符，却多少渗入了《三国演义》、三国戏和民间三国传说的内容。比如：成都武侯祠算得上是全国最有名的三国遗迹，但它并非三国时期的遗存，而是始建于公元四世纪的成汉时期的纪念性祠庙，只能说是源于三国历史，以后历代又迭经兴革补充；祠中人物固然基本上是三国时期实有的人物，但若干人物的造型，如关羽的面如重枣、庞统的面黑而丑，以及关羽的青龙偃月刀、张飞的丈八蛇矛之类，却明显受到《三国演义》和传统三国戏的影响。河南许昌的春秋楼、灞陵桥，都是史有所据，又带有后人的想象和虚构。湖北蒲圻赤壁是三国时期实有的，但现存遗迹中的望江亭、拜风台、凤雏庵等景点，则显然受到《三国演义》的影响。同样，大量的三国人物祠墓，其形制、布局、题咏等，也在不同程度上留下了《三国演义》的烙印。这类遗迹，在全部三国遗迹中占了很大比重。第三类，虽有一点三国历史的由头，却因《三国演义》和民间三国

传说的影响而与史实大相径庭，甚至面目全非。例如四川广元的"鲍三娘墓"，经考古鉴定，确系东汉晚期墓葬，但鲍三娘却是民间三国传说虚构的人物，这种"张冠李戴"的现象，很有代表性。第四类，出自对三国史实的附会，或者纯系《三国演义》和民间三国传说的产物。如江苏镇江的甘露寺始建于唐代，却因《三国演义》中"甘露寺相亲"故事的影响而被视为有名的"三国遗迹"。周仓本系《三国演义》虚构的人物，湖北却有周仓墓。关索本是民间传说中的关羽之子，贵州却有"关索岭"。这类遗迹，为数颇多。由此可见，我们今天所说的"三国遗迹"，大部分并非严格意义上的"三国时期的遗迹"，而是在漫长的历史过程中逐步形成的"与三国有关的名胜古迹"。尽管它们不能与三国历史画等号，但却寄托了历代人民对三国史事和三国人物的追慕和缅怀，表现了人们的爱憎、理想和愿望；它们的形成演变本身，也已成为历史，从一个侧面反映了我们民族心灵变迁的历程。因此，只有从大文化的广阔视野进行观照，才能正确地认识和介绍三国遗迹。

2. "三国文化旅游"的概念

对于以三国遗迹和相关景点为考察对象和活动场景的旅游活动，历来有不同的命名。国内旅游部门曾经称之为"三国旅游"或"三国寻踪"，日本、韩国旅游者常常称之为"三国志之旅"。笔者认为，称之为"三国文化旅游"比较恰当。首先，旅游决不只是泛泛的游山玩水，决不只是简单的"吃、往、行、游、购、娱"，而是一种开心智、怡性情、长知识、广见闻的综合性活动，带有很强的文化色彩。三国遗迹将历史与现实连在一起，旅游于兹，更是具有丰富的文化内涵。只有对三国文化有所了解或渴望了解的人，才会在武侯祠里肃然起敬，在定军山下浮想联翩，在剑门关和明月峡古栈道上留连忘返，才会得到乐趣和教益。其次，"三国旅游"或"三国寻踪"的名称不够确切；"三国志之旅"中的"三国志"，在我国明清时期和今天的日本、韩国，往往指小说《三国演义》，因此，这一命名也不确切。而以"三国文化旅游"来命名这一专项旅游，不仅涵盖的内容比较全面，也能为国内外的游客所接受。

"三国文化旅游"，实际上是三国文化与旅游结合的产物，三国文化是这一专项旅游的特色所在。

二、川陕三国文化旅游资源概况

（一）四川三国文化旅游资源概况

四川是全国三国文化旅游资源最丰富、知名度最高、开发价值最大的地区。全省三国文化旅游资源的分布情况大致如下。

（1）成都地区。主要三国遗迹有成都武侯祠暨刘备墓（惠陵）、万里桥、九里堤、弥牟八阵图遗迹、大邑子龙庙、赵云墓、新都马超墓、蒲江严颜殿等。闻名中外的都江堰也与三国文化密切相关。

（2）德阳地区。主要三国遗迹有广汉雒城遗址、张任墓、罗江庞统祠墓、绵竹双忠祠等。

（3）绵阳地区。主要三国遗迹有富乐山、富乐堂、西山蒋琬祠墓、梓潼七曲山大庙、卧龙山、李严故居等。

（4）广元地区。主要三国遗迹有翠云廊（梓潼—剑阁）、剑门关、姜维衣冠冢、邓艾墓、葭萌关、费祎墓、鲍三娘墓、摩天岭、朝天关、明月峡古栈道等。

（5）南充地区。主要三国遗迹有陈寿万卷楼、王平墓、谯周墓、阆中张飞墓、桓侯祠、严颜寺等。

（6）其他地区。主要三国遗迹有攀西地区的诸葛亮五月渡泸处、泸州武侯祠、资中武庙、自贡桓侯宫、芦山县姜庆楼等。

（二）陕西三国文化旅游资源概况

陕西也是全国的旅游资源大省，秦、汉、唐三代名胜古迹尤为丰富，享誉海内外。其中，三国文化旅游资源也是一个重要的组成部分。

陕西的三国文化旅游资源，以古川陕道为经线，以汉中地区为重心，分布情况大致如下。

（1）汉中地区：主要三国遗迹有汉中市区的马岱斩魏延处、魏延墓、勉县境内的古阳平关、刘备称汉中王设坛处、武侯墓、武侯祠、武侯读书台、制木牛流马处、定军山、勉县马超墓等。

（2）宝鸡地区：主要三国遗迹有岐山五丈原、五丈原诸葛亮庙、葫芦谷、陈仓古城等。

（3）其他地区：主要三国遗迹有蓝田县的蔡文姬墓、旬阳县的孟达墓等。

（三）川陕三国文化旅游资源综合评价

总的说来，川陕三国文化旅游资源十分丰富，开发价值很高。其长处是：① 资源品位较高，文化内涵鲜明，是国内外普遍认可的三国文化中心地区；② 大部分重要景点沿交通干线分布，具有较强的现实开发价值，便于组成旅游线路，组织客源；③ 经过多年的建设、开发和宣传，部分景点已经在国内外享有盛誉，并已初步形成一个中心旅游区，一条黄金旅游线。

综观川陕三国文化旅游资源，比较突出的主要有以下几种类型。

（1）一个中心区：以成都的西南交通枢纽和经济文化中心地位为依托，以成都武侯祠为龙头，组合万里桥、九里堤、弥牟八阵图遗迹、都江堰等著名景点，构成四川三国文化旅游最具影响力、来去最方便、游客最多、因而效益最好的中心区域。

（2）一条黄金线：以成都、西安为起始点，沿川陕公路展开，沿途主要地区有：成都—罗江—绵阳—梓潼—剑阁—广元—勉县—汉中—西安。

（3）一条环游线：以四川的成南、成绵广两条高速公路为依托，串连成都、南充、广元、绵阳、德阳五大中心城市，网罗众多景点，足以构建一条三国文化旅游环线。沿途主要地区有：成都—南充—阆中—广元—剑阁—梓潼—绵阳—罗江—成都。

（4）多个闪光点。成都武侯祠、罗江庞统祠墓、绵阳富乐山、梓潼七曲山大庙、剑门关、明月峡古栈道、南充陈寿万卷楼、阆中张飞墓、勉县武侯墓、武侯祠等，堪称三国文化旅游资源中的闪光点，每一处均可单独组织客源，开展旅游文化活动。如能适当组合串连，将会产生更好的综合效益。

应该看到，在川陕三国文化旅游资源的保护和开发中，也存在一些短处：① 具有全国性、国际性知名度的景点不够多，资源整合度不够高；

②少数遗迹景点，至今尚未得到当地领导部门和主管单位应有的重视，保护不力，更未进行有效的建设开发；③部分遗迹景点的建设开发，没有经过严格的研究论证，轻率上马，保护意识不强，文化内涵不足，商业色彩过重，有的甚至造成"建设性破坏"。

尤其值得注意的是，尽管经过多年努力，我们已有的黄金旅游线迄今仍处于"温热"状态。我认为，主要原因有以下三点。

（1）观念片面、偏颇。时至今日，大概没有哪个地区不重视旅游发展；但在观念上，仍有片面、偏颇之处。比如：就整个剑门蜀道风景区的人文旅游而言，三国文化旅游理应居于中心地位，有的地区就认识不足；有的地方在突出本地特色资源时（如梓潼的文昌文化），与三国文化资源的结合不够。又如：如何在两省旅游的大格局中考虑三国文化旅游的发展，也有若干认识问题需要解决。再如：作为最大客源的国内游客，主要是城市群体。在紧张、快节奏的工作和喧嚣的城市生活之余，旅游对于他们而言，主要是心情的放松和环境的调节。因此，"回归自然"成为最有针对性、最具吸引力的旅游口号（这也是世界各国的普遍现象）。相比之下，属于人文旅游的"三国文化之旅"，其竞争力不能不稍逊一筹。为此，我主张在顺应"回归自然"趋势的同时，响亮地提出"拥抱人文"的口号，使包括三国文化旅游在内的人文旅游在人们心中占有更加重要的地位。

（2）交通条件有待进一步改善。在这方面。陕西汉中地区过去受到的制约相当明显。

（3）两省合作意愿明确而强烈，但如何保障一条完整的、常年畅通的三国文化旅游线，尚未达到令人满意的效果，切实有力的配套措施尚待加强。比如，如何发挥好成都、西安这两大经济文化枢纽的龙头作用，特别是相互呼应作用，便很值得研究。

这些，正是两省同仁需要通过共同的、持续的努力加以解决的。

三、打造川陕三国文化旅游精品线的几点建议

川陕两省，山水相连，声息相通，自古以来关系就特别密切。两省

携手打造三国文化旅游精品线，可以说是兼具天时、地利、人和，完全可以做得有声有色。

为了打造好川陕三国文化旅游精品线，这里提出几点建议。

（一）树立"大天府，大旅游"的观念

（1）先秦至汉初，关中地区号称"天府"；汉代特别是三国以后，"天府"几乎专指四川省。历史的变迁提示我们：川陕两省有着极其深刻而广泛的血脉相通、文明互融关系。在西部大开发的时代背景下，在两省联合共同发展的新阶段，至少在旅游方面，我们完全可以响亮地提出"大天府"的概念。这样，可以大大增强两省同仁互助互利的自觉性，增强长期合作的历史意识。

（2）这里说的"大旅游"，主要有这样几层意思。① 至少就三国文化旅游而言，川陕应该形成一个整体。② 旅游不仅是旅游部门的事业，而且是相关各个部门共同的事业，应该发挥多种力量的合力。③ 三国文化旅游当然要突出三国，但又不应止于三国，应该与本地区其他的人文旅游、自然风光旅游有机整合。拿陕西省来说，如果只讲突出三国，不仅显得单一，而且远远不能发挥其丰富旅游资源的综合效应。是否可以考虑把海内外旅客深感兴趣的"兵马俑之旅""唐诗之旅"等专项旅游与三国文化之旅适当地结合起来呢？在四川方面，也可考虑把三国文化之旅与"李白故里行""文昌文化探访"相结合。这样，广大游客，特别是海外游客，既可由成都入境，西安出境，也可由西安入境，成都出境，真正做到来去方便，选择多样，旅游效益最大化。

只有树立"大天府，大旅游"的观念，才能更好地实现两省资源共享，客源共享，效益共享，才能使川陕三国文化旅游精品线长盛不衰。

（二）以研究为先导，加强规划

应当充分听取专家学者的意见，全面分析各地的旅游资源，突出特点，发挥优势，逐步发展；既要有地方特色，又要有全局观念。切忌坐井观天，兴之所至，一哄而上。这些年来，既有在专家意见基础上认真规划取得巨大效益的成功经验，如成都的"锦里一条街"、绵阳的富乐山

风景区；也有研究不足，规划不精，影响不大，难以为继的诸多现象；更有心胸狭隘，自以为是，轻率上马，浪费大量人力物力的失败教训。对此，需要好好总结。

在规划中，有一个问题值得重视：重要景区的设置，既要力求有史实的依据，又要与广大民众的文化心理相通。只有这样，才能使它被广大游客所接受。

（三）在景点的维护、建设上，处理好史与文、实与虚的关系

在"三国文化之旅"中，史与文既密不可分，又时常发生碰撞。要在"心中有数"的前提下，融通文史，兼容并包，使历史、文学、传说相映生辉，给中外游客提供正确、丰富而又生动的知识。例如，上面提到的鲍三娘墓，如果我们把墓的年代、性质弄清楚，对关索与鲍三娘的故事了然于心，处理好虚实关系，不仅能正确解答中外游客提出的问题，而且可以增加游客参观的兴趣。同样，对于众多不同时代形成的景点，也应处理好文物考古、文献考订、民间传说等因素的关系，既不以史实来简单否定传说，也不以传说来随意混淆史实，而应心中有数，把握分寸，从而增强旅游的文化内涵。

（四）形式多样，情趣丰富

应当把景点的参观与民俗文化、饮食文化、参与性娱乐等多种形式的活动结合起来。例如：在成都、绵阳观赏三国戏曲，在罗江参加庞统祠墓的纪念活动，在梓潼参加群众性的三国故事会，在剑门关品尝"姜维豆腐宴"，在勉县武侯祠举行诸葛亮祭拜仪式，在制木牛流马处参观甚至实际操作今人设计的不同样式的"木牛流马"，等等，都将使整个旅游兴味盎然。

（五）点线结合，配套成龙，走联合开发之路

单凭一个地方的资源和力量，影响是有限的；游客总是希望以较少的时间，看较多的地方。因此，必须打破封闭状态，联合发展，才能对中外游客产生强大的吸引力，获得较好的效益。

这里所说的"配套成龙"，既可以是相邻地区三国景点的连线式组合，也可以是三国景点与其他旅游项目的"拼盘式"组合。对此，上面谈"大旅游"时已经有所涉及。这里还想强调一点：本文第一部分在"川陕三国文化旅游资源综合评价"中提到的"一条环游线"，完全可以与成都—西安这条旅游干线紧密结合起来。

这里所说的"联合"，包括以下几点。

（1）旅游部门之间的联合。相对而言，这方面做得较好。

（2）旅游部门与交通部门的联合。旅游的发展极大地受制于交通，这是显而易见的。一个地区交通状况的改善，当然主要依靠各级政府对交通的投资。但在既定的条件下，旅游部门不能坐等交通的发展，若与交通部门加强配合，是可以把文章做活的。比如，成都与绵阳、广元、南充相距都不远，完全可以开辟成都—绵阳—广元或成都—南充的一日游、二日游活动。同样，西安与汉中、勉县之间，也可开辟二日游、三日游旅游专线。这将大大增加游客的数量。

（3）旅游界与学术界的联合。二十世纪八十年代以来，除了各地文博单位有所发展之外，还陆续成立了一批学术团体。如成都、勉县等地均有诸葛亮研究会；四川省及下辖的绵阳市、梓潼县等，已分别成立省、市、县级《三国演义》学会（广元市曾经成立《三国演义》学会，可惜未能坚持开展活动）。这些学术团体拥有一批国内外知名的专家，还有许多熟悉本地历史文化，具有较高水平的学者。旅游部门可与这些团体联合，就"三国文化之旅"的宣传、设计、组织等方面共同努力。在对外宣传和接待国外高规格团队时，还可聘请知名专家作顾问（日本、韩国在旅游中早已如此）。这对提高"三国文化之旅"的层次，扩大其影响是大有益处的。

（六）大力开发客源

在客源对象上，应当坚持国内外并重。在开发国内客源上，潜力极大，可作的事很多。比如，目前大学每年招生 500 万左右，全国在校大学生多达 2300 余万，他们是最活跃的旅游群体。如果与学校的学生工作部、团委、学生会加强联系和合作，完全可以组织相当数量的学生投入三国文化旅游。这项工作再扩大到本地或毗邻地区的中小学，那就更可观了。除此之外，上述的几个"联合"，广泛的宣传，多种形式的组织，面向工薪阶层的价位，等等，都是应当认真考虑的。

（七）培养一批素质较好的导游、解说人员

他们应该对三国文化比较熟悉，对本地的景点了如指掌，对相关的知识也有较多的涉猎，善于激发游客的观赏兴趣。其中一些优秀者，还可成为这一领域的小专家。他们将使整个旅游大为增色。

附记

这是笔者为 2007 年 9 月 27 日在四川广元举行的"首届蜀道三国文化论坛"提交的论文。现略加修订，送《中华文化论坛》发表，希望对打造川陕三国文化旅游精品线有所贡献。

（原载《中华文化论坛》2007 年第 4 期）

精心培育汉水流域三国文化带

　　研究汉水文化，建设汉江生态经济带，可以从多个角度着眼，从多个方面入手。从三国文化的角度进行观察和思考，无疑是一个非常重要的方面。

一、汉水流域是全国三国文化核心区之一

　　汉末三国时期，是一个天翻地覆、风云变幻的时代，是一个英雄辈出、灿若繁星的时代，是一个充满了变革创新、洋溢着阳刚之气的时代，又是一个永远令人激动、令人缅怀的时代。正是在这个时期，以襄阳为中心的汉水流域成为各个政治军事集团关注之地，并逐步成为三国文化的核心区之一。

　　襄阳（今湖北襄阳），东汉末属荆州南郡，原本只是荆州所辖 117 个县（包括侯国）之一，而荆州治所原在汉寿（今湖南汉寿）。汉献帝初平元年（190），刘表任荆州刺史。此时军阀混战已经开始，袁术占据荆州所属的南阳郡，苏代控制长沙郡，江南地方势力强盛，整个荆州陷于混乱状态。刘表单骑赴任，无法到达汉寿，只得暂驻宜城（治今湖北宜城南）。在中庐（治今湖北南漳东北）人蒯良、蒯越、襄阳人蔡瑁的大力支持和积极谋划下，刘表首先夺取襄阳，以此为荆州治所，迅速击灭各个地方势力，短短三年便平定诸郡，控制了整个荆州，"地方数千里，带甲十馀万"①，成为实力雄厚的一方诸侯。"表招诱有方，威怀兼洽，其奸猾宿贼更为效用，万里肃清，大小咸悦而服之。关西、兖、豫学士归者

――――――――――――

①《三国志·魏书·刘表传》，中华书局 1982 年版，第一册，211 页。参见同页裴注引司马彪《战略》。

盖有千数，表安慰赈赡，皆得资全。遂起立学校，博求儒术，綦母闿、宋忠等撰立《五经》章句，谓之《后定》。爱民养士，从容自保。"①此后十余年间，荆州成为战乱中的一块绿洲，襄阳成为各地贤才汇聚之地。正是在这样的历史背景下，流寓荆州的诸葛亮才能安然隐居于襄阳西郊的隆中，十年之间，积学明志，眼观天下，并虚心向襄阳人庞德公、颍川阳翟（今河南禹州）人司马徽等前辈高人请教，时时与博陵（治今河北蠡县南）人崔州平、颍川（治今河南禹州）人徐庶、石广元、汝南（治今河南平舆北）人孟公威等好友切磋，终于由一个好学少年成长为一代英才，遂使原本默默无闻的隆中成为天下士人向往之处。

（一）三分鼎立，规划于隆中

汉末天下大乱，群雄并起，竞争的结果，曹操、刘备、孙权脱颖而出，形成三分鼎立之势。其中一个关键的因素就是，三方都有一流的政治家，制定了适宜自己发展的正确的战略方针。而比较三方的战略大计，能够预见到天下三分者，唯有诸葛亮的《隆中对》。

曹操方面。初平三年（192），青州黄巾军攻杀兖州刺史刘岱，原为东郡太守的曹操击败黄巾，遂领兖州牧，成为据有一州的一方诸侯。此后，曹操击袁术，攻陶谦；又被吕布袭取兖州大部，经过几番恶战，直到兴平二年（195）才大败吕布，巩固了对兖州的控制。这时，曹操尚无明确的长远战略。建安元年（196），汉献帝由长安回到洛阳，但被董卓焚烧的洛阳已是一片残破，民众稀少，委输不至，献帝困顿不堪。在这关键时刻，曹操的首席谋士荀彧提出了奉迎献帝之策："建安元年，太祖击破黄巾。汉献帝自河东还洛阳。太祖议奉迎都许，或以山东未平，韩暹、杨奉新将天子到洛阳，北连张杨，未可卒制。或劝太祖曰：'昔晋文纳周襄王而诸侯景从，高祖东伐为义帝缟素而天下归心。自天子播越，将军首唱义兵，徒以山东扰乱，未能远赴关右，然犹分遣将帅，蒙险通使，虽御难于外，乃心无不在王室，是将军匡天下之素志也。今车驾旋轸，东京榛芜，义士有存本之思，百姓感旧而增哀。诚因此时，奉主上

---

① 《后汉书·刘表传》，中华书局 1965 年版，第九册，2421 页。

以从民望，大顺也；秉至公以服雄杰，大略也；扶弘义以致英俊，大德也。'"①这就是说，荀彧为曹操制定的战略是尊奉汉室，平定天下，以成匡扶大业。随着权势的巩固和强化，曹操的政治野心不断增强，追求的目标逐步演化为统一天下，取而代之，建立曹氏王朝。从荀彧到曹操，都没有、也不可能预见到天下三分。

　　孙权方面。建安五年（200），已经初步奠定江东基业的孙策因遭袭击，伤重而死，年仅十九岁（虚岁）的孙权继领江东，亟需明确自己的发展方略。这时，周瑜向孙权郑重推荐鲁肃，"权即见肃，与语，甚悦之。众宾罢退，肃亦辞出，乃独引肃还，合榻对饮。因密议曰：'今汉室倾危，四方云扰，孤承父兄馀业，思有桓文之功。君既惠顾，何以佐之？'肃对曰：'昔高帝区区欲尊事义帝而不获者，以项羽为害也。今之曹操，犹昔项羽，将军何由得为桓文乎？肃窃料之，汉室不可复兴，曹操不可卒除。为将军计，惟有鼎足江东，以观天下之衅。规模如此，亦自无嫌。何者？北方诚多务也。因其多务，剿除黄祖，进伐刘表，竟长江所极，据而有之，然后建号帝王，以图天下，此高帝之业也。'"②鲁肃此议，学界今称"江东对"。他洞见"汉室不可复兴，曹操不可卒除"的大势，可谓目光如炬；他提出的"竟长江所极，据而有之，然后建号帝王，以图天下"的"两步走"战略，为孙权规划了明确的建国之路。不过，鲁肃没有注意到当时尚在依附刘表的刘备的潜在力量，也没有预见到天下三分。

　　刘备方面。建安六年（201），一度依附袁绍的刘备被曹操击败，投奔荆州牧刘表，屯驻新野（今属河南）。在寄人篱下的几年间，刘备对自己的政治生涯进行了认真的反思，并接受"水镜先生"司马徽的批评，把人才置于战略的高度，努力求贤。建安十二年（207），徐庶向刘备力荐诸葛亮。"由是先主遂诣亮，凡三往，乃见。……亮答曰：'……今（曹）操已拥百万之众，挟天子而令诸侯，此诚不可与争锋。孙权据有江东，已历三世，国险而民附，贤能为之用，此可以为援而不可图也。荆州北据汉、沔，利尽南海，东连吴、会，西通巴、蜀，此用武之国，而其主

　　①《三国志·魏书·荀彧传》，中华书局1982年版，第二册，310页。
　　②《三国志·吴书·鲁肃传》，中华书局1982年版，第五册，1268页。

不能守，此殆天所以资将军，将军岂有意乎？益州险塞，沃野千里，天府之土，高祖因之以成帝业。刘璋闇弱，张鲁在北，民殷国富而不知存恤，智能之士思得明君。将军既帝室之胄，信义著于四海，总揽英雄，思贤如渴，若跨有荆、益，保其岩阻，西和诸戎，南抚夷越，外结好孙权，内修政理；天下有变，则命一上将将荆州之军以向宛、洛，将军身率益州之众出于秦川，百姓孰敢不箪食壶浆以迎将军者乎？诚如是，则霸业可成，汉室可兴矣。'"①这番对策，高屋建瓴，精辟分析了天下大势，强调了天时、地利、人谋这三大要素的关键作用，为刘备制定了联合孙权，共拒曹操的战略方针和"两步走"的建国方略，从而为三分鼎立规划了蓝图，其高瞻远瞩，千古罕见。

　　当然，诸葛亮的《隆中对》，比荀彧的奉迎献帝之策晚十一年，比鲁肃的"江东对"晚七年，自有形势演变日渐明晰，战略设计后出转精的有利条件；然而，能够把天下大势和各方力量看得如此透彻，准确预见到曹、刘、孙三分天下，仍是举世无双的远见卓识。因此，我们完全可以肯定，三分鼎立，规划于隆中。

（二）三国肇基，得力于夏口

　　千百年来，人们公认，发生于建安十三年（208）秋、冬之间的赤壁之战，奠定了三分鼎立的基础；在这场兵力悬殊的大战中，孙刘联军打败了不可一世的曹操大军，而东吴军队发挥了主力军的作用，吴军统帅周瑜则是夺取胜利的头号英雄。

　　但是，千万不要忘记，在这场奠定三分格局的战役中，孙刘联军的另一方——刘备军，也发挥了极为重要的作用。

　　（1）孙刘联盟，首倡于鲁肃。建安十三年七月，曹操亲率大军南征；八月，刘表卒，少子刘琮继位。在此关键时刻，鲁肃率先向孙权提出了联合刘备，共拒曹操的重大决策："肃进说曰：'夫荆楚与国邻接，水流顺北，外带江汉，内阻山陵，有金城之固，沃野万里，士民殷富，若据而有之，此帝王之资也。今（刘）表新亡，二子素不辑睦，军中诸将，

---

　　①《三国志·蜀书·诸葛亮传》，中华书局1982年版，第四册，912-913页。

各有彼此。加刘备天下枭雄，与（曹）操有隙，寄寓于表，表恶其能而不能用也。若备与彼协心，上下齐同，则宜抚安，与结盟好；如有离违，宜别图之，以济大事。肃请得奉命吊表二子，并慰劳其军中用事者，及说备使抚表众，同心一意，共治曹操，备必喜而从命。如其克谐，天下可定也。今不速往，恐为操所先。'权即遣肃行。……（刘）备惶遽奔走，欲南渡江。肃径迎之，到当阳长阪，与备会，宣腾权旨，及陈江东强固，劝备与权并力。备甚欢悦。时诸葛亮与备相随，肃谓亮曰：'我，子瑜友也。'即共定交。备遂到夏口，遣亮使权，肃亦反命。"①

　　孙刘联盟，促成于诸葛亮。鲁肃的联合抗曹倡议，正符合诸葛亮在《隆中对》中提出的联合孙权，共拒曹操的战略方针，也是危难之际的刘备必须实行的方针，因而诸葛亮完全赞同，积极促成。在刘备暂时摆脱曹操的追击，与时任江夏太守的刘琦一起到达夏口（今武汉市汉口）后，诸葛亮就及时提出出使江东，建立孙刘联盟的请求："先主至于夏口，亮曰：'事急矣，请奉命求救于孙将军。'时（孙）权拥军在柴桑，观望成败。亮说权曰：'海内大乱，将军起兵据有江东，刘豫州亦收众汉南，与曹操并争天下。今操芟夷大难，略已平矣，遂破荆州，威震四海。英雄无所用武，故豫州遁逃至此。将军量力而处之：若能以吴、越之众与中国抗衡，不如早与之绝；若不能当，何不案兵束甲，北面而事之！今将军外托服从之名，而内怀犹豫之计，事急而不断，祸至无日矣！'……权勃然曰：'吾不能举全吴之地，十万之众，受制于人。吾计决矣！非刘豫州莫可以当曹操者，然豫州新败之后，安能抗此难乎？'亮曰：'……今将军诚能命猛将统兵数万，与豫州协规同力，破操军必矣。操军破，必北还，如此则荆、吴之势强，鼎足之形成矣。成败之机，在於今日。'权大悦，即遣周瑜、程普、鲁肃等水军三万，随亮诣先主，并力拒曹公。"②

　　鲁肃出使，劝刘备、诸葛亮与孙权并力抗曹，双方磋商定计于夏口——汉水入长江处（古时汉水襄阳以下称夏水，故汉水入长江处称夏口，在今武汉汉口）；诸葛亮则由夏口出使江东，智激孙权，促使孙权下

---

　　①《三国志·吴书·鲁肃传》，前引书，1269 页。
　　②《三国志·蜀书·诸葛亮传》，前引书，915 页。

决心联刘抗曹。由此可见，位于汉水末端的夏口，乃是建立孙刘联盟的决策之地。

（2）孙刘联军，刘备方决非可有可无的配角。在赤壁之战中，孙刘联军共计 5 万人马，其中吴军 3 万，刘备军 2 万。就数量而言，刘备军相当于吴军的三分之二，决非可以忽略不计的配角。就质量而言，这 2 万军队，包括长阪兵败后"战士还者及关羽水军精甲万人，刘琦合江夏战士亦不下万人。"①可谓水陆兼备。其中，刘备直属的 1 万军队，是久经战阵，接受过严峻考验的精锐之师；刘琦所部江夏军，也屡经战阵，是刘表荆州军中战斗力最强的部分。二者汇聚于夏口，使夏口成为孙刘联军合力抗曹的重要基地。在赤壁之战中，曹军分布于江北乌林（今湖北洪湖东北）一带，东吴军屯兵于江南赤壁（今湖北赤壁市西北），双方隔江对峙；刘备则驻扎于乌林下游的夏口，与东吴军形成夹攻曹操之势。决战之时，东吴军发动火攻，正面进攻曹军；刘备军则攻打曹军侧翼和后方，并随时准备阻击可能来自扬州方向的曹操援军：双方紧密配合，这才赢得了赤壁之战的胜利。

（3）赤壁之战中，刘备军殊死鏖战，为取胜发挥了重要作用。

曹操将刘备视为赤壁之战的主要对手。《三国志·魏书·武帝纪》云："公至赤壁，与（刘）备战，不利。於是大疫，吏士多死者，乃引军还。备遂有荆州江南诸郡。"②裴注引《山阳公载记》曰："公船舰为备所烧，引军从华容道步归，遇泥泞，道不通，天又大风，悉使羸兵负草填之，骑乃得过。羸兵为人马所蹈藉，陷泥中，死者甚众。"③据此记载，曹操在赤壁大战中的主要对手是刘备；曹操因被火烧战船而战败，而发动火攻的，则是刘备方面。整个记载，完全不提东吴方面，根本看不到东吴方面的主导作用。尽管记载有阙，却表明曹操将刘备视为此役的主要对手，至少是不次于孙权方面的重要对手。

刘备身先士卒，亲临前线，力战建功。《三国志·蜀书·先主传》云："（孙）权遣周瑜、程普等水军数万，与先主并力，与曹公战于赤壁，大

---

① 《三国志·蜀书·诸葛亮传》，前引书，915 页。
② 《三国志·魏书·武帝纪》，中华书局 1982 年版，第一册，31 页。
③ 同上。

破之，焚其舟船。先主与吴军水陆并进，追到南郡，时又疾疫，北军多死，曹公引归。"①请注意，这里说的是东吴军"与先主并力，与曹公战于赤壁，大破之"。《三国志·蜀书·关羽传》亦云："孙权遣兵佐先主拒曹公，曹公引军退归。"②另据《三国志·吴书·鲁肃传》注引韦昭《吴书》记载，建安二十年（215），孙刘双方为争夺荆州而两军对垒，鲁肃邀关羽见面，欲讨还长沙、零陵、桂阳三郡。裴注引韦昭《吴书》云："（关）羽曰：'乌林之役，左将军身在行间（按：刘备当时官衔为"左将军，领豫州牧"），寝不脱介，戮力破敌，岂得徒劳，无一块壤，而足下来欲收地邪？'"③这些记载，都证明了48岁的刘备在此役中拼死决战的重要作用。

综上所述，三分鼎立基础之奠定，决战于赤壁，得力于夏口。汉水入长江处的夏口，地位至关重要。

（三）三国终结，策动于襄阳

魏元帝景元四年（蜀后主景耀六年，公元 263 年）五月，曹魏大举伐蜀；至十一月，刘禅投降邓艾，蜀汉亡。两年后，即魏元帝咸熙二年（265）八月，长期控制曹魏大权的司马昭卒，长子司马炎嗣为相国、晋王；十二月，司马炎逼魏主禅位，改元泰始，建立晋王朝，魏亡。至此，三国已亡其二，惟孙吴尚存，形成晋、吴对峙格局，三国时期进入收官阶段，晋王朝的首要任务，就是灭掉孙吴，重新统一全国。

西晋灭吴，固然是司马氏王朝的明确目标，但真正付诸实施，却经历了长达十几年的反复酝酿，多次争议，几度搁浅。在这反反复复的过程中，作为西晋都督荆州诸军事（按：孙吴亦置荆州）驻节之地的襄阳，成为促使晋武帝司马炎最终决心伐吴的主要策动力源头；先后镇守荆州的两任主帅羊祜、杜预，则是坚定不移的推手。

《晋书·羊祜传》记载道："（晋武）帝将有灭吴之志，以祜为都督荆州诸军事、假节，散骑常侍、卫将军如故""咸宁初，除征南大将军、开府仪同三司，得专辟召。初，祜以伐吴必藉上流之势。……会益州刺史

---

① 《三国志·蜀书·先主传》，中华书局 1982 年版，第四册，878 页。
② 《三国志·蜀书·关羽传》，中华书局 1982 年版，第四册，940 页。
③ 《三国志·吴书·鲁肃传》，前引书，1272 页。

王濬征为大司农，祜知其可任，濬又小字阿童，因表留濬监益州诸军事，加龙骧将军，密令修舟楫，为顺流之计。祜缮甲训卒，广为戒备。至是上疏曰：'……今若引梁益之兵水陆俱下，荆楚之众进临江陵，平南、豫州，直指夏口，徐、扬、青、兖并向秣陵，鼓旆以疑之，多方以误之，以一隅之吴，当天下之众，势分形散，所备皆急，巴汉奇兵出其空虚，一处倾坏，则上下震荡。……如此，军不逾时，克可必矣。'帝深纳之"。"会秦凉屡败，祜复表曰：'吴平则胡自定，但当速济大功耳。'"可惜朝中某些权臣却一再劝阻武帝灭吴的决心。咸宁四年（278），"祜寝疾，求入朝。……及侍坐，面陈伐吴之计。帝以其病，不宜常入，遣中书令张华问其筹策。祜曰：'今主上有禅代之美，而功德未著。吴人虐政已甚，可不战而克。混一六合，以兴文教，则主齐尧舜，臣同稷契，为百代之盛轨。如舍之，若孙皓不幸而没，吴人更立令主，虽百万之众，长江未可而越也，将为后患乎！'华深赞成其计。"道理说得如此明白，晋武帝却仍未当机立断，致使羊祜抱憾终身。这年十一月，羊祜病重，力荐也有灭吴之志的尚书杜预接替自己，寻卒，时年五十八。晋武帝极为痛惜，"素服哭之，甚哀"，下诏追赠侍中、太傅。"祜卒二岁而吴平，群臣上寿，帝执爵流涕曰：'此羊太傅之功也。'因以克定之功，策告祜庙。"传末评曰："泰始之际，人祇呈衅，羊公起平吴之策，其见天地之心焉。"①

《晋书·杜预传》记载道：杜预明于筹略，时任度支尚书，建树颇多，朝野称美。"时（晋武）帝密有灭吴之计，而朝议多违，唯预、羊祜、张华与帝意合。祜病，举预自代，因以本官假节行平东将军，领征南军司。及祜卒，拜镇南大将军、都督荆州诸军事""预处分既定，乃启请伐吴之期。帝报待明年方欲大举，预表陈至计曰：'……事为之制，务从完牢。若或有成，则开太平之基；不成，不过费损日月之间，何惜而不一试之！'……预旬月之中又上表曰：'……凡事当以利害相较，今此举十有八九利，其一二止于无功耳。……自秋已来，讨贼之形颇露。若今中止，孙皓怖而生计，或徙都武昌，更完修江南诸城，远其居人，城不可攻，

---

①《晋书·羊祜传》，中华书局1974年版，第四册，1014页，1017-1019页，1020-1021页，1023页，1033页。

野无所掠，积大船于夏口，则明年之计或无所及。'时帝与中书令张华围棋，而预表适至。华推枰敛手曰：'陛下圣明神武，朝野清晏，国富兵强，号令如一，吴主荒淫骄虐，诛杀贤能，当今讨之，可不劳而定。'帝乃许之。"①

可以说，荆州是西晋灭吴的战略重心，襄阳则是实现这一战略的主要推进器。对于三分归晋，重新统一，襄阳居功伟矣！

（四）三国文化，汉水为重

一千八百年来，三国史事、三国人物载诸史册，流播众口，被一代又一代的人们缅怀追忆，形成了绚丽多姿的三国文化，家喻户晓，长盛不衰。

这里有必要对"三国文化"的概念予以界定。我认为，对"三国文化"的理解和诠释，可以分为三个层次：第一个层次是历史学的"三国文化"观（或曰狭义的"三国文化"观），认为"三国文化"就是历史上的三国时期的精神文化。第二个层次是历史文化学的"三国文化"观（或曰扩展义的"三国文化"观），认为"三国文化"就是历史上的三国时期的物质文明与精神文明的总和，包括政治、军事、经济、文化等领域。第三个层次是大文化的"三国文化"观（或曰广义的"三国文化"观），认为"三国文化"并不仅仅指、并不等同于"三国时期的文化"，而是指以三国时期的历史文化为源，以三国故事和三国精神的传播演变为流，以《三国演义》及其诸多衍生现象为重要内容的综合性文化。比之前面两个层次的"三国文化"观，广义的"三国文化"观具有更大的涵盖性和更广的适应性，更便于认知和解释很多复杂的精神文化现象。——当然，三个层次的"三国文化"观，都有充分的理由自立，而且都有足够的内容可供研究。它们并非对立的概念，而是如同一组同心圆，围绕着三国时期的文化的基本内核，层递扩大其范畴，共同承担着阐说和研究三国文化的任务。而在实际运用中，人们使用得更多的，还是广义的"三

---

① 《晋书·杜预传》，中华书局 1974 年版，第四册，1028-1029 页。

国文化"观[1]。

在三国文化产生、发展、吸纳、衍生、传播的漫长历程中，逐步形成了几个公认的、具有全国影响的核心区。蜀汉故都成都是一个，曹魏兴盛之地许昌是一个，以襄阳为中心的汉水流域，无疑也是一个。

一、三国文化是汉水流域传统资源的优势文化

作为中华文明重要发源地之一，汉水流域历史悠久，文化资源丰厚。其中，三国文化最脍炙人口，传播最广，影响最深，堪称汉水流域传统文化资源中的优势文化。这突出表现在以下几个方面。

1. 星罗棋布的三国遗迹。湖北省是全国三国遗迹最多的省份，其中，汉水流域的三国遗迹占有相当大的比重。

对于"三国遗迹"的概念，这里也略加界定。人们通常所说的"三国遗迹"，大体上可以分为四类。第一类，少数由三国时期遗存至今的古迹，如许昌的曹魏故城遗址、南京的石头城遗址和成都的刘备惠陵等墓葬。第二类，虽然出自三国历史，或与三国史实大致相符，但或多或少渗入了《三国演义》和民间三国传说的内容。比如大名鼎鼎的隆中景区，虽然源于真实的三国历史，却早已不是诸葛亮当年隐居时的原貌，其中多数景点乃是后代逐步添加形成。第三类，虽有一点历史的因子，却因《三国演义》和民间三国传说的影响而与史实大相径庭，甚至面目全非。第四类，出自对史实的附会，或者纯系《三国演义》和民间三国传说的产物。由此可见，今天所说的"三国遗迹"，大部分并非严格意义上的"三国时期的遗迹"，而是在漫长的历史过程中逐步形成的"与三国有关的名胜古迹"。尽管它们不能与三国历史画等号，但却寄托了历代人民对三国史事和三国人物的追慕和缅怀，表现了人们的爱憎、理想和愿望；它们的形成演变本身，也已成为历史，从一个侧面反映了我们民族心灵变迁的历程，具有丰富的文化内涵和巨大的研究价值。[2]因此，人们通常所说的，实际上是大文化视野下的"三国遗迹"。

---

① 参见本书下卷前揭文《"三国文化"概念初探》。
② 参见本书前揭文《"三国文化"概念初探》。

用大文化视野进行观照，汉水流域的三国遗迹主要有：位于襄阳市区及近郊的隆中风景区、襄阳古城墙、仲宣楼（"建安七子"之首王粲登楼处）、马跃檀溪处、水淹七军故址、鹿门山（庞德公隐居处），位于南漳境内的水镜庄、徐庶庙，位于仙桃市的沔城武侯祠、孔明读书台等。其中隆中风景区更是享誉中外。

2. 丰富多彩的三国传说。汉水流域，以诸葛亮、刘关张为主角的传说故事数量颇多，情趣盎然。例如："诸葛亮从师""诸葛亮出师""拜师庞德公""诸葛亮招亲""诸葛亮娶媳妇""奇车迎亲""拜妻为师""孔明三试刘备""刘备破庙逢徐庶""马跃檀溪""三顾茅庐""刘备识马良""水淹七军""张飞三请诸葛""张飞与诸葛对哑对""张飞试孔明"，等等。这些传说故事，大多不同程度地受到《三国演义》的影响。在内容情节上，这些故事或者是对《三国演义》的补充和发展，或者是另起炉灶，大致沿着三个方向发展。其一，追本溯源，叙述《三国演义》没有写到的有关人物出场前的生平事迹，如"诸葛亮从师""诸葛亮出师""诸葛亮招亲"等。其二，下延时限，补充《三国演义》没有交待的人物的结局或事件。其三，旁枝斜出，讲述由《三国演义》人物性格派生出来的故事，如"张飞三请诸葛""张飞与诸葛对哑对"等。这类故事，在民间三国传说中占的比例最大。丰富多彩的三国传说，不断地延续和补充着三国文化。

3. 初具规模的研究成果。以襄阳为重心的汉水流域，历来重视三国文化的传播与研究。特别是二十世纪八十年代以来，湖北文理学院（原名襄樊大学、襄樊学院）多次组织三国文化研讨活动，其学报长期设置"三国文化研究"专栏；在多年努力的基础上，又成立了有专门编制、专项经费的三国历史文化研究所，成为湖北省普通高校人文社会科学重点研究基地。由三国历史文化研究所组织撰写的"三国历史文化研究丛书"，是多年来规模最大、内容最丰富的一套三国文化研究丛书。丛书由黄惠贤、余鹏飞主编，全套九册，包括《三国政治制度剖析》《三国儒家思想研究》《三国礼仪习俗研析》《三国经济发展探索》《三国科技成就探秘》《三国民族关系新析》等，2009—2011 年陆续问世，颇多创新之见，其中部分内容，堪称填补空白之作，在学术界产生了比较大的影响。除了湖北文理学院以外，襄阳市文化局、市社科联、市委党校等单位，也有一批三国文化研究的专家。他们的共同努力，使襄阳市成为全国三国文化研究的一支重要力量。

4．初见成效的三国旅游线。长期以来，湖北省十分重视三国文化旅游的发展。其中，汉水流域三国旅游线（以襄阳—武汉为主线），推出多年，已经初见成效。特别是隆中风景区，早已成为中外游客必到之地。

5．海内外瞩目的"诸葛亮文化节"。近年来，襄阳市政府连续举办"诸葛亮文化节"，把文化展示、学术研讨、经贸洽谈融为一体，并在活动方式上不断创新，成为襄阳市的一张亮丽的文化名片，在海内外产生了越来越大的影响。

上述种种，形成了底蕴深厚、古今相通、形式多样、群众基础广泛的优势文化，成为汉水流域最重要的文化资源。

二、培育汉水流域三国文化带的几点建议

湖北省委、省政府把汉江生态经济带开放开发纳入省级发展战略，这是一个重要的历史机遇。精心培育汉水流域三国文化带，可谓适逢其会。它将创造良好的文化生态，推进文化事业、文化产业的发展，有效地配合这一发展战略。

为了更好地培育汉水流域三国文化带，这里提出几点建议。

（一）立足襄阳，打造三国文化展示和传播基地

如上所述，襄阳在三国文化的展示、传播和研究诸方面已经具有比较雄厚的基础、比较显著的成就。不过，目前也面临着不容忽视的问题。

其一，三国文化展示和传播的渠道有待进一步拓宽，形式需要进一步创新，已有的渠道和形式则须持之以恒，以期长效。

其二，三国文化旅游线尚未真正成为旅游热线，有待继续推广，创新升级，使之产生更好的社会效益。

其三，与全国学术界相似，襄阳的三国文化研究队伍也面临世代交替的问题。原有的老专家，有的已经谢世，其余的正在逐步退出学术舞

台的中心，如何培养新一代学术骨干群体，已经刻不容缓。而像隆中风景区这样的著名景区，多年未能造就一支具有较高水平的研究力量，也亟需积极努力改变面貌。

（二）走出汉水，建设湖北三国文化圈

培育汉水流域三国文化带，不应囿于一隅，而要以更加开放的胸襟、更为广阔的视野，走出汉水，主动与兄弟市、地沟通合作，共同建设湖北三国文化圈，实现资源共享，客源共享，效益共享的良好格局。

（1）西联宜昌，南通荆州，东接武汉，直达赤壁，形成三国文化旅游环线。这样，广大游客，特别是海外游客，无论是由襄阳入境，还是由武汉入境，抑或由宜昌、荆州、赤壁入境，都可以轻松进入这条三国文化旅游环线，真正做到来去方便，选择多样，实现旅游效益最大化。

（2）信息互通，资源共享，人才联动，建设一支水平较高的研究队伍。湖北文理学院三国历史文化研究所，应该发扬自己的优良传统，既努力培养自己的研究骨干，又积极联合全国各地的专家学者，继续推出新的研究成果。襄阳市和汉水流域各地，都应大力造就一批又一批的三国文化研究人才。

（三）放眼未来，让三国文化传之后世，发扬光大

（1）精心设计，精心组织，开展多种形式的三国文化普及活动。已经开展多年的"诸葛亮文化节"，应该继续坚持，争取更好的效益。

（2）积极开展对外交流。

二十年前，我曾发表《"三国文化"概念初探》一文[①]，末尾写道：

三国文化决不仅仅是一种历史现象，直到今天，它仍然富有活力，仍然影响着我们的现实生活，流淌于我们的血脉之中。今天的电视连续剧《三国演义》、广播连续剧《三国演义》、三国文化之旅、三国故事新编，等等，不仅是三国文化的载体，而且是对三国文化的丰富和补充。人们对三国文化的种种诠释、研究和应用，同样也延续和发展着三国文

---

① 详见本书前揭文。

化。作为中华民族文化的有机组成部分，它将伴随我们走向未来，再创辉煌……

今天，当襄阳和整个汉水流域面临新的发展机遇的时候，当汉水流域三国文化的发展将要开启新阶段的时候，我愿以上面这段话相赠。

远望汉水，祝福襄阳。

2014 年 9—10 月

（原载《湖北文理学院学报》2014 年第 12 期；收入
《大河之魂——中国襄阳·汉水文化论坛论文集》，人民出版社 2015 年 12 月第 1 版）

蒲松龄的三国题材著述

清代杰出的作家蒲松龄，一生兴趣广泛，勤于著述，留下了大量的作品。这些作品，内容丰富，体裁多样，构成了一个琳琅满目的艺术世界。其中，三国人物和故事，也是他屡屡涉及的题材之一。

据盛伟先生编《蒲松龄全集》（学林出版社 1998 年版），笔者做了一个初步的统计，蒲翁今存的三国题材创作包括：小说 3 篇，诗两首，俚曲 1 套。在蒲翁多达数千篇（首）的著述中，这类作品只占一个很小的比例，以往的研究者多未注意。不过，对这类作品作一番探讨，对于了解明末清初三国文化的社会影响，对于全面把握蒲松龄的思想，还是颇有价值的。

一

蒲松龄的 3 篇三国题材小说是：《曹操冢》《甄后》和《桓侯》。

《曹操冢》篇幅很短，为方便读者，兹抄录如下：

许城外，有河水汹涌，近崖深黯。盛夏时，有人入浴，忽然若被刀斧，尸断浮出，后一人亦如之，转相惊怪。邑宰闻之，遣多人闸断上流，竭其水，见崖下有深洞，中置转轮，轮上排利刃如霜。去轮攻入，中有小碑，字皆汉篆。细视之，则曹孟德墓也。破棺散骨，所殉金宝尽取之。

异史氏曰："后贤诗云：'尽掘七十二疑冢，必有一冢葬君尸。'宁知竟在七十二冢之外乎？奸哉瞒也！然千余年而朽骨不保，变诈亦复何益？呜呼，瞒之智，正瞒之愚耳！"

关于历史上曹操的葬地，《三国志·魏书·武帝纪》明确记载道："（建安）二十五年春正月……庚子，王（按：曹操时为魏王）崩于洛阳……二月丁卯，葬高陵。"高陵在邺城之西，又称西陵。当其下葬时，曹植作有《武王诔》，其中写道："既次西陵，幽闺启路。群臣奉迎，我王安厝。"可为《武帝纪》佐证。应该说，当时并无"疑冢"之说。所以，后来司马光的《资治通鉴》也沿用了《武帝纪》的记载。但是，到了北宋时期，尽管官方对曹操的评价还是有褒有贬，但社会上却已形成比较普遍的"尊刘贬曹"心理，从苏轼那段经常被人引用的笔记便可见一斑：

> 王彭尝云："涂巷中小儿薄劣，其家所厌苦，辄与钱，令聚坐听说古话。至说三国事，闻刘玄德败，颦蹙有出涕者；闻曹操败，即喜唱快。以是知君子小人之泽，百世不斩。（《东坡志林》卷一）

及至南宋，"贬曹"心理更甚，对曹操奸诈性格的抨击也越来越厉害。在一片嘲骂声中，关于曹操设置疑冢的传说应运而生，以表现其至死不改奸诈本性。元代陶宗仪《南村辍耕录》卷二十六《疑冢》条记云："曹操疑冢七十二，在漳河上。宋俞应符有诗题之曰：'生前欺天绝汉统，死后欺人设疑冢。人生用智死即休，何有余机到丘垄？人言疑冢我不疑，我有一法君未知。直须尽发疑冢七十二，必有一冢藏君尸。'"蒲松龄的这篇小说，正是在这一传说的基础上虚构创作出来的，情节虽不复杂，想象却颇为奇特。曹操的真墓竟在七十二疑冢之外，这是那位自认为聪明的俞应符先生也想不到的，其位置的选择可谓煞费苦心；然而，最终还是被"破棺散骨，所殉金宝尽取之"。对绝大多数读者而言，这个闻所未闻的故事和蒲松龄的评论，无疑是对曹操的又一次抨击。

《甄后》的篇幅稍长，讲述的内容如下。洛阳书生刘仲堪，好学不倦。一天正在读书，忽闻异香满室，一个美人带着几个宫女来到书房。刘惊伏于地。美人将他扶起道："子何前倨而后恭也？"刘益惶恐，曰："何处天仙，未曾拜识，前此几时有侮？"美人笑道："相别几何，遂尔梦梦！危坐磨砖者，非子也耶？"于是铺设宴席，与刘对饮交谈，刘饮其水晶膏，感到心神澄彻。日暮，二人共度良宵。刘一再追问其姓氏，美人答曰："妾，甄氏；君，公干后身（按："公干"乃建安七子之一刘桢的字）。

当日以妾故罹罪，心实不忍，今日之会，亦聊以报情痴也。"①刘问："魏文安在？"甄氏答曰："丕，不过贼父之庸子耳。妾偶从游嬉富贵者数载，过即不复置念。彼曩以阿瞒故，久滞幽冥，今未闻知。"天亮后，甄氏以玉脂盒赠刘，登车而去。刘思念不已，数月后，竟至骨瘦如柴。刘家一老妪乃狐仙，为刘送信给甄氏，甄氏自言不能复会，便命人送一名叫司香的美女到刘家，与刘为妻。刘暗中问司香："系夫人何人？"答曰："妾铜雀故伎也。……与夫人俱隶仙籍，偶以罪过谪人间。夫人已复旧位，妾谪限未满，夫人请之天曹，暂使给役，去留皆在夫人，故得长侍床簀耳。"一天，一个瞎眼婆婆牵着一条黄犬到刘家乞食，那犬看见司香，便挣断绳索，向其狂吠，司香惊骇而退。婆婆牵走黄犬后，司香犹惊颜未定。刘问："卿仙人，何乃畏犬？"司香答道："犬乃老瞒所化，盖怒妾不守分香戒也。"②刘欲将犬买来打死，司香不允，曰："上帝所罚，何得擅诛？"对此，蒲松龄评论道："（甄氏）始于袁，终于曹，而后注意于公干，仙人不应若是。然平心而论，奸瞒之篡子，何必有贞妇哉？犬睹故伎，应大悟分香卖履之痴，固犹然妒之耶？呜呼！奸雄不暇自哀，而后人哀之已！"再一次对曹操作了无情的嘲笑。

《桓侯》讲述的故事如下。荆州人彭好士，一次在外饮酒后归家，下马小便，见路旁有细草一丛，初放黄花，艳光夺目，被马吃掉大半；彭见余茎有异香，便放入怀中，纵马驰骋。马越跑越快，傍晚时来到一片乱山中。一个青衣人来迎接，方知竟已到了阆中（今属四川）。青衣人将彭领到半山中一座高大的屋宇前，已有一群人站在那里，若有所待。一

①《三国志·魏书·王粲传》附《刘桢传》注引《文士传》曰："特为诸公子所亲爱。其后太子（指曹丕）尝请诸文学，酒酣坐欢，命夫人甄氏出拜。坐中众人咸伏，而桢独平视。太祖闻之，乃收桢，减死输作。"《世说新语》注引《文士传》曰："桢性辩捷，所问应声而答。坐平视甄夫人，配输作部，使磨石。武帝至尚方观作者，见桢匡坐正色磨石。……帝顾左右大笑，即日赦之。"
②曹操临终前写的《遗令》中，命曰："吾婢妾与伎人皆勤苦，使著铜雀台，善待之。……汝等时时登铜雀台，望吾西陵墓田。余香可分与诸夫人，不命祭。诸舍中无所为，可学作组履卖也。"

会，主人出迎，气势刚猛，巾服异于人世，对众客拱手道："今日客，莫远于彭君。"乃请彭先行；彭谦让，主人捉其臂，被捉处如被械梏，痛欲折；彭不敢再谦让，只得遵命先进。其他客人也依次进去。登堂，陈设华丽，两客一席。彭暗问邻座者："主人何人？"答曰："此张桓侯也。"（按：张飞生前镇守阆中，死后追谥桓侯。）席间，张飞道："岁岁叨扰亲宾，聊设薄酌，尽此区区之意。"又对彭说："尊乘已有仙骨，非尘世所能驱策。欲市马相易，如何？"彭曰："敬以奉献，不敢易也。"张飞道："当报以良马，且将赐以万金。"宴罢，彭与众人告辞，张飞对彭云："所怀香草，鲜者可以成仙，枯者可以点金；草七茎，得金一万。"随即命僮儿将点化之方授予彭，彭拜谢。张飞又曰："明日造市，请于马群中任意择其良者，不必与之论价，吾自给之。"并对众人云："远客归家，可少助以资斧。"众皆奉命，谢别而出。途中，彭始知同座者名刘子翚。走了二三里，越过山岭便看到村舍，众人陪彭到刘家，这才说出事情的来历。原来，村里每年都在桓侯庙举行迎神赛会，宰牲祭祀，刘便是承头组织者。三天前，今年的赛会刚结束。这天中午，各家皆有一人邀请过山作客，到了门前方知是桓侯宴请。交谈中，彭感到臂痛，解衣视之，被握处已是肤肉青黑，疼痛不已。次日起，村中各家争相款待彭，并陪他到市上相马，十余天后，得到一匹好马，神骏无比，日行约五百里。彭回到家后，按方将香草点化，果得万金。于是又前往宴会之处，敬祀桓侯。对此，蒲松龄评论道："观桓侯燕宾，而后信武夷幔亭非诞也。然主人肃客，遂使蒙爱者几欲折肱，则当年之勇力可想。"按："武夷"指古代传说中武夷山的仙人武夷君；"幔亭"，用帐幕围成的亭子。《云笈七签》卷九六云："武夷君，地官也。相传每于八月十五日大会村人于武夷山上，置幔亭，化虹桥通山下。"蒲翁的描写和评论，分明对张飞的勇力、豪爽和亲近民众的形象表示了好感。

与《促织》《席方平》《阿宝》《连城》《葛巾》《青凤》《娇娜》等名篇相比，这 3 篇小说在《聊斋志异》中并非上乘之作，因而名气也不那么大。然而，在三国题材小说的发展中，它们却以故事的新奇而别具一格，占有不可忽视的地位。

二

蒲松龄的两首三国题材诗，一首为歌颂刘关张的七言歌行《三义行》：

黄巾扬尘天欲倾，炎火一线等秋萤。大耳君王真龙子，朱旗卓地拔刀起。蒲东赤马髯将军，英雄并驱独逸群。忠肝义胆照白日，摧斩猛将如缚豚。桓侯横牙眼睛碧，叱废千人声霹雳。眼底原自无中原，曹瞒就擒况孙策。楼桑刑马血盈樽，阳为君臣实弟昆。性耐刀槊志不易，义气耿耿光乾坤。二心臣子胞兄弟，应过庙堂羞欲死！

诗中对刘关张形象的描写，大处着墨，颇具神韵：刘备的"朱旗卓地拔刀起"，关羽的"摧斩猛将如缚豚"，张飞的"叱废千人声霹雳"，均虎虎有生气，而又各具特色。"楼桑刑马血盈樽"一句，纯由《三国演义》中"桃园结义"的情节而来。作者热情讴歌了刘关张"君臣而兼兄弟"的关系，赞颂了他们至死不渝的情谊，誉之为"义气耿耿光乾坤"，而对那些"二心臣子胞兄弟"则予以鞭笞。全诗感情强烈，气势飞动，笔墨酣畅，具有相当强的艺术感染力。

另一首为咏怀诸葛亮的五言古体诗《读三国志》：

怒河堤欲决，大捷不能堙。冬寒地欲坼，烈火不能温。诸葛隐南阳，抱膝掩柴门。有桑八百株，有田足耕耘。岂不谙时势？难酬三顾恩。蜀中无寸土，白手定三分。秋风五丈原，千载泪沾巾。不必泪沾巾，存亡固有因。天将灭炎火，昭烈无后人。此乐不思蜀，哀哉无道昏！武侯即长生，安能为大君！

作为古代知识分子理想的楷模，诸葛亮一生可歌可咏之处甚多，作者别具只眼，单就诸葛亮"出师未捷身先死"的结局落笔。开头四句，以形象的比喻，说诸葛亮坚持北伐，"知其不可而为之"，最终还是无法改变蜀汉的命运。继后六句，说诸葛亮原本可以清闲自在地隐逸终生，他出山辅佐刘备，不是不明时势，而是要报答三顾之恩，这是唐宋以来许多士大夫的共同看法。以下四句，前两句称颂诸葛亮"白手定三分"的赫赫功业，后两句则叹息他病逝五丈原的命运悲剧，对照十分鲜明。

最后八句，剖析了诸葛亮大功难成的原因：一是天时已去，二是后继无人。全诗纡徐委曲，感慨深沉，颇为动人。

在中国文学史上，蒲松龄并不以诗著名。这两首诗，思想上并无特出之处，艺术上却各有特色，在其全部诗作中堪称优秀之作。

三

蒲松龄的三国题材俚曲，题曰《快曲》，系由《三国演义》第 49 回《七星坛诸葛祭风，三江口周瑜纵火》后半及第 50 回《诸葛亮智算华容，关云长义释曹操》的情节衍生翻新而成。据《三国志·魏书·武帝纪》注引《山阳公载记》，历史上的曹操在赤壁遭到火攻后，确曾败走华容道，境况十分狼狈，但并未遇到任何埋伏，自然也谈不上被关羽"义释"的问题。《三国演义》在《三国志平话》的基础上，虚构《诸葛亮智算华容》，是为了突出诸葛亮的智谋；虚构《关云长义释曹操》，则是为了深刻表现关羽的"义绝"形象[①]。这一情节，是《三国演义》中刻画人物性格最成功的篇章之一。但在《三国演义》流传的过程中，也有一些人对曹操竟然被放跑的结果感到不满——其实，历史小说创作不能不受基本史实的制约，《演义》作者自然也无法改变曹操从华容道逃走的结局——于是便自出机杼，另行设计自己喜欢的结局。蒲松龄的《快曲》正是这样的作品之一。

《快曲》共分四个部分——"四联"。第一联《遣将》，写诸葛亮祭起东风后，在周瑜发起总攻之前回到樊城，为刘备方面调兵遣将。他先派赵云到乌林埋伏，继派糜竺、糜芳在葫芦峪埋伏，轮番火烧曹兵；再派张飞顺路北截杀曹操的残兵败将，午时在双陵头大路上歇马；唯独不给关羽分派任务。关羽不忿，立下军令状，到华容道拦截曹操。这一部分，与《三国演义》所写大同小异。第二联《快境》，写曹操在赤壁遭到吴军

---

① 参见拙文《理智与情感的巨大冲突——〈关云长义释曹操〉赏析》，原载《古典文学知识》1989 年第 4 期，先后收入拙著《三国漫话》（四川人民出版社 2000 年 9 月第 1 版）、《沈伯俊说三国》（中华书局 2005 年 12 月第 1 版）。

火攻、惨败而逃，在乌林、葫芦峪先后遭到赵云和糜竺、糜芳的截杀，越发损兵折将，张郃腿上还中了赵云一枪。到了华容道，曹操身边只剩下 16 人，而且人困马乏，斗志消沉。忽见关羽率兵冲出，吓得曹操魂不附体。经张辽献计，曹操软语告求，趁关羽犹豫之际，纵马逃走。关羽大喝一声，其余 16 人一齐跪下，关羽不忍动手，也全都放走。这时，一路截杀曹兵的张飞见午时已到，按照军师的命令，到双陵头大路边的树林里歇马。不一时，曹操逃来，张飞奋勇杀出，不由分说，一矛将曹操刺落马下；许褚来救，也被一矛刺死；其余曹军，各逃性命。张飞命令割下曹操、许褚的首级，回去报功。第三联《庆功》，写赵云、糜竺、糜芳先后回营献功，孔明一一斟酒庆贺。关羽无精打采而回，自知理亏，只得任凭军师处置。孔明下令将其斩首，刘备说情，孔明不允。在此关键时刻，张飞赶到，大叫："军师！曹操贼头在此。饶了二哥罢！"众人都道："可喜，可喜！"孔明这才说："既然斩了曹操，大家贺喜，把罪人释放，讨他不得入席。把头挂起，鼓吹饮酒。"席间，孔明命将曹操首级挂在百尺高杆上，众将比赛弓箭，射中者，大家喝一大杯祝贺。张飞、赵云、糜竺依次射中首级，大家喝一次采，饮一杯酒；糜芳的箭歪了一点，射落曹操的一只耳朵；关羽也要求射一箭，结果射中曹操的左眼，得以免罪，赏酒一大杯。于是众将尽欢而散。第四联《烧耳》，写刘备君臣散后，军士们也分队饮酒。一队军士就坐在悬挂曹操首级之处，一边喝酒，一边咒骂曹操。众人越骂越恨，便将糜芳射落的那只耳朵烧熟，每人咬一口以出恶气。接着，又一边喝酒，一边讲说截杀曹操的经过。酒足兴尽，方才各自散去。这些情节，想象大胆，格调夸张，完全不受基本史实的约束，故事的编织体现出民间文艺的自由和随意。篇末的〔清江引〕唱道："天下事不必定是有，好事在人做。杀了司马懿，灭了曹操后，虽然捞不着，咱且快活口。"这表明蒲松龄清醒地知道作品内容的虚幻性，"不必定是有"；他这样写，只不过是"咱且快活口"的怡情之作罢了。

蒲松龄在《快曲》中将曹操的结局写得如此可悲可怜，极尽嬉笑怒骂之能事，究竟是出自什么样的思想感情？与蒲松龄大致同时的毛宗岗，在其评改的《三国演义》中强化了"尊刘贬曹"的色彩，在《读三国志法》中称曹操为"古今来奸雄中第一奇人"；其父毛纶，不仅主持对《三国演义》的评改，而且曾"拟作雪恨传奇数种，总名之曰《补天石》"，其中一种是《丞相亮灭魏班师》，显然也是以主观情志改铸历史的泄愤之作。对于毛氏父子的言行，有学者认为意在反清复明。与毛氏父子相比，蒲松龄对曹操的嘲骂更加强烈，是否也出自反清复明的思想呢？我认为，生当明末清初的毛氏父子，对于入主中原不久，在征服全国的过程中大肆屠戮的满清统治者有所抵触和不满是很自然的；但要说他们的言行都是出自反清复明的动机，则缺乏根据。实际上，他们的"尊刘贬曹"，主要是继承了数百年来普遍的社会心理，其中既有封建正统思想的成分，也有广大民众对忠奸、正邪、善恶的评判和选择。同样，从蒲松龄一生的经历和全部作品来看，其思想的主导因素乃是儒家的民本思想，看不出多少反清复明的意识，他对曹操的嘲骂，也只是民间"贬曹"意识的一种鲜明表现而已。

在艺术上，《快曲》风格明快，语言通俗生动，具有浓郁的民间文艺色彩；但整个说来，尚未达到一流作品的高度。

综观蒲松龄的三国题材创作，我们可以看到，《三国演义》问世以后，经过大约 300 年的层递传播，到蒲松龄生活的清代初期，已经普及于社会的各个阶层；"尊刘贬曹"已经成为普遍的社会心理，对刘蜀集团主要人物刘备、诸葛亮、关羽、张飞的肯定和颂扬，对曹操的贬斥和批判，在清初都达到了前所未有的程度。尽管蒲松龄的三国题材创作水准参差不齐，然而，作为一位声望日隆的杰出作家，这些著述不仅传播了三国文化，而且丰富了三国文化。这一点，乃是蒲松龄对于中国文化的又一贡献。

（原载《中华文化论坛》2001 年第 2 期）

《全图三国》与三国文化

　　当代国画大家叶毓中先生精心创作的工笔重彩《全图三国》，是三国题材绘画史上前所未有的巨制。对于它的价值和意义，不仅可以从中国画创作艺术和中国美术发展史的角度予以评价，而且可以从三国文化传播史的角度进行观照。

　　"三国文化"一词，人们近年来频繁使用，而对这一概念的内涵与外延，则未必都很清楚。十九年前，我特作《"三国文化"概念初探》一文①，对此进行了比较深入的探讨，指出：对"三国文化"这一概念，可以作三个层次的理解和诠释。第一个层次是历史学的"三国文化"观（或曰狭义的"三国文化"观），认为"三国文化"就是历史上的三国时期的精神文化；第二个层次是历史文化学的"三国文化"观（或曰扩展义的"三国文化"观），认为"三国文化"就是历史上的三国时期的物质文明与精神文明的总和，包括政治、军事、经济、文化等领域；第三个层次是大文化的"三国文化"观（或曰广义的"三国文化"观），认为"三国文化"并不仅仅指、并不等同于"三国时期的文化"，而是指以三国时期的历史文化为源，以三国故事和三国精神的传播演变为流，以《三国演义》及其诸多衍生现象为重要内容的综合性文化。这三个层次的"三国文化"观，如同一组同心圆，围绕着同一个圆心，层递扩大其范畴。这个圆心，就是三国时期的文化的基本内核；层递扩大的范畴，就是其发展、演变、吸纳、衍生的方方面面。三个层次的"三国文化"观，其实共同承担着阐说和研究三国文化的任务。而在大多数情况下，人们评说"三国文化"

――――――――――――

　　① 详见本书前揭文。

时，主要还是使用广义的"三国文化"观。

在漫长的中华文明史上，三国只是短暂的一段，但却是一个天翻地覆、风云变幻的时代，是一个英雄辈出、灿若繁星的时代，又是一个充满了变革创新、洋溢着阳刚之气的时代。三国英雄，志在统一，功在济世，"武勇智术，瑰伟动人。"（鲁迅：《中国小说史略》第十四篇）因此，它不仅是西晋以来人们特别关注的一段历史，而且是文学艺术，特别是通俗文艺反复取材的重要对象。

在史传文学与通俗文艺这两大系统长期互相影响、互相渗透的基础上，元末明初的伟大作家罗贯中，以陈寿《三国志》（包括裴松之注）及《后汉书》部分纪传为取材基础，参照《资治通鉴》的叙事框架，对通俗文艺作品加以吸收改造，并充分发挥自己的艺术天才，写成中国小说史上第一部真正的长篇历史小说《三国演义》，成为三国题材创作的集大成者和最高典范。

应该看到，绝大多数民众，包括知识分子的绝大多数，并未通读过史书《三国志》，甚至根本不曾读过；他们对于三国史事、三国人物的了解，主要来自小说《三国演义》。可以毫不夸张地说，如果没有罗贯中和他的《三国演义》，历史上的三国时期不可能被亿万民众熟悉到今天这样的程度，也不可能对中国人民的精神生活和民族性格产生如此巨大而深远的影响。

还应该看到，《三国演义》的广泛传播，不仅取决于它自身的高度成就和巨大魅力，而且得力于众多衍生作品（三国题材的戏曲、曲艺、传说等等）的共同推动。这就是说，各种艺术形式都在帮《三国演义》的忙，都在传播《三国演义》，促使它传遍九州四海，跨越穷乡僻壤，克服读书识字的障碍，入耳触目，直通人心，从而达到家喻户晓、妇孺皆知的普及程度。其中，绘画便是一种非常重要的传播方式。

三国题材的绘画，起源很早。东晋顾恺之的《洛神赋图》，取材于曹植名作《洛神赋》，其历史原型则是魏文帝曹丕之妻甄氏。唐代阎立本的《历代帝王图》，描绘了西汉至隋的 13 个帝王像，其中三国人物就有 4 个：刘备、孙权、曹丕、司马炎。由此可见，在唐代文人和艺术家心目中，三国占有何等重要的地位；而这些画作，也是在传播三国文化。

宋金对峙时期，三国文化具有了新的时代意义；随着城市经济的发展和市民阶层的扩大，各种通俗文艺都得到长足发展，出现了更多的三国题材作品，包括"院本"、影戏中的三国戏，"说话"艺术中的"说三分"，并已形成"尊刘贬曹"的普遍倾向。这一时期，三国题材绘画数量渐多，并多有文人题咏，如金代李晏的《题武元直赤壁图》、李纯甫的《赤壁风月笛图》、元好问的《赤壁图》《梁父吟扇头》等，画虽未见，却可感到，这些绘画不仅取材于三国史事，而且着眼于后人对三国的追忆缅怀（如北宋苏轼的《赤壁赋》），主要抒发文人情怀。

元代是三国文化的繁荣期。随着通俗文艺的蓬勃发展，三国故事在继续传播中逐步汇小溪而成巨流，题材渐趋集中，故事渐趋丰满，褒贬愈加鲜明。戏曲方面，元杂剧中的三国戏相当丰富，我们今天知道的剧目就有将近六十种之多。其中一些优秀之作，如关汉卿的《关大王单刀会》、高文秀的《刘玄德独赴襄阳会》、郑光祖的《虎牢关三战吕布》，数百年来一直脍炙人口。小说方面，元代出现了汇集"说三分"成果的长篇讲史话本，今天我们能够看到的就有至治年间（1321—1323）建安虞氏刊刻的《三国志平话》，以及在此前后刊刻的《三分事略》。《三国志平话》共约 8 万字，全书叙述简略，文字粗糙，但它第一次将众多的三国故事串连在一起，为《三国演义》的创作提供了一个简率的雏形。值得注意的是，它每页均为上图下文（上面三分之一的空间是插图，下面三分之二的空间是文字），看来又是可以供人阅览的读本。全书共有三国故事绘画 70 幅，数量之多，前所未有；尽管这些绘画还相当稚拙，却标志着三国题材绘画的长足进展。

明清两代，是三国文化的鼎盛期。由于《三国演义》的广泛传播和巨大影响，三国题材绘画得到了极大的发展。这类绘画，形式多样，绚丽多姿，包括文人绘画、扇面、年画、瓷器画等，绝大多数都直接取材于《三国演义》；而其大宗则是众多《三国》版本的插图。这些《三国》版本插图，少则几十幅、百把幅，多则二三百幅。如嘉靖二十七年（1548）建阳叶逢春刊行的《通俗演义三国志史传》，每半叶（相当于今天的一页）均有一幅《三国》故事画，总数多达 356 幅。这些插图，既有情节绘画，又有人物造像，均为黑白木刻；除明末崇祯年间的《英雄谱》等几种版本外，构图精美者不是很多。尽管如此，这些插图仍然被冠以"绣像"的美名，成为全书的重要组成部分，成为这类版本吸引广大读者的重要手段，从而有力地推动了《三国演义》的发行和三国文化的普及。直到民国年间，各种石印本、排印本的《三国演义》纷纷出现，仍普遍保持了附有大量插图的方式（或集中置于全书卷首，或分散置于各回之前）。它们使广大读者更加容易地走近《三国》，不仅对三国故事如数家珍，而且对三国人物鲜活如见。它们与形形色色的"小人书"一起，成为使三国文化真正深入亿万人心的大功臣。

中华人民共和国成立以后，以绘画方式传播三国文化者，首推《三国演义》连环画，它让千千万万的少年儿童从小就熟悉了三国故事，认识了三国人物。不过，"文革"以前，三国题材的个人绘画创作尚不多见。

改革开放以来，随着思想的解放，文化的繁荣，随着弘扬民族优秀传统文化大潮的兴起，三国题材的绘画创作呈现出空前兴盛的局面，涌现出一批锐意创新、各具特色的佳作。仅就笔者耳目所及，比较突出的有以下几种。

人民文学出版社《三国演义》整理本插图。陈全胜作。工笔重彩，构图谨严，画风飘逸，深受好评。

《三国演义》邮票。陈全胜、戴宏海设计，邮电部发行。设计方案由笔者组织专家讨论，分为 5 组，共 23 枚：① 桃园三结义，三英战吕布，凤仪亭，煮酒论英雄，千里走单骑（小型张）；② 夜袭乌巢，三顾茅庐，赵子龙单骑救主，张飞大闹长坂桥；③ 舌战群儒，智激孙权，蒋干盗书，草船借箭；④ 横槊赋诗，赤壁鏖兵（小型张），刘备招亲，张辽大战逍遥津，火烧连营；⑤ 白帝托孤，孔明班师，空城计（小型张），秋风五丈原，三分归晋。全套邮票的规模，在建国以来的特种邮票中是罕见的。第一组于 1988 年 11 月向全国发行，其余各组亦陆续问世，发行总量达上亿枚。它以典雅的画面，凝练的笔调，鲜明的民族风格，又一次向广大民众普及了《三国演义》。

《〈三国演义〉百图》。邓嘉德作，四川美术出版社 1994 年版。全书由 100 幅工笔重彩单页画，构成规模比较宏大的《三国演义》彩色群像。作者既吸取汉代艺术古拙浑朴，讲求气势与整体构成的风格，又发挥现代绘画注重形式感与绘画肌理的特点，运用夸张、变形等艺术手段，使人物形象体现出现代意识的折光，具有自己的特色。这样的人物形象，不是对《三国演义》文学描写的机械追摹，而是经过画家心灵化的新的形象。

《画说〈三国演义〉》。天津画家戚明、许春元等绘制，台湾远流出版公司 1999 年版。此书系为配合由中国艺术研究院主办、1999 年 10 月在台湾举行的"《三国演义》文化艺术展"而作，卷首有大陆《三国》专家沈伯俊、台湾著名作家柏杨的两篇序言。画家在大量的明清《三国》版本插图中精选 80 幅上乘之作，加以复制整理，然后采用仿真作旧手段进行彩绘。这 80 幅仿真彩绘，每一幅表现一个脍炙人口的情节，前后大致衔接，基本上再现了《三国演义》的情节主线。它虽非纯然创作，却是一种推陈出新，是以新的方式传播三国文化的一次有益尝试。

《图说三国》。沈伯俊主编，蒋云志、梅凯副主编，成都地图出版社 2004 年版。全书分为《曹魏》《刘蜀》《孙吴》三卷，以三国历史为线索，以文字叙述为内容纲目，以绘画艺术为形象载体，绘画与文字紧密结合，完整而系统地介绍三国历史，并简要说明《三国演义》表现有关事件、人物的特点，着重指出其变异和虚构之处。绘画部分，采用著名画家梅凯的三国题材国画，包括情节画约 180 幅，人物画约 110 幅。此外，还在每一卷精心设计了多幅地图，穿插了部分人物脸谱，配置了相当数量的景区照片。这是一种新的著书体例，填补了三国传播史上的一个空白。

千米石刻《三国演义》连环画。山西祁县《三国演义》石刻创作组袁晋生、刘如冈、任晓峰等作。作者根据湖南少儿出版社出版的《三国演义》绘画本，在 1000 块长 100 厘米，高 82 厘米的大理石上，以平面阴刻的手法，创作出这种独特的"石刻《三国演义》连环画"，堪称《三国演义》传播史上的一大壮举。整个创作历时四载，2004 年完成。

《三国演义人物画传》。吉林人民出版社 2006 年版。李伟实、张淑蓉撰文。画家从《三国演义》写到的 1200 多个人物中，选取 300 余人，以鲜活生动的人物画像与简练流畅的评介文字配合，可谓珠联璧合，相得益彰。

通过上述回顾，可以肯定地说，三国题材绘画，不仅是三国文化的载体，而且是对三国文化的丰富和补充。它们前赴后继，生生不已，以独特的方式和优势，传播、延续和发展着三国文化。

在此基础上，我们再来观赏叶毓中先生的《全图三国》，就会站在一个较高的视点上，在恢宏的历史背景下，在纵横的比较鉴别中，获得更为深刻而准确的认知。

——《全图三国》是叶毓中先生毕生心血的结晶。从小学一年级开始画《三国》，到七十一岁完成《全图三国》，酝酿、积累、创造的过程长达六十余年，可谓前无古人。

——《全图三国》是三国题材绘画史上规模空前的巨制。360幅情节故事画，每幅既可独立，360幅又可联为一个长卷，规模远超《清明上河图》《富春山居图》；近千幅人物肖像，为《三国演义》写到的全部人物造像。气魄之宏大，构思之精巧，都超迈前人。

——《全图三国》是一位当代国画大家创造的艺术宝库。这里有对历史经验的深刻体悟，有对人生人性的哲理思考，有对英雄情怀的诗意追寻，有对绘画艺术的不懈创新……上下求索，呕心沥血，皓首穷艺，终有大成。人们观赏《全图三国》，如入宝山，在品味艺术的同时，还可得到多方面的启示。

——《全图三国》以"汉魂"为前缀，绝非可有可无，而是集中反映了画家的思想高度。"汉魂"一词，极其准确地抓住了三国文化精髓的核心：三国英雄的功业建树，乃是对汉代文化精神的继承、弘扬和发展；三国文化绵延至今而依然光彩照人，其奥秘正在于它体现了中华民族文化之魂！"汉魂"一词，堪称整个画作的点睛之笔，使《全图三国》在创作立意上也超越前人，将继承优秀传统与弘扬时代精神衔接在一起，值得我们充分肯定。

总之，《全图三国》作为三国题材绘画史上继往开来之作，在新的时代条件下，以精美而大气的画面重新诠释了《三国演义》，光大了三国文化，必将在三国文化传播史上占有引人注目的一席之地。

在《"三国文化"概念初探》一文末尾，我强调指出："三国文化决不仅仅是一种历史现象，直到今天，它仍然富有活力，仍然影响着我们的现实生活，流淌于我们的血脉之中。……作为中华民族文化的有机组成部分，它将伴随我们走向未来，再创辉煌……"对《全图三国》，我也抱有这样真诚的期望。

2013 年 5 月 26 日凌晨草就
5 月 31 日修订

（原载《湖北文理学院学报》2013 年第 7 期）

附　录

沉潜《三国》，探求真知
——我的古代小说研究

　　我于 1980 年 6 月参加经国务院批准的中国社会科学院面向全国招收研究人员考试，以四川省文学专业第一名的成绩被录取。本应到中国社会科学院文学研究所工作，因四川省社会科学院建议我不到北京，遂主动向中国社会科学院申请留在四川，获得批准，于 1981 年 2 月到四川省社会科学院文学研究所从事古代文学研究。

　　报考中国社会科学院时，我原定的主攻方向是先秦两汉文学。不过，从 1981 秋天起，经过两三个月的反复考虑，我把专业方向改为明清文学研究，侧重明清小说研究，而把《三国演义》作为第一个研究重点。

　　从 1981 年底算起，我研究《三国演义》已经 34 年了。在此期间，尽管我在《水浒传》《西游记》、"三言二拍"、《镜花缘》和其他作品的研究中也花了一些功夫，取得了一些成果，但由于种种原因，我把绝大部分精力都献给了《三国演义》研究——在学界同行中，大概没有人比我在《三国》研究中倾注的时间和精力更多了。

　　34 年来，我出版了 26 部专著、专书，其中关于《三国演义》的占了20 部；发表学术论文 200 余篇，其中关于《三国演义》的大约 150 篇；发表学术随笔、札记、鉴赏文章 230 余篇，其中关于《三国演义》的大约 160 篇。可以说，是《三国演义》那丰厚的思想内涵、强大的艺术魅力、深广的文化价值使我乐于为之上下求索。

　　回顾我的《三国》研究历程，主要在以下四个方面进行了努力。

一、精心校理《三国》版本

　　在我的《三国》研究成果中，最具特色，最富创新意义，最有生命力的，我自己认为是以《校理本三国演义》为代表的几种《三国》整理本。它们是：

《校理本三国演义》，江苏古籍出版社 1992 年 2 月第 1 版；

毛本《三国演义》整理本，中州古籍出版社 1992 年 8 月第 1 版；

嘉靖壬午本《三国志通俗演义》整理本，花山文艺出版社 1993 年 5 月第 1 版；

《李卓吾先生批评三国志》整理本，巴蜀书社 1993 年 11 月第 1 版；

《三国演义》评点本（正文亦经精心整理），山西古籍出版社 1995 年 4 月第 1 版。

这些整理本，被学界同行称为"沈本《三国》"。

那么，"沈本《三国》"是怎样成就的呢？

自 1981 年开始系统研究《三国演义》以后，在反复研读的过程中，我陆续发现了书中的一些错误。例如：张飞本字"益德"，《演义》却误为"翼德"；诸葛亮之子诸葛瞻官至行都护、卫将军，《演义》却误为"行军护卫将军"；历史上袁绍曾封邺乡侯，《演义》却误为"祁乡侯"；曹操大将李典本系山阳巨野人，《演义》却误为"山阳巨鹿人"……像这些对情节发展、人物塑造毫无益处，只能给广大读者留下错误印象的问题，有没有必要继续错下去？我认为应该予以校正。1985 年 1 月，我和任昭坤合写《试谈〈三国演义〉的地理错误——从渭南之战说起》一文①，对《三国》中的地理错误作了初步归纳，明确提出："应该对《三国演义》加以认真的校理，整理出一种新的本子。"1986—1987 年，我与谭良啸合作编著《三国演义辞典》，我对《演义》中的人物、情节作了大量考证，仅《人物》辞条就加了 623 条按语，其中很大一部分是指出《演义》中的"技术性错误"。例如：毛本《三国》说董贵妃是董承之妹（第 24 回），我的按语是："据《后汉书·伏皇后纪》，董贵人（《三国演义》作'董贵妃'）应为董承之女。"《演义》说曹宇是魏文帝曹丕之子（第 106 回），我的按语是："据《三国志·魏书·武文世王公传》，曹宇系曹操之子，

---

① 载《三国演义学刊》第一辑，四川省社会科学院出版社 1985 年 7 月第 1 版。

为曹操环夫人所生。"……通过这样一番扎实的工作，我对《三国演义》中的"技术性错误"的认识更加全面，越来越感到重新校理《三国演义》是时代的需要，是我们这一代学者应该承担的历史使命。于是，1990 年初，我毅然开始了这一浩繁的学术工程。

在校理过程中，我将自己的认识加以提炼深化，接连发表了两篇比较有分量的论文：《再谈〈三国演义〉的地理错误》①和《重新校理〈三国演义〉的几个问题》②。前一篇论文，进一步系统分析了《三国演义》中的地理错误，将其归纳为八种：政区概念错误、大小地名混淆、误用后代地名、古今地名混用、方位错乱、地名误植、地名混位、地名文字错讹。后一篇论文，则站在更高的立足点上，从更广阔的视野观察问题，首次明确提出了"技术性错误"的概念：

所谓"技术性错误"，是指那些并非出自作者的创作意图，并非作品艺术虚构和艺术描写的需要，而纯粹由于作者知识的局限，由于作者一时笔误或者传抄、刊刻之误而造成的，属于技术范畴的错误。它们与那些由于作者的世界观、历史观和艺术观而产生的作品内容上的缺陷和艺术上的不足，完全是两码事。

根据这一概念，我将《演义》中的各种"技术性错误"加以综合考察，概括为五个大类。① 人物错误。包括人名错讹、人物字号错讹、人物身份错误、人物关系错讹等。② 地理错误。共八种（同上）。③ 职官错误。包括职官混称、随意杜撰、官爵文字错讹等。④ 历法错误。包括引用史书而错写日期、干支错误、杜撰历史上没有的日期等。⑤ 其他错误。包括历史人物年龄误差、名物描写前后矛盾等。这种种错误，总数多达八九百处，这个数字是非常惊人的！

这两篇论文，特别是《重新校理〈三国演义〉的几个问题》发表以后，在学术界产生了相当大的影响。《社会科学报》介绍了此文的主要观点，《文汇报》《文摘报》《东方时报》《工人日报》《齐鲁晚报》等纷纷予以转载，中国人民大学《复印报刊资料·中国古代近代文学研究》1991

---

① 《再谈〈三国演义〉的地理错误》，载《海南大学学报》1990 年第 4 期。

② 《重新校理〈三国演义〉的几个问题》，原载《社会科学研究》1990 年第 6 期，亦收入本书。

年第 2 期又全文转载，引起了出版界和广大读者的广泛关注。

在重新校理《三国》版本的过程中，我主要在以下三个方面作了积极开拓。

1、正确的校理原则。① 明确工作的目标和范围。所谓"重新校理"，是说在传统的标点、分段、校勘异文等古籍整理方法的基础上，着重在"理"字上下功夫；也就是说，针对《三国演义》作为历史演义小说的特殊性质，充分吸收《三国演义》研究的成果，尽可能校正书中的"技术性错误"。其目的，是要为广大读者提供一个较好的读本，并为专业研究工作者提供有益的参考。② 充分尊重作者的艺术构思。凡作者有意虚构之处，一律不列入校理范围。这一点与第一点结合，严格区分"艺术虚构"与"技术性错误"两个不同的学术概念，在理论上立于无懈可击之地。③《三国》的不同版本应当分别整理。

2、科学的整理方法。① 如何校正书中大量的"技术性错误"，这是整个校理工作的重心，也是最为繁难之处。在传统古籍整理方法的基础上，我在不同的整理本中分别采取了这样三种方法。其一，对原文错讹之处不作改动，而在书末列出正误对照表，系统地校正书中的"技术性错误"。这种方法，丝毫不改变正文的面貌，同时又把书中的错误集中加以校正，使人一目了然，堪称最谨慎的一种方法，专家学者也最容易接受。但对一般读者来说，非得查看正误对照表，才能弄清那些"技术性错误"，显得不太方便。其二，对原文错讹之处不作改动，而加脚注指出其错误所在，提出校正的意见。这种方法，完整地保留了原文的面貌，同时又指出了其中的错误，学术上自然不存在问题，专家学者也很容易接受。但对一般读者来说，读到的作品正文仍然包含着种种错误，必须一一对照脚注方可明白，也比较麻烦。其三，直接改动原文，并加脚注列出原文，说明其错误之处和改动的依据。这种方法，校正了原文中的"技术性错误"，使读者直接看到正确的正文，对读者最为方便。同时，以脚注的形式保留了原文，在学术上也是十分严谨的。读者若有兴趣，可以逐条覆按，专家学者也完全可以放心。这几种方法，实质上是相通的。② 在加注释时，注意针对读者的需要，着重注释那些读者不知道或似是而非的地方，给读者提供新知。如《校理本三国演义》第 6 回注"荣阳"云："荥阳：县名。属司隶州河南尹。治所在今河南荥阳东北。按：荥阳在洛阳以东，董卓西迁长安，不应经过荥阳。历史上曹操曾与徐荣战于荥阳，但未追击董卓。《演义》将二事糅合。"又如第 120 回写到西晋灭吴，君臣皆贺，骠骑将军孙秀却"向南而哭"，读者可能会不理解，我就在此处注云："孙秀：孙策幼弟孙匡之孙。曾任吴国前将军、夏口督。建衡二年（270）投奔晋国。"这样读者就明白了：原来孙秀尚有故国之思。对此，著名学者丘振声先生赞许道："沈本的注释，深入浅出，释中有辨，为读者深入理解作品的意蕴，更好地进行艺术欣赏，提供了极大的方便。沈注是校理的一个组成部分。在很多情况下，两者互为表里，互相补充。……糅注释、考证、校理于一体，具有创造性。"①

3、严谨的学风和过细的精神。重新校理《三国演义》，首先要以深入的研究为前提；泛泛的阅读、表层的接触，是不可能发现问题的。同时，还必须一丝不苟，细心检照；如果粗枝大叶，也会放过许多问题。例如，《演义》第 15 回写袁术的长史名叫"杨大将"，这本是一个无足轻重的过场人物，但仔细翻检史料，却发现这个名字是一个典型的"技术性错误"。《三国志·吴书·孙讨逆传》云："（袁）术死，长史杨弘、大将张勋等将其众欲就（孙）策……"《演义》作者漏看"弘"字，加之古书无标点，遂将"杨弘"误为"杨大将"。从嘉靖壬午本、"李卓吾评本"到毛本，竟然错了几百年！今天，我们发现并校正这一错误，难道不是有功于罗贯中，有益于读者的好事吗？

这些年来，国内外同行给予"沈本《三国》"的高度评价，远远超过我的估计。早在《校理本三国演义》问世不久，著名学者陈辽先生就撰写书评，率先称之为"沈本《三国演义》"，指出："这个沈本《三国演义》，是迄今为止《三国演义》版本中真实性、学术性、科学性最强的一个本子。"②此后不久，著名《三国》研究专家丘振声先生撰写书评，高度评价道："沈本是近年来研究《三国演义》的一项重大成果，也是沈先生对

---

① 丘振声：《辨伪匡误，功在千秋——评沈伯俊〈三国演义〉校理本》，载《明清小说研究》1993 年第 3 期。

② 陈辽：《真实性·学术性·科学性——评沈伯俊〈三国演义〉校理本》，载《社会科学研究》1992 年第 6 期。

《三国》学的一个突出贡献。""沈本辨伪匡误，嘉惠读者，功在千秋""沈先生校理出来的错误，为我们提出许多新的研究课题，这对于进一步深入地认识《三国演义》所蕴涵的深层意识与艺术价值，了解其成书过程，乃至版本衍变都是很有意义的。"①著名《三国》研究专家关四平教授称沈本为"《三国演义》版本史上的新里程碑"，充分肯定道："沈伯俊的校理工作，从学术理论角度考察，是完全站得住脚的，经得起反复推敲和时间检验。……校理工作既富于创造性，又具有科学性""毛本出现后三百多年来，再无人对其版本作过全面、细致的整理，因此说，沈伯俊的校理本在《三国演义》版本史上是一种开拓，是一个新的里程碑。它无论在理论与实践上都为学术界提出了新的课题，给人颇多启迪。"②日本著名学者《三国演义》日文版翻译者立间祥介教授表示：沈本《三国》"注释也很周到，远远超过了迄今为止的诸种注释。今后我也打算参考您的注释，重新修改日文版《三国演义》。"日本《三国》研究专家上田望教授也曾撰文，对我的几种《三国》整理本和《三国演义》评点本作了介绍，并予以充分肯定。③美国著名学者《三国演义》英文版翻译者罗慕士（Moss Roberts）教授，纽约州立大学（布法洛）董保中教授，欧洲著名汉学家、俄罗斯科学院通讯院士李福清等欧美学者，对沈本《三国》也给予了高度评价。

　　除了中外学者的肯定和推许，中央电视台播出的《上下五千年》专题节目，介绍《三国演义》时，画面上的三种《三国》版本，均为我的整理本：《校理本三国演义》、嘉靖壬午本《三国志通俗演义》整理本、《三国演义》评点本。中央电视台、北京大学联合录制的大型系列专题片《中华文明之光》第104集《三国演义》，片尾展现的四种《三国》版本，有两种是我的整理本：《校理本三国演义》、嘉靖壬午本《三国志通俗演义》整理本。此外，还有多种学术著作把我的《三国》整理本列入主要参考

---

① 丘振声：《辨伪匡误，功在千秋——评沈伯俊〈三国演义〉校理本》。
② 关四平：《〈三国演义〉版本史上的新里程碑——评沈伯俊对〈三国演义〉的校理》，载《学术交流》1993年第3期。
③ 上田望：《排印本〈三国演义〉的新面貌——以沈伯俊校理本为中心》，载日本《中国古典小说研究》第二号（1996年）。

书目。

到 2002 年，梅新林、韩伟表的《〈三国演义〉研究的百年回顾与前瞻》一文这样评价道："沈伯俊以一人之力，穷近十年之功，校理刊行多种版本，代表了新时期《三国演义》版本整理的最高水平。"①

二、深入探讨《三国》文本

除了版本整理，我对《三国演义》文本也进行了全面研究，提出了一系列有较高学术价值的观点。

（一）关于思想内涵

20 世纪 80 年代以来，《三国演义》研究日趋活跃，百家争鸣，新见迭出。其中，关于《演义》的思想内涵，包括主题的争论，便是一个十分引人注目的热门话题。

1985 年，我撰写《向往国家统一，歌颂"忠义"英雄——论〈三国演义〉的主题》一文②，对当时已有的关于《三国》主题的各说予以评析；在此基础上，提出"向往国家统一，歌颂'忠义'英雄"说。

此后，我继续深入研究《三国》的思想内涵。1996 年，我应邀参与李保均教授主编的《明清小说比较研究》一书的撰写③，承担第二章《明清历史演义小说比较研究》。在第一节《中国章回小说的开山之作——〈三国演义〉》中，我这样论述《三国演义》的思想内涵：

《三国演义》丰厚的思想内涵，主要表现在四个方面。

1．对国家统一的向往。……

---

① 梅新林、韩伟表：《〈三国演义〉研究的百年回顾与前瞻》，载《文学评论》2002 年第 1 期。
② 始载《天府新论》1985 年第 6 期（当时尚为内刊），继而发表于《宁夏社会科学》1986 年第 1 期。先后收入本人与段启明、陈周昌合著之《中国古典小说新论集》（西南师范大学出版社 1987 年 11 月第 1版）及本人所著《三国演义新探》（四川人民出版社 2002 年 5 月第 1版），现亦收入本书上卷。
③ 四川大学出版社 1996 年 10 月第 1 版。

2．对政治和政治家的选择。

人们常常谈到《三国演义》"尊刘贬曹"的思想倾向，有人还把这称为"封建正统思想"。其实，"尊刘贬曹"的思想倾向，早在宋代就已成为有关三国的各种文艺作品的基调，罗贯中只是顺应广大民众的意愿，继承了这种倾向。罗贯中之所以"尊刘"，并非简单地因为刘备姓刘（刘表、刘璋也是汉室宗亲，而且家世比刘备显赫得多，却每每遭到贬抑和嘲笑；汉桓帝、汉灵帝这两个姓刘的皇帝，更是作者鞭挞的对象），而是由于刘备集团一开始就提出"上报国家，下安黎庶"的口号，为恢复汉家的一统天下而不屈奋斗，不懈努力，被宋元以来具有民族思想的广大群众所追慕；另一方面，这个集团的领袖刘备的"仁"、军师诸葛亮的"智"、大将关羽等人的"义"，也都符合罗贯中的道德观。这两方面的原因，使得罗贯中把刘备集团理想化而予以热情歌颂。另一方面，罗贯中之所以"贬曹"，是因为曹操作为"奸雄"的典型，不仅不忠于刘氏王朝，而且常常屠戮百姓，摧残人才，作品对其恶德劣行的描写大多于史有据，并非有意"歪曲"；而对曹操统一北方的巨大功绩，对他在讨董卓、擒吕布、扫袁术、灭袁绍、击乌桓等重大战役中所表现的非凡胆略和智谋，罗贯中都作了肯定性的描写，并没有随意贬低。由此可见，"尊刘贬曹"主要反映了广大民众按照"抚我则后，虐我则仇"的标准对封建政治和封建政治家的选择，具有历史的合理性；对此不应作片面的理解，更不应简单地斥之为"封建正统思想"。

3．对历史经验的总结。

《三国演义》以很大篇幅描写了汉末三国变幻莫测的政治、军事、外交斗争，总结了各个集团成败兴衰的历史经验，突出强调了争取人心、延揽人才、重视谋略这三大要素的极端重要性。……刘备、曹操、孙权三大集团在这三方面各有所长……；因此，在众多政治军事集团中，刘、曹、孙三大集团得以脱颖而出，形成三分鼎立的局面。

4．对理想道德的追求。

在艺术地再现汉末三国的历史，描绘形形色色的人物的时候，罗贯中不仅表现了对国家统一、清平政治的强烈向往，而且表现了对理想道德的不懈追求。在这里，他打起了"忠义"的旗号，把它作为臧否人物、评判是非的主要道德标准。……就主导方面而言，它反映了中华民族传统的价值观、道德观中积极的一面，值得后人批判地吸收。

对《三国演义》思想内涵的四点概括，我在后来的论著中多次加以申说。

到了 2011 年，我又发表《〈三国演义〉思想内涵新论》[①]，进一步发展了自己的观点，作了更加全面的论述：

当今一些人认为，《三国演义》的主要精髓是谋略。我认为，这种看法是片面的。

诚然，《三国演义》给人印象最深的一个方面，就是擅长战争描写。……千变万化的谋略确实是全书精华的重要部分。

然而，谋略并非《三国演义》的主要精髓，更非书中精华的全部。在中国传统文化思想体系中，"道"是最高层次的东西。"道"有多义，首先是指自然和社会的根本规律，通常指正义的事业，所谓"得道多助，失道寡助"是也。因此，它也是处事为人的基本原则。谋略则属于"术"，是第二层次的东西，是为"道"服务的，必须受"道"的指导和制约。……综观全书，罗贯中从未放弃道义的旗帜，从未不加分析地肯定一切谋略；对于那些野心家、阴谋家的各种阴谋权术，他总是加以揭露和批判；对于那些愚而自用者耍的小聪明，他往往加以嘲笑。可以说，《三国演义》写谋略，具有鲜明的道德倾向，而以民本思想为准绳。后人如何看待和借鉴《三国演义》写到的谋略，则取决于自己的政治立场、道德原则和人生态度。……

那么，《三国演义》的主要精髓究竟是什么？我认为，《三国演义》丰厚的思想内涵，主要表现在五个方面。

1、对国家统一的强烈向往。

2、对封建政治和政治家的评判选择。

3、对历史经验的深刻总结。

4、对中华智慧的多彩展现。

5、对理想道德的不懈追求。

---

① 原载《明清小说研究》2011 年第 4 期，亦收入本书。

（二）关于人物形象

对于《三国演义》人物形象的研究，是我着力最多的一个方面。三十余年来，我发表的有关《三国》人物的文章，至少在 60 篇以上。贯穿这些文章的主导思想，首先见于我 1984 年发表的《深入底蕴，实事求是——古典文学作品人物形象研究之我见》一文[①]。文章提出：

拿古典作品人物形象的研究来说，我认为应该做好这样两项工作：一是根据作品产生时代的历史条件，如实地指出作品的思想内涵，作品中人物形象的历史生活依据和作家对各个人物形象的爱憎褒贬，分析每个人物形象的性格特色和美学价值；二是站在今天时代的高度，分析作品中人物形象的认识意义及其给予我们的种种启示。这两项工作不能截然分开，而是有机地联系在一起的；但二者又有明显区别，不能画等号。要使二者互相补充，在研究中构成一个整体，前提是要深入作品的底蕴，关键是要实事求是。

深入底蕴，就是要认真琢磨作品的情节，把握人物的全部语言、行动和心理，从全篇或全书描写的总和中，仔细地揣摩作家的创作意图，发现作家的真意所在，领会作家为什么要这样写而不那样写，从而找准人物性格的基调，发现人物性格发展的脉络。……只有这样，才谈得上人物形象研究的科学性。浮光掠影，浅尝辄止，取其一点，不计其余，只能使研究工作失去坚实的基础，导致架空分析，偏执一端，那就难以得出科学的结论。……

实事求是，就是在深入作品底蕴的基础上，运用辩证唯物主义和历史唯物主义的观点，对其中的人物形象进行恰如其分的历史的和美学的分析，既不片面拔高，也不随意贬低；既不是用自己的思想去代替作者的构思，也不是毫无见解地罗列现象。……

黑格尔曾经指出："人们总是很容易把我们所熟悉的东西加到古人身上去，改变了古人。"（《哲学史演讲录》卷一，第 42 页）这种以今绳古，"改变古人"的作法，乃是科学研究之大忌。事实上，把作品中的人物形

[①] 原载 1984 年 8 月 7 日《光明日报》，亦收入本书。

象当作"可以任人打扮的女孩"，随心所欲地予以解释；套用时髦的术语，把人物形象纳入自己主观认识的框子；观点摇摆，忽左忽右，片面追求新奇而不管是否符合作品的实际……诸如此类不实事求是的现象，在古典文学研究中还时有表现。……

这篇论文，得到学界许多同行的赞同。《文学遗产》1985 年第 3 期发表许建中、杨凌芬《1984 年明清小说研究中的新特点和新方法》一文，对本文予以好评；《中国古典文学研究年鉴》1984 卷、《中国文学研究年鉴》1985 卷均对本文予以肯定。

在我的《三国》人物论中，以下诸篇比较突出。

（1）《智慧忠贞，万古流芳——论诸葛亮形象》，载《西南师范大学学报》2002 年第 3 期。

（2）《明君与枭雄——论刘备形象》，载《文学与文化》创刊号（2010年第 1 期）。

（3）《用市民意识改造的英雄——论张飞形象》，载《中国文学研究》第八辑，复旦大学中国古代文学研究中心编，中国文联出版社 2007 年 4月第 1 版。

（4）《论赵云》，载《三国演义学刊》第 2 辑（四川省社会科学院出版社 1986 年 8 月第 1 版）。

（5）《再论曹操形象》，载《中华文化论坛》2007 年第 3 期。

（三）关于创作方法

关于《三国演义》的创作方法，过去数十年间，学者们提出了四种观点：基本上是现实主义的，主要是浪漫主义的，是现实主义与浪漫主义的结合，是古典主义的。

1996 年，在为李保均教授主编的《明清小说比较研究》一书撰写的第二章《明清历史演义小说比较研究》中，我指出："在创作方法上，《三国演义》既不属于今天所说的现实主义，也不属于今天所说的浪漫主义，而是现实主义精神与浪漫情调、传奇色彩的结合。"

在 1999 年出版的《罗贯中和〈三国演义〉》一书中，我重申了这一观点。①

此后，我进一步深入思考，于 2006 年发表《现实精神·浪漫情调·传奇色彩——论〈三国演义〉的创作方法》一文②，从三个方面展开论述。

其一，既是现实的，又是传奇的。一般认为，作为一种文艺思潮，现实主义和浪漫主义成熟于十九世纪的欧洲。然而，作为一种基本的创作态度、创作方法，现实主义精神和浪漫主义精神很早就出现于不同国家、不同民族的文学创作中。在中国文学发展史上，由于生存环境和民族性格的原因，现实主义长期居于主流地位；同时，中国文学很早便形成了"好奇"的审美心理，以"奇"为美，以"奇"为胜。在小说、戏曲等非正统文学中，人们更追求"奇事""奇人""奇情"。罗贯中创作《三国演义》时，一方面以综观天下、悲悯苍生的博大胸怀，直面历史，努力寻绎汉末三国时期的治乱兴亡之道，表现出深刻的现实主义精神；另一方面，他又竭力突出和渲染那个时代的奇人、奇才、奇事、奇遇、奇谋、奇功，使作品洋溢着浓郁的传奇氛围，全书也就成为"既是现实的，又是传奇的"这样一部奇书。

其二，以传奇眼光看人物。以诸葛亮形象为例。罗贯中写作《三国演义》时，对《三国志平话》中的诸葛亮形象作了大幅度的改造，删除了"呼风唤雨，撒豆成兵，挥剑成河"之类的神异描写，使诸葛亮形象复归于"人"本位——当然，是一个本领非凡的、具有传奇色彩的杰出人物。书中对诸葛亮智谋的描写，大都有迹可循，奇而不违情理。在明清以来的某些"三国戏"和曲艺作品中，诸葛亮动辄穿上八卦衣，自称"贫道"，言谈举止的道教色彩越来越重，其计谋的神秘意味也有所强化。如果有人从这类作品中得到诸葛亮形象"近妖"的印象，那是不能记在《三国演义》的账上的。

其三，以浪漫情调观情节。在古代章回小说特别是早期作品中，"讲故事"乃是第一位的任务，塑造人物则是在"讲故事"的过程中顺便完成。于是，故事的新奇、曲折、出人意表、扣人心弦便至关重要，而符

---

① 沈伯俊：《罗贯中和〈三国演义〉》，春风文艺出版社 1999 年版，第 63-64 页。

② 载《明清小说研究》2006 年第 3 期，亦收入本书。

合这些要求的故事情节，往往也就自然而然地具有了浪漫情调。对于《三国演义》中的许多情节，应当以浪漫情调观之。在有关诸葛亮形象的一系列情节上，这一特点更加突出。以浪漫情调观情节，就会感到《三国演义》充满奇思妙想，满目珠玑，熠熠生辉，令人读来兴会酣畅，从中得到美的享受、智的启迪。反之，如果简单而生硬地以历史事实来规范小说，以日常生活逻辑来否定那些浪漫情节，那就违背了基本的艺术规律，有意无意地导致一种倾向——以史实来颠覆《三国演义》。

三、对《三国》研究史的回顾与展望

任何一门学问，都有其创立和发展的过程，都是在逐步积累中不断丰富和完善的。只有充分掌握已有的研究成果，才谈得上发展和创新；只有站在前人的肩膀上，才能比前人看得更远。因此，研究任何一个课题，都应该充分重视对其研究史的把握。在《三国》研究史方面，我付出的努力大概也是学界同行中最多的。

1981 年底开始研究《三国演义》后，我用了几个月的时间，系统搜集有关的研究论文和资料，逐篇阅读。1982 年夏，我撰写了自己研究《三国》的第一篇文章——《建国以来〈三国演义〉研究综述》①。这篇文章，对中华人民共和国成立以来的《三国》研究情况作了比较全面的评介，使自己的研究立足于"心中有数"的基础上。

1984 年，我发表了《近两年〈三国演义〉研究情况述评》②，及时反映了《三国》研究的发展动态。

1986 年，我发表了《近五年〈三国演义〉研究综述》③，1987 年又发表其续篇《近五年〈三国演义〉研究再述》④，对 1982—1986 年的研

---

① 载《社会科学研究》1982 年第 4 期，《新华文摘》1982 年第 9 期转载。
② 载 1984 年 3 月 13 日《光明日报》，中国人民大学《复印报刊资料·中国古代近代文学研究》1984 年第 8 辑转载。
③ 载《成都大学学报》1986 年第 3 期，《高等学校文科学报文摘》1987 年第 2 期转载。
④ 载《成都大学学报》1987 年第 1 期，中国人民大学《复印报刊资料·中国古代近代文学研究》1987 年第 4 期转载。

究情况作了概括评介。

　　从 1983 年起，我撰写了多届《三国演义》研讨会（全国性的、国际性的）综述。1987 年起，又撰写了多篇《三国》研究的年度综述。这样做，既是为了及时反映研究的新进展、新问题，扩大其影响，也是为了为国内外同行提供参考。

　　1996 年，我发表了《八十年代以来〈三国〉研究的回顾与展望》①，概括了十六年来《三国》研究发展的基本轨迹，并就进展较大的八个问题分别予以评述：① 关于罗贯中的生平籍贯；② 关于《三国演义》的成书年代；③ 关于《三国演义》版本的整理与研究；④ 关于《三国演义》的主题；⑤ 关于《三国演义》的人物形象；⑥ 关于《三国演义》的创作方法与艺术成就；⑦ 关于毛宗岗父子和毛评《三国》；⑧ 关于"三国文化"研究。

　　1998 年，我发表了《面向新世纪的〈三国演义〉研究》②，指出："20 世纪 80 年代以来，《三国演义》研究取得了长足进展，成为古代小说研究领域成绩最为显著的分支之一。短短二十一年（1980—2000）间，中国大陆公开出版《三国演义》研究专著、专书（含论文集）大约 100 余部，相当于此前三十年的二十倍；发表研究文章 1600 余篇，相当于此前三十年的十倍多。从总体上看，研究的广度和深度都大大超过了以往任何历史时期，在一系列问题上提出了许多新的见解，取得了若干新的突破。"在此基础上，我围绕"如何在新的世纪把研究提高到新的水平"这一中心，提出五个值得重视的问题，略述己见：① 新的突破必须以版本研究的深化为基础；② 必须在研究的思路和方法上有所创新；③ 必须重视和加强对研究史的研究；④ 积极推进《三国演义》数字化工程；⑤ 努力加强中外学术交流。

　　2001 年，我发表了《新时期〈三国演义〉研究论争述评》③，再次评

---

① 载《稗海新航——第三届大连明清小说国际会议论文集》，春风文艺出版社 1996 年 7 月第 1 版。
② 载《社会科学研究》1998 年第 4 期，入选论文集《〈三国演义〉与罗贯中》（中州古籍出版社 2000 年 4 月第 1 版），亦收入本书。
③ 载《成都大学学报》2001 年第 2 期，中国人民大学《复印报刊资料·中国古代近代文学研究》2001 年第 8 期转载，亦收入本书。

述了 1980 年以来《三国演义》中进展较大的主要问题。

2006 年，我与日本京都大学教授金文京合作，撰写《中国和日本：〈三国演义〉研究的回顾与展望》①。这篇长达 2.2 万字的文章，第一次比较全面地对中日两国的《三国演义》研究予以回顾，指出了其中的特点、问题与不足，并对研究前景进行展望。文章发表后，在国内外产生了较大影响。

2007 年，我发表了 *Studies of Three Kingdoms in the New Century*（《新世纪的〈三国演义〉研究》）一文②，向美国学术界介绍了中国《三国演义》研究的基本情况。

2009 年，我发表了《国际汉学热中的〈三国演义〉研究——答马来西亚〈东方日报〉记者问》一文③，概括介绍了中国及世界各地的《三国》研究情况；指出中国和海外的《三国》研究，彼此都产生了重要的影响，并将继续产生影响；对今后的《三国》研究，也予以展望。

对《三国》研究史的持续关注，有利于我自己从宏观上把握研究的总体面貌和发展趋势，将研究置于较高的立足点上；有助于学界同行了解研究的新进展，选择适当的研究课题，减少重复劳动、无效劳动。这应该算是我对《三国》研究的一个比较重要的贡献。

四、多方阐释三国文化

随着《三国演义》研究逐步向深度和广度进军，"三国文化"的研究也越来越受到重视。这是一个相当广泛的领域，关乎《三国演义》研究内容的拓展和研究成果的应用。对此，我也付出了比其他同行更多的心血，提出了一些颇有影响的观点。限于篇幅，这里仅就三个问题，列其纲目。

---

① 载《文艺研究》2006 年第 4 期，中国人民大学《复印报刊资料·中国古代近代文学研究》2006 年第 7 期转载，亦收入本书。
② 载 "Three Kingdoms and Chinese Culture"（《〈三国演义〉与中国文化》）一书，美国纽约州立大学出版社 2007 年出版。
③ 载《河南教育学院学报》2009 年第 1 期，亦收入本书。

（一）对"三国文化"概念的界定

从 20 世纪 80 年代后期起，人们开始频繁地使用"三国文化"一词。然而，对"三国文化"这一概念的内涵与外延，却并未予以明确的界定。1991 年 11 月在四川举行的"中国四川国际三国文化研讨会"期间，中外学者对"三国文化"的概念仍未进行深入而集中的讨论，但初步提出了两种观点：有的史学家站在传统史学的角度，认为"三国文化"即历史上的三国时期的文化；而我则从大文化的广阔背景加以观照，认为"三国文化"是一个宽泛的概念，它并不仅仅指、并不等同于"三国时期的文化"，而是指以三国时期的历史文化为源，以三国故事和三国精神的传播演变为流，以《三国演义》及其诸多衍生现象为重要内容的综合性文化。经过进一步的研究，我于 1994 年发表《"三国文化"概念初探》一文①，作了更深入的诠释。

我对"三国文化"概念的界定，已经得到学界同行的普遍认同。

（二）关于《三国》的改编与再创作

早在明清时期，《三国演义》就成为戏曲、曲艺等各种通俗文艺最重要的取材来源。改革开放以来，各个艺术品种的改编《三国》之作又联翩而来，争奇斗艳，令人目不暇接，为持续不衰的"三国热"增添了许多活力。对此，我关注时间之长，介入程度之深，在学术界大概也是不多见的。

例一，关于广播连续剧《三国演义》。参见拙文《十年磨一剑——〈三国〉改编的三大艺术工程（上）》②。

例二，关于电视连续剧《三国演义》。参见拙文《三国烽烟现荧屏——〈三国〉改编的三大艺术工程（中）》③。

例三，关于电影《赤壁》。参见拙文《三问电影〈赤壁〉》④。

---

① 载《中华文化论坛》1994 年第 3 期，亦收入本书。
② 原载 1994 年 5 月 26 日《四川日报》，收入拙著《三国漫话》。
③ 原载 1994 年 6 月 2 日《四川日报》，收入拙著《三国漫话》。
④ 原载《文艺研究》2009 年第 6 期，中国人民大学《复印报刊资料·影视艺术》2009 年第 9 期全文转载，亦收入本书。

例四，关于新版《三国》电视剧。参见拙文《名著改编的几个问题——以新版〈三国〉电视剧为例》①。

关注《三国》的改编与再创作，不仅是要维护《三国》的文学经典地位，而且是要帮助艺术家们更好地传播文学经典，弘扬中华优秀传统文化。我的参与和论说，对不同的编导所起的作用大小不一，而在学界同行和《三国》爱好者中则产生了较大的影响。

（三）关于三国文化旅游

20 世纪 80 年代以来，以三国遗迹和相关景点为考察对象和活动场景的旅游活动日益受到重视。许多三国史和《三国演义》研究者在不同程度上参与了这项工作，在旅游规划的制定、旅游线路的营销、旅游活动的设计等方面，作出了重要的贡献；不过，对这项深受重视的特色旅游，却很少有人进行学理上的探讨。对此，我也付出了较多努力。

从 1992 年起，我陆续发表有关三国文化旅游的文章约 30 篇。其中，理论色彩较强、学术水平较高的主要有以下几篇：

《略谈“三国文化之旅”》，载 1993 年 2 月 14 日《文汇报》“旅行家”专版；

《再谈“三国文化之旅”》，载 1997 年 12 月 19 日《四川日报》；

《开发“三国文化之旅”之我见》，载 2001 年 9 月 6 日《人民日报》海外版；

《开发“三国文化之旅”的几个问题》，载《中华文化论坛》2003 年第 2 期；

《努力打造川陕三国文化旅游精品线》，载《中华文化论坛》2007 年第 4 期。

这些文章，提出了几个重要的概念，阐述了一些有价值的观点。

（1）为“三国文化旅游”正名。

（2）阐明“三国遗迹”概念。我指出：“今天所说的‘三国遗迹’，大部分并非严格意义上的‘由三国时期遗留至今的古迹’，而是在漫长的

---

① 载《文艺研究》2010 年第 12 期，亦收入本书。

历史过程中逐步形成的'与三国有关的名胜古迹'。尽管它们不能与三国历史画等号，但却寄托了历代人民对三国史事和三国人物的追慕和缅怀，表现了人们的爱憎、理想和愿望；它们的形成演变本身，也已成为历史，从一个侧面反映了我们民族心灵变迁的历程。"①这一概念，已被普遍接受。

（3）对"三国文化旅游"的发展提出若干建议。

三十余年来，我沉潜于《三国》的世界里，洞幽烛微，探求真知。在这漫长的岁月里，我极少出门，极少应酬，几乎没有周末和节假日，把全部精力都投入到读书写作上，不知度过了多少不眠之夜。在嘉靖壬午本《三国志通俗演义》整理本（花山文艺出版社 1993 年 5 月第 1 版）的《后记》中，我写过这样几句："朝迎启明，夜伴孤灯，寒宵独坐，其累何如；青丝渐消，华发暗生，病痛袭人，其苦何如；然而，看到工作一步步前进，其乐又何如！此中滋味，可解道分享者，惟有知音！"令人欣慰的是，在寂寞而艰辛的跋涉中，在海内外学术界同行和广大读者中，我赢得了许许多多的知音！

在治学的道路上，我虽无大的波折，但这样那样的困难仍有不少，不如人意之事也屡屡遭遇。不过，我始终坚信，一时的得失算不了什么，人生的意义，学术成果的价值和生命力，最终都将接受历史的检验和人民（包括学界同行和广大读者）的评判。因此，我一直保持着乐观开朗的心态和拼搏进取的精神。为了推动"《三国》学"的发展，为了弘扬民族优秀传统文化，我将继续努力，努力，再努力！

（原载《明清小说研究》2016 年第 3 期；收入《我们起跑在 20 世纪 80 年代》一书，黄霖主编，复旦大学出版社 2016 年 7 月第 1 版）

---

① 参见拙文《三国胜迹万里行》，原载 1997 年 9 月 18 日《社会科学报》，收入拙著《三国漫话》。